괴물의 순결한 심장

괴물의 순결한 심장 2

초판 1쇄 인쇄일 2015년 9월 17일
초판 1쇄 발행일 2015년 9월 24일

지은이 | 임　혜
펴낸이 | 김기선

편집장 | 김은지
디자인 | 금장미

펴낸곳 | 와이엠북스(YMBOOKS)
출판등록 | 2012년 7월 17일 (제2014-17호)
주소 | 서울시 도봉구 노해로 379, 1005호(창동, 대성빌딩)
전화 | 02)906-7768 / 팩스 | 02)906-7769
E-mail | ymbooks@nate.com

ISBN 979-11-322-3149-3 (04810)
ISBN 979-11-322-3147-9 (set)

© 임혜 2015 Printed in Korea

값 12,800원

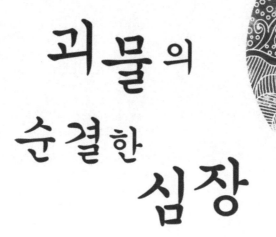

괴물의 순결한 심장

vol.2

임혜 장편소설

YM
BOOKS

목차

11장 ⋯007

12장 ⋯048

13장 ⋯094

14장 ⋯141

15장 ⋯191

16장 ⋯232

17장 ⋯270

18장 ⋯323

19장 ⋯367

20장 ⋯398

종장 ⋯450

외전 1. 오래전 이야기 ⋯469

외전 2. 서리 ⋯488

작가 후기 ⋯495

11장

사색이 되어 안으로 들어온 태랑을 발견한 전의가 빠른 말로 상황을 설명했다.

"역시 피를 너무 많이 흘려서 가망이 없을 듯……."

전의는 포기했는지 솔루의 치료를 멈추고 서서 차분하게 말했다.

"네가 정녕 죽고 싶어서 이러느냐!"

"맥이 거의 잡히지 않습니다. 기운이 빠져 약을 드실 수도 없고, 상처에 약재를 발라도 효험이 없습니다. 으악!"

전의의 손목을 부러뜨릴 것처럼 태랑이 세게 잡았다.

"치료해라. 치료해! 당장!"

아픔을 느낀 전의가 비명을 질러도 상관하지 않고 솔루 옆에 그의 손을 거칠게 내리눌렀다. 태랑은 서슬 퍼런 눈으로 전의를 쏘아봤다. 살의가 가득한 눈은 금방이라도 전의를 죽일 듯했다.

"정말 가망이 없는 것이냐."

반유가 전의에게 물었다. 태랑의 낯빛만으로도 절박한 심정이 느껴져 아까처럼 그를 말리지 못했다.

"소신이 할 수 있는 일은 여기까지입니다. 바다에서의 삶과 죽음은 오직 해무의 뜻인 걸 아시잖습니까. 해무께서 기적을 일으켜주길 바라는 수밖에요."

억지를 부린다고 죽을 사람이 살 수 있는 건 아니란 뜻. 태랑이 손목을 놔주자 전의가 얼른 자리를 벗어났다.

가슴에서 다시 통증이 느껴진 태랑은 눈을 감고 이 상황을 어찌 처리할지 고민했다. 하지만 곧 눈을 뜰 수밖에 없었다. 뾰족한 화살 하나가 들어와 가슴속을 들쑤시며 헤집고 다니는 것처럼 괴로웠다. 생각이란 것이 되지 않았다.

그는 여전히 상처를 드러내놓고 엎드린 채로 있는 솔루를 봤다. 작게나마 들렸던 숨소리가 점점 희미해졌다. 곧 숨이 끊어질지 간헐적으로 쉬었다 멈추기를 반복했다. 그녀의 숨이 멈출 때마다 태랑은 제 숨도 죽였다. 눈가가 빨갛게 물든 그는 손을 뻗어 덜덜 떨리는 손으로 조심스럽게 솔루의 머리카락을 넘기고 볼을 감쌌다. 늘 따뜻하던 피부가 차갑게 식어가고 있었다.

진정 이게 우리의 마지막이란 말이냐. 겨우 여기까지가 너와 나의 끝이란 말이냐. 눈을 떠봐라, 솔루야. 내 이름을 불러봐라, 솔루야. 어찌 그리 가만히 있는 것이냐. 나는…… 나는…… 아직 네 이름을 제대로 불러본 적도 없다. 솔루야. 솔루야. 그렇게 누워 있으면 내가 안아줄 수도 없지 않느냐. 어쩌면 좋으냐. 너를 어쩌면 좋아.

태랑의 손이 어디로 가야 할지 갈피를 못 잡고 헤맸다. 마음껏 안기라도 하고 싶은데 혹시라도 상처 때문에 그녀가 아플까 봐 그러지도 못하겠다. 그는 솔루의 머리를 쓰다듬다가 얼굴을 만졌다. 부서질까 그마저도 원하는 대로 하지 못하고 가만히 댔다가 떼기만 했다.

8

태랑은 고개를 천천히 저었다. 받아들이고 싶지 않은 현실이었다. 지난밤으로 시간을 되돌릴 수 있다면. 그럴 수 있다면.

공존의 밤이 시작되기 전, 자신이 솔루에게 단단히 일러뒀어야 했다. 아니, 처음부터 그녀를 백해궁에 두면 안 됐다. 제 욕심에 곁에 뒀던 자신의 잘못이었다. 갑작스러운 이령의 등장으로 혼란스러워 한동안 솔루와 대화도 제대로 하지 못했는데.

툭. 툭. 후회가 밀려오는 태랑이 제 가슴을 쳤다.

백해국의 왕이면 뭐하나. 남들이 갖지 않은 능력을 가지고 있으면 뭐하나. 자신의 여인을 지키지 못한 걸로도 모자라 제 손으로 죽였다. 이렇게 아무것도 못 하고 손 놓고 앉아 보내야만 하는 상황에 태랑은 머리가 터질 것 같았다. 그가 머리를 쥐고 괴로운 한숨을 내쉬는 순간이었다.

"내가 늦지 않은 듯하군."

별안간 들린 목소리에 태랑이 고개를 들었다.

얼굴이 덥수룩한 수염에 싸여 있었지만 그가 비한인 것은 알아볼 수 있었다. 그가 낡은 보따리를 어깨에 둘러메고서 다급하게 침상으로 걸어갔다.

"전의, 상태를 설명하라. 넌 비켜, 좀."

비한이 태랑에게 손짓하자 그가 일어났다. 솔루에게 가까이 다가가 상처를 살피며 비한은 전의에게 설명을 듣고 있었다. 그의 손이 바쁘게 움직였다. 메고 온 보따리를 열어 희귀한 약초를 꺼내더니 옆에 있던 하인에게 달여 오라고 했다.

"전의가 말한 것처럼 피를 많이 흘려서 위험해. 지금 가까스로 숨이 붙어 있어 즉시 죽는다 해도 이상할 것 없지. 태랑과 반유만 남고 모두 나가거라."

비한의 명령에 모두 나가자 하제와 연초가 들어왔다.

"비한! 언제 왔어?"

"한시가 급하니 인사는 나중에 하자."

반가운 하제의 인사에 비한이 손사래를 쳤다. 그 뒤 연초와 시선이 부딪쳤다. 뭐라 말하려던 연초는 회피하는 비한을 보고 입술을 닫았다.

"지금부터 내가 하는 말 잘 들어, 태랑. 황해국 대대로 오래전부터 간직해 온 비본(秘本)이 있는데, 죽음을 목전에 둔 이를 살리는 법이 나와 있다. 해국 왕의 피를 마시게 하는 건데, 아직 이 방법을 시도해봤다는 기록도 없고, 나 역시도 해본 적이 없어서 성공할지 안 할지 몰라. 게다가 피를 나눠주는 왕이 위험할 수도 있다고 쓰여 있어."

"그럼 내가 주면 돼."

태랑이 나섰다. 대신 죽는 것도 아닌데 피를 나눠주는 일이 뭐가 어렵다고.

"태랑, 거기서 끝이 아니야."

"또 뭐가 있어?"

"해국의 왕, 둘이 필요해. 그것도 심장을 가지지 못한 왕으로."

"하!"

현존하는 해국의 왕 중에서 아직 심장을 가지지 못한 왕은 태랑과 반유 둘뿐이었다. 태랑이야 저가 살기 위해서 할 수 있다지만 반유는 달랐다. 친우의 일이나 결과가 보장되지 않은 일에 위험을 무릅쓰기에는 선뜻 나서기 어려웠다. 직접적으로 태랑을 살리는 일이라면 고민 끝에 나설 수도 있다. 허나 솔루였다. 그녀가 제 심장을 태랑에게 줄지도 미지수인 일이었다. 위험을 감안하고 살릴 만한 가치가 있는 여인일까. 반유는 제일 먼저 솔루의 가치를 평가하고 있었다.

"어떻게 위험한 거야."

반유가 물었다.

"생명에 지장은 없으나 병약한 몸으로 살아갈 수도 있다고 쓰여 있더군."

"나만으로는 안 되는 건가?"

이번엔 태랑이었다.

"둘이 나선다고 해도 안 될 수 있어."

비한의 답에 반유를 봤다. 그에게 부탁하기 힘든 일이었다. 얼마나 시간이 지났을까. 일각을 다투는 일이라 태랑에게는 너무나 긴 시간이 흐른 듯했다.

"어쩌겠어. 나밖에 없는데."

묵직한 음성의 주인인 반유가 별일 아니라며 웃었다.

"태랑, 예전에 네게 신세 진 일, 이것으로 갚는다."

"예전?"

태랑이 기억나지 않는다는 얼굴로 되물었다.

"이거 말이다."

검지로 안대가 가려진 눈을 가리키는 반유.

"그 일이 내게 신세 진 거였었나."

"넌 그렇게 생각하지 않았겠지만 나는 그랬다. 언제 갚나 기다리고 있었는데 마침 좋은 기회가 왔네."

"잊고 있었어. 하지만 네가 갚는다면 받아야지."

"이제 내 마음이 가벼워지겠군. 어떻게 하면 되는 거지, 비한?"

태랑과 반유가 대화하고 있는 사이 비한은 주위를 둘러보고 비어 있는 큼지막한 대접 하나를 찾아 종이를 아무렇게나 구겨서 넣었다.

"하제, 불."

비한의 요청에 하제가 손바닥을 내밀자 팔뚝만 한 활과 화살이 둥실 떠올랐다. 하제는 그대로 활시위를 당겨 대접을 향해 활을 쐈다. 불이 붙은 화살은 정확히 대접 안으로 들어가 종이를 태웠다.

비한은 허리춤에서 단도를 꺼내 불 위에 대고 소독하는 작업을 했다. 종이가 다 타 재가 되자 불은 연기만을 남기고 꺼져갔다. 대접에서 재를 털어낸 다음 비한이 반유의 손목을 잡아당겼다.

"아플 거야."

말이 끝남과 동시에 비한은 반유의 손목을 힘차게 그었다. 깊숙이 들어간 칼날이 반유의 핏줄을 끊어내자 그의 입에서 작은 신음이 나왔고 인상을 찌푸렸다. 붉은 피가 흘러 대접에 담겼다.

"하제, 네가 대접을 잡아줘."

대접을 하제에게 넘긴 비한이 태랑에게 손을 내밀었다. 손목을 달라는 뜻이었다.

"만약 효과가 없으면 널 가만두지 않을 거야. 해국 전의보다 더 뛰어난 약초장으로서 실격이다."

태랑이 손목을 내밀며 말했다. 농담 반, 진담 반이 섞여 있었다.

"날 탓하지 말고 비본을 탓해라."

비한이 가차 없이 태랑의 살을 베었다.

이런 느낌이었구나. 처음으로 살이 베이는 아픔을 겪어보는 태랑의 표정에는 변화가 없었다. 많이 아플 것이라고 막연히 그 느낌을 상상했었는데 생각보다 덜 아팠다. 겉으로 드러내고 있지 않으나 자신의 가슴속을 휘젓고 다니는 뾰족한 활이 훨씬 더 아팠다. 고통스러운 강도를 따지자면 흑화될 때가 가장 심했다. 그랬기에 이 정도는 버틸 수 있었다. 허나 가슴에서 느껴지는 생소한 아픔은 견디기가 힘들었다.

따뜻한 피가 흘러내려 반유의 피가 담기고 있는 대접으로 들어가 하나로 합쳐졌다. 같은 듯 다른 붉은색이 묘했다.

"얼마만큼 담아야 하는 거지?"

태랑은 손목에서 흘러내리는 피를 무심한 눈으로 보고 있었지만 말에는 조급함이 담겼다.

"가득 차게 받아야 해. 아직 멀었어."

"빨리 받을 수 있는 방법 없어? 이렇게 시간 보내다 저 녀석 죽어."

"걱정 마. 잘 이겨내고 있다."

가느다란 솔루의 숨소리만이 방 안을 가득 채웠다. 멀찍이서 이 상황을 지켜만 보고 있는 연초도, 태랑에게 미안함을 느끼는 하제도, 대접에 피가 차오르는 것만을 보고 있는 세 사람. 태랑, 반유, 비한도 모두 솔루의 숨소리에 귀를 예민하게 세우고 집중하고 있었다.

피를 쏟아낸 반유와 태랑은 현기증으로 의자에 늘어졌다. 특히 태랑은 공존의 밤을 겪은 뒤라 더 힘들어했다. 그들의 상처 난 손목을 빠르게 처치한 비한이 대접을 들고 솔루를 안아 먹였다. 정신을 잃어 피를 입속으로 넣어 줘도 제대로 넘기지 못하고 새어 나와, 하는 수 없이 비한이 피를 머금어 솔루의 입으로 넘겼다.

"젠장, 내가 했어야 하는데."

그 모습을 본 태랑이 나지막이 중얼거렸다.

치료의 과정임을 알고 있다. 솔루의 목숨이 좌지우지되는 상황이란 것도 안다. 하지만 입맞춤하는 것처럼 붙어 있는 둘의 입술을 보자 힘없는 몸에 짜증이 치솟았다.

"지금 이 상황에서 질투하냐."

옆에서 태랑의 혼잣말을 들은 반유가 피식댔다.

"질투는 무슨."

"아닌 척하지 마라."

"효과가 있겠지?"

"그러길 바라야지. 저 여인이 깨어나려다가도 네 질투 때문에 다시 눈 감겠다. 적당히 해."

"너 오늘 정말 말 많다."

"걱정 마. 내일이면 원래대로 돌아올 테니. 흠…… 당장…… 오늘 밤이 될 수도…… 있다."

졸음이 몰려오자 반유가 말을 천천히 했다. 커다란 대접을 태랑과 자신의 피로 채웠으니 지금까지 대화를 하고 있는 것도 대단한 일이었다. 반유가 먼저 잠들고, 태랑의 눈꺼풀도 서서히 감겼다.

"깨어나는 거…… 봐야…… 해. 봐…… 야…… 해."

태랑은 중얼거리며 눈을 부릅뜨려고 애써봐도 소용이 없었다.

비본에 적힌 대로 한 결과 다행히 효험이 있었다. 솔루가 몇 번 심하게 발작하는 바람에 위험한 순간도 있었지만 잘 넘겼다. 단, 그녀가 아직 정신을 차리기엔 일렀다. 그래도 고비가 지나자 안정적으로 호흡을 해서 모두 한시름 놨다.

하루를 꼬박 자고 일어난 태랑과 반유는 평소대로 몸이 가뿐해졌다. 일어나자마자 솔루를 찾아온 태랑이 안도의 한숨을 쉬었다. 어젠 핏기 없는 피부가 백지장처럼 하얗게 변했었는데 오늘은 제법 혈색이 돌았다.

고맙다. 잘 이겨내줘서. 이리 숨을 쉬고 있어줘서.

그가 진심을 담아 솔루의 머리를 쓰다듬었다.

"상처가 워낙에 심해서 완쾌되기까지 꽤 시간이 걸릴 거다. 내일쯤이나 정신이 드려나."

옆에서 있던 비한이 알려줬다.

"비한, 네가 때맞춰 와줘서 정말 다행이었다. 헌데 어떻게 알고 왔지?"

"알고 온 건 아니고, 네가 날 찾고 있다는 소식은 들었는데 그거와 별개로 네게 심장을 줄 여인을 찾았다는 소문을 듣고 온 거야."

"축하해주게?"

"아니, 축하보단 너를 막으려고 왔어."

비한이 태랑의 귓가에 대고 속삭였다. 솔루가 들으면 안 된다는 듯이.

"뭘 막아?"

"네 여인을 사랑하게 될지도 모르는 네 마음."

태랑은 고개를 돌려 비한을 바라봤다. 이건 또 무슨 말일까. 잠시 비한이 한 말의 의도를 생각해본 태랑의 입술이 비스듬히 올라갔다. 사랑하게 될 마음을 미리 막으러 왔다는 그의 말이 우스웠다. 앞으로 뭐가 어찌 될 줄 알고.

태랑이 처음에 솔루에게 바라는 건 오직 심장뿐이었다. 그러나 날이 갈수록 그녀가 곁에 있어주길 원했고, 함께 있어 즐거웠다. 지금도 솔루를 원하는 가장 큰 이유는 심장 때문이고, 해서 태랑보다 그녀가 먼저 그를 사랑해야 했다. 그랬기에 마음에 스며드는 그녀를 멀리했으나 저에게 변화가 일어나고 있는 건 그도 모르는 바는 아니었다.

두 팔에 감기는 작은 몸도 좋았고, 그의 이름을 부르는 목소리도 좋았다. 초롱초롱한 눈도 좋았고, 그 눈에서 흘러내리는 눈물도 좋았다. 그녀의 좋은 점을 나열하자면 끝도 없을 텐데…… 인정하면서도 무시하기 위해 노력했다.

그는 한고비를 넘긴 솔루를 보며 안도의 한숨을 쉬었지만 곧 다른 걱정이 몰려왔다. 모두가 끔찍해하는, 흑화된 자신의 모습을 본 데다가 공격받고 생사를 넘나들었으니 그녀가 도망갈 것은 자명했다. 어떤 이가 그런 일을 당하고도 머물겠는가. 어머니에게 겪었고, 이령에게도 겪지 않았던가.

허나 솔루가 제게서 도망간다고 해서 놔줄 의향은 없었다. 물론 저를 밀어내는 그녀를 보고 사랑할 자신도 없다. 해서 태랑은 단언했다.

"그럴 일도 없겠지만. 왜지?"

태랑이 물었다.

"그녀를 사랑하지 마."

"물음에 답부터 해."

"네가 살. 기. 위. 해. 서."

비한이 검지를 들어 박자에 맞춰 태랑의 가슴을 콕콕 눌렀다. 살기 위해서라. 순간 반유가 했던 말이 떠올랐다.

'설담의 경우만 염두에 두지 말고 비한과 상의해봐.'

관심이 없었던 탓에 비한에게 심장을 준 여인은 왜 죽었지 모르고 있었다. 비한의 말대로 그녀를 사랑하지 않았기 때문에 죽을 수도 있었던 그는 살았던 건가? 그렇다면 설담 역시도? 들어본 적이 없는 얘기였다. 기록으로 자세하게 남아 있지도 않았지만 알려고 하지 않았다.

그저 비한과 설담에게 심장을 준 여인의 결말이 어떻게 되는지 알고만 있었다. 그러나 그 과정은 전혀 모르고 있는 태랑이었다. 솔루가 나타나기 전까지만 해도 심장을 가질 생각보단 죽음을 선택하고 기다리고 있었기에.

문득 생긴 작은 궁금증이 증폭되어 머릿속에 꽉 들어찼다.

"그렇게 해서 넌 살아 있다는 거냐?"

이번엔 비한이 웃었다. 그러나 웃고 있는 그의 눈이, 입꼬리가 슬퍼 보였다. 아련한 무언가를 그리워하는 듯이 비한의 눈가가 촉촉해졌다.

"네가 보기에 내가 살아 있는 것 같아? 이게 살고 있는 거야?"

"그럼 살았지, 죽었나."

"흐음."

한참 동안 입을 다물고 있는 비한에게 태랑은 당장 말하라고 재촉하고 싶었지만 참았다. 왠지 그래야 할 것만 같았다.

"태랑…… 심장은 거저 얻어지지 않는다."

"그렇지. 여인이 날 사랑해야만 가능하잖아."

"맞아. 그건 당연한 거니 제외하자."

16

"쉽게 설명해라. 빙빙 돌리지 말고."

"아무리 쉽게 설명해도 넌 이해하지 못할 거다."

비한은 덥수룩한 수염을 문지르며 고민했다. 한 번도 경험해본 적이 없는 마음을 이해하기란 불가능하다. 특히 태랑에게 '사랑'이란 대충 어림짐작할 수도 없는 마음이리라. 그건 과거 비한 자신도 마찬가지였으니까.

"그녀를 사랑하고 심장을 취하게 되면 네게는 심장을 가졌다는 기쁨보다 더 큰 고통이 찾아올 거야. 차라리 심장을 갖지 말 것을 하고 바라기도 하겠지. 뼈저리게 후회하게 돼."

"그러니까 왜?"

"그녀의 심장을 뺏는 순간, 그녀에게 심장은 없을 테니까."

"혹시 죽…… 어?"

묻는 태랑의 목소리가 깊게 잠겼다. 솔루가 위급했던 상황이 떠올라 묻기조차 버거운 말이었다. 그녀가 세상에서 사라진다고 생각했을 때의 괴로움을 또 느끼고 싶지 않았다.

"죽을 수도 있지."

"설담의 여인은 살았잖아!"

쾅! 주먹을 쥔 태랑이 탁자를 내리쳤다. 그걸 본 비한은 한숨을 쉬었다. 화를 잘 내지 않는 태랑이었기에 저런 모습은 처음이었다.

"그래. 설담의 여인은 살았어."

"그럼 솔루, 그 녀석도 살 거야."

"아니, 모르는 일이다."

"하! 그 무슨."

"우선 너만 생각해. 네 심장만을 생각해. 네가 사는 것이 먼저야. 이기적이라 해도 어쩔 수 없어."

쾅당! 태랑이 거친 동작으로 일어나자 의자가 넘어졌다. 그는 비한의 앞섶을 잡아 제 쪽으로 당겼다. 힘에 끌려온 비한이 애처로운 눈길로 그를 바라봤다. 태랑이 사랑을 시작했다면 어떻게 한단 말인가. 설담은 용케 피해 갔다지만 넌 이미 운명 속으로 휘말려 들었다면 어떻게 해야 하나.

"죽을 수도 있다면 살 수도 있다는 거잖아. 죽는다고 단정 짓지 마라. 그건 그렇고 솔루의 심장을 뺏는 순간, 그 녀석에게 심장이 없다는 건 정확하게 무슨 뜻이냐."

씹어내듯 말을 뱉는 태랑의 눈이 날카로웠다.

"그녀가 널 보지 않을 거다."

"……?"

비한의 경고에 태랑의 미간이 움찔했다. 저를 보지 않는 솔루. 그녀의 맑고 까만 눈동자가 자신을 담지 않는다는 건 어떤 걸까.

"그녀가 네게서 돌아설 거야."

"……!"

이어진 비한의 경고. 태랑은 저에게 등을 보이는 솔루가 떠올랐다.

"그녀가 너만, 네게만 눈길을 주지 않을 거다."

"내게만?"

"응, 너에게만."

태랑의 손에 의해 팽팽하게 당겨져 있던 비한의 앞섶이 힘없이 놓였다. 솔루가 그 자신을 보지도 않을뿐더러 돌아선다는 상상을 하자 저절로 손에 힘이 풀렸다. 자신을 사랑하는 여인에게서 심장을 뺏는다는 것은 그런 의미였다. 여인의 모든 감정이 사라지고, 그것으로도 모자라 차갑게 돌변하는 모습을 봐야 한다.

분명 기분이 좋은 일은 아니었다. 도리어 생각하고 싶지 않을 만큼 불쾌하고 불안했다. 태랑이 이를 세게 물었다. 갑자기 주체할 수 없는 분노가 일었다. 복잡하게 얽혀 들어가는 감정에 화가 끓어오르고, 당황스러웠다.

"좋아, 그건 그렇다 쳐. 헌데 나는 이해가 안 된다, 비한. 내가 왜 죽는다는 거야."

"그녀가 변하고 네가 변할 테니까."

"변하다니?"

"알려줘도 몰라. 아니, 내가 알려주더라도 그때가 되면 넌 네 자신을 어쩌지 못하겠지. 방법은 하나뿐이다. 제대로 살고 싶다면 사랑하지 마."

"설담을 만나야겠어."

설담에게 그는 어땠는지 확실하게 물어봐야겠다. 태랑이 급하게 발걸음을 옮기려던 찰나에 비한이 그의 옷자락을 잡았다.

"뭘 그리 어렵게 생각해. 사랑하지만 않으면 되는데."

"……."

"뭐가 문제야. 너의 죽음? 아니면 저 여인의 죽음?"

"당연히……."

태랑은 다음 말을 선뜻 꺼내지 못하고 망설였다. 그는 죽고 싶지 않았다. 포기하고 있을 적에는 조금도 원치 않았는데, 희망이 보이자 살고 싶었다. 하지만 솔루가 죽는 것 또한 원하지 않았다. 망설이고 있는데 비한이 잡고 있는 옷자락을 당겼다.

"누가 먼저 생각났어? 네 자신? 저 여인?"

비한의 질문이 태랑의 가슴에 박혔다. 자신이 먼저였기 때문이다. 물끄러미 바라만 보고 있으니 비한이 알고 있다는 듯이 옅게 미소를 지었다.

"너로군. 결론은 났네. 네 목적만 상기하면서 앞으로 나가라."

"살릴 방도, 없는 거냐?"

"나도 몰라. 살 가능성보다는 죽을 가능성이 높아. 살릴 방도를 굳이 찾자면 네 자신을 잘 지키는 방법밖에 없다. 어렵겠지만."

비한도 제 여인을 보낼 수밖에 없었다. 살릴 방법을 알았다면 내게 심장을 줬던 그녀를 죽도록 뒀을까. 어떻게든 살리려고 했었지만 시간이 너무 늦어버렸고, 자신을 사랑해줬던 여인의 심장을 취한 대가는 혹독했다.

심장을 가진 그 순간부터 비한은 살아도 사는 것이 아닌 삶이 시작됐었다. 시간이 흐른 지금도 자신이 어찌 살아가고 있는지, 어찌 버티며 있는지 의아했다. 태랑의 일만 아니었다면 나타나지도 않았다. 그에게 심장을 줄 여인이 생겼다는 소식을 듣고 그만이라도 자신처럼 되지 않기를 바라는 마음에서 온 것이다. 후회로 가득 찬 시간을 보냈고, 보내고 있다.

그녀의 심장을 가지지 말 것을. 차라리 25살까지 함께 지내다 다가오는 죽음을 맞이했다면 더 행복했을 것을. 얼마나 땅을 치고 피를 토하며 후회했던가. 할 수만 있다면 해무에게 자신의 모든 걸 내어주고라도 그녀를 살리고 싶었다. 시간을 되돌리고 싶었다. 허나 그의 간절한 바람은 이뤄지지 않았다. 죽지 못해 살고 있는 이 시간이 어서 지났으면. 그녀 없이 편해지길 원한 적은 없었다. 그의 사랑이 저를 죽였고, 그녀도 죽였다.

"만약 사랑하게 됐다면 심장을 포기해."

비한의 말에 태랑의 얼굴이 굳어졌다.

이제 와 심장을 포기할 수는 없었다. 공존의 밤에 흑화되는 제 모습이 너무나 끔찍해 차라리 죽는 편이 좋다고 여겼지만, 더 긴 삶을 가질 수 있는 상황이 되자 그마저도 감당하고 싶어졌다. 간사한 마음이라 해도 어쩔 수 없다. 그것이 태랑의 솔직한 심정이었다.

"포기, 안 해."

"그래. 그래야 너답지."

"그리고 솔루도 살려. 난 너처럼 죽게 내버려두지 않겠다."

"하하하하하!"

난데없이 비한이 큰 소리로 웃더니 솔루가 누워 있는 침상을 흘깃 보고 멈췄다.

"태랑, 난 다 알려줬다. 나는 네가 오래 살아서 우리와 함께 지내길 바란다."

"나도 마찬가지다."

"그거 다행이네."

비한이 씁쓸하게 웃었다. 정말 다행인 건가. 애써 그리 믿고 싶어졌다.

홀로 솔루의 곁을 지키던 태랑은 비한의 말을 되새겨봤다.

알 듯하면서도 알 수 없는 말이었다. 심장을 가진 것만으로 끝이 아니었던가. 심장을 가지고 죽고 싶지 않다면 솔루를 사랑하지 않아야 한다. 단, 사랑하게 됐다면 심장을 포기하라니.

계속되는 깊은 생각으로 머리가 아픈 그는 솔루에게 다가가 옆에 앉았다. 그녀의 등 전체를 감고 있는 하얀 천에 붉은 핏물이 물들었다. 그녀가 무게를 느끼지 않도록 조심스럽게 천 위를 만지작거렸다. 그러다 손가락으로 그녀의 머리카락을 살며시 만지고 이마를 쓸다가 관자놀이를 타고 내려와 볼을 누르고 어깨를 손바닥으로 감쌌다. 피부를 통해 전해지는 온기가 마치 그녀가 괜찮다고 저를 달래주는 듯했다.

사실 당장 심장이 문제가 아니다. 당장 너를 사랑하고 말고의 문제가 아니다. 네가 정신을 차렸을 때, 나를 보고 소스라치게 놀라고 멀리하는 모습을 볼 일이 막막하다. 각오는 하고 있으나 막상 그런 솔루를 보고도 괜찮을지. 네게서 심장을 취하게 되면 나를 돌아보지 않고, 돌아서고, 내게만 눈길을 주지 않을 거라 했었나? 그때까지 기다릴 필요도 없이 곧 그녀가 정신을 차리면 그와 비슷한 경험을 하겠구나.

"아······."

솔루의 입에서 여린 신음이 새어 나왔다. 놀란 태랑은 그녀가 어디가 잘못돼서 그러나 싶어 신중히 살펴봤다. 눈꺼풀이 몇 차례 꿈틀거리더니 천천히 그녀가 눈을 떴다.

"정신이 좀 드느냐."

비한이 내일이나 되어야 깨어난대서 벌써 눈을 뜨리라곤 기대도 안 했는데, 반쯤 열린 눈꺼풀 사이로 보이는 솔루의 눈이 아주 느릿하게 움직여 태랑을 봤다. 갑작스레 그녀가 깨어나자 태랑은 조금 전까지 했던 걱정이 지워졌다. 빨리 깨어나줘서 고맙기까지 했다.

"태…… 랑 님?"

목소리가 쉬어 겨우 나오는 것 같았다. 들릴 듯 말 듯 부르는 음성에 태랑이 낮은 목소리로 대답했다.

"맞다."

그리고 그녀의 머리카락을 쓸어 올려주며 눈을 맞췄다. 아파서 그런지 맑은 눈동자가 공허해 그가 아닌 다른 곳을 향해 있었다.

"하아……. 무서운…… 태랑 님…… 아니다."

솔루가 중얼거리자 그는 잡고 있던 그녀의 어깨에서 손을 뗐다. 아직 온전하지 못한 정신으로 한 말이었지만 '무서운 태랑 님'이란 말은 그가 우려하던 일이 펼쳐지기 위한 시발점 같았다.

태랑이 빠르게 자리에서 일어났다. 완전히 정신을 차린 솔루에게서 가라는 말을 듣기 전에 미리 피하는 편이 낫다는 판단이었다. 그녀가 받았을 충격을 납득하면서도 받아들이기는 어려웠다. 그러는 틈에 솔루의 눈이 다시 감겼다. 밖에 있는 전의를 불러 그녀가 일어났다고 알린 태랑은 그곳을 빠져나왔다.

태랑은 밖으로 나가서 풀밭에 마련된 의자에 앉았다. 바람이 불어와 그의 머리카락을 스치자 그는 눈을 감았다. 저를 보고 있는데도 다른 곳을 보는 듯한 솔루의 눈이 떠올랐고, 동시에 비한이 했던 말이 생각났다.

'그녀가 널 보지 않을 거다.'

'제대로 살고 싶다면 사랑하지 마.'

비한의 말을 계속 곱씹었다. 어딘가 아귀가 틀어진 부분이 있는 듯했으나 살기 위해서라면 그의 말대로 태랑이 할 일은 솔루를 사랑하지 않아야 한다. 안 하면 그만인 쉬운 일인데, 마음이 복잡한 이유를 모르겠다. 그가 주먹으로 가볍게 제 이마를 두드렸다.

"여기 있었네, 태랑."

밝은 음성으로 태랑을 부르는 소리에 태랑은 감은 눈을 떴다. 설담이었다. 아무래도 솔루의 소식을 듣고 흑해궁까지 찾아온 모양이다. 그러나 그는 곧 설담 옆에 있는 사람을 확인하더니 인상이 험하게 굳어갔다.

"오랜만이구나."

태랑의 아버지 태건이었다. 은빛의 머리카락과 푸른 눈동자를 가진 그가 부자연스럽기 짝이 없는 웃음을 지었다.

태랑은 저와 닮은 얼굴을 하고 있는 남자를 봤다. 11년 만인가.

태건은 그동안 어디서 뭘 하며 지냈는지 차림이 남루했다. 하지만 태랑처럼 아름다운 외모 덕택에 너덜너덜한 옷을 입고 있어도 눈에 띄었다. 그의 아버지는 얼굴에 몇 개의 주름만 더해졌을 뿐, 헤어질 적의 모습과 별반 다르지 않았다.

"어쩐 일이십니까."

태랑이 유일하게 존대어를 쓰는 사람. 말은 높였지만 반가운 기색이라고는 눈곱만큼도 없는 그의 표정은 한없이 차가운 비아냥거림이 담겨 있었다. 아버지 태건이 나타난 목적은 자세히 모르겠으나 그의 심장 때문일 거라 짐작됐다.

솔루에 관한 소문이 어디까지 퍼졌는지 처음에는 이령이 찾아오더니 다음은 비한, 이제는 10년도 넘게 연락이 없던 아버지까지. 이러다 저를 버린 어머니도 나타날 기세였다.

제 아버지를 바라보던 태랑이 고개를 돌려 멀리 담 너머를 응시했다. 담 위로 보이는 검은 머리들이 불쑥 위로 올라왔다가 내려가기를 반복하고 있었다. 흑해궁에서 일하는 여자들이 두 부자를 구경하기 위해 깡충깡충 뛰는 중이었다.

그러나 태랑의 머릿속은 오직 느닷없이 나타난 아버지에 대한 생각만으로 가득했다. 비한의 말만으로도 머리가 복잡해 터질 것 같은데 태건의 등장은 태랑을 더 복잡하게 만들었다.

"설담, 차를 준비해달라 말해주겠나?"

자리를 비켜달라고 에둘러 말하는 태건의 의도를 알아차린 설담이 빙그레 미소를 지었다.

"네. 앉아서 말씀 나누고 계십시오."

인사를 한 설담이 자리를 피해 걷다가 뒤를 돌아봤다. 서로 다른 곳을 보고 있는 둘의 시선을 본 그가 조용히 혀를 찼다. 태랑이 심장을 갖는 일은 처음부터 엉켜 있었다지만 점점 심하게 꼬이는 느낌이었다. 머리를 긁적인 설담은 솔루를 보기 위해 발걸음을 옮겼다.

멀어지는 설담을 보고 있던 태건은 말이 없었다. 오랜만에 만난 아버지와 아들 사이에서 어색한 기류가 한참 동안 흘렀다.

"잘 지냈느냐."

"보시다시피 잘 지내고 있습니다."

태랑의 음성이 무심하게 흘러나왔다. 어디에서 지내시느냐, 하고 한 번쯤 물어볼 법도 한데 답을 한 그는 입을 다물었다.

궁금했지만 굳이 알고 싶지는 않았다. 그의 아버지는 어차피 하고 싶은 말만 하고 다시 떠날 것이 분명했다. 그의 가벼운 옷차림과 빈손이 그것을

24

증명하고 있었다.

"서로가 바쁜 듯하니 너를 찾아온 용건만 간단히 말하고 돌아가겠다."

태랑은 자신의 예상이 적중하는 아버지의 말에 서운할 것도 없었다. 잘 지냈냐는 물음은 걱정이 아닌 의례적인 인사에 불과했다.

"네게 심장을 줄 수 있는 여인을 찾았다는 이야기를 들었느니라."

소문이 빠르다는 건 알지만 그것이 돌고 돌아 벌써 아버지에게까지 들어가다니, 어이없는 웃음이 났다.

"축하라도 해주러 오셨습니까?"

"축하할 일이긴 하지. 네 신체의 특성상 염려가 됐는데 간절한 바람이 해무에게 통했나 보구나."

"해무에게 간절히 바란 적, 없습니다."

"그럼 다른 누군가가 애타게 빌었는지도."

"부모에게도 버림받은 저를 위해 누가 빌어주겠습니까."

태건은 아들의 가시 돋친 말에도 이렇다 할 반응을 하지 않았다. 태랑의 기억 속에 아버지란 사람은 늘 그랬다. 그가 어머니에게 상처 받고 울먹여도, 어머니가 떠난 뒤 외로움에 몸부림쳐도 항상 바라보기만 할 뿐 위로는커녕 안아준 적도 없었다. 더 이상 벗어나지도, 다가오지도 않는 거리를 유지했었다.

"아직도 원망하느냐."

아버지의 물음에 태랑이 이를 물었다. 눈썹이 꿈틀거리더니 이내 평온한 얼굴을 했다.

"전혀요. 그럴 거리도 없습니다."

"다행이구나."

"정말, 오직 축하해주러 오신 겁니까."

"……때가 돼서 왔다고 해야겠지."

"때라니요?"

내내 무심하던 태랑의 음성이 날카로워졌다. 덜컥 왕위를 물려주고 떠나 자취를 감추고 있다가 돌아올 날만을 기다렸다는 뜻인가.

도대체 왜? 아버지가 나타난 것만으로도 의문인 태랑에게 또 하나의 물음이 쌓였다.

반유는 솔루의 침상 옆에 앉아 그녀 얼굴을 가만히 살펴봤다. 해국의 여인들과 다른 점이 있는지, 여인으로서 반할 만한 구석이 있는지, 자신이 찾지 못하는 특별한 점이 있는지. 그러나 아무리 봐도 없었다.

태랑의 심장인 솔루에게 그다지 관심 없었다. 처음 객사에서 그녀를 만났을 때, 자신을 빤히 바라보는 눈동자가 불편했다. 대부분의 여인들은 반유가 답을 해주지 않으면 알아서 포기하던 것과 다르게 솔루는 혼자서 잘도 재잘재잘댔다. 솔직히 시끄러웠다. 귀찮기도 했고.

안대에 가려진 자신의 눈을 보고 놀랄 줄 알았는데 신경도 쓰지 않았다. 한술 더 떠 잘생겼다고 말하기까지 했다. 당시에 고맙다는 마음보다는 참 이상한 여인이라는 생각이 들었다.

그 뒤 태랑의 심장이란 사실을 알았을 때에도 특별하지 않았다. 단지 태랑에게 심장을 줄 여인이 나타났다는 사실과 늘 세상만사에 무심한 태도로 일관한 태랑에게 느껴진 변화가 신기했을 뿐이었다.

그리고 공존의 밤. 둘 사이에서 어떤 일이 벌어졌는지 전부 알 수는 없지만 솔루는 정신을 잃은 상태에서도 애처롭게 태랑을 불렀다. 감은 두 눈에서 흐르는 눈물은 등에 난 상처 때문이 아니라 태랑 때문인 듯했다.

공존의 밤 괴물로 변한 태랑을 본 그녀의 마음은 어땠을까. 보통의 여인이라면 그 모습을 보고 병환 중에도 저리 애달프게 찾을 수 없을 텐데.

그때부터 조금씩 반유의 눈길이 움직였다. 그녀와 만났던 짧은 시간을 되돌리며 무한 재현 중이었다. 아직 그녀만이 가지고 있는 특별함을 찾지 못했지만.

반유는 희생을 통해 심장을 갖고 싶지 않아 부러 여인을 멀리하고 있었으나 항상 궁금했었다. 제 심장을 내어준다는 건 죽을 각오를 한다는 것인데 그것이 어떤 마음일지 여인의 심장을 취했던 왕들은 그에 관한 이야기를 남기지 않았고, 그 여인들 또한 동시대를 살아가지 않았으니 알 길이 없었다.

그나마 기회가 있었던 설담의 경우, 그에게 심장을 준 여인은 반유가 만나볼 새도 없이 사라졌고, 비한에게 심장을 준 여인은 그가 꽁꽁 숨겨놓는 바람에 만날 수가 없었다.

그때였다.

"아……."

옅은 신음과 함께 솔루의 이마가 찡그려졌다.

아까 전의의 말로 잠깐 깼었다고 하던데 정신을 차리려는 듯했다. 속눈썹이 몇 차례 떨리더니 눈꺼풀이 작은 틈을 보였다. 텅 빈 눈동자가 느릿하게 움직이며 반유를 향했다.

"……태……랑……님?"

"아, 나는 아니…… 오."

반유가 고개를 저으며 답했다.

연초를 제외하고 여인과는 대화를 거의 하지 않는 그는 순간 당황했지만 마음을 차분히 가라앉혔다. 하대를 할까 하다가 태랑에게 심장을 줄 여인이라 그러지 않았다. 사실 당황해서 무심코 튀어나온 어투기도 했다.

솔루는 아직 정신이 온전히 돌아오지 않았다. 태랑의 하얀 머리카락과 반유의 검은 머리카락은 확연하게 구분이 될 정도로 다른 색상인데 그녀는 그것을 착각하고 있었다.

"반유라 하오. 혹 내가 잘 보이지 않소?"

그가 눈에 이상이 있는 건 아닌가 싶어 확인차 물었다.

눈꺼풀을 깜박이던 솔루는 더 크게 뜨고 자세히 보려고 했다. 흐리멍덩했던 눈동자가 점점 초점을 찾아갔다.

"태랑…… 님은 어디……."

태랑이 아님을 안 그녀는 힘겨운지 말이 끝까지 이어지지 못하고 끊겼다.

"당신의 곁을 지키다 잠시 자리를 비운 거니 조금만 기다리면 올 것이오."

"아……."

여린 한숨과 함께 솔루가 조그맣게 웃었다. 그녀는 태랑이 없을까 봐 걱정한 것 같았다. 확실히 당신은 어딘가 이상한 여인이다. 자신이야 소중한 친우이기에 태랑을 받아들일 수 있다지만 그 꼴을 하고도 그를 원하다니. 해국의 왕에게 심장을 줬던 여인의 마음은 다들 이랬던가 보구나. 사랑했다는 이유로 뭐에 홀린 것처럼 내 목숨의 위험은 어느새 잊어버리는 모양이었다.

"저……."

"필요한 게 있소?"

"……목이 ……탑니다."

반유는 탁자 위에 놓여 있던 잔에 물을 담아 가져왔다. 엎드려져 있는 솔루의 옆에 앉아 그녀의 목을 조심스럽게 손으로 받쳐 들고 잔을 기울여 물을 먹여줬다. 아무래도 제대로 받아먹을 수 있는 자세가 아니다 보니 솔루의 입술 사이로 물이 흘러내렸다. 그는 얼른 잔을 두고 상의 안에서 손수건을 꺼내 그녀의 입을 닦아줬다.

"감사합니다."

물이 들어가니 말하기가 훨씬 수월해졌는지 솔루의 말이 끊이지 않고 나왔다.

"더 마시겠소?"

"충분합니다."

그는 물잔을 들고 침상을 벗어났다. 제 피를 나눠준 탓일까.

조금 전만 해도 느끼지 못했는데 회복되는 그녀를 보자 기묘한 감정이 일었다. 피를 나눠줬기 때문인가. 뿌듯하다고 해야 하나. 간접적으로 해국의 백성들을 괴물부터 구한 적은 있었지만, 꺼져가던 생명이 자신으로 인해 살아나는 일을 눈으로 확연하게 보는 것은 처음이었다. 솔루가 어서 빨리 건강해지길 바랐다. 태랑을 위해서기도 하나 건강해진 그녀를 보는 일은 제법 괜찮을 듯해서였다.

드르륵. 문이 열리는 소리가 들렸고, 다급한 발걸음이 이어졌다.

"솔루!"

설담이었다.

"목소리 죽여."

반유가 주의를 주자 솔루가 괜찮다며 작게 말했다.

"이런."

솔루를 본 설담의 첫마디였다. 그녀의 상처는 천으로 동여매져 있었지만, 흘러나온 핏자국이 상처가 어느 정도인지 대신 설명해주는 것이나 다름없었다.

"많이 좋아졌습니다."

설담을 안심시키기 위해 솔루가 말했다. 반유가 고개를 갸웃했다. 방금 눈 떠놓고서는 많이 좋아졌단다.

"그래요. 솔루가 좋아졌다면 좋아진 거겠지요."

믿기지는 않았으나 설담 역시 솔루의 마음을 편하게 해주고 싶었다. 그렇잖아도 설담의 손바닥보다 작은 그녀 얼굴이 반쪽이 됐다. 드러난 어깨가 금방이라도 부러질 듯이 가늘었다. 예상은 하고 있었다지만, 공존의 밤에 괴물로 변하는 태랑의 일만으로도 가슴이 터질 것 같았던 마음이 솔루를 상태를 보자 종이처럼 구겨졌다. 그는 억지로 웃으며 솔루의 머리를 쓰다듬었다.

"기운 내요."

"예. 걱정하지…… 마십시오."

기운이 빠지는지 솔루가 다시 눈을 감았다. 그녀가 잠드는 걸 보며 가만가만 머리를 쓰다듬는 설담에게 반유가 물었다.

"네게 심장을 준 여인도 너를 저렇게 사랑했었냐."

"글쎄다. 반유, 네가 보기에도 솔루가 태랑을 사랑하는 것 같지?"

"혼절해 있을 때도 태랑을 찾더니 일어나자마자 또 찾더군. 해본 적 없는 내가 정답을 어찌 알겠냐만, 이 정도면 사랑 아닌가?"

"태랑도 알고 있을까. 그녀가 자신을 사랑한다는 사실을."

"나도 아는데 태랑도 알겠지. 모른다면 곧 깨닫든가."

설담은 자꾸 아릿해지는 가슴을 내리눌렀다. 문득 저에게 심장을 줬던 그녀가 떠올랐다. 당신도 나를 이런 식으로 사랑했었을까. 나에 대한 배신감보다는 당신 마음을 알아주지 않아서, 사랑해주지 않아서 그렇게 나를 원망했던 걸까. 나는 당신을 사랑한 적이 없어서 모르고 지나쳤는데, 이제 조금은 알 것 같다.

태건은 아들이 노려보고 있는데도 꽤 긴 침묵을 지키고 있었다. 아버지가 찾아온 건 아무래도 심장에 관한 중요한 이야기를 꺼내기 위해서인 것 같은데, 망설이는 빛이 역력했다. 태랑도 쉽사리 빨리 말하라 할 수 없는 분위기였다. 거대한 해일이 다가오기 전 같았다. 아무것도 남기지 않는 바다의 거센 태풍이 몰아치기 전 같았다.

"태랑."

드디어 태건이 아들을 불렀다.

"심장을 갖는 일은 중대한 사안이니만큼 결정도 신중해야 한다."

"결정하고 말고가 있습니까. 무조건 갖는 거, 아니었습니까."

"너는 네게 심장을 줄 여인을 사랑하느냐."

"……."

"사랑해줘. 대신 심장을 원하지는 말아라."

태랑은 어이가 없어 웃음이 나왔다. 이건 아들에게 대놓고 죽으라 말하는 아버지였다. 떠난 그를 얼마나 미워했던가. 차마 부모라서 저주를 할 수 없었지 어린 나이에 속으로 갖은 욕을 했더랬다. 그러다 시간이 흐르고 태랑을 깨달았다. 그가 부모님에게 원했던 건 늦게라도 저를 찾아주길, 아들이 잘 지내는지 확인하러 와주길 바랐었다는 걸.

허나 그의 아버지는 바람과 달랐다. 심장을 줄 솔루를 사랑해주고 도리어 저보고 죽으란다. 그럴 수는 없다. 보란 듯이 긴 세월을 살아가리라.

"싫습니다. 저는 심장을 취해 오래도록 살 것입니다."

"태랑, 지키기 위해 포기해야 하는 것도 있다."

"저는 저만을 지키면 됩니다."

"……내게 심장을 준 여인은……."

아버지의 얼굴에서 고뇌가 읽혀졌다. 입을 닫고 목을 매만지며 커다란 숨을 토해낸 그가 결심이 선 듯 다시 입술을 열었다.

"네 어미다."

"그건 당연……!"

뻔한 소리를 하고 있다 여겼다. 그러나 곧 당연한 것이 아니라는 사실을 깨달았다.

"다시 한 번 말씀해주십시오."

예리한 칼날처럼 가느다랗게 떠진 눈이 태건을 뚫어져라 보고 있었다. 들고도 믿기지 않아서 다시 요구했다.

"놀란 모양인데, 다시 말한다고 해도 바뀌지 않는 진실이다."

"아니, 거기까지만. 잠시 멈춰주십시오."

말하려는 아버지를 태랑이 손을 들어 막았다. 지금 자신의 머릿속에서 빠르게 오가는 내용들이 그에게 경고했다.

묻어둬라. 더는 알려 하지 마. 허나 그는 이미 이야기를 들었고, 확인이 필요했다.

"그러니까 아버님에게 심장을 준 여인은 어머니시라는 거죠. 그 말씀은."

태랑이 멈칫했다. 마음의 평정을 유지하기 위해 거세지는 호흡을 가다듬었다.

"그 말씀은 곧, 제게 이런 몸이 되도록 저주한 여인이 어머니라는 것입니까?"

병이라 말할 수도 없었다. 여인과 닿으면 발작을 일으키고 두드러기가 일어나는 증상은 아버지에게 심장을 빼앗긴 여인이 배신감을 이기지 못하고 내린 저주라 했다. 태랑은 악을 쓰고 울부짖으며 저주의 말을 쏟아붓는 여인의 얼굴을 상상한 적이 있었다. 누군지 몰라 언제나 얼굴은 뿌옇게 보였지만 이제 그 여인의 얼굴이 어머니로 바뀌었다.

"하!"

비소를 터트린 태랑이 멍하게 허공을 응시했다.

자식을 저주한 어머니라니. 생각지도 못한 얘기가 숨어 있었다. 사랑했던 사내의 배신이 자식에 대한 애정을 뛰어넘었다. 자신을 배신한 사내의 아이가 얼마나 싫고 미웠으면 그런 저주를 내렸단 말인가. 그래도, 그래도 본인의 자식이었다. 아, 그래. 어머니는 나를 아들로 인정하지 않았었지. 그저 싫은 것을 배 속에 담아뒀다 낳았으니 눈앞에서 보이는 것조차도 거부했으리라. 아이를 배에 담아두고 보면서 어떤 마음이었을지 그 마음을 짐작하는 것만으로 태랑은 허물어질 것 같았다. 버티기 위해 얼굴을 숙이고 두 손으로 이마를 짚었다.

잉태됐을 때부터 어머니에게 거부당했을 줄이야. 그것도 모르고 어머니에게 사랑을 원했다. 늘 과거를 되짚어보면 비참했는데, 처음부터 존재 자체가 허락되지 않았다는 사실을 안 지금, 어디로든 사라지고 싶었다. 수많은 작은 벌레가 그의 머릿속을 헤집고 다녔다.

"네 어미는 고왔다."

충격에 무너지는 아들을 보며 태건이 말했다.

"얼굴도 고왔지만 마음 씀씀이가 더 고왔었지."

"……."

이제 와 지난 이야기가 다 무슨 소용이라고. 대꾸할 기력도 없는 태랑은 잠자코 듣기만 했다.

"그랬던 그녀가 완전히 다르게 변했다. 심장을 내게 주고는."

회상하며 기억을 되짚는 태건은 괴로웠다. 언젠가 아들에게 얘기해줘야 하는 이런 날이 올 거라 예상했고 연습도 했건만 역시 쉽지 않았다.

"심장을 갖기 위해 모든 걸 숨기고 사랑한다 거짓을 말했다. 내게는 너뿐이라며 달콤한 말을 속삭이고, 진귀한 물건들로 환심을 샀어. 차근차근 일은 진행되어 네 어미는 나를 사랑하게 됐고, 결국 나는 심장을 취했다."

태건은 그걸로 모든 것이 끝났다 여겼다. 살 수 있다는 환희에 들떴지만 죽음의 그림자에서 벗어난 기쁨은 잠시였다.

"그날 네가 생겼지. 하지만 그 뒤부터 우리는 어그러져갔다. 실상을 알게 된 그녀가 견뎌내질 못했어. 내 사랑이 거짓이었다는 것을 알게 됐을 때 앞으로 내게 생길 아들에 대한 저주를 했다. 물론 네 어미는 자신이 너를 가진 걸 몰랐다."

"무슨 말이 하고 싶으신 겁니까."

묵묵히 듣고만 있던 태랑이 물었다. 아버지가 거침없이 쏟아내는 말은 어머니를 이해하라는 옹호였다.

"태랑, 여인의 심장을 취하는 일이란 그런 것이다. 영혼을 망가뜨리는 일이야. 전부 네 어미와 똑같이 되지는 않으나 모두가 고통스러워했다."

"해서 제가 심장을 포기하라는 말씀이십니까!"

태랑이 언성을 높였다.

어쩌라는 것인지. 원해서 태어난 것도 아니었고, 그렇다고 해서 죽고 싶은 것도 아니었다.

"결정을 내리라는 거야."

"제 삶과 죽음을요?"

"네 자신을 위한 선택과 그 아이를 위한 선택 중에 하나를 골라라."

"아버님은 제가 어떤 선택을 하길 원하십니까."

"당시의 나는 나를 위한 선택을 했다. 허나 되돌릴 수만 있다면 네 어미를 위한 선택을 했을 것이다. 내가 살고자 하는 욕심으로 그녀의 삶이 송두리째 흔들리고 부서졌으니까."

태건의 말은 예상했던 답과 딱딱 맞아떨어졌다. 고르고 말고 할 것도 없는 문제이지 않은가.

"공존의 밤도 어머니의 저주였습니까."

차마 대답을 할 수 없는 태건이 고개를 끄덕였다. 태랑은 천지가 흔들리는 느낌에 손으로 머리를 쥐었다. 골이 요동쳤다.

"……그럼 전 더욱 저를 위한 선택을 하겠습니다."

망설이고 싶지 않은 태랑이 재빨리 답했다.

"그 아이를 위한 선택이 곧 너를 위한 선택이 될 수도 있어. 짧은 삶을 산다고 불행하지 않듯이 긴 삶을 산다 해서 행복하지 않다."

"저는! 지금까지 살아왔던 짧은 삶이 모두 불행했습니다. 하여 억울합니다. 그러니 차라리 불행하더라도 오래 살겠습니다.”

“너와 같은 자식을 낳아야 할지도 모른다.”

“아버님도 저 같은 자식을 보고 잘만 살지 않으셨습니다. 저라고 왜 못 합니까.”

“너를 보기가 편치 않았다.”

“네, 그러셨겠죠.”

편했으면 그 긴 세월 동안 외면하지 않았을 테고, 훌쩍 떠나지도 않았으리라. 왜 나는 이런 삶을 살아야 하는가. 목숨이 걸린 일을 앞에 두고 나타난 아버지는 왜 포기하라 설득하는가. 왜, 어째서! 나는 살고자 하는 욕심을 부리면 안 되는 거야!

크크큭. 태랑은 계속 나오는 허망한 웃음을 참을 수 없었다. 태랑이 제 머리카락을 거칠게 쓸어 넘기며 냉정한 판단을 하기 위해 애썼다. 흥분하면 안 된다. 진정하는 동안 그는 확실한 결론을 지었다.

“저는 아버지처럼 하지는 않겠습니다.”

싸늘하게 변한 눈으로 아버지를 보는 태랑.

“속이지 않겠습니다. ‘너를 사랑하지 않는다. 나는 네 심장을 원한다.’라고 다 이야기하겠습니다. 다 알려주겠습니다. 그러니 지금 선택은 제가 하지만 최종 선택은 제가 하지 않을 것입니다.”

태랑은 솔루에게 맡길 작정이었다. 본인이 선택한 일이니 책임은 온전히 그녀의 몫. 선택을 자신이 했으니 누굴 저주할 수도 없겠지.

그래, 어렵게 생각하지 말자. 비한의 말대로 사랑하지 않으면 아버지와는 다르게 솔루를 속이지 않으면 된다. 그리되면 솔루가 배신감을 느낄 이유가 없다. 그는 심장을 가질 수 있고, 그녀가 죽지도 않는다. 간단하게 풀릴 문제를 괜히 복잡하게 생각했다.

“……태랑아.”

태건이 처음으로 부드러운 음성으로 불러봤지만 태랑의 표정에는 변화가 없었다. 안타까운 눈으로 아들을 응시했다. 자신으로 인해 누군가의 인생이 어둠으로 가득 물들어가는 일을 보는 것은 괴로운 일임을 아들에게 알려주고 싶었다.

미안하고 또 미안해서 다가갈 수 없는 나날들. 무엇으로도 보상해줄 수 없었다. 그건 아들인 태랑에게도 마찬가지였다. 두 사람을 향한 자책과 후회의 연속이었다. 죽지 못해 살았고, 왜 사는지 모르는 의미 없는 세월을 보내며 잘못을 깨달았다. 태건은 그 괴로움이 아들에게 대물림되는 걸 원치 않았다.

아들을 더 설득하고 싶었으나 태랑이 돌아서지 않을 것이 느껴졌다. 그가 자라온 환경이 그리 만들었다. 받은 것이 없으니 베풀 수가 없고, 거부당한 기억만 있으니 누굴 품을 수도 없겠지. 모든 걸 깨달았을 때 어느새 아들은 마음의 문을 닫아버렸고, 다시 열어보기 위해 시도하려 했을 때는 병든 그녀, 태랑의 친모가 나타났다. 죽음의 문턱에 있던 그녀는 아들을 만나길 거부하다 못해 해국에 있는 것조차도 싫어했다. 해서 태건은 아들을 떠날 수밖에 없었다. 떠남의 이유 역시도 전할 수가 없었다.

그래도 태랑 곁에 붙여둔 신하 중 한 명과 통하며 소식을 항상 듣고 있었다. 심장을 줄 여인이 나타났다는 소식을 들었을 때 기뻐하면서도 과연 자신처럼 살아가는 일이 옳은가 고민했다. 그리고 그 고민 끝에 태랑을 찾아왔다.

불쌍한 녀석. 그런 식으로 너를 낳지 말았어야 했다. 그런 식으로 너를 키우지 않았어야 했다.

태건도 부모의 사랑은 모르고 자랐다. 어머니도 그를 낳은 뒤 유명을 달리했고, 아버지는 정사에 빠진 채로 살았다. 태랑만큼은 아니지만 비슷한 일을 겪었던 터라 절대 그리하지 않겠다고 수백 번을 다짐했건만, 결국 똑같이 되풀이됐다. 운명의 끈은 이미 그의 손을 떠났다. 아마 처음부터 한 번도 잡아본 적이 없었는지도 모른다.

"돌아가십시오."

또 한 번의 후회를 하고 있는 아버지에게 태랑이 말했다.

"돌아가셔서 두 번 다시는 제 앞에 나타나지 마십시오."

태건은 답하지 않았다. 정말 이대로 포기해야 하나.

"신중히 생각하기를 바란다."

그가 의자에서 일어났다. 어쩌면 11년 만에 나타나 몇 마디 말로 설득한다는 것부터가 불가능한 일이었다. 가만 생각하니 핑계였다. 태랑을 만날 수 있는 핑계를 찾지 못해 이런 소식을 기다리고 있었다. 아들의 얼굴이 보고 이야기를 나누고 싶었다.

태랑을 만날 이날을 기다리며 많이 망설였었다. 어렵더라도 짤막한 대화 속에서 부자의 정을 나누고자 했는데 욕심이었나 보다. 한편으론 곁에 있지는 못하지만 두고두고 소식 들을 수 있게 아들이 오래 살기를 바랐다. 설령 그 삶이 불행할지라도.

두 마음이 싸우다 전자가 이겼다고 생각했는데, 막상 이리되니 후자의 승리기도 하다. 태건은 아들과 함께 있었던 공간을 떠났다. 그의 마음이 무거운 것처럼 태랑의 어깨 위에 올려진 짐이 많이 무거워 보였다.

"어? 태건 님은?"

차를 준비한 하인에게서 태랑이 혼자 있더라는 말을 들은 설담이 찾아왔지만 깊은 생각에 빠졌는지 태랑은 설담의 기척을 듣지 못했다. 무표정이었으나 험악한 기운이 폴폴 풍겼다. 그가 뿜어내는 냉기에 살이 시렵게 느껴질 지경이었다. 짐작대로 둘이 좋은 시간을 보냈을 리가 없었다. 아무리 그래도 무슨 말을 했길래 저리도 얼음인지 궁금했다.

"이봐, 태랑!"

"어."

설담이 큰 목소리로 부르자 그제야 태랑이 설담을 봤다.

"태건 님은 어디 계셔?"

"돌아가셨어."

"벌써?"

"긴 이야기를 할 사이는 아니잖아."

"뭐, 그렇긴 하지. 왜 오신 거야?"

"심장 때문에. 다들 왜 그렇게 내 심장에 관심이 많지?"

"해국의 왕이니까."

당연한 걸 왜 묻느냐는 듯이 설담이 답했다.

"해국에선 왕이 절대적이니 그럴 수밖에. 후대가 이어지지 않으면 새로운 왕을 뽑아야 하는데 그게 보통 일이야? 가장 큰 문제가 뽑은 왕은 특별한 능력을 갖고 있지 않잖아. 그 말은 왕이 해무의 축복을 받지 못했다는 건데, 백성들에겐 아주 중요한 작용을 하지."

근래에 나타나기 시작한 괴물만 봐도 그렇다. 능력을 가진 해국의 왕이 아니라면 그 괴물을 대처할 수 없을 것이다.

"솔루가 아니었다면 백해국의 계보가 끊어질 뻔했다."

설담이 팔꿈치로 태랑을 툭 쳤다. 미동도 없이 앉아 있는 태랑이 불안해 보였다. 어느 때보다 꼿꼿한 자세를 유지하는 모습이 금방이라도 부러질 것 같았다.

"아! 솔루 깨어났었다."

손뼉을 짝 친 설담이 전했다. 솔루의 소식에도 대꾸 없이 조용한 태랑을 흘깃 보고 말을 이어갔다.

"전의 말로는 놀랍도록 회복 속도가 빠르다던데, 반유와 네 피의 효과인가? 금방 기운 차릴 듯하더라."

"잘됐다. 그렇잖아도 심장을 빨리 갖고 싶었다."

태랑의 답에 설담이 적잖이 놀랐다.

"왜 갑자기 급해진 건데?"

"갑자기 아니야."

설담은 탁자 위에 놓인 주전자를 들어 찻잔에 기울였다. 맑은 분홍색의 차를 따라 태랑 앞에 놓고 제 잔도 채웠다.

"태랑."

"왜."

"혹시 그거 유효하냐?"

"그거라니?"

"나 혼자서 솔루를 좋아해도 된다는 말."

"……그래."

"솔루가 너에게 심장을 준 뒤에도? 너의 비(妃)가 된 뒤에도?"

태랑이 설담을 조용히 보더니 픽 웃었다. 웬 시답잖은 말을 하냐는 투였다.

"너 혼자서 가지는 마음을 내가 이래라저래라 하는 것도 웃기지."

자신에게 못 받는 사랑, 설담에게 받는 것도 나쁘지는 않다. 순간 가슴에 싸한 바람이 불어왔으나 무시했다.

"그럼…… 내가 솔루에게 내 마음을 보이는 건?"

"뭐?"

마시던 찻잔을 내려놓는 태랑의 손에 힘이 들어갔다. 다소 거친 동작에 차가 흘러 탁자를 적셨다.

"역시 그건 좀 그런가?"

"좋을 대로 해. 상관없다. 단, 내가 심장을 가진 뒤여야 해. 그 전에 그녀가 네게 마음이 가면 곤란하다."

그래, 정말 상관없다. 솔루는 그에게 심장 외의 의미는 없다. 지금도 그렇고 앞으로도 쭉.

"나중에 딴소리하기 없다."

"안 해."

"언제쯤 심장을 취할 거냐."

"되도록 빨리."

"그건 그렇고 솔루가 널 사랑한대?"

"아직 모른다. 그래서 지금 확인해보려고."

태랑이 느릿한 동작으로 일어나 천천히 발걸음을 떼며 솔루가 있는 방으로 향했다.

솔루에게 가는 태랑을 보며 설담도 자리에서 일어섰다. 태랑에게 느껴지는 분위기가 하도 이상하여 농담조로 던진 말이었다. 온전히 농담이라고 할 수는 없지만 그렇다고 허락이라는 이름하에 밀어붙일 생각은 전혀 없었다.

헌데 의외의 답에 마음이 편치 않았다. 눈에 불을 켜고 안 된다고 할 줄 알았더니 쉽게 응하는 태랑이 신경 쓰였다.

태랑은 진작 솔루에게 마음을 줬었다. 본인은 모르고 있어도 그가 봤을 땐 확실했는데 왜 별안간 저리도 차가워졌을까? 서둘러 심장을 갖겠다는 것도 그렇고, 냉기로 무장한 모습이 위태로워 보였다. 솔루와 태랑이 이대로 잘될 줄로만 알았다. 처음에 자신이 가졌던 둘에 대한 불안함이 괜한 것이라 생각했었는데……. 원점으로 돌아갔다. 무슨 일이 날 것만 같았다.

솔루가 있는 방문 앞에 서 있는 하인은 문고리를 잡은 채로 태랑의 눈치를 보고 있었다. 그가 문을 열라는 명을 내리지 않았기 때문이다. 문을 뚫어 버릴 듯이 노려만 보고 있을 뿐 입을 열지 않아 침묵 속에서 긴장감이 흘렀다. 하인의 등에서는 식은땀이 흘렀다.

"열어라."

드디어 태랑이 말을 했고, 하인이 문을 열었다. 성큼성큼 안으로 들어간 태랑은 솔루가 누워 있는 침상으로 다가갔다. 설담의 도발에 그녀를 확인해 본다고 왔지만 걱정도 됐다. 그를 보고 놀란 솔루가 기절할지도 모른다. 혹 악을 쓰며 나가라고 할까. 문득 그는 어머니의 모습이 떠올랐다.

한 발자국씩 가까워짐에 따라 침상 위로 늘어뜨려진 휘장 사이에 누워 있는 그녀가 보였다. 아까보다 더 좋아진 건지, 엎드려져 있지 않고 모로 세 워 누웠다. 솔루가 숨을 내쉴 때마다 천으로 감겨 있는 가슴이 들썩였다. 그 녀가 상의를 벗고 있는 탓에 보이는 하얀 팔을 눈으로 훑어 내렸다. 꿈을 꾸 는지 손가락이 무언가를 잡으려 꼼지락거리다 빳빳하게 굳었다. 작은 이마 가 찌푸려졌다.

"괜찮…… 아요."

조그맣게 웅얼거린 솔루의 눈에서 눈물이 흘러내렸다.

그녀는 꿈속에서 고통에 몸부림치며 상처로 물든 태랑의 눈을 봤다.

감추고 싶었던 모습을 들킨 그의 아픔이 눈빛을 통해 고스란히 드러났다. 어쩌다 그런 일이 벌어졌는지 모르겠지만 그가 보냈을 세월이 얼마나 처참 했을지 느껴졌다.

사납게 울부짖는 음성에 담긴 슬픔. 눈부시던 은빛 머리카락이 어두운 검 은색으로 변하며 휘날렸다. 태랑은 괴물의 모습으로 변해가고 있었지만 젖 은 푸른 눈동자가, 천지를 가르는 성난 울음이 살려달라는 애원이었다.

그녀를 보고 피하기 위해 뒷걸음질 치는 그의 걸음, 걸음이 아프다. 태랑 이 자리에 주저앉더니 몸을 두 팔로 감싸 안았다. 보이기 싫은 듯 다리 사이 에 얼굴을 묻었다.

보지 마라. 나를 보지 마.

태랑의 낮은 음성이 울음 속에 섞여 들려왔다. 그를 무서워했던 게 미안해졌다. 괴물의 모습에 가장 무서울 사람은 그 누구도 아닌 태랑 자신이리라. 솔루는 태랑의 아픔이 제 것처럼 가슴에서 통증이 일었다.

태랑 님. 태랑 님, 괜찮아요. 괜찮아요. 다…… 괜찮아요.

당신이라고 이런 상황을 원했을까요.

차마 다가갈 수가 없어 손을 내밀어 허공에 대고 쓰다듬었다.

그의 머리를, 그의 어깨를, 그의 다친 가슴을.

그때 손에서 따뜻한 기운이 느껴졌다.

번쩍. 눈이 떠진 솔루는 제 손을 잡고 있는 태랑을 보고 말을 하지 못했다. 입안에서 맴도는 말은 많은데 꺼냈다가 그에게 상처를 줄 수도 있어서 신중하게 꺼낼 말을 고르고 골랐다.

"태, 태랑 님……."

겨우 꺼낸 첫마디. 태랑은 잡고 있는 솔루의 손등을 가만히 덮었다. 상념에 잠긴 얼굴에 그녀의 가슴이 욱신거렸다.

"미안해하지 않을 것이다."

밖으로 나오지 말라 했는데 나온 건 너였다. 네 탓이다. 어쩌면 자존심이었는지도 모른다. 솔루에게만큼은 절대 보이고 싶지 않았던 본성이 들켰기 때문이었다. 한편으로는 두려움도 있었다. 겉으로는 아무렇지도 않은 듯이 딱딱한 말투였지만 그녀가 밀어낼까 봐.

"……예, 그러셔도 됩니다."

의외의 답에 태랑은 솔루의 손을 잡고 있는 손가락에 힘을 줬다. 겁에 잔뜩 질려 앞으로 저를 보지 않으면 어쩌나 했는데 그녀가 미소를 지었다.

너는…… 너는 참…….

태랑의 가슴 한쪽이 찌르르 저려온다.

"태랑 님."

힘이 없지만 솔루가 맑은 목소리로 그를 불렀다.

"왜."

"여기요."

툭툭. 그녀가 옆자리를 손으로 두드렸다.

"올려다보려니 눈이 아픕니다. 여기에 누워주세요."

갑작스런 제안에 태랑이 망설였다.

"한침상에서 같이 누워서 잔 적이 얼만데 새삼스럽게 그러십니까."

장난스럽게 말하며 웃자 그녀의 눈이 예쁘게 접혔다. 오랜만에 보는 볼우물에 태랑의 입술이 보일 듯 말 듯 늘어졌다. 멀어지자 마음먹었는데 그녀가 다가와 굳건하게 쌓으려는 담을 자꾸만 허물어뜨린다. 가만히 솔루의 옆자리를 보고 있던 태랑은 잡고 있던 그녀의 손을 놓고 천천히 몸을 뉘였다.

마지막이다. 오늘만, 내 오늘만 네게 마음 가는 대로 나를 내어줄 것이다.

이 시간이 지나면 내게서 너를 잘라낼 것이다. 그래야 내가 사니까. 살고 싶으니까 나를 위한 선택을 했다. 또 얘기하지만 네게 미안해하지 않을 것이다.

솔루와 마주 보고 누운 태랑은 한 팔을 세워 머리를 기댔다. 은근히 부딪치는 시선을 그녀에게서 떼지 않았다.

"태랑 님, 여기도 아픕니다."

솔루가 손을 들어 제 가슴 위에 댔다.

"거긴 다친 곳이 아니잖느냐."

그가 티 나지 않게 얼른 물었다. 다친 곳을 제대로 보지 못하고 넘겼다 싶어서였다.

"예, 아닙니다. 하지만 가슴이, 심장이 아픕니다. 등의 상처보다 아픕니다."

금방이라도 울 것처럼 솔루가 울먹였다. 그녀의 '심장'이라는 말이 귀에 들어왔다.

"허나 그동안 저보다……."

"……."

"태랑 님이 더 많이 아프셨지요?"

붉게 물든 눈으로 아팠냐고 묻는 솔루의 질문에 순간 태랑은 머리를 강하게 가격당한 것처럼 멍해졌다. 머리뿐만 아니라 명치도 맞은 듯이 아프다. 당황한 태랑은 뭐라 답해야 할지 몰라 고개를 획 돌렸다.

"태랑 님, 저를 보십시오."

"못생긴 네 얼굴 봐서 뭐 좋다고 보라느냐."

건조한 음성으로 답한 그가 이번엔 몸을 반대로 돌렸다. 표정이 어떻게 변했을지 모르는 얼굴을 솔루에게 보이고 싶지 않았다.

그녀가 던진 아팠냐는 질문의 의미를 모르지 않았다. 아팠었다. 누구에게도 밝힐 수 없었던 비밀. 왜 자신만 이런 저주에 걸려 고통 받아야 하는지 분노할 대상도 없었다. 그러다 그렇게 태어난 스스로를 자학하기도 했었다. 그렇게 태어난 자신이 잘못이라고. 어머니에게서조차 외면받는 자식이라면 차라리 태어나지 않는 편이 더 나았다고 생각한 적이 수도 없었다.

그리고 오늘. 어머니가 가지고 있었던 진실을 알게 되자 분노 위에 실망이 더해졌다. 아버지가 바라던 선택 역시 태랑을 분노의 구렁텅이로 밀어넣었을 뿐이다. 헌데 태랑도 억지로 외면했기에 자신도 미처 다독일 수 없었던 마음을 그녀가 위로했다. 그것도 그에게 큰 상처를 입은 몸을 하고서.

너는 참 알 수가 없구나.

"그렇게…… 뒤돌아서 아파하지 마세요."

조용한 그녀 목소리가 태랑의 가슴으로 파고들었다.

"혼자서만 아파하지도 마세요."

솔루가 떨고 있었다. 가슴에서 뻐근한 통증이 느껴졌고, 목구멍이 따끔거려 침을 삼키기가 버거웠다. 눈가가 시려와 깜박이는 태랑.

"이제는 제, 제가 있지 않습니까."

작은 손이 그의 팔을 잡았다.

"보잘것없는 저이지만, 해서 별 도움이 되어드리진 않겠지만."

스윽. 천이 끌리는 소리가 들렸다.

"힘드실 때면 제가 안아드리겠습니다."

말을 마친 솔루는 태랑의 등을 안았다. 넓은 등이 그녀의 조그마한 팔에다 안길 턱이 없었지만, 최대한 팔을 벌렸다. 상처가 벌어지는지 통증이 일었지만 솔루는 상관하지 않았다.

"너는…… 내가 싫지 않느냐."

비릿한 혈향과 함께 솔루만이 가진 체취가 그의 코끝을 간질였다. 미세한 흥분을 가져다줬던 그녀의 체향이었는데, 오늘은 이마저도 가슴을 아릿하게 했다.

"예, 싫지 않습니다."

"……."

"태랑 님 탓이 아니잖아요."

후두둑. 난데없이 그의 눈에서 뜨거운 물방울이 떨어졌다. 가슴 한복판이, 아니 어딘지 모를 언저리가 형용할 수 없게 쓰라렸다. 동시에 눈물만큼 뜨거운 기운이 퍼져 나가 손을 올려 가슴에 댄 태랑이 느릿하게 문질렀다.

"나는, 앞으로도 괴물로 변한다."

목소리를 가다듬은 그가 가라앉은 음성으로 말했다.

"알고 있습니다."

"나는 너를, 또 이리 만들 수도 있다."

"방 안에서 꼼짝하지 않겠습니다."

앞으로 괴물로 변한 그를 보고 도망가지 않는다고 자신할 수는 없다. 무서워하지 않는다는 약속도 못하겠다. 허나 공존의 밤을 보내고 와 힘겨워하는 그를 안아줄 수는 있겠다. 괜찮다고, 다 괜찮다고, 당신 잘못이 아니라고 위로하고 싶다.

"지금 제 앞에 계신 분도 태랑 님이시고, 공존의 밤에 나타나는 괴물도 태랑 님이십니다."

"……."

"제게는 그저 태랑 님이십니다."

"너는 왜……."

이다지도 나를 약하게 만드느냐. 흔들어놓느냐.

모두가 그를 부정했었다. 해서 그마저도 자신을 부정했다. 어렸을 적부터 봐왔던 파고를 제외하고 누구에게도 보이지 않았다. 심지어 그의 절친한 벗인 설담에게마저도. 정체를 알게 된 친우들이 아무 일 없었다는 듯이 넘어가줘서 고마웠지만, 보이고 싶지 않았던 상처가 더 깊어졌다. 그런데 솔루는 상처 난 그의 마음을 어루만지고 있었다. 태랑의 치부를 꺼내지 않으면서도 괴물인 그를 인정해줬다.

등 뒤에서 느껴지는 온기에 그는 몸을 돌려 솔루를 봤다. 습윤해진 까만 눈이 태랑을 향해 있었다.

나는 너를 어찌하면 좋을까. 이토록 어여쁜 널 내가 끊어낼 수 있을까.

태랑은 손끝으로 그녀의 얼굴선을 따라 움직였다. 커다란 눈동자를 따라서, 오똑한 콧날을 따라서, 귀여운 귓바퀴를 따라서, 그리고 앙증맞은 입술선을 따라서.

그녀가 해사하게 웃었다. 태랑도 따라서 어색하게 웃다가 이내 솔루의 턱을 잡고 고개를 옆으로 틀어 입을 맞췄다. 서로의 입술이 가볍게 닿았다 떨어졌다.

솔루의 눈이 동그랗게 커졌다. 태랑은 그런 그녀의 눈을 지그시 바라보며 다시 얼굴을 만졌다. 눈을 마주치는 것만으로도 호흡이 가빠졌다. 그는 볼을 쓰다듬다가 그녀의 머리카락 속으로 손가락을 넣었다. 한 손에 들어오는 뒤통수를 감싸고 제 쪽으로 끌어당겨 그녀의 입술에 자신을 입술을 눌렀다.

달달한 향이 그의 입안으로 번져 들어왔다. 촉촉하고 보들보들한 살덩이가 정신을 어지럽혀 아찔하게 만들었다. 솔루의 입술 사이에서 여린 신음이 나오자 그가 입술을 뗐다.

"아프냐."

"그, 그게 아니라……."

빨갛게 물든 얼굴을 한 그녀가 고개를 저었다.

"수, 숨이……."

솔루는 정말 숨이 차는지 헐떡였다. 거칠게 숨을 쉬는 건 태랑도 마찬가지였으나 멈출 생각이 없었다. 오늘만이니까.

"아프면 말해라."

솔루의 등에 있는 상처가 걱정되었지만, 아프다고 해도 놓아주지 않을 작정이었다. 솔루의 입술에 제 입술을 대고 나직이 속삭이자 마찰로 인해 등줄기를 타고 묘한 만족감이 번졌고, 동시에 갈증이 일었다. 그녀가 대답하기도 전에 눈을 감은 태랑은 짙은 입맞춤을 다급하게 시작했다.

쓰라리던 가슴의 통증이 더 심해졌다. 싫지 않은데, 그녀와 입술을 맞대고 서로를 느끼며 호흡을 나누는 지금이 너무 좋은데, 어째서 애달픈 기분이 들지. 순간 그는 울컥하고 올라오는 울음을 겨우 삼켰다.

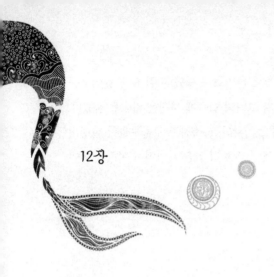

12장

의자에 앉아 고개를 뒤로 젖힌 비한은 덥수룩하게 자란 수염을 하인의 손에 맡겼다. 슥슥 능숙한 손길을 따라 수염이 깎여져 날렵한 턱이 드러났다.

"언제까지 있을 생각이야?"

창가에 서서 밖을 구경하는 반유가 비한에게 물었다.

"연초랑 똑같은 질문을 하는군."

"이제 그만할 때도 되지 않았냐. 연초도 생각해줘야지."

"그건 우리 문제야."

"황해국의 문제기도 해. 황해국의 문제는 곧 해국의 문제고."

할 말이 없어진 비한은 입을 다물었다. 그도 자신의 방랑을 그만둘 수 있다면 좋겠다는 생각을 하다 곧 접었다. 허한 마음을 한곳에 묶어두기가 어려웠다. 시시때때로 찾아드는 죄책감과 아픔에서 벗어날 길이 없었다.

"태랑과 무슨 이야기를 했어."

"……너, 태랑 걱정할 처지가 아니다."

"내 처지가 왜. 아, 심장 때문에?"

"아니, 워낙 위급했던 상황이라 내가 말하지 않은 것이 있는데 말이다."

위급했던 상황이라면 솔루가 태랑에게 다쳐온 일뿐이었다.

"무슨 말?"

밖을 보고 있던 반유가 시선을 비한에게 돌렸다.

"잠시만. 다 깎았느냐."

"네."

손으로 턱을 쓸어내린 비한이 하인을 내보냈다.

"그 여인에게 준 너의 피."

"그게 뭐?"

"말썽을 일으킬지도 몰라."

"말썽?"

되물은 반유가 잠시 조용해지더니 뭔가가 생각났다는 듯이 '아!' 하고 외쳤다. 그렇잖아도 이상했다. 느닷없이 솔루에게 눈길이 가고, 마음에서 일어나는 미묘한 변화가 신경 쓰였다. 설마 하면서 변화에 관한 이유를 찾자면 단순했다. 태랑의 여인이라 호기심에서 나오는 궁금증과 바람. 그 근원이 '피를 나눠줬기 때문일까.' 하고 의심은 했었는데 아닐 것이다. 비한이 말하는 '말썽'은 다른 부분이길 바랐다.

"그래서 그 말썽이라는 게 뭔데."

"그녀가 네 자식처럼 느껴질 수 있어. 네 연인처럼 느껴지거나 네 누이처럼 느껴질 수도 있고, 기록에 의하면 종류는 다양하지만 뭐가 됐든 결국은 너에게 영향을 끼치는 감정이 나타날 거다."

"……확실한가?"

아니길 바랐는데 맞았다.

"그건 나도 모르지. 본 적이 없으니."

"무책임한 놈."

반유는 한마디 더 하려다가 말았다. 그가 보는 비한은 그렇게 늘 무책임했다. 연초를 버려두고 제 나라인 황해국도 버려뒀다. 하지만 비한을 기다리는 일에 연초가 불만이 없었고, 황해국 또한 그녀가 맡아 잘 관리하기에 거기까지는 참고 말로 내뱉는 일은 없었다.

허나 이번은 다르다. 아무리 상황이 다급했다고는 하나 미리 알려줬어야 했다. 적어도 태랑은 이 사실을 알아야 했다. 벗과 연적이 되는 상황이 일어날지도 모르는데 그걸 넘겼다니. 저걸 패줄 수도 없고.

"죽으면 안 되잖아. 태랑에게 심장을 줘야 하는 소중한 존재니까."

"그래도 말은 해줬……. 아니다. 그건 관두고 태랑은 알고 있어? 제 여인을 자식처럼 느끼면 복잡해져."

그렇잖아도 반유의 낮은 음색이 한층 더 낮게 깔렸다. 차라리 그렇다면 더 좋지, 하며 비한이 혼자 중얼거렸다.

"그런 부분까지는 자세히 말하지 않았고, 감정 조절 하라고는 일러뒀다. 그러니까 너도 잘해. 피 때문이니까 괜한 착각에 빠져들지 마라."

"태랑과 얘기를 해야겠군."

오해를 낳을 수도 있는 상황을 미리 막아두기 위해서였다. 면경을 보며 수염이 잘 깎였는지 살피는 비한을 지나쳐 밖으로 나가려던 반유가 우뚝 멈췄다.

"그리고 너, 웬만하면 이제 그만하고 머물러. 무책임한 너 때문에 연초와 황해국 백성만 피해를 보고 있다."

"……네가 내 속을 어떻게 알겠냐."

한숨을 토하며 하는 대답이었으나 진지하진 않았다. 사랑을 해본 적이 없는 반유에게는 백번 설명해도 이해하기 힘들 것이다.

"당연히 몰라. 하지만 힘들어도 이겨내라. 너만 힘든 것도 아닌데 그만큼

했으면 됐어. 너 하나만 보고 시집온 연초 생각도 해."

"연초 너무 신경 쓰네. 좋아해?"

풋! 웃는 일이 거의 없는 반유가 소리를 냈다. 어이없는 말이지만 막상 연초와 저를 묶어 상상해보니 웃음이 절로 나왔다.

"좋아하긴 해. 하지만 친우로서일 뿐이니 넘겨짚지 말았으면 한다. 연초와 나는 서로 성정도 맞지 않고."

"변명이 너무 길어서 더 의심된다, 반유."

물론 비한이 반유를 정말로 의심하는 건 아니었다. 그저 오랜만에 만나 오가는 농담이었다.

"의심하는 것도 좋은 발전이네. 한 가지 정보를 알려주자면 연초는 나보다 하제와 뜻이 잘 맞아."

"안다."

이번엔 비한의 음성이 사뭇 딱딱해졌다. 정보라고 할 것도 없는 그도 알고 있는 이야기였다. 연초의 성격상 남녀노소 가리지 않고 잘 어울리는 편이었고, 특히 하제와는 어렸을 적부터 유달리 친했다. 연초와 비한이 만나게 된 계기도 하제 때문이었다.

비한이 둘 사이를 다른 눈으로 본 적은 없었다. 자신에게 그럴 자격도 없을뿐더러 두 사람이 서로 좋다고만 하면 연초를 보내줄 의향도 있다. 다만 연초가 비한을 너무 좋아해서 불가능한 일이라 애초에 말을 꺼내지 않았다.

그런데 가끔, 아주 가끔은 하제에게는 편하게 대하면서 비한에게는 거리를 두는 그녀에게 서운했다. 다정하게 티격태격하는 둘의 모습을 보기가 불편하기도 했다. 사실 그 부분에 대해서도 비한 입장에선 할 말이 없어 가만히 있었지만.

그때 문이 열렸고, 반유는 문 앞에서 서성이는 여인을 발견했다.

"비한, 너의 비가 왔다."

매번 느끼는 거지만 얼굴이 발그레하게 물들어 수줍게 웃고 있는 연초의
모습은 낯설었다. 여느 때는 사내라고 해도 될 만큼 기개가 높은데, 비한 앞
에서는 이렇듯 여인의 모습을 했다.

"잘해봐."

반유는 연초의 어깨를 두드려주고 제 갈 길로 갔다. 연초가 안으로 들어
온 줄 뻔히 알면서도 비한은 시선을 주지 않았다. 그리고 언제나 그랬듯이
먼저 말문을 열지 않는다.

"비한."

"⋯⋯응."

"할 말이 있어서."

"⋯⋯응."

연초는 안절부절못하며 어쩔 줄 몰라 했다. 비한 앞에만 서면 머릿속이
하얗게 변하고, 심장이 터질 듯이 달음박질을 했다. 누구 앞에서도 당당한
그녀를 유일하게 떨리게 하는 사람이 비한이었다. 연초의 오빠는 그만을 바
라보는 그녀를 바보라고, 등신이라고 욕했지만 별수 있겠는가. 이리 보기만
해도 좋은 것을.

"언제 또 떠나?"

그녀가 오래 머물기를 기대하며 물었다.

"대답했었잖아. 오래 있지는 않을 거야."

"으응, 그랬었지."

"연초야."

"어?"

비한이 얼굴을 돌려 연초를 응시했다.

"고맙다."

또 그 말. 비한이 연초를 보면 항상 하는 말이 '고맙다.'였다. 그녀는 '네가

싫다.'라는 말보다 '고맙다.'라는 말이 더 아팠다.

"아니야. 내가 할 일인데, 뭐."

무엇에 대해 고맙다는 말인지 연초는 알았다. 그를 대신해 황해국을 맡아 줘서였다.

"그리고 미안하다."

연초를 가장 아프게 하는 말. 이 역시 무엇에 대한 말인지 그녀는 알고 있었다. 다른 여인을 마음에 품고 잊지 못해 떠도는 것에 대한 미안함.

그래도 아프지 않은 척하며 어깨를 으쓱했다. 겉으로 보기엔 강해 보이는 그녀지만 사랑하는 사내 앞에서는 한없이 작아지는 천생 여인이었다. 그녀의 마음을 받아줄 수 없는 비한은 고맙고 미안해 다른 말을 꺼낼 수가 없다.

"되도록이면 태랑 혼인은 보고 떠나."

연초가 그를 살피며 떠본다. 매일 얼굴을 마주하지는 않겠지만 한공간에 그가 있다는 것만으로도 행복했다.

"태랑이 곧 혼인한다고 해?"

"말은 안 했는데 느낌상 그래 보이네."

사실 태랑이 솔루와 언제 혼인할지 감을 잡지는 못했다. 단지 둘 사이를 갈라놓을 것만 같았던 공존의 밤 사건이 도리어 긍정적으로 급변하는 계기가 된 듯했다. 특히 열쇠를 쥐고 있는 솔루에게 그랬다.

"……생각해볼게."

비한의 답을 들은 연초가 그에게서 돌아섰다. 입술 사이로 희미하게 새어 나오는 웃음을 손으로 눌러 막았다.

반유는 태랑을 만나기 위해 솔루가 묵고 있는 방으로 가봤지만 그는 없었다. 솔루가 누워 있는 침상 곁에 있을 줄 알았더니 어디에도 그의 모습을 보이지 않았다. 태랑을 찾기 위해 방을 나서려던 반유는 자리에 멈춰 섰다.

그냥 나가자. 머리는 밖으로 나가자고 설득하는데, 마음은 가서 솔루를 보라고 권유했다. 몸은 그 사이에서 어중간하게 결정을 내리지 못하고 갈팡질팡하고 있었다.

비한에게 피에 대한 이야기를 듣고 줄곧 말도 안 된다고 생각했다. 잠깐 그녀에게 눈길이 가고 관심이 가기는 했지만, 그건 태랑의 여인에 대한 호기심이었다. 그리고 친우의 여인이었기에 어서 회복되기를 바라는 마음도 있었고. 헌데 비한에게 쓸데없는 소리를 들어서인지 없던 관심도 생기겠다.

그래, 한번 보기나 해보자. 보면 뭔지 확실히 알겠지.

결국 반유는 솔루의 침상을 향해 걸었다.

"여기 있었군."

솔루의 침상에서 태랑을 발견한 반유가 조용히 작게 혼잣말을 했다. 조그마한 솔루의 몸이 태랑의 품에 쏙 안겨 잠들어 있었다. 둘의 편안한 표정을 본 그는 방해하지 않기 위해 조심스레 나가려던 참이었다. 누군가 일부러 당기는 것처럼 그의 시선이 자꾸 솔루에게 돌아간다. 부러 다른 곳을 보려고 노력하던 반유는 끝내 자연스럽게 눈이 돌아가 솔루의 얼굴에 머물렀다. 그의 손보다 작은 것 같은 얼굴이 신기했다. 그런 작은 얼굴을 처음 본 게 아니라 신기할 것도 없건만 그녀는 달라 보였다. 비한의 말이 영 틀리지는 않은 것 같다.

그때였다. 태랑의 손이 슬며시 올라가 솔루의 얼굴을 가리더니 그가 눈을 떴다.

"그만 봐."

매서운 눈빛이 반유를 찌를 것처럼 반짝였다.

"자고 있는 게 아니었네."

시선을 거두며 반유가 말했다.

"이제 잘 거야. 나가."

태랑이 솔루의 팔에 걸쳐 있는 이불을 그녀 머리가 덮일 정도로 끌어 올렸다.

"할 말 있다."

"나중에."

얇은 이불에 덮여진 솔루의 뒷머리를 잡아 자신의 가슴으로 당기는 태랑.

"잠깐이면 돼."

왠지 이 시간이 지나면 태랑에게 말하기 싫어질지도 모른다는 느낌이 들었다. 비한의 말을 전부 신뢰하기는 어렵지만 지금 상태라면 어떻게 될지 장담할 수가 없다.

"꼭 지금이어야 해?"

솔루가 깰까 봐 태랑이 속삭이듯 낮은 음성으로 묻자 반유가 고개를 끄덕였다. 태랑은 솔루를 보면서 슬며시 침상에서 나왔다.

"밖에서 하자. 방금 잠들었다."

허리를 숙은 그는 솔루의 목까지 이불을 내려준 다음 그녀의 머리를 한 번 쓰다듬고 일어났다. 태랑의 행동을 본 반유는 썩 유쾌하지 못한 기분으로 태랑과 함께 자신의 집무실로 들어갔다. 의자에 앉자마자 태랑이 어서 말하라는 눈빛을 보냈다.

"네 여인에게 나눠줬던 피가 조금 문제를 일으킬 것 같아."

반유가 차분한 목소리로 전했다. 말은 아무렇지도 않게 별일 아니라는 듯이 하고 있지만 어쩐지 찜찜했다.

"문제?"

"피를 나눠주는 치료의 과정을 거치게 되면 준 쪽이 상대에게 특별한 마음을 갖게 된다더라."

"비한이 말해줬을 테니 신빙성이 없는 건 아니네. 그러니까 네가 솔루에게 피를 나눠줬으니 앞으로 너는 그 아이에게 특별한 느낌을 가질 것이다, 뭐, 이런 뜻이야?”

“그렇다고 봐야지.”

“그럼 나도 해당사항 아닌가?”

“너도 해당사항이야. 네게 감정 조절 잘하라고 비한이 말했다면서.”

감정 조절은 무슨. 대놓고 사랑하지 말라 했지. 물론 그 문제와 이 문제는 다르지만 말이다. 태랑의 긍정의 뜻으로 고개를 끄덕였다.

“예방차원에서 미리 알려준다. 나도 노력하겠지만 네 여인에게 관심을 갖게 된다면 그건 순전히 피 때문이야. 오해하지 말아줘.”

오늘 무슨 날인가. 아까는 설담이 선전포고를 하더니 이번엔 반유다. 특히 반유는 생각지도 못해서 당황스럽기까지 하다.

“자식처럼 느껴질지, 누이처럼 느껴질지…… 여인으로 느껴질지는 모르겠는데.”

반유의 음성이 꽤 묵직했다.

“혹, 내가 이상한 행동을 하게 된다면 네가 잘 잡아줘.”

담담하게 말하는 반유.

“만약 그게 네 진심이라면?”

태랑이 물었다. 피 때문이든, 그 외에 것이든 그런 마음을 갖게 된다면 그 자체는 거짓이 아니다. 아아, 헌데 이런 게 다 뭔가. 어차피 솔루를 사랑하지 않기로 했는데 다른 이들이 그녀에게 관심을 보이고 진심으로 대한다 한들 그게 나와 무슨 상관이지? 순간 제 처지를 깨달은 태랑은 속이 썼다.

“아니야. 됐어, 반유. 괜히 물어봤다. 듣고 싶지 않고 나와 상관이 없어, 미안.”

“뭐냐, 그 반응은.”

반유는 어떤 대답을 해야 할지 몰라 머릿속으로 적당한 문장을 만드는 중이었다. 그런데 갑자기 태랑이 그의 답을 듣고 싶지 않고 상관없다고 했다. 그런 사람이 자신에게 보여주기 싫어 손으로 모자라 이불로 솔루의 얼굴을 덮은 걸 잊은 모양이다. 아주 잠깐 곁에서 떨어지면서도 아쉬워 어쩔 줄 모르던 표정을 하고서는 상관이 없단다.

"그녀가 내 심장이라는 것만 상기하고 있어. 비한의 말대로라면 앞으로 네 마음이 어떻게 될지 모르겠다. 하지만 내가 심장을 취하기 전까지는 지켜줘야 할 부분이 있어. 적어도 그때까지는 솔루에게 향하는 마음이 생긴다면 절대적으로 참아야 해."

주의를 준 태랑이 돌아갔다. 그의 뒷모습을 보고 있던 반유는 깊은 한숨을 내쉬었다.

솔루가 있는 방으로 돌아간 태랑은 침상에 걸터앉아 그녀와 대화 중인 설담을 발견했다.

"벌써 일어났느냐. 잠든 지 얼마 되지 않았는데."

태랑이 일부러 설담 들으라고 한 소리였다.

"저절로…… 눈이 떠져서요."

그녀의 목소리가 가늘게 떨렸다. 반유와 나가기 전만 해도 제법 괜찮았었는데 다시 나빠졌나. 태랑은 자신이 낸 상처가 또 생각나 누워 있는 그녀의 어깨 너머를 응시했다.

"솔루 몸이 괜찮나 보러 왔는데 마침 깼지 뭐야."

기어 나오는 목소리로 말하는 솔루를 대신해 설담이 크게 외쳤다. 태랑은 오늘만큼은 솔루와 둘만의 시간을 보내려고 했더니 옆에서 도와주지를 않는다. 이럴 바엔 솔루를 백해궁으로 옮기는 편이 낫겠다.

"적당히 해. 이 녀석 힘들다."

"솔루, 힘들어요?"

설담이 묻자 그녀가 힘없이 웃었다.

"우리 나름 즐거운 이야기를 하고 있는 중이었어."

"즐거운 대화?"

되묻는 태랑의 눈썹이 예민하게 치켜세워졌다.

"아! 너에겐 즐거운 대화가 아니려나?"

"뭔데 그래."

"우리 네 얘기 중이었어."

"……!"

자신에 관한 이야기를 나누고 있었다는 설담의 말에 태랑은 재빨리 솔루의 표정을 살폈다. 방금 전만 해도 보지 못했었는데 그녀의 눈에 눈물이 고여 있었다.

태랑이 나간 사이, 설담이 솔루가 있는 방으로 들어왔다.

설담은 항상 태랑에게 더 많은 무게가 실렸던 마음의 기울기가 점점 평형 상태로 되어가는 중이다. 솔루를 욕심내면서도 태랑이 그녀와 잘되길 바라는 마음도 있었다. 해서 그는 태랑에게 공격받은 솔루를 이해시키고자 했다. 지금까지 봐온 그녀의 성격이라면 태랑을 안아줄 수 있다고 믿었지만, 그가 살아온 시간을 알려주고 싶었다.

태랑이 여인을 안을 수 없는 몸이라는 것과 어떻게 자랐는지에 대해 자세히 설명해줬다. 그로 인해 파생되었던 사건들까지. 단, 심장 이야기는 제외했다.

솔루는 태랑과 처음 만났을 때 그가 자신을 천장으로 날렸던 것이 수긍이 됐다. 그녀의 말을 믿지 못하고 몇 번이나 확인하려 들었던 것 또한 납득이 갔다. 누워서 가만히 설담의 이야기를 듣고만 있던 솔루는 매워지는 눈가를 손으로 눌렀다. 온전치 못한 몸을 가지고 있는 건 자신과 태랑이 비슷했으나 살아온 과정은 너무나도 달랐다.

그녀는 비록 어려운 형편이었지만 가족에게 넘치는 사랑을 받았다. 허나 태랑은 정반대였다. 모든 걸 누리고 살면서도 부모에게 애정이라곤 손톱만큼도 받지 못했다.

아름다운 외모, 많은 재산, 손에 쥔 권력, 특별한 능력. 그게 다 무슨 소용이야. 사라지면 조금도 내 안에 남지 못하고, 죽으면 가져가지도 못할 것들이다.

공존의 밤마다 괴물로 변하는 것만으로도 충분히 외롭고 아플 텐데. 태랑 님의 삶이 많이도 애처롭구나.

그 어느 때보다 사랑받고 보호받아야 할 시기에 어머니에게서 내쳐졌고, 아버지의 무관심 속에 자랐다. 그런 속사정도 모르고 까다롭고 제멋대로 굴어 자기만 아는 성격이라 생각했었다.

가슴에 얼마나 많은 멍이 들었을까.

태랑의 성격은 더 많은 멍을 만들지 않기 위한 자기보호였다. 겉모습만 다 큰 어른이지 속은 사랑받고 싶어 하는 어린아이일지도 모른다.

"하아."

솔루가 옅은 한숨을 쉬었다.

수없이 많은 밤을 어머니에 대한 그리움으로 보냈겠지.

이 나이가 되어도 어머니 품이 그리울진대 태랑 님은 태어나서 단 한 번도 그 따뜻함을 느껴볼 기회가 없었겠다. 더구나 여인과 손도 닿으면 안 되니 유모를 둘 수도 없었겠고. 게다가 아버지마저도 그랬다니.

"그럼 태랑 님은……."

이런 걸 물어봐도 될까. 말을 꺼내려던 솔루가 멈췄다가 다시 입술을 뗐다.

"한 번도 사랑을 받아보신 적이 없습니까?"

"외모가 워낙에 출중하니까 사랑한다고 말하는 여인들은 많았죠. 하지만 그건 그저 겉모습을 사랑할 뿐이에요. 태어나면 가장 먼저 사랑을 줘야 하는 대상인 태랑의 부모가 멀리한 데다, 그의 신체적인 특성이나 환경적인 요인 탓에 누군가를 가까이할 성격도, 상황도 아니었고."

차라리 설담이 모른다고 했다면 이렇게 가슴 아프지는 않을 것이다. 정확하게 단언하는 그의 말이 더 아프게 찌른다.

"그러다 보니 태랑을 사랑해줄 이가 없었어요. 앞으로도 어려울 거예요."

"설담 님은 태랑 님을 사랑하지 않으십니까?"

"친구라서 좋아해요."

설담이 생긋 웃으며 답하자 솔루가 고개를 끄덕였다.

저도 태랑 님을 좋아합니다. 좋아하니까 태랑 님의 일에 이리도 가슴이 아프겠죠?

태랑의 삶은 참으로 삭막했다. 게다가 앞으로도 과거와 다를 바 없는 삶을 살 거라는 말이 솔루의 가슴을 쳤다. 평생 동안 어떤 이에게도 사랑을 받지 못하는 인생이 서글펐다.

자꾸 머릿속에서 넓디넓은 궁에 혼자 덩그러니 앉아 있는 사내아이가 그려졌다. 환한 자환목과 자환화가 가득하고, 물고기 떼가 하늘거리는 지느러미를 흔들며 헤엄치는 백해궁. 그 안에 앉아 있는 것만으로도 황홀한 아름다운 곳에서 태랑은 외로움과 함께 자랐으리라.

어리광이나 피워봤을까.

떼를 쓰고 울 일도 없이 늘 혼자 묵묵히 있어야 했던 그가 처연했다.

혼자서 얼마나 쓸쓸하셨습니까.

눈물이 차올라 떨어지려던 찰나였다. 태랑이 들어와 벌써 일어났냐고 걱정하자 눈가가 뜨거워지고 시야가 흐릿해졌다. 아까도 그를 안아줬지만 또 안아주고 싶었다.

아름다움과 차갑고 마음대로인 성격으로 감추고 있었으나 안은 상처투성이겠지. 그 상처를 치유해드릴 수만 있다면. 그에게 누구도 주지 못한 사랑을 자신이 줄 수 있다면.

그도 사랑받을 수 있는 자격이 있다 알려주고 싶다. 어쩌면 이미 그녀에게 사랑받고 있는지도 모른다. 솔루는 갑작스레 깨달은 제 마음에 놀랄 것도 없었다. 그의 일이 자신의 일처럼 아파서 힘겹고 눈물이 나 그저 좋아하는 감정이라고만 여겼는데 어느새 이만큼이나 커졌나 보다.

"태랑 님, 저 좀⋯⋯."

일으켜달라는 듯이 손을 허공에서 허우적거렸다.

"일어나기 힘들 텐데?"

그가 손을 내밀어 솔루의 손을 살며시 쥐었다.

"태랑 님께서 잡아주시면 됩니다."

짧은 웃음을 지은 태랑이 그녀 옆에 앉아 잡더니 손에 힘을 주어 당겼다. 힘없이 딸려오는 솔루의 등을 안아 그녀를 일으켜 앉힌 그가 '됐냐.' 하는 표정을 짓고 고개를 기울이며 바라봤다. 태랑에게 기대 안겨 있는 솔루가 손을 들어 그의 눈을 가리고 있는 머리카락을 살짝 넘기며 천천히 쓸어내렸다. 문득 떠오른 기억 때문이었다. 태랑은 가끔 솔루의 머리를 쓰다듬어줬다. 한 번이었지만 잘했다는 칭찬도 해줬다.

그의 머리를 쓰다듬어준 사람이 있었을까. 잘했다고 그에게 칭찬해준 사람이 있었을까.

솔루는 태랑뿐만 아니라 부모님이 닳아질 정도로 머리를 쓰다듬어주고, 사소한 일에도 잘했다며 칭찬을 아끼지 않았다.

뿐만 아니라 매일 눈을 맞추며 '사랑하는 우리 솔루.'라고 불러줬다.

병든 제 몸을 자책하는 그녀에게 '우리에게 솔루가 와줘서 하늘에 감사하다.'는 말도 늘 전했다. 태랑도 분명 그런 사람이다. 그를 보내준 하늘에 감사한 마음을 전할 누군가가 있을 것이다.

"돌아가신 제 아버지가 해주신 이야기인데요."

소곤소곤 속삭이는 솔루.

"세상 사람 모두가 똑같은 복(福)을 가지고 있지는 않다고 하셨습니다. 많은 복을 가진 사람이 있는가 하면, 그 반대인 경우도 있다 하셨어요. 복이 재물과 같은 점이 있는데, 많은 이가 적은 이에게 나눠주면 도움이 된답니다. 태랑 님, 혹시 알고 계십니까? 전 참 복이 많은 사람입니다."

"복이 많은 녀석이 바다의 제물로 바쳐져 해국으로 들어오고, 그것도 모자라 자주 다치더냐."

"바다의 제물로 바쳐져서 가족이 굶지 않을 수 있고, 해국으로 들어왔기 때문에 좋으신 분들을 만나 호사스러운 생활을 하고 있습니다. 그리고 다치기는 했지만 보살펴주셔서 죽지 않았습니다."

긍정적이기도 하지. 옆에서 둘의 대화를 듣고 있던 설담이 중얼거렸다.

"그래서 하고 싶은 말이 무엇이냐."

태랑은 이럴 때 보면 정말 눈치가 없다. 복에 관한 이야기의 서두가 나오면서부터 설담은 그녀가 무슨 이야기를 할지 짐작이 되었다. 둘의 모습을 물끄러미 보던 그는 자리를 피해주기 위해 문을 향해 걸었다.

"제 복을 태랑 님께 나눠드리겠습니다."

솔루의 말에 태랑이 픽 웃었다. 복에 관한 그녀 아버지의 말을 믿지는 않지만 생각해줘서 기특하다는 식이었다.

"왜지?"

"아…… 그게……."

설담에게 태랑의 어린 시절을 다 들었다고 말할 수는 없었다. 그의 자존심을 상하게 할지도 모르는 문제였다.

"내가 불쌍하더냐."

망설이는 그녀에게 물었다. 아까 괜찮다고, 그의 탓이 아니라고 했던 말들도 동정에서 나온 것인가. 그녀의 위로로 잔잔해진 마음이 어째 씁쓸해지려 한다.

"아닙니다! 오해 마십시오!"

힘없는 음성이었지만 솔루는 최대한 크고 단호하게 말했다. 그런 오해는 싫었다. 물론 그가 불쌍하다는 마음은 있지만 그게 다가 아니었다. 그것보다는 다른 마음이 훨씬 더 컸다.

"당연히 아니어야지. 감히 백해국의 왕에게 동정이라니."

강하게 부정하는 그녀의 답을 들은 태랑은 안심했다. 약간의 심술이 섞였지만 금세 사라졌다.

"예. 그러니 많이, 아주 많이 드리겠습니다."

"그러다 네 복이 다 없어지면 어쩌려고?"

"복이 재물과 다른 점이 있는데요. 나눠줘도 줄어들지 않고 도리어 늘어나는 경우가 많답니다."

"날, 네 복을 증식하는 데 이용하려고 하는구나."

태랑이 솔루의 작은 코를 잡아 좌우로 흔들다가 놨다. 진지한 눈으로 제 복을 그에게 나눠준다는 솔루가 귀여워 장난을 치는 그였다. 무거웠던 마음이 잠시나마 잊혀졌다.

"태랑 님께 앞으로 좋은 일이 생기길 바라는 마음으로 드릴 것입니다."

잡혔던 코 때문에 아프다며 찡그릴 줄 알았는데 솔루는 여전히 진지한 눈으로 말한다. 해서 그도 그녀와 같은 눈빛으로 물었다. 가능하다면 그도 제게는 조금도 도움이 되지 않을 것 같은 그 복이란 것을 받고 싶었다.

"어떻게 줄 것이냐"

솔루가 말없이 보기만 하더니 두 손을 태랑의 어깨에 얹고 힘을 주며 상체를 세우려 했다. 갑작스런 행동에 의아했지만 편하게 움직일 수 있도록 그녀의 허리를 잡아 도와줬다.

　태랑의 도움을 받은 솔루는 저가 만족할 만큼 상체가 세워지자 태랑의 머리를 끌어안았다. 양팔을 두르고 가슴으로 감싼 뒤 그의 정수리에 자신의 볼을 댔다. 생각지도 못했던 솔루의 행동에 태랑이 그대로 굳었다.

　"저는…… 저는……."

　더는 묻어두고만 있을 수 없었다. 솔루는 심장이 두근거리는 걸 느꼈다. 세차게 뛰는 심장이 태랑의 귀에도 들릴 걸 알았지만 안고 있는 머리를 놓지 않았다. 오히려 그가 듣기를 원했다.

　이 소리가 진심임을 알아주기를.

　"저는 태랑 님이 좋습니다."

　등에 난 상처보다 좋은 마음이 더 큽니다, 라는 말까지 하고 싶었지만 삼켰다. 그가 제게 입힌 상처로 괴로운 기억을 떠올리지 않길 바라서였다.

　"많이 좋습니다. 시간이 흐를수록 더 좋아집니다."

　돌연한 고백에 태랑의 눈이 커졌다. 시간이 멈춘 듯했다. 그토록 원하던 말인데 이상하게도 기쁨보다는 가슴이 저릿저릿했다.

　"제가 가진 복도 나눠드리고, 제가 가진 사랑도 나눠드리겠습니다."

　솔루가 숨을 작게 몇 번 내쉬었다.

　"태랑 님, 제가…… 태랑 님을 사랑해도 됩니까?"

　질끈 눈을 감은 그녀는 부끄럽고 떨려 그의 머리를 더 세게 안았다. 제 허리를 잡고 있는 그의 손가락에 힘이 들어가는 게 느껴졌다. 답을 기다리며 함께 있는 공간이 온통 붉게 물들어갔다.

　"나를, 사랑하느냐."

　태랑은 그녀가 그렇다고 답을 한다면 어찌해야 하나 고민했다.

　바로 혼인식을 올려야 하나. 아니다. 솔루가 회복할 때까지 기다려야 할까. 아, 그것도 아니다. 나는 당장 뭐라고 대답을 해야 할지도 모르겠다.

가슴에서 뜨거운 기운이 올라오고, 처리할 일이 여러 개가 동시에 터진 것처럼 머리가 복잡해졌다. 태랑의 가슴에서 일어났던 저림 현상은 척추를 타고 올라가 머리까지 저리게 만들었다. 그러나 잠시 잊고 있었던 심장이 생각나자 머리도, 가슴도 빠르게 식어갔다. 일이 순조롭게 풀리는데 답답해져왔다. 바라고 있었는데 바라지 않은 것처럼.

"아…… 잘 모르겠습니다. 그러니까 지금 사랑을 하는 것 같기도 하고, 앞으로 사랑을 할 것 같기도 하고 그렇습니다. 저, 저도 처음이라……."

끝말이 웅얼거리며 솔루의 입술 사이로 사라졌다. 얼굴을 마주 보고 대화하기 위해 태랑은 그녀의 품에서 벗어나려고 했다. 그러나 솔루가 놓아주지 않았다.

"이대로 있으면 안 됩니까? 창피해서 태랑 님 얼굴 못 보겠습니다. 그리고 아직 할 말이 남았습니다."

"해봐."

"이런 말, 제가 주제넘을 수도 있지만…… 외롭지 않게 곁에 있어 드리겠습니다. 말씀드린 것처럼 힘드실 때면 안아드릴 테니 제게 기대셔도 됩니다."

"……나보다 작은 녀석에게 어찌 기대라는 것이냐."

솔직히 이 순간만큼은 작은 솔루가 자신보다 더 크게 다가왔다. 겨우 머리가 그녀에게 안겨 있는데 마치 전신이 안겨 있는 것 같았다. 그것도 더없이 소중하게.

"물론 필요치 않으시면 거절하십시오."

솔루가 말은 그렇게 했지만 그가 거절한다는 상상을 하자 생살이 베이는 느낌이 들었다. 움찔 몸이 떨렸다. 태랑과 있었던 때가 주마등같이 스쳐갔다. 그에게 가졌던 수많은 의문과 감정들이 사랑의 시작이었던 모양이다. 시간이 흐르자 솔루는 점점 그를 안고 있기가 힘들어졌다. 상처가 욱신거리고, 긴 침묵이 버티는 힘을 앗아갔다. 태랑이 말이 없자 솔루는 자신과 그의 마음은 다른가 보구나 하고 인정하려던 순간이었다.

"필요하다."

낮게 잠긴 음성이 들려왔다.

"예?"

그녀는 들었으면서도 믿기지 않아 되물었다.

"필요해."

"태랑 님……."

"필요해! 내게는 네가 필요하다!"

그가 크게 외쳤다. 혹시라도 그녀가 듣지 못했을까 봐, 그래서 자신이 했던 말들을 없었다는 듯이 주워 담을까 봐 힘껏 외치며 놓지 않겠다는 듯 솔루의 가는 허리를 팔로 휘감았다. 그리하지 않으면, 잠시라도 틈을 보이면 그녀가 그 틈으로 빠져나갈 것만 같았다.

너의 위로가 필요하고, 너의 품이 필요하다. 너의 사랑이 필요하다. 너의 심장이 필요하다. 아니, 나는 그냥 네가 필요하다. 너의 모든 것이. 네가 아니면 나는 안 된다.

솔루의 허리를 잡고 있던 태랑이 한 손으로 그녀의 상처를 조심스럽게 어루만지며 말했다.

"내게는…… 너밖에 없어. 너뿐이다."

그녀는 태랑의 머리에 입술을 댔다. 너밖에 없다는, 너뿐이라는 그의 말을 듣는 순간 솔루는 깨달았다. 사랑이었다. 그래서 그렇게도 아팠고, 지켜주고 싶었구나.

"태랑 님, 사랑합니다."

솔루가 태랑의 머리에 입술을 댄 채 작게 속삭였다.

"……사랑하고 있어요."

무언가가 가슴을 간질거리며 목구멍까지 올라오다 콱 막혔다. 밖으로 터질 것처럼 뛰던 심장이 이러다 멈추는 것이 아닌가 싶을 정도로 방망이질해 댔다. 태랑의 머리에서 입술을 뗀 솔루는 여린 한숨과 함께 은빛 머리카락을 쓰다듬었다.

많이 사랑할게요. 조금 어색하고 어렵지만 태랑 님의 가슴을 두드리는 절 느껴주십시오. 부디 제 마음을, 제 사랑을 귀 기울여 들어주세요. 제게도 태랑 님밖에 없습니다.

어머니, 사랑하는 사람이 생겼어요. 보여드리고 싶은데 언젠가는 만날 날이 오겠죠? 정말, 정말 오래 살고 싶어요.

솔루는 23살이 되면 죽을 거라던 의원의 말이 틀리길 마음속으로 간절히 빌었다.

태랑과 솔루를 위해 자리를 피해주던 설담은 문을 나서기 전, 솔루가 한 말을 듣고 멈췄다.

'제가…… 태랑 님을 사랑해도 됩니까?'

문고리를 잡고 있는 손에서 싸한 기운이 번져왔다. 반갑고 축하해줄 일이다. 일부러 잘되라고 솔루에게 태랑의 과거까지 알려줬는데 이런 기분은 난감했다. 힘을 잃은 손으로 겨우 문을 열고 나가며 둘의 대화가 등 뒤로 들려왔지만 애써 듣지 않으려 했다. 빠른 동작으로 나오고 싶은 마음과 다르게 몸은 답답할 만큼 느렸다. 밖으로 몸이 나오자 그 앞을 지키고 있던 하인들이 문을 닫았다. 설담이 자리를 뜨지 못하고 멍한 눈으로 바닥만 바라보고 있자 하인들이 안절부절못했다. 그들에게 미안한 마음이 든 설담이 걸음을 떼려는 찰나였다.

"뭐 하고 있어?"

반유가 의아한 눈으로 물었다.

"아, 잠시 생각할 게 있어서."

"안에 그 여인은 깨어났나?"

무의식적으로 솔루의 안부를 물어보던 반유가 얼굴을 찡그리면 '아차!' 하고 조용히 탄성을 내뱉었다. 피 때문에 나타나는 현상인지 아닌지는 모르겠으나 오해를 살 수 있는 이런 질문은 조심해야 했다. 그런 그를 보고 있던 설담이 눈을 가늘게 뜨며 반유의 얼굴 가까이 다가갔다. 설담이 듣기에 반유가 솔루의 안부를 묻는 건 이상할 것이 하나도 없었는데, 실수했다는 듯이 뒤따라오던 탄식 때문이었다.

"응. 깨어나서 지금 태랑과 이야기 중."

"음. 그래."

설담의 어깨 너머로 문을 가만히 바라보던 반유가 아쉬운 기색을 감추지 못했고, 설담이 그런 반유의 기색을 재빠르게 잡아냈다. 설담은 반유의 모습이 마치 자신을 보고 있는 듯한 기분을 지울 수 없었다.

"들어갈 생각 말고 이리 와봐."

반유의 팔을 당긴 설담이 근처에 있는 아무 방으로 끌고 들어갔다. 설담은 말없이 따라 들어온 반유의 얼굴을 양손으로 잡아 하나밖에 없는 그의 눈에 집중했다.

"너 이상해."

설담이 조용히 말하자 반유가 제 얼굴을 잡고 있는 손을 걷어냈다.

"뭐가 이상하다는 거야."

"나를 속일 생각은 마라."

"속일 마음도 없고, 속이는 것도 없다."

"기대하고 온 얼굴이잖아."

솔루가 있는 방 앞에서 만난 반유는 기대감으로 가득한 표정을 지었다가 들어가기 어려운 상황이란 걸 알자 실망한 빛이 역력했다.

"솔루한테 관심 있어?"

설담은 이미 솔루의 마음을 차지한 이는 태랑이란 걸 알기에 언감생심 욕심내지 않았다. 하지만 같은 마음을 가지는 또 다른 이가 생기는 일은 원치 않았다.

"관심이 생겼어."

"뭐?"

아무렇지도 않게 시인하는 반유에게 놀라 설담이 소리를 질렀다.

"귀 따가워. 소리 좀 줄여."

반유가 이마를 찡그리며 말하자 설담이 목소리를 낮췄다.

"태랑의 여인이야."

"그러는 너는 태랑의 여인인 줄 몰라서 마음에 품었냐."

"나는!"

다시 설담의 언성이 높아졌다. 반유가 손을 들어 조용히 하라는 손짓을 했다.

"나는 천성이 그렇고! 내가 갖는 마음은 여인이라면 다 똑같아. 너도 알면서 새삼스럽게 왜 그래. 내가 여인에게 진지한 마음 가지는 거 봤어? 나는 그런 거야. 헌데 너라면 다르지. 더구나 너는 심장도 없잖아!"

"태랑의 심장을 가로챌 생각 없다."

"그럼 뭔데?"

반유가 비한에게 들었던 피에 관한 내용을 설명하자 듣고 있는 설담의 얼굴이 일그러졌다.

"그래서 네가 솔루를 여인으로 본다는 거야?"

"아니, 관심일 뿐이라고 말했다. 아직 확실히 모르겠어. 누이로 보이는 건지, 내 자식으로 보이는 건지. 아님, 너의 우려대로 여인으로 보이는 건지."

"여인으로 보이면 안 돼. 스스로 조절 잘해."

"노력이야 하겠지만 설사 여인으로 보인대도 달라지는 것이 있나. 어차피 태랑을 택했는걸."

"반유, 정신 차려. 너도 네 심장 찾아야지."

그가 다른 사람의 희생으로 심장을 가지는 일에 대해 부정적이라 느긋하게 있다는 것을 설담도 알고 있으나 지금 상황은 문제가 있다. 좋아하는 여인이 있는데 어찌 다른 여인을 안을 수 있겠는가. 누구나 그건 어렵겠지만, 특히 반유는 성격상 절대 불가능한 일이었다.

"고맙다. 이왕 걱정해주는 거 내가 그 여인을 누이나 자식으로 받아들이는 감정이 되길 기원해줘."

부탁해, 라는 말을 한 반유가 먼저 자리를 떠났다.

"으아!"

설담이 머리를 쥐며 나직이 비명을 질렀다.

무슨 일이 이렇게 꼬이는지 모르겠다. 저 하나만으로도 모자라 이제는 반유까지 합세했다. 과연 그가 솔루에게 어떤 감정이 생길지는 모르나 예감이 썩 좋지 않았다.

다음 날 새벽.

태랑은 한자리에서 꼼짝하지 않고 솔루를 보고만 있으며 밤새도록 그녀의 곁을 지켰다. 창문으로 어슴푸레 여명이 비쳐오는 것을 확인한 그는 반질거리는 솔루의 머리를 가만히 쓰다듬었다.

'사랑하고 있어요.'

끊어질 듯 말 듯 하게 들려오던 음성. 그 여린 음성에 태랑의 가슴은 먹먹해졌다. 그와 함께 머릿속으로 '됐다.'는 쾌재를 불렀었다. 제법 혈색이 돌아온 얼굴을 손등으로 깨지 않게 살며시 문지른 뒤, 작은 손을 잡아 입을 맞추고 제 볼에 갖다 댔다.

이제는 시간이 됐다. 너는 잠시 접어두고 나만 생각하련다. 하지만 네 마음은 잊지 않고 있으마. 너에게서 심장을 취하고 내가 살게 되면 그때는…… 그때는 너만 볼 것이다.

그는 이불 안으로 솔루의 손을 넣은 뒤 가볍게 토닥이고 자리에서 일어섰다. 아련한 눈으로 솔루를 바라보던 태랑이 허리를 숙여 볼에 입을 맞추고 일어섰다.

그리고 일어난 그는 예전처럼 차갑고 감정 없는 눈으로 변해 있었다. 조금의 미련도 없이 휙 돌아선 태랑의 옷자락이 쓸리는 소리가 그의 마음을 대변했다. 성큼성큼 걸어서 문을 열고 나선 태랑은 앞에 서 있던 반유를 발견했다.

"일찍 일어났네?"

"객사 일 때문에 일찍 나서는 설담을 배웅해주고 오는 길이야."

"그랬군. 나도 지금 백해궁으로 돌아간다."

"네 여인은?"

반유가 턱으로 문 쪽을 가리켰다. 아직 누워 있던 솔루를 두고 간다는 태랑을 이해할 수 없어서 물었다. 사실 그것보다는 태랑의 말투에서 느껴지는 냉랭함이 이상해서였다. 소중하고 아까워서 어쩔 줄 모르는 것 같았는데 갑자기 왜 저럴까.

"아직 움직이긴 무리 같으니 나중에 괜찮아지면 파고를 보내도록 할게."

"함께 지내다가 가도 돼."

"그럴 필요까지는 없어. 그리고 혼인 준비를 해야 한다."

"혼인?"

"날 사랑한다잖아. 하루라도 빨리 식을 치러야지. 간다."

가려는 태랑의 어깨를 잡는 반유를 향해 '왜?'라는 뜻을 담은 푸른 눈동자가 그를 응시했다. 태랑의 눈빛이 확실히 어제와는 달라졌다.

"다쳤잖아. 네게 저 여인은…… 그러니까 솔루라는 저 여인은 그저 심장을 갖기 위한 도구였어?"

"대답을 해야 하나?"

당연한 걸 왜 묻느냐는 말투였다. 반유는 혼란스러웠다. 분명 태랑이 변했다고 생각했는데, 그는 언제 그랬냐는 듯이 본래의 모습으로 돌아왔다. 아니, 그걸 떠나서 태랑도 솔루에게 피를 나눠줬다. 해서 설사 지금까지 오로지 심장 때문에 그녀를 아꼈더라도 다시 감정이 생기는 것이 정상 아닌가. 반유는 저와 달리 변화가 없는 태랑을 보고 고개를 갸웃했다.

"아꼈잖아."

"지금은 아니라는 소리처럼 들리네. 여전히 아껴. 그녀가 없으면 내가 죽으니까."

차분하게 가라앉은 태랑의 목소리가 저음을 가지고 있는 반유보다도 낮았다. 어느 때보다도 음산한 분위기가 태랑을 감싸고 있다.

"심장 때문이 아니라……."

제 감정을 태랑에게 설명하려던 반유는 당황스러웠다. 뭐라고 표현해야 할지 적당한 말들이 떠오르지 않는다.

"비한이 말했었던 피의 부작용 기억나? 그녀에게 여인으로서의 감정이거나, 자식 또는 형제애가 생긴다고 했던 거."

"그랬었지."

"너 아무렇지도 않아? 심장을 떠나서."

"글쎄. 난 별로."

비웃는 듯 태랑의 한쪽 입술 끝이 올라갔다.

"왜 그러지."

반유가 이마를 긁적이며 혼자 중얼거리자 그렇지 않아도 차가운 태랑의 눈이 얼어붙었다.

"그럼 너는 벌써 그런 게 생겼다는 거야?"

태랑이 물었다.

"아마도."

원래 반유는 태랑에게는 감출 생각이었는데 답하고 말았다. 지난번에 행여 그런 상황이 벌어지면 이해해달라고 말은 했지만 괜한 오해를 불러일으켜 그와의 관계가 틀어지길 바라지 않아서였다. 헌데 말이 튀어나왔다. 반유에게 잡혀 비스듬히 돌아서 있던 태랑이 몸을 똑바로 돌렸다.

"어느 쪽인데."

"아직은 몰라. 관심이 가고, 눈길이 가고 있다."

"하!"

태랑이 실소를 터뜨렸다. 비한의 말이 틀리지 않을 줄로는 알고 있었으나 이렇게 빨리 시작될 줄 태랑은 예상치 못했다. 태랑은 솔루가 어제 자신에게 사랑한다고 말해줘서 다행으로 여겼다.

"반유, 혹시나 해서 하는 말인데……."

확인 차원에서 한 번 더 짚고 넘어가려는 태랑이 말했다.

"넘보지 않아. 이미 그녀는 너를 사랑하고 있다."

"알고 있으니 됐어."

"예상보다 반응이 영 미지근하네."

조금 전 쌩하니 얼어붙은 눈빛을 보고 불같이 화낼 줄 알았는데 태랑은 아무렇지도 않아 보였다. 하긴 그는 '화(禍)'에 대한 것만큼은 스스로 잘 다뤘다. 반유는 태랑이 제 감정을 감추고 있는 건지, 정말 화낼 필요도 없다는 생각하는 건지 감이 오지 않았다.

"저번에도 말했지만 상관없으니까. 네 마음까지 내가 통제할 수는 없잖아. 그럴 생각도 없고. 간다."

자신의 어깨를 잡고 있는 반유의 손을 떼어낸 태랑은 천천히 복도를 걸어갔다. 그의 뒤통수에 대고 반유가 말했다.

"누이야. 누이처럼 느껴져."

뒤늦게 수습해야겠다는 생각에 한 말이었다.

"상관없다니까."

돌아보지도 않고 태랑이 답했다. 사실 반유에게 분을 낼 뻔한 태랑은 겨우 참으며 돌아선 거였다. 이제 이 경기는 끝이 보인다. 솔루가 돌아오면 청혼을 하고 그때 심장에 관한 것도 알려줄 계획이다. 아버지처럼 속여서 취하지는 않겠다는 다짐을 꼭 지키리라 다시 한 번 되새겼다. 그녀가 어떻게 받아들일지는 모르겠으나 자신의 승리로 끝날 것 같았다.

한편, 태랑이 떠나고 집무실로 가려던 반유는 여러 번 망설인 끝에 솔루가 있는 방으로 들어갔다. 잠깐 사이에 태양이 떠올라 창문으로 밝은 빛이 쏟아졌다. 솔루가 누워 있는 침상의 휘장이 위로 말려 있어 햇빛이 그녀의 얼굴을 비췄다. 따가웠는지 그녀가 얼굴을 찌푸리자 반유는 얼른 휘장을 내리기 위해 매듭을 풀었다.

"반유 님?"

매듭을 풀던 반유가 손을 멈추고 솔루를 봤다. 잠시 시간이 멈춘 듯한 기분에 빠져 있던 그는 정신을 차리고 매듭 푸는 일을 계속했다.

"그대로 두세요. 잠에서 깼습니다."

"아직 이른 시간이니 더 자두시오."

"괜찮습니다. 졸리지 않아요."

"그럼."

휘장을 그대로 둔 반유는 서둘러서 나가려던 참이었다.

"반유 님, 치료해주시고 보살펴주셔서 감사합니다. 제가 폐를 끼쳤습니다. 잊지 않을게요."

"그대를 살리기 위해 이곳으로 데리고 온 건 하제요. 난 한 일이 없소."

"궁을 내어주시고 전의에게 치료를 받도록 해주셨잖습니까. 덕분에 빨리 회복되고 있습니다."

"빨리 회복되는 건 태랑의 공이 크오."

"태랑 님이요?"

솔루에게 등을 보이고 있던 반유가 그녀와 마주 봤다. 핏기가 없었던 하얀 입술이 붉어지고, 맑은 얼굴에 번진 미소가 싱그러웠다. 두근두근. 난데없는 가슴의 울림에 당황한 반유가 안대를 매만졌다. 이놈의 피가 정말 이상한 반응을 가져오긴 하는 모양이다.

"눈이 불편하십니까?"

떨리는 손으로 안대를 만지는 그가 눈이 아픈 건 아닌지 염려해서 솔루가 물었다.

"아니오."

"나중에 제가 예쁜 안대를 하나 만들어드려야겠습니다. 솜씨는 별로지만요."

그녀가 헤헤헤 웃었다. 반유는 눈을 어디다 둬야 할지 몰라 허둥지둥하였다. 그런 그의 모습이 솔루의 눈에는 정말 많이 아픈 사람처럼 보였다.

"상처가 아프신 겁니까? 전의를 부르십시오."

안대로 가려져 있어 상처가 있다 생각한 솔루가 물었다.

"아니, 상처가 있어서 안대를 하는 것이 아니고, 이쪽 눈이……!"

순간 그가 하던 말을 끊었다. 별로 말하고 싶지 않은 이야기가 저도 모르게 나올 뻔했다. 반유는 안대를 매만지던 손을 재빠르게 내렸다. 갑자기 뚝 끊어진 그의 말을 기다리고 있는 솔루의 눈이 초롱초롱 빛났다.

"눈에……."

그는 뭐라고 말을 이어야 할 것 같아서 대충 얼버무리려 했는데, 또 눈이라는 단어가 나왔다.

"상처가 있지는 않소."

"아…… 자꾸 만지작거려서 불편하신 줄 알았습니다."

"그냥 제 기능을 하지 못하는 눈이라 가려뒀을 뿐이오."

"저번에 뵀을 때도 느꼈는데 눈이 가려졌어도 반유 님은 참 잘생기셨습니다. 오히려 그 안대 때문에 더 멋있어 보이기도 합니다."

머쓱해진 그가 솔루의 눈을 피해 얼굴을 돌렸다. 그녀는 처음 만났을 적에도 같은 말을 했었다. 상대에게 잘 보이기 위해, 또는 인사치레 같은 빈말이 아니었다. 반유가 민망해할 칭찬을 거리낌 없이 하며 생글생글 웃는 얼굴을 본다면, 그녀의 말에 진심이 담겼음을 누구라도 알 것이다. 해서 반유는 더 눈을 마주칠 수 없었다.

"참! 조금 전에 태랑 님의 공이 크다고 하셨는데, 태랑 님께서 제게 뭘 해주셨나요?"

"상처가 심하고 피도 많이 흘려서 생명이 위독했었지. 태랑이 자신의 피를 주어 그대를 살렸소."

"태랑 님께서 절 살리기 위해서 제게 피를 나눠주셨어요?"

솔루가 놀라서 묻자 가만히 고개를 끄덕이며 반유가 답을 대신했다. 자신의 피도 줬다는 말은 생략했다. 태랑의 짝이니 그에 대한 마음만 깊어지면 된다. 그리고 솔루에게 부담을 주고 싶지 않은 생각도 있었다.

"그것이 가능한 일입니까?"

"해국에선 가능한 일이오. 이건 해국의 왕들만 알고 있는 기밀이니 다른 이들에게는 말하지 않기를 부탁하겠소."

"예, 말하지 않겠습니다. 아아, 태랑 님께서 저를 위해……."

놀랐던 솔루의 얼굴에 기쁨으로 가득했다. 사랑한다는 고백에 태랑은 그녀와 같은 대답을 하지 않았었다. 기대하지는 않았으나 내심 그도 자신과 같기를 바라기는 했다. 하지만 너밖에 없다는 그의 말을 듣는 순간 충분히 만족했다. 그 말 한마디, 한마디가 모든 것을 대신하고 있다 여겼기 때문이었다. 단지 마음속에 약간의 채워지지 못하는 부분이 있었는데, 태랑이 제 피를 나눠주면서까지 그녀를 살렸다는 이야기를 전해 듣자 모두 채워졌다.

"태랑 님은 지금 어디 계십니까?"

감사하다는 말을 전하고 싶은 그녀가 물었다. 그리고 또 사랑한다 속삭이고 싶다. 내내 확신이 없어 애매모호했던 감정을 깨닫게 되자 감출 필요가 없었다. 솔루의 가족이 그녀에게 그랬던 것처럼, 그녀가 가족에게 그랬던 것처럼 태랑에게도 모두 표현하리라.

"일이 있어 먼저 백해궁으로 돌아갔소."

"돌아가셨어요? 그럼 전……."

"아직 움직이기 힘든 몸이라 회복되면 나중에 오라고 하였으니 몸에만 신경을 쓰면 좋을 듯하오."

"예……."

웃음이 가득했던 솔루의 얼굴이 살짝 굳었다.

아무래도 몸이 건강해지기까지는 꽤 많은 시간이 소요될 것 같은데 그때까지 태랑 님을 만나지 못하는 걸까.

어젯밤 잠들기 전까지만 해도 무슨 일이 있어도 떨어지지 않을 것처럼 서로를 안고 있었다. 더구나 태랑은 백해궁으로 돌아갈 거라는 말도 해주지 않았었다. 그럴 수 있다고 생각하면서도 마음 한구석에 불안한 기운이 자리 잡았다. 그리고 그 불안감이 맞기라도 하듯, 태랑은 그녀가 흑해궁을 떠날 때까지 단 한 번도 솔루를 찾지 않았다.

태랑은 무슨 생각인지 솔루를 찾아오지 않았고, 덕분에 반유가 그녀와 보내는 시간이 많아졌다. 가끔 설담이 오기도 했지만 올해 객사 전담인 그가 긴 시간 머무를 수는 없었다. 연초도 돌아가고, 비한은 흑해궁에 있었으나 약초에만 빠져 지냈다. 어차피 솔루에게 큰 관심도 없기는 했지만.

해서 혼자 있을 솔루를 들여다보고 말벗을 해주는 역할은 반유의 몫이었다. 말수가 없는 그가 해내기에 쉬운 일은 아니었어도 묵묵히 그녀 옆을 지켰다. 솔루의 건강이 어느 정도 회복되고부터는 그녀가 쉴 새 없이 재잘댔다. 간혹 오지 않는 태랑을 기다리며 우울해하기도 했지만, 반유가 그럴 때마다 맛있는 음식을 가져오거나 알고 있는 이야기를 해주면 언제 그랬냐는 듯이 까르르 웃었다. 지루한 이야기도 재미있는 것처럼 푹 빠져서 들어줬다.

솔루는 밝고 쾌활하고 순수했다. 그리고 그런 그녀가 반유를 진심으로 위로해주던 날도 있었다. 그날은 탁자에 마주 앉아 솔루가 읽었던 책의 내용을 말하면 한참 떠들던 시간이었다.

툭. 반유의 안대 끈이 풀려 안대가 떨어지고, 가려져 있던 눈이 드러났다. 늘 단단하게 묶었고 그날도 마찬가지였는데, 누가 장난이라도 친 것처럼.

잠깐의 시간이었지만 솔루는 항상 가려져 있었던 반유의 눈을 봤다. 눈동자가 하얬다. 그동안 누구라도 그의 탁하고 하얀 눈동자를 보면 인상을 찌푸렸다.

둘은 멍하게 서로를 보기만 했다. 그러다 먼저 움직인 쪽은 반유였다.

"흉한 꼴을 보여서 미안하군."

그가 떨어진 안대를 집어 들어 아무 일도 없던 것처럼 다시 묶었다.

"흉하지 않습니다."

"흉하다는 걸 나도 잘 알고 있으니 일부러 위로하지 않아도 되오."

"일부러 위로하는 게 아닙니다. 저의 흉하다는 기준과 반유 님의 기준이 다를 뿐입니다."

하긴, 그녀는 태랑이 공존의 밤 괴물로 변하는 모습도 지켜봤다. 그에 비하면 이건 흉한 측에도 들지 않는다.

"불편하시죠?"

솔루가 제 손으로 한 눈을 가리고 주위를 두리번거리는 모습을 본 그가 낮은 목소리로 웃었다. 어렸을 적 그의 눈을 본 사람들의 반응은 한결같았다. 찡그림과 함께 들려오는 탄식. 그다음에는 그의 눈치를 보고 쩔쩔매거나 안됐다는 위로가 전부였다. 헌데 솔루는 행동은 예상 밖이다.

"불편하긴 하지만 익숙해져 괜찮소. 그건 그렇고 행여라도 다른 곳에서 나와 같은 눈을 하고 있는 이를 만나다면 그러지 마시오. 자칫 기분을 상하게 할 수 있소."

"기분 상하셨습니까?"

솔루가 황급히 눈을 가리고 있던 손을 내렸다.

"아니오."

"상하셨다면 죄송합니다. 제 생각이 짧았습니다. 단지 반유 님과 같은 눈으로 세상을 보고 싶어서……."

"난 괜찮다니까…… 그나저나 한 눈으로 보니 어떻소?"

"좀 불편하지만 보이는 세상은 두 눈으로 볼 때나 한 눈으로 볼 때나 같습니다. 보이지 않는 한쪽 눈이 불편하게는 만들어도, 세상을 흉측하게 보이게는 하지 않아요."

그녀는 손가락으로 방금까지 가렸었던 제 눈을 눌렀다.

"그저 불편한 눈에 불과합니다."

해사하게 웃는 솔루. 그녀가 하고자 하는 말이 무엇인지 반유도 이해했다. 그는 모락모락 피어나는 자신의 감정이 비단 피의 작용 때문이 아니라는 생각이 들었다. 그녀와 함께 있다 보면 남녀를 떠나 어떤 사람이라도 그녀의 따뜻함에 물들고 말 것이다. 그래서 태랑도 변했겠지. 무슨 이유에서인지 흑해궁을 떠나기 전, 그가 예전으로 돌아가기는 했으나 두 사람이 다시 같이 지내다 보면 태랑도 별수 없으리라.

시간이 흘러 완쾌된 솔루가 흑해궁을 떠나는 날이 왔다.

"반유 님, 그동안 감사했습니다."

"해야 할 일을 했을 뿐이오."

"앞으로 자주 뵐 수 있는 거지요?"

반유가 어깨를 으쓱하며 답을 피했다. 자주 보고 싶지만 보지 않으리라 다짐했다. 그는 솔루를 데리고 정원에 있는 파고에게 갔다. 해룡 옆에 서서 기다리는 그가 보였다.

"파고 님!"

파고가 보이자 솔루가 한달음에 뛰어갔다.

"안녕하셨습니까! 보고 싶었습니다!"

그녀의 얼굴에 웃음꽃이 가득 피었다. 오랜만에 보는 파고도 좋고, 곧 태랑을 만날 수 있다는 것도 좋았다.

"조심조심 다녀야지! 넘어지면 어쩌려고 그리 뛰어오는 거야?"

"헤헤. 죄송합니다."

"반유 님, 안녕하십니까."

파고가 반유를 향해 허리를 숙였다.

"태랑 님께서 바쁘시어 제가 대신……."

"알고 있다. 어서 가야지."

"네. 가자, 솔루야."

파고와 해룡에 올라탄 솔루가 손을 번쩍 들고 흔들었다. 환한 미소가 햇살처럼 반짝였다.

"반유 님, 백해궁에 자주 놀러 오십시오! 제가 안대 꼭 만들어놓겠습니다!"

"기대하겠소."

반유가 은은하게 웃었다.

푸드득. 푸드득. 해룡이 날갯짓을 시작하자 저만큼 물러선 반유를 향해 솔루가 또 손을 흔들었다.

"역시 누이가 좋겠어."

나지막이 중얼거린 반유는 해룡의 모습이 하늘로 사라져 점처럼 작아졌을 때쯤 손을 흔들어줬다.

백해궁에 도착한 솔루는 곧바로 태랑을 찾았지만 그가 바쁘다는 소식에 실망했다. 대신 홍이를 만나 즐거운 시간을 보냈다. 홍이는 상처가 다 나아서 전보다 더 힘차게 그녀 주위를 맴돌았다.

"잘 지냈어? 건강해져서 다행이다."

홍이와 궁을 돌아다녔다. 따지고 보면 그리 오랜 시간도 아니건만 몇 년 만에 돌아온 것 같은 기분이었다. 그냥 큰 궁이라고만 여겼었는데 어느새 집이 되었다. 생면부지의 사람들로 가득했던 해국에서 머물 곳이 있고, 돌아올 곳이 있다니.

자신은 정말 운이 좋은 사람이었다. 좋은 사람들을 만났고, 특히 태랑을 만나게 됐다. 그를 떠올리는 것만으로도 가슴에서 몽글몽글 따스한 기운이 퍼졌다. 갑자기 솔루가 주위를 살피더니 목소리를 낮추고 옆에서 헤엄치던 홍이를 안았다.

"있잖아, 나 태랑 님에게……."

고백했다고 홍이에게 말하려던 찰나, 어떤 사내가 불쑥 그녀 앞에서 나왔다.

"안녕하십니까."

"아, 안녕하세요.!"

혼자 생각에 빠져 홍이와 걷다 보니 평소에 와보지 못했던 궁의 깊숙한 안쪽이었다.

"그렇잖아도 오셨다는 소식을 듣고 모시러 가려던 참이었습니다."

사내가 생긋 웃었다.

"저를 왜요?"

누군지는 모르겠지만 낯이 익었다. 백해궁에서 일하는 사람들은 모두 사내라서 전부 기억하기 어려워도 한 번이라도 본 적이 있으면 어렴풋이 느낌이 왔다. 솔루는 앞에 있는 사내를 어디서 봤는지 기억하려 애썼다. 어쩐지 기분이 좋지 못했다.

흐릿한 기억을 더듬어가다 번뜩 떠올랐다. 공존의 밤, 체해서 종일 누워 있던 그녀가 목이 말라 물을 찾을 때 들어왔던 사내였다. 그는 자신에게 도움을 줬는데 왜 이다지도 찜찜할까.

"그날 고마웠어요."

"어라? 저를 기억하십니까?"

"공존의 밤에 제게 물을 주러 들어오지 않으셨습니까. 제가 맞게 기억하지요?"

"네, 맞습니다."

"헌데 오늘은 저를 왜 찾으셨습니까?"

사내가 한 발자국 성큼 다가오자 움찔한 솔루가 홍이를 안은 채로 뒤로 물러섰다. 사내는 공존의 밤처럼 친절함이 가득한 얼굴을 하고 있었다.

"솔루 님을 만나고자 하는 분이 계십니다."

"저를…… 요?"

"네."

"그분더러 백해궁으로 오라 하세요."

왠지 밖으로 나가고 싶지 않다. 솔루의 경계를 읽었는지 사내가 고개를 끄덕였다.

"궁에 계십니다. 여기서 잠시만 기다리시면 모셔오지요."

사내는 왔던 길로 다시 돌아 뛰어갔다. 그를 바라보는 솔루의 팔에 힘이 들어갔는지 안겨 있던 홍이가 몸부림을 쳤다.

"미안."

팔을 풀어 홍이를 놔주자 그녀의 어깨 옆에 서서 헤엄을 쳤다. 자리를 피할까 고민하다가 백해궁 안이라서 안심하고 기다리기로 했다. 얼마 지나지 않아 사내가 등장했고, 뒤이어 오는 여인을 본 솔루가 눈을 찡그렸다. 이령이었다.

"또 만나게 될 거라 했죠?"

"안녕하십니까."

솔루가 입술을 삐죽거리면서도 두 손을 배에 대고 공손히 인사했다.

"이강, 넌 주위를 둘러보고 있어."

이령이 사내에게 말했다. 그는 이령의 동생으로 백해궁에서 일하고 있었다. 태랑 때문에 떳떳하게 궁에 들어와 솔루를 만날 수 없었던 이령은 동생에게 부탁을 해서 몰래 들어온 것이었다.

"저를 왜 보자고 하셨습니까?"

솔루가 먼저 물었다. 태랑과 관계가 있었던 여인. 자세히 알지는 못하나 태랑과 알고 지냈던 여인이라는 사실만으로도 솔루는 기분이 나빠졌다. 그러나 그녀는 태랑이 '너밖에 없다.'라고 했건만 고작 이런 생각이나 하고 있는 자신이 싫어 못난 마음을 털어버렸다. 경계심을 풀기 위해 노력하며 솔루가 그녀를 향해 웃었다. 억지웃음을 짓는 통에 양 볼이 떨렸지만 잘 참았다.

"혼인한다죠?"

"예? 누구요? 저요?"

솔루가 검지로 제 가슴을 가리켰다.

"그럼 지금 내 앞에 그쪽 말고 누가 있나요?"

"제가 혼인을 누구와……."

난데없는 이령의 질문에 답하며 말끝을 흐렸지만 곧 상대가 누구인지 머릿속을 스쳐 지나갔다.

"혹시 태랑 님…… 과는 아니죠?"

상상도 못했던 일이었다. 게다가 너무 갑작스럽지 않은가. 물론 그를 사랑하고 있고 그 역시 자신과 비슷한 감정인 듯하지만, 이건 빨라도 너무 빨랐다.

"몰라서 묻는 건가요, 아님 놀리는 건가요?"

이령의 표정이 냉랭해졌다.

"몰랐습니다. 아! 제가 흑해궁에서 오늘 도착해서 그럴지도 모릅니다."

당황스러우나 '혼인'이라는 단어가 솔루의 머릿속에서 둥둥 떠다녔다. 이령은 질투 가득한 시선을 따가울 정도로 솔루를 향해 쏘아대다 곧 눈썹을 가지런히 만들며 평정을 되찾았다.

"태랑이 급하긴 급했나 보네요. 신부에게 말도 안 하고 진행하는 혼인이라니."

빈정거림이 섞인 말투였다.

"급해요?"

"뭐, 그런 건 내게 묻지 말고. 태랑이 혼인을 진행시킨다면 그쪽이 그에게 사랑한다고 말했겠네요."

"아, 뭐……. 어? 헌데 어떻게 아십니까."

"당연히 알죠. 당신이 태랑을 사랑하지 않으면 불가능한 일이거든요. 역시 그 일은 비밀에 부쳤을 테고요."

비밀? 가뜩이나 혼란스러운데 비밀에 부친 일은 뭘까. 혹시 공존의 밤? 그녀도 태랑이 공존의 밤에 어떤 일을 겪는지 알고 있는 것일까? 이령이 하는 이야기들이 솔루의 머릿속에서 복잡하게 얽혀 들어갔다.

"태랑 님께서 제게 무언가를 감추고 있다는 말입니까?"

솔루가 미간을 모으고 물었다.

"감추고 있을 수밖에 없겠죠. 대충 떠도는 소문을 들으니 하나는 알고 있겠군요."

"하나요?"

정확하게 말해주지 않는 이령 때문에 답답해지려는데 갑자기 그녀가 소매를 걷어 올렸다. 그녀의 아래팔이 드러나고 팔꿈치가 보였다. 뒤이어 위팔 위로 옷이 올라가고 어깨에 걸쳐지자 솔루는 터져 나오려는 비명을 제 손으로 막았다. 이령의 위팔은 아래팔과 달랐다. 그녀의 전신과는 부조화를 이루고 있는 팔은 앙상한 뼈만 남아 겨우 가죽만 붙어 있었고, 그나마 붙어 있는 살은 난도질당한 것처럼 흉터로 가득했다.

"태랑이 남겨준 영광스런 상처죠."

역시 이령은 알고 있었구나. 그가 솔루의 등을 공격했듯이 이령의 팔을 물어뜯은 모양이다.

"나는 그때 정말 죽을 만큼 고생하다가 겨우 살아났는데, 그쪽은 빨리도 완쾌됐군요."

"아, 그게 전……."

태랑의 피에 관한 이야기가 나올 뻔했다. 다행히 기밀이라던 반유의 말이 떠올라 얼른 입을 다물었다.

"상처가 크지 않아서 회복이 빨랐습니다."

"이제 와서 그런 걸 논하자는 건 아니에요."

이령이 걷어 올렸던 소매를 내리며 말했다.

"정말 태랑을 사랑해요? 적어도 당신의 몸 어딘가는 내 팔과 같은 흔적이 남았겠죠. 그 흔적을 보면서도 태랑을 사랑할 수 있어요?"

"왜 제게 물어보십니까?"

"진심이 아니라면 그와 혼인하면 안 돼요."

"왜죠?"

솔루가 이령의 눈을 빤히 보며 물었다.

"내 질문에 먼저 답해주면 나도 알려줄게요. 그런 일을 당하고도 태랑을 진심으로 사랑해요?"

"그런 일을 당했다고 해서 마음이 변한다면 그게 사랑입니까? 전 도리어 상처를 입고 태랑 님을 사랑하는 제 마음을 깨달았습니다."

또박또박 눌러지며 나오는 솔루의 음성에 이령의 표정이 비틀어졌다. 무지해서인지, 아니면 아직 세상을 몰라서인지 솔루는 순진했다. 하지만 곧 그녀의 말이 맞다는 생각이 들었다. 태랑에게 공격을 당하고도 마음이 바뀐다면 그게 무슨 사랑이겠는가. 변하지 않은 건 이령도 마찬가지였다. 오히려 다른 이유 때문에 마음이 변해가고 있었다.

문득 태랑의 마음이 궁금해지는 이령. 솔루를 만나러 온 목적은 이게 아닌데 개인적인 질문을 하고 말았다. 고개를 절레절레 흔든 이령이 돌아가기 위해 발걸음을 옮기자 솔루가 그녀를 불렀다.

"잠깐만요! 제 질문에 답해주지 않으셨습니다."

"서두르지 말아요."

등을 보이고 걷던 이령이 살짝 얼굴만 뒤로 돌렸다.

"다시 만나죠."

그녀가 걸으며 '이강!' 하고 외치자 어디선가 나타나 그녀와 함께 걸어갔다. 만나고 싶지 않은데 왜 또 보자는 거야, 하며 솔루가 이령의 뒷모습을 지켜봤다. 손을 어깨 뒤로 넘겨 오돌토돌 흉터가 남은 등을 어루만지며 이령의 앙상한 팔을 떠올렸다.

이령과 헤어지고 방으로 돌아온 솔루는 앉지를 못하고 안을 서성였다. 나중에 알려준다는 이야기가 뭔지 궁금해서 머리가 터질 지경이었다. 태랑에 관한 내용임은 분명한데 이령은 알고 자신은 모르는 것. 그 사실이 솔루의 마음을 더 시끄럽게 만들었다.

태랑과 함께 쓰던 방은 그대로였다. 익숙한 그곳을 둘러보던 솔루는 그와 함께 잤던 침상, 차를 마셨던 방, 식사를 하던 탁자를 응시했다. 그와 함께 나눴던 시간이 머물러 있는 공간. 과거에 태랑과 이령이 어떤 관계였건 그의 현재를 함께하고 있는 사람은 자신이다. 뺨을 탁탁 두드리며 정신 차리자 다짐했다.

그런데 혼인은 대체 뭘까. 이령의 말대로 진짜 그가 혼인을 준비하고 있을까? 갑자기 드는 생각에 얼굴이 화끈거렸다.

그가 정말로 혼인하자고 하면 뭐라고 해야 한단 말인가.

솔루가 의자를 꺼내고 앉아 탁자에 팔을 세우고 두 손바닥에 얼굴을 받쳤다. 아까는 경황이 없어 깊게 생각하지 못했는데 부끄럽기도 하고 둥둥 하늘을 나는 것 같은 기분이었다.

"혼자 무슨 생각을 그리하길래 내가 들어와도 모르는 것이냐."

갑자기 들리는 태랑의 목소리에 놀라 솔루가 자리에서 벌떡 일어났다.

"태랑 님!"

솔루가 달려와 그의 허리를 안았다. 하늘거리는 솔루의 머리카락과 옷자락에서 달달하면서도 싱그러운 향기가 번져 나왔다. 태랑은 솔루의 머리를 쓰다듬기 위해 들었던 손을 들었다가 거뒀다.

"많이 바쁘셨습니까? 왜 그간 한 번도 오지 않으셨어요. 보고 싶어서 죽는 줄 알았습니다."

"이리 살아서 만났으니 죽는 줄 알았다는 말은 다 거짓이었구나."

"정말입니다!"

"알았으니 이것 좀 풀어라."

태랑은 제 허리를 감싸고 있는 솔루의 손을 잡아 떼어내더니 그녀를 남겨두고 휘휘 걸어 의자에 앉았다. 솔루는 멍한 눈으로 태랑을 봤다. 스치듯 지나치는 눈동자가 차가웠지만 자신의 착각이리라.

"태랑 님."

솔루가 그의 맞은편 의자에 앉으며 불렀다.

"기다려라. 내가 먼저 할 말이 있느니라."

"머, 먼저 하십시오."

그녀는 가슴이 쿵쾅쿵쾅 뛰기 시작했다. 설마 이령의 말대로 정말 그가 혼인하자는 말을 하려는 걸까? 기대감 반, 걱정 반으로 머리가 어지러웠다.

"너와 혼인이 하고 싶다."

"예, 예?"

"다시 한 번 말하마. 나는 너와 혼인이 하고 싶구나."

"……왜요?"

솔루의 답에 태랑은 적잖이 당혹스러웠다.

좋다거나 기쁘다는 답이 나올 줄 알았는데 '왜요?'라니. 단순하게 '그래요.'도 아니고. 그녀가 단박에 흔쾌히 자신의 청혼을 받아주리라 여겼던 그의 예상을 벗어나자 자연스레 파고의 말이 생각났다.

'태랑 님, 초야를 치르기 전까지는 마음을 놓지 마십시오. 여인의 마음이란 바람의 방향에 따라 흔들리는 물결과도 같습니다. 다 뜻이 있어서 그러셨겠지만 솔루를 너무 오랫동안 흑해궁에 두셨습니다. 남녀란 한공간에 있

다 보면 정분이 나기 마련입니다.'

그럴 리 없다고 파고의 말을 무시했건만 그가 이 상황을 보면 제 말이 맞지 않느냐며 우쭐거릴 수도 있겠다. 그녀가 그사이 마음이 변했다고 거절할까 불안했다.

"네가 날 사랑한다 하지 않았더냐. 거짓이었나?"

태랑이 일부러 솔루가 했던 고백을 강조하며 물었다.

"아닙니다! 거짓이 아닙니다! 태랑 님을 사, 사랑합니다."

"헌데 왜 조금도 기뻐하지 않느냐"

"기쁩니다! 단지…… 단지 좀 당황스러워서……."

안도한 그가 내쉬는 한숨을 듣지 못한 솔루가 두 뺨을 붉게 물들이며 답했다.

"무미건조한 청혼이란 걸 나도 안다만, 내가 본래 이런 성격이니 이해하거라."

그녀의 이마와 콧등에 땀이 송골송골 맺혔다. 긴장한 것도 아닌데 자꾸 식은땀이 나고 호흡이 불안정했다. 쿵쾅거리던 심장의 소리가 머리부터 발끝까지 울려댄다.

"답을 하기까지 생각할 시간이 필요하느냐."

"생각할 시간이 필요하다기보다는요……."

무슨 말을 하려는지 머뭇거리는 눈동자가 깊어졌다. 솔루는 그의 청혼이 좋았다. 막연하게 이령에게 들었을 때와 달리 막상 그의 음성으로 들으니 실감이 나지 않고 어안이 벙벙해서 그럴 뿐이다. 입술이 열어졌다 닫히기를 몇 차례. 그녀가 드디어 하고픈 말을 했다.

"태랑 님께서는 왜 저와 혼인하고 싶으신 겁니까?"

"벌써 잊어버렸다니 기억력이 나쁘네."

"그, 그런 게 아니고……."

태랑 님은 제게 말씀해주시지 않았습니다. 저를 사랑한다는 말은 그렇다 치더라도 좋아한다는 말도 해주지 않으셨습니다.

솔루는 청혼을 처음 받아봐서 잘 모르지만 책에서 봤었다. 사내가 여인에게 수줍은 고백과 함께 정표를 주면서 했던 청혼. 정표는 없다고 하더라도 청혼할 때는 자신의 감정을 고백하면서 하는 게 맞지 않나.

그녀는 뭐가 문제냐는 듯한 태랑의 눈빛을 모르는 척하고 싶어진다.

"저는요, 태랑 님을 사랑하기 때문에 혼인할 수 있습니다. 물론 너무 정신없이 지나가는 것 같기는 합니다만, 어쨌든 할 수 있을 뿐만 아니라 하고 싶기도 합니다. 하지만 태랑 님은 왜입니까? 왜 접니까?"

"듣고 싶은 답이 있느냐. 알려준다면 네가 원하는 답을 해주도록 하지."

"그런 게 아니지 않습니까."

"나는 너밖에 없다고 말했었다. 답이 됐다고 생각하는데?"

요리조리 시선을 피하기만 하던 태랑이 이번엔 솔루를 바로 봤다. 직선으로 꽂힐 것 같은 그의 눈빛이 아까와는 반대로 그녀를 태울 듯이 뜨거웠다. 무안하기도 하고 쑥스럽기도 해서 정말 탈 것처럼 온몸이 벌겋게 익어갔다. 솔루가 얼굴의 열을 식히기 위해 손등으로 볼을 눌렀다. 그의 시선은 쏟아지는 수십 개의 불화살이었다. 이제는 솔루가 태랑의 시선을 피하며 눈동자를 다른 곳으로 굴렸다.

"네가 원하던 답이 아닌가?"

"돼, 됐습니다!"

답이고 뭐고 호흡곤란이 올 지경이다. 그가 다른 때도 이런 식으로 저를 본 적이 있었나. 화살처럼 날카로워 긴장하거나 눈치 보기는 했었다. 허나 이건 도무지 감당이 되지 않아, 심장은 눈이 튀어나올 정도로 여전히 세차게 달음박질을 하고 있다.

"그럼 허락으로 알고 혼인은 사흘 뒤에 치르겠다."

"예? 그렇게나 빨리요?"

"서로의 마음을 알았는데 늦출 필요가 있느냐. 네가 싫다면 늦추든지."

"더 늦춰주십시오."

"언제로 했으면 좋겠느냐."

"음……."

검지로 볼을 살살 긁으며 솔루가 고민했다.

"……일주일 뒤요."

일주일이란 대답을 듣자 태랑이 고개를 끄덕이며 그녀가 들리지 않게 안도의 숨을 내쉬었다. 한시라도 급한 상황에 그녀가 한없이 뒤로 미루면 어쩌나 싶었던 것이다.

"그런데요, 태랑 님."

"그래."

"혹 제게 숨기는 비밀이 있으십니까?"

실제로 감추는 것이 있는 태랑은 솔루의 입에서 '비밀'이라는 말이 나오자 놀랐다. 아직 그녀가 내용을 말하지 않았건만 도둑이 제 발 저리는 것처럼 당혹스러웠다. 그는 평정을 유지하려 노력했다.

"비밀이라니?"

"아까 그분을 만났습니다. 예전에 백해궁에 머물렀다는 그 여자분……."

숨기는 비밀이 있냐고 물으면서 자신도 그에게 비밀을 만들 수는 없어 이령을 만났다고 털어놨다.

"그 계집이 여길 들어와? 게다가 널 만났다고?"

"예. 태랑 님께서 제게 청혼할 걸 알고 있던걸요?"

"또 뭐라 하더냐."

그의 푸른 눈동자가 불안하게 흔들렸다.

"제게 태랑 님을 진심으로 사랑하느냐고 물었고, 방금 말씀드렸던 비밀을 얘기해줬는데 다시 만나자며 내용은 말해주지 않았습니다."

이령이 그런 식으로 솔루에게 접근할 줄은 몰랐다. 혼인날까지 그녀를 꽁꽁 숨겨두고 백해궁 안으로 외부인이 들어오지 못하게 철저히 감시해야겠다. 태랑은 솔루에게 모두 알려줄 계획이었다. 다만 지금은 그 시기가 아니었다.

"네게 말하지 못하는 비밀이 있는 건 사실이다. 때가 되면 알려줄 테니 다음에 이령을 마주치게 된다면 말을 섞지 마라."

"예."

"이리 와."

그는 앉고 있는 의자를 뒤로 밀어 공간을 만들었다. 솔루가 일어나 쭈뼛쭈뼛 걸어가 그의 앞에 서자, 그가 그녀의 허리를 낚아채 제 허벅지 위에 앉혔다. 그러곤 한 손으로는 솔루의 허리를, 다른 손으로는 목덜미를 잡았다. 갑자기 벌어진 상황에 그녀의 팔이 허우적대다가 태랑의 어깨에 안착했다.

"너밖에 없다."

이건 거짓이 아니다.

"너뿐이다."

이 역시 거짓이 아니다.

"내 말을 믿느냐."

"……예, 믿어요."

그가 비릿하게 웃었다.

"그래. 그것만 기억하고 있으면 된다."

하여 초야 때까지 네 마음이 변치 않으면 된다. 네게 거짓을 말하지는 않겠지만 모든 일에는 적절한 시기가 있는 법. 그때를 기다리지 못해 일을 그르치는 실수는 하지 않을 것이다. 일주일이라는 시간은 결코 짧지 않다. 머리와 마음은 이성적으로 판단하되 행동은 더욱 뜨겁게 그녀를 향할 것이다. 태랑은 솔루가 조금도 다른 곳을 보지 않도록 할 생각이었다.

솔루의 허리를 잡고 있던 그가 손을 움직였다. 허리 근처를 노닐던 손에 힘이 더해져 그녀를 더 가까이 끌어당겼다. 그녀의 목덜미를 잡고 있던 손이 위로 올라가 뒷머리에 고정됐다. 그가 힘을 주며 제 얼굴로 그녀의 얼굴을 다가오게 했다.

아까는 태랑의 눈이 그렇게 뜨겁더니 이제는 숨마저 뜨거웠다. 아니, 솔루에게 닿아 있는 그의 손과 몸도 마찬가지였다. 솔루는 덩달아 자신도 뜨거워지는 기분이었다. 이러다가 심장이 멎는 게 아닐까 싶었다. 오늘, 태랑을 만날 때부터 심장이 제대로 뛰지 못하고 있었다. 그에게서 퍼져 나오는 진하고도 뜨거운 숨소리는 솔루의 얼굴에 닿아 부서져 내렸다.

태랑이 고개를 위로 더 올리자 금방이라도 닿을 듯 가까워지는 입술을 본 순간 솔루는 눈을 감았다. 더 이상 그를 보다간 현기증에 쓰러질 것 같다. 마침내 그의 입술이 닿고, 밀려들어오는 그의 열기를 느꼈다. 혀가 부드러우면서도 강하게 안을 휘젓는 바람에 솔루는 온몸에 기운이 빠져나가 흐물흐물 녹아내릴 것처럼 변했다. 그의 어깨에 올려진 손에 힘을 줘 옷깃을 움켜쥐었다. 더 깊게 들어오려는 그를 막지 않았다. 그의 청혼을 받아들인 것같이 그를 받아들였다.

사랑합니다.

사랑합니다.

솔루는 가슴으로 전하는 말을 그가 듣기를 바랐다.

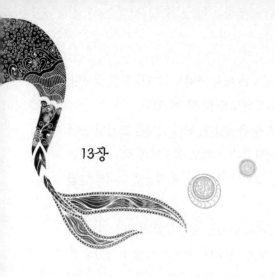

13장

솔루는 예전에 자신이 사용했던 처소 입구의 디딤돌에 쪼그려 앉아 손으로 머리를 감싸 쥐고 있었다. 그러다가 한숨을 쉬며 고개를 들고, 옆에서 유유하게 헤엄을 치는 홍이를 보기도 했다. 발밑에 돋아난 작은 꽃잎처럼 그녀의 얼굴이 붉었다. 자꾸 어젯밤이 생각나서였다. 태랑의 품에 안겨 한 침상에서 자기는 했었지만 지난밤은 얌전히 잠만 잤던 것이 아니었다. 여느 때처럼 등을 보이고 돌아누워 있는 저를 끌어안기는 했는데 그다음이 문제였다.

그가 목덜미에 입을 맞췄다. 무슨 말인가를 나직이 읊조리며 입술을 찍어대는 태랑을 자제시키려고 그의 이름을 수차례 불러도 봤으나 소용이 없었다. 오히려 옷을 어깨 밑으로 내려 등줄기를 따라 자잘한 입맞춤을 끊임없이 선사했다.

앞쪽이 풀어지지 않게 양팔로 꽉 쥐고 있었길 망정이지 하마터면 상의를 벗은 꼴이 될 뻔했다. 맨살갗에 닿는 그 입술이 너무도 뜨거워서 마치 인두로 지지는 게 아닐까 싶을 정도였다. 덕분에 솔루는 뜬눈으로 밤을 꼬박 지

새웠다. 아침 일찍 태랑이 침상에서 일어나는 소리를 들었지만 그를 보기가 부끄러워 부러 자는 척을 했다.

그가 나간 후에 겨우 잠이 든 솔루는 대낮이 돼서 일어났다. 식사를 준비했다는 하인의 말에 대충 한술 뜨고 부리나케 밖으로 도망 나왔다. 행여 태랑이 다시 들어오면 얼굴을 어떻게 볼까 싶었다.

"에휴."

홍이를 보며 깊은 한숨을 쉰 솔루가 무릎 사이로 얼굴을 묻었다. 등줄기가 아직도 뜨거웠다. 등에 태랑의 입술이 닿았던 순간의 감각이 아직도 생생했다. 혼인을 하고 초야를 치르게 되는 상상을 하자 얼굴이 화끈거려 고개를 세차게 저었다. 아, 내가 무슨 생각을 하는 거야.

무릎 위에 턱을 고고 반짝이는 자환화에 눈길을 돌렸다. 그리고 새파랗게 청명한 하늘을 응시하기도 했다. 어젯밤의 일을 기억에서 잠시 지우고 싶은데 도무지 지워질 생각을 안 한다. 하긴 종일 아무것도 하질 않고 있으니 머릿속에 다른 생각이 비집고 들어올 틈이 없었다. 객사에서 작은 일이라도 도울 수 있으면 좋으련만. 태랑에게 객사에 간다고 허락을 구할까 하다가 그를 볼 자신이 없어 곧 포기했다.

오늘 밤에는 태랑 님을 어떻게 보아. 일주일 뒤에 혼례를 치른다. 그것도 태랑 님과. 사흘 후에 올리자는 그에게 무심결에 일주일이라 말했는데 더 미룰 걸 그랬나.

그를 향한 마음에는 변함이 없다. 다만 그가 평소와 다름없이 차분했으나 당장 혼례를 치르지 않으면 안 될 것처럼 어딘가 초조한 기색이 걸렸다.

"흐음, 혹시 내가 너무 좋으셔서 그러나?"

문득 그녀는 자신의 어머니가 했던 말이 떠올랐다.

'솔루야, 사내는 말이다. 사랑하는 제 여인이 생기면 그 여인의 모든 것을 갖고자 하는 소유욕과 '내 것이니 탐내지 마라'고 세상에 알리고픈 욕심이 강해진단다. 더불어 앞날을 함께하며 책임지고 싶어 하는 마음도 더해지지. 해서 혼인을 하는 것이란다.'

태랑도 그런 마음이라 믿는 솔루.

어머니 말씀대로 태랑 님께서 나의 모든 것을 갖고 싶고, 내가 당신 것임을 남들에게 알리고 싶으셨구나. 아, 일주일 뒤로 미루지 말 걸 그랬나?

양 손바닥에 얼굴을 비비적거렸다. 두둥실 떠오르는 기분이다. 청을 타고 해국의 하늘을 날아오를 때처럼 속이 울렁울렁 요상했다.

어머니께 알려드릴 수만 있다면 더 좋을 텐데……. 아파서 제대로 살 수나 있을지 염려했던 딸이 시집간다는 것을 아시면 얼마나 기뻐하실까?

짝! 갑자기 솔루가 손뼉을 쳤다. 퍼뜩 머릿속을 스쳐가는 생각에 놀라 자리에서 일어섰다. 그러고 보니 의원이 자신은 23살까지만 산다고 했다는 것을 태랑에게 말하지 않았다. 개구리 올챙이 적 생각 못 한다더니 건강해져서 깜박 잊고 있었다.

그가 과연 언제 죽을지 모르는 자신에 대해 알게 된다면 무어라 할까. 자신이 없어졌다. 말하고 싶지 않았다. 그렇다고 속일 수도 없다. 만약 혼인했다가 저가 죽는다면 혼자 남을 태랑이 걱정되기도 했다.

무엇 하나 쉬운 게 없구나.

끝을 모르고 높이 날아오르던 기분이 바닥으로 처질 때였다.

"고개를 들었다 숙였다! 웃다가 시무룩하다가! 혼자 뭐 하고 있는 거야?"

이상한 걸 보고 있다는 얼굴을 하며 묻는 이는 하제였다. 하제는 태랑을 만나기 위해 오는 중이었는데 디딤돌에서 표정이 시시각각으로 변하는 솔루를 멀리서부터 보고 다가왔다.

"안녕하십니까!"

놀란 솔루가 황급히 허리를 숙이고 일어났다. 하제 옆에 있는 또 다른 사내를 발견한 그녀의 눈이 커졌다. 하제보다 키는 조금 작았지만 그와 같은 색의 머리카락을 하고 얼굴이 닮았다. 날카로운 생김새를 가진 하제에 비해 훨씬 유해 보였지만.

"안녕…… 하십니까."

처음 보는 사내에게도 인사했다.

"얘기 많이 들었습니다."

사내가 환하게 웃으며 고개를 까딱했다.

"저에 대해서요?"

"네, 태랑 형님의 혼인 소식이 해국을 떠들썩하게 돌고 있어요. 전 하제 형님의 동생인 현제입니다."

그는 하제를 힐끔 보더니 또 웃었다. 주위가 환해질 만큼 밝은 웃음이 인상 깊었다.

"아, 예. 솔루라고 합니다. 말씀 낮추십시오."

"어찌 그럴 수 있겠습니까. 태랑 형님의 심……!"

순간 하제가 현제의 옆구리를 툭 쳤다. 그러자 현제는 실수했다는 듯이 손가락을 입에 가져다 댔다.

"태랑 형님의 비가 되실 분께 그럴 수는 없습니다."

"하지만……."

"편하게 생각해. 이 녀석은 저 하고 싶은 대로 해야 직성이 풀리니까."

하제가 나섰다.

"혼인을 축하하기 위해 태랑 형님께 직접 선물을 드리러 왔습니다. 솔루 것도 있으니 나중에 구경해요. 마음에 들길 바랍니다."

"감사합니다."

솔루의 인사에 현제는 눈짓으로 답하고 하제와 함께 태랑을 만나러 후원으로 갔다. 그들의 뒷모습을 보던 솔루는 태랑과 혼인한다는 사실을 조금씩 체감했다. 그나저나 그에게, 의원이 했던 이야기를 어떻게 꺼내야 할지 암담해졌다.

태랑 님이 화내시면 어쩌지.

없었던 일로 하자고 해도 할 말이 없다는 걸 잘 알지만, 욕심을 내고 싶었다. 그러면 안 되는데, 잘 알고 있는데, 앞으로 3년 만이라도, 아니 그보다 더 짧아도 좋으니 태랑의 여인으로 살고 싶다. 솔루의 깊은 한숨이 백해궁을 돌고 돌았다.

후원의 정자 위에서 금작과 마주 앉아 있는 태랑은 끊임없이 이어지는 선물 공세에 머리가 아팠다. 아침 일찍부터 찾아와서 해가 중천에 뜬 지금까지 끝날 기미가 보이지 않는다.

촤르륵. 금작이 두툼하게 말려 있는 옷감을 펼쳐 보였다. 태랑이 지겨워 하품이 나오려고 할 때쯤이었다.

"뭍의 인간계에서 가져온 비단이라는 옷감입니다. 해계에서 사용할 수 있도록 재가공하느라 애를 먹었습니다. 저 외에는 창국이나 양국에 이것을 가진 이는 없습니다. 특별히 드리는 것이니 솔루의 혼례복으로 이용하시면 좋을 듯합니다."

금작이 솔루를 들먹이자 태랑의 눈빛이 날카로워졌다. 저놈 입에서 솔루 이름을 듣고 싶지 않다.

"다른 의미가 있는 건, 아니겠지."

태랑이 만지기 싫은 티를 내며 기다란 검지로 옷감을 슬쩍 들었다 놨다.

"태랑 님의 만세무강(萬世無疆)만을 바랄 뿐입니다."

"흠."

도무지 믿을 수가 없다. 솔루에게 청혼했던 사내가 아니던가. 그녀를 포기했다 하나 이리도 쉽게 축하한다는 말을 할 수 있는 금작이 의아했다. 선물이랍시고 바리바리 싸들고 찾아온 걸 보면 그녀를 정말 깔끔하게 놓은 것 같기도 한데, 무언가 영 마음이 들지 않는다. 사실 속내를 알 수 없는 금작에게 선물 나부랭이는 받고 싶지도 않았다.

"그리고 이것."

옷감을 옆으로 밀친 금작이 투명한 상자를 들자 턱을 괸 채 비스듬하게 앉아 있던 태랑이 허리를 세웠다. 물고기였다. 손톱만 한 물고기.

연초가 말했던 양국의 물고기리라. 금작에게 묻지 않아도 보는 순간 알아봤다.

"이 물고기에 대해 아시나 봅니다."

태랑의 반응을 본 금작이 웃으며 탁자에 상자를 올렸다.

"그대의 수집 취미는 소문대로 놀라울 정도군."

태랑이 물고기를 제대로 보기 위해 상자에 손을 뻗는 찰나였다.

"연초가 이야기한 그 물고기야?"

하제가 현제와 같이 나타나며 물었다. 금작이 자리에서 일어나 공손히 허리를 숙이자 현제도 고개를 숙이며 응답했다. 그러나 얼굴이 굳어지는 현제를 보지 못한 하제는 금작에게 손만 들어 보이고는 빠른 걸음으로 상자 앞에 털썩 주저앉았다.

"이게 그 신비한 물고기가 맞나?"

하제가 투명한 상자에 눈을 가까이 댔다.

"연초 님께 양국에만 있는 물고기에 대해 들으셨다면 맞습니다."

"이 작은 물고기가 세작 노릇을 톡톡히 한다지?"

"아직 시험해보지 않아 확실치는 않습니다."

하제의 질문에 답한 금작이 어깨를 으쓱했다.

물고기에 시선을 고정하고 있던 태랑은 이걸 받아야 하나 혼란스러웠다.

금작이 가져온 선물을 모두 다시 가져가라 할 참이었는데 막상 물고기를 보니 흔들렸다. 날로 강해져서 언제 어느 때 나타날지도 모르는 괴물에 대해 알아보기 위해선 이만한 것이 없으리라. 절대 금작에게는 빚지는 일을 만들지 않으려 했건만, 항상 일은 뜻대로 돌아가지 않는다. 투명한 상자 안에서 노니는 다섯 마리의 작은 물고기를 보며 갈등을 거듭하던 태랑은 결국 금작의 선물을 모두 받고 말았다.

"세 분이서 하실 말씀이 있으실 테니, 저는 이만 돌아가지요. 태랑 님, 혼례식에는 저도 초대해주시는 겁니까?"

조심스럽게 묻는 금작의 질문에 '안 돼!'라는 외침이 태랑의 턱밑까지 차올랐다. 금작이 참여하는 것이 내키지 않았다. 넘치도록 미소를 흘리면서 솔루는 보는 그 눈도 싫었으나 물고기를 받고 거절할 수가 없었다. 빚이 더해져만 갔다.

"그렇게 해. 선물에 대한 보상이라 여기도록."

"보상이라니요. 축하하는 자리에 저도 참여하고 싶었을 뿐, 바라고 드리는 선물은 아닙니다. 그럼 혼례날에 뵙겠습니다."

금작이 돌아간 뒤, 태랑은 하제, 현제와 함께 차를 마셨다. 눈앞에 있는 양국의 물고기가 신기해 한참 동안 대화를 나누다가 자연스레 태랑의 혼인으로 화제가 전환됐다.

"태랑 형님, 마음에 두었던 여인과 혼인하게 되셨으니 기쁘시겠습니다."

금작과 있는 내내 표정이 좋지 않았던 현제가 본래 모습으로 돌아왔다. 그가 찻잔이 닿은 입술 끝을 늘어뜨렸다.

"누가 그러던. 내가 마음에 두었던 여인이라고."

태랑이 하제를 노려보며 물었다. 솔루를 마음에 둔 여인이라 말한 적이 없었는데, 하제가 멋대로 판단해 현제에게 말한 모양이었다.

"나 의심하지 마라. 솔루에 대해서만 말했어. 네 녀석의 마음 같은 걸 설명한 적은 없다."

하제가 고개를 절레절레 저었다.

"하하하! 하제 형님 아니십니다. 소문입니다, 소문."

들고 있던 찻잔을 탁자 위에 놓은 현제가 손사래를 치며 웃었다.

"쓸데없는 소문이 났군."

"그럼, 태랑 형님 마음에 둔 여인이 아니란 말씀이십니까?"

"심장만 취하면 됐지 마음에 둘 필요가 있더냐."

"그렇군요."

태랑은 찻잔을 한 번에 비웠다. 목구멍으로 넘어가는 뜨끈한 차의 맛을 느낄 여유가 없는 것처럼 솔루도 마찬가지였다. 그녀를 마음에 담을 여유 따위는 스스로 허락하지 않는다.

"미인이던데요?"

"누가?"

주전자를 잡고 차를 따르던 태랑의 손이 멈췄다.

"설마 솔루를 만나고 온 건가."

"궁에 들어오다 우연히 만났습니다."

"아직 네가 만나면 안 된다는 걸 몰라서 그래?"

현제를 쏘아보는 눈빛에 날이 섰다. 심장을 갖기 전까지는 솔루의 마음이 흔들릴 만한 일이 생기면 안 됐다.

"에이, 걱정 마십시오. 아주 잠시였습니다. 탐내지도 않고요."

그럴 일이 없다는 듯이 현제가 허허허 웃어넘겼다.

"해국 여인들처럼 화려하게 빼어난 얼굴은 아니지만 말간 눈이 인상적이었습니다."

탁! 태랑이 찻잔을 가득 채우고 주전자를 세게 놨다.

"심장도 그만큼 깨끗하겠어요. 진실로 태랑 형님을 사랑하는 얼굴이었으니 좋은 심장을 얻으실 겁니다."

"……."

태랑은 현제의 말이 거슬렸다. 하나도 틀리지 않고 맞는 말인데도 왠지 저를 비꼬는 듯한 기분이 지워지지 않았다.

솔루는 저녁이 될 때까지 태랑에게 말을 해야 하나, 한다면 어찌 말을 꺼낼까 고민하다 가감(加減) 없이 사실대로 털어놓는 편이 좋겠다는 결론을 내렸다. 의자에 앉아 기다리는 시간이 더디 흘렀다. 그의 반응이 걱정돼 연거푸 한숨이 나왔다. 각오는 했으나 마음을 굳게 먹었다가도 금세 기운이 빠졌다.

"힘내자!"

혼자만 있는 공간에서 주먹을 불끈 쥐고 크게 외쳤다.

"에휴."

곧바로 한숨을 쏟아내는 솔루의 어깨가 축 처진다.

"바닥 꺼지겠다."

"태, 태랑 님!"

"곧 혼례를 앞둔 녀석이 입에서 나올 소리는 아닌 것 같구나."

"죄송합니다."

"그래, 이유나 말해보거라. 왜 그러느냐. 혹여 나와의 혼인에 걸리는 것이라도 있느냐."

"아닙니다!"

그녀는 고개를 세차게 젓는 것으로도 모자라 몸까지 좌우로 움직였다.

"그럼?"

"제가 태랑 님께 감춘 것이 있습니다. 감추려고 한 건 아니고요, 어쩌다 보니 말씀드리지 못했습니다."

"해봐."

그가 제 가슴에 팔짱을 끼며 의자에 허리를 기댔다.

"그것이……."

흘러내리는 머리카락을 귀 뒤로 넘긴 솔루가 마른침을 삼켰다. 혀가 바짝 타들어가고 있다.

"제가 오래 살지 못합니다."

"음?"

태랑의 얼굴이 삐딱하게 기울어졌다.

"진작 말씀을 드렸어야 했는데 말입니다. 예전에 제가 살던 곳의 의원이 전 23살까지만 살 거라고 했습니다. 그러니까 제가 지금 20살이니 앞으로 3년 뒤엔 죽을 거래요."

그녀는 덤덤하게 밝히려고 했는데 그의 눈을 똑바로 보지 못하겠다. 입술이 갈라지고 목소리가 떨렸다. 허벅지 위에 얌전히 올려 있는 손에서 땀이 났다.

"하여 태랑 님께서…… 혼, 혼인을 없던 일로 하자고 하셔도 저는…… 괜찮습니다."

긴말도 아니다. 헌데 왜 이다지도 말을 마치는 데 힘이 들고 길게 느껴지는 걸까. 그가 화를 내면 어떻게 해야 할지 판단이 서질 않았다. 당연한 걸 알지만 두렵다. 괜찮다고 말했으나 솔직히 괜찮지 않을 것이다.

어떻게 괜찮을 수 있을까. 처음부터 없던 일이라면 모를까, 있었던 일을 없애자는데 괜찮을 수 없다.

"내게 밝히는 이유가 무엇이냐. 말하지 않고 혼인을 했어도 됐을 텐데?"

"태랑 님을 속이고 싶지 않았습니다. 거짓을 가지고 태랑 님과 혼인하고 싶지 않았습니다."

태랑이 천천히 눈을 감았다 떴다. 가만히 바닥만을 응시하고 있던 푸른 눈동자가 솔루를 향했다. 역시 화가 났는지 그의 입술이 굳게 닫혔다. 가슴이 따끔따끔 아파왔다. 이럴 줄 알고 있었지만 실제로 겪으니 꽉 막혀 있는 숨을 토해내기도 버거웠다. 눈가도 가슴처럼 따끔거렸다. 눈물이 차올라 입술을 꽉 물어봐도 기어이 앞이 흐릿해지고 말았다.

"너는, 어쩌고 싶으냐."

태랑의 입매가 느른하게 올라갔다. 그가 한 질문을 이해하지 못한 솔루는 굵은 눈물방울만 뚝뚝 흘리며 멍하니 그를 봤다.

"……예?"

"너의 의사를 묻고 있는 것이다. 너는 무얼 바라느냐."

"아, 저는……."

솔루가 머뭇거렸다. 진실을 말하자 마음먹었건만 그가 이런 질문을 던질 줄은 몰랐다.

"태, 태랑 님께서 절 욕심 많다고 욕하셔도 어쩔 수 없습니다. 뻔뻔하다다 그치셔도 저는 변하지 않습니다."

"……?"

"태랑 님과…… 혼, 혼인하고 싶습니다."

울음이 터졌다. 제 의사를 밝힌 솔루가 두 손으로 얼굴을 감싸고 끅끅거리는 소리와 함께 어깨를 들썩이며 서럽게 울었다. 그가 비난할 것임이 분명했다. 그래도 마음을 물어보니 진심을 말했다.

"알고 있었느니라."

"……예?"

잘못 들은 게 아닌가 하며 그녀가 눈물로 범벅된 얼굴을 들었다.

"네가 흑해궁에 있을 때, 설담에게 들었다."

"그, 그럼…… 다 아시면서도 제게 청혼하신 겁니까?"

"난 중요치 않은 문제다. 너는 어떻지?"

"저는 중요…… 합니다. 중요합니다! 중요하지만……."

"나는 너와 혼인하고 싶고, 너도 나와 혼인하고 싶다면 뭐가 문제란 말이더냐."

"태랑 님."

솔루가 의자에서 일어나 그에게 다가갔다. 손등으로 눈물을 훔치며 다가서는 동안 머릿속을 차지하는 생각은 단 하나였다. 그도 저와 같았다.

비록 내가 죽을지 몰라도, 짧은 시간을 함께할지 몰라도 나와 혼인하고 싶으셨구나. 이런 나를 진정으로 아끼고 좋아해주시는구나.

"감사합니다."

그의 앞에 서서 울먹이며 겨우 내뱉는 목소리가 기어들어갔다.

"열심히 살겠습니다."

열심히 사랑하겠습니다. 예정대로 죽을지, 그보다 더 빨리 죽을지, 아니면 오래도록 살지 모릅니다. 허나 지금보다 하루하루를 더 소중하게 여기며 사랑하고 살아가겠습니다. 사랑합니다. 사랑합니다, 태랑 님.

솔루는 앉아 있는 태랑의 얼굴을 두 손으로 감싸서 위로 살며시 들었다. 고개를 숙여 그의 입술에 제 입술을 댔다. 입술만 살짝 누르는 가벼운 입맞춤이었지만 어느 때보다 떨리고 감동스러웠다.

"사랑…… 합니다."

솔루가 내뱉는 가느다란 속삭임이 한숨처럼 무거우면서도 해감초처럼 달콤했다. 눈물에 젖어 촉촉한 입술이 닿아 있는 동안 태랑은 그녀의 감은 눈을 봤다. 그녀가 이토록 예쁜 적이 있었던가. 너무나 고와서 품에 안고 다니고 싶다. 할 수만 있다면 혼례식이고 뭐고 오늘 당장 제 여인으로 만들고 싶은 욕구가 올라왔다.

눈물로 엉망이 된 얼굴이 투명하게 빛나 저도 모르게 손을 들어 만질 뻔했다. 파르르 떨리는 긴 속눈썹에 맺힌 눈물방울마저도 어여뻤다. 지금만큼은 심장에 대한 것도 잊었다. 그저 솔루만 보였다. 볼에 닿아 있는 작은 손에서 느껴지는 따뜻함이 그의 가슴속으로 깊숙이 들어와 뜨거운 바람을 일으켰다. 머리부터 발끝까지 체온이 올라가 내쉬는 숨마저 뜨거웠다.

맞닿아 있는 입술을 솔루가 떼는 순간, 태랑은 고개를 비틀며 그녀의 뒷목을 눌렀다. 불현듯 올라온 그녀를 안고 싶은 욕망이 제어가 되지 않았다. 그녀의 입안으로 달아오른 제 혀를 밀어 넣자 더더욱 주체할 수가 없었다. 숨이 막혀 솔루가 '읍, 읍' 하는 소리를 내자 그제야 놓아주는 태랑. 자신의 타액으로 번들거리는 그녀의 입술을 손가락으로 쓸었다.

"일주일, 꼭 기다려야겠느냐."

거칠어진 숨을 누르며 그가 말했다. 뒷목을 놔주지 않아 그가 말할 때, 서로의 입술이 부딪쳤다.

"저, 저는……."

그녀 역시 호흡이 고르지 못했다. 태울 듯이 타들어가는 그의 눈동자 때문에 가슴이 진정되지 않는다.

"나는, 사흘도 싫다."

"……."

"네가 말만 하면 내일 즉시도 가능해."

"그, 그럼 모레는 어떠십니까."

"만족스럽진 않지만 나쁘지도 않구나."

그가 다시 솔루에게 입맞춤을 시작했다.

다음 날 아침. 만들어놓은 혼인 예복이 잘 맞는지 미리 입혀보기 위해서 가희와 송마가 솔루를 찾아왔다. 오랜만에 봐서 반색하는 솔루에게 그들은 어색한 미소만 지었다.

"객사에 무슨 일이라도 있습니까?"

살이 훤히 비치는 얇은 속치마와 속저고리가 민망했지만 그걸 느낄 틈이 없었다. 표정이 어두운 가희와 송마가 더 신경 쓰였다.

"아니요."

가희가 짧게 대답했다.

"두 분 낯에 근심이 가득하십니다."

"근심 없으니 걱정은 마. 아! 있긴 있다! 네가 태랑 님과 첫날밤을 잘 보낼 수 있을지가 걱정이다."

송마가 깔깔 웃으며 말하자 솔루 얼굴에 홍조가 띠었다.

"잘 모실 수 있지? 이 할미가 가르쳐주련?"

"이, 이야기 들은 적도 있고, 서책에서 본 적도 있지만……."

솔루의 음성이 모기만큼 작아졌다. 온몸이 빨갛게 변하는 기분이었다. 얼굴을 들 수 없을 정도로 부끄러웠으나 한편으로는 송마에게 자세히 배우고 싶기도 했다.

"그게 가르친다고 되나요?"

겉치마를 들며 가희가 막아섰다. 초야를 치르면 솔루의 생사가 왔다 갔다 하는 마당에 태랑 님을 잘 모시고 말고가 뭐가 중요한가. 송마도 그걸 알고 있기에 입을 다물었다.

"그, 그래도 배우고 싶습니다."

"옷 입는 데 집중이나 해요."

싸늘한 가희의 말투에 갑자기 분위기가 무거워져 솔루 역시도 그들의 눈치만 봤다. 적막 속에서 옷을 입으며 바스락거리는 천 소리만 들렸다.

예복을 입은 솔루는 체경(體鏡)에 제 모습을 비춰 보며 조용히 미소를 지었다. 백해궁에서 늘 좋은 옷만 입었지만 예복이라 그런가 어떤 옷보다 훨씬 아름다웠다. 물고기의 하늘거리는 지느러미처럼 섬세하게 주름이 잡혀 솔루가 조금이라도 움직이면 다양한 형태로 변했다. 하늘의 선녀가 된 것 같았다. 옷 덕분에 자신도 아름다워진 듯해 기분이 좋아진 솔루의 입이 함박만 하게 벌어졌다.

"아이고, 예쁘기도 하지."

송마가 흐뭇한 표정을 짓자 가희도 보일 듯 말 듯 하게 웃음을 머금었다.

"눈대중으로 만들었는데 꼭 맞아서 다행이네요."

가희가 솔루 머리에 꽃으로 만든 너울을 씌웠다.

"할머니, 저 정말 예쁩니까?"

"그럼, 그럼. 예쁘다, 요것아."

"태랑 님도 좋아하실까요?"

"……태랑 님께서 널 어여삐 봐주셨으면 하는 게냐."

"예."

수줍은 미소를 지으며 솔루가 답하자 가희가 서둘러 널브러진 옷가지들을 정리했다. 아무것도 모르고, 제 운명이 어찌 될지도 모른 채 좋아하는 솔루를 보기가 힘들었다.

"우리는 내일 혼례 준비를 위해 이제 가봐야 해요. 혼자 벗기 힘들 테니 도와줄게요."

"조금만 더 계시면 안 됩니까? 오늘 밤은 궁에서 주무신다 들었습니다."

저고리에서 팔을 빼내며 솔루가 부탁했다.

"바빠요. 어르신, 어서 가죠. 할 일이 많네요."

"예, 그럼 일 보십시오. 내일 뵙겠습니다. 혼례복 만들어주셔서 감사합니다!"

그들은 우렁차게 외치는 솔루를 애써 보지 않으려 했다. 그것을 알 리 없는 솔루는 문밖까지 배웅하고 들어와 벽에 걸린 혼례복을 보며 행복할 내일을 상상했다.

태랑 님도 혼례복을 입으시겠지? 본래 아름다운 분이신데, 더 아름다워지시면 어떡하나. 신부의 미모가 신랑보다 못하다고 사람들이 수군거리면 어쩌지? 그래도 좋다. 떠올리는 것만으로도 달달한 경단을 몽땅 먹은 듯이 기분이 좋아진다.

단 한 가지, 가족과 함께할 수 없어 아쉬운 것만 빼고는. 나중에 혹시 만날지도 모르는 어머니를 위해서라도 희망을 놓지 말고 열심히 살자고 솔루는 다짐했다.

어느새 날이 어둑해졌다. 내일을 위해 오늘 밤은 태랑과 함께 보내지 않기로 했다. 해국의 예법이라고 들었다. 피부를 위해 일찍 자라고 조언하던 가희 말대로 평소보다 빨리 잠자리에 들었다. 헌데 내일 때문에 긴장해서인지, 아니면 잠들 시간이 아니라 그런지 눈이 말똥말똥 떠져 도무지 잠들 기미가 보이지 않았다.

침상에서 뒤척이던 솔루는 물을 마시기 위해 일어났다. 헌데 탁자로 다가가던 도중 의자에 앉아 있는 희미한 인영을 보고 소스라치게 놀랐다.

"헉! 누, 누구!"

"쉿! 나예요."

나긋나긋한 여자 목소리. 솔루가 알고 있는 음성이었다. 달빛이 비추는 곳으로 이령이 서서히 모습을 드러냈다.

"많이 놀랐나 보네."

"여긴 어떻게 들어오셨습니까. 나가주십시오!"

"내가 또 만나자고 했었죠?"

"당신과 얘기하고 싶지 않습니다. 소리 지르기 전에 나가주세요!"

태랑이 이령과 말을 섞지 말라고 했었다. 솔루는 뒷걸음질 치며 이령에게서 멀어지려 했다.

"얘기하자는 것이 아니에요. 내가 하는 이야기를 들으라는 거지."

"듣고 싶지도 않습니다."

"정말? 태랑에 관한 건데도요? 그가 왜 당신과 급하게 혼인을 서둘렀는지 알고는 있나요?"

"알고 있습니다."

저를 아끼셔서요. 저를 좋아하셔서요. 저를 사랑하셔서요.

비록 그의 입으로 아직 듣지 못했으나 그리 믿었다. 그렇지 않고선 그의 말과 행동, 눈빛이 저를 향해 그럴 수는 없었다.

"알아?"

이령이 언성을 높였다.

"지금 알면서도 이 혼인을 해! 당신 목숨을 내어줄 만큼 사랑하는 거야?"

거의 악을 지르는 수준이었다. 허나 솔루의 귀에는 악을 지르는 이령의 목소리보다 그녀의 말이 가슴을 찔렀다. 별안간 심장이 요동을 치더니 무언가 불길한 예감이 스쳤다. 솔루가 답하지 못하고 눈만 깜박이자 이령의 입꼬리가 올라갔다.

"뭐야, 모르는 얼굴이잖아? 그럼 그렇지. 태랑이 말했을 리가 없지. 어떤 여인이 그걸 알면서도 혼인을 하겠어."

"돌아…… 가십시오."

궁금했다. 하지만 듣고 싶지 않았다. 이령을 쫓아내야 하는데, 몸이 굳어져 그대로 박혔다.

"그가 너와 혼인하는 이유는 노리는 게 있어서야."

"당장 나가세요!"

"네 심장을 갖기 위해서. 네 심장을 빼앗아 취해서 그는 오래오래 살고 싶으니까."

"싫어!"

솔루가 양손으로 귀를 막고 소리를 질렀다. 그러나 늦었다. 이미 다 듣고 말았다.

"심장을 그에게 준 네가 어떻게 될지는 말하지 않아도 알겠지?"

"나가!"

솔루의 외침은 절규였죠.

그때였다. 쾅! 세차게 문이 열리는 소리가 났고, 동시에 이령의 비명이 들렸다.

"아악!"

그녀의 몸이 저 멀리 날아가 벽에 강하게 부딪혔다가 떨어졌다. 태랑이 들어온 것이다. 그렇잖아도 솔루에게 심장에 대해 털어놓을 생각이었다. 모든 진실을 이야기하고 그녀가 선택할 수 있도록 할 참이었다. 헌데 이령이 선수를 쳤다. 그의 얼굴이 곧 터질 것처럼 분노로 가득했다.

"내 눈 앞에 보이지 말라고 했을 텐데?"

차갑게 가라앉은 음성이 찌를 듯했다. 금방이라도 이령을 죽일 것처럼 노려보는 눈에서 섬광이 번쩍거렸다.

"으윽…… 불쌍하잖아요."

고통스러운 신음을 내며 이령이 몸을 일으켰다.

"네가 끼어들 문제가 아니다."

"누군가는 끼어들어야죠."

'거참, 되게 아프네.'라며 나지막이 말한 이령이 벽에 몸을 기댔다. 그녀는 이날만을 기다린 사람이었다. 차분하게 말하지만 얼어붙을 것처럼 저렇게도 냉랭한 태랑의 표정을 처음 봤다. 노기가 느껴졌으나 상처를 받은 모습이기도 했다. 통쾌했다. 태랑에게 비웃음을 날려주려던 찰나 그가 허리끈을 풀어 이령에게 날렸다. 끈이 그녀의 목에 칭칭 감기더니 곧바로 죄어왔다.

"윽!"

"주제도 모르고 날뛰었으니 나를 원망 말거라."

태랑이 검지로 작게 원을 그리고 갈고리 모양으로 만들어 당기자 이령의 얼굴색이 변해갔다. 끈이 더 조여들어 숨이 넘어가기 직전이었다.

"태랑 님!"

솔루가 태랑의 손을 붙잡고 고개를 천천히 저었다.

"그냥 보내주십시오."

"상관하지 마라."

순간 솔루는 살기 가득한 태랑이 무서웠다. 티끌만큼의 관용도 베풀 마음이 없어 보였지만 이러다 이령이 죽을 것만 같아 그의 팔을 잡은 손에 힘을 줬다.

"내일, 우리의 혼례식입니다."

태랑의 눈동자가 흔들렸다.

"좋은 날을 앞뒀으니 저분을 용서해주세요, 제발……."

솔루의 간곡한 애원에 태랑이 손을 거칠게 뿌리쳤다. 그러자 이령의 목을 감고 있던 끈이 풀렸고, 그녀가 숨을 들이마시며 콜록콜록 기침을 했다. 이령이 괜찮은지 다가가려던 솔루를 태랑이 잡았다.

"네가 신경 쓸 가치도 없다."

"그래도……."

"이령을 용서해서 놓아준 것이 아니야."

"알겠습니다."

그가 마음을 바꿔 이령에게 다시 해를 가할까 봐 솔루는 그의 말을 따랐다.

"나가."

태랑의 명령에 비틀거리며 일어난 이령이 문을 나서며 태랑을 힐끔 봤다.

"하고 싶은 일은 끝냈네요. 그러니 이제 다시는 당신 앞에 나타나지 않을게요."

비틀어진 마음이라 해도 괜찮다. 그의 아름다운 겉모습만을 사랑한다고 비난해도 괜찮다. 뭐가 됐든 그에게 이렇게 자극을 줄 수 있는 존재가 되었다. 그의 기억에 자신은 못된 여인으로 남을 것이다. 지워지는 것보다는 훨씬 좋지 않은가.

"축하해요."

그 말을 끝으로 이령이 사라진 공간에 침묵만이 감돌았다.

정신이 없었지만 솔루는 점차 이령이 했던 말을 되새기고 있었다.

심장을 뺏기 위해서랬다. 내 심장이 필요해서 혼인한다고? 털썩. 의미를 파악하자 다리에 힘이 풀린 솔루가 자리에 주저앉았다. 충격에 눈물도 나오지 않았지만 우선 그의 말을 들어봐야 했다. 어서 빨리 아니라고 말해주길 기다려도 태랑은 입을 열지 않았다.

"이령의 말이 맞다."

태랑이 먼저 정적을 깨뜨렸다. 멍하게 있던 솔루가 그에게 초점을 맞췄다.

"나는 심장이 없는 채로 태어나 곧 죽을 날을 앞두고 있었다. 살 수 있는 방법은 날 사랑하는 여인에게서 심장을 빼앗아 내 심장으로 만드는 것이다. 해서 날 사랑하는 너와 혼인하려 했고. 그 말은 내가 살기 위해서 너의 심장을 취한다는 뜻이다."

그는 이령의 말이 거짓이라 하지 않았다. 솔루는 제 귀를 의심했다. 살기 위해서 그랬더라도 저리 무미건조하게 말하면 안 된다.

처음은 어쩔 수 없었다, 이해해달라, 미안하다…… 이런 말을 먼저 하시는 게 맞지 않습니까?

"혼인은……."

그가 잠시 숨을 골랐다.

"네가 싫으면 안 해도 되느니라. 선택은 네 몫이고 네 선택을 존중한다."

태랑 님은 왜 그리도 덤덤하십니까. 제 가슴은 바삭바삭 부서지는데…….
이런 제게 하실 말씀이 고작 그것밖에 안 됩니까.

모가 난 바윗덩어리가 가슴에 얹혀졌나 보다. 무겁고, 답답하고, 아팠다.

"잘 생각해보고, 싫거든 내일 혼례식에 나오지 않으면 된다."

탁. 문이 닫히는 소리가 들렸다. 태랑이 나간 것이다.

"하하하."

솔루가 허탈하게 웃었다. 그는 변명도 하지 않았다.

혼례날. 태랑이 왕위에 오르고 처음으로 백해궁이 개방되어 문이 활짝 열
렸다. 이례적으로 여인들의 입궁도 허락됐다. 해국에서 한자리하는 사람들
은 물론이고, 주위 나라에서도 많은 사람들이 축하차 모여들었다.

혼례는 긴 시간 동안 이어졌다. 태랑과 솔루가 부부의 연을 맺는 의식은
비교적 빨리 마무리됐으나 두 사람에게 얼굴도장을 찍고자 하는 사람들의
인사를 해가 질 때까지 받았다.

솔루는 종일 인형처럼 앉아 있었다. 진귀한 선물을 들고 와서 축하 인사
를 건네는 그들에게 환하게 웃어줬고, 고맙다는 답도 잊지 않고 해줬다. 하
지만 그녀의 머릿속은 온통 태랑의 말로 가득했다.

어젯밤, 그가 나간 뒤 주저앉은 채로 얼마의 시간을 보냈는지 모른다. 얄
궂은 운명에 화를 냈다가 배신감에 분노했다. 오갈 곳이 없는 저를 거둬주
고 선물을 줬다. 차가우면서도 다정했고, 너뿐이라고 말해줬다. 어리석게도
그 선물에, 다정함에, 고작 말 몇 마디에 의미를 부여했었다. 그것이 잘못된
모양이었다.

처음부터 태랑 님은 오늘 밤을 위해 내게 잘해주신 것이었나. 아니면 내
가 멋대로 착각을 한 것일까. 그러다가 마지막에 남은 감정은 슬픔이었다.
절망이었다.

태랑 님은 나를 좋아하지 않았구나. 당신이 살기 위해, 내 심장을 가지기 위해 내게 그리하셨구나.

믿고 싶지 않았다. 아닐 거야. 그의 눈빛과 손짓과 몸짓이 마음에도 없는 여인에게 하는 것은 아니었다. 그렇게 밤이 새도록 스스로 긍정과 부정을 반복한 끝에 마음의 결정을 내렸다.

어차피 죽을 목숨이지 않았던가. 저가 아니면 태랑의 목숨이 위태롭다는데 돌아설 수 있는 그녀가 아니다. 어쩌면 그를 살리라고 바다에 빠졌는데도 불구하고 목숨을 부지했는지도.

사실 어젯밤 태랑이 솔루에게 선택권을 준다고 말했을 때부터 그녀가 혼인을 거부할 여지는 없었다. 심장을 취하지 못해 죽어가는 태랑을 그녀가 볼 수 있을까.

어떻게 그래. 내가 어떻게 태랑 님의 죽음을 볼 수 있겠어.

숨이 멎어가는 그의 얼굴을 그려보는 것만으로도 가슴이 조각난다. 그가 없는 세상에서 혼자 살아간다 한들 의미가 없다. 이령의 말대로 심장을 태랑에게 주면 저는 살 수 없을 것이다. 해서 어머니를 만날 수 있다는 희망도 놓을 수밖에 없는 처지가 됐다.

어머니, 하늘에서 뵈어요. 이번 생에서 저는 여기까지인가 봅니다.

한바탕 눈물을 쏟아내고 마음을 다잡았다. 하여 결국 혼례를 치르고 수많은 사람들에게 인형처럼 웃어주고 있는 중이다. 곱게 차려입은 옷도, 코끝에 머무는 좋은 향기도, 꿈같은 이 혼례도 솔루에겐 아무런 의미가 없었다.

그녀는 고개를 돌려 옆에 있는 태랑을 잠시간 바라봤다. 자신보다 훨씬 아름다운 그는 등을 꼿꼿이 세우고 무표정으로 앉아 사람들의 인사를 받아줬다. 가끔 아주 살짝만 고개를 끄덕이거나 눈짓으로 답을 대신했다.

죽을 때 죽더라도 그에게 한 번만 물어보자. 아니, 다 물어보자. 이왕 죽을 거, 그에게 알고 싶은 건 다 들어보리라.

입술을 꽉 깨문 솔루는 고개를 돌려 앞을 봤다. 신비롭게 생긴 자기(瓷器)를 내어 보이는 한 남자에게 여태껏 그랬던 것처럼 웃음을 지어 보였다.

어두운 방 안에 혼자 앉아 솔루를 기다리던 태랑은 묘하게 스며드는 긴장에 혀로 입술을 축였다. 절대 자신에게는 허락되지 않을 것 같았던 시간이 오고야 말았다. 솔루가 없었다면 죽음을 기다리는 수많은 밤 중의 하나였을 것이다.

드디어 심장을 갖게 되었다. 심장이 있다는 건 어떤 기분일까. 그는 가만히 가슴에 손을 얹어봤다. 이 자리에 들어오겠지. 혹 심장을 갖게 되면 공존의 밤의 저주가 풀리지 않을까 하는 기대도 한다. 여인을 가까이할 수 없는 저주도 풀리려나. 하긴 그건 풀리지 않아도 상관없다. 솔루 외에 곁에 두고 싶은 여인은 없으니.

드르륵. 문이 열리고 솔루가 보였다. 호롱불만 켜져 있어 그녀가 서 있는 곳까지 비춰주지 않아 얼굴을 볼 수 없었지만 하루 내내 봤었던 모습이 떠올랐다. 차려입어서인지 어느 때보다 빛났다.

헌데 태랑만 솔루의 빛남을 깨닫지만은 않았다. 온종일 힐끔힐끔 혼례식에 참석한 사내들이 그녀를 쳐다봤다. 생각 같아선 모조리 궁 밖으로 쫓아내고 싶었지만 그럴 수 없어 분통이 터졌다. 짜증 섞인 욕설을 조용히 읊조리며 주먹을 강하게 말아 쥐던 그는 솔루의 몸을 만졌던 감각을 되새겼다. 손에서 아직도 그 감촉이 남아 있었다. 그걸 느끼자 태랑은 미묘한 승리감에 도취되었다.

너희들은 모르겠구나. 나만이 아는 그 녀석의 몸. 둥그런 어깨, 작은 머리통, 반질거리는 머리카락, 가는 허리, 그리고 보드랍고 촉촉한 입술. 순간 어젯밤에 느꼈던 그녀를 향한 욕망이 피어올랐다. 단전 아래가 묵직해져 심장

116

을 갖게 된다는 설렘과 함께 또 다른 기대가 다가왔다. 하지만 문을 닫고 가까이 다가온 솔루의 얼굴은 본 순간 설렘과 기대가 흩어졌다.

그녀의 표정은 복잡했다. 깊은 암흑 속에 빠진 것처럼 침울했고, 모든 끈을 놓아버린 사람처럼 낙망한 얼굴이었다. 반면에 비장함도 보였다.

아, 어젯밤에 내가 그런 이야기를 했었지.

태랑은 자신이 솔루에게 뱉었던 말을 기억해냈다. 지난밤은 행여 솔루가 혼인하지 않겠다고 할까 봐 초조했었다. 사랑한다 고백한 그녀가 자신과 혼인할 것이라고 장담했었는데 막상 그 시간이 다가오니 달랐다.

아침에 혼례복을 차려입은 그녀를 보고 안도했다. 헌데 지금, 어제처럼 초조했다. 마음이 변했나. 변했다면 너의 마음을 어찌 돌려야 할까. 해서 심장을 가지지 못하면 어쩌나.

솔루는 태랑 앞에 마주 앉았다. 말없이 가만히 있기만 하는 그녀 때문에 애가 탔다. 그를 보고 있는 까만 눈동자에 물기가 어려 있었다. 어서 무슨 말이라도 해줬으면 좋겠는데 솔루는 나오는 제 숨소리마저도 삼켰다. 무슨 생각을 하고 있는지 도무지 알 수가 없다.

"어찌하겠느냐."

기다리다 지친 그가 먼저 입술을 뗐다. 그녀는 여전히 침묵한다.

"결정은 네가 하는 것이다. 나는 네게 강요하지 않는다."

그가 살며시 주먹을 쥐었다. 괜한 말을 한 것일까.

"결정은…… 이미 끝났습니다."

마음에 변함이 없다는 답에 태랑이 보이지 않게 웃었다.

"이 순간이 지나면 후회해도 소용없다."

"후회하지 않습니다."

"그래? 그럼, 시작할까."

손을 뻗어 옷고름의 끝을 잡았다. 이제 이것만 당기면 된다.

"왜…… 저입니까?"

솔루가 물었다.

너뿐이니까. 내게는 오로지 너밖에 없으니까. 네가 아니면 안 되니까. 태랑은 잡고 있던 옷고름을 놨다.

"그 이유는 누구보다 네가 더 잘 알고 있지 않느냐? 내가 안을 수 있는 여인이 너뿐이니까 그렇지."

솔루의 눈가가 붉게 물들어갔다. 어째 그것이 자꾸 아련해 태랑의 마음이 무거워졌다.

"정말, 그 이유뿐입니까?"

"다른 이유가 필요한가?"

그녀가 어떤 답을 원하는지 짐작할 수 없었다.

"무엇이 문제냐."

"저를…… 저를 잠시라도…… 마음에 담으신 적이 없습니까?"

"음?"

예상치 못했던 물음에 당황했지만 애써 감추며 고개를 갸웃했다. 솔루가 바라던 것이 그거였었던 모양이었다.

"제가 잠깐이라도 태랑 님의 마음 한구석을 차지한 적이 없냐고 묻고 있습니다."

그녀의 목소리는 떨렸지만 태랑을 바라보는 눈에는 결연함이 깃들어 있었다.

차지한 적…… 있었는지도 모르겠다. 그게 언제, 어느 때였는지, 어떤 이유에서인지 명확하지는 않았다. 허나 있었을 것이다.

다만 이제는 아니라는 것. 설사 남아 있더라도 되돌려주고 싶은 것.

현재 그에겐 목숨 연장만이 제일 중요했다. 보란 듯이 살아서 자신을 저주한 어머니에게, 그런 어머니를 막지 못했던 아버지에게, 더 나아가 말도 안 되는 운명을 준 해무에게 보여주고 싶을 뿐이다.

"없다."

안고 싶은 욕구가 있지만 그녀가 말하는 마음 한구석의 범주 안에 들지는 않았다. 그런 적이 있었다고 말한들 지금 이 시점에서 다 무슨 소용일까. 솔루가 눈물을 흘렸다. 투명한 구슬처럼 맑은 눈물이 방울져 볼을 타고 턱 끝에 맺혔다.

"내 대답에 따라 너의 결정이 바뀌는 것이냐. 그것이 그렇게 중요한가?"

"제 결정은 바뀌지 않아요. 다만, 중요한 건 맞습니다."

태랑은 결정이 바뀌지 않는다는 솔루의 말에 완전히 마음을 놓았으나 중요하다는 말에 담긴 뜻이 이해되지 않았다. 머리가 아파왔다. 끝까지 긴장을 풀 수 없었다.

"네가 뭘 원하는지는 모르겠지만, 억지로 너를 이 자리까지 끌고 온 것이 아니다."

"예, 제 뜻이었습니다."

눈물을 훔치는 솔루.

"저, 저는 태랑 님을…… 사랑…… 합니다."

그녀의 고백은 들을 때마다 좋았지만 이번만큼은 심기가 거슬렸다.

"알고 있다. 그래서? 너도 내게 같은 것을 원하는 것이냐."

"원한다면 주시겠습니까?"

손을 내밀어 솔루의 볼을 잡았다. 말랑한 살이 손바닥 안으로 쏙 들어왔다. 이제 알겠다. 그녀가 정확하게 무얼 원하고 있는지를.

"내가 타인에게 줄 마음 따위가 없다는 것쯤은 너도 알지 않느냐? 줄 것이 없다. 해서 줄 수도 없지."

그녀는 귀엽게도 자신의 사랑을 원하고 있었다. 하지만 그는 그녀가 원하는 걸 줄 수는 없다. 그가 어떻게 살아왔는지 그녀도 알고 있기에 충분히 납득하리라 믿었다.

"대신, 너는 내가 유일하게 곁을 내준 여인이다. 또, 오늘 밤이 지나면 너는 나의 처음을 가진 여인으로 남을 것이다. 이만하면 네 마음에 대한 대가로 충분하지 않느냐."

솔루를 끌어안고 등을 어루만지며 귓가에 속삭였다. 비록 마음을 내줄 수는 없더라도 잘해주마. 아껴주마. 네 심장을 빼앗은 값은 톡톡히 치러줄 것이다.

"마지막으로 말한다. 벗어나고 싶으면 그리해라."

마음에도 없는 말이다. 아니, 그녀가 벗어나지 않으리란 것을 알기에 자신 있게 그리 말했다.

솔루가 태랑의 가슴을 밀어내며 멀어졌다. 그녀 역시 그가 마음에 없는 말을 하고 있다는 걸 알고 있었다.

내가 그럴 수 없다는 것을 잘 알면서…….

잔인한 사람. 나쁜 사람. 그리고…… 불쌍한 사람.

마음에도 없는 여인을 안아야만 하는 당신이 애처롭습니다.

제가 어떻게 당신을 밀어냅니까.

태랑 님께는 제가 아니면 안 된다는 것을 아는데, 어떻게 그럽니까.

태랑 님의 마음에 대한 기대는 내려놓겠습니다.

잠시 행복한 꿈을 꾸었다고 생각하면 될 일이었다.

물론 그것에는 눈물겨운 노력이 따르겠지만. 살아남았을 때의 일이겠지만.

창을 응시하는 솔루의 눈동자에 얼핏 서글픔이 비쳤으나 태랑은 보지 못했다. 그는 곧 그녀를 가지고, 심장을 가질 수 있다는 생각에 흥분했다.

"제가 태랑 님의 마음을 여쭸던 것은…… 이곳에서 밤을 보내기로 한 제 결정에 위로를 하고 싶어서였습니다."

"이해하기 힘들다."

"이해하지 마십시오. 평생이 지나도 태랑 님은 제 마음을 이해할 수 없으십니다. 아까도 말씀드렸지만 전 결정을 바꾸고자 질문을 했던 것이 아닙니다."

태랑은 단호하게 말한 그녀가 멀어지는 기분이 들었다.

"시간을 지체하여 죄송합니다. 시작하십시오."

무언가 마음을 먹은 듯 솔루가 한숨을 크게 쉬더니 제 옷고름에 손을 댔고, 태랑이 말렸다. 그는 그녀가 저보다 더 긴장하고 있는 듯하여 술을 권했다. 한 번에 술을 넘긴 그녀가 취하지 않도록 술잔을 잡아챈 다음, 술상을 저만치 물렸다.

"천천히 음미하며 긴장을 푸는 시간을 갖길 바랐는데, 네가 한 번에 끝냈으니 어쩔 수가 없구나."

그녀의 무릎에 손을 댔다. 그대로 끌어당길 생각이었는데 마음을 바꿔 태랑이 다가갔다. 술 때문인지, 아니면 대화를 해서인지 솔루의 얼굴이 방에 들어왔을 때보다 괜찮아 보였다. 그가 잘못 봤을 수도 있지만 개의치 않았다. 더는 시간을 지체할 수 없었다. 순식간에 눌러왔던 인내심이 바닥을 드러내 태랑이 솔루의 옷고름을 잡는 찰나였다.

"태랑 님께서는 소중한 것을 잃어본 적이 있으십니까."

"……."

지금까지 그에게 소중한 건 없었다. 하여 잃어본 적도 없다. 그는 답할 필요성을 느끼지 못하고 그녀의 옷고름을 당겼다.

솔루는 스르륵 풀어지며 내려앉는 얇은 천을 봤다.

이 가슴 아픈 밤이 빨리 지났으면 좋겠습니다.

허나 이 순간, 저만이 태랑 님을 오랜 고통에서 벗어날 수 있도록 할 수 있다는 것 하나만 생각할 것입니다.

그래서 정말 다행입니다.

그래, 잊자. 다른 건 그냥 다 잊고 태랑 님을 생각하자. 어차피 더 따지고 고민해봤자 변하지 않는다.

"태랑 님께서는 가슴이 아파보신 적이 있으십니까."

"쉿."

솔루의 말이 귀에 들어오지 않았다. 이 밤, 그는 저가 가진 목적을 향해 달려야 했다.

더는 그녀가 다른 말을 할 수 없도록 입을 맞췄다. 몇 번이나 마주 댔던 입술인데 닿을 때마다 새롭다. 솔루에게서만 나는 달달한 향이 그의 몸을 달아오르게 만들었다. 떨고 있는 그녀가 사랑스러워 진정하라고 등을 토닥이며 입술을 뗐다.

미약하게나마 방 안을 밝혀주던 호롱불을 가벼운 입김으로 끄자 깜깜한 어둠 속에 둘만이 있다는 사실이 그의 이성을 어지럽혔다. 그간 보냈던 밤과는 다르다. 이 밤이 지나면 심장을 갖고, 솔루는 완벽한 제 여인이 될 것이다.

절로 미소가 지어졌다. 드디어 갖게 됐구나, 나의 심장을.

조심스럽게 요 위에 솔루를 눕혔다. 그녀가 누운 자리의 요가 아래로 푹 꺼졌다.

"하아!"

별안간 가슴에서 느껴지는 통증에 태랑이 얕은 비명을 질렀다. 마치 조금 전 가슴이 아파본 적이 있느냐는 솔루의 질문에 답이라는 하듯 날카로운 검이 푹 찌르는 것만 같았다. 서서히 고통이 사라지자 그는 잠시 멈췄던 일을 다시 시작했다. 심장뿐만이 아니라 천천히, 하나하나 그녀의 모든 것을 가지고 싶었다. 얼굴에 입을 맞추던 태랑이 눈을 감고 있는 솔루에게 나직이 속삭였다.

"눈을 떠라. 네 눈이 보고 싶다."

그녀가 눈꺼풀을 들어 올리자 조약돌처럼 까만 눈동자가 반짝반짝 빛이 났다.

"태랑 님께 제 심장을 드리고, 내일이 되면 저는 죽습니까?"

그 말에 태랑이 느른하게 미소를 지었다.

"절대, 죽지 않아."

"심장이 없는데도 살 수 있는 겁니까?"

"내 말 믿어라."

제가 태랑 님을 어떻게 믿을 수 있겠습니까, 라고 말하고 싶었다. 하지만 목구멍으로 구겨 넣은 말 대신에 태랑의 눈을 피해 고개를 돌릴 때였다.

태랑이 솔루의 턱을 단단히 잡아 그를 보게 했다. 명백히 거부를 나타내는 행동이 화가 불쑥 올라왔다.

"아픕니다."

솔루가 이마를 찡그렸다.

"피하지 마."

"그럼, 말해주십시오."

"무얼."

"저를 사랑한다고 말입니다."

그녀의 턱을 잡고 있던 태랑의 손에 힘이 풀렸다. 미간을 움찔한 그가 고요한 음성으로 내뱉으며 다시 손에 힘을 줬다.

"해줄 수는 있다. 거짓이겠지만."

솔루는 태랑의 음성이 참으로 건조하다 느꼈다.

거짓인 거 다 아는데, 그래도 그 말은 빼주시지. 그 마음 다 아니까 그저 사랑한다고 한마디 해주기만 하시지. 그렇게 짚고 넘어가셔야 직성이 풀리십니까. 저를 향한 태랑 님의 마음도 음성만큼이나 건조하겠지요.

그녀는 희미한 미소를 머금고 손을 들어 자신을 내려다보고 있는 그의 얼굴을 손으로 살며시 만지다가 하얀 달빛처럼 빛나는 은색 머리카락을 옆으로 젖혔다. 심연과 같은 푸른 눈동자 속으로 빠져들 것만 같았다.

"오늘 밤이 지나면 나를 사랑하지 마라."

"왜…… 요?"

솔루가 갑작스런 명령에 놀라 손을 떼며 안타깝게 물었다. 이제 그는 그녀의 마음마저도 멋대로 잡으려고 했다. 그 사실이 슬프기도 했고, 반면에 잠잠하게 가라앉았던 화가 올라오게 만들었다.

"심장을 가지시면 제 마음 따위는 필요 없으셔서 그러십니까?"

그녀의 음성이 약간 높아졌다.

"네 말도 틀리지는 않다만, 감정이 오래가다 보면 내게 기대하는 바가 생기지 않겠느냐. 내가 너에게 줄 수 있는 대가는 아까 말했던 그것뿐이니라. 아니, 더 많은 것을 줄 수는 있다. 내 마음만 아니라면."

가슴 저 안쪽에 겨우 묻어둔 서러운 울음이 목구멍까지 차올랐다. 억지로 꾸역꾸역 삼키는 울음에 목이 저릿저릿하다. 그의 말 한마디, 한마디가 솔루의 심장을 후벼 파 송송 구멍이 뚫렸다. 차가운 바람이 지나는 것처럼 시렸다.

꼭 그렇게 말씀하셔야만 합니까. 왜 이다지도 잔인하세요.

"……걱정 마십시오. 기대하지 않습니다."

예전처럼 그윽한 눈길로 봐주면 얼마나 좋을까 하고 바라며 태랑의 모습을 가슴에 담았다. 돌이켜보면 아무것도 아닌 일에도 그로 인해 울고 웃었었다. 허나 그 모든 것이 오로지 심장 때문이었다니 마음이 와르르 무너져 갔다. 울지 않으려고 하는데 눈물이 자꾸만 차올라 그녀의 볼을 타고 흘렀다.

"사랑한다 말해주십시오."

"거짓이라도 괜찮으냐."

"알고 있습니다. 알면서 부탁드리는 겁니다."

"거짓에 무슨 의미가 있단 말이냐."

"거짓이라도 태랑 님께 '사랑한다.'는 말을 처음 들은 여인은 제가 될 테니까요. 욕심을 부린다고 여기실지도 모르지만 저는……."

솔루가 옅은 한숨을 쉬었다.

어쩌면 이마저도 사치일까. 터무니없는 욕심을 부리는 걸까. 정말 진심으로 태랑 님은 절 사랑한 적이 한 번도 없습니까. 그저 당신에게 심장을 준 여인에 불과할까요. 진정 그거 말고는 아무런 의미가 없습니까.

가슴에 사무치는 솔루의 많은 이야기들을 그는 전혀 모르고 있었다. 다 물어보자 했는데 그의 냉랭함에 포기가 됐다. 혹 자신이 사라진다면 태랑이 저를 그리워할까 묻고 싶었다. 보고 싶어나 할까.

답은 뻔했다. 솔루는 가만히 고개를 저었다.

그는 처음 만났을 때로 돌아가 있었다.

그를 미워하고 싶다. 차라리 제 마음이 변했으면 좋겠다. 하여 나쁜 기억을 떠올려보려 하는데 왜 좋은 기억만 머릿속을 차지하는지.

태랑과 함께했던 많은 시간들. 아무리 나쁜 기억을 떠올리려 되새겨봐도 버릴 것이 하나도 없었다. 그녀에게 그는 좋아서, 사랑해서 안기고 싶은 존재였고, 상처로 가득해 아픈 마음을 안아주고 싶은 존재였다. 하지만 그는 그녀를 안아주고 싶지도, 그녀에게 안기고 싶지도 않았던 모양이다.

다시, 또 한 번 포기가 된다.

"듣고 싶습니다. 이 정도의 욕심을 부려도 되지 않습니까? 거짓이어도 사랑한다고 말해주세요. 제게 그렇게 해주셔야만 해요."

그래야 적어도 이 밤, 조금이라도 행복할지도 모르니까요.

"이런 부탁, 더는 하지 않겠습니다."

태랑은 꼼짝도 하지 않고 솔루를 내려다보고만 있다.

"허나 사랑하지 말라는 태랑 님의 말씀을 따르기 힘들 듯합니다. 죄송합니다."

죽더라도 그 마음은 변치 않으리라. 살아도 변하지 않으리라.

"그래, 정 원한다면 해주지. 어려운 것도 아닌데."

그가 양손의 엄지로 솔루의 눈물을 닦아냈다.

"감사합니다."

태랑은 젖어 있는 솔루의 눈을 보며 천천히 입술을 가까이 댔다.

"솔루야, 내가 너를…… 사랑한다. 사랑하느니라."

뜨거운 숨결이 그녀의 입술을 간질였다.

"사랑합니다, 태랑 님."

이 밤이 그와 보내는 마지막이든 아니든, 그의 사랑한다는 말이 거짓이든 아니든 중요치 않았다. 우매하다 해도 좋다. 적어도 이 순간만큼은 그를 사랑하고 사랑받는 여인으로 보내길 원했다.

한편, 거짓으로 사랑한다는 말을 하기가 영 내키지 않아 머뭇거리던 태랑이었다. 그러나 사랑한다고 말하는 찰나, 가슴에서 무언가가 거세게 울렸다.

쿵. 쿵. 쿵. 입 밖으로 내기 전, 가슴에 머무는 사랑한다는 말에 왜 이다지도 떨리는지. 사랑하는 것도 아닌데 정말 그녀를 사랑하는 듯했다. 거짓이건만 이 순간만큼은 진실이 되고 있었다. 머리까지 차오르는 강한 울림에 잠시 골이 흔들릴 정도였으나 기분이 나쁘지 않고 도리어 좋았다.

사지(四肢) 끝에서 전해져오는 묘한 짜릿함. 가슴 중앙에서 뭉근히 번져가는 간질거림. 생전 처음으로 다가오는 기분이 당황스러우면서도 좋아서 기껏 유지하던 이성의 끈을 놓고 말았다.

솔루의 다디단 향에 취해가고 있었다. 사랑한다는 말. 무에 그리 어렵다고 망설이고 있단 말인가. 이렇게 해주면 그만인 것을.

그가 피식 웃음을 터뜨리며 솔루의 입술에 짧은 입맞춤을 선사했다. 술을 마신 건 그녀인데, 자신이 취하는 것만 같다.

"사랑합니다, 태랑 님."

속삭이는 음성을 뱉자 방 안이 그녀의 향으로 채워졌다. 그녀가 달콤하게 취하게 만드는 술이었다. 솔루가 두 팔로 태랑의 목을 감싸 안았다.

"아직."

태랑은 제 목에 두른 솔루의 팔을 풀었다. 옷고름만 풀어져 있을 뿐, 더 이상 진행되지 않았기 때문이었다.

태랑이 다급하게 겉옷을 벗겨내자 살이 훤히 비치는 안의 옷이 드러났다. 그가 거칠게 숨을 몰아쉬며 그녀의 피부를 감싸고 있는 얇은 한 장의 옷마저도 벗겼다. 실오라기 하나 걸치지 않은 그녀의 몸은 손으로 만져서 느꼈던 것과는 달랐다. 대충 곁눈질로 봤던 때와는 또 다르다. 가만히 보고 있는 것만으로도 숨이 턱 끝까지 차올랐다. 부끄러운 듯 그녀가 양팔을 교차시켜 가슴을 가리려 하자 그가 잡았다.

"안 된다."

그의 목소리가 쉰 것처럼 흘러나왔다.

스르륵 손을 놓는 솔루. 캄캄한 어둠 속이지만 스스로 빛을 내는 것처럼 허옇게 드러난 솔루의 목덜미가 태랑의 눈에 들어왔다. 그 아래, 숨소리에 맞춰 들썩이는 가슴이 아름다워 아찔하다. 혈관을 타고 흐르는 피가 쾌속 질주하며 요동을 치고 함께 있는 공간이 열기로 가득 차올라 진정되지 않았다.

조심스럽게 그녀의 목을 만지자 희미한 떨림이 전해져왔다. 그는 멈추지 않고 솔루의 어깨를 쓸며 들썩이는 손에 쥐었다. 말랑한 살덩이에 저도 모르게 입안 가득 무는 태랑. 옅은 신음이 솔루의 입에서 터지자 그는 더 이상 지체할 수가 없었다.

사락사락. 숨이 막힐 듯 조용한 방 안에 오로지 두 사람의 달뜬 호흡과 천의 마찰 소리만 들렸다. 태랑은 서둘러 입고 있던 옷을 모두 벗어 던졌다.

"다시 날 안아라."

나직한, 그러나 거부할 수 없는 강한 명령이었다. 솔루의 가냘픈 팔이 달달 떨리며 목을 감싸 안자 그는 그녀의 목에 얼굴을 묻었다. 살냄새가 미치도록 좋았다.

"솔루야."

밤이 깊어질수록 태랑이 그녀를 부르는 목소리에는 짙은 신음이 녹아들었다. 모든 것이 뜨겁고 또 뜨거웠다. 오늘이 마지막인 것처럼, 해서 하나도 남기지 않고 태워버릴 것처럼 솔루는 열정적인 몸짓으로 그에게 응답했다.

그렇게 초야가 지나가고 있었다.

다음 날 아침.

창에 발라진 하얀 종이가 밝은 햇살을 막아주지 못했는지 태랑의 얼굴 위로 쏟아졌다. 두어 번 눈을 찡그린 그가 가늘게 눈을 떴다. 오랜만에 푹 자서 몸이 가뿐하면서도 나른한 게 기분이 좋았다. 단지 푹 자서일까 이유를 찾던 그는 옆에서 느껴지는 온기에 지난밤이 떠올랐다.

이 녀석 때문인가.

태랑을 향해 옆으로 누운 솔루가 두 손을 모으고 몸을 동그랗게 만 채로 잠들었다. 쌔근쌔근 고르게 들리는 숨소리에 저도 모르게 그녀의 볼을 만졌다. 말랑하게 감기는 살에 간밤에 그녀를 안았을 때 어땠는지 몸이 기억을 해냈다. 제 목을 감던 긴 팔, 귓가를 울리던 숨결, 낭창거리던 가는 허리, 종국에 다다라서 환희에 차올라 터지던 여린 울먹임.

감각이 되살아났다. 갑자기 뻐근해지는 하체에 놀란 그가 재빨리 솔루의 얼굴에서 손을 떼고 크게 숨을 내쉬었다. 이러다 시도 때도 없이 안고 싶어지면 어쩌지 싶었다. 그는 자리에서 일어나 대충 겉옷을 걸쳐 입었다.

옷을 입던 그는 문득 심장이 제자리에 잘 들어섰는지 궁금해 가슴을 주먹으로 가볍게 두드렸다. 심장을 가지면 어떠한 증상이 있다고 들어보지 않아 알 수 없지만, 지금 느껴지는 충만함이 그 증거라는 생각이 들었다.

여태까지 이런 기분은 없었다. 뭔가 대단한 일을 치른 것같이 뿌듯했다. 커다란 고비를 넘기고 새삼스럽게 드는 평화로움이었다. 어쨌든 자신을 사랑하는 여인인 솔루와 초야를 보냈다.

그렇다면 그녀의 심장이 내게 왔으리라. 증상은 나중에 설담이나 비한을 만나 물어보면 되겠지.

그는 솔루와 마주 보고 모로 눕고는 팔을 세워 머리를 기댔다. 세상모르고 잠든 모습이 사랑스럽다. 여태까지 본 이래 제일 고왔다. 가끔 예쁘게 보인 적은 있었으나 이 정도는 아니었는데 하룻밤 만에 활짝 피어난 꽃처럼 화사하고 탐스러웠다.

아무래도 송마 할멈과 가희가 궁에서 일하도록 해야겠다. 어제 혼례식 때 솔루에게 흘깃거리던 사내들의 눈이 스쳐가 기분이 언짢아졌다. 그러나 곧 솔루의 얼굴을 보자 언제 그랬냐는 듯이 사라졌다.

검지로 동그란 이마를 훑어 내려와 콧등을 따라 움직였다. 앙증맞은 입술에 다다르자 손가락으로 지그시 눌렀다. 이곳에서 해감초 향이 났다.

평소에 단 음식을 좋아한 그녀라 때때로 맡아본 적은 있었지만, 어젯밤처럼 좋았던 적은 없었다. 또다시 향기를 맡자 촉촉하고 보들보들한 입술을 머금고 싶어졌다. 하고 싶으면 하면 된다. 제 여인인데 망설일 필요가 없었다. 태랑이 고개를 숙여 입맞춤을 하려던 때였다.

번쩍. 솔루가 눈을 뜨더니 이불로 몸을 가리며 자리에서 일어나 앉았다. 한참을 바닥만 응시하던 그녀는 태랑에게 인사도 않고 다급하게 두리번거리며 무언가를 찾았다. 그녀는 손을 뻗어 가장 가까이에 있는 옷을 하나둘 집었다.

태랑은 잠자코 그녀를 지켜봤다. 옷가지를 챙기는 것이 마음에 들지 않았지만 그냥 뒀다. 어차피 못 입게 할 테니까.

태랑은 이 기분 좋은 나른함이 벌써 끝나지 않기를 바랐다. 꼬물거리는 그녀의 따뜻함을 하루 종일 길게 간직하고 싶었다. 솔직히 한동안 단둘이 이곳에서 보내길 원했다. 그녀의 가려지지 않은 등에 흩어진 머리카락을 태랑이 살며시 쓸어내리자 매끄럽게 손가락에 감기는 머리카락이 가슴을 두드렸다.

"지난밤, 힘들었을 텐데 더 누워 있지 그러느냐."

나른함이 가득 밴 음성으로 그가 솔루의 팔목을 잡았다. 그녀가 끙끙거리며 잡힌 손목을 빼내려고 하자 태랑이 몸을 날려 솔루의 허리를 잡아 끌어당겼다. 이미 그녀의 손에서 옷은 떨어져 나갔다.

풀썩. 이불 위로 쓰러지는 두 사람. 그는 재빨리 몸을 굴려 솔루 위로 올라가 그녀의 머리 옆으로 양손을 잡아 눌렀다.

"도발하는 것이냐."

그가 진하게 가라앉은 눈으로 물었다. 허나 솔루의 굳은 얼굴을 보자 그가 미간을 찡그렸다. 반듯한 눈썹이 꿈틀거린다.

"이제 그만하십시오."

차가운 말투였다. 분명 솔루가 말하는데, 솔루가 아니다.

"제게 손대지 마십시오. 원하는 바를 이루셨으니 저는 필요 없지 않습니까."

말투만큼이나 태랑을 바라보는 눈도 차가웠다.

"이거, 놔주세요."

팔목을 흔들며 솔루가 말하자 그의 손이 느슨하게 풀어졌다. 당혹감으로 물든 눈을 한 그의 가슴을 그녀가 밀어냈다. 그녀의 몸을 누르고 있던 태랑이 힘없이 옆으로 물러났다.

후다닥 일어난 솔루가 태랑에게 등을 보인 채로 앉아 옷을 하나씩 챙겨 입고 옷고름 매듭을 지은 뒤 일어나 밖으로 나갔다. 그에게 인사는커녕 어떤 일언반구도 없었다. 눈길조차도 주지 않았다. 어이가 없는 그는 할 말을 잃고, 나가는 그녀를 보고만 있었다.

솔루는 입고 왔던 옷을 그대로 입고 나갔다. 겉모습은 어제와 조금도 변함이 없는데 그녀가 변했다. 겉은 다르지 않은데 다른 여인이 그 안에 들어가지 않았나 싶을 정도로 냉기가 흘렀다.

솔루가 저런 식으로 말하는 모습은 처음 봤다.

솔루가 저렇게 자신을 밀어내는 모습은 처음 봤다.

솔루가 저리도 차가운 눈을 하는 모습은 처음 봤다.

그리고…… 태랑은 그런 솔루 때문에 가슴에서 심한 통증을 느꼈다.

공존의 밤에 겪는 고통과는 다른 고통. 머리는 텅 빈 것처럼 아무 생각도 나지 않는데, 가슴은 뭔가가 꽉 들어차 그에게 수많은 질문을 던졌다.

너 괜찮으냐.

너 정말 괜찮으냐.

태랑이 신경질적으로 흘러내린 제 머리카락을 쓸어 넘겼다.

괜찮아야 정상인데, 왜 이렇게 미칠 것처럼 답답하지?

그는 이도 저도 못하고 솔루가 나간 문만 노려보다 재빠르게 옷을 갖춰 입은 태랑은 솔루와 초야를 보낸 신방(新房)을 나섰다. 문에서 멀찌감치 떨어져 기다리고 있던 파고가 그를 발견하더니 황급히 허리를 숙였다. 태랑은 파고의 인사를 받을 기분이 아니라 슥 지나쳤다.

"지난밤은 잘 보내셨습니까."

"뭐, 대충은."

급하게 나오느라 미처 상의의 허리끈을 매지 못한 태랑이 매듭을 마무리 지으며 답했다.

파고가 그의 눈치를 봤다. 잇새를 물고 나오는 제 주군의 음성이 잔뜩 거세져 있었다. 조금 전에 지나간 솔루에게서도 뭔가를 느꼈지만 그녀는 여느 날처럼 파고에게 명랑한 인사를 건넸다.

"솔루는?"

"산책이 하고 싶다 했습니다."

"음, 그렇군."

"……어찌 되셨습니까."

망설이던 파고가 조심스럽게 심장에 관해 물었다.

"가진 듯하다. 정확한 증상을 모르니 확신할 수는 없지만 느낌상으론 그래."

태랑은 미묘한 통증이 느껴지는 가슴을 손가락으로 쓸었다. 어젯밤부터 간간이 전해오는 기분 나쁜 통증이었다.

"설담에게 기별 넣어라."

"어제 백해궁에서 주무셨으니 지금 바로 뵐 수 있습니다. 후원 정자에 자리를 마련하도록 하면 되겠습니까?"

"그래. 혹시 다른 녀석들도 있나?"

"연초 님을 피하신 비한 님만 계십니다."

"잘됐군. 비한도 같이 불러."

성큼성큼 걸어가는 태랑의 뒷모습을 본 파고는 마냥 기쁘지가 않았다. 태랑이 솔루의 심장을 갖기 위한 계획을 시작하고 행동으로 옮기면서부터 좋지만은 않았다. 아침에 솔루를 만나고 미안한 마음이 앞섰지만 밝고 건강한 모습이여서 다행이라 여겼는데, 지금 태랑은 아까 쾌활하던 솔루와 반대로 언짢은 것이 확실했다. 하긴 어쩌면 예상했던 결말일지도.

그간 태랑에게 느꼈던 건 심장을 위한 잠깐의 변화였으리라. 그가 심장을 갖기만 하면 모든 일이 끝날 것만 같았으나 왠지 끝이 아닌 시작이라는 생각에 파고는 제 머리카락을 쥐었다. 감당할 수 없는 커다란 폭풍이 다가오고 있는 듯한 예감이 들어 기분이 좋지 않았다.

뜨거운 물에 몸을 담그는 동안에도 태랑의 머릿속에는 오로지 솔루뿐이었다. 나와서 후원의 정자에 도착하기까지 그랬다. 눈물을 흘리며 사랑한다 속삭이던 음성이 어찌 그렇게 변할 수 있는지 내뱉는 마디마디가 칼바람이었다.

'제게 손대지 마십시오. 원하는 바를 이루셨으니 저는 필요 없지 않습니까.'

저가 거짓으로 사랑한다고 화답해주어 심통이 났나. 거짓이라도 좋으니 해달라고 요구했던 사람이 누구인데. 허나 단순히 심통이라 하기에는 과했다. 복잡한 머리를 진정하기 위해서는 이미 심장을 갖고 있는 설담과 비한에게 물어볼 필요가 있었다.

먼저 후원의 정자에는 도착한 설담과 비한이 앉아 있었다. 태랑을 본 설담은 특유의 웃음을 지으며 손을 들어 흔들었다.

"어이, 새신랑! 황홀한 초야를 보내셨나?"

설담이 키득거리자 태랑이 그를 쏘아봤다.

"뭐야! 황홀한 초야 아니었어? 아니면 너무 황홀해서 말하기도 부끄러운 거야?"

두 손으로 제 볼을 감싸며 몸을 좌우로 흔드는 설담의 머리에 조그마한 돌이 날아와 부딪혔다. 딱! 꽤나 큰 소리를 내며 떨어지는 돌은 태랑이 움직여 날린 거였다.

"아흐, 아파."

앓는 소리를 내며 설담이 머리를 비볐다.

"엄살 그만 부리고, 내가 심장을 가졌다는 걸 어떻게 확인할 수 있어?"

"확인할 방법은 없다."

잠자코 설담과 태랑을 지켜보던 비한이 답했다.

"시간이 흘러 25살을 넘겨보면 알 수 있겠지."

"그럼, 아닐 수도 있다는 건가?"

"그 전에 알 수 있는 방법도 있긴 해. 설담은 경험하지 못했지만 난 했어."

비한이 설담을 바라보자 그는 찻잔을 들어 입술을 축였다.

"이거 왜 이래. 나도 경험했다. 비록……."

말을 하지 못하고 한참을 머뭇거렸다. 아쉬운 듯, 그리운 듯 설담의 눈에 습윤기가 돌았다.

"그녀를 사랑하지는 않았어도 보내고 싶진 않았어."

그가 말하는 '그녀'가 누군지 태랑도 비한도 알고 있다. 아는 여인이다. 설담에게 심장을 줬던 여인. 사실 그 여인이 어떻게 생겼는지 잘 기억도 나지 않지만 설담이 저렇게 이야기를 한 건 처음이었다.

"즐거운 기억도 아니고, 너희가 묻지도 않아서 꺼낸 적은 없었다만."

흠흠, 설담은 헛기침을 하고 태랑의 어깨 너머로 하얀 하늘을 응시했다. 태랑이 심장을 가져서 그런지 오늘은 백해국의 기운이 강한 날이었다. 하늘에서 노니는 물고기 떼와 저 멀리 날아가는 해룡을 보며 그가 쓰게 웃었다.

그녀는 유난히 해룡 타는 걸 좋아했었다. 또 뭐가 있었더라? 지난 시간을 더듬어봤다. 그녀를 좋아하기는 했다. 잘해주기도 했다. 허나 어디까지나 치마 두른 여인이라면 다 좋은 설담이었기에 딱 거기까지였다.

그래도 심장을 빼앗았기 때문인지, 아니면 그간 쌓였던 정인지, 그것도 아니면 저를 좋아했던 여인이라 그런지 그녀가 사라진 후 한동안 마음이 갈피를 못 잡았다.

"해국의 왕에게 심장을 준 여인의 최후는 두 가지로 분류된다는 것 알고 있지? 내 경우는 사라지는 쪽이었던 것도 알 테고. 엄밀히 따지자면 그녀가 사라진 게 아니라 내가 편히 사라지도록 도와줬어."

별일 아닌 것처럼 설담이 어깨를 으쓱했지만 도리어 그 모습이 씁쓸하다.

"심장을 취한 후…… 시름시름 앓았는데, 아무리 좋은 음식과 약재를 써봐도 소용이 없었어. 하긴 먹으려 들지도 않았지."

"병에 걸렸던 건가. 왜 우린 몰랐지?"

가만히 설담의 말을 듣고 있던 태랑이 물었다.

"내가 말하지 않았잖아. 아랫것들 입단속도 단단히 시켰으니 말이 새어 나가진 않았을 거야. 암튼 그때 그녀가 내게 그런 말을 했어. 내 얼굴 보기가 힘들고, 같은 공간에 있다는 생각만으로 괴롭다고. 해국이, 청해궁이, 그리고 내가…… 자신의 육신과 영혼을 좀먹고 있다…… 했었지."

짧은 한숨과 함께 어설프게 웃어 보이는 설담.

"날이 갈수록 메말라가고 병색이 짙어지더라. 그래서 보내줬어. 나와 더 있다간 죽었을걸. 이미 비(妃)로 내정되어 있는 그녀를 보낸다면 신하들이 반대할 게 뻔해서 내가 몰래 빼돌렸다. 소리 소문 없이 사라졌다는 괴담도 함께."

태랑은 그렇잖아도 복잡해서 터질 듯한 머리가 더 뒤죽박죽되기 시작하더니 가슴속에서 뜨거운 불이 올라와 머리까지 데우는 느낌이었다. 설담의 이야기가 왠지 솔루도 그렇게 될 거라는 암시를 하는 것처럼 들렸기 때문이다.

"그녀가 내게 돌아섰다는 것이 심장을 가졌다는 증거가 되기도 해. 우리의 심장에 대해 정확히 알지는 못하지만, 여인들에 관한 건 전설처럼 내려오는 이야기잖아. 아무튼 잘 살라고 웃으면서 보내줬고 아무렇지도 않았는데, 한동안 가슴 한쪽이 이상했지. 가슴속이 저미는 기분 아냐? 욱신거리고 쥐어짜는 통증은? 처음 느껴보면서 알게 됐어. 아, 내게 심장이 생겼구나. 흐음…… 내가 이 정도였는데, 비한은 오죽했겠어."

설담이 입술을 매만지며 비한을 곁눈질로 살폈다. 비한이 왜 제 나라에 머무르지 못하고 연초에게 맡겨둔 채로 약재들만 찾아다니는지 짐작하고 있었다. 왕으로서 백성들에게 무책임하고 연초에겐 못할 짓이었지만, 비슷한 심정을 겪어서 그의 행동을 용납할 수는 없어도 조금 이해했다. 그랬기에 그가 이제는 그만하고 제자리를 찾기를 바라고 또 바랐다.

"난, 보내줄 수가 없었지."

비한이 턱을 괴며 검지로 탁자의 모서리를 따라 움직였다.

"난 그녀가 죽기 전에 알았어. 설담의 여인이 저 녀석에게 했던 말, 그 비슷한 말을 나도 들었거든. 난 그때 내가 심장을 가지게 됐음을 알게 됐다."

"비슷한 말? 육신과 영혼이 좀먹는다는…… 그거?"

"좀 더 심했어. 말하고 싶지는 않다. 사랑하는 여인에게 외면당하는 것도 모자라 그녀는 내게 저주를 퍼부었지. 나만 보면 금방이라도 죽을 것처럼 떨었고, 내가 싫다, 밉다고 끊임없이 외쳤어."

솔직히 비한은 아직도 제 여인을 보내지 못했다. 아니, 보내지 않았다는 편이 더 맞겠지.

제게 심장을 준 여인을 사랑했었다. 그랬기에 심장을 취한 후, 이름 모를 병으로 죽어가는 그녀를 보면서도 돌아선 마음을 인정하려 들지 않았다. 주변 국가의 용한 의원이란 의원은 불러다가 치료하도록 했고, 사람을 풀어 약재를 구했다. 귀하다는 적진주도 어렵게 구해 먹여봤지만 효험이 없었다. 결국 제 여인이 마지막 숨을 겨우 내쉴 때서야 정신을 차린 그였다.

축 늘어져 차가워진 시신을 안고 며칠 밤을 울었던가. 이름을 부르고 또 불러봐도 살아 돌아오지 않았다. 상실감과 죄책감으로 물든 나날을 그녀를 사랑하지 않았더라면, 하고 후회하며 보냈다. 여전히 아물지 않은 상처가 그를 괴롭혀 어쩔 수 없이 곳곳을 떠도는 삶을 살 수밖에 없었다.

"잠깐."

손을 들어 태랑이 비한의 말을 저지했다.

"널 사랑했던 여인 아니었어? 어떻게 그게……."

묻던 태랑의 머릿속에서 순식간에 설담과 비한이 했던 말들이 저도 모르게 조합됐다. 자신을 사랑하는 여인을 안아 심장을 취했는데 그다음엔 거부하는 말과 행동. 그러다 병을 얻기까지 했다는 건, 그렇게도 심장을 준 대상이 싫어졌다는 건가?

그는 곧 아침에 제게 보였던 솔루의 행동을 떠올렸다. 명백히 거부였다.

'제게 손대지 마십시오.'

아닐 거야.

그는 고개를 천천히 저었다.

그럴 리가 없다. 그래, 심통이 났을 거다. 그래서 솔루가 그랬을 거다.

"우리도 정확하게는 모르지만, 설담과 나를 봤을 때 결과는 하나야. 심장을 뺏는 순간, 나를 사랑했던 여인의 마음이 변해. 미움과 원망과 차가움으로."

"그건 일종의 배신감 때문이 아니었어?"

"그것도 한몫하겠지. 하지만 그게 가장 큰 문제는 아니야. 내가 했던 말기억해?"

태랑은 비한의 말이 귀에 잘 들어오지 않았다. 갑자기 턱 밑까지 숨이 차오르고, 정신없이 가슴이 뛰었다. 몽둥이로 턱턱 내리치는 통증에 그가 숨을 크게 들이마셨다.

"태랑, 사랑하지 말라던 내 말, 기억하냐고."

"어, 그래."

흐려지는 정신을 겨우 수습하며 태랑은 찻잔과 받침을 집어 들었다. 손가락에 강하게 힘이 들어가다 못해서 떨렸다. 딸그락딸그락. 사기가 서로 부딪치는 소리가 들렸다.

"설담은 사랑하지 않았기 때문에 저리 살 수 있는 거야. 난 사랑했기 때문에 지금 이 모양이지. 사랑하는 이가 나를 밀어내는 모습을 받아들여야 하는 건 여태껏 겪지 못했던 괴로움이다."

식은 차를 태랑은 아무런 맛도 느끼지 못하며 한 번에 마셨다.

"죽을 듯한 고통이야. 아니, 네가 죽을 수도 있어. 그녀가 다시는 만날 수 없는 곳으로 간 뒤 내가 그랬어."

"난, 아니다."

태랑이 찻잔을 내려놓으며 답했다. 아니다. 자신은 솔루를 사랑하지도 않을뿐더러 최종 선택은 그녀가 했다. 솔루가 그를 밀어낼 이유도 없고, 저주를 퍼부을 일도 없을 것이다. 책임은 전적으로 그녀의 몫이니까.

더구나 솔루는 그의 치부를 알게 되고도 따뜻하게 안아줬었다. 저가 못되게 굴면 따지면서도 마지막엔 태랑을 이해하고 받아줬다. 그런 그녀가, 그렇게 자신을 사랑해줬던 그녀가 그럴 리는 없다.

"아니길 바라는 건 아니고?"

설담이 태랑의 빈 찻잔을 채웠다.

"난 솔루를 사랑하지 않아."

"글쎄다. 그렇다고 하기에 네 얼굴이 네 머리카락 색과 비슷해지려고 한다."

창백하게 질려가고 있는 태랑에게 설담이 한마디 던졌다. 하긴 스스로 인정하지 않는 편이 태랑에게 더 좋으려나. 자신의 바람대로 서로가 적당한 선을 지키며 위했다면 어떤 결과를 가져왔을까. 이제 솔루는 태랑을 사랑했던 만큼 차갑게 돌아설 것이다. 태랑이 제 목숨보다 그녀를 사랑했다면 그때는 또 다른 형태의 결과가 나타났을까.

"내게 심장을 준 건 솔루의 선택이었어. 자신이 한 선택이니 나를 원망하고 미워할 일은 없을 거야. 싫으면 그만둬도 좋다고 한 나를, 그녀가 선택했다."

"솔루에게 선택권을 줬다고? 하하. 이거 참."

얼굴을 찌푸린 설담이 허탈하게 웃었다. 솔루를 속이지 않고 직접 선택권을 줬으니 자신은 당당하다는 거였다.

"잔인했어, 태랑."

"말하지 않고 빼앗은 너보단 낫다."

"그 선택권이라는 게, 전적으로 솔루를 위한 거였어? 너를 위해 책임을 회피하기 위함은 아니었고?"

"……아무튼 아직 솔루는 변하지 않았어. 앞으로 그 아이가 변할지, 변하지는 않을지는 모르는 일이잖아."

태랑은 아침에 봤던 솔루의 모습이 순간 또 떠올랐다.

머리를 흔들며 지우려 해도 도통 떠나지 않았다.

"이만 돌아가라."

그의 심기가 어지러운 기색이 역력했다. 지켜보던 비한은 예전에 태랑에게 했던 자신의 충고가 너무 늦었음을 알게 됐다.

당시에도 혹시나 하며 염려했었는데 기어이 이렇게 되고 말았구나.

태랑은 과연 어떻게 반응하게 될지 궁금해졌다. 평생 자기 하고 싶은 대로 살았던 그에게, 돌아선 솔루를 보는 것은 공존의 밤에 괴물로 변하는 일만큼이나 괴로울 일이 되고 있었다. 아니, 그보다 훨씬 더 괴롭고 고통스러운 일이 될지도.

솔루에게 선택권을 줬다고 했던가. 그럼 이제 그 선택권은 태랑에게 넘어갔다.

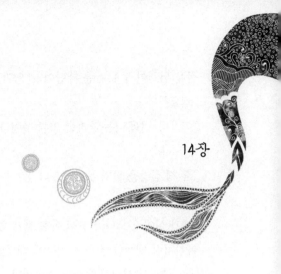

하루 내내 무겁고 답답한 마음으로 보냈던 태랑은 방에서 솔루를 기다렸다. 종일 무얼 하고 다니는지 식사 때도 볼 수 없었다. 파고에게 찾아오라 명하려다가 그도 오늘은 여러모로 복잡해서 정리할 시간을 가지려고 그냥 뒀었다.

설담과 비한과 나눴던 대화를 애써 잊어보려 노력했지만 오히려 선명해졌다. 해서 오늘은 혼례를 치르고 두 번째 밤이라 그녀와 즐겁게 보내고 싶은 생각뿐이었다. 그래야만 마음속을 파고드는 불안함이 지워질 것이기에.

침상에 누워 솔루를 기다리던 태랑은 문이 열리고 닫히는 소리에 귀를 기울였다. 사뿐사뿐 가벼운 발걸음이 그녀가 맞았다. 곧 침상으로 올 듯하여 입구를 보니 점점 발소리가 가까워지고, 드디어 그녀가 나타났다. 헌데 들어오지 않고 앞에 서 있었다.

"산책을 종일하였더냐."

"예."

"그래, 네가 만족하면 된 거지. 이리 오너라."

몸을 뒤척여 모로 누운 태랑이 제 옆자리를 툭툭 쳤다.

"왜요?"

"왜라니. 너와 나는 혼례를 치른 사이다. 함께 잠자리에 드는 것이 당연하지 않느냐."

"혹 제 심장을 갖지 못하셨습니까?"

"뭐?"

"제가 살아 있으니 심장이 아직 제게 있는 겁니까?"

아침처럼 냉랭한 솔루의 어투에 태랑의 미간에 주름이 파였다. 저 깊은 곳에서 분노가 서서히 올라오고 있었다.

"너의 심장은 내가 가졌다. 그리고 내가 분명히 말하지 않았더냐. 네가 죽을 일은 없을 거야."

"그걸 어찌 아시는데요."

"내가 그럴 일은 만들지 않아."

후훗. 솔루가 비소를 지었다. 쿵! 순간 저 깊은 밑바닥으로 가슴이 내려앉았다. 그를 믿지 않는다는 웃음이었다. 그 웃음이 낯설어 태랑의 입술이 일그러졌다.

"나를 믿지 못하는 것이냐."

"제가 믿어야 합니까?"

"나를 원망하느냐. 어디까지나 너의 결정이었다."

"예, 제 결정이었습니다. 부인하지 않습니다."

"그럼 뭐가 문제지? 심장에 대한 대가로 내가 말한 것보다 더한 것을 줬고, 더 줄 예정이다. 그 첫 번째로 너를 비(妃)의 자리에 앉혀줬어."

솔루는 무슨 생각을 하는지 그의 말에 이렇다 할 답을 하지 않고 낯선 웃음을 지으며 고개를 절레절레 흔들었다.

"더 줄 예정이라 하셨습니까?"

"원하는 것이 있다면 무엇이든 주마."

"부탁이 있습니다."

"말해."

"예전에 제가 사용하던 처소로 돌아가 생활하고 싶습니다."

웃음기를 싹 거둔 솔루가 그를 똑바로 바라보자 누워 있던 태랑이 자리에서 벌떡 일어섰다. 기대로 가득 차 그녀를 기다리던 태랑의 몸과 마음이 순식간에 식어갔다.

"처소를 옮긴다 하였느냐."

"예."

침상에서 일어난 태랑이 솔루를 향해 걸었다. 그녀는 제게 다가오는 그를 피하지 않고, 손을 모으고 그가 오기를 기다린 사람처럼 자리를 지켰다.

"예전 처소는 왜?"

"아침에도 말씀드렸습니다. 원하는 바를 이루셨는데 제가 필요합니까? 아니면."

그녀가 말을 하다 말고 입을 다물었다. 무슨 말을 하려고 뜸을 들이는지 궁금해진 태랑이 고개를 옆으로 살짝 비틀었다.

"이제는 저의 잠자리 시중이 필요해서인가요?"

태랑의 눈이 커졌다. 자신을 바라보는 눈빛, 어투. 모두가 낯설어 당황스럽다. 더구나 시중이라니. 솔루와 밤을 보내며 단 한 번도 그녀가 자신의 시중을 든다고 여긴 적이 없었다. 헌데 너는 그리 받아들이고 있었구나. 그는 당황한 기색을 감췄다.

"백해국의 왕이 혼례를 치른 지 하루 만에 자신의 비(妃)와 각방을 쓴다는 소문이 나길 바라느냐. 해국을 넘어 타국에까지 나의 위신을 떨어뜨릴 생각이 아니라면 그런 부탁 따위 다시는 하지 마라."

"저는 태랑 님의 비가 아닙니다."

"내가 정했으니 너는 내 비다."

"없던 일로 해주십시오."

"남들은 오르지 못해서 안달인 자리니라."

"안달하는 건 그들이지 제가 아닙니다. 전 원하지 않았습니다."

"무어라?"

순간 태랑은 한 손을 날려 솔루의 어깨를 잡았다. 거센 부딪침에 그녀가 흔들렸으나 잡고 있는 태랑의 손이 중심을 잡아 세웠다. 명백해지고 있었다. 그녀가 그를 밀어내고 있다는 사실이.

'아니다.'라고 계속 부인했었건만 설담이나 비한에게 심장을 뺏긴 여인들처럼 솔루도 변하고 있는 중이었다. 그래도 그는 여전히 솔루는 아니라 믿고 싶었다. 어쩌면 도저히 인정할 수 없어 마음대로 생각하고 있는 건지도.

"해서 네가 지금 그 자리를 거부하겠다는 것이냐."

"제 자리가 아닙니다."

"두 번 말하게 하지 마. 혼례를 치르기 전에 말했어야지. 그리고 내가 정했다."

솔루가 조용히 그를 응시하다 고개를 돌리더니 조금 전에 보였던 비소를 입가에 또 머금었다. 비스듬히 틀어지는 입술처럼 태랑의 마음 한구석도 비틀어졌다.

"그 웃음, 마음에 들지 않아."

"태랑 님께서 제게 가져가신 건 심장뿐입니다. 심장 외에 나머지는 모두 제 것이에요. 허니 제 마음대로 하겠습니다."

스윽. 얇은 종잇장에 살갗이 베인 것처럼 기분 나쁜 스침이 그의 가슴에서 느껴졌다.

"아무튼 처소를 옮기는 것도 안 되고, 비의 자리를 거부하는 것도 안 된다. 네가 있어야 할 곳과 있어야 할 자리를 똑똑히 기억해둬라."

"……그러시겠죠. 애초에 기대도 안 했습니다."

그녀는 제 어깨를 잡고 있는 태랑의 손을 잡아 내리고 침상으로 다가가 위에 누웠다. 마치 처분을 기다리는 사람처럼 눈을 감았다. 어떤 의미가 담긴 행동인지 알기에 태랑은 빳빳한 자세로 서서 솔루를 바라봤다.

그녀의 얼굴에는 볼우물이 깊게 파이는 어여쁜 미소 대신 그를 향한 비웃음이 자리 잡았다. 그를 담는 까맣고 투명한 눈동자가 칼처럼 날카로워졌다. 이제는 꼬물거리는 귀여운 몸짓도, 그를 향하던 사랑스러운 몸짓도 영영 볼 수 없을 것 같은 불길함에 휩싸였다. 아니라 부정하고 싶었지만 송장처럼 미동도 없이 누워 있는 그녀를 보자 불길함이 노여움으로 바뀌어갔다.

침묵이 이어졌다. 태랑은 이대로 밖으로 나갈까 고민하다 솔루 옆에 누웠다. 그녀에게 알려줘야 할 필요성을 느꼈기 때문이다.

이미 그녀는 자신의 여인이란 것을.

절대 저를 벗어날 수 없다는 것을.

설담처럼 그녀를 위한답시고 보내줄 생각도 없고, 비한처럼 허무하게 잃지 않으리라. 누워서 천장을 보고 있는 태랑이 상체를 세웠다. 그리고 천천히 솔루의 저고리에 있는 옷고름을 잡았다. 그녀가 움찔했지만 거부하지 않았다. 정말 싫었다면 이곳에 네 몸을 뉘이지도 않았겠지. 해서 그도 멈추지 않았다.

은은히 풍기는 체취에 식었던 몸이 동했다. 그는 아마도 오늘 밤, 어제와는 다르게 긴 시간 동안 그녀를 놓지 않게 될 것이라는 예감을 했다.

네가 살아 숨 쉬며 내 품에 있다는 사실을 확인하고 또 확인하리라.

부부의 연(緣)을 맺고 맞이하는 두 번째 밤이었다.

새벽녘까지 솔루는 잠들 수 없었다. 지쳐서 깜빡 잠이 들면 태랑이 깊은 입맞춤으로 깨워 정신없이 제게 파고들었다. 말짱해진 정신으로 있는 솔루와 달리 그는 그녀를 꽉 껴안고 잠들었다. 벗어나기 위해 조심스레 몸을 이리저리 움직여봐도 무거워 꿈쩍도 안 했다.

고개를 들어 잠든 태랑을 바라봤다. 참으로 감흥 없이 의무에 치우친 시간이었다. 좋지도 싫지도 않은, 해서 지루하기 짝이 없었다.

초야 때는 어땠더라. 기억을 더듬어 그날 밤을 떠올려보려고 했지만 머릿속에 남아 있는 거라곤 커다란 상처로 아프고 시린 가슴이었다. 담담한 척, 덜 슬픈 척, 어른스럽게 받아들인 척했으나 실상은 그러지 않았다.

태랑을 위한 건 맞았다. 허나 그녀도 사람이었다. 진실을 알게 됐을 때부터 손바닥 뒤집듯이 바뀌었던 마음이 그 밤이라고 멀쩡했겠는가.

태랑이 살 수 있어 다행이다, 그에게 도움이 되었다면 그것으로 됐다. 그렇게 스스로 괜찮다고 다독이다 결국은 터졌다. 지금처럼 먼저 잠든 그를 바라보며 가슴을 수도 없이 쳤다. 욱신거리던 심장은 어느 순간부터 쥐어뜯기고 있었다. 고통에 숨을 몰아쉬어봐도 사라지지 않고 도리어 아픔이 온몸으로 퍼져 나갔다. 어둠 속에서 빛나는 태랑의 은색 머리카락이 날이 선 비수가 되어 전신을 찌르는 듯했다. 그는 자신이 살기 위해 저를 망설임 없이 안았다. 그녀가 죽을 수 있는 가능성이 있었는데도.

그녀를 더욱더 괴롭힌 건, 이 모든 것이 처음부터 잘 짜인 인형극이었다는 사실이다. 백해궁에 머물고, 객사에서 일하고, 좋은 옷을 선물받았다. 그가 마중을 나와주고, 힘들어하는 그녀를 위로해줬고, 함께 방을 쓰며 귀한 대접을 해줬다. 그것도 모자라 건강해지라고 약도 줬다. 머리를 다정스레 쓰다듬던 손길도 아낀다는 말도 다 거짓.

상처 난 가슴에서 피가 흘렀다. 그마저도 계획적인 것이었겠지.

한 번도 자신을 마음에 담은 적이 없다는 그의 말이 메아리가 되어 끊임없이 울려대며 계속 상처를 만들어냈다. 그는 끝까지 잔인했다. 하필 사람에게 당한 인생 최초의 배신이 사랑하는 남자에게서라니.

이렇게 아플 줄 알았다면 차라리 바다에 빠졌을 때, 죽는 편이 더 좋았겠다.

좋아하지 말걸. 사랑하지 말걸. 아니야. 솔루가 고개를 저었다. 어차피 죽었어야 할 생명, 태랑 님을 살렸으니 정말 그걸로 된 거야. 정말로 당신을 원망하지 않겠습니다. 태랑 님을 사랑한 건 제 선택이었으니까요.

솔루가 혼자서 애달프게 웃었다. 고개를 들어 희미한 달빛이 들어오기 시작한 창을 바라봤다.

하늘님, 어디선가 제 목소리를 듣고 계시다면, 아니 다른 누구시라도 제 바람을 들으신다면 들어주십시오. 저를 조금만 불쌍히 여겨주시면 안 될까요? 더는 아프고 싶지 않습니다. 잊고 싶습니다.

혹시 죽지 않고 살게 된다면 이 고통을 평생 가지고 가야 할 것이다.

'언젠가는 무뎌지겠지.' 하며 기다리는 세월을 견딜 수 있을까.

태랑을 볼 때마다 되새기며 아프긴 싫었다. 눈을 감자 차올랐던 눈물이 눈꼬리를 타고 흘렀다. 손을 모아 입술에 대고 간절히 빌었다.

모두 잊을 수 있도록 해주세요. 아무것도 모르는 바보가 되어도 좋아요……. 잊을 수만 있다면…….

그녀는 지금까지 살아오며 저가 불쌍하다고 생각하지 않으려고 했었다. 가끔 했다가도 곧 이만하면 괜찮다고 자위했다. 허나 지금은 자신이 너무나도 불쌍했다.

허약한 몸으로 태어나지 않았더라면 얼마나 좋았을까. 정해진 수명을 살아야 하는 딸을 보는 아버지의 가슴을 덜 아프게 했을 텐데. 그랬다면 아버지가 돌아가시지 않았을지도 몰라. 가세가 기울어져 일하며 저를 수발하느라 어머니가 병을 얻진 않으셨겠지. 적어도 배는 굶지 않아 바다 제물로 몸뚱이를 팔지는 않았을 거야.

지금쯤 그곳에서 힘들어도 어머니와 동생들과 행복하게 살고 있었을 텐데.

그랬다면 태랑을 만날 일도, 지금 이런 일도 겪지 않았을 텐데.

사랑하는 사람에게 당하는 배신감 같은 거 몰랐을 텐데.

그를 사랑하지 않았던 때로 되돌리고 싶었다. 가슴이 쩽하는 끔찍한 소리를 내며 얼어붙어갔다.

솔루가 아침에 일어났을 때, 그녀의 바람은 이뤄지지 않았다. 잊히지 않았다. 기억은 조금도 지워지지 않고 고스란히 남아 있었다. 그나마 견딜 수 있던 건, 태랑을 봐도 가슴이 아프지 않다는 사실이었다.

정말 내 심장을 태랑 님께서 가져가셨나. 하늘님께서 내 바람을 반만 들어주신 건가.

뭐가 됐든 살 만했다. 언제 그랬냐는 듯이 태랑을 봐도 통증이 없어 다행이었다. 욕심을 내서 한 가지 더 소망한다면 그를 안 보고 살았으면 좋겠다. 통증이 사라진 대신, 남아 있는 배신감이 그녀를 괴롭혔다. 아무런 대가를 바라지 않고 내어준 진심을 이용한 그.

앞으로 그를 보고 살 자신이 없었다. 시간이 흘러도 태랑을 사랑할 거라 다짐했는데 이내 마음은 멀어지고 있었다.

나는 그를 사랑했었나. 진짜 사랑한 적이 있었나.

명확한 답을 내릴 수 없었다. 바로 이틀 전까지 태랑을 사랑했건만, 아주 오래전의 일처럼 희미했다.

태랑은 사라진 솔루를 찾는 중이었다. 한시도 떨어지고 싶지 않은데 그녀는 아침 식사가 끝나고 잠시 한눈을 판 사이 어디론가 도망갔다.

'예전에 제가 사용하던 처소로 돌아가 생활하고 싶습니다.'

솔루가 했던 말이 생각나 그곳으로 발길을 돌렸다. 아니나 다를까, 처소

앞의 판판한 돌 위에 앉아 양손으로 턱을 받치고 있었다. 그녀는 옆에 있는 홍이와 대화라도 하는지 혼자서 계속 무어라 말을 하면서 불만스러움을 토로할 때처럼 입술이 볼록 나와 있었다.

솔루의 저런 표정, 오랜만이었다. 앞으로 볼 수 없을지도 모르는 표정 중의 하나였는데 기우인 모양이었다. 안도감에 옅은 웃음이 절로 나와 멀찍이서 바라보던 그가 솔루에게 가려던 찰나였다.

"솔루!"

설담이었다. 그를 본 태랑이 얼굴을 구겼다.

저 녀석은 어제까지 있었으면서 오늘 왜 또 오는 거야.

"어? 설담 님!"

걸음을 내딛던 태랑이 멈칫했다.

"안녕하십니까!"

돌 위에 앉아 있던 솔루가 폴짝 뛰며 일어나 생기발랄하게 인사하는 것이 아닌가. 평소와 다름없는 모습을 보니 안심이 됐다.

"어쩐 일이세요?"

솔루가 방실방실 웃으며 물었다. 까만 눈동자가 반짝이자 태랑은 또 한 번 안심했다. 그녀는 변하지 않았다.

"백해국의 비를 뵈러 왔지요."

"에이, 놀리지 마십시오."

"어? 진짠데요?"

"그저 이름뿐인 자리입니다."

"어이쿠. 태랑이나 백해국의 백성들이 들으면 실망하겠어요."

"하지만 능력도 없는 제가 그 자릴 원했던 것도 아니고……."

머쓱했는지 그녀가 제 목덜미를 긁다가 갑자기 생각난 것이 있어 손뼉을 쳤다.

"참! 오랜만에 객사에 가보고 싶습니다."

"오는 건 괜찮아요. 그런데 신분이 바뀌었으니 예전과는 다른 마음과 다른 모습으로 와야 해요."

"아…… 그렇구나."

"일의 개념이 다르지만 그렇다고 어렵지도 않아요. 많은 걸 둘러보고, 어떻게 객사를 더 발전시켜 백성들이 풍족하게 사는 데 도움이 될 수 있는지 파악하는 게 우선이죠. 물론 지금까지 객사 운영을 잘해와서 이대로도 괜찮지만요."

"그냥 가서 가희 님이나 송마 할머니와 인사 나누고 놀다 오는 건 안 되겠지요?"

미간을 잔뜩 모으고 걱정스러운 눈으로 설담을 보는 그녀의 모습은 여전히 귀여웠다. 설담이 안 된다고 할까 봐 졸이고 있는 마음이 눈으로 확인 가능할 정도로 드러났다.

"그 말투부터 고쳐라."

태랑이 말하며 그들에게 다가갔다. 별안간 등장한 그를 본 솔루의 표정이 변해가고 있었다.

"해국의 비(妃)가 객사에서 일하는 이에게 그런 존칭은 쓰지 않는다."

가희에게 '님'자를 붙였다고 뭐라 하는 것이었다.

"제게 친절을 베풀어주신 분들입니다. 제 편한 대로 부르고 싶습니다."

솔루의 목소리가 설담과 이야기할 때와는 달리 싸늘해 태랑이 고개를 획 돌렸다. 눈을 마주치자 그녀가 피했다. 설담에게는 눈을 바라보며 예전과 변함없는 목소리로 재잘대더니 태랑에게는 전혀 다른 사람처럼 굴었다. 불쾌하고 짜증이 났다.

"설담 님, 그럼 말씀 나누고 가십시오. 저는 이만 가보겠습니다."

태랑과 함께 있는 것도 싫어 자리를 벗어나려는 솔루의 손목을 그가 낚

아챘다.

"가만히 있어라."

태랑은 그 자신에게 잡힌 손목을 비트는 그녀에게 가라앉은 음성으로 말했다. 지독하게도 어둡고 무거웠다. 가슴에 불이 붙었나. 순식간에 활활 타올라 그의 뒷목까지 뜨겁게 만들었다. 노기가 끓어올라 감당할 수 없을 정도였다. 억지로 누르다 보니 머리가 아팠다.

"설담, 너는 그만 가."

태랑이 가까스로 참으며 설담에게 뜻을 전했다. 흐르는 공기가 긴장으로 가득했다. 순식간에 바뀐 솔루를 보고 잠시 놀랐던 설담은 이내 그 이유를 알아냈다. 제 여인이 그랬던 것처럼 솔루도 변했다. 태랑이 거세게 잡고 있어 그녀의 손목 근처 살이 빨갛게 부풀어 올랐다. 그런 솔루를 두고 가는 것이 좋을지 판단이 서지 않았으나 이건 태랑과 그녀의 일이었다.

"그녀를 이해해줘."

설담이 솔루에게 들리지 않도록 태랑의 귓가에 나직이 속삭이고 돌아갔다.

설담의 말에도 태랑은 꼼짝 않고 그에게서 고개를 돌리고 있는 솔루를 노려봤다. 그는 그녀가 한 번만 더 거부하는 의사를 드러낸다면 자신이 무슨 짓을 할지 짐작되지 않았다.

왜 내게는 웃어주지 않느냐.

왜 내게는 생기 있는 목소리로 답해주지 않느냐.

대체 왜! 내 눈을 보지 않는 것이냐.

그가 잡고 있는 손목을 끌어당기자 솔루가 품으로 들어왔다. 그러자 그녀는 다른 손으로 태랑의 가슴팍을 밀어내며 멀어졌다.

탁! 태랑이 솔루의 자유로웠던 나머지 손마저 거칠게 잡아챘다.

"나를 자극하지 마라. 내 분노의 불씨에 부채질하지 마."

그때는 너를 어떻게 할지 나도 장담할 수 없다. 솔루가 천천히 눈을 들어 태랑을 올려다봤다.

이제야 나를 봐주는구나. 이렇게 해야 나를 보아주는 것이냐.

팽팽하게 시선이 부딪쳤다.

"제게서 볼일도 다 보셨으면서 왜 이러십니까."

"아직 아니야."

"무엇이 더 남았나요?"

"많다."

"제 의무는 다하겠습니다."

태랑의 한쪽 입술 끝이 비스듬히 올라갔다.

"의무라 하였느냐."

"예. 제가 원하지 않은 자리지만 비(妃)로서의 의무는 이행하겠습니다. 허니 태랑 님께서도 저를 존중해주세요."

그가 큭 소리를 내며 웃었다. 마음이 아무렇게나 비틀어지고 있었다.

"네가 말하는 의무에 많은 것들이 포함되어 있다."

"알고…… 있습니다."

태랑과 잠자리를 함께해야 하고, 보기 싫어도 봐야 한다. 비(妃)로서 어떤 일을 해야 하는지 정확히 모르지만 한 가지만은 솔루도 확실하게 알고 있었다. 살아 있는 한 그를 벗어날 수 없으리라.

"알아?"

"알기 때문에 어젯밤 태랑 님께 안겼습니다."

"어젯밤 내게 안긴 이유가 오로지 그것뿐이었느냐."

"예. 모르셨습니까? 언제부터 제 이유가 필요하셨습니까?"

"그래, 필요치 않지. 백해국의 비는 백해국의 왕인 내 것이니까. 해서 너를 존중해줄 이유도 필요치 않다."

솔루의 양 팔목을 잡고 있던 태랑이 제 쪽으로 세게 끌어당기자 두 사람의 가슴이 맞닿았다. 태랑이 얼굴을 숙여 그녀 얼굴 가까이 다가갔다. 바짝 다가선 두 얼굴이 미세한 틈을 남겨뒀다.

"예전처럼 내게 해. 그럼 너를 조금은 존중해줄지도."

"……."

그녀의 입술이 일자로 굳게 닫혔다. 답하지 않으리란 의지를 확연하게 보여주고 있었지만 태랑은 신경 쓰지 않았다. 계속 닫혀진 채로 있다면 억지로 벌리면 됐다.

"말해라. 나를 사랑한다고."

입을 꼭 다물고 있는 그녀는 명백한 거부의 뜻을 밝히고 있었다. 미칠 듯이 불안하고 속이 탔다. 제발 답해라, 솔루야.

"말해."

솔루가 입술을 열지 않고 태랑을 보고만 있자 다시 명령했다. 그래도 그녀의 입술은 끈끈한 접착제를 발라놓은 것처럼 떨어지지 않았다.

명령하는 태랑, 그 명령을 듣지 않는 솔루. 옆에 있던 홍이도 대립하는 두 사람의 기운을 느꼈는지 살짝 물러서서 초조하게 지느러미를 움직이며 헤엄치고 있었다.

"왜 말해야 합니까?"

한참 만에 솔루가 입술을 뗐다.

"듣고 싶으니까."

"왜 듣고 싶으십니까?"

"듣고 싶은 것이 이유다."

알 수 없는 기분이 태랑을 괴롭히며 솔루에 대한 소유욕을 드러내게 만들었다. 심장도 갖고 그녀 역시 완벽하게 갖게 되었는데, 왠지 그녀가 점점 멀어지는 느낌에 주체할 수 없는 화가 일었다.

설담에게는 웃어주면서 자신에게는 냉랭하게 대하는 그녀가 밉기도 했다.

해서 그녀에게 저를 사랑한다는 말을 들어야지만 솟구치는 이 분노를 잠재울 수 있을 듯했다. 그 말로 제 여인임을 확신하고 싶었다. 오직 그녀의 마음을 두 귀로 정확히 들어야 한다는 생각만이 그를 지배했다. 설담과 자신을 다르게 대하는 태도가 태랑의 이성을 가렸다.

"그저 듣고 싶은 것이 이유라면 어렵지 않습니다. 수십 번, 수백 번이라도 해드릴 수 있습니다."

해줄 수 있다는 대답이 기묘하게 태랑의 신경을 거슬리게 했다.

"그럼 해."

"……."

"수십 번, 수백 번이라도 해줄 수 있다 하지 않았더냐."

"사랑……."

줄곧 태랑을 응시하던 솔루가 그의 눈을 피했다.

"사랑…… 했었습니다."

한숨처럼 토하는 말이 그의 가슴을 스치고 지나갔다. 사랑…… 했었다. 솔루의 말을 되새기는 그의 고개가 살며시 틀어졌다. 그녀의 답은 과거를 말하고 있었다. 지금은 아니라는 듯.

"다시 해봐라."

"사랑했었습니다."

"내가 원하는 건 그 말이 아니니라."

태랑의 낯빛이 급속도로 어두워졌다.

"조금 변형이 되었을 뿐입니다."

"변형된 말은 원치 않는다."

"사랑합니다, 사랑했었습니다, 두 말의 차이가 있습니까? 태랑 님께 의미가 있습니까?"

"과거와 현재라는 의미가 있어."

"태랑 님은 심장을 가질 때까지만 제 사랑이 필요했잖습니까. 앞으로의 제 마음 따위 의미 없지 않았습니까."

그녀가 가느다랗게 숨을 뱉었다.

"제가 거짓을 고해도 되는 건가요?"

그의 손에 힘이 들어가고 턱이 팽팽하게 당겨졌다. 꿈틀거리는 눈썹이 화를 전력으로 참고 있음을 보여주고 있었다. 거짓. 그 말을 쏙 빼내고 싶었었다. 그 말이 그를 얼마나 노엽게 만드는지 모르고 있는 솔루는 다른 곳을 보고 있던 눈을 들었다. 태랑을 쏘아보던 날카로운 눈이 덤덤해졌다.

"사랑합니다. 사랑합니다. 사랑합니다."

그녀가 차분하게, 그러나 무심한 음성으로 말했다. 책을 보고 읽어도 저러지는 않을 것이다. 홍이에게 말해도 저러지는 않을 것이다.

"됐습니까?"

"그게 아니야."

"원하시는 대로 해드렸어요."

"그게 아니지 않느냐."

그가 낮게 으르렁거렸다.

솔루가 말하는 '사랑합니다.'는 이런 느낌이 아니었다. 좀 더 애틋하고, 좀 더 아련했다. 마음을 뭉근히 데우는 따뜻함도 있었다. 사랑한다는 마음이 전해지길 바라는 간절함도 있었다. 헌데 지금 그녀가 뱉는 '사랑합니다.'는 마지못해 던지는 말에 불과했다.

"태랑 님을 모르겠습니다. 진정, 제게 무얼 원하십니까?"

그러게 말이다. 나는 네게 무엇을 바라고 있는 것인지.

자신도 알 수 없는 제 마음에 답답해져온다.

"혹 제가 지금도 태랑 님을 사랑하고 있다 믿고 계셨나요?"

"아니었나? 너의 사랑은 그렇게 쉽게도 바뀌느냐."

"예. 이용당하는 사랑 같은 거, 버렸습니다."

순간 그는 손에 저절로 힘이 빠져, 잡고 있던 솔루의 손목을 놓았다. 사랑을 버린 것이 아니라 그를 버렸다는 말처럼 들렸다. 그는 재빨리 놓았던 그녀의 손목을 다시 잡았다. 이대로 뒀다간 그녀가 어디론가 사라질 듯해 보였다.

"사랑 같은 거, 이젠 안 합니다."

쿵! 가슴에서 큰 소리가 울렸다. 바닥으로 떨어져 산산이 부서지는 울림에 태랑은 심호흡을 했다.

"……넌 해야 한다."

"태랑 님을 사랑하라 명하시는 겁니까? 억지로 되는 것이 아닙니다."

"너의 바람을 다 들어준다 했었다. 네가 원하는 것, 다 들어줄 테니 넌 하나만 하면 된다. 예전처럼 변치 말고 날 사랑해라."

"제 바람을 들어주시기 어려우실걸요."

"내가 못 하는 일은 없어."

"못 하시는 일이 있습니다."

타인을 사랑하는 일. 그는 죽었다 깨어나도 자신을 사랑할 수 없으리라. 하긴 만에 하나 그가 저를 사랑한다 하더라도 제 마음이 바뀔지 의문이었다. 그냥 다 싫다. 심장을 얻었으니 가만히 내버려뒀으면 좋겠다. 가까스로 버티고 있는 그녀에게 태랑은 괴로움이나 마찬가지였다.

잡혀 있는 손목이 아플 법도 한데 솔루는 느낄 수 없었다. 이제 와서 왜 사랑을 강요하는 것인지 그가 이해되지 않았다.

"함부로 단정 짓지 마. 나는 백해국의 태랑이다."

"그럼 제가 바라는 어떤 것도 들어주시는 겁니까?"

"그래."

무얼 말하려고 하는 걸까. 솔루는 선뜻 원하는 바를 말하지 않았다.

몇 번 달싹거리는 입술 사이로 드디어 말이 새어 나왔다.

"궁을 나가고 싶습니다. 객사에서 지내고 싶어요."

"……!"

번쩍. 태랑의 눈에 섬광이 일었다.

"태랑 님의 비가 아닌 평범한 솔루이길 원합니다."

그는 어떻게 해서든 저를 벗어나기 위해 발버둥을 치는 그녀를 봤다. 뭐든지 원하면 들어준다 했더니 한다는 소리가 궁을 나가겠단다. 비의 자리를 원치 않는단다. 태랑에게서 벗어나겠다고 하는 선언이나 다름없었다.

"안 돼. 마지막으로 말한다. 네가 있을 자리는 여기야."

그녀는 그가 이럴 줄 알았다. 무엇이든 다 들어준다 했으나 분명 한계를 정해놨으리라 짐작한 솔루였다. 어차피 처음부터 반신반의하고 꺼낸 얘기.

보이지 않는 먼지만큼이라도 그가 들어줄 가능성이 혹시 있을까 싶었는데 역시나였다. 사실 그가 들어줄 거라 믿지 않았다. 그저 속에 묵혀두면 병이 될 듯해 이렇게 밖으로 꺼내봤다. 힘겨운 마음이 조금이라도 가벼워지길 바라며.

"어떤 것도 들어주신다 하셨습니다."

"선을 넘은 건 네 녀석이다. 안 된다는 것을 네가 누구보다도 잘 알고 있지 않느냐."

"이곳이 싫습니다."

"싫어도 참아라."

순간 태랑은 설담의 말이 떠올랐다.

'그녀가 내게 그런 말을 했어. 내 얼굴 보기가 힘들고, 같은 공간에 있다

는 생각만으로 괴롭다고. 해국이, 청해궁이, 내가…… 자신의 육신과 영혼을 좀먹고 있다…… 했었지.'

그는 고개를 저었다. 설담의 여인과 솔루가 같은 말을 하고 있다.

'그래서 보내줬어.'

또 설담의 목소리가 들려왔다. 동시에 그를 버렸던 부모님의 얼굴이 그려졌다. 나는 보내고 싶지 않다. 보내줄 의향도 없다. 버려지는 건 더더욱 싫다.

지난 며칠 동안 태랑이 신하들과 정사를 논하기 위해 자리를 비우거나 손님을 만나러 다녀오면 항상 솔루는 있어야 할 곳에 없었다. 어디에 있는지 뻔했지만 그는 솔루가 없는 걸 발견하면 꼭 찾아갔다. 태랑을 피해 예전에 사용했던 처소에 있는 솔루를 끌고 왔고, 그럴 때마다 그녀는 말없이 따랐다.

그날도 사라진 솔루를 찾아 처소에 갔으나 그녀가 없었다. 늘 함께 있던 홍이도 보이지 않아 파고를 불러 백해궁 내부를 뒤졌지만, 어디에도 솔루의 흔적은 없었다.

"도대체 네 녀석들 하는 일이 무엇이냐! 어찌 비의 행방을 누구도 모른단 말이야! 비가 어디로 갔는지 당장 찾아내라!"

모두가 궁 전체를 세세하게 살폈으나 날이 저물어가도록 그녀의 모습을 찾을 수 없어 태랑의 가슴은 타들어갔다.

처음에는 무슨 일이라도 생긴 건가 걱정했다. 허나 궁 안에서 일이 생겼다면 지금쯤 발견하는 것이 정상이었다. 그다지 크게 관여해서 생각하지 않

있는데 홍이까지 사라진 것으로 보아 설마하던 일이 벌어진 듯했다. 그녀가 나를 버렸다. 아니다, 애써 부정하며 태랑은 창백해진 얼굴을 하고 백해궁을 정신없이 헤집었다. 봤던 곳을 또 확인했고, 작은 수풀도 놓치지 않았다. 튀어나올 것처럼 뛰어대는 심장과 사고가 정지된 머리 때문에 태랑은 반 미친 사람 같았다. 결 좋은 머리카락이 헝클어지고 단정하게 입은 옷에 풀이 붙었다. 고고했던 그의 걸음은 솔루를 찾아 정처 없이 헤맸다.

시간이 흘러 밤이 되자 태랑은 어머니가 그랬던 것처럼 그녀가 저를 버리고 갔다는 생각에 점점 확신을 가졌다. 결국 네가 나를 버리는구나.

꽉 쥔 주먹이 부들부들 떨려오던 순간이었다.

"태랑 님!"

파고가 뛰어오며 태랑을 불렀다.

"찾았습니다! 객사로 통하는 계단에 계셨……!"

파고의 말이 끝나기도 전에 태랑은 객사로 통하는 계단으로 서둘러 걸음을 옮겼다. 솔루는 계단 끝에 무릎을 모으고 앉아 있었고, 그녀 곁에는 홍이가 유유히 헤엄치며 노닐었다.

그는 앉아 있는 솔루의 손목을 잡아 위로 끌어당겼다. 힘없이 딸려오는 솔루가 그를 감정 없는 눈으로 봤다.

"왜 여기에 있는 것이냐."

"궁에 있고 싶지 않아서요."

"말을 하고 가야지. 모두가 너 때문에 얼마나 고생을 한 줄 아느냐!"

"그러니까 궁에서 나갈 수 있도록 해달라고 부탁했습니다. 태랑 님의 비가 되고 싶지 않다고 몇 번을 말씀드렸잖아요!"

절박한 거부의 음성. 거친 거부의 몸짓. 이대로 파열될 것처럼 위태로운 그녀와의 관계. 태랑은 받아들일 수 없었다.

그렇게 나를 떠나고 싶더냐. 그렇게 나를 버리고 싶더냐.

갑자기 그가 솔루의 손목을 잡고 성큼성큼 걸었다. 보폭이 넓은 그를 따라가느라 거의 뛰고 있는 그녀를 돌아볼 겨를이 없을 정도로 급했다. 그의 다급한 걸음은 백해궁의 방에 다다랐을 때서야 멈췄고, 그는 물건 던지듯이 솔루를 안으로 밀어 넣었다. 그 바람에 솔루가 중심을 잃고 바닥에 넘어졌지만 현재의 태랑에게 그녀는 안중에도 없었다. 그가 파고를 불러들였다.

"이 방의 문과 창문에 자물쇠를 모두 달아라."

"네?"

파고가 눈을 커다랗게 떴다.

"나의 명이 있을 때만 열어야 한다."

옷을 털던 솔루가 달려와 태랑의 소매를 붙들었다.

"태랑 님! 이러지 마십시오."

그는 돌아보지 않았다.

"갇혀 있기 싫어요."

자물쇠를 단다는 뜻은 방에 가두겠다는 뜻이었다. 솔루는 해국에 오기 전까지 온전치 않았던 몸 때문에 집 안에서만 지냈었다. 20년 가까이 그렇게 살았는데 이젠 그때처럼 살고 싶지 않았다. 그래도 그곳은 가족이 있어 갑갑해도 견딜 수 있었고, 마당에서 바깥 공기를 마실 수 있었다. 허나 이곳은 아니었다. 의지할 사람도 없이 방 안에만 있는 것은 감옥이나 다름없었다.

더구나 온전히 태랑하고만 지내야 한다 생각하니 벌써 숨이 막힐 듯했다.

"태랑 님! 평생을 안에 갇히다시피 살아왔습니다."

"자초한 건 너야."

왠지 그는 그녀가 죽을 때까지 가둬둘 것처럼 단호했다.

"제발요."

"백해국의 비가 틈만 나면 그 자리를 벗어날 생각으로 나를 능멸하려고 하니 어쩔 수 없다."

평계였다. 궁에서 나가 지내고 싶다는 솔루의 말은 시작에 불과하다는 생각이 들었다.

언젠가는 너는 직접 떠나겠다고 하겠지. 오늘은 객사로 통하는 계단이겠지만 시일이 지나면 너는 내 손이 닿지 않는 곳으로 가리라.

자식인 그를 거부했던 어머니처럼, 어린 그를 두고 떠난 아버지처럼 그녀도 떠날 듯한 예감. 잘 보이려고 했어도 결국엔 버려졌었다.

솔루만은 안 된다. 그녀는 변하지 않았다고 장담했는데 어리석었다. 설담과 비한의 여인들도 그랬다는데 솔루라고 다르겠는가. 그는 어린 날의 상처 위로 거침없이 밀려오는 불안감 때문에 비한에게 심장을 줬던 여인이 끝내 어떻게 됐는지 잊어버렸다.

방의 문이란 문에는 자물쇠가 채워지고 솔루가 안에서만 지낸 지 한 달이란 시간이 흘렀다. 안에 생활에 필요한 모든 것은 갖춰졌기 때문에 불편함 없는 생활은 가능했다.

다만 태랑은 솔루를 방에서 한 발짝도 벗어날 수 없도록 했다. 처음 하루, 이틀은 태랑에게 애원했다. 내보내달라고 문을 두드리고, 그가 들어올 적마다 사정했지만 여지없이 거절당했다. 나가지 않을 테니 창문이라도 열어 밖이 보고 싶다 했으나 그마저도 허락되지 않아 단념할 수밖에 없었다.

"태랑 님, 홍이가 보고 싶습니다."

숟가락으로 맑은 국물을 휘휘 젓던 그녀가 말했다.

"요즘 통 먹질 않는다더구나. 입맛이 없느냐."

그녀의 부탁과는 전혀 다른 답을 하며 그가 물었다.

태랑은 식사와 잠만큼은 솔루와 시간을 보내려 했다. 헌데 최근에 들어 괴물의 출현이 잦아져 솔루와 식사하는 시간이 자주 있지 않았다. 그가 없을 때마다 파고가 대신 식사 시간을 함께해주었다. 말이 좋아 대신이지 감시나 다름없었다. 식사를 하기 전, 파고는 벌써 2주째 밥을 거의 먹지 않는 솔루가 걱정되어 태랑에게 슬쩍 이야기를 꺼냈었다.

"배가 고프지 않아요."

"억지로라도 먹어둬라."

"태랑 님, 홍이 좀……."

"해국의 물고기들은 갇혀서 살 수 없다."

"……저도 갇혀 살 수 없습니다."

"넌 잘 살고 있어 보이는데."

탁. 솔루가 들고 있던 숟가락을 탁자 위에 내리더니 자리에서 일어나 그에게 묵례를 하더니 침실로 들어갔다.

요즘 그녀는 대화를 이어 나가길 거부했다. 얼마 전까지만 해도 하고 싶은 말은 다 했는데 이제는 말하는 것마저 귀찮은 사람처럼 보였다.

파고는 솔루가 그럴 수밖에 없는 걸 이해했다. 해국에 왔을 때, 솔루는 새로운 것에 대한 호기심으로 눈이 반짝반짝 빛이 났다. 그런 사람이 사방이 막힌 곳에서만 생활하니 점점 생기를 잃어갔다. 하여 그녀를 밖으로 나갈 수 있게 허락해달라고 태랑에게 조심스럽게 말을 꺼냈다가 호되게 불호령이 떨어졌다. 그 후로는 눈치만 볼 뿐, 두 사람 사이에 끼어들 수가 없었다.

"저 녀석이 좋아하는 경단이라도 만들어서 먹여라."

태랑도 마지못해 들고 있던 숟가락을 놨다. 그 역시 입맛이 없었다. 입에 넣는 것마다 죄다 쓰기만 하다.

"벌써 몇 번이나 만들어드렸는데 경단도 싫다고 물리십니다."

"싫다면 어쩔 수 없고. 다 먹었으니 치우도록."

"예. 그리고 모두 도착하셔서 후원으로 모시도록 했습니다."

"아, 그래. 오늘이 그날이었지."

해국의 왕들이 괴물 때문에 정기적으로 모이는 날이었다. 의자에서 일어난 태랑은 문을 향해 걷다가 솔루가 들어간 방을 바라봤다.

"······송마와 가희를 부르도록 해."

"네. 하지만 태랑 님, 가희는 객사에서 중요한 역할을 합니다. 그녀가 빠지면 객사 일에 지장을 줄 수도 있습니다."

"흠. 그렇다면 송마와 솔루의 시중을 들어줄 여인을 한 명 더 불러라. 오늘부터 궁에서 지낼 수 있도록 해주고, 송마는 솔루를 만나기 전에 내게 먼저 들르라고 전해."

"알겠습니다."

태랑이 밖으로 나간 뒤, 파고는 하인을 불러 탁자 위를 치우도록 했다. 거의 다 치워졌을 때쯤 침실에서 솔루가 나왔다.

"파고 님, 오늘 하늘색은 무슨 색입니까?"

"'님' 자는 빼주십시오. 또 태랑 님께 질책 들으십니다."

혼례를 치른 뒤로 태랑은 그녀의 위치를 바로잡는다는 명목하에 호칭 문제는 항상 짚고 넘어갔다. 이제는 파고도 솔루에게 함부로 말을 낮출 수 없었다.

"둘만 있을 적에는 그러지 마세요. 이럴 때만이라도 편하고 싶습니다."

"노력하겠으니 태랑 님 계실 때는 조심하셔야 합니다. 헌데 음식을 너무 드시지 않습니다."

"괜찮아요."

파고가 보기에 전혀 괜찮지 않았다. 그렇잖아도 작은 몸인데, 먹지 않은 탓에 점점 더 작아지고 말라갔다. 처음 솔루를 만났을 때보다 더 앙상해진 모습이 태랑의 눈에는 보이지 않은 듯했다.

저 꼴을 보고도 잘 살고 있어 보인다는 말을 어떻게 할 수 있는가.

바람이라도 불면 금방 쓰러질 듯 아슬아슬해 보이지만 태랑은 그녀를 밖으로 보내줄 의향이 없었다. 이러다 큰일을 치르는 것이 아닌가 싶었는데 태랑이 송마를 부르라 하니 그나마 다행이었다.

"오늘 하늘은 어떤 색인가요? 아직 답해주시지 않았습니다."

솔루가 힘없이 웃으며 물었다. 그래도 아직 그녀의 웃음은 여전히 해사했다.

"오늘은 자해국의 기운이 강한 날입니다. 온통 자줏빛입니다."

"아, 예쁘겠다."

자환화의 꽃잎처럼 예쁜 색. 지난날의 기억을 더듬으며 떠올려봤다. 한 달이라는 시간이 길지 않건만 왜 이다지도 먼 옛날의 일처럼 느껴지는지 모르겠다.

"자환화가 보고 싶습니다."

"꺾어다 드릴까요?"

"아닙니다. 제가 보고 싶다는 욕심으로 꺾어 오면 금방 시들해져 죽을 텐데요. 태어났던 곳에서 살아가야죠."

태어났던 고향을 떠올리자 솔루는 집이 그리웠다. 어머니의 품이 그리웠고, 장난기 많던 동생들의 떠드는 소리도 그리웠다. 언제나 그랬지만 태랑과 혼례를 치른 후로는 가슴에 사무치도록 그립고 보고팠다.

"홍이는 잘 지내지요?"

"어제도 물으셨습니다. 건강하게 잘 지내니 걱정 마십시오. 아침에도 창밖에서 헤엄치다 돌아갔습니다. 혹시 무슨 일이 생기면 제일 먼저 알려드리겠습니다."

"우리 홍이 잘 부탁드려요."

그녀는 닫힌 채 희미한 빛만 들어오는 창문을 손으로 쓸었다. 예전에는 창살에 종이가 발라진 문이라 구멍을 뚫고 밖을 볼 수 있었지만 태랑에게 들킨 뒤로는 딱딱한 나무가 덧대어졌다.

"그만 나가보겠습니다. 쉬십시오."

"예, 나중에 봬요."

밖이 보이지 않는 창문 앞에 서서 솔루가 얼굴을 옆으로 돌려 인사했다. 다시 얼굴을 정면으로 돌리고 막힌 나무 너머로 무엇이라도 보이는 것처럼 바라보고 있는 뒷모습이 안타까웠다. 허나 파고가 그녀를 위해 할 수 있는 일은 없었다. 태랑을 이해하라는 말도 못 했다. 파고도 그녀를 속이는 데 일조를 했기에.

그저 하루라도 빨리 태랑의 마음이 바뀌기를. 그리고 그날까지 솔루가 무탈하게 있어주기를 바랄 수밖에 없었다. 그가 나가며 조용히 문을 닫았다.

그때였다. 닫히는 문 사이로 순식간에 빠져나가는 손톱만 한 물고기가 있었으나 문을 닫던 파고도, 돌아서 있던 솔루도 그 작은 물고기를 보지 못했다.

"자, 고해보거라. 그 귀여운 아가씨에게 오늘은 어떤 일이 있었는지."

한 사내가 작은 물고기를 검지로 톡 건드렸다. 물고기의 입을 통해 솔루에게 있었던 일들을 그대로 전해 듣고 있는 사내는 금작이었다. 그녀의 목소리는 물론이고 주위에 있었던 태랑과 파고의 목소리도 고스란히 들렸다. 앉아서 끝까지 듣고 있던 금작은 물고기를 손으로 살며시 밀어냈다.

"내일도 잘 부탁한다."

물고기가 빠르게 사라졌다.

"흠."

그는 턱을 매만지다가 피식 웃었다. 태랑과 솔루 사이가 예상과는 다르게 흐르고 있었지만 아무래도 상관없었다. 한편으론 오히려 태랑이 안달이 나 있는 상태라 더 잘됐지 싶었다. 드디어 계획했던 일을 행동으로 옮길 시간이 다가오고 있었다. 자신에게 이 일을 맡겼던 의뢰인에게 좀 더 빨리 개시하자 건의했었는데, 기다리라는 명령만 돌아왔었다. 이해할 수 없었지만, 의뢰인을 따랐다. 누구도 모르도록 비밀스럽게 진행됐다.

금작이 의뢰인에게 일을 개시하자고 말한 때는 그가 그녀에게 청혼했던 날이었다.

"태랑 님이 심장을 갖기 전인 지금, 솔루를 빼돌리는 편이 좋을 듯합니다."

그가 청혼 사건으로 태랑의 마음을 떠보고 오고 나서 했던 제안이었다.

"아직은 때가 아닙니다."

맞은편에 앉은 의뢰인이 빙그레 웃었다. 그런 뒤 금작이 준비한 최상품의 차를 맛보더니 차에 대한 칭찬만 늘어놨다.

"향에 시원하면서도 부드러운 바람이 실려 있군요. 해계에는 이런 차가 없는 줄로 아는데 어디서 구하셨습니까? 혹 뭍의 인간계인가요? 고생 좀 하셨겠습니다."

"하하. 역시 잘 아십니다. 이 차를 구하기 위해 인간계까지 다녀오느라 부리던 이들을 둘이나 잃었습니다."

"그렇게 어렵게 얻었는데, 누군가 몰래 빼앗아간다면 어쩌시겠습니까?"

의뢰인의 얼굴은 해맑았다. 그 얼굴을 하고 웃음을 지으면, 어둠 속에 밝은 달이 떠오른 듯 주위가 환했다. 헌데 얼굴과 어울리지 않는 속을 지니고 있었다. 금작은 의뢰인이 웃음으로 속내를 감추는 저와 비슷하면서도 전혀 다른 인물이라 파악했다. 맑으면서도 안에는 잔인함이 도사리고 있었다.

재미가 있을 듯하여 가끔 괜히 끼어들었나 하는 생각도 들었다. 그래도 앞으로 벌어질 일에 대한 기대감이 그의 염려를 덮었다. 금작이 제 눈썹을 긁적였다.

어렵게 얻었는데, 누군가 몰래 빼앗아간다라······.

그는 의뢰인의 질문을 곰곰이 곱씹었다. 어떤 의미로 저에게 던진 질문인지 깨닫자 등줄기가 싸해졌다. 아마 의뢰인은 태랑을 한 번에 완전히 망가뜨리고 싶은 모양이었다. 소중한 걸 갖기도 전에 빼앗는 것보다, 갖고 나서 빼앗는 쪽이 더 무너지기 쉬우리라.

맡아보지 않으면 좋은 향을 가진 차가 있다는 것만 알지 그에 대한 욕심은 막연할 뿐이다. 허나 어떤 향을 가지고 있는지 알게 되면 그것이 얼마나 귀한지 알고, 손에 더욱 움켜쥐려 한다. 그리고 잃었을 때의 상실감은 배가될 것이었다.

"그래서 지금은 아니라고 하셨군요."

"이래서 금작과 일을 하는 게 좋습니다. 눈치가 빨라 구구절절 설명할 필요가 없으니까요."

의뢰인이 왜 태랑을 표적(標的)으로 정했는지는 금작도 알 수 없었다. 궁금하기는 했지만 딱히 물어봐야 할 필요성이 못 느껴서였다. 섣불리 참견했다 이 일에서 빠지라고 할까 봐 알려고 하지 않은 것도 있었다. 그는 그저 이 재미난 일을 빨리 벌어져 구경하고 싶은 마음뿐이었다.

그날 헤어지고 때가 되면 연락을 준다던 의뢰인은 한동안 잠잠했었다. 후에 의외의 장소에서 마주쳤지만, 서로 알은척하지는 않았다.

어찌 됐든 곧 연락이 오겠구나.

의뢰인이 만남을 요구할 날이 빠른 시일 내에 닥칠 것이다. 설레었다. 그리고 금작의 직감이 맞아떨어졌다. 밖에서 손님이 왔음을 알리는 하인의 목소리가 들렸다.

해국의 왕들이 모인 자리. 백해궁 후원의 정자에 앉은 그들은 어제, 괴물이 나타났을 때 붙여두었던 물고기를 함께 기다리고 있었다. 돌아올 때가 다가올수록 그들은 긴장했다.

"분명히 괴물은 주인이 있어. 누군가가 날이 갈수록 그 녀석을 강하게 만들어."

설담이 말하자 연초가 탁자를 쾅 소리가 나도록 내리쳤다.

"누군지 알기만 해봐! 당장 찾아가서 가만두지 않을 테니까!"

"장담하지 마. 상상도 못 했던 인물일지도 모른다."

"그래도 상관없지. 해국에 해를 끼치는 게 목적인 건 확실하잖아."

가만히 고개를 끄덕이는 설담은 눈을 한 바퀴 굴리며 모두의 상태를 살폈다. 다들 겉으로는 평소와 다르지 않은 것처럼 보였으나 물고기가 어떤 이의 목소리를 담아 올지 은근히 염려하는 얼굴이었다. 단 한 녀석, 태랑만 빼고.

혼례 이후로 태랑의 얼굴에는 늘 근심이 가득했다. 안색이 좋지 못했고, 말수가 부쩍 줄었다. 설담이 찾아와 대화를 나누고 있어도 머릿속으로는 딴 생각을 하는지 집중하지 않았다. 그것은 괴물과 싸울 때도 마찬가지였다.

원인은 설담도 짐작했다. 솔루가 확실했다. 허나 물어볼 수는 없었다. 그가 생각하기에 태랑이 자신이나 비한과 같은 일을 겪고 있다면 얼마나 괴로울지 짐작되기 때문이었다.

그나저나 물고기는 뭐 하고 있길래 아직인가. 태랑을 주인으로 알도록 훈련시키는 데 스무 날을 넘게 보냈다. 겨우 훈련을 마치고 어제 괴물이 나타났을 때 풀어줬다. 물고기가 세작 일을 할 수 있는 시간은 하루라서 그 하루를 채우고 돌아와 들었던 소리를 알려줘야 하는데 여태 감감무소식이었다.

"설마 물고기가 들킨 건 아니겠지?"

초조하게 기다리던 연초가 모두에게 물었다.

"상대가 누구냐에 따라 그럴 수도 있겠지. 세작 물고기에 대해서 안다면 물고기가 왜 붙어 있는지 발견하는 즉시 알아챌 거야."

하제의 답에 연초가 이마를 찡그렸다. 제발 잘못된 것이 아니기를.

그러나 만 하루가 되고 시간이 꽤 흘러도 물고기는 나타나지 않았다. 다섯 사람을 맴도는 긴 정적을 먼저 깬 건 하제였다.

"역시 들켰나 보군."

그가 신경질을 냈다. 마침내 괴물을 조종한 이들이 밝혀지나 싶었는데,

무산되고 말았다.

"실망은 아직 일러. 물고기가 죽은 게 아니라면 내일이라도 돌아올 거야. 만약 죽었다면 다른 물고기도 남았고."

설담이 하제를 위로했다. 오늘은 이만 가보겠다며 연초가 먼저 일어서자 하제도 따라나섰다. 둘이 가고 반유와 설담, 태랑이 남았다.

"반유, 넌 안 가냐?"

태랑과 할 얘기가 있는 설담이 반유를 보내기 위해 물었다.

"왜. 내가 가길 바라?"

"응. 태랑과 상의해야 할 일이 있어서."

"나도 있다."

"그래? 그럼 따로 이야기하지, 뭐. 태랑, 시간 되지?"

설담이 물었지만 태랑은 답하지 않았다. 솔루로 머릿속이 뒤엉켜 있는데 상의할 일이라니. 들어주고 있을 여유가 없었지만, 그렇다고 거절할 수도 없었다.

"먼저 해. 나는 잠시 산책하고 올게."

반유가 자리를 피해주기 위해 정자를 내려가자 설담이 태랑에게 가까이 다가갔다.

"요즘 솔루 어때?"

백해궁에 와도 그녀를 통 볼 수가 없었다. 파고에게 물어도 모른다고만 하고, 낯빛이 좋지 않은 태랑에게 묻기도 어려웠다. 그가 먼저 말해주길 기다리다가 지쳐서 설담이 먼저 나섰다.

"잘 지내고 있다."

태랑이 설담의 눈길을 회피하며 피곤하다는 듯이 눈을 감고 손가락으로 이마를 문질렀다.

"그런데 왜 안 보여?"

"네 녀석이 왜 내 비를 궁금해하는 건데?"

"너의 비이기도 하지만, 내가 관심 두는 여인이기도 하잖아."

감고 있던 태랑의 눈이 떠지고 설담을 쏘아봤다.

"관심 두지 마."

"이거 왜 이러시나. 네가 그녀에게서 심장을 갖고 난 후에는 내가 무얼 해도 괜찮다 했었다."

"그런 기억 없어."

"벗이여, 벌써 잊으면 어쩌자는 거야."

설담이 장난스럽게 말하며 태랑의 어깨에 손을 턱 올렸다.

"솔루에게 관심 두지 말라는 거다."

"두면?"

"경고야."

"아, 거참, 자식. 그래, 내가 속아 넘어가준다. 그나저나 왜 네 마음이 바뀌었는지 들어나 보자."

태랑은 자신이 심장만 갖게 되면 설담이, 아니 그 누구라도 솔루에게 어떤 감정을 갖든 말든 관여치 않는다 했었다. 헌데 왜 완전히 반대의 마음으로 바뀌었을까. 원래 변덕스러운 태랑이란 걸 설담도 알고 있지만 행여 자신이 짐작하는 이유 때문인가 싶어서였다. 그가 보기에 태랑은 솔루에게 특별한 감정이 있어 보였다. 어서 말하라고 재촉하는 눈짓을 보냈다.

푸른 바다와 같은 태랑의 눈이 어딘지 모르게 서글펐다. 그가 깊게 숨을 내쉬었다. 태랑도 딱히 무어라 말하기 힘들었다. 심장만 갖고, 그에 대한 대가로 솔루에게 잘해주면 끝이라 생각했는데, 그의 마음이 묘하게 꼬여간다.

혼자 냉정하게 생각할 때는 '그녀에게 이러지 말아야지.', '잘 구슬려서 서로 좋게 풀어나가야지.' 다짐하지만, 막상 그를 밀어내는 솔루를 보면 다짐했던 마음이 온데간데없이 싹 사라졌다. 제 곁을 떠나려고만 하는 그녀가 불안해 묶어둘 수밖에 없었다. 어디서부터 잘못됐고 뭐가 문제인지 찾아보려 해도 마음이 그럴 틈을 주지 않았다.

"무슨 일이야."

말없이 연거푸 한숨만 토해내는 태랑에게 설담이 재차 물었다.

"흐음. 그녀가…… 변했어?"

"어."

"역시 그랬구나. 뭐라고 하는데?"

"……내 곁에서 떠나고 싶어 한다."

"그럼, 보내줘."

설담은 더 이상 말할 필요가 없다는 듯이 답을 던졌다.

"보내주라고? 내가 왜."

태랑이 낮게 가라앉은 목소리로 재빨리 답했다. 그에게는 두 번 생각하고 말고 할 것도 없는 문제였다.

"또 말하는데, 네가 심장을 갖게 되면 솔루는 별 상관하지 않는다고 했어. 물론 말을 꼭 이렇게 한 건 아니었다만 그런 뜻이었다. 정말 잊었어?"

"그런 건 중요치 않아. 난 그녀의 바람을 들어줄 수 없다."

"왜 들어줄 수 없는데? 왜 보내주기 싫은데? 그 생각은 해봤냐."

생각하지 않았다. 그녀의 마음에 대해서만 의문을 가졌을 뿐, 태랑은 자신의 마음은 들여다보지 않았다. 설담의 질문이 그를 깨우고 있었다.

왜지? 왜 보내주기 싫은 걸까. 고민 끝에 내린 결론을 내렸다. 다시 혼자되는 것이 두려워서였다. 하지만 지금까지 혼자서 잘 살아왔는데, 새삼스레 그러는 이유를 모르겠다. 버려지기 싫어서이기도 했다. 생각해보면 그게 뭐 어때서. 버려진다고 해서 뭐가 달라지는 것도 아니었다. 그래도 가장 중요한 이유는 솔루에게 버려지기 싫다는 거였다. 아무런 감정도 싣지 않고 사랑한다 말하는 그녀가 싫었다. 그런 식으로 하는 사랑한다는 말 따위는 듣고 싶지 않았다.

그러니까 대체 왜? 태랑이 한 손으로 제 머리를 쥐었다. 답을 찾으려 할수록 또 다른 의문이 튀어나왔다. 그는 답답해서 가슴이 터질 것 같았다. 외면하는 솔루를 떠올릴 때마다 가슴이 오그라들며 아파왔다. 심장이 아픈 건지, 가슴이 아픈 건지 구분이 되지 않았지만 한 가지 명백한 것은 최근 그가 가지는 생소한 아픔들은 모두 그녀로부터 비롯되었다.

"차근차근 답을 찾아가라."

설담은 태랑의 어깨를 가만가만 두드렸다.

자신감이 넘치다 못해 오만하게 보였던 태랑이 이리될 수도 있구나. 그가 어떤 결정을 내리게 될까. 나처럼 보내주고 마는 것일까. 아니면…… 설담은 세차게 고개를 저었다. 비한과 같은 일이 절대 생겨서는 안 된다. 만일 그럴 조짐이 보인다면 꼭 막아내리라.

솔루를 위해서도, 태랑을 위해서도 그래야 한다. 그리고 설담 자신을 위해서도.

설담과 헤어진 태랑은 솔루를 보기 위해 침전으로 돌아왔다. 문 앞에 서서 걸려 있던 자물쇠를 물끄러미 바라보고 있자 파고가 조용한 음성으로 말했다.

"태랑 님, 반유 님이 잠시 계시다 가셨습니다."

맞다. 반유도 할 얘기가 있다고 기다린다더니 그냥 가버렸군.

"저…… 헌데……."

파고가 머뭇거렸다.

"반유가 무슨 말이라도 남겼느냐."

"그것이 아니라, 이 문에 걸린 자물쇠를 보셨습니다."

"그래서."

"한참 동안 보고만 있다 가셨습니다."

정확하게 말하자면 잔뜩 성난 눈으로 보셨습니다, 라고 하려다 그 말은 접었다. 머리부터 발끝까지 온통 검은색으로 뒤덮은 반유는 특유의 음산한 분위기를 가지고 있어 멀리하고픈 상대긴 했어도 무섭다고 느낀 적은 없었다. 허나 조금 전까지 자물쇠를 노려보던 반유는 무서웠다. 평소와 달라 보였으나 요즘 예민해져 있는 태랑에게 쓸데없는 말은 최대한 줄여야 했기에 꺼내지 않았다.

"송마는?"

"저녁에 입궁한다고 했습니다."

"열어라."

철커덩. 커다란 자물쇠가 쇳소리를 내며 열렸다. 문이 열리자 방 안을 밝히기 위해 곳곳에 놓아둔 호롱불이 흔들렸다. 솔루가 보이지 않아 태랑이 침실로 갔지만 거기에도 그녀가 없자 순간 그의 심장이 바닥으로 곤두박질쳤다. 급하게 걸음을 옮기고 고개를 휙휙 돌리며 그녀를 찾았다. 보이지 않는다. 떠난 걸까? 아니다. 이곳에서 한 발자국도 나갈 수 없다.

"파고! 파고!"

"네!"

태랑이 다급하게 부르자 파고가 뛰어 들어왔다.

"솔루, 어디 있느냐."

"네? 계시지 않습니까? 제가 줄곧 자리를 지키고 있었고, 아까도 침상에 누워 계신 것 확인했었습니다."

"보이질 않잖아!"

태랑이 버럭 소리를 질렀다. 좀처럼 큰 소리를 내지 않는 그가 결국 참지 못했다. 정신 나간 사람처럼 방을 뒤졌다. 그녀가 없다, 그녀가 없다!

그가 손의 기운으로 호롱불을 공중에 띄웠다. 솔루를 찾기 위해 이리저리 옮기며 구석구석 불을 밝혔다. 혼례 후로 거의 사용하지 않았던 방으로 들어갔다. 예전에 그와 솔루가 차를 마시던 곳. 넓은 방에는 보료와 작은 탁자만이 덩그러니 놓여 있었다. 다른 곳으로 가려고 몸을 돌리던 태랑은 보료 뒤에 있는 병풍을 보고 성큼성큼 걸어가 병풍을 옆으로 젖혔다. 한구석에 쭈그리고 앉은 작은 물체가 보였다.

"솔...... 루?"

이름을 불러도 미동이 없었다. 그가 불을 가까이 옮겨 비추자 불빛이 원을 그리며 커졌다. 빛 안으로 들어오는 작은 몸. 솔루가 등을 동그랗게 말고 무릎 사이에 얼굴을 묻은 채로 있었다. 안도의 한숨이 저절로 나왔다. 짧은 순간이었지만 정말 그녀가 사라진 줄 알았을 때는 눈앞이 까매졌다. 곁으로 가서 허리를 숙여 손을 뻗어 머리를 쓰다듬자 그녀가 흠칫 놀라며 몸을 더 웅크렸다.

"찾았잖아. 여기서 무얼 하고 있는 것이냐."

"......어머니가 보고 싶습니다."

"네 어미를 다시 볼 수는 없느니라."

"알고 있습니다."

"일어나."

태랑이 솔루의 어깨를 잡고 일으켜 세우려 하자 그녀가 싫다는 듯이 몸을 비틀었다. 다시 턱을 무릎에 기댔다.

"숨고 싶었습니다."

그는 무엇으로부터 숨고 싶었는지 묻고 싶었지만 차마 꺼내지를 못했다. 혹여 저 때문이라고 솔루가 말할까 봐.

"이곳은 너무 넓습니다. 예전에도 넓다 생각은 했었지만 지금은 더 넓어졌어요."

"그대로야. 바뀐 것은 하나도 없다."

"바뀌었습니다. 너무 넓어요. 어두워졌어요."

창문마다 나무판자가 덧대어져 틈새 사이로 들어오는 빛 외에는 붉은 호롱불이 전부였다. 밝을 때는 방의 구석구석을 눈으로 확인할 수가 있었지만, 이제는 호롱불이 스미지 않으면 그저 끝이 없어 보이는 어둠만이 자리했다.

발이라도 대면 그 속으로 빨려 들어갈 듯한 어둠.

"온통 어둡습니다. 어둠이 제 몸을 짓누릅니다."

그녀가 고개를 들고 태랑을 바라봤다.

"이곳에서 지내는 시간들은 제물이 되어 바다에 빠졌던 날 같습니다. 짜다 못해 쓰디쓴 바닷물이 목으로, 코로 들어와 숨이 막혔습니다."

그녀의 관자놀이를 타고 흐르는 땀이 턱 끝에 맺혔다. 호롱불에 반짝하고 빛이 났다. 안쓰러웠다. 해국의 그 어떤 꽃보다도 밝았던 그녀가 빛을 잃어가고 있었다. 그도 모르는 바는 아니지만 이렇게 하지 않으면 안심이 되지 않았다. 이렇게 하지 않으면, 머릿속은 온통 그녀 생각으로 가득하고, 불안함에 가슴이 타들어갔을 것이다. 태랑이 손가락으로 솔루의 턱에 맺힌 땀을 닦아내려 할 때였다.

"태랑 님!"

갑자기 솔루가 두 손으로 태랑의 손을 잡았다.

"숨이 막힙니다."

내뱉은 그녀의 숨결이 뜨겁다. 손도 뜨거웠다. 그는 솔루에게 잡힌 손을 빼내어 땀을 닦아줬다. 자세히 보니 솔루의 이마 선을 따라 땀이 송골송골 맺혀 있었다. 불현듯 열이 나나 싶어 손바닥을 그녀의 볼에 대보고, 목덜미에도 댔다. 뜨거운 열기가 손바닥을 타고 올라왔다.

"열이 나지 않느냐."

"아니요."

그녀가 고개를 저었다.

"태랑 님."

무슨 말을 하려는지 눈빛이 간절해졌다. 눈가가 붉게 물들어가더니 곧 물기가 차올랐다. 지난 한 달 가까운 기간 내내 솔루는 그를 저런 눈빛으로 보는 걸 억지로 외면하고 있었다. 보지 않으려 했다. 허나 볼 적마다 그도 마음이 편치 않았다.

"심장, 아직 갖지 않으셨습니까? 그래서 제게 이러십니까? 어떻게 하면 되는 겁니까? 더 많은 밤을 태랑 님과 보내면 됩니까?"

솔루는 쉴 새 없이 질문을 쏟아놓았다.

"심장은 가졌다."

"그럼, 그럼…… 저 말고 다른 분을 비로 맞이하십시오. 저보다 현명하고 어여쁜 분으로 맞이하세요. 누차 말씀드렸잖아요. 비의 자리는 필요치 않습니다."

필요하지 않다는 그녀의 말이 태랑을 찔렀다.

"나 역시 너에게 계속 답했다. 백해국 비는 너뿐이라고."

"태랑 님께서 안을 수 있는 여인이 저뿐이라 그러십니까? 지금껏 여인 없이도 잘 살아오셨지 않습니까?"

"잘 살아왔지. 하지만 어쩌겠느냐. 내 평생 처음으로 여인의 품이 어떤 황홀함을 주는지 알게 됐다."

왜 자꾸 말에 가시가 박혀 나오는지. 저를 벗어나려는 그녀에게 내는 유치한 심술이란 걸 알면서도 거르지 않고 나오는 대로 뱉었다.

"그것이 제가 필요한 이유입니까?"

태랑이 솔루를 안아 들기 위해 그녀의 등과 무릎 밑으로 팔을 넣었다. 그녀가 벗어나려 몸을 거칠게 움직이며 그의 팔을 밀어내고 고개를 세차게 흔들었다.

"이런 싸움, 그만하자."

그가 무표정한 얼굴로 중얼거렸다.

"죽을 것 같습니다!"

소리를 지르는 솔루의 눈에서 눈물이 후드득 떨어졌다. 비명과 같은 외침이었다.

"저는! 더 이상 이렇게 못 살겠어요! 비도 싫고, 해국도 싫고…… 태랑 님도 싫습니다!"

내지르는 그녀의 비명에 태랑의 가슴이 욱신거렸다. 하지만 그가 말없이 저를 밀어내는 솔루를 힘으로 제압하고 안아 들려던 순간이었다.

"아악!"

새된 목소리로 악을 쓰자 놀란 태랑이 멈칫했다. 풀썩. 솔루가 맥없이 쓰러졌다.

"솔루야!"

그가 축 늘어진 솔루를 안고 뺨을 톡톡 두드렸다. 적진주를 먹인 뒤로는 혼절한 적이 없었는데 다시 시작되는 것이 아닌가 걱정이 앞섰다.

"전의를 부르겠습니다."

밖을 지키고 있던 파고가 안에서 들리는 솔루의 비명에 재빨리 들어와 상황을 파악했다. 전의를 부르러 달려가는 파고는 복잡해지는 머리를 애써 비워내려 했다. 점점 상황이 최악으로 치닫고 있었다.

파고가 전의를 부르러 가자 태랑을 솔루를 안아 들고 침상으로 옮겼다. 침상에 눕히고 지속적으로 그녀의 뺨을 두드렸다가 어깨를 흔들어봐도 힘없이 흔들리기만 하는 몸을 보고 있으려니 초조했다. 시간은 왜 이토록 더디 가는지.

"전의는 아직이더냐!"

그가 밖을 향해 외쳤다.

"네, 아직입니다."

하인이 발을 동동 구르며 문밖에서 답했다.

"솔루야. 솔루야, 정신 차려라."

문득 그녀가 혼절하기 전에 죽을 것 같다며 외쳤던 말이 스쳐 지나간다.

아아, 아니야.

밀려드는 불길한 예감이 그를 휘감았다. 겨우 이런 일로 죽을 리는 없다. 겨우 이깟 일로는 죽지 않는다.

"솔루야?"

상체를 숙여 그녀의 뜨거운 몸을 안았다. 태랑은 솔루의 볼에 제 볼을 갖다 대고 등을 쓰다듬며 깨어나기를 바랐다. 설담과 비한의 여인이 그랬던 것처럼 솔루도 그리되어가고 있었다. 그들과 같이 변한 줄은 알았으면서 마지막이 어떻게 되었다는 걸 왜 잊고 있었을까. 마음 한구석에서 그녀를 놓아줘야 한다고 조용히 알려왔다.

비의 자리에서. 백해궁에서. 자신에게서.

그는 그럴 수 없다는 듯 품에 안긴 작은 몸을 꽉 끌어안았다.

제발 깨어나라, 솔루야. 홍이를 불러주마.

그러니 제발, 눈을 떠라.

솔루의 입에 귀를 대는 태랑. 숨을 쉬는지 확인했다. 소리가 옅지만 분명 숨을 쉬고 있다. 그때 뛰어오는 발소리와 함께 전의가 들어오자 솔루를 안은 채로 전의에게 내보였다.

"왜 이러는지 어서 알아내라. 만약 무슨 일이 생기면 네놈 목이 날아갈 것이다!"

서슬이 시퍼런 태랑의 고함에 전의가 떨리는 손으로 솔루의 맥을 짚었다.

"가벼운 몸살인데 기력이 쇠해져 혼절하신 듯합니다. 열 내리는 탕제를 드시면 바로 좋아지실 겁니다. 추후에 원기회복에 좋은 탕제도 올릴 테니 빠뜨리지 않고 드시게끔 하십시오. 그리고……."

솔루의 몸 상태에 대해 설명하던 전의가 태랑의 눈치를 보며 머뭇거렸다. 아까 도착했을 때보다 기세가 한풀 꺾인 눈빛이었지만 자신을 바라보는 태랑은 여전히 날이 서 있었다.

"그리고 뭐?"

얘기를 꺼낼 듯하면서도 하지 않고 망설이는 전의에게 태랑이 물었다. 전의는 마른 입술을 혀로 축이고 답했다.

"대단히 외람되오나 한 말씀 올리겠습니다. 이곳의 환경이 솔루 님의 건강을 악화시키고 있습니다. 본디 인간은 햇볕을 쬐고 살아야 합니다. 특히 솔루 님은 뭍에서 오신 분이니 더욱 그렇지요. 헌데 이리 햇빛 한 줌도 들어오지 않는 곳이라면 건강한 인어라도 병이 나기 마련입니다."

전의가 말을 끊으며 슬쩍 태랑을 봤다. 더 할 말이 있는데 그의 반응이 좋지 않으면 이쯤 하려 했다. 다행히 그는 전의가 더 할 말이 있다는 걸 알았는지 고개를 한 번 끄덕이며 허락의 뜻을 비쳤다.

"몸도 몸이지만 정신적으로 많이 쇠약해지셨습니다. 제가 아무리 좋은 약재를 쓴다 하여도 마음이 건강하지 않으면 소용이 없습니다."

"……."

그가 아무런 대꾸 없이 얼굴을 돌려 솔루를 보다가 이마에 붙은 머리카락을 옆으로 정리해줬다.

"알았다. 물러가라."

태랑은 전의와 파고를 물리고 혼자서 솔루 곁을 지켰다. 깍지를 끼고 이마에 기대어 고개를 숙이고 있던 그는 날이 어두워질 때까지 자리에서 꼼짝하지 않았다.

아침이 되자 어젯밤 궁에 들어왔던 송마와 매향이 솔루가 있는 방으로 들어왔다. 태랑이 침실에서 아직 나오지 않아 기다리며 내부를 살펴보는 송마의 눈이 커졌다. 들어설 때부터 이상하긴 했었다. 안이 밝기는 했지만 그건 수많은 호롱불 때문이었다.

창문만 열어도 충분히 밝을 텐데.

그녀는 곧 이유를 알게 됐다. 창문은 나무판자로 덧대어 있는 것으로도 모자라 자물쇠가 채워졌다. 돌이켜보니 방의 문도 그랬다.

대체 왜……. 궁금증이 솟았으나 입을 다물었다.

"아니, 창문들이 왜 다 저 모양이래요?"

눈치 없이 매향이 큰 목소리로 송마에게 물었다.

"쉿! 조용히 해."

"할머니는 맨날 나보고 조용하래."

"확 입을 꿰매어버릴라."

송마가 목소리를 낮추며 눈을 부릅떴다. 매향이 입술을 삐죽거리다 안에서 들리는 기척에 급하게 손으로 입을 막았다.

그들은 어둠을 뚫고 나오는 은색의 빛을 발견했다. 침실에서 나오는 태랑이었다. 멀리서만 봤던 백해국의 왕을 이렇게 가까이 보게 될 날이 올 줄 몰랐는데 그는 소문대로 기가 막히게 아름다웠다. 전신에서 흐르는 기품 또한 누구도 범접하지 못하도록 만드는 수준이었다. 입을 벌리고 태랑을 보고 있는 매향을 송마가 툭 치자 정신이 돌아왔다.

태랑이 탁자의 의자를 꺼내 앉았다.

"앞으로는 내가 이곳을 나간 뒤에 너희들이 들어올 테니 나를 마주칠 일은 거의 없을 것이다. 나는 나의 비(妃) 외에 다른 여인이 다가오는 것을 싫어하느니라. 혹여 나를 본다면 지금 너희들과 내 거리. 이 거리를 꼭 유지해야 한다. 이 이상 가까이 다가왔을 때, 문책을 당하는 선에서 끝나지 않을 게야."

"네, 명심하겠습니다."

송마가 허리를 숙이자 매향도 마지못해 따라서 숙였다. 둘은 그의 음성을 직접 듣기는 처음이었다. 고요한 음성이 듣기 좋았으나 뼛속까지 시리게 만들었다. 아름다움에 감탄하면서도 어쩐지 무서웠다.

"비가 한때는 너희 아랫사람이었으나, 이제는 최고 상전임을 잊지 말아라."

"네."

송마는 허리를 펴지 못하고 답했다. 그와 눈이 마주쳤다간 그대로 몸이 얼 것 같았다. 매향도 마찬가지였으나 그보다 솔루에 대한 부러움이 머릿속에 가득 찼다.

고 작은 계집이 어디가 뛰어나서 태랑 님을 홀렸을까. 저 아름다운 분의 비가 되어 백해국에서 온갖 부귀영화를 다 누릴 텐데!

부럽고 아니꼬워 배알이 꼴렸다. 게다가 태랑이 솔루를 '나의 비'라 부르며 다른 여인이 다가오는 것이 싫다고 말했다.

무슨 수작을 부렸을까. 뭘 어쩌했길래 태랑 님이 저리 홀딱 넘어가셨단 말인가.

솔직히 솔루의 시중을 들기 위해 이곳에 오고 싶지 않았지만 그녀에게 남자 홀리는 기술을 배워보고픈 마음이 있어서 자원했다.

혼례를 치른 지 한 달이 지났으니 솔루의 얼굴은 살이 올라 고와졌겠지.

제법 예쁘고 나이도 어리기 때문에 잘 익은 과일처럼 뽀얗게 한창 피어났을 것이다. 귀한 분을 쓰고, 좋은 옷과 장식으로 치장을 하고 저를 맞이할 것이 뻔했다. 배우고자 왔으나 막상 또 그 꼴을 보려니 매향은 부러움에 또 짜증이 날 지경이었다.

"들어가서 인사 나눠라."

송마와 매향이 고개를 숙인 채로 침실로 들어갔다. 왜 솔루가 밖으로 나오지 않았나 잠시 의문을 가졌지만 크게 신경 쓰지 않았다.

"에그머니나!"

방을 들어간 매향의 목소리였다.

"얘가 왜 이래?"

"밖에 태랑 님 계셔! 조용히 안 해!"

송마가 황급히 손으로 매향의 입을 막았다. 그녀가 놀라서 저도 모르게 소리 지른 게 이해됐다. 솔루의 얼굴은 희멀겋다 못해서 창백했다. 통통하던 볼살은 사라졌고, 무엇보다도 그들을 보고 웃는 눈이 예전 솔루가 아니었다. 제 입을 막고 있던 송마의 손을 치운 매향이 외쳤다.

"너, 백해국의 비잖아. 백해국의 비가 되어서 잘 먹고, 잘 입고 해서 살판났을 줄 알았더니 이게 뭐야. 곧 죽을 사람처럼 얼굴이 왜 그러는데?"

내키지는 않았지만 잔뜩 기대했다. 객사에서 일하던 일개 직원이 백해국의 비가 되었다. 부러우면서도 솔루가 어떤 모습으로 변해 있을지 궁금했다. 마치 제 앞날의 모습을 보는 것처럼.

별 볼 일 없던 그녀가 행복한 얼굴로 저를 맞이할 거라, 그래서 매향도 그녀처럼 되고 싶다는 꿈을 키워가리라 생각했었다. 헌데 실망스럽다 못해 경악할 수준이었다.

"조용히 안 해! 누구더러 '너'라고 하는 거야! 그리고 조금 불편하신 거 같은데 왜 네가 나서서 호들갑이야?"

매향을 다그친 송마가 다 죽어가는 얼굴로 침상에 누워 있는 솔루를 보고 나직이 한숨을 쉬었다.

"어디 편찮으십니까?"

조용히 물었다.

"그러지 마세요, 할머니."

"예는 지켜야 합니다. 어찌 이러고 계십니까?"

"몸살이래요. 곧 좋아져요."

"드시고 싶은 거라도 있으십니까? 만들어드리겠습니다."

고개를 젓는 솔루의 눈이 젖어 들어갔다.

"할…… 머니."

송마를 보자 서러움이 한꺼번에 밀려와 그녀가 손으로 입을 막고 울었다. 소리를 죽이고 우는 모습에 송마가 머리를 쓰다듬었다. 묻지 않아도 솔루에게 어떤 일이 있었는지 짐작됐다. 가희와 염려했던 일이 벌어지고 있었다.

"에휴. 울지 마세요. 힘 빠지십니다."

그 모습을 보고 있던 매향이 얼굴을 찌푸렸다.

뭐야, 대체. 해국의 왕에게 심장을 준 여인들이 죽거나 사라진다고 들었는데 그것 때문에 그러나? 멀쩡히 잘만 살아 있으면서 왜 그러지?

매향은 죽어도 좋고 사라져도 좋으니, 하루라도 해국의 비로 살아보고 싶었다. 온갖 진귀한 것들로 치장하고 아랫사람에게 명령을 내리는 위치에 있는 기분은 어떨까.

한편 밖에서 이들의 대화를 듣고 있던 태랑은 의자에서 일어나 발걸음을 옮겼다. 다리가 천근만근이었다. 아까부터 마음에서 들려오던 소리가 그를 종용하고 있었으나 무시했다.

잘해주면 돼. 그녀가 원하는 대로 해주면 괜찮아질 것이다.

"파고, 자물쇠를 모두 없애라."

지친 듯, 태랑의 목소리가 처졌다.

"네, 그리하겠습니다!"

태랑이 이 명령을 내려주길 기다렸던 파고였다. 잘하셨습니다, 칭찬하고 싶은 마음을 누르느라 웃음이 비집고 나와 입술이 꿈틀거렸다.

"아, 반유 님이 오셔서 서재에서 기다리십니다."

"응."

나를 질책하러 왔겠지. 만나고 싶지 않았다.

"오늘은 내가 바쁘다 전해."

"네, 알겠습니다. 너는 가서……!"

옆에 있는 하인을 시키려고 몸을 돌린 파고가 눈앞에 있는 사람을 보더니 입을 다물었다.

"바쁘지 않아 보이는데?"

어느새 반유가 왔다.

"솔루에 관한 이야기라면 그만 돌아가라. 할 이야기 없다."

태랑이 돌아섰다.

"없어도 해."

"너라도 주제넘은 간섭은 용서하지 않아."

"상관없어. 할 말은 해야겠으니까."

천천히 다시 몸을 돌려 반유를 보는 태랑. 두 사람이 시선이 부딪치며 날카로운 쇳소리를 내는 것처럼 강렬했다.

"좋아. 들어나 보지, 뭐."

태랑이 반유에게 따라오라는 고갯짓을 하며 앞섰다.

서재로 들어선 반유와 태랑은 각자 다른 곳을 보고 있었다. 두 사람 앞에 놓인 찻잔 속의 차가 식어갈 때쯤 반유가 천천히 입을 열었다.

"우선 내가 어제 널 보자고 했던 이유부터 말하마."

"어제?"

그러고 보니 어제 설담과 이야기하는 동안 기다린다던 반유가 돌아갔었다. 솔루 때문에 온 줄 알았더니 다른 목적도 있었던 모양이었다.

"어제는 모두 함께 있던 자리라서 꺼내기가 어려웠어."

"뭔데."

"자해국 말이야."

"자해국? 하제에 관한 건가?"

반유가 고개를 끄덕였다. 그의 눈빛에 서려 있는 기운이 심상치 않아 보였다.

"현 자해국 왕이 물러날 거라는 말이 들려. 물론 하제는 이런 이야기, 우리에게 안 할 녀석이고. 아직 대대적으로 알리지는 않았지만 자해국에서 왕위 계승식을 준비하고 있다고 해."

"……물려줄 왕자는 하제가 아니라 현제겠지?"

"그렇지."

"현제는 그렇게 하겠다고 해? 그 녀석은 자기가 아니라 형인 하제가 받아야 한다고 했잖아."

"현제도 받아들였다더군. 이제 현제도 마냥 어리지만도 않으니 욕심이 생겼을지도 모르지."

겉으로 표현은 안 하지만 어린 시절부터 시작된 아버지의 편애로 하제가 받은 정신적인 고통은 컸다. 친우와 동생 앞에서는 마냥 좋은 사람이었으나 다른 사람에게는 작은 일에도 신경질적이었다. 그런 그의 성격은 어렸을 때부터 받아온 아버지의 냉대가 한몫했었다. 지금까지는 어찌어찌 그가 잘 견디고 있는 중이었는데, 왕위 계승을 현제에게 한다면 그간 참아왔던 하제가 어떤 방향으로 폭발할지 모른다. 하제에게서는 그가 당기는 활시위처럼 항상 긴장이 흘렀고 늘 위태로웠다. 그도 태랑만큼이나 복잡한 삶을 살고 있었다.

"아무리 현제에 대한 애정이 크다고 하나, 장자에게 물려줘야 하는 왕위마저 마음대로 바꿀 줄이야."

반유도 예상은 하고 있던 일이었으나 정말 그럴 줄은 몰랐다.

"설담과 비한도 알고 있나?"

며칠 동안 한숨도 자지 못한 태랑이 피곤한 눈두덩이를 손가락으로 누르며 물었다.

"모를 수도 있지만 대충 소식을 전해 들었을지도."

"넌 어떻게 생각하는데?"

"하제 녀석, 잘 위로해주는 것 말고는 우리가 할 수 있는 게 있겠어. 크게 문제 일으키지 않고 넘어가길 바라야지. 자해국 왕의 마음을 돌릴 수도 없고, 그 나라 일에 관여할 수도 없잖아. 네가 다른 일로 얼이 빠져 있어서 알려준 거야. 알고 있으라는 차원에서."

"하제, 그렇게 나약하지 않다."

내내 찻잔만 들여다보던 반유가 태랑을 향해 얼굴을 들었다.

나는 너도 나약하지 않을 줄 알았지. 하지만 누구나 약점은 하나씩 가지고 있고, 그 약점 앞에선 아무리 강한 존재라도 무너지기 마련이더라.

하제가 아버지의 편애로 가진 상처가 약점이라면 태랑은 부모에게 거부당하고 버려졌던 과거의 상처가 약점이었다. 거기다 공존의 밤에 일어나는 일까지. 그리고 이번에 또 하나 더해졌다. 솔루라는 여인.

그녀가 태랑의 약점이 되었다. 하제에 관한 이야기는 이만하면 됐고, 이제 태랑의 약점인 솔루 이야기를 꺼내야겠다.

"내가 아는 그녀는."

반유가 말하는 '그녀'가 솔루인지 태랑도 알아들었다. 그가 솔루를 지칭하는 '그녀'라는 단어가 거슬렸어도 잠자코 듣고 있었다.

"해국의 물고기와 같아."

정말 해국의 물고기처럼 예쁘고, 밝고, 상대를 겉모습으로 평가하지 않는 깨끗한 영혼. 반유는 솔루와 오랜 시간 함께하지는 않았지만 그녀가 치료차 흑해궁에 머물렀을 때 알게 됐다. 머릿속에서 처음 만난 날이 자꾸 상기됐다. 사람들은 자신을 처음 보면 가려진 눈을 보고 무서워하며 멀리했었는데, 그녀는 달랐다. 무서워하기는커녕 저를 보고 생글생글 웃어 당시에는 부담스럽기도 하고, 민망하기도 했었다. 한 번도 그를 보고 그리 웃어준 사람은 없었다. 해서 자꾸 눈길이, 관심이 그녀에게 향했던 것 같기도 했다.

허나 반유는 그녀에게 향하는 관심을 피를 나눠준 부작용 때문이라 생각했다. 설사 그 부작용으로 인해 딴마음이 생긴다 하더라도 숨기고 지켜낼 자신이 있었다. 어차피 그녀는 태랑의 여인, 아니 지금은 그의 비(妃)였다.

탐낼 생각도 없다. 누이로 보는 마음이든, 여인으로 보는 마음이든 시간이 흐르면 그 마음도 자연스레 흘러가리라 믿었다. 헌데 태랑의 궁에서 자물쇠로 잠긴 문을 보는 순간, 반유의 마음에 걸어뒀던 자물쇠가 풀렸다. 당장 안에 있는 솔루를 데리고 나오기 위해 움직이려는 두 손과 두 발을 겨우 붙들었다. 선을 넘지 말자. 이 이상은 주제넘은 행동이라 스스로 억제했다. 가까스로 가라앉히고 돌아섰다가 오늘 다시 온 것이다.

태랑과 싸워서라도 그 자물쇠를 풀도록 하려다가 마음을 달리 먹었다. 태랑은 자신과 달랐다. 반유 역시 친모 손에 자라지 않았으나 아버지가 그 자리를 대신해줬었다. 살갑지는 않지만 무뚝뚝한 아버지는 반유에게 해줄 수 있는 사랑은 모두 주었다. 그렇게 자란 그가 어릴 적부터 백해국의 왕으로 외롭게 지켜온 태랑을 이해해야 했기에, 그를 차분히 설득하기로 했다.

"그녀는 자유로워야 해. 너의 이기심으로 그녀를 억압하지 마."

무겁게 가라앉은 반유의 음성이 서재 안에 울렸다.

"이기심이라……."

태랑도 모르지 않았다. 제 마음이 얼마나 이기적이고 못났는지를. 하지만 알면서도 그녀를 어디도 가지 못하게 가둬둘 수밖에 없는 나를, 나도 어찌해야 할지 모르겠다.

"태랑, 그녀는 살아 있어. 자유롭게 살 수 있도록 도와줘. 지금 네가 하는 행동은 바다를 누벼야 하는 물고기를 조그마한 어항에 가둬놓은 거나 다름 없다."

"……나도 알아. 다 알고 있다."

지금 내 모습이 얼마나 추악한지를…… 나도 알아.

그렇게 아름답기를 바랐건만, 지금 자신은 누구보다 흉한 몰골을 하고 있었다.

"그래, 네가 누구보다 잘 알고 있잖아. 해국의 물고기는 그렇게 하면 죽어. 이대로 뒀다간 그녀가 죽을지도 몰라."

"그만해. 죽지 않아."

"네 손으로 그녀를 아프게 하지 마. 그녀는 공존의 밤에도 너만 걱정했었어. 네가 흑해궁을 떠나고 너를 기다리면서도 네 이야기만 하고, 네 이름만 나와도 웃음이 달라지던 사람이야."

"후우……."

크게 숨을 내쉰 태랑이 가슴을 부여잡았다.

나의 이름만 나와도 웃음이 달라지는 사람. 아프다……. 가슴이 아프다.

갑자기 억지로 묻어뒀던 기억과 감정들이 한꺼번에 터져 나왔다. 그래, 솔루는 그런 사람이었다. 심장을 가져야 한다는 욕심과 살아야 한다는 의지만을 앞세워 달려온 그는 그녀가 어떤 사람이었는지 잊고 있었다. 괴물로 변한 태랑에게 그 끔찍한 일을 당했으면서도 그녀는 돌아서지 않고 그를 버리지 않았다. 오히려 그를 걱정하고 찾으며 안아줬고 더 아파했다. 그녀가 더 울었다.

그런 사람에게 내가 무슨 짓을 했단 말인가.

"나, 잠시만."

태랑이 떨리는 손으로 힘겹게 찻잔을 들었다. 목구멍으로 차라도 흘려보내지 않으면 콱콱 비틀어대는 통증을 참기 어려울 것 같았다. 태랑의 안색이 변해갔지만 반유는 그에게 잠시의 시간을 주지 않았다.

"나는 그녀가 걱정된다. 그녀가 안타까워. 아, 오해는 마. 피를 나눠줬기 때문이겠지만 내 누이 같아서 그래. 나도 이러는데 넌 왜 나와 다른 거냐. 너도 나처럼 그녀에게 피를 줬잖아. 소중하지 않아? 나와 같은 마음 들지 않아? 너 솔직히 피를 나눠주기 전부터 그녀를 소중히 여겼던 거 아니었어?"

"……소중해. 너무 소중해서 아까워. 그래서 그래."

차를 마셔도 메이는 태랑의 목은 잠잠해지질 않았다. 떨리는 손에 힘을 줘도 멈추지를 않았다. 창백한 솔루 얼굴이 떠올랐고, 그를 바라보는 공허한 눈동자가 칼이 되어 그를 찔렀다.

"행여…… 잃을까 겁이 나고, 사라질까 두려웠다."

숨이 차올랐다. 목에서 느껴지던 통증이 가슴을 짓눌렀다.

"못난 놈."

반유가 고개를 저었다.

이제 와 이런 말로 태랑을 질책해봤자 무슨 소용이겠는가. 소중히 여기는 상대를 배려하고, 존중하는 법을 그가 조금이라도 배웠었다면 지금 달라졌으려나. 사랑도 받아본 사람이 줄 수도 있는 법이라고 알려줬던 아버지 말씀이 맞았다. 많은 이들이 태랑의 아름다움을 칭송했으나 그를 진정으로 사랑했던 이는 없었으니 어쩌면 태랑만의 잘못도 아닐 것이다. 게다가 난생처음으로 저리도 갖고 싶은 사람이 돌아섰으니, 그 사람을 잃을까에 대한 두려움도 크겠지.

그렇게 소중했으면 차라리 심장을 포기하지 그랬어. 그랬다면 그녀 마음도 그대로였을 테고, 너도 불안해하지 않으며 마음껏 사랑해줄 수 있었을 텐데.

아니다. 그래도 이건 아니다. 태랑의 삶에 대한 선택은 타인이 질책할 수 있는 부분이 아니었다.

태랑의 눈가가 붉어져 있었다. 거칠게 내쉬는 숨소리는 그가 지금 얼마나 아파하는지 보여줬다. 참고 있는 너도 힘들었겠다. 그녀를 꽉 쥐고 있어야만 하는 너도 참으로 괴롭겠다.

"그만 그녀에게 가봐."

"……."

"가서 방금 내게 했던 말, 그녀에게도 해줘."

태랑이 천천히 자리에서 일어섰다. 강인했던 그가 오늘처럼 약해 보인 적은 없었다. 금방이라도 허물어질 모래성처럼 불안하게 걸음을 옮겼다.

반유는 앞서가는 태랑의 뒷모습을 보며 생각했다.

나도 언젠가 누군가를 사랑하면 너처럼 되려나.

다행이었다. 그녀에 대한 제 마음이 저 정도는 아니어서. 그와 자신이 그녀를 두고 연적이 되지 않아서.

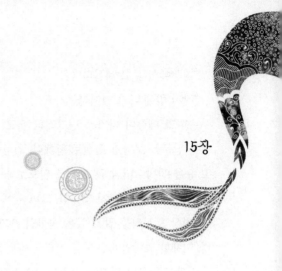

15장

태랑은 유난히도 맑은 햇볕이 내리쬐는 복도를 걸으며 창밖으로 보이는 파란 하늘을 응시했다. 쾌청한 하늘을 보고 있으니 문득 솔루와 청을 타고 하늘을 날았던 날이 떠올랐다. 그의 품에 매달려 그렇잖아도 큰 눈이 더 커져 해국을 구경하던 얼굴.

그때의 솔루는 태랑의 옷깃을 잡고 매달리며 그를 의지했었다. 온전히 세상에 의지할 상대가 그밖에 없는 것처럼 안겨 사랑스럽게 재잘거렸다.

그날 그녀의 얼굴이 지금 반짝이는 햇살과도 같았는데 이제 그런 모습을 볼 수가 없었다. 제 탓임을 알지만 자신이 없었다. 밀어내는 그녀를 자유롭게 살 수 있도록 해줄 수 있을까.

그는 자물쇠가 없어진 문을 열고 안으로 들어갔다. 복도 창문을 통해 들어오는 빛이 방문을 열자 안까지 스며들어 호롱불의 빛과는 비교할 수 없을 정도로 밝았다. 자리를 지키고 있던 송마와 매향이 갑작스런 태랑의 등장에 놀라며 허리를 숙였다.

"비는 어쩌고 있느냐."

"침상에서 쉬고 계십니다."

"잠시 밖에 나가 있어라."

송마와 매향이 나가자 덩그러니 홀로 서 있던 태랑은 나무판자로 막혀 있는 창문을 보다가 침실로 향했다. 침상에 걸터앉아 있던 솔루가 그를 보고 눈을 깜박이더니 곧 고개를 옆으로 돌렸다. 태랑은 예전처럼 그녀의 외면에 불같은 화가 일지 않았다. 그녀 옆에 앉자 두툼한 요가 아래로 푹 꺼졌다. 침상 모서리를 잡고 있는 솔루의 손가락 옆으로 태랑이 손을 내려놓았다. 미세한 까딱임에도 닿을 거리였지만 움직일 수 없었다.

가까이 있으나 다가갈 수 없는 먼 거리였다. 그녀가 살았던 세상과 그가 살던 세상의 거리처럼.

"솔루야."

"……."

"솔루야."

"……."

참 신기했다. 그저 그녀의 이름을 부르는 것인데 가슴이 아팠다. 떨렸다. 마치 누구에게도 말하지 못했던 비밀을 말하는 것처럼 그녀의 이름을 부르는 일이 조심스러웠다.

"대답 좀 해주지."

솔루가 침묵을 지키자 태랑의 부탁이 한숨과 섞여 나왔다. 그럼에도 그녀는 아랫입술을 지그시 깨물 뿐이었다.

"솔루야."

"……예."

마지못해 답하는 그녀.

"내가 싫으냐."

"……."

"내가 미우냐."

"……."

싫겠지. 밉겠지. 너를 이런 곳에서 살도록 만들었으니. 그래도 나는 네가 원하는 대로 해줄 수 없을 듯한데, 어쩌면 좋으냐.

그도 답답했다. 놓아줄 수 없는 마음은 날이 갈수록 확고해질 뿐이다.

"내가 싫어도, 미워도 지금…… 혹시 괜찮다면 한 번만 나를 안아줄 수 있겠느냐."

네 스스로.

네 작은 가슴으로.

네 따뜻했던 그 품으로 나를 한 번만 안아주면 좋으련만.

그러면 나의 이 불안감도 잠시 수그러들 것 같은데.

허나 그의 바람과 다르게 솔루는 고개를 돌리고 다른 곳만 보고 있었다.

"역시 싫은가 보구나."

씁쓸하게 웃던 그는 손을 들어 솔루의 머리를 쓰다듬으려다 주먹을 말아 쥐며 내렸다. 닿으면 바스라질 것만 같았다.

"네 뜻, 잘 알겠다."

"……."

"홍이를 불러주마."

그녀의 어깨가 아주 잠깐 들썩였다.

"창문도 열 수 있도록 할 테니…… 햇볕도 좀 쬐고…… 아프지 마라."

태랑이 자리에서 일어나 침실을 벗어날 때까지 솔루는 앉아만 있었다. 예전 같으면 '감사합니다, 태랑 님!' 하고 외쳤을 그녀인데 지금은 조용하기만 했다.

양손을 배에 올리고 몇 번이고 허리를 숙여 인사할 텐데.

다시 그 목소리를 들을 수 있을까. 인사를 하는 네 모습을 볼 수 있을까.

태랑은 왠지 밝은 목소리로 저를 부르는 그녀를 더는 볼 수 없을 것 같은 예감을 뒤로하고 방을 나섰다.

며칠 후, 괴물에게 딸려 보냈던 세작 물고기가 돌아왔다.

태랑은 급하게 기별을 넣어 설담과 반유, 비한과 연초, 하제까지 모두 모였다. 호기심 가득한 눈을 하고 태랑 앞을 오가는 물고기에만 모두의 시선을 쏠렸다.

"무얼 듣고 왔는지 전부 말하여라."

태랑이 검지를 들어 물고기를 건드렸다. 자세히 보지 않으면 알아보기도 힘들 만큼 작은 꼬리지느러미가 빠르게 파닥거렸다. 몇 바퀴 뱅글뱅글 돌고 나서 입을 뻐끔거리자 하얀 연기가 나오기 시작하면서 곧 소리를 냈다. 꾸물럭대는 괴물의 움직임 소리가 들렸고, 이동을 하는지 바람 소리도 들렸다. 곧이어 몇몇 사람의 소곤거림으로 바뀌더니 점점 또렷한 말소리가 나왔다. 그리고 숨죽이고 귀를 기울여 듣던 다섯 사람의 얼굴이 일순간 굳었다.

물고기 입을 통해 나오는 굵직한 음성. 그 음성에 가장 먼저 반응한 사람은 연초였다. 눈 하나 깜빡하지 못하고 가만히 듣고만 있던 그녀는 미동도 없이 멍한 얼굴로 멈춰 있었다. 굵직한 음성의 주인공은 다름 아닌 그녀의 오라버니, 양(洋)국의 왕이었던 것이다.

-이제 이만하면 된 듯하군.

투둑. 투둑. 무언가 차지고 묵직한 덩어리를 치는 소리였다. 약간의 끈적이는 소성도 들렸다. 아마도 양국의 왕이 괴물을 다독거리는 모양이었다. 연초는 제 오라버니가 맞는지 확인하기 위해 눈을 감고 집중했다.

-이 녀석이 이제는 해국의 왕들을 모두 붙잡아둘 수 있다는 말이지?

해국의 왕들을 붙잡아둔다? 명확한 목적을 가늠하기 어려웠다. 괴물은 단순히 우리를 붙잡아두기 위한 수단이었나. 연초는 머리를 굴렸다. 오라버니가 대체 왜?

-네. 헌데 비한 님께서 돌아오시는 바람에 어찌 될지 모르겠습니다.

곧이어 들리는 재상의 답.

-뭐, 크게 문제 될 건 없다. 그놈이 추가된다고 해도 연초는 빼내어오면 되고, 어차피 제일 골칫거리였던 태랑을 묶어둘 수 있는 방법은 따로 있으니, 다들 정신없는 사이에 일을 치르면 돼.

모두의 시선이 태랑에게 향했다. 뭔가를 알고 있냐고 묻는 눈빛이었지만, 그 역시 처음 듣는 이야기라 고개를 저었다.

-그동안 수고 많았다.

투둑. 투둑. 양국의 왕이 또 괴물을 다독였다.

-금방 그들과 다시 만날 게야. 그때는 돌아오지 말고 그들과 함께 생을 마감하여라.

그 말을 마지막으로 더 이상 물고기는 소리를 내지 않았다. 이 대화가 물고기가 들은 전부였다. 한동안 정적이 흐르고 각자 생각에 빠져 있었다.

"내, 내가 다녀올게!"

크게 외치는 그녀는 겉으로는 차분한 척했지만 많이 당황하고 있었다. 연루된 이가 제 오라버니일 줄은 꿈에도 몰랐다. 그가 해국을 공격할 준비를 하고 있었다니.

"연초야, 잠깐."

설담이 급하게 일어서려는 연초의 어깨를 눌렀다.

"이거 놔! 내가 가서 어떻게 된 건지 물어봐야지. 오라버니가 아닐 수도 있어. 이건 모함이야! 오라버니가…… 아니야. 뭔가 잘못된 거야!"

그녀는 흥분해서 얼굴이 벌겋게 달아오른 채로 펄쩍펄쩍 뛰었다.

"감정대로 풀어갈 문제가 아니야!"

"감정대로 풀어간다는 게 아니라 당사자에게 물어봐야 무슨 소리든 들을 거 아냐! 혹시 날 의심하는 건 아니지?"

"널 왜 의심해?"

"그럼 못 가게 하는 이유가 뭐야!"

설담과 연초의 언성이 높게 오갔다.

"너 의심하지 않아. 그만해."

비한이 나서서 제지하자 그제야 연초가 조용해졌다. 붉으락푸르락하던 그녀의 얼굴이 점차 원래대로 돌아오더니 금방이라도 울음을 터뜨릴 것처럼 변했다.

처음 들었을 때 오라버니의 목소리가 아니길 빌었다. 제발 잘못 들었기를. 다른 누군가가 오라버니 흉내 낸 것이길.

양국이 원래 해국과 사이가 좋지 않았다지만, 누이가 해국으로 시집까지 간 마당에 굳이 일을 이렇게 만들 이유가 없지 않은가. 게다가 그렇잖아도 아직 비한의 마음이 제게 없는데, 이 일로 영영 그와 멀어지면 어떡하나 염려되기 시작했다. 그의 마음이 이미 죽어버린 여인에게만 있다는 걸 연초도 잘 알고 있었다. 하지만 기다렸다. 기약이 없어도, 기다릴 수 있었다. 언제 어디서나 당당하고 용기가 넘치는 그녀였으나 비한에 관한 일에서만큼은 천생 여인이었다. 울지 않기 위해 이를 꽉 깨무는 그녀를 본 설담이 조용히 한숨을 쉬었다.

"우선 세작 물고기가 전해준 내용의 주인공이 우리의 예상과 맞다는 가정하에 이야기를 해보자. 연초, 정말 널 의심하지는 않아. 그래도 대비는 해야 하니까. 양국의 왕이 왜 해국을 침략하려는 걸까?"

태랑이 손가락 끝에 이마를 기대며 말했다.

"영토 확장이겠지. 다른 이유가 있겠어."

설담이 인상을 잔뜩 찌푸린 채로 답했다.

"사이가 좋지 않았던 건 사실이지만, 그간 잘 지내다가 느닷없이 왜 욕심이 생겼냐는 말이지. 전쟁은 본인들에게도 적잖은 손해를 초래할 텐데……. 양국의 왕, 그런 계산 정도는 하는 이가 아니었던가? 설사 예전부터 욕심이 있었다고 한들 제 누이를 이용할 파렴치한으로 보이지도 않고."

"그렇게 보이긴 하지만 속은 아무도 모르지. 뭐, 비한 때문일 수도 있지 않겠어? 어떤 오라버니가 제 누이를 독수공방하게 하는 놈을 좋아해. 이참에 저 녀석에 대한 불만을 터뜨린 건지도."

설담은 턱으로 비한을 가리켰다. 그렇게 진작 연초에게 관심을 주고 옆에 붙어살지.

쯧쯧, 혀를 차는 설담을 본 연초가 벌떡 일어섰다.

"여기서 우리가 아무리 논의하고 있어봤자 의미 없어. 내가 다녀올게. 가서 물어보고 올게."

"연초, 널 의심하지 않는다고 말했다. 하지만 양국의 왕은 의심이 되는 상황이야. 좀 전에 세작 물고기가 했던 말이 사실이라면 지금 네가 가는 건 옳지 않지. 네 오라비에게 너를 빼돌릴 수 있는 기회를 주는 거야."

태랑이 연초에게 앉으라는 손짓을 했지만 그녀는 서서 안절부절못하고 있었다.

비한과 눈도 마주치지 못하겠다. 없던 정마저 떨어져 저를 보지 않는다고 하면, 양국으로 가서 돌아오지 말라고 한다면 그땐 어떻게 해야 할지. 머릿속이 새하얘졌다.

그리고 그보다 더 큰일은 눈앞에 있는 이들이 죽을지도 모른다는 사실. 괴물에게 생을 마감해야 한다고 했던 말이 걸렸다. 친우들을 위험의 구덩이로 넣을 수 없었다. 게다가 그뿐만이 아니었다. 잘못하면 해국의 선한 백성들이 전쟁으로 삶의 터전과 가족을 잃고 고통 속에 살아갈 수도 있다. 그건 양국도 마찬가지였다. 분명 두 나라, 어느 한쪽도 득이 될 수 없을 것이다.

"괴물에게 금방 우리와 다시 만나게 되고, 그땐 우리와 생을 마감하라고 했으니 지체하면 안 돼. 의심하지 않는다고 했으니까 나를 믿어줘. 혹 오라버니가 나를 빼돌리기 위해 막는다면 내가 빠져나올게. 무슨 일이 있어도 돌아오겠어."

연초가 태랑을 설득했다. 같은 이유로 차례차례 반유와 설담을 봤지만 비한은 스치듯 지나쳤다. 차마 그가 어떻게 자신을 바라보고 있을지 마주할 자신이 없었다.

"무슨 일을 계획하고 있는지 알아 오고, 될 수 있으면 오라버니가 마음을 돌릴 수 있도록 할게. 응? 다녀올게. 이렇게 있다간 결국 당하고 말 거야."

간절히 애원하는 연초. 그때였다.

"보내주자."

비한이 나섰다.

"너를 온전히 믿어. 해서, 꼭 돌아오리라는 것도 믿어. 다녀와."

연초의 눈에서 참고 있었던 눈물이 흘러내렸다. 제 오라버니 때문에 놀라고 비한에게 눈치가 보여 잔뜩 긴장하고 있었는데, 믿는다는 비한의 말에 마음이 놓였다.

"한시도 늦출 수는 없어. 지금 바로 갈게."

태랑은 더 이상 말리지 않았고, 지켜보고 있던 나머지도 알았다는 듯이 고개를 끄덕였다. 그들의 뜻을 알아들은 연초가 기다렸다는 듯이 뛰쳐나갔다.

"그간 연초에게 미안해서 그런 거냐?"

설담이 옆에 있는 비한을 힐끔 보며 물었다.

"아니라고는 못 해. 하지만 그녀는 해국을 사랑하고 있다. 다른 건 몰라도 해국에 대한 연초의 마음만큼은 확실히 알고 있어. 자기가 뭐라도 하고 싶었을 거야. 이번 일에 양국의 왕이 연루가 되어 있으니 더더욱 그럴 테고."

"연초가 성과를 냈으면 좋겠네. 어쨌거나 연초를 믿는 건 믿는 거고, 우리도 손 놓고 있을 수만은 없지. 전쟁 준비를 시켜야 하나."

오래전에는 해국도 전쟁을 치렀지만, 언제인지도 모를 선대부터 평화로웠다. 그래도 언제 어떤 일이 일어날지 몰라 어느 정도 대비는 하고 있었으나 경험이 없어 어떻게 진행해야 할지 설담은 막막했다.

"섣부른 움직임은 도움이 안 돼."

태랑의 낮은 음성이 설담을 말렸다.

"왜? 급하잖아."

"괜히 우리가 먼저 나섰다가 연초의 일을 방해할 수도 있어. 우선 경계만 강화시키고, 비밀 무사들이 민첩하게 움직이며 동태를 살피도록 명령만 내리는 편이 좋을 거야."

"그래도 군대는 만들어둬야 하지 않아?"

"눈에 띄는 움직임은 자제해야지. 대신 언제든 해국의 무사들이 모일 수 있게 대기시켜. 혹 전쟁이 터지면 백성들은 모두 객사로 피할 수 있도록 하고."

산에 둘러싸여 있는 객사는 입구만 봉쇄하면 요새와 같았다. 규모가 거대했기 때문에 각 나라마다 있는 객사가 제 백성들을 수용할 수 있었다. 그리고 은밀히 움직이는 비밀 무사들을 둬서 위험 상황이 온다면 금방 알아차리게 될 것이다. 태랑은 앞으로 해야 할 일을 냉정하게 판단해 어떻게 움직여야 할지를 차근차근 설명했다.

"난데없이 이게 뭔 일인지."

설담이 제 머리를 거칠게 비비며 헝클어뜨렸다.

어째 계속 뭔가가 찜찜하고 불쾌하다 싶었다. 지금 돌아가는 모든 일이 그렇다. 가만히 있던 자해국 왕이 하필 이 시점에서 왕위 계승을 한다고 하지 않나, 태랑은 솔루를 방 안에 꽁꽁 숨겨두고 있지를 않나.

가만, 태랑? 별안간 떠올라 설담은 탁자를 내리쳤다.

"야, 태랑! 아까 양국의 왕이 한 말 중에 너를 묶어둘 방법이 따로 있다고 했어."

설담의 말에 태랑이 눈을 내리깔고 기억을 더듬었다.

'어차피 제일 골칫거리였던 태랑을 묶어둘 수 있는 방법은 따로 있으니.'

미간을 찌푸린 태랑의 눈빛이 날카롭게 빛났다.

"나도 그 말이 걸렸다."

이제껏 듣고만 있던 반유가 조용히 내뱉었다.

"우리 중에 싸움을 제일 잘하는 태랑이 양국의 왕에게는 가장 까다로운 상대였겠지. 태랑이 있으면 괴물과 싸우는 시간이 줄어들 테니까. 그래서 따로 태랑에게만 다른 방법을 쓰려는 것 같아."

반유는 처음 그 말을 듣는 순간부터 머리를 굴렸다. 과연 태랑을 묶어둘 수 있는 게 뭘까. 도무지 답이 나오지 않는다.

"나를 묶어둘 수 있는 것이 뭐가 있겠어. 양국의 왕이 날 가벼이 본 거지."

태랑은 몸을 옆으로 돌렸다. 정자의 난간에 팔을 올려 기대고, 풀밭 위에 누워 있는 청과 그 곁을 노니는 물고기 떼에 시선을 고정했다.

이렇게 평화로운데 전쟁이 일어날까. 한 번도 겪어보지 못한 일이라 그런지 실감하기 어려웠다. 긴장은 되지만 두렵지는 않았다. 태랑은 양국의 왕이 저를 가벼이 보고 있는 것이 아니라, 반대로 그가 양국의 왕을 가벼이 보고 있으리란 생각을 못 했다.

"홍아! 간지러워!"

솔루의 웃음소리가 문밖까지 들렸다. 모두와 헤어지고 돌아온 태랑이 그녀의 웃음소리를 들으며 방 안으로 들어갔다. 하지만 문이 열리는 찰나, 솔루의 웃음이 뚝 끊겼다. 그녀는 눈길을 돌리며 홍이의 지느러미를 쓰다듬었고, 함께 있던 송마와 매향은 얼른 밖으로 자리를 피했다.

지난 며칠간 솔루의 시중을 들며 알게 된 것이었다. 태랑은 그들에게 마주칠 일이 없을 거라고 했지만 그가 시시때때로 솔루를 찾아오는 통에 자리를 알아서 피해줘야 했다.

늘 그랬듯이 솔루와 태랑, 두 사람만 남은 공간은 한참 동안 적막을 유지했다. 매일 함께 식사를 하고, 같은 침상에서 잠에 들지만 둘 사이에 흐르는 적막은 항상 그대로였다. 그리고 또 늘 그랬듯이 그 적막한 시간이 지나면 태랑 혼자서 떠들었다.

"세작 물고기가 돌아왔다."

솔루가 눈을 굴리며 관심을 드러냈다. 태랑이 말해도 바닥만 보고 있던 그녀였는데.

"그동안 괴물을 보냈던 자가 누군지 알게 됐지."

눈이 커지는 그녀를 보며 태랑이 피식 웃었다.

"이건 궁금한가 보구나."

"……"

"연초의 오라비, 양국의 왕이다. 전쟁을 일으키고 싶은가 봐."

그녀의 표정이 어두워졌다.

"혹 나를 걱정하는 게냐?"

"……"

"전쟁이 나면 내가 나서는 건 당연한 일이니라. 네가 걱정해준다면 참 좋을 텐데 말이다."

"해국을 걱정하는 겁니다. 전쟁이 나면 모두가 위험하지 않습니까."

오랜만에 솔루가 태랑에게 답했다. 언제나 침묵으로 일관했었는데 전쟁만큼은 그녀에게도 중요한 사안이었다.

"녀석, 거짓이라도 내가 걱정된다 해주지."

"……."

"솔루야, 내게도 홍이에게 하듯 웃어주면 안 되겠느냐."

"태랑 님은 홍이가 아니십니다."

태랑은 저가 홍이보다 못한 존재라는 말 같아 기분이 언짢아졌다. 하지만 이제는 이런 말도 들어줄 만하다.

"내가 저 물고기와 많이 다르더냐."

"홍이는…… 제게 바라는 것 없이 곁에 있어줍니다."

차갑기도 하지. 솔루의 말속에 박혀 있는 뜻을 잘 알고 있는 태랑은 씁쓸했다. 그는 그녀에게 심장을 원했기 때문에 곁에 있어줬다는 말이었다.

"허나 홍이에게 너는 절대적인 존재는 아닌 듯하구나. 홍이를 찾으러 갔던 이가 너 없이도 잘 놀고 있다고 그러더라."

"그건 모르죠. 그렇게 보여도 절 찾았을 수도 있습니다. 홍이가 비록 말은 못하지만 누구도 홍이의 마음은 모르는 겁니다."

"그래? 그럼, 나는?"

"제게 무얼 확인하고 싶으세요."

"말하지 못하는 홍이의 마음은 알면서 왜 내 마음은 몰라주느냐. 나는 네게 내 마음을 말했었다. 내게는 너뿐이라고. 내게는 너밖에 없다고."

분명히 전했었다. 몇 번이나 말했었다. 헌데, 너는 왜 이다지도 내 마음은 몰라주는 것이냐.

"그건 심장 때문이지 않았습니까! 제가 아무리 아둔하다 하나 아직도 태랑 님께 속아 넘어가는 바보로 보이십니까!"

솔루가 버럭 소리를 질렀다. 태랑은 그녀의 답에 가슴이 답답해지고 죄여왔다.

"저를 단 한 번도 마음에 품으신 적이 없다 하셨습니다. 그런 분이 하는

'너밖에 없다.'라는 고백은······!"

그녀가 입술을 잘근잘근 깨물더니 휙 돌아서서 침실로 들어가려 했다.

"너를 아꼈다."

가슴에서 토해지는 말이었다.

"당연히 그러셨겠지요. 태랑 님께 심장을 바칠 저였으니까요."

"아니야. 그것만은 진심이었다. 그래, 네 말대로 그때는 아니라고 하자. 하지만 지금은 진심이다. 너를 아낀다."

"······아끼는 이를 이리 가둬놓으십니까? 자물쇠를 풀고, 홍이를 데려와 주고, 창문을 열 수 있도록 해주셨다 하여 달라질 줄 아셨습니까?"

태랑의 입장에서는 최대한의 배려였다. 허나 멀어지려고만 하는 그녀가 도망이라도 갈 듯하여 자물쇠는 없앴지만 밖에서 지키는 이를 뒀다. 홍이도 그녀를 붙잡고 있기 위한 도구였다. 홍이 때문에라도 그의 말을 듣고, 곁에 머무르리라 여겼다.

"소중해서 그랬느니라. 너를 잃을까 두려워서."

솔루가 실소를 금치 못했다. 그녀는 태랑이 어떤 말을 해도 믿지 않을 것이다. 수십 번이고 진심을 말해도 끝내 '심장이 필요했기 때문.'이라는 결론이 날 것이다. 태랑은 갑자기 급해졌다. 이대로는 영영 그녀가 저를 보지 않을 거란 불안함이 밀려왔다.

"어찌하면 내 마음을 믿겠느냐."

솔루가 돌아서서 걸었다. 차가운 눈동자는 변하지 않았지만 오랜만에 그녀가 스스로 태랑에게 다가오고 있었다.

"제게 정말 태랑 님의 진심을 보이고 싶으십니까."

"무엇이든 말만 해라. 전에도 얘기했었다. 네가 원하는 건 다 들어주겠노라고."

방 밖으로 나갈 수 있게 해달라면 해주겠다. 내키지는 않지만 객사에서 지낼 수 있도록 해달라면 그것도 해주겠다. 네가 내 진심만 알아준다면, 너를 향한 내 마음만 알아준다면 다 해주겠다.

그러니 너도 제발 예전으로 돌아와주면 안 되겠느냐.

"그럼."

그녀가 숨을 크게 들이마시더니 한 박자 쉬었다.

"이제 그만 저를 놓아주세요."

"……?"

태랑의 미간에 세로로 주름이 파였다.

제대로 들은 것이 맞나.

고개를 갸웃하는 그에게 솔루가 다시 한 번 원하는 바를 알렸다.

"놓아주세요. 힘이 듭니다."

선고를 하듯 또박또박 내뱉는 말에 그가 천천히 눈은 감았다 뜨며 주먹을 말아 쥐었다. 갑자기 귓가에서 웅웅대는 소리가 들리고, 들이마시는 숨이 거칠게 그의 목구멍을 긁어 내렸다.

"안에서만 지내려니 답답해서 그러는 것이냐."

목소리가 갈려져 나온다.

"저도 그런 줄로 알았습니다. 헌데 태랑 님을 볼 때마다…… 괴로워요."

머리를 쓰다듬어주던 손길.

귓가에 속삭이던 낮은 음성.

그녀를 바라보던 푸른 눈동자.

넓고 따뜻했던 품.

그녀에게 보여줬던 그의 모든 것은 거짓이었다. 심장을 갖기 위한 연극이었다. 잊어보려, 기억하지 않으려 노력을 해도 태랑의 얼굴을 보게 되면 되살아났다.

"태랑 님을 좋아했습니다."

"알고 있다."

"사랑했습니다. 해서 제가 죽을 수 있었음에도 심장을 드리기로 한 것입니다. 저에 대한 태랑 님의 마음을 알면서도 그랬습니다. 제 마음이 변하지 않을 줄 알았어요. 시간이 흘러도 태랑 님을 사랑할 줄 알았습니다. 헌데 지금은 제가 힘들어 못 견디겠습니다. 태랑 님께서 제 심장을 가져가셔서일까요? 저만 보입니다. 제 아픔밖에 보이지 않습니다. 그러니 놓아주세요."

"너 지금……."

"할 수만 있다면 해국을 떠나 제집으로 돌아가고 싶습니다."

솔루는 단호했다. 그녀의 말 한마디, 한마디가 태랑을 잘라내고 있었다. 공기의 흐름이 멈추는 것을 느낀 그는 멍해지는 머리를 한 손으로 짚으며 정신을 차리기 위해 애썼다.

"허나 갈 수 없다는 건 저도 알고 있습니다."

절망에 가득 찬 한숨이 쏟아졌다. 그녀의 한숨에도 자상(刺傷)을 입는 것처럼 가슴이 서걱서걱 베인다.

"견뎌주면 안 되겠느냐."

"……."

"아니, 견뎌라."

가슴에서 일어나는 통증을 겨우 꾹꾹 누르며 태랑이 말했다. 그녀를 어떻게 놓을 수 있겠는가. 그녀가 없는 텅 빈 백해궁을 떠올리는 것만으로도 가슴이 쿵쿵 울려댄다.

"당분간 객사에서 지내도록 해."

"그나마 숨통이 좀 트이겠군요."

솔루가 허탈한 웃음을 지으며 태랑을 바라보다 돌아섰다. 그는 그녀가 돌아설 때마다 붙잡고 싶었던 어깨를 오늘도 잡지 못했다.

솔루야, 나를 보기가 힘들다고 했더냐.

나도 힘들구나.

네 등을 보는 것이.

그는 가슴에서 이는 아린 바람을 잠재울 길이 없어 그저 가만히 서 있었다.

일주일 뒤, 금작의 궁.

금작은 의뢰인을 향해 미소를 머금었다. 지난번에는 준비를 하고 있으라는 말만 하수인을 통해 전하더니 오늘은 직접 찾아왔다.

때가 왔구나. 오늘은 왜 그가 태랑을 노리고 있는지 기필코 물어보리라.

"드디어 날이 잡힌 모양이로군요."

금작이 의뢰인의 눈치를 보며 찻잔에 차를 따르자 그가 고개를 끄덕였다.

"네. 저쪽에도 말해두었으니 금작은 맡은 일만 처리해주세요."

"물론이죠. 그간 준비하시는 일에 조금이라도 방해가 될까 묻지 않았습니다만, 저쪽이 어딘지 말씀해주실 수 있습니까?"

짐작이 가는 상대가 있기는 했으나 섣불리 넘겨짚을 수 없어 물었다. 이왕이면 알고 있는 편이 나쁘지도 않을 것 같고.

"다 알고 있으면서 왜 물으십니까?"

환하게 웃으며 찻잔을 드는 의뢰인. 그의 눈이 가늘어졌다.

"하하! 확인 차원이라고 해두겠습니다."

큰 소리로 내는 웃음과 달리 금작은 속으로 앞에 앉은 어린 의뢰인에게 당황했다.

이 녀석은 독심술도 하는 건가.

눈동자를 굴리며 의뢰인의 얼굴을 살피던 금작은 그와 눈이 마주쳤다. 그러자 의뢰인이 눈웃음을 지었다.

"저를 그리 탐색하지 마십시오."

"이런. 하하하!"

금작이 또 한 번 어색하게 웃음소리를 냈다. 저보다 어린 사내 녀석인데 속은 세상사 다 통달한 노인네였다. 속내를 감추는 데 자신 있는 금작이었으나 어찌 된 일인지 의뢰인 앞에서만은 들통이 났다.

"자, 그럼 금작, 앞으로 저를 도울 일이 한 번 남았습니다. 마지막으로 만나는 자리니 말씀해보세요. 내게 원하는 건 무엇입니까?"

처음에 의뢰인은 자신을 도우면 금작이 원하는 것을 주겠노라는 거래를 제안했었다. 금작에게 원하는 것을 주겠다는 의뢰인의 제안은 흥미롭지 않았다. 대신 그가 바라는 도움의 내용이 금작의 구미를 당겨 여기까지 오도록 만들었다.

"처음에도 말씀드렸듯이 원하는 건 없습니다. 어차피 저는 세상의 것을 모두 취할 수 있으니까요. 그저 끝까지 이 즐거움을 만끽할 수 있도록 허락해주십시오."

목숨을 걸고 가야 하는 뭍의 인간계도 다닐 수 있는 창국의 대부호였다. 금작은 갖고 싶은 게 생기면 시간이 다소 걸릴지언정 못 갖는 것이 없었다. 그런 그가 특별히 의뢰인에게서 원할 것이 있겠는가.

"아차!"

무릎을 탁 치는 금작.

"하나 가질 수 없는 것이 있군요."

"그것이 무엇입니까?"

눈을 동그랗게 뜨며 의뢰인이 물었다.

"솔. 루."

한 음절씩 끊어서 말하는 금작을 보던 의뢰인이 손으로 입술을 가리며 웃었다.

"어디가 마음에 듭니까? 제가 보기엔 그녀보다 아름다운 여인들이 훨씬 많습니다. 특히 해국의 인어들은 더할 나위 없잖습니까. 고작 뭍에서 온 인간이라뇨. 혹시 태랑 님의 여인이라 탐이 나는 건가요?"

"뭐, 태랑 님의 여인이라는 것보단……."

금작이 탁자 위에 팔을 올리며 턱을 기댔다.

"나름 귀여운 맛이 있죠. 그리고 유일하게 저를 거절한 여인입니다. 신기하지 않습니까."

솔루는 풀어놓고 구경하기 좋은 해마(海馬) 같았다. 아마 날개가 있었으면 해룡 같기도 했을 것이다. 보고 있노라면 즐거울 뿐, 그 외에 다른 감정은 전혀 없었다.

"원한다면 금작이 그녀를 가지세요."

"아뇨, 됐습니다."

금작이 손사래를 쳤다. 예전의 통통 튀던 솔루라면 모를까 지금은 싫다. 세작 물고기인 첩어(諜魚)를 통해 들었던 그녀는 변해 있었다. 굳이 보지 않아도 어떤 얼굴을 하고 있을지 눈에 훤하다. 변한 그녀를 데리고 있어봤자 골치만 아플 게 뻔했다.

"가질 마음이 없다면 제가 청했던 대로 처리해주면 됩니다. 금작이 해줄 일은 거기까지입니다. 우리 사이의 일은 영원히 비밀에 부쳐야 하고요."

의뢰인의 말에 금작은 낮게 웃으며 고개를 끄덕였다.

앞으로 해국에서 벌어질 일을 누가 추측이나 하고 있을까. 과연 태랑이 어찌 변할지 궁금했다. 그리고 해국에 몰아닥치는 이 폭풍이 어떤 결과를 가져올지도 궁금했다. 그는 무료해서 세상의 온갖 진귀한 것들만 모으고 다녔는데 당분간은 이 재미난 구경에만 집중하리라 마음먹었다.

"왜 태랑 님으로 정하셨는지 물어도 되겠습니까."

언제쯤 물어볼까 기다리던 금작이 의뢰인에게 조심스럽게 질문을 던졌다.

"특별한 이유는 없습니다. 그래도 꼭 찾자면…… 가장 외롭고 마음이 비어 있는 분이잖아요?"

"……."

"헌데 또 그만큼 강하죠. 그런 분은 무너지기가 쉽습니다."

금작의 얼굴이 살짝 찌푸려졌다. 어째 듣고 있기가 영 불편했다.

"하지만 그건 아주 작은 이유에 불과합니다. 가장 큰 까닭은 시기적으로 맞아떨어져서입니다."

"네, 알아서 하셨겠죠. 자, 그래서 날짜는 언제입니까."

금작의 질문에 의뢰인이 빙그레 웃었다.

"자해국의 왕위 계승식 날입니다."

"자해국의…… 왕위 계승식 날?"

"그날은."

일순간 의뢰인의 표정이 굳어지더니 차가워졌다.

"자해국이 다른 나라를 차지해 둘이 되는 날입니다. 하여, 자해국의 왕도 둘이 될 것입니다."

의뢰인의 손가락 두 개가 펴졌다. 금작은 등줄기를 타고 도는 소름에 몸을 떨었다. 한기가 느껴지는 목덜미를 손으로 쓸어내렸다.

자해국이 둘이 된다라……. 멍하니 있던 금작이 고개를 절레절레 흔들며 실소를 터뜨렸다.

목적이 이거였단 말인가. 문득 그는 이 일이 끼어든 것이 잘한 건지 다시 한 번 깊은 생각에 잠겼다. 이제 와 빠질 수도 없는 노릇이었지만 꺼림칙한 기분에서 빠져나올 수가 없었다.

그 시각, 백해궁의 궁에서는 설담, 하제가 태랑과 함께 술잔을 기울였다. 태랑은 솔루 때문에, 하제는 곧 다가올 왕위 계승식 때문에 머리가 복잡했다. 둘 사이에 있는 설담만이 좌우에 앉아 있는 친우들의 눈치를 살피느라 정신이 없었다.

"하제, 왕위 계승식 준비는 잘돼가고 있어?"

고민 끝에 설담이 슬쩍 하제에게 물었다. 아마도 하제 머릿속에서는 전쟁이 나고 있을 것이다. 아무리 사랑하는 동생이라지만 엄연히 왕위를 물려받을 왕자는 그가 되어야 했다.

"잘하고들 있겠지."

"……괜찮냐?"

"괜찮지 않으면 어쩌겠어."

말과 달리 하제의 마음은 처참했다. 어릴 적부터 아버지의 사랑이 온통 동생인 현제에게 몰려 있었다. 이런 때가 언젠가 오리라 생각했지만 막상 다가오니 상상했던 것보다 훨씬 견디기가 어려웠다. 그는 아버지에게 안겨 있는 현제를 보며 끊임없이 스스로 물었었다.

내가 무얼 잘못했을까.

얼마나 큰 잘못을 했기에 아버지는 나를 보려고도 하지 않으실까.

나는 왜 단 한 번도 아버지의 품에 안길 수가 없는 것일까.

수백, 수천 번도 넘게 물었으나 해답을 찾을 수는 없었다. 그저 현실에 순응하고 사는 편이 차라리 편하리라 여기며 모르는 척, 안 보는 척하고 살아왔다.

현제가 즉위하는 모습을 진정으로 축하해줄 수 있으려나.

속 좁은 형이 되고 싶지 않은데, 이건 왕이 되고 말고의 문제만 있는 것은 아니었다. 그간 자해국 왕이 첫째 왕자인 하제를 인정하지 않는다는 소문이 사실임을 입증하는 자리가 되고 만다. 누가 하제의 마음을 이해할 수 있을까. 가까이 지내는 친우들이라 할지라도 이미 왕의 자리에 올라 있는 그들이 이해하기는 어려울 것이다.

잠시간 세 사람의 사이에 침묵이 흘렀다. 조용히 술잔이 비워지고 채워지는 소리만이 방 안을 울렸고, 간간이 설담이 안주 삼아 흥얼거리는 노랫소리가 들려왔다.

사랑을 속삭이던 그 음성은 달콤한 거짓말.
부드러운 손길은 어둠의 유혹.
믿지 마라, 여인아.
믿지 마라, 여인아.
찢기고 아파와도 내 마음은 그만을 향하네.
흘러내린 눈물은 강처럼 넘쳐.
사랑하네, 그이를.
사랑하네, 그이를.

예로부터 내려오는 해국의 노래. 왕에게 심장을 빼앗기는 여인을 위한 노래였다. 설담의 노래를 듣고 있자니 태랑은 솔루에 대한 궁금증을 참기가 어려웠다. 객사에서 지내는 그녀에 대해 묻지 않으려 했건만 알고 싶은 것 투성이였다.

밥은 잘 먹는지, 잠은 잘 자는지, 마음 편히 지내는지, 잘 웃고 잘 떠드는지, 행여…… 조금이라도 저를 그리워하는 기색은 없는지.

"나의 비는 잘 지내고 있나?"

창밖 너머로 어딘지 모를 곳을 바라보며 태랑이 물었다.

나의 비, 솔루. 그녀의 이름을 꺼내는 것만으로도 가슴이 시큰거려 한숨이 저절로 나왔다.

그녀가 객사로 떠난 지 하루도 채 되지 않아 보고 싶었다. 그러나 차마 가까이 볼 수 없어 멀리서 바라만 봤다. 태랑의 곁에 있을 때보다 좋아 보였지만 나설 수가 없었다. 저를 보는 그녀의 차가운 눈빛을, 목소리에 담긴 냉랭함을, 돌아서는 그 등을 보는 것이 겁이 났다. 그랬다간 자신이 또다시 그녀를 궁으로 데리고 와 어디도 가지 못하고 저만 볼 수 있게 만들까 봐 두려웠다.

"객사에서 일하는 이들과 서로 안면이 있는 데다가 백해국의 비께서 워낙 붙임성이 좋아 잘 지내고 계신다."

설담이 손을 뻗어 걱정 말라며 태랑의 어깨를 두드렸다.

"잘 지낸다니 다행이군."

다행이라 했지만 한편으론 섭섭했다. 태랑은 그녀가 저 없이 지내는 것이 힘들기를 바랐다.

헌데 잘 지내고 있다니. 그녀의 삶에 나는 없어져야만 하는 존재인가. 앞으로도 영영 그래야 하는 걸까.

그는 고개를 살며시 흔들며 떠오르는 생각을 비워냈다.

"너무 오래 두지는 마라. 모양새가 좋지 않아."

설담이 태랑을 힐끗 보며 말했다. 두 사람을 보고 있기가 위태롭고 안쓰러웠다. 혼례를 치른 지 얼마 지나지도 않아서 별거(別居)를 한다면 세간(世間)의 소문에 단골 주제가 되기에 충분했다.

"알고 있다. 그래도 있는 동안은 잘 부탁해."

"그래. 너라고 그러고 싶겠냐."

네가 그녀를 곁에 둘 수 있는 길이 이것밖에 없어서 그럴 테지. 설담은 목까지 차오른 말을 삼켰다. 사실 그녀는 예전 같지 않았다. 겉으로는 달라진 신분에 관여하지 않고 객사에서 일하는 이들과 스스럼없이 지내며 재잘대고 잘 웃었다. 단지, 그녀의 웃음이 이상하리만치 허탈했고, 재잘대는 목소리가 묘하게 이질적이었다.

설담에게 심장을 줬던 여인보다는 제법 잘 견디고 있는 것처럼 느껴졌지만, 그녀의 마음까지 볼 수 없었다. 제 여인이 그랬던 것처럼 무언가가 잘못

되어가고 있었다. 허나 자신과 달리 사랑에 눈뜨기 시작한 태랑은 솔루를 보내주지 않을 것이 자명했다.

그가 지난날 그녀 없이 잘 버티며 살아왔어도 이제는 달라졌다. 특히 공존의 밤은 더욱 그랬다. 심장을 갖게 됐지만 태랑이 한 달에 한 번 겪는 공존의 밤은 여전했고, 그 괴로운 밤을 보내고 오면 예전처럼 위로해줬던 솔루는 없었다. 하지만 그를 받아줬던 그녀의 존재만으로도 태랑은 더 수월하게 버텼다. 이런 상황에서 태랑이 솔루를 어떻게 보낼 수 있겠는가. 그는 지금 언젠가 그녀가 다시 받아줄 거라 믿으며 시간이 흐르기만을 기다리는 중이었다.

자해국 왕위 계승식 날.

초대받은 태랑은 나갈 채비를 하고 있었다. 백해국의 왕으로 화려하게 차려입은 그는 어느 때보다 빛이 났지만 표정은 어두웠다. 함께 초대받은 솔루를 데리고 가고 싶었으나 말을 꺼냈다간 보기 좋게 거절당할 듯싶어 관뒀다.

후원에서 기다리고 있는 청을 타고 자해국으로 향하자 그 뒤를 파고가 따랐다. 자해국의 기운이 강한 날이니만큼 하늘은 온통 진한 자줏빛으로 물들어 있었다. 구름 한 점 없이 타오르는 빛깔의 하늘 위로 나는 해룡의 긴 꼬리가 그림을 그렸고, 해국의 물고기들이 자해궁 주위를 감싸고 있었다.

한 나라의 왕위 계승식답게 웅장했고 근엄하게 진행됐다. 수많은 사람들로 가득 채워진 궁이었지만 모두 일사불란하게 움직이며 엄숙함을 유지했다.

딱. 딱. 딱.

악공이 의식의 순서를 알리며 두드리는 악기 소리만 조용히 울려 퍼졌다. 긴 시간 동안 이어진 왕위 계승식을 마치자 초대받은 이들이 현제에게 축하의 인사를 건넸다. 해국의 왕들부터 차례차례 인사를 했고 설담 다음으로 태랑이 인사를 하려던 때였다.

"태랑 님!"

파고의 다급한 목소리가 들려왔다.

"이 무슨 무례한 짓이더냐!"

좀처럼 언성을 높이지 않는 태랑이 꾸짖자 모두의 눈이 그들에게 쏠렸다.

"괴물이 나타났습니다! 헌데 하필 백해국의 객사에……."

끝까지 말을 잇지 못하는 파고를 보는 태랑의 얼굴에서 핏기가 가시고 있었다.

"객사에?"

되묻는 태랑의 목소리가 떨렸다.

객사에 솔루가 머물고 있다. 지금까지 괴물이 백성들의 목숨을 위협할 만큼 해를 끼친 적은 없었으나, 첩어를 통해 들었던 양국 왕의 마지막 말이 태랑의 머릿속을 스쳤다.

'금방 그들과 다시 만날 게야. 그때는 돌아오지 말고 그들과 함께 생을 마감하여라.'

괴물에게 그곳에서 생을 마감하라는 명은 죽을 때까지 싸우라는 뜻이었다. 그러다 보면 객사에서 일하는 이들은 물론이고 솔루도 위험을 피해갈 수 없으리라. 그런데 하필 그날이 오늘일 줄은 몰랐다.

모두가 왕위 계승식을 축하하기 위해 한곳에 모인 이때를 노리다니.

그런데 왜 하필이면 백해궁의 객사일까.

태랑은 재빨리 현제에게 하던 인사를 마무리 지었다.

"진심으로 감축드립니다. 방금 들으셨겠지만 아무래도 저는 이만 가봐야겠습니다."

평소에 현제와 편하게 말을 하는 사이였으나 날이 날이니만큼 예를 갖췄다.

"네, 네, 어서 가보셔야지요. 해국의 일이니 저도 가야 하는데, 아시다시피 제가 해룡을 잘 다룰 줄 몰라서……."

"괜찮습니다. 일정을 마무리하십시오."

"형님은 계셔야 하니 어쩔 수 없고, 다른 분들도 가셔야 하지 않겠습니까. 저는 개의치 마시고 속히 가십시오. 도와드릴 수 없어 죄송할 따름입니다."

돌아서는 태랑의 등 뒤로 현제가 하는 말이 들려왔고, 설담과 반유, 비한도 서둘렀다. 성큼성큼 내딛던 태랑의 다리가 점점 빨라지더니 이내 달리기 시작했다.

청을 불렀지만 자해궁 안은 사람들로 가득 차서 착지할 장소가 마땅치 않았다. 두근두근 울리던 심장은 태랑이 달리는 속도보다 더 빠르게 뛰었다.

벌써 괴물이 객사를 공격했으면 어찌한단 말인가. 겁에 질린 눈으로 울고 있는 솔루를 떠올리자 미칠 것만 같았다. 겨우 자해궁을 벗어났지만 역시 청이 착지할 만한 장소가 없었다. 청도 태랑의 애가 타는 마음을 알았는지 날카롭고 긴 울음소리를 내며 하늘 위를 맴돌았다.

산의 끝자락에 위치한 자해궁은 수많은 좁은 계단들로 이루어져 궁 안이 아닌 이상 공터를 찾기 어려웠다. 그는 달리면서 장소를 물색했다. 도저히 청이 착지할 만한 장소가 나올 기색이 보이지 않자 다른 방법을 찾았다.

저기면 되겠다! 태랑은 가파른 절벽을 발견하고 곧장 그곳을 향해 내달렸다. 뒤따라오던 설담이 그의 계획을 눈치채고 소리를 질렀다.

"태랑! 위험해!"

허나 태랑은 더 이상 앞뒤를 잴 여유가 없었다. 오로지 솔루가 있는 객사에 가야 한다는 생각만이 그를 지배했다.

타다다. 탁! 전속력으로 달려가 천길만길의 아득한 절벽을 향해 몸을 던졌다. 협곡 사이에서 불어오는 바람이 태랑을 감싸고 은빛 머리카락이 날리며 얼굴을 덮었다. 그의 몸이 뿌연 안개를 가르며 아래로, 아래로 끝없이 낙하했다.

그때였다.

"청!"

태랑이 청을 불렀다. 그 순간 하늘 위를 날던 청이 날개를 접고 그를 향해 급속도로 하강했다. 금방이라도 저 아래로 내동댕이쳐질 것처럼 보였다.

퍼드득. 착! 태랑보다 더 낮게 떨어진 청이 날개를 펼쳐 떨어지는 그를 받아내더니 단숨에 하늘로 날아올랐다.

"잘했어. 전속력으로 부탁한다."

몸을 낮춘 태랑이 청의 목덜미를 쓸며 말했다. 그의 눈이 섬뜩하게 빛났다. 아무리 연초의 오라버니라 하나 만약 솔루에게 무슨 일이 생긴다면 가만두지 않겠다.

"꺄아아악!"

객사는 무차별적으로 공격하는 괴물 때문에 진작 난장판이 되어 있었다. 곳곳에서 들리는 비명이 지금 어떤 상황인지를 여실히 보여줬다. 벽이 허물어지고 천장이 내려앉았다. 여기저기 찢겨나간 객사는 너덜너덜해진 천을 떠올리게 할 정도로 엉망이었다. 다들 피할 곳을 찾아 뛰어다니며 몸을 숨기기 위해 정신없었다.

솔루도 홍이를 안고 숨을 곳을 찾았지만 쉽지 않았다. 처음에는 가희가 솔루와 함께 움직였으나 어느 순간 떨어지고 말았다. 그 뒤, 괴물은 솔루가 지나가는 자리를 놓치지 않고 굵직한 바늘을 쏘아댔다. 헉헉대는 숨이 턱밑까지 차올라 멈추고 싶었으나 그럴 수 없었다.

팟! 바늘 하나가 도망가는 솔루의 겉옷을 스쳤다. 옷만 찢겨지고 상처는 입지 않았으나 언제 바늘이 그녀의 몸을 관통할지 모르는 일이었다.

빨리 숨어야 하는데…….

밖으로 나가봤자 넓은 풀밭뿐인지라 객사의 좁은 공간에라도 몸을 구겨 넣고 있는 편이 나을 것 같았다. 숨을 곳을 찾던 솔루는 아직 무너지지 않은 계단을 발견했다. 달려가 계단 밑으로 들어가려 하는 찰나, 누군가가 그녀의 이름을 부르며 팔을 붙잡았다.

"솔루!"

"어? 금작 님?"

"빨리 날 따라와. 태랑 님께서 어서 피신시키라고 명하셨다."

금작이 얼굴이 굳어 있었다. 상황이 상황이니만큼 그럴 수밖에 없다는 걸 아는데 이상하게 그가 낯설었다. 게다가 어렴풋이 떠오른 기억에는 태랑이 금작에게 좋은 감정이 없는 듯했다.

그런 그가 왜 금작에게 저를 부탁했단 말인가.

왠지 뭔가 확실치 않아 금작이 거북했다. 솔루는 그에게 잡힌 팔을 비틀었다.

"아니에요. 우선 이곳에 숨어 있으면 됩니다."

"모르겠느냐? 괴물은 너를 찾아 공격하고 있어. 네가 이곳에 계속 있으면 객사의 피해가 더 커진다."

"아……."

그랬다. 괴물이 많은 다리를 이용해 쉴 새 없이 객사의 어디에나 바늘을 쏘긴 했지만 항상 솔루를 향해 있었다.

"왜 저에게……."

괴물이 무엇 때문에 자신을 공격하는 걸까.

"그건 나도 모르지. 어서 가자. 지금 태랑 님과 해국의 왕들이 오고 계시니 금방 정리가 될 것이다. 그때까지 내게 널 부탁하셨어."

"예, 알겠습니다."

저 때문에 더 이상 객사에 피해를 줄 수 없었다. 솔루는 만약 정말로 괴물이 자신을 찾아 이런 일을 벌였다면 조금이라도 빨리 여기를 벗어나는 것이 도움이 되겠다고 판단했다. 금작에게 느껴지는 개운치 않은 기분은 순전히 위급한 상황 때문이라 여겼다.

"잘 따라와."

금작이 팔로 솔루의 어깨를 감싸며 안았다.

"물고기는 놔줘. 그 녀석은 알아서 제 목숨 정도는 부지할 수 있다."

그녀가 안고 있는 홍이를 본 그가 말했다.

"여기는 너무 위험합니다. 객사를 벗어나면 그리할게요."

고개를 끄덕인 금작이 몸을 숙이고 솔루를 이끌었다.

파밧! 쏟아지는 바늘이 그녀의 발 앞에 떨어져 꽂혔다. 멈칫하다가 다시 그와 움직이는 솔루. 그런데 갑자기 홍이가 몸부림을 쳐댔다.

"홍아, 가만히 있어!"

홍이를 힘껏 껴안았지만 소용이 없었다. 그리고 솔루의 품에서 빠른 속도로 빠져나간 홍이가 그녀의 머리 위로 올라갔다.

"홍아!"

퍽! 툭! 솔루가 외침과 동시에 홍이가 바닥으로 떨어졌다.

홍이의 몸, 정중앙을 굵은 바늘이 관통했다. 바늘 주위에 핏물이 배어 나와 홍시빛 비늘을 붉게 적셨다.

"호…… 홍아?"

꼬리지느러미가 미약하게 파닥였다. 솔루는 차마 홍이를 안지 못하고 손을 허공으로 뻗었다. 너무 놀라 몸이 말을 듣지 않는다.

"이것들이 나까지 죽이려고 작정했나. 더 있다간 정말 일 치르겠네."

천장이 무너져 훤히 보이는 하늘로 고개를 든 금작이 나직이 읊조렸다.

"살 가능성 없다. 우리라도 어서 피하자."

"안 돼요!"

솔루가 바닥에 주저앉았다.

"어떻게 홍이를 두고 갑니까. 이대로 갈 수 없어요. 안 됩니다."

그녀는 태랑이 올 때까지 기다려야 하나 망설였다. 그러면 예전에 그랬던 것처럼 다친 홍이를 치료해줄 수도 있었다. 하지만 이곳에 더 있다간 객사의 다른 이들이 다칠지도 모르는 일이었다.

"가야 해!"

머뭇거리는 솔루를 금작이 다그쳤다.

"이대로 가면 홍이가 죽습니다!"

그깟 흔한 물고기가 뭐라고 이러는지.

답답해진 금작이 주위를 살폈다. 곧 태랑과 그 무리가 올 것이다. 한시가 촉박한데 솔루는 홍이 때문에 자리에서 일어날 생각을 하지 않았다.

"내가 치료해주마. 일단 여기를 벗어나고 생각하자."

"야, 약속하신 거죠?"

"알았어, 알았다고! 알았으니까 빨리 일어나라!"

금작의 재촉에 솔루가 얼른 홍이를 안아 들었다. 그녀의 상의에 금세 빨간 핏물이 스며들었다.

"약속, 꼭 지켜주셔야 합니다."

금작을 따라가는 솔루의 뒤로 그나마 아슬아슬하게 매달려 있던 천장 한쪽이 와르르 무너졌다. 뽀얗게 일어나는 먼지 사이로 두 사람이 사라졌다.

하늘 위에서 본 객사는 폐허를 방불케 했다. 멀리서 오는 태랑을 본 괴물은 도망갔고, 설담과 반유, 비한이 쫓아갔다. 청에서 내린 태랑은 객사 안으로 뛰어 들어갔다.

"솔루야!"

쩌렁쩌렁 울리게 솔루의 이름을 연신 불렀다. 심장이 터져 나갈 것처럼 가슴을 두드려대고 머릿속이 하얗게 변했다. 솔루를 찾아야 했다.

"솔루야! 어디 있느냐!"

제발 대답해줘. 어디 있느냐.

정신 나간 사람처럼 널브러져 있는 잔해들을 손짓으로 헤치며 목청껏 외쳤다.

쾅! 쾅! 그가 공중에서 손을 움직일 때마다 잔해를 거칠게 내던지는 소리만이 객사를 울렸다. 그렇게 한참 동안 찾아 헤맸지만 다행인지 불행인지 솔루의 흔적은 어디서도 발견되지 않았다.

"태랑 님!"

가희였다.

"왜 너 혼자인 것이냐! 솔루는!"

태랑의 얼굴이 흙빛에 가까워졌다. 부정적인 생각은 하지 말자고 수없이 되뇌었건만 홀로 자신을 부르는 가희를 보자 불안감이 밀려왔다.

"솔루 님은 분명 저와 함께 계셨는데……."

"그랬는데?"

"손을 놓치고 말았습니다."

"그걸 말이라고 해! 지켰어야지! 어떡해서든 잡고 있었어야지!"

가희의 잘못이 아니란 걸 알고 있다. 허나 지금 가희가 원망스러웠다.

곁에 있어줬더라면, 그랬더라면…….

"죽여주십시오. 죽을죄를 지었습니다."

무릎을 꿇은 가희를 본 태랑은 눈을 질끈 감았다. 어지럽고 다리가 휘청거렸다.

"아니다. 어딘가에 있을 게야."

정신을 차리려 애썼다.

"현명한 여인이다. 분명 어딘가에 몸을 감추고 있을 게야."

크게 숨을 내쉬고 몸을 곧추세웠다.

"솔루야, 어디 있느냐!"

태랑이 다시 잔해들 사이로 들어가려 할 때였다.

"태랑 님, 이곳만 공격을 받았고 아래 객사들은 멀쩡합니다."

객사 전체를 둘러보고 온 파고가 말했다.

"아래 객사들은 멀쩡하다니?"

"모두 다른 객사로 피했기 때문에 목숨은 보존했던 겁니다. 비께서는 아래에 있는 객사로 가실 생각을 미처 못 하신 듯합니다."

솔루가 오갔던 객사라고는 백해궁 바로 아래에 위치한 이곳뿐이다. 그랬으니 어디로 갈지 몰랐겠지.

"궁은 살펴봤느냐."

혹시 싶어서 물었다. 객사는 충분히 뒤졌다. 여기에 있다면 나타나도 진작 나타났을 것이다.

"백해궁 역시 피해를 입지 않았습니다. 그리고 비께서는 그곳에도 계시지 않습니다."

"괴물이 이곳만 공격했단 거로군."

"제 추측입니다만, 일부러 여기를 공격한 것 같습니다."

"일부러 여기를? 설마…… 솔루가 목적이었단 말이냐. 그럴 리가 없다."

왜! 대체 왜! 번쩍. 일순간 그는 양국 왕이 했던 말이 생각났다.

'어차피 제일 골칫거리였던 태랑을 묶어둘 수 있는 방법은 따로 있으니.

다들 정신없는 사이에 일을 치르면 돼.'

아아, 태랑은 머리를 감싸 쥐고 털썩 주저앉았다.

양국 왕이 말했던 자신을 묶어둘 방법.

그것은 솔루였다.

왜 짐작하지 못했을까. 그 말을 들었을 때 설담과 반유가 이상하게 생각했었는데, 자신은 왜 그걸 가벼이 넘겼을까.

"으윽!"

차마 지르지 못한 비명을 삼키는 태랑.

예측하지 못한 자신이 너무도 미련스럽게 느껴졌다. 객사로 보내지 말았어야 했다. 그녀가 힘들어하더라도 곁에 붙들어두고 자신이 지켰어야 했다. 오늘 객사에 둘 것이 아니라 비인 그녀를 자해국의 왕위 계승식에 데려갔어야 했다. 언제, 어디서든 그녀를 놓지 말았어야 했다.

가희를 원망할 것이 아니라 어리석은 자신을 원망해야 했다.

하얗게 비었던 머릿속이 후회로 차올랐다. 그는 생각을 정리했다.

차분해져야 한다. 양국에서 자신을 묶어두기 위한 방책으로 솔루를 이용한 거라면 그녀를 당장에 어떻게 하진 않았을 것이다.

"비밀무사들은 무얼 했다더냐."

태랑의 음성이 차가워졌다.

"아시잖습니까. 괴물이 워낙 순식간에 나타나 무사들도 어쩔 수 없었습니다."

"전쟁의 움직임은 아직이고?"

"네."

"당장 집합시킨 다음 대기하고 있어라. 양국으로는 나 혼자 간다."

잇새를 물고 나오는 목소리가 분노에 찼다.

"태랑 님! 혼자서는 위험합니다."

"설담과 반유가 있으니 전쟁의 움직임이 보이면 진두지휘는 그들에게 맡겨. 너는 여기 남아 도울 수 있도록."

"비께서 어디 계시는지 모르지 않습니까?"

"그렇다고 마냥 이렇게 기다릴 수는 없지 않느냐!"

침착해지려 했으나 태랑의 뜻대로 사고가 되지 않았다. 솔루에게 무슨 일이 일어날까 봐 이성은 이미 마비됐다.

"태랑 님."

지금까지 좀처럼 볼 수 없었던 태랑의 모습에 파고가 그를 조용히 불렀다.

"어설픈 말로 나를 붙잡으려 하지 마."

"그런 것이 아니라……."

"미치겠다, 파고."

"……."

"미치겠단 말이다! 머릿속에서 지진이 일어나는 기분이다. 비수가 가슴을 헤집고 다닌다."

파고는 대답할 말을 찾지 못했다. 그간 솔루 때문에 힘들어하는 태랑을 봐왔지만 오늘의 그는 조금이라도 건드리면 쓰러질 정도로 아파 보였다.

태랑은 당장에라도 양국 왕의 목숨을 가지러 가고 싶으나 파고의 설득으로 냉정함을 유지하려 노력했다. 파고의 말처럼 계획 없이 나섰다가 솔루에게 해가 될 수도 있었다. 어떻게 해야 할지 방법을 찾는 동안 설담과 반유, 비한이 백해국의 객사로 왔다.

"전쟁터가 따로 없네."

폐허가 된 객사를 둘러본 설담이 눈썹을 찡그렸다. 불과 어제까지만 해도 사람들로 북적이던 곳이었다. 그나마 손님들이 자해국의 왕위 계승식을 보러 그쪽 객사로 모두 옮겼길 망정이지 하마터면 지금보다 일이 더 심각해질 뻔했다.

"비…… 아니, 솔루는?"

설담은 태랑의 표정만 봐도 그녀가 어떻게 됐을지 짐작이 갔다. 눈부시던 그의 얼굴이 까맣게 죽었다. 그래도 혹시나 싶어서 물었다. 제 예상이 틀리길 바라면서.

"……없다."

"어딘가로 피해 있을지도……."

"여기만 공격했어. 백해국의 수많은 객사 중에서 이곳만. 궁도 아닌 여기를."

태랑의 가라앉은 음성이 더없이 무거웠다. 무너진 객사처럼 그도 무너질 것처럼 보였지만 가까스로 버티고 있는 기색이 역력했다.

"나를 묶어두기 위한 수단으로 솔루를 이용했어."

그는 폭발하려는 분노를 잠재웠다. 그런 그를 보며 반유가 길게 한숨을 쉬었다.

양국 왕의 말이 불안하다 싶었는데 이거였구나.

"양국에서 그녀를 납치한 거야?"

그는 오늘따라 거치적거리는 안대를 만지며 물었다. 문득 솔루가 안대를 만들어준다고 했던 말이 기억났다. 무사히 만나 나중에 꼭 받을 수 있기를.

"정황상으로 양국의 짓이야. 너희들은 괴물과 싸우고, 나는 솔루를 찾아 헤매는 동안 침입할 예정이었겠지."

"그런 것치고는 너무 조용하군."

"응. 그래서 더 걱정이다. 헌데 왜 이리 일찍 끝났어?"

괴물과의 싸움이 꽤 길어질 줄 알았는데, 예상보다 빨리 온 것도 모자라 다들 언제 싸움을 했냐는 듯이 조용했다.

"이상하리만치 괴물이 일찍 죽었어. 객사 공격에 온 힘을 다 쏟았나."

반유가 고개를 돌리며 무너진 객사를 훑어봤다. 하긴 괴물은 직접적인 공격을 하는 것이 아니라 무기인 바늘을 쏘니 거대한 규모의 객사를 이렇게 만들려면 힘깨나 들었을 것이다. 그래도 그렇지, 이렇게 쉽게 끝날 줄은 몰랐다.

"태랑, 어떻게 할 생각이야?"

설담이 부서진 벽을 발끝으로 툭 치며 물었다. 난장판인 객사도 재건해야 하고, 곧 들이닥칠지도 모르는 양국의 군대에 대비해야 하는데, 태랑의 머릿속은 온통 솔루로 가득하겠지.

"내가 양국의 왕을 직접 만나야겠다."

"같이 가, 그럼."

"너희는 해국을 지켜야지."

"어차피 내일쯤이면 하제도 합류 가능할 거야. 내 자리는 하제로도 충분해."

"여기를 지켜줘."

아무리 제멋대로인 태랑이었지만 그에게는 솔루만큼 중요한 것이 제 나라와 백성이었다. 여태껏 백해국은 물론이고 해국 전체가 평화롭고 부유한 삶을 살았기에 표현하지 않았을 뿐, 내버려둔 것이 아니었다.

"지금 갈 거야?"

태랑의 군건한 의지가 보였기에 설담이 더는 막을 수 없었다.

"가야지. 늦었다가 무슨 일이라도 일어나면……."

그가 크게 숨을 삼켰다. 그런 상상은 하고 싶지 않았다.

만약, 만약 그녀에게 무슨 일이 생긴다면 자신을 용서하지 않으리라.

"청!"

청은 아직 그의 곁을 떠나지 않고 하늘 위를 맴돌고 있었다. 태랑의 부름에 청이 착지하기 위해 몸을 비틀며 날갯짓을 바꿀 때였다.

"나 왔어!"

멀리서 들려오는 외침. 해룡을 타고 오는 연초의 음성에 모두의 눈이 그녀를 향했다. 태랑은 부디 그녀가 솔루에 대해 알고 있기를 바랐다.

"미안, 내가 늦었어."

해룡에서 내린 연초가 빠르게 말을 뱉었다.

"오라버니를 설득하느라 시간이 걸렸네."

모두 그랬던 것처럼 폐허로 변한 객사를 보는 그녀의 낯빛도 어두워졌다.

"너, 목이 왜 그래."

그녀를 보고도 고개를 돌렸던 비한이 어느새 다가오며 묻자 연초가 얼른 제 목에 손을 대며 상처를 가렸다.

오라버니를 찾아간 그녀는 한동안 방에 갇혀 있었다. 전쟁이 끝난 후에 풀어주겠다는 말만 해주고 삼엄하게 감시했다. 평소 안면이 있었던 신하를 몰래 불러 협박과 회유 끝에 갇혀 있던 곳에서 벗어났고, 곧바로 해국으로 돌아오려다가 본래 목적은 달성해야겠기에 정면 돌파를 선택했다.

그녀는 단검을 들고 오라버니를 찾아갔다. 해국으로 괴물을 보낼 것을 명하는 오라버니를 말리려 애썼지만 전혀 먹혀들지 않았다. 괴물을 보낸 뒤 시간 차를 두고 군대가 출격하기 직전, 그녀가 제 목에 칼을 들이대고 나서야 오라버니를 막을 수 있었다. 그리고 전쟁을 일으키려는 이유, 그 이유를 들었을 때의 충격이 아직도 가시지 않은 그녀였다.

"넘어져서 생긴 상처야."

연초가 비한의 눈길을 피하며 답했다. 뻔한 거짓말이었지만 비한은 더 이상 묻지 않았다. 지금 그녀의 상처에 시간을 뺏길 수 없었다.

"괴물은 막을 수 없었지만 전쟁은 막았어."

"이유가 뭐래."

태랑은 연초가 그녀의 오라버니라도 되는 것처럼 바라봤다.

"오라버니가 단독으로 꾸민 일이 아니야."

"그럼."

"확인이 필요하겠지만 먼저 제안한 이가 있었어."

"그게 누군데."

그녀의 말끝마다 태랑이 짧게, 짧게 물어왔다. 그로서는 연초가 앞에 있었기 때문에 최대한의 배려였다. 조금이라도 길게 말을 이었다간 양국의 왕을 가만두지 않겠다는 소리가 튀어나올 것 같았다.

"……."

누구냐고 태랑이 물었지만 연초는 차마 그 이름이 입 밖으로 나오지 않았다. 입안에서만 맴도는 이름. 그녀도 오라버니에게서 듣는 순간 한동안 머리가 멍한 채로 있었다.

"누구야."

태랑의 음성이 음산했다. 연초는 그의 얼굴에 가득 드리운 그림자를 보았다. 그는 마치 공존의 밤에 변했던 검은 인어를 떠올리게 했다.

갑자기 오소소 돋는 소름에 그녀는 양어깨를 감쌌다.

"……현 ……제."

머뭇거리며 답했다.

그녀의 친우들은 자신보다 현제를 알고 지낸 시간이 더 길었다. 과연 믿어줄까. 믿더라도 현제라는 사실을 받아들일 수 있을까. 수많은 생각들이 오갔다.

"누구? 현제?"

태랑이 한쪽 눈썹을 치켜세우며 되물었다.

"현제가 이 전쟁을 제안했다?"

"응. 제안만 한 것이 아니라 주도를 했다고 보면 돼. 거기에 오라버니도 동조했기 때문에 일이 이렇게 됐겠지만, 물고기 중 하나를 독초로 변이시켜 괴물을 만들고, 지속적으로 해국을 공격하며 힘을 키워두라고 알려줬대. 원래는 해국을 어지럽게 하는 것이 목적이었는데 계획을 틀었다더라. 그리고 희귀한 독초를 공급한 것도 현제였어.”

“현제가 왜?”

“이유는 오라버니도 모르더라. 단지 자기를 도우면 양국에게는 황해국을 넘기겠다고 했다네. 오라버니는 그 말에 혹한 거지.”

“하!”

그는 무조건 현제를 의심하는 것도 아니었고 양국 왕의 말을 완전히 믿는 것도 아니었다. 허나 양국의 왕이 다른 이도 아닌 현제를 끌어들였다.

하제의 동생으로 형밖에 모르는 아우였고, 오늘 자해국의 왕이 된 현제가 왜! 제 형 못지않게 우리와도 친분이 두터웠던 그가 왜!

남부러울 것이 없는 현제가 이 일을 주동했다는 말이 믿기지 않았다. 그러면서도 양국의 왕도 자신과 똑같은 생각을 할 텐데 바보가 아닌 이상 현제를 들먹이지는 않았을 것이다. 그건 현제가 이 일의 주범이라는 사실에 무게가 실렸다.

현제가 대체 왜 그랬을까.

“내 말을 믿을 수 없다는 거 알아. 나도 현제의 이름을 듣고 귀를 의심했으니까. 그래도 믿어줘.”

미동도 없이 가만히 자신을 보고 있는 네 명의 사내들을 향해 연초가 말했다. 부모님과 같았던 오라버니 앞에서 제 목에 칼을 들이댔다. 그런 누이를 보고 그가 거짓을 말하지는 않았으리라.

“솔루는 어디에 있어.”

“솔루?”

태랑의 질문은 금시초문이었다.

"솔루가 사라졌다. 나를 묶어두기 위해 양국에서 데려간 거 아냐?"

"오라버니가 솔루 이야기는 한 적이 없……."

솔루 이야기에 고개를 갸웃하던 연초가 '아!' 하고 작은 비명을 질렀다. 해국으로 오기 전, 오라버니가 했던 말이 떠올라서였다.

'해국으로 가거든 태랑은 당분간 멀리해라. 소중한 것을 잃은 그는 지금 화가 많이 나 있을 거야. 네가 다칠까 걱정된다. 조심해.'

'소중한 것? 그게 뭔데? 아니, 뭔지가 중요한 게 아니라 오라버니가 태랑에게서 빼앗았어?'

'나는 아니야. 현제는 나 말고도 다른 조력자를 뒀다. 그가 누군지는 나도 모르니 물어도 소용없어. 내가 아는 건 다른 조력자가 태랑을 묶어두기 위해 그의 소중한 것을 없앨 거라 들었다.'

소중한 것이라기에 물건으로 여겼다. 자리에 털썩 주저앉은 연초는 태랑의 모습이 왜 이렇게 서늘한지 이제야 이해가 됐다.

단순히 객사를 이 모양으로 만들어놔서라고 여겼는데.

"양국이 아니야. 현제를 돕는 조력자가 또 있나 봐. 오라버니도 그가 누군지 모른다고 했어."

태랑에게 그 조력자가 솔루를 없앨 거라 했다는 말은 할 수가 없었다.

"당장 현제 녀석을 만나 확인해야겠군."

휙. 거칠게 돌아서는 그의 옷자락이 날렸다.

"현제는 우리가 만날게. 넌 솔루를 찾아."

설담이 태랑을 잡았다. 그때였다.

"현제가 독초를 어디서 구했을까?"

비한이 바닥의 풀을 뚫어져라 응시했다.

"물고기를 괴물로 변이시키는 독초가 있다고 들은 적은 있다. 허나 해국은 물론이고 주변국을 떠돌았지만 그런 독초는 본 적이 없어."

괴로운 마음을 달래기 위해 여기저기 떠돌며 약초 연구에 몰두했던 비한도 본 적이 없는 약초를 현제는 어디에서 구했을까. 모두의 머릿속이 빠르게 회전하기 시작했다.

"현제는 해룡을 타지 못해. 생각해봐. 해국도 떠나지 못하는 현제가 희귀한 독초를 어디에서 구할 수 있었을까. 다른 조력자를 통해서 구했을 가능성이 크지 않나."

"희귀한 약초를 구할 수 있는 조력자라⋯⋯."

설담이 검지로 턱을 긁으며 중얼거렸다.

"떠오르는 놈이 있네."

비한이 말하자 모두의 눈이 커졌다. 동시에 머릿속을 스쳐가는 인물. 세상의 온갖 희귀한 것들을 수집하는 사내.

"금작. 이놈이 제명을 스스로 단축시키는군. 청!"

누가 말릴 새 없이 태랑이 달리며 청을 부르더니 빠르게 사라졌다.

"우리는 현제에게 가자."

해룡과 함께 하늘 위로 멀어져가는 그들의 뒷모습을 보던 파고가 옅은 한숨을 쉬었다.

"무사하시겠죠?"

곁에 있던 가희가 물었다. 자신이 솔루의 손을 놓지 않고 꼭 붙들고 있었다면 일이 이렇게까지 되지 않았을 텐데.

"자책은 하지 마시게."

가희의 마음을 아는 파고가 그녀를 위로했다.

지난날, 태랑의 명으로 은밀하게 움직이는 무사를 금작에게 붙여놨었다. 오랫동안 심신과 무술을 단련했던 무사도 금작의 술수를 따라잡을 수 없었

다. 그런 그가 작정하고 솔루를 납치하려 했다면 파고였대도 힘들었을 것이
다.

　무사해라, 솔루야.

　자줏빛의 하늘이 어느덧 지는 태양으로 인해 진한 핏빛으로 변해 있었다.

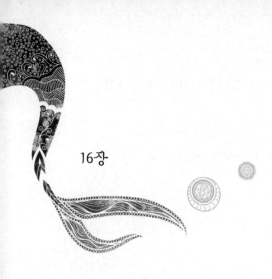

16장

쾅! 쾅! 쾅! 솔루가 문을 세게 두드렸다.

"금작 님! 금작 님!"

그녀가 울먹이며 금작을 애타게 불렀지만 밖에서는 아무런 대답이 없었다. 분명 인기척이 느껴지는데 그녀의 부름에 누구도 반응하지 않았다.

솔루를 데리고 온 금작은 작은 창고에 그녀를 가뒀다. 객사에 피해를 줄까 봐 서둘러 자리를 피했는데, 금작은 어딘지 모를 이곳에 그녀를 놔두고 감감무소식이었다.

"금작 님! 홍이를 치료해주십시오!"

자신을 가두는 것까진 괜찮다. 허나 몸통에 커다란 침이 꽂힌 채로 피를 흘리는 홍이가 걱정되어 속이 타들어갔다. 느릿하게 뻐금대는 홍이와 문을 번갈아 보며 소리를 질렀다.

"금작 님! 홍이가 죽어갑니다! 제발 치료해주십시오!"

몇 시간째 목소리가 쉴 정도로 소리를 질렀다. 허나 피부가 벗겨져 피가 나도록 문을 두드리고 흔들어도 반응이 없었다. 솔루가 문을 두드리다 말고 홍이 곁으로 갔다. 그나마 느릿하게 움직였던 홍이의 입이 멈춰 있었기 때문이다.

"홍아? 홍아!"

홍이의 눈이 흐려지고 있다.

"밖에 누구 없어요! 문을 열어주세요! 금작 님! 홍이가 죽어가요! 치료해 주십시오! 약속하셨잖습니까!"

다급해진 솔루가 미친 듯이 외쳤다. 철컥! 자물쇠가 열리는 소리가 들렸다. 이윽고 문이 열리고 웬 사내가 짜증스러운 얼굴로 솔루를 내려다봤다.

"시끄러워 죽겠네."

"우리 홍이가 죽어갑니다. 도와주세요!"

"홍이가 누군데?"

"저기요."

솔루가 손가락으로 벽에 기대어 있는 홍이를 가리켰다.

"겨우 물고기 때문에 이 난리인 것이야?"

"도와주십시오. 금작 님을 불러주세요!"

"금작 님은 물고기 하나 살리자고 오실 만큼 한가한 분이 아니란다. 어디, 내가 한번 보마."

사내가 성큼성큼 안으로 들어와 홍이 옆에 앉아 고개를 움직이며 살폈다.

"곧 죽겠는데?"

"안 됩니다!"

"살 가능성이 없어 보이지만 우선 꽂힌 침이나 빼자. 죽을 때 죽더라도 편하게 해줘야지."

그는 한 손으로 홍이의 몸을 잡고 다른 손으로는 침을 단단히 잡더니 힘을 주어 침을 뽑았다. 쑤욱. 침이 뽑히는 순간 솔루는 무언가 잘못되었음을 깨달았다. 침이 뽑힌 자리에서 피가 솟아올랐다.

"어? 어떻게 된 거지? 죽을 때가 돼서 그러나?"

사내는 아무렇지도 않게 자리에서 일어나 손에 들고 있던 침을 옆으로 휙 던지고 밖을 향해 발길을 돌렸다.

"이렇게 가시면 어찌합니까?"

솔루가 사내의 바짓가랑이를 잡았다.

"금작 님이 와도 저 물고기는 살리지 못해. 나를 탓하진 말거라."

"금작 님을 불러주십시오!"

그가 솔루에게 잡힌 바짓가랑이를 거칠게 빼냈다. 그 바람에 뒤로 나동그라진 솔루는 사내가 나간 문을 멍하니 보다 황급히 홍이에게 다가갔다.

치맛자락을 찢어 피가 솟아나는 부분에 대고 눌렀다.

"홍아. 아, 어떡하지? 홍아! 홍아! 어떡하지? 어떡하면 좋아. 홍아, 이대로……."

죽으면 안 돼, 라는 말을 차마 하지 못했다. 그 말을 꺼냈다간 정말 홍이가 죽을 것 같아서.

누르고 있는 천을 피가 흠뻑 적셨고, 이내 손등을 타고 흘러내렸다. 점점 홍이가 누워 있는 차가운 바닥에 조그마한 피 웅덩이가 만들어졌다.

"홍아! 어떡해! 홍아! 밖에 누구 없어요! 제발 도와주세요! 도와주십시오!"

창고가 떠나가게 소리를 질렀지만 밖은 조용했다. 아무리 상처를 눌러도 피는 멈추지 않았다. 갑자기 홍이의 몸이 부르르 떨리자 순간 솔루는 홍이의 생명이 꺼졌음을 직감했다.

"호, 홍아……."

여전히 피는 흐르고 있었지만, 솔루는 누르고 있던 천에서 손을 뗐다. 바들거리는 그녀의 손가락이 홍이의 몸에 닿을 듯 말 듯 몇 번 움직였다. 그녀는 홍이의 입 가까이에 제 귀를 대다가 스치듯 보게 된 홍이의 눈동자로 시선을 돌렸다. 눈동자는 텅 빈 채로 빛을 잃었다.

"홍아?"

겨우 손끝으로 홍이의 벌어져 있는 입을 살짝 건드렸다. 손끝의 떨림을 따라 입이 움직였지만 아무 반응이 없다.

"홍아, 정신 차려봐, 응?"

조심스럽게 흔들었다. 작은 피 웅덩이에서 흔들리는 몸이 찰박찰박 소리를 냈다.

"아…… 어떡해. 우리 홍이 어떡해. 피를 너무 많이 흘렸다."

찰박대는 소리에 그제야 피 웅덩이를 보게 된 솔루는 괴로운 듯이 제 머리를 감쌌다. 핏물이 머리카락에 닿아 볼까지 흘러내리자, 무언가를 깨달은 듯 손등으로 급하게 닦았다. 그러더니 갑자기 홍이의 몸 아래에 고여 있는 피를 두 손으로 떠내기 시작했다.

"잠깐 기절한 거야. 그렇지, 홍아?"

떠낸 피를 홍이 몸에 난 상처에 붓는 그녀.

한 번, 두 번. 천천히 떠내서 붓던 그녀의 움직임이 점점 빨라졌다. 상처에서 피가 나왔으니 다시 들어갈 것이라 생각했다. 그렇게 한다고 이미 흘린 피가 들어갈 리는 없겠지만, 솔루는 그것이 맞는지 틀린지 고민할 겨를이 없었다. 이 순간을 받아들일 수가 없는 그녀로서는 최선의 방법이었다.

"홍아, 정신 차려봐!"

급기야 정신 나간 사람처럼 피를 떠내 부어주기를 반복했다. 안으로 들어가라고 손으로 눌렀다. 솔루의 얼굴과 옷에 핏방울이 튀었으나 그녀는 아랑곳하지 않았다.

"왜 아직도 가만히 있어!"

홍이의 몸통을 흔들었다.

어서 일어나. 지느러미를 움직여봐.

"안 돼!"

고개를 세차게 젓던 그녀는 피투성이가 된 홍이를 안아 들었다.

"안 돼. 안 돼, 홍아!"

이렇게 보낼 수는 없었다.

"정신 차려. 정신 차려, 홍아."

솔루는 안고 있는 홍이의 얼굴을 제 얼굴에 비비며 지느러미를 쓰다듬었다. 너무 미안하고 미안해서 눈물도 나오지 않았다. 아니, 현실을 받아들이기가 벅차서였다. 인정하고 싶지 않았다.

홍이는 해국에서 유일한 친구였다. 가족이었다.

태랑 때문에 힘들어도 홍이가 있어서 웃을 수 있었는데…….

그랬던 홍이가 저 때문에 이리되고 말았다. 홍이를 품에 안은 솔루는 '어떡하지.'를 중얼거리며 몸을 웅크렸다. 뺨에 닿은 홍이의 체온이 식어감이 느껴지자 아버지가 돌아가시던 때가 기억났다. 파리한 얼굴로 숨을 거둔 아버지의 모습을 보고 땅속에 관을 묻는 것도 봤다. 허나 장례가 끝난 후에도 아버지가 곁에 계시지 않다는 사실을 느낄 수가 없었다.

그저 먼 곳에 볼일 보러 가신 듯한 기분. 며칠이 지나면 대문을 열고 들어온 아버지가 한 손에는 자신이 좋아하는 꿀떡 보따리를 들고 '솔루야.' 하고 부를 듯한 기분. 금방이라도 넓고 따뜻한 품에 안길 수 있는 듯한 기분.

하지만 어디에도 아버지가 계시지 않다는 걸 느끼기까지는 그리 오래 걸리지 않았다. 그리고 그걸 체감하는 순간 더는 아버지를 볼 수 없고, 만질 수 없다는 것을 깨달았다. 아무리 불러도 대답해줄 아버지는 없었다. 그때서야 비로소 답이 없을 아버지의 이름을 부르며 목 놓아 울었다.

처음 겪었던 죽음, 처음 겪었던 영원한 이별이었다. 차라리 어디선가 잘 지내겠지, 하고 마음에 묻을 수 있으면 좋으련만. 같은 하늘 아래 숨 쉬고 있다는 믿음만 있어도 좋으련만. 이렇게 홍이와도 영원히 헤어지는 건가.

솔루는 숨이 막힐 것처럼 가슴이 죄어오고 목이 메었다.

236

"태랑 님······."

문득 입술 사이로 나오는 이름이었다.

툭. 눈물 한 방울이 떨어졌다.

"태랑 님······ 어디 계세요."

솔루의 가냘픈 어깨가, 마른 등이 들썩였다.

"태랑 님, 우리 홍이······ 홍이 좀 살려주십시오."

가지 마, 홍아.

나만 두고 가지 마, 홍아.

"흐흑, 홍아!"

솔루가 끝내 오열을 토해냈다. 슬픔을 감당할 수 없는 가슴으로 홍이를 안고 부르짖었다. 그렇게 작은 창고 안이 그녀의 절규로 가득 찼다.

창국에 있는 금작의 궁을 향해 청을 모는 태랑의 마음은 새카맣게 타들어갔다. 동시에 현제가 저에게 왜 그랬을까 생각하느라 머리가 복잡했다. 또 금작이 굳이 현제와 손을 잡을 이유는 없었다. 창국의 왕은 아니지만 왕보다 더 높은 권세를 쥐고 있는 그가 무엇이 부족해서?

아무튼 그놈이 솔루에게 괜히 접근했던 것이 아니었다. 객사에 자주 오긴 했었지만 일하는 이들과 말 한마디 잘 섞지 않았던 그가 그녀와 식사를 하고, 난데없이 청혼도 하지 않았던가. 모두 물밑 작업임을 그때 눈치챘어야 하는데, 심장을 가져야 한다는 이기심이 눈을 가렸었다.

이제 와 후회해봤자 무슨 소용이 있을까. 제발 무사해라, 솔루야.

그녀의 털끝 하나라도 건드렸다면 금작은 목숨을 내놔야 할 것이다. 태랑은 청과 창국의 하늘을 날며 어디가 금작의 궁일지 유추했다. 급한 마음에 무작정 나섰지만 한 번도 가본 적이 없어 난감했다. 그러던 중 유난히 넓고 눈에 띄는 궁이 금작이 지내는 곳인지, 창국의 왕이 지내는 곳인지 고민하던 찰나, 커다란 해룡 두 마리가 태랑을 향해 날아왔다.

공격을 하러 온 건가 싶어 그가 쏘아보며 크게 외쳤다.

"나는 백해국의 왕 태랑이다! 금작을 만나러 온 것이니 그에게 안내하라!"

두 마리의 해룡이 태랑 주위를 한 바퀴 돌더니 아래에 있는 궁을 향해 돌진했다. 해룡의 따라오라는 뜻을 파악한 태랑도 그곳을 향해 청을 몰았다. 빠른 속도로 내려가던 두 마리의 해룡이 착지하자마자 뿌연 연기를 날렸다.

그리고 연기 사이로 두 사람이 나타났다. 청에서 내린 태랑을 향해 그들이 허리를 숙였다.

"기다리고 계십니다."

그들의 안내를 받으며 금작이 있는 곳으로 발걸음을 옮겼다. 지나가는 이들이 태랑을 힐끔힐끔 봤다. 소문으로만 들었던 백해국의 왕이 여기까지 왜 왔을까 하는 기색이 역력했다.

"늦어질수록 네 주인만 곤란하다."

한시라도 빨리 솔루를 봐야 하는데 안내하는 이들을 따라 걷다가는 속이 터질 것 같았다.

"금방이옵니다."

그들의 말처럼 곧 도착했다. 문 앞을 지키고 있던 하인이 금작을 부르자 안에서 그의 목소리가 들리는 순간이었다. 문이 열리기도 전에 태랑이 먼저 열어젖히자 또 하나의 문이 나왔다. 그는 성큼성큼 걸어 들어가며 손을 허공에 들어 옆으로 세게 저었다. 하인들의 손이 문에 닿기 전에 태랑에 의해서 거칠게 옆으로 열렸고, 놀란 그들은 허리를 숙인 채 그가 지나가기만을 기다렸다.

"허허, 급하셨나 봅니다."

이윽고 금작의 모습이 드러났다. 항상 그랬던 것처럼 미소를 지으며 의자에서 일어나는 금작은 마치 아무 일도 없었다는 듯이 천연덕스러웠다.

태랑이 탁자를 향해 손가락을 튕겼다. 쿠당탕, 하는 소리와 함께 탁자가 금작의 허리를 밀어붙이며 죽 밀어 가더니 그를 벽에 가두고 눌렀다.

"으윽! 왜…… 이러…… 십니까."

"왜? 지금 왜라는 말이 나오더냐. 네놈이 죽음을 자초(自招)하는구나."

창문에 걸려 있던 천이 휘리릭 날아와 금작의 목을 휘감았다. 태랑이 아래쪽으로 내려치자 천이 팽팽하게 당기며 금작의 목을 조였다. 모든 것이 태랑의 손짓만으로 이뤄지고 있었다.

"케켁! 이…… 이러…… 시면……. 크윽."

잘생긴 금작의 얼굴이 흉하게 일그러졌다.

"나의 비는 어디 있느냐."

차갑게 서릿발이 선 눈빛이 금방이라도 금작을 죽일 듯했다. 태랑은 조금도 주저하지 않을 표정을 하고 낮은 음성으로 물었다.

"이…… 이걸…… 놔주셔야……."

금작의 말에 목을 조이고 있던 천이 조금 느슨하게 풀렸다.

"허억!"

금작은 막혀 있던 목구멍으로 공기가 밀려들어오자 살 것 같았다. 그는 급하게 공기를 들이마셨다. 태랑이 어떻게 나올 줄 어렴풋이 짐작은 하고 있었지만 이렇게까지 화낼 줄은 몰랐다.

"다시 묻는다. 나의 비는!"

"잘 있으니…… 이것들을 좀 치워주십시오."

금작이 눈짓으로 자신의 배를 누르고 있는 탁자와 아직도 목을 휘감고 있는 천을 가리켰다.

"내가 확인하기 전까진 어림도 없다."

"하하. 네, 네. 이해합니다. 하지만 이 꼴을 아랫것들에게 보여줄 수는……."

"시끄럽다."

어색하게 금작이 웃었다. 다른 이들에게는 먹히는 처세술인지는 모르겠으나, 태랑에게는 조금도 통하지 않았다. 그는 위로 한껏 올렸던 입꼬리를 황급히 내렸다.

"밖에 누구 있느냐."

"예, 말씀하십시오."

밖을 향해 금작이 외치자 대답이 들렸다.

"그 여인을 데리고 오너라."

금작의 명에 기다렸다는 듯이 발소리가 빠르게 멀어져갔다. 잠깐의 시간이었지만 금작은 태랑의 살기가 언제 다시 날아올 줄 몰라 긴장하고 있었다. 잠시 후 솔루가 들어왔고, 그녀를 본 태랑에게 금작은 또 한 번 목숨의 위협을 받았다.

홍이를 안고 있는 솔루의 얼굴과 옷은 온통 피투성이였다. 게다가 생기라고는 조금도 찾아볼 수 없는 얼굴이 시체처럼 죽어 있었다.

"태, 태랑 님! 솔루는…… 다치지 않았습니다!"

금작이 다급하게 외쳤지만 태랑의 귀에 들어갈 리 만무했다.

"솔루야, 왜 이러느냐. 어디가, 어디가……."

태랑은 말이 제대로 나오지를 않았다. 다시 만났다는 안도보다 걱정이 앞선 그의 낯빛이 솔루만큼이나 변해갔다.

"왜, 왜 이렇게……."

태랑이 솔루의 어깨를 잡았다. 그러나 그녀는 죽은 홍이를 품에 안은 채 공허한 눈으로 어딘지 모를 한곳만을 응시했다.

"솔루야?"

그녀가 천천히 눈을 들어 태랑을 올려다봤다.

"……태랑 님."

"그래, 그래. 나다. 내가 왔느니라."

"태랑 님."

"어디가 다친 것이냐. 어디가 다쳤기에 이리도……."

솔루의 몸을 살펴보던 태랑은 그녀를 안았다. 분명 눈앞에 있는데 곧 사라질 것처럼 희미했다.

"저는 다치지 않았습니다……. 헌데 홍이가, 저 때문에 홍이가……."

그녀가 허물어지고 있다.

"왜 이제 오셨습니까."

원망 섞인 목소리가 눈물과 함께 흘러내렸다.

"늦어서 미안하다."

"너무 늦었어요. 홍이가 떠났……."

홀로 창고 안에서 울었던 솔루가 더는 버티지 못하고 정신을 잃었다. 쓰러지는 그녀를 황급히 받아 든 태랑의 분노가 극에 달했다.

"네 이놈!"

"크윽!"

금작의 목을 감고 있던 천이 더 세게 조여지자 그가 몸부림을 쳤다.

이러다 정말 죽는 게 아닌가 싶을 정도로 위협을 느꼈다. 밖에서 자신의 신하들이 대기하고 있기에 그들을 부를 수도 있지만 그는 온 힘을 다해 외쳤다.

"태랑 님! 컥! 제게…… 빚이 있으십니다!"

"내게 그런 말이 통할 듯싶으냐!"

"저, 적진주!"

"뭐?"

고개를 갸웃한 태랑이 손에서 힘을 뺐다. 천이 더 이상 목을 조이지 않자 금작은 숨을 들이켜며 말을 이어갔다.

"제게…… 헉헉, 적진주를 가져가지 않으셨습니까. 그걸…… 어찌 쓰셨는지 저도 압니다."

잊고 있었다. 자꾸 혼절하는 솔루를 위해 금작에게 받았던 적진주를 태랑도 떠올렸다.

"이리될 줄 알고 미리 대비했구나."

"이유가 무엇이든…… 솔루를 위해 드린 것입니다."

태랑이 금작을 노려보자 그는 거칠게 숨을 몰아쉬면서도 빙그레 웃었다.

"첩어도 제가 드리지 않았습니까."

"너는 현제와 손을 잡았던 것이 아니냐."

"잡은 손은 언제라도 놓을 수 있습니다. 뭐, 엄밀히 따지자면 저는 손을 잡은 것도 아니지요."

"네가 솔루를 없애려고 했다 들었다."

"저를 어떻게 보셨기에 그런 끔찍한 짓을 하리라 생각하셨던 겁니까."

사실 현제가 금작에게 솔루를 없애라고 했던 부탁은 그녀를 죽이라는 것이 아니라 멀리 보내라는 것이었다.

"현제 님께서도 멀리 보내라고만 하셨습니다. 솔루가 살던 집으로요."

해서 그녀를 뭍으로 돌려보낼까 고민하던 차였는데 그랬다간 정말 목숨을 부지하기 어려웠을 것이 뻔했다. 보내지 않은 것이 얼마나 다행인지, 속으로 안도하는 금작이었다.

태랑은 금작의 말에 어떤 답도 하지 않고 돌아섰다. 우선은 혼절한 솔루를 빨리 해국으로 데려가 전의에게 보여야 했다.

금작을 죽인다면 지체되고 말리라. 거기다 그의 말에 일리가 있었다. 태랑은 금작에게 빚이 있었다. 그가 정말 솔루를 위해 적진주를 주고, 첩어를 내어줬는지는 중요치 않았지만 적어도 적진주와 첩어가 도움이 됐다는 점은 부정할 수 없었다.

문을 향해 걷던 태랑이 우뚝 멈췄다.

"이걸로 네놈과의 빚은 청산했다."

그 말을 끝으로 태랑은 서둘러 걸었다. 그의 모습이 보이지 않자 긴장이 풀린 금작이 벽을 타고 주르륵 미끄러졌다. 아직도 다리가 후들거리고 목이 조이는 듯했다. 바닥에 주저앉은 그가 몇 차례 한숨을 내쉬더니 피식 웃었다.

"정말 일이 크게 날 뻔하였습니다."

밖에 있던 금작의 호위무사가 들어와 그를 부축했다.

"그러게 말이다."

"왜 밖에서만 대기하라 명하셨습니까."

"태랑 님과 붙었다간 일이 더 커지지."

"하지만 위험했습니다."

"원래 이런 놀이는 판이 클수록 위험한 법이다. 위험할수록 짜릿하고."

그의 말을 이해할 수 없는 호위무사는 말없이 금작을 일으켜 세운 후, 밖에 있는 하인들을 불러 난장판이 된 방 안을 치우도록 했다.

"이번엔 진짜 죽는 줄 알았네."

조용히 혼잣말하는 금작. 한 번 크게 즐겼으니 앞으로 두 번 다시 이런 일에는 참여하지 않으리라 다짐했다.

한편, 솔루와 함께 백해궁으로 돌아온 태랑은 전의를 불러 그녀에게 이상이 없는지 확인했다. 전의가 돌아간 뒤, 가희에게 피로 물든 옷을 갈아입히고 몸을 닦아주라 명했다. 그리고 그는 깨끗한 천으로 싼, 죽은 홍이를 들고 후원으로 나왔다.

'저는 다치지 않았습니다……. 헌데 홍이가, 저 때문에 홍이가…….'

자신 때문이라던 그녀의 말이 떠올랐다.

네가 이번에도 솔루를 도왔나 보구나. 고맙다. 그래도 좀 더 버텨서 그녀가 계속 웃을 수 있도록 해주지 그랬느냐.

자신은 솔루를 웃게 할 수 없었다. 때로는 그 사실이 마음 아프기도 했지만, 홍이를 통해서라도 솔루가 웃으니 다행이었는데 어쩌면 이제 그녀가 웃는 모습을 영영 볼 수 없을 수도 있다는 생각이 들자 가슴에서 뻐근한 통증이 일었다.

홍아, 좀 더 버텨주지 그랬느냐.

태랑은 햇볕이 잘 드는 곳에 손수 홍이를 묻었다.

자해궁 집무실.

현제와 하제, 반유와 설담, 연초와 비한이 탁자에 빙 둘러앉아 있었다. 계승식의 예식이 끝나면 수많은 사람들의 축하 인사를 받아야 하기 때문에 현제가 자리를 비울 수 없는 상황이었다. 하지만 그는 굳은 얼굴을 하고 있는 해국의 왕들을 본 순간, 제 계획이 틀어졌음을 알았다.

예상대로라면 그들이 이 시간에 나타나면 안 됐다. 괴물과 싸우고 있거나 양국의 침입으로 전쟁이 한창이어야 했는데 그들의 성난 표정을 제외하고 해국은 너무도 조용했다.

그는 보는 눈이 많아 집무실에서 기다리라고 한 뒤, 일정을 마무리 짓고 집무실을 찾았다. 태랑의 모습이 보이지 않은 걸 보니 그는 자신의 비를 찾고 있겠구나 싶었다. 그리고 현제는 양국이 제 손을 놓았음을 직감했다.

"괴물은 어떻게 됐어?"

형인 하제가 신경질적인 음성으로 물었다.

자해국의 경사스런 날 괴물이 출현했다. 그는 친우들과 함께 싸우지 못해 미안한 마음도 있었지만, 하필 양국의 왕은 왜 오늘을 노린 건지 궁금하기

244

도 했다. 허나 그건 차근차근 묻기로 하고 먼저 괴물의 생사부터 확인하고 싶었다.

"그놈, 백해국의 객사를 엉망으로 만들어놓고 도망가길래 쫓아가서 몇 번 공격했더니, 펑!"

설담이 손가락을 동그랗게 쥐었다 펴며 터지는 흉내를 냈다.

"백해국 객사?"

"응. 나머지는 우리 현제가, 아니 자해국의 왕께서 가장 잘 아실 듯해."

"현제가 뭘 알아?"

하제는 영문을 모르겠다는 얼굴로 아우를 향해 고개를 돌렸다.

"네게도 이유가 있었겠지. 들어나 보자. 양국의 왕이 무고한 널 끌고 들어가는 건가?"

가만히 보고만 있던 반유의 말에 현제가 특유의 환한 미소를 보였다.

"다 알고 오신 듯하니 감추고 말고 할 것도 없겠네요."

"무슨 소리야?"

현제의 팔을 잡은 하제의 머리가 신속하게 회전했다.

돌아온 연초, 양국의 왕, 지금 이 자리에 없는 태랑. 그리고 현제를 향한 친우들의 눈빛.

내용을 정확하게 알 수 없으나 현제가 관여된 건 분명했다.

"다른 이유는 없습니다. 오직 하나, 형님을 두고 아우인 저 혼자 왕이 될 수는 없었습니다."

콰당! 설담이 자리에서 벌떡 일어나자 의자가 뒤로 넘어졌다.

"겨우 그런 이유로 우리를 배신하고 태랑을 노려?"

그는 손을 뻗어 현제의 멱살을 거머쥐었다.

"겨우 그런 이유라고 하지 마세요! 남들에게는 하찮을지 모르나 저만을 향한 아버지의 사랑이 부담스러웠던 저는, 평생 형님의 처진 어깨만 봐야 했던 저는! 늘 죄스러웠습니다."

"그러니까 네 마음 편하자고 벌인 일이잖아! 네가 형이라면 끔찍하게 위한다는 거 잘 아는데, 이건 아니지! 금작이랑 양국과 손을 잡고, 솔루를 납치해 백해국을 차지할 생각을 하다니! 태랑이 이 자리에 없는 걸 다행으로 알아라. 뭐, 그냥 넘어가지는 않겠지만."

설담은 날카로운 눈으로 현제를 노려봤다. 그는 자신의 손목을 잡으며 말리는 반유 때문에 어쩔 수 없이, 잡고 있던 현제의 멱살을 놨다.

"현제, 네가 설명해. 무슨 일을 벌인 거야."

하제의 목소리가 조용히 퍼졌다.

"형님! 아니, 형. 항상 미안했어. 사람들이 형 등 뒤에 대고 하는 수군거림이 싫었고, 아버지 때문에 힘들어하는 형을 보기가 괴로웠어……."

"설담이 맞는 말을 했구나. 결국 너는 네 생각만 했을 뿐, 내 입장이나 마음은 조금도 헤아려보지 않았잖아."

"형!"

"어떻게! 어떻게 양국과 손을 잡고 태랑과 그의 백성을 넘길 생각을 해! 해국은 햇수를 세기도 힘들 만큼 오래전부터, 본래 다섯 나라가 함께인 연맹국이란 것을 몰랐어? 네가 뭔데 그 틀을 깨려고 들어!"

"형, 나는……."

"나를 위해서라고 하지 마. 네가 날 잘못 봤다. 그런 자리, 수십 개를 준다 하더라도 싫어."

하제가 의자에서 일어나 둘러앉아 있는 친우들을 향해 허리를 숙였다.

"미안하다. 내 탓이야."

아버지에게 사랑을 받지 못하고, 그로 인해 현제가 이런 엄청난 계획을 세웠던 것도 모두 자신의 탓이라 여기는 하제.

"오늘은 이만 돌아가줬으면 해. 현제와 둘이 더 얘기를 나눠야겠어."

진상을 세세하게 파악하고 태랑을 만나러 가야 했다. 정말 현제가 솔루를 납치했다면 태랑은 가만히 있지 않을 것이다. 지금의 태랑이라면 현제의 목숨을 위협할 가능성이 컸다.

"태랑에게는 나중에 내가 따로 찾아간다고 전해줘."

"되도록 빨리 태랑을 찾아가. 너도 잘 알겠지만 네 동생."

설담이 턱으로 현제를 가리켰다.

"자칫하다간 목숨 부지하기 어려울 거야. 우리는 이만 가자. 현제에 대한 문제는 우리도 의견을 나눠봐야지."

설담의 말에 모두 수긍하며 자리에서 일어나 문을 향했다. 정신적으로 피곤한 하루를 보낸 그들은 저마다 옅은 한숨을 쉬며 말없이 자리를 떠났다.

"미안."

마지막으로 문을 나서려던 연초가 하제에게 나직이 말했다.

"네가 왜."

"우리 오라버니가 동조하지만 않았어도 일이 이렇게까지 되지 않았을 텐데."

"현제가 시작했어. 그리고 동조한 사람은 네 오라버니지 네가 아니니 행여 쓸데없는 생각은 하지 않았으면 한다."

비한 앞에서 언제나 작아지는 그녀에게 이번 일은 적잖이 타격이 있을 듯했다. 또 아무리 비한이 괜찮다 하더라도 그녀 스스로 힘겨워할 것이 뻔했다. 어쩌면 여태껏 묵묵히 비한을 기다려온 그녀가 미안한 마음에 그를 포기할 수도 있었다.

"너도 쓸데없는 생각 하지 마."

연초가 폭풍전야인 형제를 걱정스레 보고는 문을 닫았다.

모두 나가고 둘만 남자 하제가 조용히 입을 열었다.

"태랑의 비를 네가 납치하도록 시켰어?"

"응, 가장 치명적인 약점이잖아."

"정말 미쳤구나. 타인의 약점을 이용하는 것이 얼마나 비겁하고 치졸한 줄 모르지는 않을 테고. 너는 절대 건드리지 말아야 할 걸 건드렸어."

"짐작했던 일이야."

잘못했다고 용서를 빌어야 하는데 현제는 담담했다. 하긴 이 정도도 각오하지 않고 그런 큰일을 벌이지는 않았을 것이다.

"태랑에게 사죄해. 그러지 않으면 네 목숨, 부지하기 힘들 거야."

대답이 없는 현제를 보며 어떻게 태랑을 설득할지 암담했다. 지금까지 겪어온 바에 의하면 태랑은 애정이라는 감정이 없어 무자비할 때가 있었다. 그나마 기댈 것이 있다면 그간 서로 알고 지내며 의지했던 친분인데, 이 순간 그것이 너무나 얄팍하게 느껴졌다. 부디 솔루에 의해 생긴 감정이 조금이나마 현제에게 자비를 내리길 바랐다.

솔루는 백해궁으로 온 뒤 닷새를 끙끙 앓았다. 고열에 시달리며 정신을 잃고 깨기를 반복했다. 잠이 들거나 정신을 놓았을 땐 연신 제 어머니를 찾아 허공에 손짓을 했다.

그런 그녀 곁을 태랑이 꼼짝 않고 지키며 손을 잡아줬다. 하루에 두세 번씩 오가며 솔루를 치료하던 전의가 태랑에게 조심스럽게 조언을 했다.

"그간 체력이 약해진 데다가 힘든 일을 겪으셨으니 이 정도는 가벼운 편입니다. 약으로 몸의 건강은 회복한다지만 마음의 병이 깊어 잘 다독여드려야겠습니다."

"그래, 그럴 테지."

그녀가 어서 쾌유하길 바라면서도 한편으로는 두려웠다. 왜 이제 왔냐는 그녀의 원망 섞인 말이 그의 머릿속을 떠나지 않았다.

홍이의 죽음을 그녀가 잘 극복할 수 있을까.

그로 인해 혹시 저를 더 심하게 거부하면 어쩌나 염려스럽다. 객사가 온전하다면 그곳에서 쉴 수 있도록 해주고 싶었지만, 그럴 수 없어 가희와 송마를 불러들여 언제라도 솔루를 보필할 수 있도록 대기시켰다.

"태랑 님, 이제 휴식을 취하십시오."

솔루의 체온이 정상적으로 돌아오자 파고가 태랑에게 권했다.

"아직은 아니다."

"그러다 태랑 님께서 쓰러지십니다."

닷새 동안 거의 자거나 먹지 않은 태랑의 눈이 벌겋게 충혈됐고, 주위가 움푹 꺼졌다. 다듬지 못한 수염이 까칠하게 얼굴을 덮고 있었다.

"이만한 일로 쓰러질 내가 아니다."

"안색이 나쁘십니다."

"괜찮다 했다."

태랑이 솔루의 머리를 가만히 쓰다듬었다. 아름다움을 추구하며 살던 그가 이리 변할 줄은 몰랐다.

"그리고 저⋯⋯."

"무슨 일 있느냐."

"하제 님과 현제 님이 뵙기를 청하십니다."

"만나고 싶지 않다 전해라."

앓아누운 솔루를 보면서 머릿속으로 수도 없이 현제를 찾아가 그의 목을 움켜쥐는 상상을 했더랬다. 자해궁을 제 객사처럼 폐허로 만들까 하는 고민도 했었다. 허나 하제의 얼굴이 떠올라 차마 그럴 수 없었고, 자칫 잘못하다간 해국 전체가 흔들릴 수 있는 문제였다. 여기서 일이 더 커져봤자 가족이 연루되어 있는 연초나 하제에게 상처가 더해질 것이고, 해국 내부에서 전쟁이 나면 솔루 또한 백해국의 생활이 편치 않을 것이다.

그랬다. 그에겐 현제를 벌하는 일보다 솔루가 먼저였다. 그녀가 다치지 않고 일이 여기에서 그쳤으니 그것으로 됐다 여기는 태랑이었다.

"아, 파고. 하제는 만나야겠다. 잠시 여기로 오라 해."

태랑이 침상의 휘장을 전부 내리자 하제가 들어왔다.

"현제는 네가 지켜."

"미안하다."

"이유가 무엇이든 헛된 꿈을 꾸지 않도록 지키고, 나로부터 지켜. 내 눈에 띄지 않게 해. 지금은 이리 넘기지만 내 마음이 언제 변할 줄은 나도 자신하지 못한다."

"그래."

"현 자해국의 왕과 교류는 없다. 혹, 다섯 나라가 회동해야 하는 일이 생기면 네가 참석해. 내 뜻은 이것뿐이니 그만 가."

말없이 고개를 끄덕이던 하제는 태랑의 얼굴을 보고 이만하길 다행으로 여겼다. 그가 알고 있는 태랑이었다면 최소 현제의 팔다리 중 하나는 부러졌을 텐데.

"고맙다, 태랑."

"용서했다고 한 적 없어."

"날 만나줘서 고맙다는 거야."

"가."

돌아선 태랑이 침상의 휘장을 걷고 안으로 들어갔다.

하제의 잘못이 아니란 걸 잘 알고 있다. 어찌 보면 하제도 피해자에 속하지만 동생이 연루되어 있으니 그가 감당할 몫이었다. 오랜 시간을 함께한 친우였으나 그의 얼굴을 예전처럼 보기까지는 시일이 꽤 걸릴 듯했다. 어쩌면 평생 안 보고 살지도 모르겠다.

하제가 돌아간 뒤에도 태랑은 솔루의 곁은 계속 지키고 있었다. 밤이 되자 그녀가 깨어나는 것을 확인한 그는 가희와 송마에게 맡기고 목욕을 하러 갔다. 그녀가 눈을 뜨자 안심되기도 했고, 지저분하고 초췌한 모습을 보이기 싫었다.

목욕을 끝낸 그가 옷을 갈아입고 돌아왔는데 침상에 누워 있어야 할 그녀가 보이지 않았다.

"어디 간 것이냐."

방을 지키고 있던 송마에게 물었다.

"가희와 후원에 가셨습니다."

후원. 홍이를 보러 간 거구나.

태랑도 후원으로 발걸음을 옮겼다. 역시나 그녀는 자환목 아래에 묻힌 조그마한 홍이의 무덤 앞에 쭈그리고 앉아 있었다. 그를 발견한 가희가 멀찍이 물러서며 자리를 피해줬다.

"홍아."

작은 둔덕이 홍이라도 되는 듯 손으로 어루만지는 솔루.

"미안해…… 미안해."

툭. 눈물이 한 방울이 떨어져 무덤을 진하게 물들였다. 믿기지 않았다. 홍이가 안에 묻혀 있다는데 믿을 수가 없었다. 홍아, 하고 이름을 부르면 자환화 꽃잎 사이에서 연한 주홍색의 입술을 빠끔거리며 머리를 슬그머니 내밀듯했다. 금방이라도 나타나 지느러미를 움직이며 제 어깨에 몸을 비벼댈 듯한데, 홍이와의 만남이 이리도 짧게 끝날 줄 몰랐다.

"보고 싶어, 홍아."

그녀가 양손에 얼굴을 묻었다. 흐느끼는 소리와 함께 등이 들썩였다.

태랑이 솔루 옆에 앉으며 그녀의 어깨를 감싸 안았다. 갑작스런 인기척에 고개를 든 그녀의 얼굴이 눈물로 젖어 있었다.

"태랑 님."

"오냐."

"부탁이 있습니다."

"말해보거라."

"꼭 들어주셔야 합니다."

"널 놓아달라는 말만 하지 마라. 들어줄 수 없으니."

그녀가 손등으로 볼에 흐른 눈물을 훔쳐냈다. 그러나 또다시 눈에서 맑은 물줄기가 흘렀다.

"울지 마."

네 눈물에 내 마음이 쓰라리다. 조용히 혼잣말을 한 태랑이 솔루의 눈물을 손가락으로 닦았다.

"어머니가 보고 싶습니다."

눈물을 닦아주기 위해 그녀의 얼굴 위를 배회하던 손이 멈칫했다.

"어머니를 뵐 수 있도록 해주십시오."

놓아달라는 뜻의 다른 말이었다.

"들어줄 수 없다."

"아버지가 돌아가셨을 땐 어려서 잘 몰랐는데, 홍이를 보내보니 알겠습니다. 가까운 사람이 다시는 만날 수 없는 곳으로 먼 길을 떠나면 남은 사람이 얼마나 힘겨운지를요. 제가 어머니께 너무나 큰 불효를 저질렀습니다."

가족을 위한다는 명목하에 바다 제물이 되기를 자처해 목숨을 버렸으니, 불효도 그런 불효가 없었다. 저가 자신을 위해 죽은 홍이에게 미안한 것처럼, 어머니도 평생을 딸에 대한 미안함과 죄책감으로 사실 것이다. 그렇잖아도 몸져누워 계시는 어머니에게 짐을 더했다.

아무리 배고플 걱정 없이 잘 먹고 잘 지낸다고 하나, 어머니는 오히려 더 괴로우시겠지. 마음의 병이 더 깊어지시겠지.

아파서 누워 있는 동안 솔루는 홍이와 어머니 생각으로 아파했다.

"그리고 태랑 님."

솔루의 어깨를 잡고 있는 태랑의 손가락에 힘이 들어갔다.

놓아줄 수 없다는 듯, 놓지 않겠다는 듯.

"제가 힘듭니다."

"……."

"지금 제게 해국은 힘든 곳입니다."

"……."

"이곳이 싫습니다."

그동안 표현은 안 했지만 그녀도 알고 있었다. 태랑뿐만 아니라 해국 전체가 그녀를 속이고, 그의 심장을 위해 모두가 한뜻이 되었다. 파고도, 설담도, 반유도, 가희와 송마까지 모두가 똑같았다. 믿을 이 하나 없는 해국에서 솔루가 유일하게 믿었던 것은 홍이밖에 없었는데, 이제는 어디에도 마음을 두지 못하겠다. 걱정하는 얼굴로 바라보는 모든 이가 언제든 돌아설 수 있다는 생각이 그녀의 마음을 지배했다. 그나마 홍이를 보며 버텼는데 더는 힘들 것이다.

"뭍으로 돌아가는 법만 알려주신다면 제가 혼자 가겠습니다."

"결국 놓아달라는 소리를 하는구나."

너는 어떻게든 내게서 벗어날 생각만 하는구나. 솔루의 눈물로 쓰라리던 가슴이 욱신거렸다. 심장이 뛸 때마다 가슴을 헤집어놓는다.

"해국의 모든 것이 제 목을 짓누릅니다. 숨을 못 쉬겠습니다."

"나는 그리할 수 없다. 너도 잘 알지 않느냐."

"다 가지셨잖아요!"

태랑이 아프게 그녀를 바라봤다. 허나 솔루는 그의 내면을 들여다볼 여유가 없었다.

"네가 위험해져. 뭍으로 가는 일은 목숨을 걸어야 한다."

"해국에서 사는 것도 제겐 목숨을 거는 것과 같습니다."

"안 돼."

"제가 말라 죽기를 원하십니까! 도대체 왜 절 묶어두려 하십니까."

그녀가 태랑의 손을 뿌리치기 위해 몸부림을 쳤지만, 옥죄어오는 힘이 더 강해졌다. 한참 만에 그가 그녀의 잡은 어깨를 놓더니 솔루의 두 볼을 잡고 자신을 보도록 고정했다.

"왜냐고 물었느냐."

물기를 머금은 그녀의 까만 눈동자가 그를 거부하고 있었다. 왜 그동안 이 눈이 저를 그토록 아프게 했는지 의문이었는데 이제 알겠다.

"내가 너를……."

태랑이 입만 벌린 채 다음 말을 잇지 못했다.

"너를……."

그의 푸른 눈동자가 솔루처럼 젖어들어 갔다.

"너를 사랑하느니라."

이 말을 하기까지 오래 걸렸다. 아니, 이 마음을 알고 인정하기까지가 참 오래도 걸렸다. 솔직히 몰랐었다. 사랑을 준 적도, 받아본 적도 없기에 그것이 어떤 감정인지 몰랐었다. 갓 태어난 아기처럼 모든 것이 낯설었던 자신은 어리석게도 이제야 깨닫는다.

그녀를 곁에 두고 싶고, 자신만 바라봐주길 원하는 마음.

저를 밀어낼 때마다 안타까움에 저몄던 가슴.

누구보다 아껴주고 싶었고, 소중했다. 그녀를 잃을 수도 있다는 생각을 한 순간 알아차렸다.

너 없이는 내가 살 수 없구나.

내가 너를 사랑하는구나.

내가 한때 심장을 간절히 원했던 만큼 원하고 있다. 너라는 여인을, 너의 마음을, 너의 사랑을.

"내가 너를 사랑한다."

사랑한다는 말이 이다지도 아픈 말이었던가.

너도 나를 이렇게 아프게 사랑했던 것이냐.

울컥. 태랑의 가슴에서 무언가가 올라가 목을 막히게 했다.

"왜……."

솔루가 천천히 눈을 깜박이며 말을 꺼냈다. 사랑한다는 그의 고백에 조금 전의 격렬했던 반응이 사라졌다.

"왜 저를 사랑하십니까."

"그건……."

갑작스러운 질문에 답을 찾지 못한 그의 눈이 당황스러움으로 물들어갔다. 이유를 묻는다면 뭐라 대답해야 한단 말인가.

"제가 태랑 님께 심장을 드렸기 때문입니까?"

그는 기억을 더듬었다. 언제부터 그녀에 대한 마음이 깊어졌을까.

그녀가 제게 심장을 준 날부터 사랑하게 되었나.

답이 나오지 않은 그는 난감했다.

"태랑 님."

"그래."

"원망했었습니다. 미워도 했습니다."

"그랬겠지."

고개를 끄덕이는 그와 달리 솔루는 고개를 저었다.

"지금은 아닙니다."

아니라는 말에 그는 작은 희망을 느꼈다. 다시 시작할 수 있지 않을까. 늦은 감이 있지만 고백하기를 잘했다.

태랑의 입이 기대감으로 부드럽게 휘어질 때였다.

"그리고……."

무슨 말을 하려는지 그녀가 머뭇거렸다.

"지금은 태랑 님을 사랑하지도 않습니다."

"괜찮다."

씁쓸했지만 진작 알고 있었던 사실이었다. 원망하지 않고, 미워하지 않는다면 사랑하지 않아도 나쁘지 않다는 태랑이었다.

"너무 늦으셨어요."

미세하게 올라갔던 그의 입꼬리가 일자로 그어졌다. 희망에 차 조금씩 두근거리던 심장이 끝을 알 수 없는 바닥으로 떨어졌다. 늦었다며 그녀가 확실하게 선을 그어 희망 따위는 없으니 손톱만큼의 기대도 말라는 선포였다.

"보잘것없는 저를 사랑해주셔서 감사합니다."

솔루가 제 얼굴을 쥐고 있는 태랑의 손을 잡아 내리자 힘없이 툭 떨어졌다. 사랑해줘서 감사하다는 표현이 그를 조마조마하게 만들었다. 차라리 여태껏 그랬던 것처럼 강렬하게 거부해주는 편이 더 편할 듯싶었다. 마치 체념한 사람처럼 조용히 내뱉는 음성에 그는 어떤 말도 할 수 없었다.

일어서서 자리를 떠나려는 그녀를 잡지 못했다. 순간 태랑은 엇갈린 그녀와 자신의 사이가 앞으로 어떻게 될지 예감했으나 부정했다. 황급히 일어나 앞서가는 그녀와 함께 안으로 들어가기 위해 빠르게 걸었다. 휘청이는 그녀를 붙잡고 제게 기대도록 했다.

솔루가 그를 의지하는 듯했지만 정작 의지하는 쪽은 태랑이었다. 태랑은 품에 꼭 안은 채로 그녀를 바래다준 후 집무실로 갔다.

태랑이 돌아가고 혼자 침상에 누운 솔루는 오지 않는 잠을 억지로 청했다. 그냥 포기하기로 했다. 저를 사랑한다 했던 태랑의 말이 그녀에겐 너를 영원히 붙잡아두겠다는 뜻으로 들렸다. 그래도 예전엔 불가능하더라도 언젠가 가족을 만날 수 있다는 바람이라도 가질 수 있었는데 이젠 다 부질없어졌다. 완벽한 구속이었다.

초야를 치르던 밤, 그가 제게 사랑한다 말해줬다면 지금쯤 달라졌을까. 어쩌면 달라졌을지도. 지난날, 그를 보면 설레었고, 같이 있으면 좋았으니까.

허나 지금은 언제 그런 시절이 있었나 되짚어보기 힘들 정도로 가물거렸다. 그때의 감정을 떠올리려고 해봐도 어떤 거였는지 잊었다.

"그날 밤, 말씀해주시지 그랬어요."

죽을 각오를 하고 태랑에게 자신의 전부를 내어주던 그 밤에 그를 사랑했던 마음도 줘버렸나 보다. 지금 남은 건 그에 대한 불신과 해국을 벗어나 가족을 만나고 싶다는 소망뿐.

아름다운 이 나라가 그녀에게는 감옥 아닌 감옥이 되었다. 잠시 기운을 차려 홍이의 무덤을 찾아갔던 솔루는 다시 시름시름 앓기 시작했다.

설담은 솔루가 누워 있는 침상 곁에 서서 그녀를 내려다봤다. 다 나았다더니 며칠째 자리보전하고 있다는 소식을 들어서 찾아왔다. 등을 보인 채로 누워 있는 그녀를 몇 번이나 불렀지만 잠들었는지 움직임이 없었다.

어디가 어떻게 아픈지 송마에게 물으려다 말았다. 대신 음식은 먹는지, 깨어 있는 시간은 얼마나 되는지를 물었다.

"대부분 주무시고 계십니다. 식사 때 억지로 깨우기는 하는데, 그마저도 아주 잠깐이지요. 음식은 겨우 입에 대는 수준으로 드십니다."

"태랑은 어쩌고 있나요?"

"자주 오시지만 항상 잠들어 계시니……."

"흐음."

그는 침상의 맞은편으로 돌아가 솔루의 얼굴을 살폈다. 곤히 잠들었지만 많이 지쳐 보였고, 핼쑥해진 얼굴이 말이 아니었다.

"아무래도 헤어질 시간이 다가오나 보군요."

설담이 잠들어 있는 솔루에게 작은 목소리로 속삭였다.

태랑을 위해 그간 모르는 척했었다. 객사에서 지내는 동안에도 달라진 그녀를 보며 염려는 했으나 나서지 않았다. 하지만 이대로 가만히 있다가는 태랑도 비한과 같은 상황을 맞이하게 될 것이다.

설담은 솔루가 없어졌을 때 곧 죽을 것 같았던 태랑을 떠올렸다. 그를 설득해야 할 시간이다. 그녀의 머리를 가만히 쓰다듬은 설담은 침실에서 나와 비한이 먼저 가 기다리고 있는 태랑의 서재로 향했다. 설담이 서재에 들어서자 기다렸다는 듯 비한이 어서 오라고 눈짓을 했다.

"전의는 뭐라고 해?"

그가 자리에 앉으며 물었다.

"이유를 몰라."

태랑이 찻잔에 차를 따른 뒤 설담 앞으로 밀었다. 찻잔을 두 손으로 들어 올리며 얼핏 본 태랑의 얼굴은 솔루처럼 핏기가 없고 파리했다.

"비한이 보내준 좋다는 약재를 쓰는데 거의 먹지를 못하니……."

"먹지 못할 거야. 내게 심장을 준 여인도 그랬으니까."

"하고 싶은 이야기가 뭐야. 네가 그랬던 것처럼 그녀를 보내라는 건가?"

"그러라 하면 그렇게 할 수 있겠어?"

"아니."

단박에 거절하는 태랑의 얼굴은 괴로워 보였다.

"이런 식으로 붙잡고 있다간 그녀를 잃을 거야."

이번엔 비한이었다. 이럴 줄 알고 사랑하지 말라 했는데, 태랑은 기어이 솔루에게 마음을 주고 말았다. 심장을 가지면 언젠가 어떤 식으로든 보내줘야 하는 날이 올 것이 뻔해서 절대 사랑하면 안 된다 했건만.

비한은 제 여인을 잃었던 때도 되돌아가는 기분이었다. 제게도 이런 말을 해줄 사람이 있었다면 얼마나 좋았을까. 지나버린 과거를 후회해봤자 소용이 없다는 걸 알면서도 늘 되짚어보기를 반복했었다.

"태랑, 너의 선택은 둘 중의 하나밖에 없지만, 둘 다 결과는 마찬가지야."

"……"

"비를 그녀가 가고 싶은 곳으로 보내주든가, 아니면 너의 곁에 붙잡고 있다가 다시는 만날 수 없는 세계로 보내주든가."

다시는 만날 수 없는 세계.

그곳이 어딘지를 태랑도 알고 있었다.

비한이 제 여인을 보냈던 곳. 죽은 자만이 갈 수 있는 곳.

차로 입술을 축인 태랑이 머리카락을 쓸어 올렸다.

"그녀는 죽지 않아."

"죽어가고 있어."

"내가 살려!"

"너, 알고 있잖아."

딸각. 사기로 만든 찻잔이 받침과 부딪쳤다. 태랑의 떨리는 손에 곧 그 소리가 자잘하게 계속 울렸다.

비한이 정곡을 찔렀다. 솔루와 홍이의 무덤 앞에서 이야기를 나눈 뒤로 앓고 있는 그녀를 보며 아니라고, 그렇지 않다고 자기 위안을 했었다. 그녀를 잃는다는 것이 어떤 느낌인지를 알면서도 놓아줄 수가 없었다. 비한과 같은 처지가 되기 전에 설담과 같은 결론을 내려야 한다는 걸 어렴풋이 예감했지만 도저히 행동으로 옮길 수가 없었다.

"싫…… 다."

태랑은 탁자 위에 두 주먹을 올리고 모았다. 서서히 고개를 떨구더니 주먹 위에 이마를 기댔다.

"그녀를 사랑하잖아."

태랑의 어깨에 손을 올리는 비한.

"나는 사랑했기 때문에 내렸던 내 결정을 후회하고 있어. 너는 사랑하기 때문에 나와 다른 결정을 내리길 바란다."

토닥토닥 태랑의 어깨를 몇 번 두드린 비한이 설담에게 그만 가자 했다. 백해궁을 나서며 설담이 비한에게 물었다.

"어떤 결정을 내릴까?"

"어떤 것이든 태랑의 선택이야. 그 결과에 따라오는 것들도 태랑이 감당해야 할 부분이지. 더 이상 강요할 수 없어, 들을 녀석도 아니고."

"걱정이 많이 된다."

"태랑은 우리와 다르니 그럴 수밖에. 헌데 우리가 걱정한 만큼 힘들어할 수도 있지만, 그보다 더 잘 이겨낼 수도 있어."

해룡을 타고 날아오르는 비한을 배웅하며 설담은 깊은 한숨을 내쉬었다. 아직 풀리지 않은 일들이 많았다. 현제에 대한 태랑의 생각을 하제에게 듣기는 했으나, 지금은 태랑이 솔루 때문에 현제에 대한 처분을 미루고 있는 것이 분명했다. 해서 설담과 비한, 반유도 즉각 현제에 대한 의견을 모으지 않고 있었다.

태랑이 솔루를 보내지 못해 최악의 상황까지 간다면 어떻게 될지는 뻔했다. 태랑도 걱정이지만 더불어 해국의 앞날도 캄캄해지는 것 같았다.

한편, 서재에서 탁자에 엎드러진 채로 한참을 있던 태랑은 솔루가 있는 침실로 갔다. 모로 누워 잠든 그녀 앞으로 몸을 뉘였다.

그녀는 많이 야위어 통통하던 볼이 홀쭉해졌고, 분홍빛으로 윤기가 반작였던 입술이 제 색을 잃었다. 그리고 항상 이렇게 누워 있기만 했다.

저에게 따박따박 말대꾸하던 목소리를 들은 지 얼마나 되었더라.

백해궁과 객사를 오가며 생기 있는 뜀박질을 봤던 때가 언제였더라.

지금 그녀에게선 처음에 봤던 모습이 조금도 남아 있지 않았다.

내가 너를 이리 만들었더냐.

너를 살아도 사는 것이 아닌 사람으로 만든 이가 나였구나.

그래도…….

"사랑한다."

너무 늦게 깨달아서 미안하지만…….

"사랑한다."

앞으로도 너만을…….

"사랑한다."

그는 솔루에게 다가가 안고 이불을 끌어당겨 덮었다. 감은 그의 눈꼬리에 작은 물방울이 맺혔다.

"빚은 모두 청산하지 않았습니까?"

금작이 갑작스레 찾아온 태랑을 보며 어색하게 웃었다. 태랑과 거리를 두고 멀찌감치 떨어져 있었지만, 그가 마음만 먹으면 저 하나쯤이야 만신창이로 만들 수 있었다. 그날 후로 다시는 만날 일도 없고, 그가 저를 찾을 일도 없을 줄 알았는데 무엇 때문에 왔을까. 냉기를 폴폴 풍기는 그를 보고 있자니 죽기 직전까지 갔던 끔찍했던 순간이 떠올라 몸서리가 쳐졌다.

"가만 생각해보니 내가 손해였어."

"네?"

"빚의 크기가 달라. 내가 그대에게 진 빚과 그대가 내게 진 빚 말이야. 고작 적진주와 첩어 몇 마리로 나의 비와 바꿀 순 없지 않은가."

"아, 네, 그렇군요. 제가 당시에는 경황이 없어 미처 몰랐습니다."

"내가 어떻게 나올지 알고 미리 적진주와 첩어로 손을 쓴 그대가 몰랐다?"

"제가 아둔한 구석이 더 많은 놈입니다. 죄송합니다. 필요하신 것이 있다면 뭐든 말씀만 하십시오."

그렇잖아도 어색한 금작의 미소가 더 떨떠름해졌다. 제 속을 감추기 위해 언제나 여유 있게 웃었는데 태랑 앞에서만큼은 어려웠다. 위로 당겨진 볼이 파르르 떨렸다.

"길을 안내해줘."

"길이요? 무슨 말씀이신지……."

"뭍으로 가는 길 말이야."

"뭍은 위험하단 걸 아시지 않습니까. 뭍에서 가져와야 하는 물품이 있다면 제가 드리겠습니다."

"그대는 '하겠다.'라는 말만 하면 될 텐데?"

매서워지는 태랑의 눈초리를 피하며 금작이 고개를 절레절레 저었다.

"설마 직접 가시겠다는 겁니까? 아무리 태랑 님이시라지만 위험한 건 마찬가지입니다. 지난번에 제가 부리는 이들도 뭍에서 돌아오는 도중에 둘이나 죽었습니다."

"할 것인가, 말 것인가."

"제가 거절하면 어떻게 되는 겁니까?"

"그대 혼자 현제와 도모한 일이니 창국에게 피해를 줄 수는 없고, 이 궁을 폭삭 무너뜨려 폐허로 만들자니 이곳에서 일하는 이들이 불쌍하고."

태랑이 검지로 관자놀이를 가볍게 긁더니 서늘하게 웃었다.

"나의 비가 괴로움에 떨었던 만큼 그대로 똑같은 괴로움을 느껴야겠지. 사지가 묶인 채로 천장에 매달려 긴 세월을 지내볼 텐가? 그 잘난 얼굴에 흉터 몇 개쯤 새겨 넣는 것도 좋을 듯하군."

"저는 백해국의 비께 다른 뜻은 없었……."

"그대의 뜻 따위는 중요치 않아. 그녀를 힘들게 했다는 사실만 남아 있어."

"그럼 길을 잘 아는 이를 붙여드리겠습니다."

"그대가 해. 갖고 싶은 물건이 있을 때는 잘만 가더니 피하는 이유를 모르겠군. 다시 묻지. 할 것인가, 말 것인가."

선택의 여지가 없었다. 태랑과의 동행은 위험부담이 컸다. 그가 죽을 일이야 없겠지만 만에 하나 다치기라도 한다면 그에 대한 책임도 져야 할 것이다. 그나저나 뭍은 왜 가려는 거지 하는 의문이 드는 찰나 솔루가 떠올랐다.

"혹, 함께 가는 분이 계십니까?"

금작이 조심스럽게 물었으나 태랑은 답하지 않았다.

"하겠다는 뜻으로 받아들이지. 위험한 여정이 되리란 건 알고 있다. 하지만 그대의 지휘 아래 최대한 안전하게 다녀왔으면 해."

"네, 정히 그러시다면 제가 모셔야지요."

"되도록 빨리 일정을 잡아 연락을 취할 테니 기다리고 있도록."

돌아서는 태랑의 뒤태는 꼿꼿했다. 전신에서 흐르는 차가움도, 얼굴이 상하기는 했으나 기품이 흐르는 아름다움도 여전한데 쓸쓸하고 외로워 보였다.

솔루가 뭍으로 가기 전날 밤, 태랑은 설담과 마주 앉아 술잔을 기울였다. 벌써 몇 시간째 술을 들이켰지만 취하지 않아 괴로웠다. 그녀를 보내주기로 마음먹었는데 정작 그날이 다가오자 수많은 갈등이 그를 붙잡았다.

"정말 보내주면 살 수 있는 거지?"

턱을 괸 채로 태랑이 물었다.

"그렇대도. 몇 번째 묻는 거야."

"심장을 내게 줬는데 뭍에서 괜찮을까?"

"맥(脈)은 잡히잖아. 적어도 심장 역할을 하는 무언가는 있으니 그러겠지."

"하지만 비한은……."

"비한의 경우는 너와 다르다니까 그러네."

반복되는 질문과 대답에 설담이 짧게 한숨을 내쉬었다. 저러다가 솔루에게 받은 심장을 다시 내어줄 판이었다.

"글쎄, '산다, 죽는다.' 장담은 못 하지만 적어도 네 눈앞에서 죽지는 않는다."

쾅! 태랑이 주먹으로 탁자를 내리쳤다. 지금까지 '살 거야.'라고 해줬다가 답을 달리했더니, 그의 심기를 거슬린 모양이다.

"알려줬잖아. 잘 살 거야."

설담도 자신에게 심장을 내어줬던 여인을 보내놓고 1년간 사람을 붙여 지켜봤었다. 지금도 그녀가 살아 있을지는 모르겠으나, 지켜봐온 1년 동안은 건강하고 행복하게 지내고 있다 들었다. 거기까지만 했다. 그 후로 가끔 보고 싶은 적도 있었지만 찾지 않았다. 잘 지내고 있다 믿는 편이 설담에게도, 그녀에게도 좋을 것이라 생각해서였다.

"넌 솔루를 보내주고 잘 살 수 있겠어?"

술잔을 빙빙 돌리던 설담이 걱정스레 태랑을 바라봤다. 그녀의 존재가 태랑에게 의미가 크다는 걸 알고는 있기에 비한과 다르게 그의 방황이 길어지지 않기를 바라는 수밖에 없었다.

"언제부터 내 걱정을 했다고."

"그래, 뭐, 백해국의 왕 태랑이 이만한 일에 무너지지는 않겠지."

설담의 말에 태랑이 자조적인 냉소를 띠었다.

"참, 전의는 괜찮다고 해? 뭍으로 가는 데 문제는 없겠어?"

"집으로 보내준다고 하니 솔루가 억지로 식사도 하고 탕약도 마시더군. 완전히 좋아지진 않았지만 더 지체하면 안 될 것 같아서."

시간이 더 늦어진다면 솔루를 보내줄 수 있을지 자신이 없었다. 솔루는 집에 갈 수 있다는 말을 들은 후부터 그녀는 태랑을 외면하지 않았다. 예전처럼 웃지는 않았지만 맑은 두 눈에 빛을 찾아갔다. 그럴 때마다 붙잡아두고 싶은 마음을 애써 억눌렀다.

"그만 마시자."

술잔을 놓은 설담은 의자에서 일어섰다.

"험난한 여정이 될 텐데 일찍 자라."

설담이 말은 그렇게 했지만 태랑이 마지막 밤을 허무하게 보내지 않길 바랐다.

수많은 감정들이 태랑을 불안하게 하겠지. 두렵게 하겠지.

힘내라는 듯이 태랑의 어깨를 툭툭 두드리고 나가려던 설담의 등 뒤에서 거친 음성이 들렸다.

"내가, 그녀 없이 살 수 있으려나."

답을 하려고 입을 벌렸던 설담은 뭐라 말해야 할지 몰라 우물거리다 말았다.

"내 곁에 있어주길 원했던 이들은 결국 모두 떠나고 마네."

자신의 부모도. 비인 솔루도.

원망 섞인 말이었으나 따지고 보면 모두가 제 탓이었다. 괴물의 모습을 하고 태어난 것도 모자라 마음까지도 괴물이 되어 있었다. 저 살자고 정직하게 자신을 사랑해줬던 솔루를 이용했다.

그녀를 처음 만났던 때로 돌아간다면…….

그럴 수만 있다면 나는 다른 선택을 했을까.

지금 그녀와 나는 달라져 있었을까.

태랑이 두 손에 제 얼굴을 묻었다. 흔들리는 그의 어깨가 아이처럼 작아 보여 설담은 한동안 자리를 떠나지 못했다.

그 시각, 솔루는 침상에 앉아 태랑을 기다렸다. 고맙다는 말을 전하고 싶어서였다. 이유가 무엇이든 자신을 놓아줄 수 없다던 그가 생각을 바꾼 건 감사한 일이었다. 그러나 태랑은 밤이 깊어져도 오지 않았다.

건강이 많이 회복됐다지만 몰려오는 피로를 견딜 수가 없었던 솔루는 설핏 잠이 들었다. 문이 열리는 소리에 몸을 일으키려 했지만 머리는 쓰다듬는 감촉과 함께 들려오는 무거운 한숨에 움직일 수가 없었다.

"솔루야."

그가 이마에 입을 맞췄다.

"나의 비."

나직이 속삭인 그가 콧등에 입을 맞췄다.

"하나뿐인…… 나의 비."

이번엔 그의 입술이 솔루의 볼에 닿았다. 파르르하는 떨림에 그녀는 제 가슴까지도 떨리는 것 같아 숨을 죽였다.

"나만의…… 비."

두 입술이 겹쳤다. 솔루는 이 입맞춤이 어떤 뜻인지 깨달았다.

내일이 지나면 볼 수 없기에, 영원한 헤어짐을 앞두고 있기에 그가 안녕을 고하고 있었다. 투둑. 얼굴에 떨어지는 뜨거운 물방울이 그녀의 눈물처럼 볼을 타고 흘러내렸다. 솔루는 천천히 감고 있던 눈꺼풀을 들어 올렸다.

입술이 떨어지자 양손을 들어 엄지로 태랑의 눈물을 닦아줬다. 그의 눈물을 보니 자신을 보내주는 것이 그로서는 얼마나 힘든 결정이었는지 조금은 알 듯했다.

"저번에도 말씀드렸지요."

"……."

"태랑 님을 미워하지 않습니다."

"……."

"다만, 태랑 님과 저는 인연이 아니었습니다."

옅은 웃음을 지으며 계속 흐르는 그의 눈물을 닦아주며 말했다.

"그러니 잘 지내십시오."

잘 지내라는 말에 태랑이 제 볼을 감싸 쥔 솔루의 손을 움켜잡아 입술에 댔다.

해국에서 나와 살면 안 되겠느냐.

떠나지 않으면 안 되겠느냐.

차마 할 수 없는 말들이 가시가 되어 태랑의 가슴을 찔렀다.

"좋은 분 만나셔서 행복해지세요."

맑은 눈망울을 하고 진심으로 그의 행복을 바라는 솔루였다. 거짓이라곤 찾아볼 수 없던 나의 여인. 처음부터 끝까지 그녀는 자신을 다 내보였었다.

그런 너를 아프게 해서 벌을 받는 걸까.

사랑하지 않은 것은 아니었는데.

아꼈는데.

너뿐이었는데.

흐윽, 하는 울음이 그의 입술에서 터져 나왔다.

뭍으로 향하는 과정은 예상했던 대로 험난해 자칫 목숨을 잃을 뻔한 상황도 있었지만 잘 넘겼다.

솔루와는 뭍에 도착하고 바로 인사를 했다. 그녀는 거듭 감사하다는 말을 하더니 뒤도 돌아보지 않고 금작 일행과 함께 제집을 향해 떠났다. 솔루의 집을 찾기까지는 시간이 좀 걸렸지만 태랑은 몰래 그녀의 뒤를 밟았다.

그녀의 집은 금방이라도 쓰러질 정도로 허름했었다.

저런 곳에서 잘 지낼 수 있을지 걱정됐다. 허나 그녀가 제 어머니를 보고 웃음과 울음이 뒤범벅된 채로 달려가는 모습을 본 순간 자신의 기우였음을 알았다. 남동생들도 버선발로 뛰쳐나와 네 식구는 서로 얼싸안고 한동안 울었다. 그녀의 얼굴과 몸을 만지며 어머니는 딸이 살아 돌아온 것이 맞는지 확인했다.

"입에 풀칠은 하고 살까요."

멀리서 그들을 바라보고 있는 태랑의 곁으로 다가온 금작이 말했다.

"힘들긴 하겠지."

그래도 솔루는 배가 고프더라도 가족과 함께 살며 이겨내기를 원할 것이다. 현명한 그녀라면 가족을 위한다는 명목으로 한번 포기했던 목숨이기에 그것이 잘못됐음을 깨달았겠지.

"가끔 그대가 뭍에 나올 일이 있다면 한 번씩 봐줬으면 해."

"그건 제게 빚을 지시는 겁니다."

태랑이 고개를 돌려 금작을 노려봤다.

"그렇지 않습니까. 여기까지 그간 태랑 님과 제 사이의 빚이 깨끗하게 청산됐습니다. 하지만 앞으로의 일은 빚이지요."

금작이 빙그레 미소를 지었다.

"혹 그대, 나를 속일 일이 또 있나?"

속을 알 수 없는 그가 지난번처럼 어떤 일에 대비책을 세워두기 위해서 이러나 싶어서 물었다.

"하하! 그, 그럴 리가요."

태랑은 황급히 손사래를 치는 금작에게 의심의 눈초리를 보내다 곧 거두고 솔루에게 눈길을 돌렸다.

얼싸안고 울던 네 식구는 서로 일으켜 세우더니 집 안으로 들어갔다. 마지막으로 들어가던 솔루는 신을 벗기 전 뒤를 돌아봤다. 갑자기 바람이 불어와 마당에 심어진 나무에서 하얀 꽃잎이 떨어지며 휘날렸다.

그때, 작은 그녀의 입술이 들썩였다. 멀어서 뭐라고 말하는지는 알 수 없었지만 태랑은 그녀가 자신에게 하는 말이라 생각했다. 어딘지 모를 곳을 바라보며 솔루가 말갛게 웃고는 두 손을 배에 대더니 허리를 숙였다.

태랑은 그 모습을 가슴에 새기고 새겼다.

잘 지내야 한다, 솔루야.

행복해져야 한다, 나의 사랑아.

네가 좋다면 된 거다.

이제는 됐다. 이걸로 다 됐다. 끝났다.

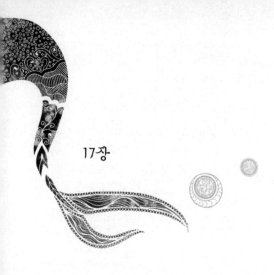

17장

백해궁으로 돌아온 태랑은 헛헛한 마음을 달랠 길이 없었다.

궁이 텅 비어 있는 기분이었다. 파고와 신하들, 하인들은 예전과 변함없이 자리를 지키고 있건만, 혼자 남아 궁을 지키고 있는 느낌이 지워지지 않았다.

함께 지냈던 공간에 솔루는 떠나고 태랑만 남았다. 그러나 어디를 가도, 어디에 눈길을 돌려도 솔루가 서 있었다. 그녀가 저를 불렀다.

'태랑 님!'

해사한 얼굴을 하고 자꾸 부르는데 정신을 차리고 보면 혼자였다. 같이 지냈던 방에도, 청이 누워 있는 후원에도, 객사로 이어지는 계단 아래에도 그녀가 있었다.

'홍아, 홍아!'

백해궁의 어느 곳에서나 그녀가 뛰어다니며 홍이를 찾았다. 문을 열고 방문을 나서면 엉망으로 만든 경단을 들고 와 저를 올려다보는 그녀가 용서해달라 말했다. 침상에 누우면 그녀의 조그마한 등이 그의 눈앞에 있었다.

"솔루야."

저도 모르게 그녀를 부르며 손을 뻗으면 그녀의 등이 사라지기를 되풀이했다. 그러다 지쳐 잠들면 공존의 밤, 괴물로 변해 그녀를 공격했던 저를 안아주던 품이었다.

'사랑합니다.'

귓가에 속삭이던 여린 음성이 끊임없이 들려왔다. 동시에, 그랬던 그녀에게 매몰차게 '나는 아니다.'라 했던 자신이 떠올랐다. 못난 자신의 말들이 순하고 착한 심성에 얼마나 큰 상처였을까. 미안했다. 돌이켜보면 처음 만났을 때부터 미안한 것투성이였다. 태랑은 모든 것이 마치 어제 일어난 일만 같아 먹먹해진 가슴을 부여잡고 다녔다.

재건을 시작한 객사를 둘러보기 위해 나갔다가 하루에도 몇 번씩 그녀의 닮은 뒷모습에 가슴이 주저앉았다. 그녀와 비슷한 싱그러운 향이 맡아지기라도 할 때면 없는 걸 알면서도 찾아 헤매다 떠올리지 않으려 귀를 막고, 눈을 감아봐도 소용이 없었다. 잊기 위해 미친 듯이 술을 마시기도 하고, 일에 파묻혀 지내기도 했다.

허나, 어느 순간 정신을 차려보면 눈에 눈물이 고여 있는 자신을 발견하곤 했다. 눈물로 불투명한 세상 속에서 보이는 것이라곤 솔루의 미소뿐이었다.

저를 바라보던 그녀의 까만 눈동자. 저를 위해 흘리던 그녀의 눈물과 웃음. 안아주던 따뜻했던 품.

지우고 싶으면서도 지울 수가 없었다. 이대로 그녀를 잊고 싶지 않았다.

터질 듯한 가슴을 안고 하루하루를 보내다 보면 정말 아프지 않을 날이 올까 봐, 잊을 날이 올까 봐 두려웠다. 수많은 가정을 하며 후회의 시간들을 보냈다.

만약 너의 심장을 탐내지 않았다면.

만약 내가 차라리 죽음을 택했더라면.

만약 그날 밤, 너를 사랑한다 말했다면.

만약 너를 만나지 않았더라면.

아니, 만약 네가 나를 만나지 않았더라면.

만약 해무가 우리의 인연이 어긋나게 해줬더라면.

그러다가 고개를 저었다. 자신의 삶에 솔루가 없었다는 생각만으로 끔찍했다. 그녀가 있었기에 웃을 수 있었고, 사랑하는 감정을 느낄 수 있으며 가슴이 아파봤고, 설레어봤고, 두근거려도 봤다. 그녀가 저에게 심장을 줬기에 지금 살아 있다. 솔루는 태랑의 인생에 축복이었다. 해서 고맙고, 고맙고 또 고마웠다.

"너는 솔루가 보고 싶지 않으냐."

솔루가 사무치도록 보고 싶은 날엔 홍이의 무덤 앞에 종일 앉아 말을 걸었다.

"네가 살아 있었다면 좋았을 텐데."

그랬다면 너를 보며 그리움을 조금이라도 달랠 수 있지 않았을까.

"보고 싶다, 나의 비."

그가 나직이 중얼거렸다.

솔루야, 거기는 살 만하느냐.

아프지 않고 행복하게 잘 지내느냐.

나는 조금도 기억나지 않더냐.

"용서해달라는 말을 못 했어."

그리고 한 번만이라도 다시 그때로 돌아가 그녀에게 꼭 하고 싶은 말이 있었다.

솔루야, 살다가 한 번쯤은 우리가 마주칠 날이 올까.

딱 한 번만 마주친다면 좋겠구나. 해주고픈 말이 있는데.

네 눈을 바라보며 해야 하는 그 말, 네가 들을 수 있는 날이 올까.

태랑은 들어줄 그녀가 없어 전하지 못하는 말을 가슴속 깊이 묻었다. 하얀 풀이 돋아난 무덤을 토닥토닥 두드리는 그의 모습은 많이 변했다. 은빛을 발하던 머리카락은 색을 잃어 오래된 실타래처럼 엉켰고, 살이 많이 빠져 차갑던 얼굴은 더욱 날카로워졌다.

태랑의 뒤를 가만히 지키고 있는 파고는 말없이 서 있다가 나오려는 한숨을 삼켰다. 어디선가 바람이 불어왔다. 시원한 바람 냄새를 맡기 위해 태랑이 고개를 들자 한쪽 눈을 가리고 있던 머리카락이 날렸다. 그리고 그 아래에 가려져 있던 푸른 눈동자가 드러나니 눈을 수직으로 그어 내린 상처도 보였다.

파고는 얼굴을 돌렸다. 바다 세계의 모든 이들이 칭송하던 백해국의 아름다운 왕은 이제 없었다.

1년 뒤, 솔루의 집.

우당탕! 밖에서 놀다 온 솔루의 남동생들이 뛰어 들어오며 세숫대야를 걷어찼다.

"이 녀석들! 누가 세숫대야를 그렇게 차래?"

마당의 평상에 앉아 바느질 중이던 솔루가 소리를 버럭 질렀다.

"일부러 찬 게 아니야!"

도헌이 헐레벌떡 뛰어오며 그녀 앞에 엎드려졌고, 그 위로 채헌이 쓰러졌다.

"일부러 찼든 안 찼든, 좀 얌전히 다닐 수 없니? 너희들 때문에 멀쩡한 살림이 없잖아."

"미안, 미안. 근데 오늘은 급해서 말이지."

"안 급한 일이 있기는 해?"

솔루가 '요 녀석들!' 하며 동생들의 코를 잡아 틀었다.

"아야야! 진짜야! 그렇지, 채헌아?"

"어어! 아흐. 아파라~"

코를 움켜쥐며 펄쩍 뛰는 동생들을 보면서 그녀가 눈을 반짝였다.

"뭔데?"

동생들은 마을의 소식통이었다. 솔루도 밖에 돌아다니며 이런저런 얘기를 듣곤 했지만 그들을 따라가지는 못했다.

"우리 마을에 이상한 사내가 나타났어!"

빨갛게 된 코를 비비던 채헌이 말했다.

"이상한 사내?"

솔루가 눈을 동그랗게 뜨며 물었다. 지루할 정도로 소소한 일상을 보내는 마을에 나타난 사내라니, 궁금증이 커졌다.

"산 아래 청기와 집에 산대."

채헌이 손가락으로 산을 가리켰다.

마을에서 가장 큰 대저택으로, 일하는 사람들은 종종 보였으나 주인이 누군지는 몰랐다.

다들 그저 얼굴을 볼 수 없을 만큼 지체 높은 신분이겠거니 했다.

"청기와 집의 주인일 수도 있지."

옆에 서 있던 도헌이 추리를 하는 것처럼 눈을 가늘게 떴다.

"청기와 집의 주인인지 손님인지는 모르겠는데, 정확하게 말하자면 이상한 사내라기보다는 험악한 사내 쪽에 가까워."

떠올리는 것만으로도 무서운 듯 채헌이 몸을 부르르 떨었다.

"그 사내가 사납게 생겼니?"

허리를 숙여 동생들과 시선을 맞춘 솔루가 물었다.

"어! 엄청 사납게 생겼어!"

도헌이 한쪽 눈을 옆으로 당겨 올려 사내의 얼굴을 흉내 냈다.

"눈빛으로 베이는 기분이야. 근데 잘생기긴 되게 잘생겼어."

이번에는 채헌이 고개를 절레절레 저었다.

"너희 같은 말썽꾸러기들을 잡아먹으려고 왔는지 몰라. 조심해!"

솔루가 양손으로 동생들의 머리를 헝클어뜨리며 웃었다.

"손 씻고 와, 밥 먹자!"

"웅! 웅!"

"웅! 웅!"

채헌과 도헌이 동시에 답하고 우물가로 달려갔다. 뛰어가는 그들을 바라보던 솔루는 고개를 돌려 산을 바라봤다.

하얀색과 분홍색이 어우러진 꽃나무로 뒤덮인 산은 어느덧 계절이 봄으로 바뀌었음을 알렸다. 따뜻한 향기를 싣고 불어오는 봄바람이 저에게 좋은 소식을 가져다줄 것만 같아 마음이 포근해졌다. 흩날리는 머리카락을 한 손으로 잡으며 잠시간 바라보다 동생들의 밥을 달라는 아우성에 부엌으로 들어갔다.

그런 솔루의 모습을 담장 너머로 몰래 훔쳐보는 이가 있었으니 삿갓을 푹 눌러써서 얼굴을 가리고 있는 이는 채헌과 도헌이 말했던 험악한 사내였다. 바람에 한들거리는 너울 아래로 그리움이 가득한 눈으로 그녀의 뒤를 좇으며 이따금 미소를 짓는 그는 험악하기보다는 애달팠다. 많이도 보고팠던 여인 앞에 나설 수가 없어 훔쳐보는 것으로 대신했다. 힘찬 목소리와 해맑은 웃음은 여전했다.

"웃고 있구나……."

나직이 중얼거리며 솔루가 들어간 문을 한참 동안 봤다. 조금은 변한 그녀의 분위기가 낯설었다. 1년 사이에 성숙한 여인이 되어 있었다.

키가 큰 건지, 살이 빠진 건지, 아니면 찐 건지 모르겠지만 몸짓이 달라졌고, 손가락 하나의 움직임마저도 예전과는 달랐다. 동글동글했던 음성 역시 여인의 것처럼 보드랍고 연해졌다.

어찌 됐거나 행복해 보이고 건강해 보여 안심이 되었다. 사내는 그렇게 한동안 자리를 떠날 줄 모르고 서 있었다.

그날 밤, 청기와 저택.

태랑은 앞에 놓인 주안상을 멍하게 보고 있다 술병을 집어 들어 잔에 따랐다. 한숨을 안주 삼아 마신 그는 낮에 봤던 솔루를 떠올리자 좋으면서 아릿해지는 가슴을 문질렀다.

지난 1년 중의 반은 미친놈처럼 살았다. 솔루는 해국을 떠나고 없건만 눈길이 닿는 곳곳마다 나타나는 그녀 때문에 제정신으로 살 수가 없었다.

오지 않을 걸 알면서 객사로 통하는 계단에 앉아 그녀를 얼마나 기다렸던가. 그녀의 옷가지들을 끌어안고 오지 않는 잠을 청했던 수많은 밤들. 홍이의 무덤 앞에 홀로 앉아 답이 없는 대화를 나눴던 시간들.

잘 수도, 먹을 수도 없었던 나날들이었다. 그러다 반유가 찾아오지 않았다면 지금도 그리 살고 있었을 것이다.

'난 아직 겪지 못해서 이렇게 말하는 걸지도 모르겠다만, 보고 싶으면 찾아가. 다녀오는 길이 험난해도 이렇게 사느니 차라리 한번 보고 오는 편이 더 좋지 않겠냐.'

그의 말에 힘을 얻은 태랑은 반년 동안 버려두다시피 했던 백해국을 다시 돌아봤다. 비옥한 토지를 가지고 있어 백성들의 삶에 큰 문제는 없었으나 혹시 모를 사태를 대비해 국고를 충분히 채우기 위한 노력을 했다.

외부의 수입원이었던 객사가 더 빨리 재건될 수 있도록 인력을 충원하고,

과거의 객사와는 색다른 운영 방식을 도입하기 위해 계획을 세웠다. 그리고 황해국을 도맡아 다스린 경험이 있는 연초에게 그가 자리를 비우는 동안을 부탁하기로 했다.

태랑의 신속한 움직임에 급물살을 탔던 객사는 무너진 지 1년 만에 재건되었고, 새롭게 문을 연 날, 그간 숨어 살았던 태랑이 나타나 직접 손님을 맞이했다.

그 결과, 백해국의 객사는 문전성시를 이뤘고, 이 정도면 잠시 자신이 없어도 괜찮다 싶어 해국을 떠나 솔루가 사는 곳으로 왔다. 머물 곳을 찾았는데 마침 금작이 뭍에 갈 때마다 머물던 수많은 집 중의 하나인 청기와 저택을 내어줬다. 늘 '빚'을 운운하는 그가 찜찜했지만 달리 방법이 없었다.

뭍으로 와서 바로 솔루를 찾지 않았다. 길다면 길었던 1년이란 시간 속에서 변화가 생겼을까 싶어서였다. 혹, 그녀가 아픔만 줬던 저를 완전히 잊고 새로운 시작을 했을 수도 있었다.

뭍으로 오기로 마음먹었을 때, 그저 솔루를 볼 수 있다는 사실에만 만족하기로 했었기에 그녀 곁을 다른 사내가 지키고 있어도 괜찮다고 생각했다.

허나 막상 눈으로 본다면 어떨까. 감당할 수 있을까.

그럴 자신이 없어 너무나 그리웠던 그녀를 보는 일을 미루고 미루다 마음을 단단히 하고 오늘 그녀를 찾아갔다. 몰래 얼굴만 보리라 다짐하고 찾아갔는데 정작 보고 오니 궁금한 것이 많아졌다.

아직 혼자인 것이냐.

행여 네 추억의 한 자락에 내가 있느냐.

조금씩 올라오는 기대와, 당장 달려가 안고 싶은 마음을 억지로 눌렀었다.

"내 이럴 줄 알았지."

얼굴만 봐도 된다고 여겼는데 욕심이 더해진다.

그래도 두 번 다시 만나지 못할 줄 알았는데 꿈에서나 가능하다고 여겼던 일이 현실이 됐다.

가기 전까지 대화 한번 나눌 수 있으려나.

활짝 열어놓은 창문으로 들어온 달빛에 그의 머리카락이 은은하게 반짝였다. 술 한 잔을 들이켠 그의 입술이 살며시 휘어졌다.

"나의 비, 솔루야."

낮에 봤던 그녀가 여전히 앞에 있는 듯하여 불러본다.

"좋다."

네 얼굴을 볼 수 있는 것만으로도, 그러니 다른 욕심은 접어두자.

술이 아닌 저택의 곳곳에 만개한 꽃의 향에 취할 것만 같았다. 오랜만에 잠들 수 있는 밤이었다.

다음 날 아침, 솔루는 조반을 차리고 서당을 가는 동생들을 배웅한 뒤, 마당을 청소하며 여기저기를 누비는 개를 쓰다듬어줬다. 어머니와 함께 장을 다녀오고, 마당의 평상에 앉아 장 봐온 나물들을 손질했다. 어머니와 도란도란 이야기를 나누며 바느질도 하고, 오후가 돼서 돌아온 동생들이 시끄럽게 뛰어다니며 놀다가 기어코 장독대를 깨뜨리자 눈물 쏙 뽑아내도록 꾸짖기도 했다.

일찍 일어난 태랑은 어제처럼 삿갓으로 얼굴을 가리고 솔루의 집을 찾아와 모든 상황을 지켜보고 있었다. 그는 하루를 지켜본 것만으로 그녀의 매일이 이렇게 흘러가는구나, 짐작했다. 아무래도 솔루의 곁에 누군가가 있어 보이지는 않아 안도하려던 때였다.

"솔루야!"

웬 사내가 성큼성큼 솔루의 이름을 부르며 마당 안으로 들어섰다.

"어? 동삼아!"

"뭐 해? 바쁘냐?"

"아니, 내가 바쁠 일이 있나."

"헤헤, 그렇구나."

동삼은 한 손은 뒤로 감추고 다른 손은 머리를 긁적이며 그녀에게 갔다.

"이거 주러 왔다."

그가 감추고 있던 손을 앞으로 내밀었다. 작은 보따리가 들려 있었다.

"이게 뭔데?"

"고기전이야. 어제오늘 잔칫집 일해주고 받았어."

"가족이랑 먹어야지 왜 나를 줘?"

"우리 먹을 것도 있어."

동삼이 하얀 이를 드러내며 멋쩍게 웃었다.

"동삼이 왔구나!"

방문이 열리며 솔루의 어머니가 나왔다.

"어머니! 안녕하십니까! 건강하시죠?"

"엊그제 봤을 때도 물어봤으면서 또 묻기는. 우리 동삼이 덕에 아플 수가 없겠어."

"고기전 맛보시라고 가져왔습니다."

그는 보따리를 평상 위에 풀어 헤치자 고소한 전의 냄새가 확 풍겨 나왔다. 고기에 노란 달걀 옷을 입혀 송송 썰어 올린 파릇한 파와 붉은 실고추가 침을 넘어가게 했다.

"아유, 맛있겠네."

어머니가 손가락으로 전을 집어 한 번 베어 물자 솔루도 참지 못하고 먹었다.

"맛있다."

우물우물 씹으며 함박웃음을 짓는 그녀의 얼굴은 예전 그대로였다.

"동삼아, 잘 먹을게. 도헌이랑 채헌이도 좋아하겠다."

"그래, 다음에 또 가져다줄게. 참, 저…… 어머님!"

동삼이 조심스럽게 솔루의 어머니를 불렀다.

"응?"

"잠시 솔루와 가볼 데가 있는데 다녀와도 될까요?"

"다녀오렴. 이 좋은 봄날에 꽃다운 우리 솔루가 집에만 있기는 아쉽지."

그의 목적이 무엇인지를 눈치챈 어머니가 흔쾌히 허락했다.

"어디 갈 건데? 저녁밥 준비해야 돼."

솔루가 고민하는 기색을 보이자 어머니는 그녀의 등을 떠밀었다.

"저녁밥 먹으려면 아직 한참 남았단다. 내가 해도 되고."

"하지만……."

"어서 다녀와. 나도 오늘은 조용히 혼자 있고 싶구나."

마지못해 자리에서 일어선 솔루가 금방 다녀오겠다는 말을 하고 동삼과 함께 집을 나섰다. 그런 둘을 흐뭇하게 바라본 어머니와 달리 태랑은 내내 안절부절못했다.

솔루를 따라갈까 망설이기가 무섭게 뒤를 쫓았다. 둘은 말없이 걷다가 종종 대화를 나누듯 했으나 태랑의 귀에까지 들리지는 않았다. 동삼은 연신 목덜미를 긁적이다가 '허허.' 실없이 웃기도 했다. 뒤에서도 빨갛게 물든 귀가 눈에 확 띄었다.

산 아래로 솔루를 데려간 동삼은 들꽃으로 가득한 한복판에 그녀를 앉히고 자신도 앉았다. 몸을 숨길 곳이 마땅치 않은 태랑이 멀찍이 있는 나무 뒤에 팔짱을 기대고 서서 그들을 지켜봤다. 말소리가 제대로 들리지 않아 답답했지만, 그렇다고 나설 수도 없는 노릇이었다. 무슨 이야기를 나누는지 동삼이 주로 말을 했고, 솔루는 작게 고개를 주억였다. 시간이 지날수록 동삼의 얼굴 전체가 귀처럼 빨갛게 변했다.

갑자기 그가 그녀에게 팔을 쑥 내밀었다. 손가락 끝에 무언가가 반짝여 태랑은 미간을 찌푸리며 그것의 정체를 확인했다. 가락지였다. 그들의 대화를 들을 수 없었으나 가락지의 의미는 알겠다.

태랑은 머리에서 울리는 강한 충격에 속이 타들어가 끼고 있던 팔짱을 풀었다. 나무 뒤에서 왔다 갔다 하며 이 상황을 어떻게 받아들여야 할지 생각했다. 하지만 타들어가는 속처럼 머릿속도 하얗게 변해 돌아가지를 않았다.

어젯밤의 다짐은 이미 지워졌다. 동삼이 내민 가락지를 받지 않기를 바랐는데 솔루가 손을 내밀자 그녀의 손바닥에 가락지가 놓였다. 그녀는 동삼에게 뭐라 말을 했고, 그는 쑥스럽게 웃고는 자리를 떠났다. 그의 모습이 멀어져 작아졌을 때쯤 솔루가 제 손바닥 위에 올려진 가락지를 따뜻한 눈길로 보고 있었다.

앞뒤 잴 여유가 없었던 태랑이 성큼성큼 걸어 그녀에게 다가갔다.

"그걸 받을 생각이냐."

오랜만이다, 잘 지냈느냐, 하는 인사는 뒤로 미뤘다. 동삼이 준 가락지를 솔루가 받느냐 마느냐가 먼저였다.

난데없이 나타나 다짜고짜 묻는 태랑을 그녀가 올려다보다 내리쬐는 햇볕 때문인지 눈을 찌푸리더니 고개를 갸웃했다. 마치 당신이 무슨 상관이냐고 묻는 듯이.

"글쎄요."

다시 가락지를 바라보는 솔루. 탁한 옥색으로 여기저기 흠이 나 있는 가락지는 귀해 보이지도 않는데, 뭐가 좋다고 저리 소중하게 보는지 그는 슬슬 짜증이 치밀었다. 자신은 더한 것도 줄 수 있다. 고기전이 뭔지는 모르겠으나 그깟 것이 먹고 싶다면 얼마든지 구해줄 수 있다.

"받으면 안 된다."

"서 계시니 고개가 아픕니다. 앉으십시오."

그녀의 말이 끝나기도 전에 그가 꽃 무더기 위로 앉았다.

"왜 받으면 안 됩니까?"

솔루가 물으며 가락지를 오른손 엄지와 검지로 집어 왼손 약지에 끼는 시늉을 했다.

"머, 멈춰라!"

태랑이 크게 외쳤다.

"왜 안 되는지 답해주지 않으셨습니다."

양손을 치마 위로 내리며 그녀가 뾰로통하게 물었다.

"그건……."

할 말이 없었다. 그가 받아라, 받지 마라 할 처지가 아니지만 그는 그런 자신의 처지 따위 잊었다.

"혼인한 여인이 다른 사내와 또 혼례를 치르는 것은 옳지 않다."

"예?"

그가 다급하게 솔루의 두 손목을 잡았다.

"너는 혼인한 몸이지 않더냐!"

"제가요?"

그녀와 저는 이제 아무 상관이 없는 사이였다. 알고 있는데 끝난 인연을 확인시켜주며 굳이 되묻는 그녀의 말에 태랑의 가슴이 욱신거렸다.

"헌데……."

솔루가 그에게 잡힌 손목을 슬그머니 빼냈다.

"누구십니까?"

엉덩이를 움직여 뒤로 물러앉은 그녀가 의혹의 눈초리로 다시 물었다.

"누구신데 제 일에 간섭하십니까?"

태랑이 한 손으로 재빠르게 삿갓의 너울을 옆으로 젖혔다. 얇은 천 사이로 그의 얼굴이 드러났다. 얼굴의 반을 머리카락으로 가리고 있었지만 누가 보더라도 단번에 반할 만큼 잘생겼다.

"나를 모르겠느냐!"

그의 푸른 눈동자가 파도처럼 흔들렸다. 제게 누구냐고 믿는 솔루의 말에 귀를 의심했다.

"누구신데요?"

"솔루야……."

심장이 내려앉는다. 설담에게 심장을 준 여인이 기억을 잃었다는 얘기는 들은 적이 없는데.

혹여 네가 잊어버린 것이냐.

그렇게 지난 세월이 네게는 아픔이었느냐.

해서 나도 잊었느냐.

뭐라고 말을 꺼내야 할지 몰라 입술만 들썩였다. 시큰거리는 눈을 어디에 둬야 할지 몰라 그녀의 어깨 너머로 하늘을 바라보기도 하고, 하늘거리는 꽃으로 시선을 돌리기도 했다. 그러다 결국 저를 향하고 있는 까만 눈동자에 고정되고 말았다. 그는 떨리는 손을 내밀어 솔루의 손목을 다시 붙잡았다. 잠자코 있던 그녀는 잡힌 제 손목을 보고 깊은 한숨을 내쉬었다.

"제…… 이름도 알고 계시군요."

"당연히 알고 있지."

"어떤 연유로 알고 계십니까?"

말없이 미소를 짓는 태랑. 그녀에게 저가 괴로운 기억이라면 억지로 상기시켜주고 싶지 않았기에 기억해내기를 바랄 수 없었다. 솔루가 쥐고 있는 가락지를 본 그는 가만히 고개를 저었다. 그녀를 위해서 답도, 질문도 할 수 없었다. 그는 이대로 묻어두는 쪽을 택했다.

그래, 널 이해할 수 있다. 차라리 잊고 다시 시작할 수 있다면 네게 더 좋겠지.

그녀 곁에 다른 사내가 있다면 어색하고 낯설겠지만, 그래서 견디기 힘들 정도로 아플지도 모르겠지만 그건 자신의 몫이었다. 어떻게든 견뎌서 이겨 낼 때가 올 것이다.

"그는 네게 잘해주느냐."

잘해주는 듯 보였다. 동삼이 솔루에게 하는 행동은 태랑이 보기에도 진심이 담겨 있었다. 솔루는 물론이고 그녀의 어머니에게 하는 표정이나 말투는 하루, 이틀 새에 만들어진 것이 아니었다. 알고 있었지만 확인하고 싶었다.

"그요? 아, 동삼이 말입니까?"

"응."

"잘해줍니다. 어렸을 적부터 저를 좋아해준 동무거든요."

자신의 맞게 봤다는 걸 알면서도 틀리길 바랐는데, 비껴가지 않았다.

"그럼 그 가락지 받아. 네가 행복하면 된다."

그립고, 그리워서 찾아왔다. 바라는 것이 없다 했으나 조금의 희망을 가지고 있었다. 허나 그를 기억하지 못하는 솔루를 보며 더는 안 된다는 걸 깨달았다.

우리의 추억은 내가 소중히 간직하마.

나는 내 안에서 너를 비워낼 수도 없고, 버릴 수도 없다.

같은 하늘 아래 살지는 않아도 같은 시간을 살아간다는 자체에 만족하고, 가끔 이렇게 행복한 너를 볼 수 있다는 사실에 감사하련다.

그리 하루하루를 보내다 보면 언젠가 그녀를 가슴에 품고 영원히 잠들 수 있는 날도 오겠지.

태랑은 솔루의 머리를 쓰다듬으며 환하게 웃은 뒤 자리에서 일어섰다. 잠시 대화를 나눴던 것으로 만족했다.

"가시는 겁니까?"

"볕이 따가워서 그런지 눈이 시리구나."

그는 삿갓의 너울을 앞으로 가지런히 정리하고 돌아서서 발을 내디뎠다. 몇 걸음 가던 그가 우뚝 멈췄다.

"가끔…… 이곳에서 널 만날 수 있느냐."

거절해도 어쩔 수 없다 생각하며 어렵게 물었다.

"글쎄요."

승낙이 아닌 모호한 답이었지만 거절하지는 않았다.

그는 멈췄던 걸음을 다시 옮겼다. 불어오는 바람에 그의 옷깃이 날리고 삿갓의 너울과 함께 은빛의 머리카락이 한들한들 춤을 췄다.

"바보."

멀어지는 태랑을 바라보고 있던 솔루가 나직이 중얼거렸다.

어제 오후.

점심 식사를 끝내고 평상에서 늘어지게 낮잠을 자고 있는 동생들을 솔루가 깨웠다. 동생들이 말한 험악하게 생긴 사내에게 별 관심이 없었는데, 식사 중에 도헌이가 했던 말 때문에 도무지 궁금해서 참을 수가 없었다.

'머리카락이 반짝반짝한다, 누나. 그런 머리카락은 처음 봤어.'

밥을 한가득 입에 넣은 도헌이 말했었다.

'도헌아, 네 머리카락도 윤이 나.'

'아니, 누나, 그런 게 아니고 물 위에서 반짝이는 햇살처럼 빛나. 꼭 엄청 열심히 닦아놓은 은가락지 같기도 해.'

그때 숟가락을 움직이던 솔루의 손이 멈칫했다.

은빛의 머리카락하면 자연스레 떠오르는 이. 집으로 돌아오고 한동안은 해국의 관한 일을 부러 지웠다. 솔직히 가족을 만난 기쁨에 잘 떠오르지도 않았다. 하지만 시간이 흐르고 몸과 마음이 안정을 찾아가자 드물게 한 번씩 해국이 생각나더니 점차적으로 그 횟수가 잦아졌다. 경단을 만들어 먹으면 하얀 해감초 가루가 묻은 해국의 경단이 먹고 싶었다. 늘 파란 이곳의 하늘과는 다른 해국의 하얀 하늘이 보고 싶었고, 자주색으로 물든 하늘도 보고 싶었다.

하늘을 바라볼 때면 어디선가 커다란 날개를 펄럭이며 청이 날아올 듯했다. 하늘에서 내려다봤던 평화로운 해국, 한가롭게 백해궁을 안을 노니는 물고기들. 깊은 밤 달빛에 하얀 빛을 내는 꽃을 보면 자환화와 자환목이 생각나기도 했다. 더불어 후원의 한쪽에 자리 잡고 있는 홍이의 무덤도 머릿속에 그려졌다. 또한 객사 사람들과 파고, 설담, 반유가 떠올랐고, 꼬리에 꼬리를 무는 기억의 끝에는 태랑이 있었다.

사랑한다던 그의 말을 온전히 믿지는 않았다. 허나 저를 절대 놓아줄 수 없다던 태랑이 집으로 돌려보내준 점을 깊이 되새겨보기 시작하자 그가 했던 모든 말과 행동들이 물밀듯이 들어와 그녀의 마음을 어지럽혔다. 솔루는 어쩌면 그가 정말 자신을 사랑했을지도 모른다는 생각이 들었다.

간혹 태랑이 보고 싶었다. 그에게 안겼던 너른 품이, 머리를 쓰다듬어주던 커다란 손이, 저를 바라보던 푸른 눈동자가 불현듯 떠오르기도 했었다. 그가 어찌 지내는지 궁금하기도 했지만 알 방도가 없어, 그저 스쳐 지나간 인연으로 흘려보내려 노력했다.

헌데 도헌에게 사내의 머리카락 색 이야기를 듣자 가슴이 두근거렸다.

왜 이러지? 그가 보고 싶은 적은 있었지만 이건 아닌데.

그나저나 정말 그일까? 설마…… 설마. 아닐 거야. 아니겠지. 그가 왔을 리가 없잖아.

말도 안 된다고 여기다가 궁금증이 한계에 이르렀다.

'도헌아! 채헌아!'

솔루가 동생들의 어깨를 양손으로 흔들었다.

'아아~ 왜에~'
'일어나 봐!'
'왜, 왜, 왜. 자는데 왜에!'

눈꺼풀을 제대로 뜨지 못한 채헌이 귀찮아했다.

'그 청기와 집 사내 말이야.'
'어.'
'어떻게 생겼는지 자세히 알려줘.'
'웬일이야. 누나가 사내에게 관심을 보이고?'

채헌이 눈을 비비며 일어나자 도헌도 같이 몸을 일으켰다.

'구, 궁금하잖아! 청기와 집에 산다면서!'

그녀가 말을 더듬으며 둘러댔다.

'에헤~ 부자라서 관심이 있는 거야? 하긴 부자에 잘생긴 얼굴에. 동네 처녀들이 그 사내 얼굴을 한 번이라도 더 보려고, 청기와 집 문 앞에 숨어서

기다린다더라.'

'어떻게 생겼냐니까?'

'잘생겼어. 그렇지, 도헌아?'

도헌이 하품을 하며 채헌의 물음에 고개를 끄덕거렸다.

'잘생겼다는 건 아까도 들었잖아. 자세히 설명해줘.'

'밖에 나올 때는 항상 삿갓을 쓰고 있어서 제대로 보기 힘들었는데, 내가 청기와 집 담장에 올라가서 본 적이 있지.'

채헌이 대단한 일을 한 것처럼 자랑스럽게 말했다.

'너, 누가 남의 집 담장에 올라가 훔쳐보고 그러래!'

찰싹! 솔루가 채헌의 등짝을 세게 때리자 그가 인상을 찌푸리며 제 등을 문질렀다.

'아흐, 아퍼엉~ 내가 그렇게라도 봤으니까 누나한테 설명하는 거잖아.'

'다음부터는 절대 안 된다! 어서 알려주기나 해.'

'알았어, 알았어. 장신에 머리카락이 길어. 도헌이가 말했던 것처럼 반짝이는 머리카락을 가졌고 얼굴은 되게 잘생기긴 했는데, 멋져. 아니다, 멋지다는 말은 아쉽다.'

적절한 단어를 찾는 채헌이 검지로 이마를 긁자 도헌이 나섰다.

'말도 못하게 아름다워.'
'맞아, 맞아! 아름답다!'

채헌이 손뼉을 치며 도헌의 말에 수긍했다. 정말 태랑인가? 해국에서 남녀노소를 불문하고 가장 아름다웠던 그.

'험악하게 생겼다면서 아름다워?'

동생들이 했던 말이 앞뒤가 맞지 않았다. 분명 처음에는 험악하고 사납게 생겼다고 했었다.

'아, 그게 말이야. 한쪽 눈이 이상해.'
'이상하다니?'
'이렇게.'

검지를 든 채헌이 눈의 정중앙을 통과하며 수직으로 그어 내렸다.

'흉한 상처가 있어. 뻔해. 칼을 다루는 사내일 거야. 그런 사내들은 조심해야 돼. 누나, 부자고 잘생겼어도 절대 안 돼!'

눈에 상처가 있다면 태랑이 아니었다. 솔루는 맥이 빠졌다. 그리고 실망하는 자신이 우스웠다. 그를 밀어내고 떠나온 건 저이면서 기다리고 있었나 보다. 따뜻한 봄바람이 어쩐지 차갑게 느껴졌었다. 아쉽고 섭섭한 마음을 감추고 그렇게 사내와 태랑이 다른 사람으로 알고 있었다.
헌데 산 아래 꽃밭에서 별안간 나타난 사내를 본 순간 누군지 알아봤다.

두근두근. 긴 다리를 내디디며 다가오는 사내를 보자 갑자기 가슴이 뛰었다. 아아, 가슴이 또 이런다. 삿갓을 푹 눌러쓰고 기다란 너울로 가렸지만 그녀가 알고 있는 사내. 얼굴이 보이지 않는다고 해도 그는 태랑이 맞았다.

다가오는 그에게 어떤 말로 인사를 건네야 할지 고민했다. 머릿속에서 수많은 말들이 뒤섞이며 어찌할 바를 모르는 동안 어느새 그가 눈앞에 섰다.

그가 뭐라고 할까? 가슴을 진정시키기 위해 고개를 숙이고 입술을 깨물었다.

"그걸 받을 생각이냐."

난데없는 태랑의 말에 솔루가 고개를 갸웃거리다 문득 제 손에 가락지가 있음을 상기한 그녀는 그가 왜 그런 질문을 던졌는지 알아챘다.

그가 동삼이와 나를 보고 있었구나. 그렇다고 보자마자 저런 소리를. 오랜만에 보는 건데.

기대했던 인사를 하지 않자 심술이 났다. 해서 무슨 상관이냐는 듯이 답했고, 그를 모른 척했다. 하지만 사실은 겁이 덜컥 나기도 했다. 그의 질문을 듣자 다시 해국으로 데려가기 위해 온 것일까 하는 의문이 생겨 제 손목을 잡고 있는 그에게서 벗어나 약간의 거리를 두고 앉았다.

"그럼 그 가락지 받아."

몇 마디 나누던 그가 가락지를 받으라고 했다. 금방이라도 울 것처럼 붉게 물든 눈을 하고 떨리는 손으로 다시 그녀의 손목을 잡았다.

그 손으로 머리를 쓰다듬어줬다. 할 말이 많은 표정이었지만 그는 하지 않았다. 환한 웃음이 슬펐다.

왜 그렇게 아픈 눈으로 저를 보고 계십니까? 왜 그렇게 슬프게 웃습니까?

묻고 싶었으나 입 밖으로 나오지 않고 맴돌기만 하는데 문득 떠올랐다. 그가 예전에도 이런 적이 있었다. 이렇게 아픈 눈으로 자신을 바라보고 슬프게 웃던 때가 있었다.

"가끔…… 이곳에서 널 만날 수 있느냐."

"글쎄요."

가끔 만날 수 있냐고 묻고 돌아서는 태랑을 보며 그가 이곳에 온 진짜 목적이 비로소 느껴졌다.

당신, 정말 내가 그리워서 왔군요.

당신, 정말 나의 행복을 바라고 있네요.

당신, 정말 나를 사랑했었나 봐요.

"바보."

이렇게 가면 어떡하라고. 솔루는 태랑이 걸어간 쪽을 그가 보이지 않을 때까지 바라보고 있었다.

솔루와 헤어져 돌아온 태랑은 밤이 깊어지도록 술을 찾았다. 아무리 취하지 않는 그였지만 보통 사람의 서너 배를 마시자 방바닥에 대자로 뻗었다. 누워 있는 그의 주위에는 술병이 나뒹굴었다.

"괜찮다."

숨처럼 토해지는 말. 그는 미어지는 가슴을 손으로 붙잡고 괜찮다고 말했다. 자신을 기억해내지 못하는 솔루의 모습은 충격적이었다. 늘 가지고 살았던 죄책감과 후회였지만 오늘은 그 크기와 무게가 더했다.

"괜…… 찮다."

눈꼬리를 타고 흐르는 눈물이 마음 적셔 아프게 했다. 그녀가 다른 사내와 혼례를 치르고 평생 그만을 바라보고 산다 해도 괜찮다.

"네가 웃고 산다면."

그가 솔루의 웃는 얼굴을 천장에 그리고 그녀를 따라서 웃었다.

"다…… 괜찮은 거야."

그녀가 가슴속에 이대로 남아도 괜찮았다. 그리우면 그리운 대로, 아프면 아픈 대로 사랑하면 됐다. 그는 방바닥을 더듬거리며 일어나 상 위에 있던 술병을 집어 병 입구에 입을 대고 마시려던 찰나였다.

"태랑 님."

문밖에서 하인이 그를 불렀다.

"오늘 밤은 혼자 두라고 하지 않았더냐."

"저…… 그것이…….."

"물러가라."

물러갔던 하인이 한참 후에 다시 그를 불렀다.

"태랑 님."

"어찌 자꾸 찾는 게야!"

혼자 있고 싶다고 누누이 말했건만 또 부르자 태랑은 마당으로 난 커다란 창문을 획 열었다. 화가 난 그의 음성에 하인이 몸을 움츠리고 허리를 숙였다.

"태랑 님을 뵙고 싶다고 찾아온 이가 있습니다."

"돌려보내. 이곳에서 누가 날 안다고."

쯧, 하며 창문을 닫았다. 반쯤 닫혔을 때 하인이 서둘러 얘기를 꺼냈다.

"그러게 말입니다. 그래서 가라고 말했지만 본인 이름을 전해주기만 하라고 어찌나 간청을 하던지요."

"흠. 누군데."

"솔루라고 했습니다."

콰당! 닫혔던 창문이 거칠게 열렸다.

"방금 누구라고 했느냐!"

"소, 소, 솔루."

태랑의 반응에 놀란 하인이 더듬거리며 겨우 답했다. 어째 조금 전보다 더 화가 난 듯해 그냥 돌려보낼 것을 괜히 이야기를 꺼냈다 후회했다.

"도, 돌려보내겠습니다. 죄송합니다."

"누가 그러래!"

태랑이 버럭 소리를 질렀다.

"네?"

"당장 들어오라고, 아니 모시고 오도록 해라."

그의 명령에 하인이 대문을 향해 뛰었다.

솔루가 찾아왔단다. 왜 찾아온 거지.

갑자기 미친 듯이 심장이 뛰었다. 태랑은 가만히 앉아 솔루를 기다리지
못하고 방 안을 서성거렸다. 머리를 짓누르고 있었던 술기운이 순식간에 확
깨며 정신이 맑아졌다. 저를 기억하지 못한다고 했었는데 잠깐의 만남 후에
생각이 났나. 그렇지 않고서야 이 밤중에 그녀가 찾아올 리는 없었다.

솔리의 발소리가 가까워질수록 그의 긴장도 더해졌다.

"태랑 님, 분부대로 모시고 왔습니다."

"어서 안으로."

문이 열리고 솔루가 들어왔다. 그녀는 닫히는 문을 보다가 태랑에게 시선
을 돌렸다.

"아우, 술 냄새."

얼굴을 찡그리며 손으로 코를 막았다.

"얼마나 드신 겁니까? 문밖까지 술 냄새가 진동합니다."

주위를 둘러보는 그녀는 찡그리더니 돌아다니며 주섬주섬 널려 있는 술
병을 정리하기 시작했다. 하나씩 집어 들어 문 앞에 가지런히 나열하는 그
녀를 태랑은 멍한 눈으로 보고만 있었다.

지난날의 솔루를 보고 있는 듯했다. 사뿐사뿐 움직이는 몸짓이 여전히 적
응되지 않았지만 그녀에게서 심장을 빼앗기 전과 같은 말투가 친근했다. 마

치 그때로 돌아간 것처럼 가슴이 뭉클해졌다. 작은 그녀가 들어왔는데 넓은 방 안이 꽉 들어차는 기분이었다.

마지막 술병을 정리한 그녀는 손을 털고 일어나 태랑에게 다가섰다.

"앉으라는 말도 안 하실 거예요?"

"어. 그, 그래. 이리 와 앉아라."

그녀가 갑자기 나타나 반갑고 좋기도 했으나, 당황스러웠다. 그가 먼저 보료 위에 앉자 맞은편에 솔루가 무릎 꿇고 앉았다. 그는 쥐고 있는 주먹 안에 땀이 고여 옆에 놓인 장침에 손을 올려 닦았다.

"흠흠."

태랑이 목소리를 가다듬었다. 동시에 밖으로 뛰쳐나올 것처럼 뛰어대는 심장이 차분해지길 바랐다.

"어찌 온 것이냐."

그녀의 입에서 기억이 돌아왔다는 말이 나오길 기다렸지만 반대로 그녀의 기억이 돌아오지 않았으면 했다. 낮에는 미처 깨닫지 못했는데 기억이 돌아온다면 심장에 관한 일도 당연히 돌아올 것이었다. 그가 마른침을 삼켰다. 이율배반적인 마음이 들었다. 그를 기억해내주길 바라면서도 심장에 관한 모든 일은 다 잊고 있으면 좋겠다.

"낮에 공자(公子)님께서 제게 하신 말을 집으로 돌아가서 곰곰이 생각해봤습니다."

그를 공자라 부르는 걸 보니 기억이 돌아오진 않은 모양이었다. 아쉬움과 안도가 반반 섞인 한숨을 그녀 모르게 내쉬었다.

"가락지를 받으라고 했던 거 말이더냐."

"그것도 그거지만."

"……?"

"제가 혼인한 몸이라고 하셨습니다."

"그래, 그랬지."

태랑이 오래전의 일을 상기하듯 옅게 웃으며 답했다. 혹여 그 말이 마음이 걸렸을까?

"제가 혼인한 몸인 걸 공자님께서 어떻게 알고 계십니까? 또한, 어떤 연유로 제 이름을 아는지 답하지 않으셨습니다. 과거에 바다에 빠진 적이 있어 그때부터 집에 돌아오기 전까지의 일을 기억하지 못합니다. 그러니 알려주십시오. 공자님과 저는…… 어떤 관계였습니까?"

"기억하지 못한다는 건 네가 지워버리고 싶을 만큼 싫은 기억이라 그러지 않겠느냐. 싫은 기억을 억지로 알려고 하지 마라. 네게 아픔과 슬픔을 줄 것이니라."

그가 달래듯이 미소를 머금고 조용히 말했다.

역시 자신의 판단이 옳았다. 저를 기억하지 못할지언정 과거를 떠올려 힘들 거라면 모르는 채 살아가는 편이 좋으리라.

"좋은 사내가 곁에 있지 않느냐. 모두 잊고 그와 남은 생을 행복하게 살도록 해."

"혼인한 몸으로 어떻게 다른 사내와 혼례를 치릅니까. 그건 혼인한 사람에게도, 앞으로 혼인할 사람에게도 못할 짓입니다."

"내가 입 다물어주면 된다. 아무도 모를 것이야."

"제가 들었습니다. 남들 다 모른대도 제 양심이 알고 있습니다. 제게 양심을 속이는 짓을 하라고 말씀하지 마세요."

태랑이 낮게 웃었다. 아니다 싶으면 굽히지 않는 성정과 지위고하를 막론하고 해야 할 말을 다 하는 그녀는 한결같았다. 이도 지난 일을 기억하지 못하기에 가능한 거겠지.

"다 지난 일이니 그와 혼례를 치러도 된다."

"혹, 공자님과 제가 혼인을 한 사이였습니까?"

그렇다, 라고 말할 뻔했다. 하지만 아니라고 해야 했다.

"아니, 아니야."

그가 고개를 저었다.

"정말, 아닙니까?"

솔루가 제 허벅지에 올려놓은 손에 힘을 주고 상체를 앞으로 기울이자 놀란 태랑은 그녀가 다가온 만큼 몸을 뒤로 젖혔다. 가까워진 채로 솔루는 미간을 잔뜩 찌푸렸다. 왜인지는 모르겠지만 뭐랄까, 불만에 가득 찬 표정을 하고 있는 그녀였다.

"그래. 나는…… 아니다. 너는 나의 친우와 혼인을 했었고."

태랑이 한차례 다시 고개를 저었다. 참 힘들다. 그는 잡고 있는 장침에 더 힘을 주며 거짓을 전했다.

"그는…… 세상을 떠났느니라."

듣고 있던 솔루는 허리를 세워 원위치로 돌아가 아랫입술을 질끈 깨물었다.

"그럼 공자님께서는 친우의 부인이 어찌 사는지 궁금하여 여기에 오신 건가요?"

"응. 낮에는 네가 벌써 내 친우를 잊은 듯하여 서운했다. 해서 가락지를 받지 말라 하였다만, 생각해보니 이미 세상을 등진 그 때문에 너더러 평생 혼자 있으라 하는 건 너무 가혹하지 않겠느냐."

"예, 예."

성의 없는 대답을 한 솔루가 별안간 자리에서 벌떡 일어났다.

"공자님의 뜻, 잘 알겠습니다."

인사를 한 그녀는 태랑을 짧게 쏘아보더니 몸을 돌려 문을 향해 걸었다.

"솔루야."

"예."

막 문을 열려던 그녀가 얼굴을 뒤로 돌렸다.

"아프지는 않느냐."

"예."

"잘됐구나. 늦었다, 그만 가거라."

"의원이 앞으로 오래오래 살 거라고 했습니다."

밖으로 나간 솔루는 두 손으로 문을 닫으며 인사를 했다. 점점 닫히는 문 사이로 그녀의 조그마한 정수리가 사라진다.

조금 전까지만 해도 시선을 어디에 둘지 모를 만큼 온통 솔루로 가득 차 있었는데, 그녀가 나가자 방이 휑했다. 주체할 수 없이 뛰던 심장도 차분해지자 마음마저도 텅 비어 쓸쓸한 느낌이었다.

끼이익. 커다란 대문이 둔탁한 소리를 내며 닫혔다.

집으로 발길을 돌리는 솔루의 머릿속은 복잡했다. 내가 어쩌자고 여기를 찾아왔을까. 태랑을 찾아갔던 본연의 목적이 떠오르지 않아 뭐였는지 더듬어봤다.

아! 그에게 이곳에 온 이유를 물으려고 했었다. 혹시 자신을 잊지 못하고 그리웠냐고, 아직 사랑하냐고 물어 제 생각이 맞는지 확인하고 싶었다. 헌데 그의 방에 나뒹구는 술병들이 보자 괜히 속이 상했고, 거기다 그녀를 어색해하는 태랑에게 공연히 심술이 났다. 어쩌면 그의 마음을 알았다고는 하나 그를 향해 소심한 복수를 하고 싶었을 수도 있었다. 그래서 낮에 만났을 때처럼 태랑을 모르는 척하고 물어봤더니 그가 거짓으로 답을 했다.

"친우와 결혼을 해?"

걷던 걸음 멈춘 솔루가 허공에 대고 말했다.

"내가 친우의 부인이라고?"

왜 그런 쓸데없는 소리를 늘어놓는지. 점점 그녀의 언성이 높아졌다.

"죽기는 누가 죽어! 버젓이 살아 있으면서!"

그녀는 제 앞에 태랑이 있는 것처럼 삿대질까지 해가며 외쳤다. 조용한 밤공기를 타고 자신의 음성이 울리자 황급히 입을 막았다.

저더러 동삼이와 혼인하라고 했다. 혼인을 하고 말고는 본인이 결정할 문제인데 태랑은 자신이 동삼과 혼인하면 행복하리라 예상했던 모양이다. 솔루는 가던 길을 다시 걸으며 생각에 잠겼다.

"가만, 내가 왜 신경을 쓰는 거람."

살다가 한 번씩 그를 떠올려서 이리 신경이 쓰이나, 아니면 그가 진정으로 자신을 사랑했다는 걸 알아서 이렇게 머리가 복잡한 건가. 그럼 그냥 지켜보기만 하고 알은척은 말지. 왜 모습을 드러내서 심사를 혼란스럽게 하는 건가.

"다 잊으라 해놓고 아프지 않은지는 왜 물어보는 건데. 사람 골 아프게!"

모르겠다. 그녀가 잘 지내고 있는지 확인차원에서 태랑이 온 것 같기는 하나 실타래가 엉킨 것처럼 정리가 되지 않았다.

"으아아!"

솔루는 제 머리를 두 손으로 마구 헝클어뜨리며 서둘러 집을 향해 달려갔다.

집에 도착한 그녀가 사립문을 문을 열고 마당으로 들어서며 헉헉댔다. 냅다 달렸더니 숨이 차서 머리가 아플 지경이었다.

"이제 왔니?"

방문이 열리며 솔루의 어머니인 숙영이 밖으로 나와 평상에 앉았다.

"어? 안 주무셨어요?"

부엌으로 들어가 냉수를 마시고 온 솔루가 제 어머니 곁에 앉았다.

"급한 일이라고 해서 다녀오라고는 했다만 처녀가 밤늦은 시간에 돌아다니면 위험해."

"예."

솔루가 숙영의 다리를 베고 누웠다. 오늘따라 달빛이 노랗지 않고 은빛으로 세상을 환히 비추자 방금 만나고 왔던 태랑이 떠올랐다.

"어머니."

"응?"

"저는 처녀가 아닙니다."

해국에서 돌아와 어느 정도 정신을 차린 날, 어머니에게 모두 털어놨다. 그녀가 어디에 있다 왔고, 어떤 일을 겪었는지 이야기했다. 태랑과 혼인을 했던 일과 심장에 관한 것까지 모두.

"네가 얘기해줬잖니. 나도 다 알고 있단다."

숙영은 딸의 이야기를 믿을 수 없었다. 하지만 죽은 줄로 알았던 딸이 살아 돌아와 하는 얘기니 진실일 가능성이 컸다. 무엇보다도 솔루가 없는 이야기를 꾸며낼 아이는 아니었다.

"헌데 제가 동삼이와 잘되길 바라세요? 동삼이는 총각이고, 저는……."

"동삼이 입장에선 흠이라면 흠이겠지. 그렇다고 동삼이에게 그걸 감추라는 건 아냐. 속이면 안 되니까. 어쨌거나 어미가 동삼이와 잘되길 바라는 마음이 드는 건 당연하지 않겠어? 평생 혼자 살기엔 네가 너무 어리고 어여쁘다, 딸아."

"누구와 비슷한 말씀을 하시네요."

솔루는 태랑을 떠올렸다.

'너더러 평생 혼자 있으라 하는 건 너무 가혹하지 않겠느냐.'

"누구?"

"있습니다…… 그런 분이요."

숙영이 솔루의 앉힌 후 어깨를 잡아 돌려 자신을 보도록 했다. 낮에도 어딘지 모르게 이상하다 싶더니 오밤중에 밖에 다녀온다는 말에 의혹이 커졌다. 무슨 일이 있는 게 분명했다.

"어디 다녀왔는지 말해보거라."

"청기와 집이요."

"청기와 집? 그 집에 나타났다는 사내를 보러 다녀온 것이야?"

"예."

"그 사내를 만나고 왔니?"

고개를 끄덕이는 솔루.

숙영은 딸이 만나고 온 상대가 누군지 단번에 알아차렸다. 남자라고는 벗으로 지내는 동삼이밖에 몰랐던 솔루가 깊은 밤중에 어느 날 갑자기 나타난 사내를 만나고 왔다면 누군지 뻔하지 않은가.

해국과 태랑에 대해서 이야기를 할 때 솔루는 많이 울었다. 당시에 그를 다시 만나고 싶지 않다 했고, 후에도 태랑에 관한 말은 일절 하지 않았던 솔루였다.

그런데 왜 찾아갔을까. 숙영은 그가 나타났다는 것보다 딸이 찾아간 이유가 더 중요했다. 가끔 솔루가 한숨을 쉬며 아련한 얼굴을 할 때마다 그 대상이 태랑이 아닌가 싶었는데 그가 맞았나 보다.

"왜 만나러 갔어?"

"궁금해서요."

"뭐가 궁금했는데?"

"왜 왔는지도 궁금하고, 또…… 제가 보고 싶어서 왔는지 알고 싶었어요. 아직 절 사랑하는지도요."

솔루는 손가락으로 제 볼을 긁어내렸다. 어머니와는 감추는 것 없이 뭐든 다 이야기하는 사이인데 말하려니 쑥스러웠다.

"뭐라 답을 하던? 네가 보고 싶어서 왔다고 해?"

"묻지 못했어요. 좀 복잡했거든요."

"솔루야."

"예?"

숙영은 그제야 헝클어진 딸의 머리카락을 보고 손으로 단정히 빗어줬다. 엉망인 머리카락만큼이나 네 마음도 엉망인가 보구나.

"만약 그가 답하기를, 네가 보고 싶어서 왔다면 넌 어쩌고 싶으니."

"예?"

"'네가 보고 싶었다, 너를 못 잊었다, 여전히 널 사랑한다.' 이리 답하면 넌 어쩌려는지 묻는 거란다."

"아……."

생각한 적이 없는 숙영의 질문에 솔루는 뭐라 말을 잇지 못했다. 정말 저를 붙잡고 '네가 너를 잊지 못했다. 너를 사랑한다.' 하고 말한다면 뭐라 해야 하나. 그에 대한 제 마음은 해국에 남겨두고 왔다. 아니, 해국을 떠나기 전부터 사랑했던 마음은 사라져 희미해지고 있는 오래전의 일이었다.

"모르겠어요. 제가 왜 이러는 걸까요."

솔루의 눈썹이 팔(八)자로 모아졌다. 울상이 된 그녀는 태랑을 기억하지 못하는 척하며 그와 나눴던 대화를 전부 숙영에게 전했다. 어머니는 자신보다 오래 사셨고 지혜로우시니 해답을 제시해주실 수도 있다 믿었다.

"애야, 답은 없단다. 하지만 후회하지 않도록 네 마음을 잘 들여다봐야 해. 나는 네가 어떤 결정을 하더라도 믿어."

"제 마음을 정말 모르겠는걸요."

"그럴 때는 네 마음이 시키는 대로 하면 돼. 단, 상대에게 상처가 될지 먼저 고민하고."

숙영이 솔루를 안아줬다. 어리게만 봤던 딸이 혼인했다는 말을 들었을 때, 실감이 나지 않았었다. 하지만 이제는 혼인할 만큼 자랐다는 사실이 직접적으로 느껴졌다. 늘 자신의 감정에 솔직했던 딸이었는데 난감해하는 모습을 보니 흐뭇하면서도 섭섭했다.

솔루를 다시 떠나보내야 할 때가 온 건가.

솔루는 제 마음을 모르겠다고 했지만 숙영은 알았다. 허나 대놓고 알려주지 않은 건 스스로 찾기를 바라서였다.

그렇게 하나씩 알아가다 보면 또 한 뼘 자라겠지. 그동안 네가 그를 향해 가졌던 원망도 미움도 사랑에서 시작되었고, 갈피를 잡을 수 없는 지금의 마음도 남은 사랑에서 비롯되었다는 걸 알게 되겠지. 너도 그를 그리워했다는 걸 느끼게 될 거야.

"다 컸네, 우리 딸."

숙영이 솔루를 힘껏 끌어안으며 남편이 있을 하늘을 바라보며 마음으로 말했다.

우리 솔루가 정말 혼인했나 봐요. 어쩌면 저와 당신이 할머니, 할아버지가 될 날이 머지않을 수도 있겠어요.

아침이 되자 솔루는 청기와 집 앞에서 커다란 대문을 노려보며 서 있었다.

벌써 시간이 얼마나 흘렀을까. 들어갈지 말지를 한참 동안 갈등 중이었다. 그도 그럴 것이 아침에 일어나자마자 아무 생각 없이 무작정 여기로 왔기 때문이다.

어머니가 마음이 시키는 대로 하라고 해서 정말 마음 내키는 대로 왔는데, 정작 와서 보니 들어가서 태랑을 보면 어찌해야 하나 싶어서였다.

우선 태랑 님을 기억하고 있었다고 실토해야 하나. 화낼 것 같지는 않은데, 왜 계속 모르는 척했냐고 하시면 뭐라고 답하지?

"아, 민망하다."

이제 와 기억났다고 말하는 것 자체가 민망한 일이었다. 그렇다면 계속 모르는 척할 수도 없고.

솔직히 계속 모르는 척하고 싶었다. 그가 모른 척한 이유를 묻는다면 달리 할 말도 없는 데다 어제도 느꼈던 심술이 또 올라오기도 했다.

심장 때문에 그도 자신을 속이지 않았던가.

그때였다. 나무로 만든 커다란 대문이 열리고, 어제도 봤던 태랑의 삿갓이 보였다.

"어? 어?"

별안간 나타난 그를 보자 솔루는 허둥대다가 문 뒤로 숨었다. 아직 그를 어떻게 봐야 할지 준비되지 않았다. 그가 저를 보지 못했기를 바라며 몸을 움츠리고 눈을 감았다.

"너, 거기에서 뭐 하느냐."

아······. 들켰다.

이미 그가 봤다는 걸 알지만 차마 고개를 들지 못하겠다. 반갑게 인사하면 될 걸, 괜히 숨는 바람에 상황이 이상하게 꼬였다.

태랑은 문 앞에서의 예상치 못한 만남에 설레었다. 아침 일찍 몰래 솔루의 집으로 찾아가 잠시 보고 올까 하여 나오던 참이었는데, 헌데 그녀가 눈앞에 있었다. 문 뒤에서 무얼 하고 있는지는 모르겠지만 생각지도 않았던 선물이 나타나 놀라움 반, 기쁜 마음 반이었다.

얼굴을 양손으로 감싸고 있는 솔루는 태랑의 말에도 꼼짝하지 않았다.

"솔루야?"

"으으."

그가 이름을 불렀으나 이상한 신음 소리만 냈다.

"어디 아픈 것이냐?"

걱정된 태랑은 문을 닫고 조심스레 솔루의 손을 치워냈다. 그에게 얼굴을 보이지 않으려 고개를 푹 숙이는 그녀의 볼을 잡아 들었다. 괜찮은 듯한데 주름이 질 정도로 눈을 질끈 감고 있으니 더 염려스러웠다.

"아픈 게야? 안으로 들어가자."

"괜, 괜찮아요. 그게…… 저기……."

그녀가 천천히 눈꺼풀을 들어 올리더니 눈동자를 옆으로 돌리며 그의 시선을 피했다. 곧 왜 왔는지를 물을 그에게 뭐라고 할지 머릿속을 아무리 돌려봐도 적당한 말이 떠오르지 않았다.

"아, 아프지 않습니다. 그러니 이것 좀 놔주십시오."

제 볼을 감싸고 있는 태랑의 손을 잡아 떨어뜨렸다.

"미안하다. 정말 괜찮은 것이냐."

참 다정스럽게도 물어봤다. 얼굴에서 열이 나는 듯해 그녀는 손등으로 슬쩍 볼을 매만졌다.

"예."

솔루가 뒤로 한 발짝 물러나 그에게서 돌아선 그녀는 혼자 조용히 '어떡하지?'를 중얼거렸다. 생각의 정리를 다 하고 왔어야 했다. 그가 말 걸기 전에 도망이라도 갔으면 좋았을 것을 그러기에는 늦었다.

분명히 왜 왔는지 물어볼 텐데 뭐라고 한담. 제발 아무 말도 안 했으면…….

"헌데 오늘은 어인 일로 온 것이야."

솔루의 바람과는 다르게 등 뒤에서 그의 목소리가 들렸다.

"제…… 제가 혼인했다고 하셨지요?"

다시 그와 마주 본 그녀가 외쳤다.

"그 얘긴 어젯밤에도 했지 않느냐."

"제 서방님은 어떤 분이셨는지 알고 싶습니다!"

솔루는 저도 모르게 말을 내뱉고 후회했다. 이러려고 한 게 아니었다. 이 대로 아무것도 기억에 없는 척하고 싶은 마음을 부정할 수는 없었으나, 그렇다고 그를 계속 속이는 것도 썩 내키지 않았다. 어제까지야 어쩌다 보니 상황이 그렇게 됐다지만 속이는 일이 그녀 체질에 맞지 않기도 했고, 가히 기분 좋은 일도 아니었다.

그런데 입에서 제멋대로 튀어나오고 말았다.

"이미 세상을 떠난 이다."

"……그, 그래도 궁금합니다."

이제 와 모두 기억하고 있다 말할 수 없었다.

"좋은 이가 아니었다."

어쩐지 태랑의 음성이 무겁다 느낀 솔루가 그를 올려다봤다. 어제보다 두 꺼운 너울이 삿갓 아래로 내려와 있어 그의 표정을 읽기 힘들었다.

"못된 놈이었지. 이런데도 그에 대해 알고 싶으냐."

"예, 뭐, 서방님이시니까……."

뒷말을 얼버무리는 솔루의 머리를 그가 쓰다듬었다.

"듣고 실망하지나 말거라."

볕이 좋다고 밖에서 얘기를 나누자며 그가 앞서 걷자 솔루는 서너 걸음 떨어져 그를 따라갔다. 태랑은 걷다가 멈춰 솔루를 기다려줬다. 보폭이 더 큰 그가 솔루에게 맞춰 걸으며 따뜻한 봄날의 기운을 만끽했다. 그녀가 다른 사내의 여인이 되기 전, 이 정도 사치를 누리는 것은 괜찮겠지.

어색하게 서로 살짝 떨어져 있긴 했지만 초록빛 잎으로 물들어가는 나무 아래로 나란히 걷는 모습이 곧 터질 듯한 꽃망울 같았다.

솔루가 태랑을 따라 걷다 보니 도착한 곳을 어제 왔었던 꽃밭이었다. 그들은 어제와 달리 꽃밭을 에워싸고 있는 나무 옆의 돌 위에 앉았다. 태랑과 거리를 두고 앉은 솔루가 곁눈질로 힐끔 그를 봤다. 해국에 있을 적에는 느끼지 못했는데 그에게서 시원한 바다 향이 났다.

"왜…… 항상 삿갓을 쓰고 다니십니까?"

"남들이 보면 기분 상하는 얼굴이라서."

"기분이 상해요?"

하긴 워낙에 잘난 얼굴이라 그를 보게 되면 남녀 할 것 없이 제 얼굴에 대한 자괴감이 들기 마련이었다.

"흉하거든."

"예에? 어찌 그 얼굴이 흉합니까?"

"네가 내 얼굴을 자세히 보지 않아서 그런다."

"어제 자세히 봤거든요."

"머리카락에 가린 부분은 보지 못했잖느냐. 보기 싫은 흉터가 있어서 말이다. 이곳은 바람이 자주 불더군. 그때마다 머리카락이 날리면 보이니까 어쩔 수 없이 삿갓을 쓴다."

"봄에는 바람이 자주 붑니다."

무릎을 세워 끌어안은 솔루가 턱을 얹었다. 그녀가 알고 있는 그의 얼굴은 절대 흉하지 않은데 왜 흉하다고 하는 것일까.

문득 동생들이 처음 태랑에 대해 이야기할 때 험악한 사내라고 했음을 기억해냈다. 이유를 물어보니 채헌이 손가락으로 눈에 흉터를 그렸었다. 어쩌다 생긴 상처인지 묻고 싶었지만 과한 관심이다 싶어서 참았다. 그는 여전히 외모에 대해 신경을 많이 쓰고 있는 모양이었다. 공존의 밤에 변하는 자신의 모습에 힘들어했던 그라면 그만한 상처에 충분히 그럴 수 있다고 이해했다. 흉하다고 답에 그의 아픈 부분을 건드린 것 같아 마음이 불편했고, 괜스레 제 가슴도 아픈 것 같았다.

"흉한 상처는 전혀 문제가 되지 않습니다. 그걸 보고 당사자 앞에서 기분 나쁘다는 표현을 하는 사람이 문제인 거죠. 세상에 어떤 사람이 제 몸에 흉터가 생기길 바라겠습니까. 흉터가 만들어지게 된 말하기 힘든 사연이 있을 텐데, 그 마음을 헤아리지 못하는 사람이 잘못된 거예요."

"네 말을 듣고 보니 마음이 한결 편하구나."

태랑이 턱의 매듭을 풀어 삿갓을 벗었다. 그녀에게 보이고 싶지 않은 자국이었다.

행여 흉하다고 싫어할까 봐.

눈살을 찌푸릴까 봐.

하지만 그녀는 조금도 개의치 않고 있다. 솔루는 원래 그런 사람이었음을 잠시 잊고 있었다. 공존의 밤에 괴물로 변한 자신도 안아주던 그녀이지 않았던가.

"네 남편에 대해 물었었지."

"예."

상황을 모면하기 위해 했던 질문이라 그녀가 굳이 듣지 않아도 되는데 그는 성실하게 해주려고 했다.

"길게 얘기할 것도 없다. 아까 말했듯이 아주 나쁘고 형편없는 놈이다."

태랑이 자신을 평가했다.

너를 울게 만들고, 아프게 했던 어리석은 놈.

너의 사랑을 무참히 짓밟았던 잔인한 놈.

"본인이 살자고 너를 이용했던 놈이니 기억하려고 하지 마."

"저를 오로지 이용만 했을까요……"

솔루는 그가 저를 진정으로 사랑했다는 걸 알고 있기에 버릇처럼 무심코 나온 말이었다. 그녀가 던진 말의 의미를 파악하지 못한 그가 잠시 생각에 빠졌지만 이내 별 뜻 아니라고 생각했는지 저 먼 곳으로 눈길을 준 채로 말했다.

"못난 녀석이라 제대로 사랑할 줄 모르긴 했다만."

"……."

"너를 사랑했다."

"……."

"만족할 만한 답이 되었느냐."

그녀가 고개를 위아래로 끄덕였다.

두근. 어젯밤 태랑에게 확인하고 싶었던 물음에 대한 확답을 들은 것 같아 또 가슴이 뛰었다. 어제 낮에 이곳에서 느꼈던 것이 틀리지 않았다. 그는 아직도 자신을 사랑하고 있었다. 그렇다면 이제 제 마음을 들여다볼 차례였다.

태랑과 헤어져 집으로 돌아온 솔루는 오후가 될 때까지 내내 넋을 놓고 있었다. 두 동생과 누렁이가 뒤엉켜 마당을 엉망으로 뒤집고 다녀도 말이 없었다. 평소라면 이미 한 소리 하고도 남을 상황이었지만 그녀의 머릿속은 태랑으로 가득해서 신경 쓸 여유가 없었다. 나물을 다듬는 손이 느릿느릿했다.

"솔루야."

맞은편에 앉아 있던 숙영이 불러도 모르고 멍하니 나물을 쥔 손만 바라봤다.

"솔루야!"

"예!"

숙영이 그녀의 무릎을 탁 치자 그제야 화들짝 놀라며 답했다.

"잠시 나갔다 와야겠구나. 오래 걸리진 않을 게다."

"어디 가시는데요?"

"아침부터 허리가 안 좋아서 의원에게 보여야겠어."

"그럼 저랑 같이 가요."

솔루가 들고 있던 나물을 그릇에 두고 자리에서 일어나려고 하자, 숙영이 손을 잡아 앉혔다.

"저녁밥 준비해야지. 심하지 않으니 나 혼자서도 충분히 다녀올 수 있다."

"그럼 채헌이와 도헌이라도 데리고 다녀오세요."

"시끄러운 재들이랑 가면 내가 더 힘들어. 오는 도중에 들러야 할 곳도 있고."

토닥토닥. 솔루는 손을 두드리고 걸어가는 제 어머니의 뒷모습을 보니 정말 심하지 않은지 여느 때와 크게 다르지 않았다. 의원에게만 가는 거라면 억지로라도 따라나서겠는데, 들러야 할 곳이 있다며 단번에 거절하니 고집을 부릴 수는 없었다.

"어머니! 어디 가세요!"

사립문을 열고 나가는 숙영을 본 채헌과 도헌이 뛰어나오며 함께 가겠다고 떼를 썼다. 간신히 아들들을 떼어놓은 뒤 숙영이 간 곳은 청기와 집이었다. 문을 두드리고 안에서 사람이 나오자 자신이 누군지 밝혔다. 잠시 기다린 후에 안에서 들어오라는 말을 들은 그녀는 안으로 따라 들어갔다. 넓디넓은 마당을 지나 도착한 방에는 태랑이 있었다.

"안녕하십니까, 솔루의 어미인 숙영이라고 합니다."

그녀가 태랑에게 공손히 인사를 하자 그도 같이 허리를 숙였다.

태랑의 얼굴에는 당황한 빛이 역력했다. 솔루의 어머니라니, 조금도 예상치 못했던 사람과의 만남이었다. 숙영은 솔루와 닮은 듯하면서 닮지 않았다. 그녀보다 훨씬 조용한 기운을 풍겨 얼굴은 쏙 빼다 박았지만 분위기가 전혀 달랐다. 솔루의 분위기가 예전과 다르다 싶었는데 어머니를 닮아가는 모양이었다. 하긴 솔루와 대화를 나눠보니 성격이나 말투는 그대로였다.

"앉으시지요."

태랑이 숙영에게 권하며 자신도 무릎을 꿇고 앉았다. 누구 앞에서도 무릎을 거의 꿇어본 적이 없었고, 나이의 많고 적음을 떠나 대부분 아랫사람을 대하듯 말을 편하게 했던 태랑이지만 솔루의 어머니기에 예를 갖췄다.

"편하게 하세요."

숙영이 부드럽게 말하자 그는 괜찮다 했지만 솔루를 다시 만났을 때만큼이나 떨리고 긴장이 됐다. 그녀의 어머니가 왜 자신을 찾아왔는지 짐작이 되지를 않았다.

"갑작스럽게 방문하여 죄송합니다. 해서 형식적인 인사치레보다는 제가 태랑 님을 찾아온 목적을 바로 말씀드려도 될까요."

"말씀하십시오."

태랑은 숙영이 어떻게 자신의 이름을 알고 있는지 의아했으나 잠자코 들었다.

"저는 다 알고 있습니다. 우리 아이가 해국이란 곳에서 살았고, 그곳에서 어떤 일을 겪었는지요."

"그걸 어떻게……."

"솔루가 전부 말해줬으니까요."

"소, 솔루가 직접 말입니까? 절 기억하지 못했습니다."

"기억하지 못하는 것이 아니라 못하는 척하고 있어요."

태랑의 낯빛이 하얗게 변했다. 왜 그랬을까. 그는 아무 말도 못 하고 손으로 이마를 짚었다. 모르는 척하고 싶은 만큼 저가 미워서 그랬던 걸까.

"솔루가 어떤 이유로 태랑 님을 모르는 척하는지는 저도 모릅니다. 제 속으로 난 아이지만 마음까지 알 수는 없지요."

"죄송합니다."

별안간 태랑이 방바닥에 머리가 닿도록 숙였다.

숙영이 저를 찾아온 이유를 이제야 알겠다. 솔루에게서 멀어지라는 부탁을 하러 왔구나. 곧 혼인할 상대도 있는 마당에 그는 방해가 되는 존재일 것이다. 그뿐만 아니라 솔루가 해국와 그에 관해서 다 말했다면 그가 그녀의 심장을 취했다는 이야기도 했을 텐데…… 밀고 싶겠지.

당장 솔루에게서 떨어지라 화내지 않고 이리 말해주는 것만으로도 고마울 지경이었다.

"그 아이가, 솔루가 너무 그리웠습니다. 보고 싶어 죽을 것 같았습니다. 행복하게 지내는지, 건강한지 꼭…… 보고 싶었습니다. 그래서 찾아왔습니다. 금방 떠날 테니 조금만 시간을 허락해주십시오."

"이러지 마세요."

숙영이 태랑을 일으켜 세웠다. 붉게 충혈된 그의 눈이 얼마나 간절하게 원하고 있는지 말해주고 있었다.

"오해하셨어요. 솔루에게서 떠나달라는 말을 하러 온 것이 아닙니다."

"그럼……."

"왜 솔루를 찾아오셨는지 여쭈려고 왔는데 답을 해주셨네요."

"네?"

태랑이 어안이 벙벙한 얼굴을 하자 숙영이 따뜻하게 미소를 지었다.

솔루에게 말로만 들었었다. 누구라도 한눈에 반할 만큼 잘난 사내라고.

채헌과 도헌을 비롯해 마을 사람들이 사내의 외모라기엔 지나치게 곱지만 위압감도 강하다며 떠드는 말도 들었었다. 그랬던 그를 직접 만나보니 그 말을 실감했다. 참으로 마음에 드는 사위였다. 외모도 외모지만 솔루를 향한 그의 진실한 마음이 느껴져서였다. 흉터 때문에 위험해 보이는 구석도 있다 했는데 숙영에게는 문제 되는 부분이 아니었다.

"이곳에는 조금만 있다가 떠날 생각이신가요?"

"아, 저는……."

"떠나실 때 혼자서 가실 건가요?"

"네?"

"우리 솔루, 어쩌실 계획인지 알고 싶습니다."

태랑은 제 귀를 의심했다. 내가 제대로 듣고 있는 건가. 숙영이 하는 말의 의미를 파악한 그가 의아한 표정으로 물었다.

"그 말씀은 제가 솔루와 함께 떠나라는 것입니까."

"솔루가 결정할 일입니다. 딸아이가 좋다고 한다면 찬성이에요."

"제가 싫지 않으십니까."

"물론 솔루의 목숨을 담보로 했다는 부분에선 싫습니다. 하지만 우리 솔루에게 들었던 태랑 님은 제법 괜찮은 분이었습니다. 그 아이의 기억에 좋게 왜곡되어 남아 있는지는 모르겠습니다만 달리 생각해보면 태랑 님을 나쁘지 않게 기억한다는 거겠죠."

태랑이 싫고 나쁘다며 말하는 솔루의 말을 자세히 듣고 있다 보면 그가 그녀를 어떻게 대했는지 파악이 됐다. 아무리 태랑이 100가지를 잘했어도 솔루의 생명을 위협하는 일을 했다면 받아들일 수 없는 노릇이었다. 허나 솔루는 그런 태랑을 밀어내면서도 가슴 한구석에 그를 남겨두었었다.

"태랑 님이 원망스럽고 밉고, 배신감에 상처 받아 가슴이 아팠다고 했습니다. 다시는 보고 싶지도 않다고 했어요. 많이 울었습니다. 그런데 솔루가 말은 그렇게 했지만 태랑 님을 기다린 것 같아요."

"솔루는 거짓말을 하지 않습니다. 하지만 거짓말을 하면서까지 저를 기억하지 못하는 척하는 건 아직 절……."

"태랑 님이 진정으로 싫었다면 뵈러 오지 않았겠죠. 그렇다고 태랑 님에 대한 사랑이 남아 있다 말은 할 수 없습니다. 저는 딸을 보며 유추만 할 뿐, 말씀드렸듯이 마음은 모르니까요."

"제가 어떻게 하길 바라십니까."

태랑은 어떤 결정도 할 수 없었다.

그리고 왜 솔루를 데리고 가고 싶지 않겠는가. 그러나 또 제 욕심을 내세우고 싶지 않았다. 한 번으로 충분했고, 뼈저리게 후회했었다.

"태랑 님, 하고 싶은 대로 해주세요."

숙영의 말에 태랑이 엷게 미소를 지으며 고개를 저었다.

"제가…… 하고 싶은 대로 할 수 없습니다. 그렇게 했다가 솔루를 잃었습니다."

"지금은 잃었다고 여기실 수 있지만 지나고 보면 다른 일을 위해 그리되었을 수도 있어요. 태랑 님이 잃었던 덕분에 저는 딸의 생사를 알게 되어 너무나 좋았답니다. 태랑 님, 억지로 안 되는 걸 하라는 말이 아니에요. 흐르는 감정을 막지 않으셨으면 합니다. 노력했는데도 안 되면 그때 가서 포기해도 됩니다."

태랑이 낯빛에 점점 화색이 돌았다. 마치 제게 기회가 한 번 더 찾아온 것 같아 벅차오르는 가슴을 주체할 수 없었다. 돌이켜보니 솔루가 저를 모른다고 했지만 궁금한 것이 있다며 찾아왔었다. 정말 싫었다면 그녀의 어머니 말처럼 질문한다는 핑계로 오지 않았으리라. 한 가닥 희망이 보였다.

"우리 솔루, 사랑하고 계시잖아요. 솔루의 마음이 지난 상처에 가려 더디게 움직일 수도 있으나 전혀 가능성이 없지는 않으니 시도라도 해보세요. 제 뜻을 아셨으리라 생각하고 이만 가보겠습니다."

숙영이 일어났다. 이만큼 알려줬으니 태랑이 물러서진 않겠지 싶어서였다. 보아하니 솔루가 머리가 복잡해 어쩔 줄 몰라 하고 있고, 태랑도 섣불리 딸에게 다가설 수 없으리라는 판단이 들어서 왔다.

내심 솔루만 바라보고 있던 동삼에게 미안한 마음도 들었지만 혼인한 태랑이 나타났으니 별수 없었다. 동삼이나 그의 부모가 솔루가 혼인했다는 과거를 알게 되면 받아줄 리도 희박해 보였고.

"부탁 하나만 드려도 되겠습니까."

그가 숙영을 따라 일어서며 조심스럽게 물었다. 숙영은 솔루처럼 작은 몸집이었으나 내뿜는 기운이 고고하고, 솔루의 어머니란 부담감에 제아무리 잘난 태랑도 절로 예의를 갖추게 됐다.

"말씀하세요."

"솔루가 저를 기억하고 있다는 사실, 제가 모르는 걸로 해주십시오."

"왜인지 여쭤봐도 될까요?"

"저를 모르는 척하는 데에는 이유가 있으리라 생각합니다. 때가 돼서 솔루가 제게 직접 알리고 싶을 마음이 들 때까지 기다려주고 싶습니다."

"그렇게 할게요."

태랑의 눈이 커졌다. 든든한 지원군이 되어주는 그녀의 어머니가 고마웠다.

"감사합니다. 감사합니다…… 어, 어머님."

이렇게 부르는 것이 맞을까.

어릴 때 외엔 사용한 적이 없는 단어에 태랑이 어색해하며 말하자 숙영이 생긋 웃었다. 쑥스러운지 그가 머리카락을 쓸어 넘기자 가려져 있던 눈의 흉터가 드러났다.

저걸 보고 사람들이 험악하다 했구나. 왠지 그 흉터에도 사연이 있어 보였다.

"앞으로 그 말을 계속 들을 수 있는 사이가 되었으면 좋겠어요."

태랑은 대문까지 숙영을 배웅했다.

한편, 그를 따라 나온 하인은 이상하다는 생각을 떨칠 수가 없었다. 지금까지 청기와 저택의 주인이 머물 적에도 찾아오는 손님이 없었는데 주인도 아닌 손님이 머물자 여인들이 찾아왔다. 그것도 '솔루'라는 여인과 그 여인의 어머니가 번갈아가며.

하긴 주인보다 훨씬 잘생긴 사내니 가끔 문밖에 여인들이 몰래 보기 위해 숨어 있다는 건 알고 있었다. 하지만 모녀가 찾아와 대면을 하는 것이 심상치 않았다.

"이상해, 이상해."

하인은 문단속을 하며 혼자 중얼거렸다.

다음 날, 솔루는 빈집을 혼자 지키고 있었다. 동생들은 서당에 있을 시간이었고, 숙영은 옆집 아주머니들과 장에 갔다.

어제부터 제 마음을 들여다보고 있는데 결론이 나지를 않았다. 태랑과 부딪쳐볼까도 했지만 그를 속이고 있는 터라 찾아갈 핑곗거리가 없었다. 싸리비로 마당을 한 번 쓸고, 하늘을 한 번 보기를 반복하는 중이었다.

"흠!"

사립문 밖에서 헛기침 소리가 났지만 듣지 못한 솔루는 답이 없었다. 헛기침의 주인공인 태랑은 더 크게 소리를 냈다.

"흠! 흠!"

그제야 그녀가 사립문 쪽으로 고개를 돌리고 그를 발견했다.

"태…… 아니, 공자님! 여기는 어, 어쩐……."

갑작스런 그의 등장에 놀란 솔루가 하마터면 그의 이름을 부를 뻔했다.

"할 얘기가 있어서 말이다."

그는 밤새도록 숙영의 말을 떠올리며 솔루에게 어떻게 다가설지 고민한 끝에 찾아왔다. 우선은 바라만 보며 천천히 시작하려다가 그랬다간 동삼에게 그녀를 뺏길 것 같았다. 숙영의 말대로 솔루가 저를 기다렸다면 지체할 이유가 없었다.

"지금은 집을 비울 수가 없습니다."

"그럼, 내가 안으로 들어가지."

그녀가 들어오라는 말을 하기도 전에 태랑은 사립문을 열어젖히고 안으로 성큼성큼 들어왔다. 그는 고개를 한 바퀴 돌려 안을 살폈다. 담장 밖에서 볼 때는 오로지 솔루만 보느라 집을 제대로 살펴보지 못했었는데, 들어와보니 허름한 집이었지만 정겨웠다. 솔루와 그녀의 가족들이 함께 모여 즐겁게 사는 곳이라 그럴까. 백해궁에 있는 태랑의 침전만도 못한 집이었지만 포근했다.

"여, 여기 앉아 계세요."

솔루는 쭈뼛거리며 태랑을 평상에 앉으라 했다.

장신인 그가 들어서자 마당이 비좁아진 듯했다. 낯선 이의 방문에 누렁이가 으르렁거렸지만 그는 눈길 한 번 주고 말았다. 그녀는 부엌으로 들어가 대접할 만한 걸 찾았지만 뭐가 있겠는가. 마침 지난가을에 말려놨던 소국(小菊)이 있어 찬물에 띄워서 내왔다.

"드세요."

평상에 걸터앉은 태랑 옆으로 대접을 놓은 그녀가 멀찍이 앉았다. 두 사람 사이에 흐르는 공기가 어색해 솔루는 제 어깨를 긁적였고, 태랑은 쓰고 있던 삿갓을 벗은 후 대접에 담긴 물을 마셨다.

"가만 생각해봤는데 이대로는 안 되겠다."

물을 다 마신 그가 먼저 말을 꺼냈다.

"너는 기억하지 못하지만 사실은 내가 너에게 사심이 있었느니라."

"예?"

"또 너도 내게 마음이 있었고, 해서 너와 나는 힘든 시간을 보냈다."

"예에?"

그를 향해 돌려 앉는 솔루. 그렇잖아도 큰 눈이 더 커졌다.

"친우의 부인이라 살펴보러 왔다는 건 구차한 변명이었어. 네가 보고 싶어서, 만나고 싶어서 왔다."

"고, 공자님. 저, 저기……."

"그 가락지 받지 마라. 네가 그 사내를 마음에 담았다면 어쩔 수 없지만, 그게 아니라면 나는 어떠냐. 기억에 없다 해도 괜찮다, 다시 시작하면 되니까."

솔루의 입이 벌어져 다물지를 못했다. 지금 이분이 뭐라고 하시는 거야.

콩닥콩닥. 심장도 없을 텐데 가슴이 왜 이리 뛰는지. 얼굴에서 열이 났다.

"솔루야."

태랑이 다정스레 부르며 옆에 있던 대접을 뒤로 치우고 그녀 곁으로 가까이 다가가 앉았다.

"아, 저, 저는……."

할 말을 찾지 못한 솔루는 그가 다가오자 자리에서 벌떡 일어나 앞으로 한 걸음 뗀 순간이었다. 앉아 있는 그가 솔루의 손목을 잡고 당기자 몸이 뒤로 빙그르르 돌아서져 마주 보게 됐고, 그의 무릎 사이로 다리가 들어갔다.

"나는 어떠냔 말이다."

이번엔 그가 은근한 음성으로 물어왔다. 얼굴에서 나던 열이 온몸으로 번져가 더웠다. 솔루의 콧등에 송골송골 땀이 맺힌 걸 본 태랑은 나오려는 웃음을 삼켰다.

"어, 어찌! 친우의 부인이었던 여인에게 이러십니까! 사, 사람들이 욕합니다!"

긴장하고 있는 솔루가 버럭 소리를 질렀다. 두 볼에 홍조를 띠고 어쩔 줄 몰라 하는 모습이 너무도 예뻐 안아주고 싶었으나 참았다. 아직은 때가 아니니까.

"네가 언제부터 남의 이목을 따졌다고 그러느냐. 그리고 네가 내 벗의 부인이었던 건 아무도 모른다. 설령 안다 하더라도 누가 욕을 해. 하고 싶으면 하라지, 뭐."

"공자님!"

"너의 마음을 묻고 있다. 다시 시작하자, 나와."

"이, 이것 좀 놔……."

솔루가 몸을 꿈틀거렸지만 그럴수록 그에게 잡힌 손목이 세게 붙들렸고, 그의 무릎에 갇혀 있는 다리의 압박이 강해졌다.

"기억에 없다지만 그래도……."

그에게서 벗어나기를 포기했는지 그녀의 움직임이 서서히 줄어들었다.

"아팠던 과거는 이대로 흘려보내고 새롭게 시작하면 되느니라. 왜, 내가 싫으냐."

"시, 싫은 건 아니지만, 좋지도 않습니다."

와락. 도저히 더 이상 참을 수가 없어 태랑이 끝내 그녀를 허리를 끌어안고 말았다. 솔루가 싫지 않다고 했다. 그것만으로 태랑은 감격에 겨웠다.

"해보자, 솔루야. 해보고 안 되면 깨끗이 물러나마. 정 힘들다면 넌 그냥 있어도 된다. 내가 널 사랑할 수 있도록 허락이라도 해주면 안 되겠느냐. 지난날, 나는 널 마음껏 사랑할 수 없었다."

그녀가 손을 들어 태랑의 머리 위를 배회했다. 자신을 안고 있는 그의 머리를 쓰다듬어주고 싶어 손가락을 접었다, 폈다 하다가 손을 내렸다.

태랑 님, 우리가 새로운 시작을 할 수 있을까요. 저는 정말 아팠던 과거를 흘려보낼 수 있을까요. 차라리 정말 그를 기억하지 못했다면 더 좋았으려나.

"그래요. 해봐요, 우리."

그러다 보면 나도 내 마음을 제대로 들여다볼 수 있겠죠. 솔루는 제 배에 얼굴을 묻고 떨고 있는 그의 어깨를 토닥였다.

그날 밤, 잠들기 전 솔루는 숙영과 나란히 누워 태랑과의 일을 털어놨다.

"어머니, 제가 잘한 걸까요?"

"잘못될까 두려워 도망가는 일처럼 비겁한 것도 없지."

"동삼이에게 가락지를 빨리 돌려줘야겠어요."

친우 이상의 감정은 느껴본 적이 없기에 동삼에게 가락지를 받은 즉시 돌려주고 싶었다. 허나 그랬다간 '너는 내게 생각할 여지도 없는 사내다.'라는 뜻으로 비쳐 그가 비참해할까 봐 시간을 달라고 했었다. 저는 물론이고 어머니와 동생들에게도 잘해줬던 동삼에 대한 배려였는데 잘못 생각한 것 같았다.

"바로 돌려줄 걸 그랬어요."

"내일이라도 늦지 않았단다."

한숨이 절로 나왔다. 유일한 벗인데 이 일로 사이가 멀어지면 어쩌나 싶어 염려가 됐다. 이럴 줄 알았으면 동삼의 마음을 눈치챘을 때 말할걸. 벗을 잃고 싶지 않은 자신의 이기심으로 일이 이 지경에 이르렀다.

눈을 감고 오지 않는 잠을 억지로 청했지만 결국 거의 뜬눈으로 밤을 새우고 아침 일찍 일어나 동삼의 집 앞에서 기다렸다. 솔루는 그가 일을 하러 가기 전에 만나 가락지를 전해줄 참이었다. 마침 집을 나서는 그를 발견하고 그를 불렀다.

"동삼아!"

"어? 이 아침부터 네가 웬일이야?"

그가 이를 드러내며 환하게 웃었다. 솔루가 그를 직접 찾아오는 일은 드물었는데 그녀라 이리 온 것을 보니 좋은 소식을 전해주리라는 기대감이 치솟았다.

"사람 없는 곳에서 이야기하자."

솔루가 사람이 오가지 않는 집의 뒤편으로 동삼을 데리고 갔다.

"이거."

그녀는 손에 쥐고 있던 가락지를 내밀었다.

"미안해, 받을 수 없어."

기대감에 한껏 부풀어 있었던 동삼의 얼굴이 실망으로 가득했다.

"왜?"

"너는 내게 좋은 벗이야."

"좋은 벗에서 좋은 신랑이 될 수도 있어."

"미안해. 이 말밖에 할 수가 없네."

"혹시 너, 다른 녀석이 있는 거야?"

어제 장에 나갔다가 청기와 저택에 일하는 사람들이 했던 말이 떠올라 동삼이 날카롭게 물었다. 솔루와 그녀의 어머니가 찾아왔었다는 말은 소문이 되어 마을을 돌고 있었다. 그뿐만이 아니라 밤마다 술을 찾던 청기와 저택의 사내가 솔루의 방문 이후로 변했다는 것이었다. 둘의 사이가 심상치 않다는 말들이 많았지만 동삼은 믿지 않았다. 사람들에게 헛소문 퍼뜨리지 말라고 주의를 줬는데, 솔루가 가락지를 돌려주니 자연스레 소문과 연결 지을 수밖에 없었다.

"다른 사람이 있는 건 아니야."

솔루는 태랑과 저의 관계가 불확실해 동삼에게 털어놓지 못했다.

"그럼, 됐어. 가지고 있어."

"동삼아! 그럴 수 없어!"

그의 소매를 붙잡은 솔루가 다시 가락지를 내밀었다.

"조금만 더 생각해봐."

"정말 미안. 처음부터 받으면 안 되는 거였는데."

그녀가 동삼의 손을 잡고 가락지를 쥐여주자 그가 멍한 얼굴로 제 손에 놓인 가락지를 봤다. 솔루의 마음이 어떻다는 걸 짐작하고 있었지만 그녀에게 거절당할 줄은 몰랐다.

죽었다 살아 돌아와 마을 사람들의 관심이 쏠렸고, 그사이에 부쩍 고와져 사내들의 시선을 끌었으나 정작 당사자인 그녀는 동삼이하고만 어울렸다. 해서 나름 자신도 있었건만 일이 이렇게 되고 말았다. 솔루에게 가락지를 주며 청혼했다고 동네방네 떠들고 다녔는데, 이제 그를 거절했다는 소문이 돌 것이다.

청기와 집 사내와의 소문이 진실인지는 알 수 없지만, 서로 눈치만 보고 있던 다른 사내들이 솔루에게 접근할 가능성이 컸다. 이대로 어설프게 끝을 내면 안 된다. 동삼은 그녀를 제게 묶어둘 말을 찾았다.

"그럼 나중에 다시 줄게."

"아니! 내 마음은 변하지 않아. 동삼아, 너는 내 친우야."

"언젠가 혼인을 할 거 아냐! 다른 사내들에겐 눈길도 주지 않으니 나와 하면 되는 거잖아!"

"너와 혼인하는 일은 없어."

"너, 정말 다른 사내가 생긴 거 아냐?"

"아니라니깐. 설사 있다 하더라도 네가 상관할 일은 아니야."

"어떻게 상관 안 해! 네 일인데!"

그간 어떤 마음으로 이날을 기다렸고, 어떤 마음으로 준비했던 가락지였던가. 제 마음을 몰라주는 솔루가 야속했다.

"솔직하게 말해줘."

"솔직하게 말했어. 너는 내게 친우일 뿐이야. 그러니 이러지 마."

"아니야, 네게 다른 사람이 생겨서 이러는 거야. 네 곁을 지키는 사내라곤 나밖에 없었는데 네가 하루아침에 변할 리가 없어."

"동삼아."

마음대로 생각하는 그가 안타까웠다.

"나와 마을 사람들 모두 알고 있어."

"뭘를?"

"너, 소문 다 났다."

"무슨 소문."

"너와 청기와 집 사내가 그렇고 그런 사이라는 얘기."

솔루가 고개를 갸웃거렸다.

이건 또 무슨 말이야. 태랑과 저에 대한 이야기라니.

작은 마을이라 사소한 일도 삼시간에 퍼진다는 걸 알고는 있었으나 그와 특별한 일이 있었던 것도 아니었다. 설마 어제 그와 안고 있었던 모습을 누가 보고 벌써 퍼뜨렸나. 조심했어야 하는데 미리 대비하지 못한 제 탓이 컸다.

"너희 어머니와 채헌이, 도헌이가 알면 어쩌려고 그래?"

마을 사람들이 수군대며 솔루는 물론이고 그녀의 어머니와 동생들을 손가락질할 것이다. 그녀의 낯빛이 창백해졌다.

"나와 혼인한다고 하면 소문은 모두 무마될 거야."

동삼이 솔루의 손을 잡고 말했다.

"그렇고 그런 사이란 어떤 사이를 말하는 건가."

별안간 누군가가 물어왔다.

익숙한 낮은 음성.

태랑이 벽에 기대 검지로 삿갓을 들어 올리며 솔루와 동삼을 바라봤다.

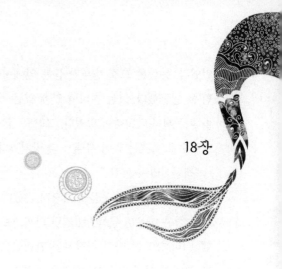

18장

태랑은 삿갓을 올리고 있던 검지를 옆으로 옮겼다. 앞을 가리고 있는 얇은 너울을 젖히자 매섭게 빛나고 있는 한쪽 눈이 드러났다. 그러나 그는 곧 눈빛을 부드럽게 풀며 솔루와 눈을 맞췄다.

아침이 되기를 손꼽아 기다렸다. 솔루의 집으로 찾아갔다가 나서는 그녀 뒤를 따라왔더니 이런 장면이 펼쳐졌다. 동삼과의 만남을 제지할 생각은 없었다. 그에게 시작해보자는 허락을 했으니 동삼을 정리하려는 거라 판단해서였다.

"남녀가 그렇고 그런 사이라는 건……!"

동삼은 태랑이 솔루에게 보내는 시선을 잘라내기라도 하듯 외쳤다.

"그러니까 어떤 사이냐고 묻지 않느냐."

태랑이 다가와 솔루 곁에 서서 동삼을 내려다봤다. 동삼도 꽤 큰 편에 속했는데 그보다 머리가 하나 더 있는 태랑이 작은 그늘을 만들었다.

"책임을 져야 하는 사이입니다."

사람들 사이에서 도는 '그렇고 그런 사이'는 좀 더 끈적거리는 뜻을 담고 있었다. 동삼은 그걸 솔루가 듣는 앞에서 제 입으로 말하고 싶지 않아 '책임'을 언급했다. 그는 손바닥 안에 있는 가락지를 세게 움켜쥐었다. 자신은 솔루를 책임질 의향이 있었다. 그러고 싶어서 없는 형편에 가락지를 준비해 실행으로 옮겼는데 이 사내가 다 망쳐놨다.

"책임이라……. 흠."

태랑은 느긋하게 웃음을 지으며 말했다. 걸리적거리는 동삼을 저 멀리 날리고 싶은 마음이 굴뚝같았지만 가까스로 참고 있었다. 일종의 자비이기도 했다. 비록 그는 다시 시작하는 단계였으나 어쨌거나 솔루에게 답을 들었고, 그녀의 어머니에게도 허락을 받았다. 매몰차게 거절당한 동삼이 이해되고 불쌍해, 가진 자로서의 미덕을 베푸는 중이었다.

"처녀에게 그런 소문이 돌면 혼삿길이 막힙니다."

솔루의 외모가 나날이 고와졌다지만 동삼의 눈에는 태랑처럼 잘난 사내가 순박한 처녀를 탐낼 이유가 없다고 생각했다. 있는 집의 여식이라면 모를까.

"그럼, 내가 책임지면 되겠군."

"네?"

"책임진다잖아, 내가."

"책임이 아니라 잠시 즐기시는 거겠죠! 차라리 화려하게 단장하고 사내를 잘 다루는 여인들이 있는 기루에 가시면 되잖습니까! 아니면 그 여인들이 지겨워져 별미거리를 찾으시는 겁니까."

동삼의 도를 넘는 말에 태랑의 미간이 일그러졌다. 봐주고 있었더니 점점 기분을 언짢게 한다. 어디 감히 솔루를 기루의 여인들과 비교를 한단 말인가.

"장난 그만하십시오, 공자님! 동삼이 너도 그만해."

보다 못한 솔루가 둘 사이를 가로막았다. 갑자기 등장한 태랑 때문에 당황해서 어찌할 줄 모르고 지켜보고만 있었다. 헌데 태랑에게서 느껴지는 기운이 험악하게 변하고 있어 말리지 않으면 일을 치를 것 같았다.

"마을 사람들이 잘 모르고 오해하는 거야."

둘 중 하나라도 이 자리를 벗어나게 해야 했다. 태랑이 절대 물러나지 않을 것이 뻔해 그녀는 동삼을 설득했다.

"청기와 저택에서 일하는 사람들이 그러더라, 너 밤이슬 맞고 저택을 드나든다고. 나도 처음에 말만 들었을 땐 믿지 않았어. 하지만 여기에 이 사내가 나타나 하는 말만으로도 그저 소문만은 아닌 것 같은데?"

"정말 아니야! 간 적이 있는 건 맞아! 맞는데!"

왜 갔는지 설명할 수는 없었다. 적당히 둘러댈 말을 찾다가 번뜩 떠오르는 생각.

"일할 수 있도록 해주십사 부탁드리러 간 거야."

"일?"

동삼이 되물었고, 동시에 태랑이 고개를 돌려 솔루를 봤다.

"너, 너도 알다시피…… 채, 채헌이랑 도헌이가 커가고 있잖아. 어머니 바느질삯만으로는 네 식구 먹고살기 힘드니 내가 도와야지. 내가 어머님만큼 바느질 솜씨가 좋지 않아서 일을 찾고 있었거든."

동삼은 믿을 수가 없었다. 솔루가 바다 제물로 팔려가며 받은 쌀의 양이 상당해 넉넉하지는 않더라고 힘들 정도는 아니라고 아는데 벌써 다 떨어졌나. 그런 이유라면 본인이 모를 수가 없었다. 게다가 떠들기 좋아하는 채헌과 도헌이 다른 사람은 몰라도 그에게는 꼭 말했을 것이다. 그녀 혼자만의 계획인가. 아닌데, 솔루의 어머니는 왜 찾아갔을까? 역시 일자리를 부탁하기 위해? 동삼이 의심의 눈초리를 거두지 않자 솔루가 팔꿈치로 태랑을 슬쩍 쳤다.

"제 말이 맞죠, 공자님?"

눈짓으로 제 말에 장단을 맞춰달라는 신호를 보냈는데 너울 너머로 보이는 태랑의 표정은 마음에 들지 않는다는 기색이 역력했다.

그녀가 눈을 찡그렸다. 빨리 대답해주세요!

하지만 그는 여전히 입술을 벌릴 움직임을 보이지 않고 대신 '해주면, 넌 뭐 해줄 건데?' 하고 묻는 얼굴을 하고 있었다.

"일 때문에 부탁하러 온 것이 맞다."

그가 한참 만에 답했다.

"그럼 책임진다는 말씀은 뭡니까?"

동삼이 캐물었다.

"일할 수 있도록 책임진다는 말이었다."

"여기는 왜 오신 겁니까?"

"지나가는 중이었다. 나를 두고 하는 이야기인 듯하여 참견한 것이고. 문제 있나?"

"……아닙니다."

억지로 답을 한 동삼은 뭔가 시원하게 풀리지 않았지만 그렇다고 여기서 더할 수도 없었다. 그때 집에서 동삼의 이름을 부르는 소리가 들렸다. 일하러 나가야 하는 시간이라 그를 찾고 있었다.

"나중에 또 보자, 솔루야."

동삼이 솔루에게만 인사하고 돌아섰다.

"이봐, 내게 사죄해야지."

"무엇을 말입니까?"

"즐기는 거라고 했던 말, 기루에 가보라고 했던 말."

솔루를 별미라고 저급하게 표현했던 말.

화가 치밀어 동삼의 다리 한쪽을 확 부러뜨리고 싶지만 그랬다간 솔루가 싫어할 것이 뻔해 관뒀다.

"죄, 죄송합니다. 무례함을 용서해주십시오."

내키지 않아 억지로 하는 사과였다.

"가봐."

태랑은 용서한다는 말은 하지 않았다. 빨리 동삼이 사라지기를 바랄 뿐.

떨어지지 않는 발걸음을 겨우 옮겨가며 동삼이 집 안으로 들어가자 솔루가 목소리를 낮추고 따져 물었다.

"왜 그러셨어요?"

"뭘."

"책임진다는 말씀이요."

"진심을 말했는데, 내가 잘못한 것이냐."

"마을에 소문나면 안 됩니다."

솔루가 주위를 살폈다. 태랑과 함께 있는 모습을 누가 보게 된다면 또 다른 소문이 만들어질 것이다.

"왜 안 되지? 너, 어제 나와 시작한다고 했다."

지금 마을에 소문을 일부러 내도 모자랄 판에 꽁꽁 감추는 그녀의 마음이 하룻밤 사이에 바뀌었을까 그는 초조했다. 특히 동삼이 놈에게는 더욱 알리고 싶었다.

"했죠, 했는데 소문이 나면 안 됩니다. 저 때문에 어머니나 동생들이 손가락질받는 건 싫습니다. 어머니께선 제가 아버지가 없어서 배우지 못했다는 말 듣는 걸 가장 싫어하시거든요."

"그래?"

그가 빙긋 웃었다. 마음이 바뀐 것이 아니라 어머니와 동생들 걱정에서 그런 것이라니 다행이었다.

"그나저나 청기와 저택에서 정말 일을 해야겠구나."

태랑이 일부러 어쩔 수 없는 것처럼 한숨을 쉬며 말했지만 내심 쾌재를 부르며 동삼에게 고마워하는 중이었다. 그가 캐묻는 바람에 좋은 방법이 떠올랐다.

솔루가 일 핑계를 댔고 그가 책임을 진다고 말했으니, 그녀에게 일자리를 주어야 하는 상황이 됐다. 만났다 헤어지기 반복하기 싫었는데 잘됐다. 종일 붙어 있을 수 있는 일로 준비해놓으리라.

한편 솔루는 태랑의 말을 듣고 그제야 아차 싶었다. 아마도 동삼이 소문을 잠재우기 위해 저와 태랑에게서 들은 대로 말하고 다닐 테니 할 수 없이 청기와 저택에서 일을 해야 되는 상황이 됐다.

"공자님께 신세를 져도 될까요?"

"내가 청기와 저택의 주인은 아니지만, 너와 내 사이에 그 정도야……."

"공사(公私)를 엄격히 구분해야 하는데 죄송합니다."

태랑은 공사를 엄격히 구분한다는 말이 선을 긋는 듯해 마음이 상했다. 틀린 말도 아니고 딱히 마음 상할 필요도 없지만, 그녀가 넘어오지 말라는 경계를 두었다.

하긴 이렇게 이야기를 나누고, 그녀의 마음이 움직인 것도 감지덕지할 판에 벌써부터 더 바란다면 욕심이겠지.

"그래, 그래. 공사 구분을 엄격히 해야지. 해서 하는 말이다만, 조금 전에 내가 널 도와 장단 맞춰준 것 어찌 갚으려는 것이냐."

"갚는다니요?"

"흐음."

그가 허리를 숙여 제 얼굴을 솔루 앞으로 갖다 댔다. 그러더니 너울을 손가락으로 걷어 짐짓 심각한 얼굴로 묻는다.

"도와달라고 간절한 눈빛을 보낼 때는 언제고 이제 와 모른 척한다?"

"아, 그거요?"

설마했는데 정말 그가 이럴 줄은 몰랐다. 예상했던 대로 '해주면, 넌 뭐

해줄 건데?'라고 묻는 표정이었던 것이다.

"뭘 그런 걸 갚으라고 하십니까?"

"공사를 엄격히 구분해야 한다는 사람이 누구였더라."

솔루가 눈을 빠르게 깜박이며 할 말을 찾지 못하고 우물거리자 그의 눈이 가늘어졌다. 걸려들었다! 그녀에게 어떤 걸 해달라고 할지 고민하는 것 자체가 그에게는 큰 즐거움이었다.

"내 요구사항은 차차 애기 나누기로 하고, 우선은 가자."

"어디를 말입니까?"

"일하러."

"지금이요?"

앞으로 휙 돌아선 태랑은 연신 터져 나오려는 웃음소리를 참았다.

햇살이 참 좋다. 삿갓을 들춰 파란 하늘을 보며 걷다가 뒤에 멀뚱히 서 있는 솔루에게 말했다.

"어서 따라오너라."

"어머니께 말씀을 드리고 가겠습니다."

"내가 따로 사람을 보낼 테니 그냥 가."

솔루의 작은 손을 잡고 걷고 싶었으나 서두르다 그녀가 달아날 수도 있으니 적당히 때를 보기로 했다. 그것이 당장 오늘이 될 수도 있겠지만.

솔루는 태랑의 넓은 방 안을 걸레질을 하며 양쪽으로 왔다 갔다 하고 있었다. 태랑이 청기와 저택을 관리하는 집사에게 그녀를 자신의 시중을 드는 하인으로 부리겠다고 말한 뒤였다. 종종거리며 쓸고 닦고 정신이 없는데 느긋하게 보료 위에 앉아 청소하는 그녀를 보고 있는 태랑이 신경 쓰여 더 힘들었다. 청소가 다 끝날 때까지 다른 방에서 쉬었다 오라고 몇 번을 말했는데도 그는 괜찮다며 한사코 자리를 지켰다.

"혹시 감시인가요?"

두 손으로 걸레를 잡고 앞으로 쭉 밀다 솔루가 물었다.

"그럴지도."

"공자님, 제게 사심 있는 거 맞습니까?"

그녀가 허리를 세우며 그를 불만스럽게 바라봤다.

"당연하지. 나는 네가 좋다."

태랑이 가벼운 미소를 짓자 그녀가 입술을 내밀었다. 재회한 그는 예전보다 훨씬 자주 웃는 얼굴을 하고 있어 더 편했지만, 어째 지금은 놀림을 당하고 있는 기분이었다.

"그럼, 믿어주세요."

솔루가 몸을 낮춰 다시 걸레로 바닥을 벅벅 문질렀다.

"공. 사. 구. 분."

그가 한 음절씩 끊어 말하며 손가락을 허공에 툭툭 튕겼다.

"내 널 믿고 싶기는 하지. 허나 네가 그랬잖느냐. 공사는 철저하게 구분해야 한다고."

"아, 진짜."

한번 말을 꺼냈더니 계속 꼬투리 잡고 써먹을 작정인가 보다. 청소가 싫거나 하진 않다. 게으름을 피울 마음도 절대 없는데 그가 구분하자고 하니 이상하게 속이 꼬였다.

"왜? 구분하지 말았으면 좋겠어?"

그녀는 뭐라 답할지 망설였다.

그러지 말자고 하면 어떻게 하실까. 구분하자고 하면 하자는 대로, 하지 말자고 하면 그거대로 매사에 적극 활용하실 텐데.

갑자기 태랑이 보료에서 일어나 성큼성큼 걸어오더니 솔루 앞에 앉은 그가 그녀의 손에서 걸레를 빼내 옆으로 밀어놨다.

"구분하지 않으면 이런 거 안 해도 된다."

그가 그녀의 상체를 일으켜 세워 자신을 마주 보도록 했다.

"이, 일을 하기로 했으면 해야지요. 사람들 눈도 있지 않습니까."

"흐음. 나는 이리 너와 있는 것만으로도 좋긴 하다만, 시간이 아깝다. 날이 좋으니 뱃놀이도 가고 싶고, 꽃놀이도 가고 싶어. 함께 맛난 것도 먹고 싶고, 도란도란 둘이서 얘기를 나누고 싶단 말이다. 청소하느라 시간 다 보낼 수는 없지 않느냐."

"놀이 가고 얘기 나누는 것, 좋습니다. 하지만 일을 하기로 했으니 일을 해야 하고, 사람들 눈도 있는데 둘만 나들이를 가는 것도 그렇고……."

솔루의 목소리가 차츰차츰 기어들어갔다. 솔직한 마음은 그녀도 일만 하다가 태랑과의 시간을 보내고 싶지는 않았다.

사실 그와 시작하기로 했던 어제부터 가슴을 짓누르는 걱정이 있었다. 그는 백해국의 왕이고 언젠가는 돌아갈 날이 올 것이다. 그때가 언제인지는 모르겠으나 이곳에 오래 머무를 수는 없을 텐데 그렇다고 어머니와 동생들을 두고 그를 따라나설 수도 없다. 해서 그의 말처럼 시간이 아까웠다.

태랑이 생각에 잠긴 그녀의 머리카락을 넘겨 귀 뒤에 꽂았다. 그러고는 그가 제 입술을 그녀 귀에 가까이 댔다.

"그래서, 공사 구분하자고?"

귓가에 닿는 그의 입김에 솔루가 숨을 멈췄다. 솜털 하나까지 간질거리는 감촉인데 몸이 굳었다.

"응? 너는 그러고 싶으냐?"

"어…… 어……. 저 좀 떨어지셔서……."

그녀가 슬며시 귀를 태랑의 입술에서 떼려고 하니 그가 움직이지 못하게 허리를 잡았다. 그러자 반동에 의해 머리가 움직였고 그의 입술이 귀에 눌렸다.

"답하기 전까지 놓아주지 않으리라."

"너, 너무 성급하다 생각지 않으십니까."

"내가 이러는 게 싫어?"

태랑은 적당히 자제하자 스스로 타일렀지만, 몸이고 마음이고 도통 말을 듣지 않았다.

그래, 지체하지 않기로 했으니 앞뒤 재지 않으며 달려가 보자.

"네가 눈앞에서 왔다 갔다 하는데 어찌 가만히 있을 수 있겠느냐."

그가 말할 때마다 입술이 귀를 쓸어 올렸다 내려가며 더운 숨결이 귀 안으로 들어와 머리가 몽롱해지는 것 같았다. 평소라면 들리지 않을 그의 입술이 닿았다 떨어지는 작은 소리마저도 깊이 파고들어왔다. 현기증이 날 거 같은데 태랑이 계속 묻고 있다. '싫어?' 하면서.

그의 숨이 덥다 못해 뜨거웠다. 솔루를 달아오르는 얼굴을 느껴졌지만 어쩌지 못하고 몸을 비틀었다. 허나 그의 두 손에 단단히 잡혀 있는 허리가 꼼짝도 하지 않았다.

"저, 적당히 해요!"

"적당히?"

"공사 구분을 명확하게 하지 말고 때에 따라서 유동적으로 구분하자고요, 적당히."

"좋다."

그의 눈이 만족스럽게 휘어졌다. 그녀의 표정은 분명 싫은 반응이 아니었다. 태랑의 눈치를 살피며 홍시처럼 붉어진 얼굴을 한 솔루가 제 귀에 손을 밀어 넣어 그의 입술을 막았다.

쪽. 순식간에 벌어진 일이었다. 그가 솔루 손바닥에 입을 맞췄다.

오랜만에 맡아보는 그녀의 살냄새가 좋았다. 풋풋하고 싱그럽기만 하던 향에 활짝 핀 꽃향기가 가미되었다. 역시 그녀가 여인이 되어가고 있었다.

"어머나!"

놀란 솔루가 다급하게 손을 빼내고 펄쩍 뛰어 올랐으나 태랑이 그녀의 허리를 끌어안자 그 바람에 중심을 잃은 솔루가 뒤로 넘어졌다. 물론 태랑이 재빠르게 그녀를 받아 머리가 바닥에 부딪히는 사태는 막았다.

머리에서 충격이 느껴지지 않자 살며시 감았던 눈을 뜨는 솔루.

"괜찮으냐."

그가 걱정스럽게 물었다. 고개를 끄덕이며 어떻게 된 영문인지 살펴보던 그녀는 자신이 태랑의 다리 위에 누워 있음을 알고 후다닥 몸을 일으켰다.

"죄송합니다. 그렇게 왜 가까이 계셔서……."

민망해져 태랑의 탓으로 돌렸다. 그의 탓이 맞기도 하고.

"많이 참았는데?"

"예?"

"그나마 공사 구분을 적당히 하자고 해서 봐줬다."

"앞으로는 이러지 마십시오."

그녀가 옆으로 치워놓은 걸레를 잡으며 그와 거리를 두었다.

"말했다시피 네가 눈앞에서 왔다 갔다 하는데 어찌 참아."

"전 아직 공자님의 마음과 같지 않으니 조금만 천천히……."

"싫지 않은 거지?"

태랑의 낯빛이 어두워졌다. 자신이 그녀의 반응을 잘못 받아들였나 싶어서 물었다. 만약 그녀가 싫다고 대답한다면 어쩐다.

"네가 싫다면 털끝 하나 건드리지 않으마."

그의 눈꼬리가 처졌다. 큰 죄라도 진 사람처럼 흔들리는 눈동자가 애잔하기까지 했다.

"누가 싫다고 했습니까, 조금만 천천히라고……."

"진심인 것이냐."

언제 그랬냐는 듯 태랑이 활짝 웃었다. 작은 일에도 그가 변했음을 느꼈다. 솔루의 말 한마디에 울고 웃는다는 표현을 써도 될 만큼 그의 신경은 오로지 그녀를 향해 움직였다.

"예, 진심입니다."

그녀가 수줍게 답하고 걸레를 빨아 와야겠다며 방을 나갔다.

뒷모습을 바라보고 있던 그는 보료 위로 올라가 장침에 턱을 괴로 모로 누웠다. 기분이 참 좋았다.

다음 날.

솔루는 서당에 가지 않고 누나를 따라가겠다는 동생들을 떼어놓느라 애를 먹었지만, 청기와 저택을 향하는 발걸음이 가벼웠다. 어제 태랑이 정말 사람을 보냈는지 갑자기 일을 한다는 딸에게 숙영은 자세히 묻지 않았다. 대신 열심히 하라며 서랍장에 넣어둔 좋은 옷을 꺼내주었다. 좋아봤자 해국의 객사에서 일하던 이들의 옷보다 못했으나, 솔루네 형편에는 중요한 날에만 입는 옷이었다.

솔루는 조그마한 면경을 통해 잘 보이지 않는 제 모습을 비춰 봤다. 평소보단 더 예뻐 보이길 바라며 머리카락을 매만졌다. 태랑에게 고운 여인으로 보이고 싶었다. 옷에 따라 행동도 달라지는 건지 걸음걸이가 저절로 얌전해졌다.

그가 보면 어떤 얼굴을 할지 기대가 돼서일까. 오늘따라 청기와 저택으로 가는 길이 유난히 길게 느껴져 서둘렀다.

"히힛."

혼자 실실거리며 모퉁이를 돌아서려던 찰나, 누군가가 그녀의 어깨를 잡았다.

"야!"

"꺄악!"

화들짝 놀란 그녀가 비명을 지르며 돌아섰다.

"어? 동삼아? 놀랐잖아!"

"어디 가?"

이를 드러내는 특유의 웃음을 보이며 동삼이 물었다.

"청기와 저택, 일하러!"

손가락으로 청기와 저택을 가리키다 황급히 뒤에 일하러 간다는 설명을 붙였다.

"넌?"

"이거 주려고 왔어."

그가 솔루 앞으로 두 팔을 내밀었다. 그의 손에는 보따리와 한 주먹 가득 들꽃이 쥐어져 있었다.

"이게 뭐야?"

"어제 일하러 갔다 네가 좋아하는 경단하고 고기전 얻어 왔어. 양이 얼마 안 돼서 너만 먹으라고."

집에 있는 동생들 때문에 직접 전하는 모양이었다. 동삼이 보따리로 받으라는 듯이 솔루의 손을 치자 그녀가 얼른 받아 들었다.

"그리고 이거."

다른 손에 들린 꽃다발을 흔들었다.

"예쁘잖아. 지나가다 보는데 너 생각이 나서……. 그런데…… 일하러 가는데 이렇게 가?"

꽃다발을 들고 있는 동삼의 손이 아래로 떨어지며 얼굴이 굳어지며 그가 솔루를 위아래로 훑어봤다. 그녀가 입고 있는 옷은 그도 알고 있었다. 지난 1년 동안 이 옷을 입은 적은 다섯 손가락으로 꼽을 정도였다.

볼 적마다 그녀가 하도 예뻐서 기억에 딱 박혀 있는 옷.

그런데 하필 청기와 저택에 일하러 간다면서 입고 나섰다니.

어쩐지 오늘 평소와 달라 보인다 했다.

"아! 옷을 다 빨아서 입을 게 없어……."

솔루는 대답을 하면서도 말도 안 되는 변명이라 생각했다.

"헌데 넌 왜 여기 있니?"

그녀가 물었다.

"우연히."

어제 일로 아침부터 솔루 집을 찾아갔다 그녀를 놀래켜주려고 뒤를 밟은 것이었다.

"솔직히 말해봐. 너 일하러 가는 거 맞아?"

동삼이 도끼눈을 했다. 소문에 대해서 태랑과 솔루, 둘이 아니라고는 했지만 의심을 떨칠 수가 없었다. 그래도 믿었는데 솔루의 차림을 보니 소문이 진실일 수도 있다는 쪽으로 무게가 실렸다. 그녀의 마음이 청기와 집 사내에게로 가고 있다는 생각이 들자 동삼은 다급해졌다.

"맞아."

눈길을 피한 채로 솔루가 답했다.

"아니잖아! 가지 마!"

그가 솔루의 팔을 덥석 잡았다. 힘을 어찌나 세게 주고 있는지 팔이 부러질 것처럼 아팠다.

"놔줘, 아파!"

그녀가 얼굴을 찡그리며 부탁했지만 동삼의 귀에는 들리지 않았다.

다 된 밥에 재를 뿌려도 유분수지.

오랫동안 정성스럽게 작은 씨앗을 키우며, 꽃이 피기만을 바라는 심정으로 기다려온 그에게 태랑의 등장은 청천벽력과도 같았다. 거기다 부유한 집안의 사내가 뭣이 아쉬워 솔루 같은 가난한 집 처녀에게 관심을 주겠는가.

좋아하는 것도 아니고 즐기기 위함이 맞을 것이다. 동삼은 제 판단이 맞다고 믿으며 그녀를 억지로 끌고 가려 했다. 안 가겠다고 버티는 솔루의 발이 질질 끌리려던 참이었다.

퍽! 순간 그녀의 팔을 억세게 잡고 있던 동삼이 저만치 나가떨어졌고, 그가 들고 있던 꽃다발이 땅바닥에 어지럽게 흩어졌다. 태랑이 동삼을 때린 건지, 날린 건지 볼 수 없을 만큼 눈 깜짝할 새에 일어난 일이었다.

"감히 어디다 손을 대는 것이냐."

어찌 된 영문인지 몰라 한동안 멍하니 있던 그녀는 들려오는 말소리에 고개를 돌렸다. 거기엔 서늘한 기운을 풍기고 있는 태랑이 있었다.

"윽!"

동삼이 고통스러운 신음을 내자 그와 태랑을 번갈아 보던 솔루는 동삼을 향해 뛰었다. 어찌 됐거나 다친 쪽은 그였으니까.

"괜찮아?"

"괜…… 으윽!"

그녀에게 부축 받아 일어나던 동삼이 다시 주저앉았다.

"어디 아파? 어디?"

"팔이……."

"어서 의원에게 가자."

솔루가 동삼의 다른 쪽 팔을 어깨에 두르고 일으켜 세웠다.

"가기는 어딜 가. 너는 이리로 와야지."

손가락을 까딱까딱하며 태랑이 솔루를 불렀다. 그녀와 동삼을 떼어놓으려다 인내심을 발휘했다.

"다쳤지 않습니까!"

"멀쩡해. 그 녀석, 엄살 부리고 있다. 사내 녀석이 겨우 그런 걸로 아프다고 여인에게 의지하다니, 약골이군."

태랑이 혼자서 중얼거리는 듯했으나 실상은 동삼에게 들으라고 하는 소리였다. 못 들었다면 모를까, 태랑의 말을 명확하게 들은 동삼은 자존심이 상해 부축하고 있는 솔루의 손에서 벗어났다.

"괜찮아, 잠시 놀랐을 뿐이야."

그는 힐끔 태랑을 보다 멋쩍게 옷을 털고 흩어져 있던 꽃을 한 송이씩 주섬주섬 주워 들더니 다시 솔루에게 내밀었다.

"흙이 묻어버렸네. 나 일하러 갈게. 너도 일해."

그녀에게 인사를 하고 돌아서서 걷는데 태랑이 했던 말이 떠올랐다.

'감히 어디다 손을 대는 것이냐.'

마치 자신의 소중한 것을 지키기 위한 행동과 말.

동삼은 멈춰 서 뒤를 돌아보자 미안한 얼굴로 동삼을 바라보고 있는 솔루 곁에 태랑이 서 있었다. 그리고 여봐란듯이 솔루의 어깨를 태랑의 손이 감싸고 있었다.

"너는 왜 그것을 받아 들고 와."

솔루의 손에 들린 보따리와 꽃다발이 거슬려 청기와 저택으로 들어가며 태랑이 물었다.

"제게 준 선물이니까요."

"고작 그런 게 선물이라더냐."

"선물에 고작이 어디 있습니까."

"안 봐도 훤하지, 뭔데."

그가 보따리를 향해 턱짓했다.

"고기전과 경단이요."

그녀는 보따리를 들어 보이며 말하면서 침을 삼켰다.

생각만으로도 침이 고이는가 보군, 그게 뭐라고.

"나도 줄 수 있다."

"예, 예, 그러시겠죠. 어쨌거나 동삼이를 날려…… 아니, 때린 건 잘못하셨습니다."

"네게 손을 대지 않았느냐."

"손을 댈 수도 있죠."

태랑의 미간에 주름이 잡혔다. 손을 댈 수도 있다니.

동삼이 그녀 팔을 잡는 걸 보는 순간 피가 거꾸로 솟는 줄 알았다. 헌데 별일 아닌 것처럼 말하는 그녀가 좀 얄밉다.

"손대면 안 돼."

"왜요?"

"몰라서 묻는 것이냐. 너는 나의 여인이니까."

나의 비(妃)니까. 내 것이니까.

"그, 그렇다고 사람에게 그리하시면 어쩝니까?"

나의 여인. 그 말에 솔루는 묘한 자극을 느꼈다. 낯간지러우면서도 가슴이 일렁였다.

"제 여인을 다른 사내가 만지는데 그걸 보고만 있을 놈이 어디 있어."

솔루가 눈을 깜박이며 그를 올려다봤다. 차분한 어조로 말하고 있지만 그녀의 눈에는 태랑이 길길이 날뛰고 있는 듯이 보였다.

"혹 질투하십니까?"

"질투 나는 건 당연하다."

우와! 그녀는 감탄사가 크게 터져 나오려고 해서 얼른 입술을 다물었다.

뭐랄까, 그와는 어울리지 않는 말이었다. 저런 말, 절대 못 할 사람 같은데 아무렇지도 않게 잘도 하고 있었다.

"왜, 속 좁아 보이느냐."

"예."

"그렇대도 할 수 없다. 지금의 내 감정이야."

"공자님과 어울리지 않습니다."

"감정에 어울리고 말고가 어디 있느냐. 느끼는 대로 표현하는 게지."

"……다음부턴 그러지 마십시오."

거칠 것 없는 그의 표현이 좋으면서도 익숙하지 않았다.

"이거 쉬면 안 되니까 부엌에 두고 가겠습니다."

동삼에게 받은 고기전과 경단을 시원하게 보관하기 위해 부엌으로 향했다.

"계속 그럴 거야."

솔루의 등에다 대고 태랑이 말했다. 앞으로도 동삼이나 다른 사내가 그녀를 만지면 멀리 날려버리겠다는 뜻이었다.

"오늘보다 더하면 더했지, 덜하지는 않을 것이다."

"……."

"그 고기전이랑 경단은 하인들 먹으라고 주지 그러느냐."

그의 말을 들으며 걷기만 하던 솔루가 뒤로 홱 돌았다. 뾰로통한 얼굴을 하고 그를 흘겨봤다. 그의 질투가 좋기는 하지만 정도를 넘어서고 있었다.

"정성이 담긴 선물입니다."

"정성이 담겼든 말든 내 알 바 아니고. 다른 사내에게 받은 선물을 애지중지하는 모습은 보고 싶지 않아."

"제 선물은 제가 알아서 합니다."

솔루는 태랑이 변한 줄 알았는데 오늘 보니 꼭 그렇지도 않다는 생각이 들었다. 왜 자기 마음대로야. 이럴 땐 예전과 똑같았다.

못마땅하여 혼자 구시렁거리며 부엌에 들어간 그녀는 찬모에게 보따리를 부탁하고 나오는 길이었다. 태랑의 말을 곱씹으며 볼멘소리로 중얼거렸다.

"아니, 질투하는 건 나쁘지 않단 말이지. 하지만 그러다 다치면 어쩌려고 그러시는 거야. 그리고! 선물까지 참견하는 건 좀 심하지 않아?"

"심했네, 심했어."

바닥만 보며 걷던 그녀가 난데없이 들려오는 대꾸에 고개를 들었다. 어디서 많이 들어보던 사내의 목소리였다. 금색의 머리카락이 바람에 살랑거렸다.

"금작…… 님?"

"오~ 날 기억하는 거냐?"

"헉!"

두 손으로 다급하게 입을 막는 솔루. 해국에서의 기억이 없는 척했는데 금작을 알아봤으니 난감하게 됐다.

"너, 태랑 님을 기억하지 못한다고 들었는데 어찌 된 일이지?"

"어…… 음……. 언제 오셨습니까?"

"아침 일찍 왔다. 나는 기억하는 걸 보니 태랑 님께 거짓말을 했군."

금작이 생글생글 웃으며 그녀 앞에 섰다.

"사정이 있습니다. 허니 금작 님도 모른 척해주시면……."

"내게도 거짓말을 하라는 것이냐? 난 워낙 성품과 행실이 고결한 사람이라서 좀 힘들 텐데."

"쳇."

"혀를 차? 내 말을 믿지 못하는 게로군."

"믿을 만해야 믿죠. 거짓말하셨잖습니까. 약속도 안 지키셨잖아요. 홍이를 살려주신다고 하셔놓곤……!"

씩씩거리는 솔루의 눈에 물기가 어렸다. 자신 때문에 죽은 홍이를 떠올릴 적마다 그때 금작이 도와줬더라면 살아 있지 않을까 하는 후회에 원망도 했고, 가슴이 아팠다.

"이런."

금작에게 홍이 사건은 까맣게 잊고 있었던 일이었다.

"난 그냥 물고기라고만 여겼지, 네가 소중하게 여기는 줄은 몰랐어. 당시에 큰일이 있어서 정신도 없었지. 뭐, 그 일은 미안하게 됐다."

"미안하다는 말에 진정성이 없습니다."

"정말 미안해하고 있다."

미안하다는 사람 표정이 한없이 가벼워 믿기 어려웠다. 또한 웃음 뒤에 가려진 속내를 알 수 없는 건 여전했다.

"그럼 당분간 저를 도와주십시오."

"결국 나도 네 거짓에 동참을 해야 한다는 거네."

"길지 않을 것입니다."

"알았다. 네게 빚이 있으니 갚는다 생각하마."

"감사합니다."

인사를 꾸벅하고 지나가는 솔루의 옷깃을 금작이 잡았다.

"태랑 님과는 잘돼가고 있느냐."

"잘될 것도, 말 것도 없습니다."

"아, 그래?"

금작이 가도 좋다는 손짓을 했다. 안 본 사이에 꽤 자랐네, 하며 솔루의 뒷모습을 보던 그가 재미있는 계획을 세웠다. 그렇잖아도 무료해서 뭍으로 나왔는데 역시 나오길 잘했다.

"오늘 밤, 태랑 님을 특별한 곳으로 모셔야겠군."

태랑은 옆에 달라붙어 술을 받으라 청하는 기생 계월 때문에 적잖이 짜증이 나는 중이었다. 밤에 금작이 자신과 꼭 함께 가야 할 곳이 있다 하여 따라나서 줬더니 기루에 데리고 왔다. 언짢은 표정으로 기루 입구 앞에서 돌아가려는 태랑에게 금작이 한숨을 쉬며 신세한탄을 했다.

'무상으로 집도 빌려드리고, 불편함 없이 지내실 수 있도록 최대한 배려 해드렸건만 이런 부탁 하나 들어주시지 않으실 겁니까. 항상 와보고 싶었던 곳이었으나 동행할 이가 없어 멀찌감치 바라보고만 있었습니다. 태랑 님과 함께 갈 수 있다는 생각에 꿈에 부풀어 뭍으로 나온 건데 이리 거절하실 줄 몰랐습니다.'

처음에는 태랑은 아랑곳하지 않고 돌아섰다. 꿈에 부풀어 뭍에 나왔다는 말은 순전히 저를 회유하기 위한 꾸며낸 말이리라.

'여인에 대해 식견을 넓힌다 생각하시지요. 태랑 님께서 여인에 대해 잘 모르니 솔루가 아직도 저 모양 아니겠습니까.'

솔루가 일부러 태랑을 모른 척하고 있다는 사실을 금작이 알고 있어 기 분이 상해 있던 차였다. 헌데 태랑이 여인에 대해 몰라 솔루가 그렇다는 말 은 그의 자존심을 구겨냈다.

해서 기루에 들어오긴 했는데 무시했으면 될 것을 후회했다. 하지만 그때 는 이미 기생이 옆에 앉아 있었다. 여인과 닿으면 나타났던 발작이나 두드 러기 증세는 솔루와 초야를 보낸 후로 없어졌다. 허나 평생을 솔루 외엔 여 인을 가까이하지 않았던 터라 시중을 드는 계월이 불편하고 거슬렸다.

"한 잔 받으셔요."

계월이 거듭 눈웃음을 흘리며 청했다. 고개를 돌려 태랑이 거부해도 꿋꿋

했다. 흥을 돋우는 금(琴) 소리에 맞춰 구성진 노랫가락이 방 안을 가득 채웠지만, 그는 모든 것이 마음에 들지 않았다.

"계집인 저보다 곱게 생기신 분이라 그러신가요? 냉정하기가 한이 서린 여인보다 더하십니다."

호호호, 상냥하게 웃어도 눈 하나 깜짝하지 않았다. 청기와 저택의 손님인 것만으로도 오늘 밤 수지맞았다고 생각했는데 태랑을 보자 수지맞은 정도가 아니었다.

말로 형언할 수 없는 분위기를 가진 사내였다. 지금은 냉랭해도 곧 넘어올 것이다. 작은 마을의 기루였지만 계월을 보기 위해 먼 곳에서 오는 이들이 있을 정도로 그녀를 찾는 사내가 많았다. 해서 그녀는 태랑이 눈길을 주지 않아도 실망하지 않았다. 다른 사내에 비해 시간이 더 걸릴 뿐.

"떨어져."

한마디도 하지 않던 그가 서늘하게 눈을 내리깔며 말했다.

"어머, 목소리도 근사하셔라."

계월은 물러서지 않았다. 오히려 그의 목소리를 들으니 더 애가 달아, 들고 있던 술병을 내려놓고 태랑에게 팔짱을 꼈다. 그가 거칠게 팔을 빼내고 사나운 눈으로 계월을 노려봤다.

"떨어지라 했다."

"이런, 이런, 이런. 아리따운 우리 계월이도 태랑 님에게 소용이 없나 보구나."

맞은편에 앉아 있는 금작이 술잔을 입에 대며 키득거렸다. 해국이나 바다 세계의 여인들보단 못하지만 그래도 이곳에서 꽤나 이름을 날릴 만큼 미색을 갖추고 있어 혹시나 싶었는데 역시 태랑에게는 안 먹혔다.

"금작, 전에 이곳에 온 적이 없다 하지 않았나."

아, 무심결에 나온 말이었는데 태랑이 그걸 잡아냈다. 하지만 거의 안 왔다고 해도 과언이 아니다. 딱 한 번 왔었는데 태랑에게 그런 변명은 통하지 않을 것이다. 계월을 노려보던 날카로운 눈이 금작에게 돌려지자 그는 슬금슬금 피하다 옆에 앉아 있는 기생의 어깨에 얼굴을 묻었다.

"그댈 믿은 내가 잘못이지."

태랑이 자리에서 벌떡 일어섰다.

"나리!"

그가 일어서자 계월도 따라 일어났다.

"가시려고요?"

그는 시선도 돌리지 않고 긴 다리를 뻗어 방을 가로질렀다. 눈치만 보던 금작이 슬그머니 일어나려고 하자 태랑이 매섭게 쏘아봤다.

"그대는 더 즐기다 와."

그가 문을 열려던 찰나 계월이 옷자락을 붙잡았다.

"태랑 님!"

손잡이를 잡았던 손이 떨어지고 천천히 계월을 향해 몸을 돌아섰다.

"내 이름을 어떻게 알았느냐."

"조금 전에 금작 님이 부르셨잖아요."

계월은 그의 이름을 금방 알아챈 자신이 자랑스러워 어깨를 으쓱했다.

"내 이름 부르지 마."

"네?"

"경고했다. 너의 입을 통해 내 이름을 듣고 싶지 않다."

드르륵! 말을 끝낸 그는 문을 젖히고 밖으로 나가버렸다. 저를 거절한 사내도 처음인데, 그 방식이 너무도 매몰차 자리에 얼어붙은 계월의 얼굴이 점점 붉으락푸르락했다. 그녀는 자리를 옮겨 금작 곁에 앉았다.

"나리보다 더 지체 높으신 분이죠?"

금작의 어깨를 주무르며 물었다.

"내가 하는 걸 봤지 않느냐. 잘 모셔야 하는 분이지. 왜, 저분께 흥미가 생겼느냐."

"계집이라면 당연하지 않겠어요. 쉬이 넘어오지 않는 사내는 더 매력 있는 법이랍니다. 내일 청기와 저택을 구경하고 싶어요."

"기생을 청기와 저택에 들인다라……. 난 거래할 이가 아닌 이상 외부인을 잘 들이지 않는 편인데."

대부분 뭍에 나왔을 땐 꼭 만나야 할 사람만 만나고, 볼일만 보고 다니는 편이었다.

"이번에 새로 일하는 여인을 들이셨다면서요."

그 여인은 솔루를 지칭했다.

"너도 일하게?"

"어머, 제가 무슨 일을 하겠어요? 일하는 사람도 새롭게 들인 마당에 외부인이 잠시 구경 가는 것도 나쁘지는 않죠."

"재미는 있겠구나."

태랑이 어찌할지 궁금했다.

솔루는 또 어떤 표정을 지을까. 이런 소소한 것들도 흥미롭단 말이지.

"하지만 태랑 님이 네게 넘어가지 않을 가능성이 크다. 웬만해선 여인에게 동하지 않는 분이라."

"아직까지 이 계월이에게 넘어오지 않은 사내는 없답니다."

금작은 술을 넘기며 어서 내일이 오길 바랐다.

아침에 일하기 위해 솔루가 청기와 저택으로 가고 있었다. 어제 동삼의 일로 태랑과는 종일 어색했다. 그가 예전처럼 마음대로 하려는 거 같아서 데면데면하게 대했는데 그에게 자신이 심했나 고민했다. 큰일도 아닌데 혼자서 실망하고 화냈나 싶기도 해서 마음을 더 넓게 쓰기로 마음먹었다.

"솔루야!"

종종걸음으로 가는 그녀 앞을 동삼이 막아섰다.

"오늘은 또 왜."

"너무 그렇게 싫은 듯한 얼굴 하지 마."

"아니, 싫은 게 아니라 일하러 가는 중이잖아."

오직 일에만 목적이 있지 않음을 동삼도 알고 있지만 아는 척하지 않았다. 어제 그랬다가 감정만 앞서 하마터면 그녀에게 실수를 저지를 뻔했다.

"나도 일하러 가는 길이라서 그 전에 얼굴 좀 보려고 했어."

"응, 일 열심히 해. 나중에 또 봐."

그녀가 생긋 웃고 손을 흔들었다.

"참! 솔루야!"

서둘러 가려는 그녀를 동삼이 불렀다.

"응?"

"찬모에게 말해서 그 공자님 속 풀 만한 꿀물 드려라."

"아, 술 드셨나 보구나, 알겠어. 고마워. 진짜 간다."

고개를 끄덕이고 돌아섰던 솔루가 갑자기 멈칫했다.

"헌데 공자님께서 술 드신 걸 네가 어찌 아니?"

"어젯밤에 기루 들어가시더라."

"기…… 루?"

"응, 계월이가 버선발로 문 앞까지 나와서 모시고 들어갔어."

동삼이는 계월이가 버선발로 나왔는지는 알 수 없었지만 그녀 얼굴이 사람들 사이에서 보였으니 거짓말은 아니다.

"꿀물을 준비해드릴 필요가 없을 수도 있겠네."

그가 곁눈질로 솔루를 살피며 말했다.

"왜?"

"계월이와 계셨으면 기루에서 밤을 보내고 아직 거기에 있을지도 모르잖아."

입술이 일자로 굳어지는 그녀를 본 동삼은 먼저 가겠다고 하고 자리를 벗어났다.

솔루는 확인이 필요했다. 청기와 저택 안으로 들어간 그녀는 태랑에게 줄 꿀물을 부탁하기 위해 부엌으로 갈까, 그냥 그의 방으로 바로 갈까 망설였다. 마당 한복판에 서서 지나가는 사람 아무나 붙잡고 어젯밤 태랑이 들어왔는지를 묻고 싶었지만 '들어오시지 않았다.'라는 말을 들을지도 몰라 차마 묻지 못했다.

1년이라는 세월이 흘러 찾아와 저를 제 여인이라고 칭할 때는 언제고 기루를 갔다니. 태랑도 어쩔 수 없는 사내란 말인가.

계월이에게 넘어가지 않는 사내가 없기로 유명했는데 그도 마찬가지였나.

태랑과 많은 밤을 보냈던 솔루이기에 남녀 사이의 일을 잘 알고 있었다. 기루는 술만 파는 곳이 아니라 태랑이 그곳에서 계월과 무얼 했는지 상상하지 않으려 해도 별별 생각이 머릿속을 헤집고 다녔다. 가슴이 답답해 주먹으로 두드렸다.

"왔으면 방으로 들어와야지 에서 뭐 하고 있는 것이냐."

태랑은 마당으로 나 있는 커다란 창문을 열어놓고 아침의 상쾌한 공기를 마시며 솔루를 기다리는 중이었다. 저택 안으로 들어오는 모습을 보고 어서 방으로 오길 바랐건만 무슨 생각을 깊게 하는지 마당에 서서 꼼짝하지 않고 서 있었다. 기다려도 들어올 기미가 보이지 않아 그가 나왔다.

"들어가려던 참이었습니다."

새치름한 표정으로 솔루가 대꾸했다.

"기분 상한 일이 있었느냐."

그녀의 얼굴을 물론이고 말투가 퉁명스러워 물었다.

"없습니다."

"화가 난 듯한데?"

"누구요? 저요?"

"그래, 너."

"그런 거 아닙니다."

아니라고 하지만 화가 난 말투와 얼굴을 하고 있으니 태랑은 자신이 그녀에게 잘못한 일이 있나 곰곰이 기억을 되짚었다.

설마 어제 동삼이와 그가 준 선물 때문인가. 아직도 제게 화가 났나.

하지만 그렇대도 말을 바꿀 의향은 없었다. 다른 사내가 그녀 만지는 꼴을 어찌 보란 말인지. 다른 사내에게 선물받는 꼴을 역시 못 보겠다.

"혹시 어제 일 때문에 그러느냐."

그렇다고 대답하면 그녀를 설득하려 했다.

"어제 일이 마음이 걸리긴 하신가 봅니다."

"어제 일에 대해서는 사과할 마음이 없느니라. 앞으로 같은 상황이 벌어진다면 난 똑같이 할 것이다."

솔직한 걸 좋아하는 그녀지만 차라리 그가 다시는 가지 않겠다며 거짓말을 해주기를 원했다. 저와 시작하자고 한 지가 얼마나 됐다고 기루에 다녀온 것에 대해서 사과할 마음이 없다니 실망스럽기도 했다. 게다가 앞으로 기루에 갈 일이 생긴다면 계속 가겠다는 말인 거야?

"저도 앞으로 어제와 같은 상황이 벌어진다면 똑같이 할 것입니다."

태랑이 말하는 어제의 사건과 자신이 말하는 어제의 사건이 다름을 모르는 솔루가 생각 없이 내뱉은 오기였다.

"뭐?"

그의 눈이 날카롭게 치켜떠지자 못 본 척하며 고개를 돌렸다.

그때 어디선가 '호호호' 하는 여인의 웃음소리가 들렸다. 대문이 열리고 금작과 함께 화사하게 차려입은 계월이가 들어오자 그녀를 본 솔루의 눈이 두 배로 커졌다.

계월이가 왜 왔지? 함께 온 금작과 밤을 보냈을까.

어쩌면 어제 태랑은 기루에 가지 않았을 수도 있다는 희망이 솟았지만 태랑의 눈길이 계월이를 향하고 있었다. 그리고 계월이도 태랑을 봤는지 그 자리에서 양손으로 치마를 들어 올리고 무릎을 한 번 구부리며 인사를 했다. 천천히 걸으며 다가오는 몸짓이 요염했다.

"어젯밤 즐거웠는데 바쁘게 가셔서 서운했어요."

어제 정말 그가 기루에서 계월이와 있었구나.

잠시 아닐 수도 있다는 희망을 가졌던 솔루는 속에서 열이 나는 것 같았다. 둘을 보고 싶지 않은데 눈은 자꾸 그들을 좇았다.

태랑 옆에 선 계월이가 그에게 팔짱을 끼며 상체를 기대자 풍만한 가슴이 곧 닿을 듯해 솔루의 이맛살이 찌푸려졌다. 아침부터 찾아와 태랑을 유혹하는 그녀가 얄미웠다. 아니, 그녀를 탓할 게 아니다. 기루를 찾은 태랑이 원인이었으니까.

"해서 제가 태랑 님을 뵈러 왔지요."

태랑 님. 계월이가 그의 이름을 부르자 커진 솔루의 눈이 더 커졌다. 그를 기억하지 못한다는 자신에게는 이름도 알려주지 않더니 저 계집애가 뭐라고 알려준 건지.

탁! 별안간 태랑이 계월의 손을 쳐내는 소리가 울렸고, 그녀가 저만치 밀려 나갔다. 중심을 잡지 못하고 뒤로 쓰러질 뻔한 그녀를 금작이 얼른 붙잡았다.

"내 이름 부르지 말라 경고했었다. 금작의 손님이라 이쯤에서 끝낸다만 또 이런 일이 생기면 그땐 정말 어디 하나가 부러질 줄 알아라."

씹어내듯이 뱉는 그의 경고에 계월이 얼굴이 벌게졌다. 놀라고 아파서가 아니라 태랑의 노골적인 거부에 민망해서였다. 일하는 하인들이 지나가며 힐끔거리는 통에 더 자존심이 상해 얼굴을 들 수 없었다. 그러나 계월은 손등에 얼굴만큼이나 붉게 생긴 자국을 감추며 억지로 미소를 지었다.

"이거 봐, 이거 봐. 내가 안 된다고 했잖아. 이왕 왔으니 나와 놀다가 가자."

금작이 분위기를 만회하기 위해 크게 소리 내 말하더니, 더 큰일이 생기기 전에 계월을 데리고 갔다.

셋을 바라보는 솔루는 나오려는 웃음을 참기 위해 입술이 앙다물었다. 태랑의 태도로 봤을 때 그는 계월을 싫어했다. 자신의 이름을 부르지 말라는 경고가 그것을 증명했다. 솔루는 방금 그의 마음을 확인했지만 그의 답을 통해 한 번 더 확인하고 싶어졌다.

"제가 있어 계월이에게 일부러 그러셨습니까?"

"일부러가 아닌 내키는 대로 했다. 헌데 네가 저 계집을 어찌 아느냐."

"우리 마을에서 유명한 기생인데 왜 모르겠어요. 잘난 계월이가 아침부터 찾아온 걸 보면 어젯밤 기루에서 꽤 재미있으셨나 봅니다."

"아…… 기루. 그게 말이다, 내가 가고 싶어서 간 게 아니라……. 미안하구나. 하지만 오해하지 않았으면 좋겠다. 어떤 일이 있어도 다시는 가지 않으마."

그가 당황하고 있었다. 어제 일에 대해 사과할 마음이 없고 같은 상황이 벌어진다면 똑같이 행동할 거라는 그의 반응은 정반대였다. '금작, 이 자식.' 하며 그가 중얼거리는 소리가 들렸다.

"왜 아까와는 말이 다르세요. 사과하지 않으신다면서요, 지금 하시는 이유는 뭡니까?"

"음?"

그가 고개를 갸웃했다. 조금 전에 자신이 한 말을 벌써 잊어버렸나 보다.

"같은 상황이 벌어진다면 똑같이 행동할 거라고 하셨잖습니까."

"아! 그건……."

태랑은 그제야 솔루의 말을 이해했다. 동시에 그녀의 화난 듯한 표정이 왜 그랬는지도 알게 되자 씩 하고 입술 끝이 올라갔다.

"내가 말한 어제 일은 동삼이를 뜻했다."

"예?"

이번엔 솔루가 고개를 갸웃했다.

"동삼이 일에 대해선 사과할 마음이 없고, 만약 앞으로 다른 사내가 널 만진다면 똑같이 할 거란 말이었다."

손가락을 입에 갖다 댄 그녀는 미안한 눈으로 그를 바라봤다. 표정에 그녀의 감정이 여과 없이 그대로 드러났다.

"내가 기루에 간 것을 어찌 알았느냐."

"뭐…… 어쩌다 보니……."

"혹, 내가 기루에 가서 화가 난 것이었더냐."

"아뇨, 뭐……."

솔루가 제 볼을 긁으며 말끝을 흐렸다.

"너도 어제와 같은 일이 생기면 똑같이 행동한다더니, 그럼 다른 사내가 널 만지도록 그냥 둘 것이란 뜻이냐."

"계월이도 공자님 만졌습니다."

"나는 못 만지게 했다."

"만지긴 만졌습니다."

순 억지를 부리고 있었다. 그러나 태랑은 솔루가 아까 화난 것도, 억지스러운 말마저도 사랑스러웠다.

"그 정도야 댈 수도 있지."

"그 정도도 안 되죠."

가슴이 닿으려고 했는데 그 정도라는 말이 되는가.

솔루의 미간에 모아진 눈썹을 태랑이 유심히 봤다. 지금 네 모습이 얼마나 귀여운지 너는 알고 있을까?

"왜 안 되는데?"

"몰라서 물으십니까?"

"모른다."

그녀의 입이 벌어졌다. 와! 진짜 어이없어, 하며 그녀는 양 허리에 제 손을 올렸다.

"뭐가 어이없다는 것이냐."

"제 사내를 다른 여인이 만지는데 그걸 좋아할 계집이 어디 있습니까!"

"혹, 질투하느냐?"

"예?"

솔루는 문득 그와 나누고 있는 대화가 어제와 같다는 걸 깨달았다. 다만 그와 자신이 입장이 바뀌어 태랑이 어제 저와 같은 심정이었음을 이해했다. 그리고 이게 정말 질투인가 보다.

"지, 질투 나는 건…… 다, 당연합니다."

머뭇거리던 솔루가 더듬으며 말했다. 얼굴에서 열이 나 그를 바라볼 수 없어 눈을 옆으로 굴리며 시선을 회피했는데, 그의 목소리가 들리지 않고 조용하자 다시 그를 봤다. 태랑이 굳은 얼굴로 그녀를 잡아먹을 것처럼 보고 있었다.

"제가 속이 좁은 겁니까."

이것도 어제 태랑이 그녀에게 했던 질문과 비슷했다.

"속 좁아 보여도 어쩔 수 없습니다. 지금 저의 감정입니다."

순간 태랑이 갑자기 그녀의 손목을 잡더니 급하게 걷기 시작했다.

"어디 가십니까?"

그에게 끌려가며 물었다.

"방."

태랑의 걸음 속도를 따라갈 수 없어 솔루는 거의 뛰다시피 했다. 빨리 걸을 때도 품위를 잃지 않았던 그가 이제 그런 건 신경 쓰지 않는다는 듯이 신을 벗어 던졌다. 굴러가는 신을 보던 그녀도 겨우 신을 벗고 마루를 지나 방으로 끌려 들어갔다.

쾅! 세차게 열렸던 문이 다시 부서질 것처럼 세차게 닫혔다. 태랑이 솔루의 손목을 당긴 뒤 문에 그녀를 세우더니 곧바로 그의 양팔이 문을 짚었고, 그 사이에 솔루가 섰다.

"고, 공자님."

"태랑."

"예?"

"태랑이라고 불러라. 그게 내 이름이야."

그를 올려다보던 솔루가 눈길을 피했다. 지난 기억을 잊어버린 척하는 것이 미안하기도 했고, 무엇보다 그의 시선이 따끔따끔 아팠다. 동시에 타들어갈 것처럼 뜨거웠다. 가슴이 두근두근 쉴 새 없이 두드려대고 입안이 바싹 말랐다.

"불러보아라."

"……."

"어서. 네 목소리로 나를 불러줘."

"태랑 님."

머뭇거리던 그녀가 한숨을 쉬고 작은 소리로 말했다.

"다시."

그가 솔루처럼 작은 음성으로 속삭였다.

"태랑 님."

"한 번 더."

"……태랑 님."

"또."

"태랑…… 님."

얼마나 기다렸던 시간인가. 드디어 그녀가 제 이름을 불러줬다. 감격스러운 이 순간이 다른 한편으로는 그를 흥분하게 했다. 솔루가 그의 이름을 부를 때마다 찌릿찌릿 심장에서 온몸으로 무언가가 흘렀다.

네 번에 걸쳐 그녀의 목소리로 자신의 이름을 들어본 그는 '하아.' 하고 깊게 숨을 뱉었다. 그런 뒤 문을 짚고 있던 한 손을 들어 그녀의 어깨를 스치고 천천히 목덜미를 지나 턱을 감쌌다. 그의 손이 지나가는 자리마다 놀랍도록 화끈거려 솔루는 정말 손이 맞는지 싶어 힐끔거렸다.

"나를 봐."

태랑의 시선을 피하고 있었지만 그의 얼굴이 바짝 다가왔다는 걸 알았다. 들려오는 숨소리가 거칠었다. 그리고 그만큼 솔루의 호흡도 가빠지고 있었다. 언젠가 느껴본 적이 있는 부끄럽기도 하고 야릇한 기분이었다. 태랑이 솔루의 턱을 천천히 움직여 저를 보도록 했다.

"솔루야."

내내 다른 곳만 응시하던 그녀가 답을 대신해 그에게 눈길을 돌렸다. 마주친 그의 푸른 눈동자 안이 복잡해 보였다. 격정적으로 흔들리는 눈빛을 따라 솔루는 자신도 흔들리고 있음을 느꼈다. 그녀는 자신도 모르게 늘어뜨리고 있던 한 팔을 들어 올려 태랑의 뺨에 천천히 손을 댔다. 그러자 그가 흠칫 몸을 떨었다.

잠시 정적이 흘렀다. 태랑의 숨소리도, 솔루의 숨소리도 들리지 않고 밖에서 하인들이 말하거나 움직이는 소리도 들리지 않았다. 완벽하게 세상으로부터 차단된 공간에 둘만이 존재했다.

"태랑 님."

솔루가 마른 입술을 혀로 축이며 살며시 불렀다. 그가 고개를 한쪽으로 기울이며 눈을 내리떴다. 가늘어진 눈이 오롯이 그녀의 조그마한 입술만을 향하고 있었다.

"입…… 맞춰도 되겠느냐."

"아…….''

미처 답을 하기도 전에 그의 입술이 닿았다. 마주 댄 입술 사이로 열에 달뜬 그의 숨결이 들어오자 솔루의 몸에서 힘이 빠져나갔다.

태랑의 뺨에 대고 있던 손이 툭 떨어졌다. 그가 몇 차례 조심스럽게 입술을 물었다 놓자 메말랐던 입안에 물기가 차올랐다.

보들보들한 입술이 뭉그러지며 주체하지 못하는 급박한 호흡을 내뱉었다. 솔루의 아랫입술을 살며시 당기며 놓은 태랑이 입술을 마주 댄 채 달싹였다.

"내, 너를 더 느끼고 싶구나."

낮은 그의 음성이 오늘따라 더 가라앉아 있었다. 아니, 잔뜩 쉰 것으로 모자라 때때로 갈라졌다. 그가 이런 목소리를 가지고 있었던가. 굉장히 절제하고 있는, 해서 최대한 누르며 고요하게 쏟아내는 언어가 관능적이었다. 태랑의 말에 솔루가 고개를 끄덕이려는 찰나 기다리지 못한 그가 다시 입술을 덮었다. 그리고 동시에 매끄러운 혀가 입안으로 들어왔다.

그녀는 자신의 입안 구석구석 은밀한 곳까지 헤집고 다니는 그의 일부를 느끼며 잘 익은 황도(黃桃)를 떠올렸다. 너무 달콤해 머리가 어지러울 정도였다. 말캉거리고 촉촉한 반면 꼿꼿이 중심을 잃지 않고 여기저기를 들쑤셨다. 힘을 잃은 솔루의 무릎이 꺾이며 주저앉으려 하자 태랑이 힘껏 끌어안았다.

전신이 밀착되고 태랑에게 파묻힌 솔루. 아득해져가는 정신 속에서 그녀는 그의 허리를 안으며 옷깃을 꽉 쥐었다. 그들은 그렇게 한참 동안 문 앞에 서서 서로를 부여잡고 오랫동안 숨결을 나눠 가졌다.

문 앞에서 긴 시간 입맞춤을 나눈 뒤, 숨을 헐떡이며 거의 정신을 잃기 직전인 솔루를 태랑이 보료 위에 눕히고 자신도 곁에 누웠다. 품에 안고 머리카락을 쓰다듬어주는 그의 손길에 겨우 진정이 된 솔루는 얼굴이 새빨개졌다. 도통 정신을 차릴 수 없었고, 몸 여기저기서 솜털이 일어나 한 올, 한 올 살아 움직이는 기분이었다.

예전에도 그와 입맞춤이 이렇게 좋았었나.

과거를 더듬어봤다. 물론 좋았을 때가 많았지만 오늘처럼은 아니었는데 왜 이럴까 싶다. 그와 입맞춤이 몇 번째인지 손가락으로 셀 수 없을 만큼 많은데 마치 처음인 것처럼 부끄러웠다. 그래서 민망해진 그녀가 자리를 피하기 위해 일한다는 핑계로 일어나려고 했으나 여지없이 태랑에 의해 좌절됐다.

"아무리 생각해도 이건 아닌 것 같습니다."

보료 위에 누워 있던 솔루가 몸을 일으키려 하자 태랑이 팔로 그녀의 어깨를 눌렀다.

"안 돼."

그러고는 다리를 들어 올려 솔루의 허벅지를 감쌌다. 일어나려던 몸이 뒤로 넘어가 보료 위로 쓰러졌다.

꿈틀꿈틀 움직이며 그에게 등을 보이고 모로 누웠다. 벌겋게 달아오른 얼굴을 하고 그의 얼굴을 도무지 마주할 자신이 없었다. 숨소리는 진정됐지만 가슴은 여전히 뛰고, 그와 닿아 있는 피부 곳곳마다 떨려왔다.

"일을 하러 왔는데 이렇게 계속 누워 있을 수만은 없어요."

"쉿."

그가 솔루를 제 품으로 끌어당겼다. 등에 태랑의 단단한 가슴이 닿자 다시 머릿속이 멍해지고 있었다.

"하지만……."

"우리가 방에 있는 한 아무도 모른다."

"제가 나가지 않으면 이상하게 생각할 것입니다."

"하라지, 뭐."

사슬처럼 죄고 있는 그의 몸에서 벗어나기는 힘들었다. 몇 번 더 꼼지락거려보던 솔루는 이내 포기하고 말았다.

"갑자기 왜 그러셨어요."

난데없이 왜 방으로 끌고 들어왔냐는 질문이었다.

"저번에도 말했지만 네가 눈앞에서 왔다 갔다 하면 가만히 있을 수가 없다. 헌데 질투까지 하고 있으니 어찌 널 그냥 둘 수 있겠느냐. 사랑스러워 죽는 줄 알았지. 이래 봬도 많이 봐주고 있느니라. 입맞춤하기 전에 친절하게 묻기까지 했잖느냐."

전혀 그답지 않은 능청스러움에 그녀가 피식 웃었다.

"놀랐습니다."

"그랬구나, 미안."

쪽. 뒤에서 그가 솔루의 목덜미에 입술을 눌렀다. 열기가 확 퍼졌다.

"헌데 처음도 아니면서 놀랐더냐."

"무, 물론 처음이 아니지만 그래도 놀라긴 했습니다."

"기억이 돌아왔나 보구나."

태랑이 그녀의 살갗에 입술을 대고 말했다.

아! 이런! 순간 아무 생각 없이 그의 말에 답하고 말았다.

"그…… 기억이……."

돌아온 것이 아니라 아예 잃은 적이 없다고 말해야 하는데 입이 떨어지지 않았다. 하지만 더는 그에게 거짓을 고할 마음은 싹 사라졌다.

"저…… 죄송합니다. 사실 모두 기억하고 있었습니다."

후훗, 하는 낮은 웃음이 뒤에서 들려왔다. 그가 노여워할까 걱정됐지만, 다행히 그가 웃어 마음이 놓였다.

"알고 있었어."

"정말요?"

그녀가 화들짝 놀라 몸을 돌리려고 하자 그가 자신의 팔과 다리에 힘을 줬다. 꼼짝하지 못하고 여전히 그에게 갇혔다.

"응. 가만히 좀 있어봐."

쪽. 쪽. 나릿하게 움직이며 목덜미 여기저기에 입술을 대던 태랑이 상체를 슬며시 세웠다. 알았으면서 왜 모르는 척했냐고 물어봐야 하는데 목덜미에서 귀 뒤쪽으로 옮겨가는 그의 입술에 숨이 가빠져온다. 귀 뒤쪽에서 귓불로, 귓불에서 뺨으로 옮겨가는 동안 그의 고개가 솔루 앞으로 수그러들었다. 결국 그가 모로 누워 있던 솔루의 얼굴을 돌려 입을 맞춘 후 뒤에서 안았다.

"어째서 속아주셨습니까?"

태랑의 턱 아래에 머리를 묻고 있던 그에게 물었다.

"네가 이유 없이 그럴 사람이 아니니까."

"제가 괘씸하지 않으세요?"

"왜 그래야 하지?"

"태랑 님을 속였잖습니까."

"그게 뭐, 어떻다고."

난 너에게 더한 것도 했었는데. 차마 하지 못한 말을 삼키며 태랑이 그녀를 불렀다.

"솔루야."

그가 저를 보도록 솔루의 몸을 뒤집었다.

"예."

"네가 기억하지 못하겠지만 오래전에 내게 그런 질문을 했었다."

"어떤 질문이요?"

"왜 너를 사랑하는지 물었었지."

솔루는 곰곰이 지난 기억을 거슬러 올라갔다. 그래, 그에게 그런 말을 했었다.

'왜 저를 사랑하십니까.'

그때 태랑은 답하지 못했다. 당황스러워했던 그의 눈빛도 스쳐간다.

"이제는 그 답을 하실 수 있으십니까?"

"아니, 여전히 '왜'라는 질문에 명확한 답을 할 수는 없다. 그래도 굳이 따져보자면 네가 고와서도 아니고, 네가 다른 이들보다 착한 마음을 가지고 있어서도 아니다. 물론 네 그런 부분을 포함해 모든 점이 좋기는 하지."

태랑이 솔루의 머리카락을 귀 뒤로 꽂아주곤 도톰한 입술을 만지작거렸다.

"계속 찾아보는데 그냥 잊지 못하겠더라. 너를 잊지 못하고 그리워하다 여기까지 찾아온 것은 사랑하기 때문이겠지. 이유가 꼭 듣고 싶으냐."

그녀가 살포시 웃으며 고개를 저었다. 이제 와 저를 사랑하는 연유를 따져 물을 필요가 없었다. 그때는 그를 믿지 못했기에 그랬고, 지금은 그를 믿을 수 있다. 솔루보며 태랑이 미소를 지어주자 편안하고 따뜻한 미소가 그녀의 마음으로 스며들어왔다.

"너를 보면 꼭 해주고픈 말이 있었다."

"어떤 말이요?"

"고맙다는 말."

"……?"

무엇이 고맙다는 건지 모르겠는 그녀가 고개를 갸웃했다.

"세상에 태어나 나를 만나줘서 고맙다."

"그건 제 어머님께 하셔야 할 듯합니다."

"응, 그렇게 하마."

그가 또 웃었다. 이번에는 제법 큰 소리를 내면서.

그 소리가 좋아서 솔루도 함께 웃었다.

"솔루야, 비록 바다의 제물이 되었던 너에게는 아픈 기억이겠지만……
난 그때 네가 그런 선택을 해줘서 너무나도 고마워."

솔루가 바다에 빠지지 않았더라면 만날 수 없었을 인연이었다.

너를 만나지 못했다면 지금 나는 어떤 삶을 살고 있을까.

"내게로 와줘서 고맙다."

태랑이 안고 있던 솔루를 놓아주더니 몸을 살짝 뗐다. 그러고는 그녀의
손을 잡아 제 가슴에 대자 쿵쿵, 단단한 가슴 아래가 울렸다.

태랑의 행동을 이해할 수 없는 솔루가 차분히 그가 말하길 기다렸다. 금
방이라도 가슴을 뚫고 나와 그의 심장이 손에 잡힐 것처럼 힘차게 뛰고 있
다.

"네가 준 심장이다."

심장의 두근거림이 솔루의 손바닥으로 전해졌다. 그대로 타고 흘러들어
그녀의 심장도 그와 같은 박자로 뛰기 시작했다.

"해서, 이 심장의 주인은 너다."

"태랑 님……."

"나를 온전히 가질 수 있는 이도 너뿐이니라."

그녀는 이제 알 것 같았다.

오늘 그와의 입맞춤이 왜 그리 좋았는지를.

머릿속이 녹아내릴 것처럼, 전신이 마비되는 것처럼, 가슴이 터질 것처럼 느껴졌는지를.

서로의 마음을 나누는 입맞춤이란 것을 몸이 알고 반응했다. 솔루는 이제 제 마음을 정확하게 들여다볼 수 있었다.

"너만 보면 내 가슴이 이렇다."

그녀가 수줍게 미소를 지어 보이더니 태랑의 가슴을 누르고 있는 제 손을 빼냈다. 그런 다음 그의 손을 잡아 자신의 가슴에 대는 솔루.

"심장이 없는 자리지만, 태랑 님을 보는 제 가슴도 이렇게 뜁니다."

그의 눈이 커지며 솔루를 바라봤다.

솔루는 태랑의 눈동자에 차오르는 물기를 바라보며 깨달았다.

분명 다시 그를 사랑할 것 같았다. 아니, 이미 사랑하기 시작했다.

"제가 태랑 님께 드렸으니, 제 심장의 주인은 태랑 님이십니다. 저를 온전히 가질 수 있는 분은 오직 태랑 님이십니다."

아침부터 방에서 뒹굴거리며 지난 얘기를 나누던 두 사람은 노을이 질 무렵이 돼서야 밖으로 나왔다. 청기와 저택의 사람들이 두 사람을 의심할까 싶어서 솔루가 조른 덕분이었다. 삿갓을 쓴 태랑의 옆을 걷고 있는 솔루는 아까부터 손을 잡자고 하는 그의 청을 거절하고 있었다.

"사람들이 보지 않습니까?"

"보라고 그래. 내 여인의 손을 잡는다는데 누가 감히 뭐라 하겠느냐. 왜, 혹 나의 여인임을 다른 사내들에게 밝히기 싫은 것이야?"

"아이 참. 오해 마세요. 그런 게 아니라 소문이 나면 어머니나 동생들이 곤란해지니 그렇습니다."

"빠른 시일 내에 어머님을 뵈러 가야겠구나."

이러다가는 태랑이 제명에 못 살지 싶었다. 이제야 겨우 서로의 마음을 확인해서 안고 다녀도 모자랄 판에 손 하나도 잡지 못하고 감춰야 하는 지금 상황이 답답했다. 그는 기필코 내일 안으로 솔루의 어머니인 숙영을 만나 허락을 받으리라 다짐했다.

"동삼인가 뭔가 하는 녀석에게 확실히 해두고."

"예."

"예쁘게 하고 다니지 말고."

"예?"

솔루가 되묻자 태랑은 모른 척하고 고개를 들어 하늘을 바라봤다. 예전 같으면 그가 하는 말의 의미를 눈치채기 힘들었겠지만 이제는 대충 알아들었다. 함께 내딛는 걸음이 가벼웠다.

솔루와 태랑은 청기와 주택이 있는 산 아래를 돌다 쉴 겸 널따란 돌 위에 나란히 앉았다. 어디선가 불어오는 바람에 그가 쓴 삿갓의 너울이 나풀거렸고, 은빛의 머리카락도 날렸다. 그러자 상처가 있는 그의 눈이 얼핏 보였다.

"태랑 님, 여쭙고 싶은 게 있는데요."

"응, 해."

"눈 말이에요, 어쩌다 그렇게 되셨는지……. 답해주기 싫으시면 안 하셔도 됩니다."

"네게 못 할 이유가 없지."

그가 씁쓸한 표정을 지으며 입을 열었다.

1년 전, 솔루를 뭍에 데려다주고 돌아가는 길이었다. 위험한 고비를 넘기고 지쳐 있는 그를 공격하는 이가 있었으니 바로 현제였다. 한번 눈감아줬는데도 불구하고 끝내 욕심을 버리지 못한 현제가 태랑이 뭍으로 간다는 말을 듣고 쫓아온 것이었다.

되돌아가는 태랑은 지쳐 있었고, 현제도 마찬가지였다. 태랑은 현제가 끌고 온 무사들과 싸우다가 눈에 상처를 입었다. 다행인지 불행인지 시력은 보호할 수 있었으나 흉측한 상처를 남겼다. 적이 모두 죽고 현제만 살아남았지만 그 상황에서 태랑은 더는 그를 내버려둘 수 없었다. 결과적으로 태랑은 현제에 의해 아름다움 눈을 잃었고, 현제는 태랑에 의해 오른쪽 팔을 잃었다.

"흉터 때문에 삿갓을 쓰고 다니시는 겁니까."

가만히 태랑의 이야기를 듣고 있던 솔루가 물었다. 눈의 상처도 저 때문에 생겨 그녀는 가슴이 아팠다. 저를 뭍으로 데려다주지 않았더라면 생기지 않을 상처였을 텐데.

자신을 향한 그의 사랑이 또 느껴졌다.

"머리카락에 가려 있으면 그나마 괜찮지만 보이면 자연스레 인상이 찌푸려질 만큼 보기 싫은 흉터다. 아무에게도 보이고 싶지 않다."

특히 너에게는.

솔루는 그가 아닌 누구라도 겉모습을 보고 판단하지 않는다. 그래서 태랑의 흉터도 수용할 수 있는 그녀라는 걸 알고 있었으나, 할 수만 있다면 최대한 감추고 싶었다. 그녀에게만은 멋진 모습의 좋은 사내로 보이길 원했다.

"제게는 보이셔도 됩니다. 제 눈에는 조금도 흉하지 않은걸요."

그가 솔루의 머리카락을 매만졌다.

너는 그런 사람이지. 괴물로 변했던 나도 안아줬던 사람. 괜찮다고 다독여줬던 사람.

"위로하지 않아도 된다."

"위로가 아닙니다."

그녀는 태랑의 삿갓 너울을 젖히고 눈을 가리고 있던 머리카락을 옆으로 잡았다. 빤히 보다가 생긋 웃는다.

"별 같아요."

눈을 수직으로 그어 내린 십(十)자 모양의 상처가 그녀의 눈에는 별처럼 보였다. 밤하늘 반짝반짝 빛나는 별을 그림으로 그린다면 저런 모양이지 싶었다.

"저기 보십시오. 비슷합니다."

솔루가 가리키는 하늘이 어느새 보랏빛으로 물들어 별이 하나둘 모습을 드러냈다.

"하지만 태랑 님의 흉터가 별과 비슷하지 않아도 전 상관없습니다. 흉터가 있건 없건 제게 태랑 님은 그저 태랑 님이십니다."

태랑은 그녀의 말간 얼굴 위에서 별을 보았다. 접히며 웃는 두 눈에 있었고, 움푹 파이는 보조개에도 있었다. 그녀가 하는 말속에도 가득했다.

너는 어쩜 이리 고울까. 어쩜 이리 사랑스러울까.

"입 맞춰도 되겠느냐."

"밖인데 누가 보면……."

그가 솔루의 얼굴을 잡아 삿갓의 너울 안으로 들어오게 했다. 얇은 천 아래에 두 얼굴이 마주 봤다.

"이제 보이지 않는다."

"이런다고 어떻게 안 보입니까."

"입 맞춰도 되냐고 물었는데?"

"치이. 이런 걸 누가 물어보고 한답니까."

그녀가 입술을 삐죽거리며 작게 중얼거렸다.

태랑의 입술 양끝이 휘어졌다. 그리고 솔루의 입술을 함빡 머금자 다디단 향이 입안으로 침범해 그의 머릿속을 휘저어놓았다. 가볍게 시작했던 입맞춤이 점점 농밀해지며 숨소리가 거칠어졌다. 솔루의 뒷머리를 잡고 있는 손과 허리를 휘감은 팔이 억세졌다.

바짝 밀착되어 있는 몸에서 신호를 보내왔다. 더 많은 것을 원한다고.

질척이는 소리와 함께 입술을 떨어졌다. 그가 아쉬운 듯 한 번 더 살며시 아랫입술을 빨았다 놨다.

"오늘 밤, 같이 있자."

나직한 음성으로 그가 요구했다. 놀란 솔루는 뭐라 답하지 못하고 눈만 깜박였다.

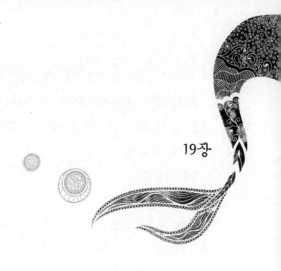

19장

오늘 밤 같이 있자는 말속에 담긴 뜻을 솔루가 모를 리는 없었다. 하지만 그러면 안 된다는 생각이 먼저 들었다. 동시에 묘한 기대감이 상승했으나 애써 눌렀다.

"안 됩니다."

"왜?"

"아직 그러면……."

"아직이라……."

옅게 한숨을 쉰 태랑은 손가락을 접어가며 수를 세고 있었다. 바로 그녀와 함께 보낸 밤이 얼마나 되는지 세는 중이었다. 열 개를 다 접은 그가 주먹이 된 손을 솔루 앞에 보였다.

"손가락으로 셀 수 없을 만큼이군. 열 번도 넘었다."

"뭐가요?"

"너와 내가 밤을 같이 보낸 적이 말이다. 설마 그것만 잊은 건 아니겠지?"

"아니, 기억은 하지만…… 밤에 들어가지 않으면 어머니께서 걱정하십니다. 아까도 말씀드렸지만 작은 마을이라 소문도 금방 나고……."

솔루의 목소리가 기어들어갔다. 하긴 그렇기도 하겠다. 태랑이 그녀의 입장을 모르는 바가 아니라 강요할 수는 없었다.

"그래, 할 수 없지."

"예, 죄송합니다."

"가자."

삿갓의 너울 밖으로 얼굴을 빼낸 솔루가 그의 눈치를 살폈다. 혹시 거절해서 태랑의 기분이 상하지는 않았는지 보려 했으나 가 자리에서 벌떡 일어나더니 성큼성큼 저만치 걸어가버렸다.

얌전히 뒤를 따르던 그녀는 청기와 저택의 대문 앞에서 우물쭈물했다. 일이 끝나고 집으로 돌아갈 시간이 넘어 그에게 인사를 하려는데 등을 보인 채로 도통 봐주지를 않았다.

"태랑 님, 저는 이만 가봐도 될까요?"

뒷짐을 지고 서서 대문만 보고 있는 그의 어깨가 유난히 커다랗고 넓었다.

아이, 화나셨나 보다.

가끔 속 좁은 모습은 여전했다. 그에 대해 잘 모르던 때라면 '요만한 일로 토라지셨습니까?' 하고 핀잔을 줬겠지만 다 자신 때문이었으니 이해했다.

"태랑 님?"

솔루가 또 부르자 그제야 돌아보는 태랑이 삿갓의 너울을 확 젖히고 허리를 숙였다. 그녀와 눈높이를 맞춘 그의 눈이 가느다랗게 떠졌다.

"가기는 어딜 간다는 것이냐."

"집, 집이요."

당연한 걸 묻고 있는 그에게 그녀가 제 어깨 너머를 손가락으로 가리켰다.

"누가 가라 하던?"

"곧 밤인데 가면 안 됩니까?"

"일해야지."

"일이요?"

난데없이 무슨 일이 하라는 것인지 감을 잡을 수 없었다.

이 밤중에 무슨 일을 해야 한다고 그러시지.

"내일 잔치를 열 것이다."

"예?"

"잔치 모르느냐. 잔. 치."

솔루의 미간이 찌푸려졌다. 청기와 저택에서 잔치를 여는 일은 없었다. 설령 내일 잔치를 연다면 종일 이렇듯 집안이 조용하지는 않았을 것이다.

이건 분명히 그의 심술이리라.

"별안간 무슨 잔치입니까?"

그녀의 아랫입술을 툭 내밀었다. 불만의 표시였으나, 오늘 일은 전혀 안 하고 놀았음을 상기하고 다시 집어넣었다. 솔직히 태랑의 심술이라 해도 할 말이 없었다.

"알겠어요. 일, 하면 되지 않습니까."

솔루가 그를 지나쳐 대문을 쾅쾅 두드렸다.

숙였던 허리를 세운 태랑이 잡고 있던 너울을 내렸고, 사라지는 그의 얼굴에 장난스런 미소가 번져 있었다.

솔루는 쌀 반죽을 떼어 양 손바닥 사이에 넣고 동글동글 굴리며 경단을 빚고 있었다.

"아주머니도 내일 잔치에 대해서 들으셨어요?"

부엌살림을 도맡아 하는 찬모장에게 물었다.

"아니, 나도 방금 들었어."

옆에 앉은 찬모장이 어깨를 으쓱했다. 그녀도 갑작스레 전해 들은 소식에 여태껏 한 번도 열지 않았던 잔치라니 별일이다 싶으면서도 흥이 나 있는 상태였다. 자주 했던 일이라면 수고로움에 머리가 아플 법도 했으나, 처음으로 청기와 저택에서 열리는 잔치니 잘하고 싶은 욕심이 생겼다.

"마을 사람들 다 참석할 수 있답니까?"

빙 둘러앉은 아낙들 중에서 한 명이 찬모장에게 물었다.

"우리 같은 아랫것들이 뭘 알겠어, 시키는 대로 하는 거지. 이제 다 빚었으니 어서 삶고 콩가루에 굴리세. 끝내고 할 일이 많아. 밤새워도 부족하겠어."

다들 바쁘게 움직였다.

솔루도 얼른 경단 반죽이 올려져 있는 소쿠리를 들어 물이 끓고 있는 솥으로 다가갔다. 삶은 경단을 건져내 찬물에 담갔다 물기를 뺀 다음에 고슬고슬한 콩가루에 굴렸다. 고소한 냄새에 절로 배시시 웃음이 났다.

문득 백해국에서 먹었던 경단이 떠올랐다. 눈처럼 고운 하얀 해감초 가루에 굴린 경단은 엿보다 달콤했었더랬지. 상상하자 입안에 침이 고였다.

"솔루야, 공자님께서 경단을 가지고 오라고 하셨다."

찬모장이 막 만든 경단과 쌀엿 몇 개를 각각 그릇에 담아 소반에 올려 솔루에게 들이밀었다.

"예."

솔루가 소반을 받기 위해 두 손을 내밀었다.

"행주치마는 벗어."

"다시 일해야 하는데 벗었다 입었다 하기 귀찮습니다."

"어린 게 귀찮을 것도 많다! 상전께 그런 차림으로 가는 것이 아니란다."

"아, 그런가요?"

급하게 행주치마를 벗어 한쪽에 곱게 개어놓고 소반을 받아 들었다. 총총 걸어 나가는 솔루의 뒷모습을 보며 참모장이 중얼거렸다.

"손님께서 저 아이에게 단단히 빠지셨어."

"그렇죠? 저만 느낀 게 아니죠?"

일하는 아낙 중 누군가가 얼른 참모장에게 물었다.

"다들 입단속 잘해! 괜히 말 돌아서 문책당하지 말고."

"조만간 일이 벌어질 듯한데요? 오늘 밤 벌어질지도 모르겠어요."

"이미 목욕물 데우고 있다네."

"어머, 어머! 정말요? 아아~ 좋을 때네요."

부러움이 가득한 말에 모두 하던 일을 멈추고 키득거렸다.

"시끄러워! 못하는 소리가 없어."

"그 품에 안기면 어떤 기분일라나~"

찬모장이 눈을 흘리자 그제야 다들 멈췄던 일손을 부지런히 움직였다. 찬모장은 처음 태랑과 솔루 사이를 의심했을 때는 그녀가 노리개로 이용만 당하고 버려지는 것이 아닌가 걱정이 앞섰다. 하지만 짧은 시간 동안 보았던 태랑은 여인을 전혀 가까이하지 않고 마치 솔루만을 기다려온 사람처럼 그녀가 등장하자 정신없이 시선이 뒤따라다녔다. 그리고 그 시선은 솔루를 소중하게 바라보고 있었다. 숙영이 다녀간 것도 다 이유가 있지 싶어 걱정은 접어뒀다.

"어서어서 일하세!"

참모장이 손뼉을 치며 재촉했다.

한편 방에서 솔루를 기다리고 있던 태랑은 기다리다가 지쳐 눈이 빠질 지경이었다.

"태랑 님, 저 들어갑니다."

지쳐서 쓰러지기 전에 문이 열리고 소반을 든 솔루가 들어왔다. 보료 위에 비스듬히 누워 있었던 태랑이 점점 가까이 다가오는 그녀를 즐겁게 바라봤다. 그는 소반을 바닥에 놓고 앉은 그녀를 유심히 살피다가 터지려는 웃음을 꾹 눌렀다. 솔루의 볼과 이마에 하얀 가루가 묻어 있었다.

경단을 만들다가 묻었나. 내 눈에 뭐가 씌긴 했나 보구나. 저 모습마저 예뻐 보이면 어쩌자는 것이냐. 예뻐 죽겠다.

벌써부터 그녀의 다디단 향이 코끝에서 맡아져 머리부터 발끝까지 입을 맞추고 꼼지락거리는 몸을 안고 있고 싶었다. 어차피 오늘 밤은 보내지 않으리라 마음먹었기에 서두르지 않았다.

"아."

태랑이 입을 벌렸다.

"예?"

"경단."

"경단이 뭐요?"

"이럴 때는 지지리도 눈치가 없지. 네 손으로 먹여주란 말이니라."

그가 다시 입을 벌리며 기다렸다. 쑥스러워 어색하게 웃은 솔루가 경단을 집어 태랑의 입속으로 넣어줬다.

"역시 맛이 없어."

몇 번 만에 씹어 삼킨 그가 말했다. 사실 맛이 있는지 없는지는 모르겠고, 그가 세워놓은 계획 중에 하나를 실천하기 위한 연기였다.

"정성 들여 만들었습니다."

역시나 그녀가 발끈해서 답했다. 예상한 반응이었다.

"그 옆에 있는 건 맛있느냐."

그가 눈짓으로 엿을 가리켰다. 또깍. 바삭한 쌀엿을 한입에 먹을 수 있는 크기로 자른 그녀가 그의 입으로 넣자 입안에서 엿이 바스락 부서지는 소리가 났다.

"이것도 별로야."

"별로라고요? 엿은 절대 별로인 맛이 아닙니다."

"난 별로인데?"

"엿은 최고의 음식입니다!"

솔루가 고개를 세차게 저었다. 절대 그럴 수는 없다는 눈을 하고.

"잘못 만들어졌나? 네가 먹어봐라."

말이 끝나기가 무섭게 그녀가 자른 엿을 제 입안에 냉큼 넣었다. 들러붙지 말라고 뿌려놓은 밀가루를 입술에 묻히고 맛나게도 먹으며, 손바닥으로 볼을 감싸 세상에서 가장 행복한 사람의 표정을 짓고 있다. 성숙한 여인의 향기가 물씬 풍겼는데 지금만큼은 예전과 같았다.

"맛이 좋습니다."

솔루가 어깨를 흔들며 삼켰다. 정말 기분이 좋은 모양이었다.

"그래? 난 별로던데 이상하군. 네 것은 다르려나."

태랑이 재빠르게 몸을 일으키더니 솔루의 입술을 훔쳤다. 입술에 묻은 밀가루를 혀로 핥은 그가 멍하니 굳어 있는 솔루를 잡더니 이번에는 그녀의 입안으로 혀를 넣어 달달한 엿을 맛봤다.

조금 전에 그가 먹었던 엿보다 훨씬 진한 달콤함. 더 안쪽까지 맛보고 싶어져 솔루의 뒷목을 끌어당겼다. 미치겠다. 품에 안고, 입술을 마주 대고 마음껏 욕심을 부리는데도 부족했다. 태랑은 솔루가 힘들어할 때쯤 그녀의 입술을 놔줬다.

"이건 맛있네."

직접 먹은 엿을 별로였는데 솔루를 통해 맛본 엿은 정말 맛있었다. 하아, 하아. 가쁜 숨을 뱉는 솔루의 등을 쓰다듬었다.

"술상을 준비하라 해뒀다. 오랜만에 너와 한잔했으면 하는데."

"집에 연락을……."

"내가 했다."

"일은요?"

"내 술시중을 드는 것도 일이지."

그녀가 고개를 작게 끄덕였다.

"헌데."

그가 안고 있던 그녀를 밀어냈다.

"너, 얼굴 좀 씻고 오너라. 너 혼자만 일했더냐. 얼굴에 티를 다 냈군."

"헉!"

제 볼을 쓰다듬은 솔루는 손바닥에 묻어나는 하얀 가루를 보고 울상을 지었다. 창피하게 이걸 묻히고 있었다니.

"얼른 씻고 오겠습니다."

태랑이 나가라는 손짓을 하자 그녀가 얼른 일어나 밖으로 나갔다. 밖에는 솔루를 목욕시키기 위한 하인들이 대기하고 있었는데 아무것도 모르는 그녀는 어리둥절한 얼굴로 그들에게 끌려갔다.

어디로 가는 것입니까, 하고 다급하게 외치는 솔루 목소리가 멀어져갔다.

"그럼, 나도 준비하러 나가볼까."

그도 목욕을 하러 가기 위해 방을 나섰다.

저택으로 돌아오자마자 일사천리로 일을 진행시키도록 명령을 했다. 지켜보고 있던 금작이 의미심장하게 웃었지만 그를 신경 쓸 겨를이 없었다.

태랑이 내민 술잔을 채우는 솔루는 방 안에 흐르는 기류에 긴장했다.

이 밤을 벗어나 보려 했지만 금방 포기했다. 요리조리 빠져나갈 생각을 해봤자 그가 마음먹었다면 불가능하리란 걸 짐작했다. 무엇보다도 그녀도 적극적으로 벗어나고픈 마음이 없었다.

숨도 제대로 못 쉴 정도로 조용해서 사락사락 소리가 나는 옷이 불편했다. 하필 그 옷이 속살을 훤히 비쳐 더 불편했고, 그녀가 방에 들어서자 한시도 눈을 떼지 않는 그의 시선도 불편했다.

호롱불에 반짝이는 은빛의 머리카락이 물이 흐르는 것처럼 그의 몸을 감싸고 있었다. 그는 초야 때보다도 훨씬 아름다웠다. 매번 느끼는 거지만 말로 표현할 수 없을 정도의 아름다움에 감탄했다.

한편, 그녀가 태랑의 아름다움에 감동하고 있는 동안 그는 반대로 솔루에게 한없이 빠져들고 있었다. 저런 옷을 입힐지는 몰랐다. 아마 금작이 준비했을 텐데, 내일 그를 칭찬해줘야겠다.

술병을 들고 있는 가느다란 팔이 옷 안으로 비치는 것을 가만히 보고 있으려니 저절로 호흡이 거칠어지고 심장이 내달렸다.

"태랑 님?"

넋 놓고 보고 있던 그를 솔루가 불렀다. 술잔을 채웠는데도 가만히 있어서였다.

"아, 그래."

정신을 차린 태랑이 술잔을 비웠다.

"너도 한잔할 테냐."

"예."

두 손을 내민 술잔을 그가 채우자 몸을 돌려 마시는 솔루.

알싸한 술기운이 목을 타고 흘러들어가 몸으로 퍼졌다. 그렇게 말없이 술을 주거니 받거니 한 병을 비워냈다.

"우웅, 태양 님!"

혀가 꼬인 솔루 목소리를 듣는 순간 태랑은 아차 싶었다. 그녀의 주사를 깜빡 잊고 있었다.

못 마시게 했어야 하는데, 직접 권하다니. 후회가 밀려왔다.

"울히 태양 님!"

태랑이 이름을 불러달라고 했던 낮의 일이 생각나서일까. 내리 그의 이름만 부르다가 휘청거리며 일어섰고, 곧 중심을 잃더니 쓰러졌다. 그가 술상을 치우고 얼른 그녀를 받았다. 다리에 누워 바라보는 솔루의 눈은 곧 잠들 것처럼 풀어져 있었다.

"너, 자면 죽는다."

그가 이를 물고 말했다. 얼마나 고대하고 있었는데.

"잠들면 안 돼."

"졸료요."

그녀의 눈꺼풀이 내려앉기 시작했다.

"눈 떠라."

"저능 뜨거 싶은데 자꾸자꾸 감겨요."

"안 돼! 떠!"

"이케요? 이케?"

솔루는 양손의 엄지와 검지로 제 눈의 위아래를 벌렸다.

허나 그도 잠시. 결국 그녀가 눈을 감고 말았다.

"야!"

번쩍. 태랑이 소리를 버럭 지르자 그녀가 눈을 떴다.

"힝, 화내지 마세요."

"너!"

"자아~ 선물! 화내지 말기!"

갑자기 솔루가 그의 얼굴을 잡아 내리더니 입을 맞췄다. 쪽, 하는 경쾌한 소리와 함께 부드러운 그녀의 입술이 닿았다 떨어졌다. 그리고 그 후로 솔루는 눈을 뜨지 않았다.

혹시나 하는 바람으로 기다렸던 태랑은 체념할 수밖에 없었다. 취해서 잠든 그녀를 안고 싶지는 않았으니까.

요 위에 눕히고 품에 안고 자는 것으로 만족하려 했으나, 이미 동한 그의 몸은 쉽게 식히지 않았다. 손가락으로 눈, 코, 입을 따라 그려보다가 으스러질 듯 안고 머리에 수도 없이 입을 맞췄다. 좀 깨어났으면 좋으련만 쌔근쌔근 잘도 잔다.

그는 차라리 안 보는 편이 낫겠다 싶어 어쩔 수 없이 방 안을 밝히고 있던 호롱불을 껐다. 솔루의 속살을 보고 있노라면 자제하기 힘들 것이 뻔해서였다. 허나 보이지 않으니 예민해진 후각이 그를 괴롭히기 시작했다. 솔루의 체취가 술보다 더 독하다.

"고문도 이런 고문이 따로 없군."

시간이 흐르니 이젠 창문으로 달빛이 스며들어와 오히려 그녀의 속살이 허옇게 빛을 냈다.

끄응. 일어나기만 해봐라.

저를 괴롭혔던 거 서너 배 이상으로 괴롭혀주리라 다짐하며 잠든 솔루 얼굴을 주시했다.

얼마나 시간이 흘렀을까. 동이 트려는지 창문으로 어슴푸레 여명이 밝아올 때쯤 뒤척이던 솔루가 가만히 눈을 떴다.

"에그머니!"

캄캄한 어둠 속에서 두 개의 파란 빛을 저를 쏘아보고 있어 화들짝 놀랐다.

"일어났느냐."

묵직하게 가라앉은 음성이 태랑임을 확인한 그녀가 안도의 한숨을 내쉬었다.

"놀랐잖습니까. 왜 안 주무시……."

왜 잠들지 않았냐고 물으려다 지난밤이 떠올라 입술을 다물었다. 함께 술을 마셨고, 그다음은 안 봐도 알 것 같았다. 자세히 기억나지는 않지만 주사를 부렸겠지.

아아, 창피하다. 그의 표정을 보아하니 또 실수를 저지른 모양이었다.

"혹 제가 태랑 님께 실수했나요?"

"음, 했지. 아주 심하게."

"죄송합니다!"

일어나려는 그녀의 가슴을 팔로 눌렀다.

"됐고. 머리가 아프지는 않느냐."

"예, 괜찮습니다."

내내 굳은 얼굴로 있던 태랑의 얼굴이 '괜찮습니다.'라는 말 한마디에 펴졌다.

"내가 얼마나 기다렸는데. 이제 벌을 받아야지."

"예? 읍!"

내리누르는 강한 입술에 그녀가 파닥이더니 입맞춤이 길어지자 몸짓이 점차 수그러들었다. 태랑의 옷깃을 잡고 있던 솔루의 손이 어깨를 타고 올라가 목을 휘감으며 그를 받아냈다.

"오늘이 우리의 진정한 초야다."

"예?"

"내가 너를, 네가 나를 사랑하기에 안고, 안기는 밤."

서로를 사랑하기에 나누는 은밀한 언어.

서로를 갈구하는 대화.

홀로 그를 바라봤던 지난 초야와는 다른 밤.

솔루가 고개를 끄덕이며 수줍게 작은 미소를 지었다.

태랑은 저를 올려다보는 투명한 눈동자에, 그녀가 내쉬는 숨결에 차츰 정신이 혼미해졌다. 훤히 드러난 작은 어깨가 보였고, 물고 싶은 충동이 들 만큼 여린 목이 눈에 들어왔다.

그리고 목을 따라 내려가니 들썩이는 둔덕. 보일 듯 말듯하게 가슴을 가리고 있는 천이 솔루가 숨을 쉴 때마다 아찔하게 벌어지며 안을 내보였다. 엷은 숨을 뱉는 입술이, 긴 그림자를 만들고 있는 속눈썹이 탐스럽다 못해 퇴폐적이었다.

그녀가 이렇게 변할 수도 있구나.

태랑이 솔루를 안았다.

서로의 피부가 닿는 자리마다 불꽃이 피어올라 뜨거웠다. 발끝으로 전해지는 전율에 몸서리치면서도 그는 부족했다. 해서 깊이, 깊이 그녀에게 저를 더 묻었다. 괴로운 듯, 황홀한 듯 그녀가 뱉는 여린 신음이 감미로워 그의 이성이 저 멀리 달아났다.

날이 환하게 밝을 때까지 남녀의 달뜬 호흡이 방 안을 가득 메웠다.

이튿날 한낮이 되었는데도 솔루는 곤히 잠들어 있었다. 새벽녘에 일어나 아침이 되어 사람들이 분주하게 움직이는 소리가 들릴 때까지 태랑에게 시달린 탓이었다.

열정과 힘이 남아도는 태랑에 비해 솔루의 체력은 그를 따라가기에 턱없이 부족했다. 아쉬웠지만 앞으로 같이 보낼 수 있는 밤이 많으니 괜찮았다. 한마음으로 하나가 되었던 시간을 보내고, 한이불을 덮고, 지금 태랑은 더할 나위 없이 편안하고 따스했다. 자꾸 몸이 동했으나 한 번 정도는 이 여유로움을 즐겨도 좋으리라.

"넌 날 두고 잠이 온단 말이지?"

그래도 아쉬운 건 아쉬웠다. 태랑은 이불 위로 드러나 있는 그녀의 어깨를 어루만지다가 자국을 발견했다. 하얀 종이 위에 붉은 꽃잎이 떨어진 것 같은 부분을 손가락으로 살며시 눌러봤다. 자신이 직접 입술로 남긴 자국이었다.

태랑의 입술 양끝이 올라가며 호선을 긋더니 솔루와 제 몸을 가리고 있는 이불을 살짝 들췄다. 얼마나 물고 빨았던지 그녀 몸에 수많은 울혈 자국들이 울긋불긋 꽃을 피웠다. 확인하자 안도감이 들었다. 그녀가 아낌없이 자신을 내어주었다는 증거였다. 한 자리, 한 자리 그의 입술이 닿을 적마다 열에 찬 신음성을 흘렸고, 종국에 가서는 울먹인 솔루.

늘어진 솔루를 토닥이며 잠을 재울 때 지친 그녀가 졸음에 겨워하며 중얼거렸다.

'함께할 수 있어 기쁩니다.'

태랑은 그녀의 말이 떠올라 잠이 든 그녀를 껴안았다. 말랑한 살들이 눌러 붙어 맞닿은 가슴이 쿵쿵 울렸다. 그는 제 심장의 두근거림이 전달되길 바랐다.

너로 인해 내가 살아 있고, 너로 인해 내가 삶의 기쁨을 찾았다.

"나도 기쁘다, 솔루야. 너와 할 수 있어 나도 기쁘다. 다시는 놓지 않으마."

그녀의 목덜미에 짧게 입을 맞추는 순간이었다.

"숨 막힙니다."

솔루가 깨어났는지 태랑의 가슴을 밀어내며 말했다. 그녀가 말할 때마다 맨살에서 부서지는 따뜻한 숨결에 가슴이 간질거렸다.

"일어났느냐."

"안녕히 주무…… 으앗!"

답하기도 전에 그가 꽉 끌어안았다.

"안녕하지 못해."

"예?"

촉촉하고 도톰한 입술이 가슴에 닿았다 떨어지자 겨우 죽여놨던 그의 몸이 슬슬 발동이 걸리기 시작했다.

"좀, 좀 떨어져주십시오."

이번에는 솔루가 맞닿아 있는 비좁은 가슴 사이를 손으로 힘껏 밀어내려고 했지만 역부족이었다.

"싫다."

"민망합니다!"

그럴 만했다. 이미 다 본 사이라지만 환한 대낮에 실오라기 하나도 걸치지 않은 채로 딱 붙어 있는 모양새라니 전신이 벌겋게 달아오르는 기분이었다.

"그럼, 내 부탁 하나 들어주면 놓아주겠다."

"어떤 부탁이세요?"

"하긴 부탁이 아니라 벌이지."

"벌이라면…… 제가 뭘 잘못했습니까?"

"날 옆에 두고 혼자만 잔 벌."

태랑 님도 주무시지 그러셨어요, 하고 외치려 했으나 솔루의 입술이 이미 태랑에게 먹혀버린 뒤였다. 그는 지난밤에도 그랬듯이 그녀의 전신을 먹어서 해치울 것처럼 입을 맞췄다. 이마부터 턱 끝까지, 목에서 판판한 아랫배까지, 발에서 허벅 사이까지 작은 부분 하나도 놓치고 싶지 않았다. 솔루가 터트리는 신음성이 미약이 되어 그를 더욱 자극했다.

그렇게 대낮에 시작된 벌은 솔루의 배고프다는 칭얼거림에 저녁이 돼서야 겨우 끝이 났다.

해가 진 저녁인데도 불구하고 밖은 환했다. 창문에 바른 종이를 통해 새어 들어오는 빛과 떠들썩한 소음이 아직도 잔치가 한창임을 알려줬다.

솔루는 벗어뒀던 옷을 입었지만 밖에 나갈 수는 없었다. 사람들은 그녀가 왜 그 시간에 태랑의 방에서 나왔는지를 알 것이기에 창피해서였다.

검지를 핥아 침을 묻힌 솔루는 가만히 종이를 눌렀다. 소리 없이 작은 구멍이 생겨 한쪽 눈을 가늘게 뜨고 밖을 내다보았다.

"지금 밖에 나가면 안 되겠죠?"

"안 될 건 없지."

"다들 바쁘니까 얼른 나가면 모르겠지요?"

창문에서 몸을 뗀 그녀가 돌아섰다.

"나가는 건 괜찮은데 설마 그 차림으로 나가려는 것이냐."

"제 차림이 어때서…… 아……."

자신이 입고 있는 옷이 떠올라 솔루는 팔을 교차시키며 몸을 움츠렸다. 그런다고 가려지지는 않겠지만 그녀가 할 수 있는 최대한의 방법이었다. 대충 옷을 걸친 태랑이 옆으로 누워 턱을 기대며 그녀를 빤히 봤다. 가린다고 가리는 솔루의 행동이 오히려 남심을 부추겼다.

"그만 보십시오!"

"이미 다 봤는데, 뭘."

"그래도 이건 다릅니다. 고개 돌리세요!"

"녀석, 까다롭기는."

씩 웃으면서 그가 고개를 돌렸으나 시선은 여전히 그녀를 향했다. 생각 같아선 밥을 먹고 다시 이불 속으로 들어가고 싶었지만, 오늘 밤 해야 할 일이 있어 다음을 기약했다. 솔루의 마음을 확인했으니 더는 지체할 수 없는 일이었다.

"밖에 있느냐."

태랑이 문을 향해 외쳤다.

"예, 말씀하십시오."

밖에서는 기다리고 있었다는 듯이 답을 해왔다.

"들여보내라."

"드, 들어오긴 누가!"

화들짝 놀란 솔루가 태랑 곁으로 다가가 이불을 끌어당겨 몸을 가렸다. 다행히 들어온 사람들은 여인들이었다.

"따라가거라. 다른 옷을 줄 것이야."

쭈뼛쭈뼛 솔루가 일어나자 한 여인이 다가와 두꺼운 겉옷을 솔루의 어깨에 걸쳐줬다.

그들을 따라간 곳은 욕실이었다. 지난밤처럼 목욕하고 곱게 단장을 한 뒤, 그녀가 입고 왔던 옷을 주는 것이 아닌 다른 옷을 주었다. 고운 빛깔의 천에 금실로 수가 놓진 옷은 한눈에도 값비싸 보였다. 잠깐 이걸 입고 집에 가도 괜찮으려나 고민하고 있는 사이에 잘 차려입은 태랑이 들어왔다. 그는 손짓으로 모두를 내보내고 솔루 주위를 한 바퀴 돌며 그녀를 살펴보더니 품에 안았다.

"옷…… 감사합니다. 헌데 비싸지 않나요."

"별걸 다 걱정한다. 더한 것도 해줄 수 있어."

솔루가 팔을 들어 자신을 안고 있는 태랑의 넓은 등을 감쌌다. 조금 전까지는 오로지 그와 함께 있다는 생각에 빠져 잊고 있었던 현실을 깨달았다.

태랑이 오랫동안 계속 이곳에서 지낼 수는 없었다. 또한 솔루가 가족과 헤어져 그를 따라 해국으로 갈 수 없다는 것을 알고 있었다. 그와 잠시도 헤어지고 싶지 않지만, 그렇다고 백해국의 왕인 그를 붙잡아둘 수는 없지 않은가. 자신이 부탁한다면 곁에 머물러줄 수도 있겠으나 그럴 마음이 솔루에게는 추호도 없었다.

백성들에게서 왕을 뺏고 싶지 않았다. 이름뿐이었어도 자신은 백해국의 비(妃)였다. 비로서 한 일도 없는데 제 욕심은 접어둬야 했다. 그리고 해국과 뭍을 오가는 길이 위험하기에 자주 방문해달라는 말도 못 하겠다.

"태랑 님."

"음?"

문득 홀로 해국에서 지낼 그가 걱정됐다.

"제가 없는 공존의 밤은 어떠셨어요?"

"갑자기 그건 왜."

"여전히 괴로우시지요."

"네가 없어서 괴로웠지."

솔루는 가슴이 저릿했다. 힘든 시간을 보낸 그의 곁에 있어줄 수 있다면 좋을 텐데.

"하지만 이제 네가 있지 않느냐."

아무래도 태랑은 그녀가 함께 해국으로 갈 줄로 여기는 듯했다.

"너와 혼례를 치르고 공존의 밤에 괴물로 변하긴 했는데 조금씩 고통이 줄어들었다. 몸의 변하는 부분 역시도 줄어들었지. 기억할 수 없었던 그 밤을 기억해내는 일도 많아졌었고."

괴물로 변하면 자신이 무엇을 하고 다니는지 알게 됐다. 더불어 전신을 태우던 불길이 차츰 수그러들어 사라지더니 온통 검은 비늘로 뒤덮였던 몸의 변화도 덜했다. 처음에는 한쪽 팔이 멀쩡했었고, 그 후에 나머지 팔, 몸, 다리들도 온전했다.

"네가 떠난 뒤에는 거의 괴물로 변하지 않았어."

머리카락만 검은색으로 변할 뿐, 자신은 여느 때와 다름없었다.

"완벽히는 아니지만 저주가 풀렸다."

"정말입니까? 정말 이제 공존의 밤에 괴물로 변하지 않으십니까?"

아직도 솔루는 공존의 밤에 고통을 받던 태랑의 모습이 생생하게 남아 있었다. 오랜 세월 혼자서 힘겹게 보냈던 시간이 이제는 사라졌다니 뛸 듯이 기뻤다.

"하지만 나는 매일이 괴롭더라. 차라리 그 하루만이라도 괴물로 변해 아무것도 생각할 수 없기를 바라기도 했었다. 네가 없으면 나는 그렇다."

솔루의 기쁨은 짧았다. 그녀는 그에게 해줄 말을 찾지 못했다.

"매일매일 같이 있을 수는 없지만 괴로워하지 마세요."

"같이 있을 수 없다니?"

태랑이 안고 있던 솔루의 어깨를 밀어내며 물었다.

"해국으로 돌아가셔야 하잖습니까."

"너는? 너도 가야 한다."

"어머니와 동생들을 두고 갈 수는 없습니다. 그건 태랑 님이 가족보다 덜 소중해서가 아니니 오해를 말아주세요."

어느 한쪽을 선택할 수 있는 문제가 아니었다. 자신이 해국으로 가서 뭍으로 나올 수도 있지만 태랑이 찬성하지 않을 것이 뻔했다. 바다에서 사는 그에게도 위험한 길을 그녀가 자주 왔다 갔다 하는 건 목숨을 내놓는 일이었다.

"동생들이 다 크면…… 그 애들이 혼인하면 태랑 님을 따라가겠습니다. 그때 다시 와주시면 안 되겠습니까? 기다릴게요."

태랑의 눈빛이 묘하게 변했다.

"네가 다른 사내에게 눈을 돌릴지 어떻게 알아?"

"아닙니다!"

솔루가 세차게 손사래를 쳤다.

"다른 사내에게 눈 돌리지 않습니다! 예쁘게 하고 다니지도 않겠습니다!"

"내가 다른 여인에게 눈을 돌리면?"

"그, 그건…… 안 됩니다! 돌리시지도 않겠지만요."

"나를 믿느냐."

그녀가 방긋 웃으며 고개를 끄덕였다.

"예, 믿습니다."

"정말?"

"으음……."

손가락을 입에 댄 솔루가 말하기를 망설였다.

흔쾌히 '정말입니다.'를 외칠 줄 알았건만 왜 또 망설이는지.

"솔직히 말하자면 태랑 님의 몸을 더 믿지요."

"뭐?"

예상치 못했던 답에 태랑의 목소리가 높아졌다.

"태랑 님께서는 여인과 몸이 닿으면 발작이나 두드러기나 일어나지 않습니까. 여인과 함께할 일이 없으시잖아요. 눈을 돌리시더라도 말 그대로 눈만 돌리시는 거니까요."

믿는 구석이 따로 있었다. 여인과 몸이 닿으면 나타나는 반응이 사라진 지 오랜데 그녀는 몰랐다. 얼마 전에 계월이와 닿았던 것도 봤으면서 인지를 못했다.

"그럼 나는 더더욱 너와 함께 돌아가야겠다."

"태랑 님……."

태랑의 마음을 이해하기 때문에 단칼에 거절할 수 없었다.

그녀라고 왜 여기에 남고 싶을까. 왜 함께 가고 싶지 않을까.

"너를 믿지 못하겠어."

"예?"

"나는 몸이라도 이러니 눈을 돌리고 싶어도 못 돌리지만 넌 아니잖아."

"절대, 절대 그런 일은 없을 것입니다."

믿어달라는 눈동자가 간절했고, 두 손을 모으고 태랑에게 자신의 마음을 피력하는 표정이 애처로울 정도였다. 태랑은 그녀가 자신을 원하고 있음이 새삼스럽게 뭉클해져 그녀의 얼굴을 잡고 입을 맞췄다.

"이제야 너를 마음껏 사랑할 수 있게 되었다. 이제야 네게 사랑을 받을 수 있게 되었어. 헌데 우리가 왜 떨어져 살아야 되느냐."

"저도 떨어지기 싫습니다."

떨어지기 싫다는 말이 어쩜 이리도 달콤한지.

"떨어지지 않으면 돼."

"하지만……."

이도 저도 할 수 없는 솔루가 아랫입술을 깨물었다. 그녀의 속내는 시끄러울 텐데 태랑은 마음이 평온함을 느꼈다. 미안하게도 그녀가 저 때문에 고민하고 있는 표정이 그의 마음에 남아 있는 일말의 불안감을 저 멀리 날려줬다.

참 멀리도 돌아왔다.

참 많이도 아팠다.

해서 힘들었던 시간만큼 그는 행복하고 싶었다. 그녀를 행복하게 만들어주고 싶었다.

"모두 함께 가자, 우리 집으로."

"우리 집이요?"

"응. 우리 집. 백해궁."

"어머니와 동생들도요?"

"너에게 나만이 소중한 것이 아니니 그리해야지."

그녀가 가족과 함께 해국으로 가는 방법도 생각했었지만 그에게 말할 수 없었다. 그가 아무리 저를 사랑한다고 하나 가족까지 책임지게 하는 건 도리가 아니었다.

"감사합니다! 제가 더 일을 열심히 하겠습니다!"

"……?"

그의 미간에 옅은 주름이 졌다. 잘 나가다가 일을 열심히 하겠다는 건 뭔지.

"어머니도 바느질 솜씨가 좋아서 일하실 수 있고, 동생들에게도 시킬게요. 저도 객사 일 도우겠습니다."

"일을 왜 해. 너는 백해국의 비고, 내겐 가족을 책임질 수 있는 능력이 있다."

"공과 사는 구분을 해야지요. 제 가족이 태랑 님께 의지해서 살 수는 없습니다."

"요 녀석이 진짜! 또 공과 사!"

꼭 저렇게 잘라서 생각한다.

솔루가 예전에 이 정도까지는 아니었는데, 다시 만난 후로는 뭔가 철저하게 선을 긋는다. 태랑이 그녀의 코를 잡아당겼다.

"아야앗!"

손으로 빨개진 코를 잡고 있는 그녀의 얼굴을 보며 태랑이 허리를 낮췄다.

"너의 가족이 내 가족이 될 것이니라."

"……."

"너의 동생들이 나의 동생이 되어줬으면 좋겠다. 너의 어머니가 나의 어머니가 되어주셨으면 좋겠어. 내가 어떻게 살아왔는지 너도 알지 않느냐."

그녀는 태랑의 목에 팔을 두르며 그를 안았다. 말없이 너른 등을 쓰다듬어줬다.

가족. 그의 어린 시절에만 잠시 머물렀던 사람들.

가족이라는 따뜻한 울타리가 얼마나 따뜻한지 그는 한 번도 느껴보지 못했을 것이다.

"태랑 님 곁을 떠나지 않을게요. 당신의 울타리가 되어드릴게요."

그가 솔루의 볼에 입을 맞췄다.

자신보다 작지만 든든히 지켜줄 그의 울타리.

허리를 세우고 그녀의 어깨를 감쌌다. 그는 빨리 사람들에게 사랑스러운 자신의 울타리를 보여주고 싶었다.

"나가자."

손을 맞잡고 문을 나서려던 차에 그가 갑자기 몸을 돌렸다.

"그런데 내 몸을 믿지는 마라."

"왜요?"

"얼마 전에 계월이가 내 몸에 손댄 일을 잊었구나."

순간 솔루의 눈이 커다랗게 변했다. 그때는 모르고 넘겼는데 태랑의 말이 맞았다. 계월이가 태랑에게 팔짱을 끼고 가슴을 비비기까지 했는데 아무 일도 일어나지 않았다.

그에게 잘된 일이긴 한데, 어째 씁쓸했다.

"그 저주도 풀렸군요. 잘됐습니다."

"네 표정은 전혀 축하하는 표정이 아닌데?"

"아닙니다. 정말 잘된 일입니다."

솔루가 생긋 웃자 태랑이 휘어진 그녀의 눈꼬리를 손가락으로 건드렸다.

"잘됐다고 말하는 사람의 웃음이 어색하잖아."

"진짠데."

"그러니 내 마음을 믿어. 너를 사랑하는 내 마음을."

태랑이 잡고 있던 그녀의 손을 들어 입을 맞췄다. 솔루는 태랑의 마음이 손끝을 타고 흘러 들어오는 듯한 느낌에 머리 꼭대기부터 발끝까지 온통 그의 마음으로 물들었다.

태랑의 손을 잡고 마루로 나가자 마을 사람들이 모여 잔치를 즐기는 마당이 한눈에 들어왔다. 태랑과 솔루의 등장으로 왁자지껄하게 떠들던 사람들의 목소리가 물을 끼얹은 듯이 일순간 조용해졌다. 모든 움직임이 멈췄다.

"누, 누나!"

고기전을 입에 물고 있던 채헌과 도헌이 동시에 외쳤다. 옆에 있는 숙영이 흐뭇하게 바라보고 있었고, 동삼은 자리에서 벌떡 일어섰다.

"1년 전 내 잘못으로 신부를 잃었었지."

숨죽인 사람들 사이로 태랑의 음성이 밤공기를 누비며 멀리 울려 퍼졌다.

"보시다시피 이곳에서 찾았고."

그가 솔루의 어깨를 잡아 품으로 끌어당겼다. 여기저기서 탄성이 들려온다.

"그간 나의 여인이 건강하게 잘 지낼 수 있도록 보살펴준 그대들에게 고마움을 베푸는 것이니, 마음껏 즐기시게."

멍하게 있던 사람들이 수군대기 시작했다.

"죽은 줄 알았던 때에 혼인을 했었던 거네?"

"저 공자님이 솔루를 많이 아꼈나 봐. 1년 동안 찾았다는 거 아냐."

"동삼이는 어쩐대?"

"어쩌긴, 1년 전에 혼인한 사이인데 포기해야지. 사실 그놈 혼자서 솔루좋아가지고 쫓아다닌 건데."

누군지 모르는 사람들의 대화를 들으며 망연자실한 얼굴로 동삼이 제자리에 주저앉았다. 미안한 마음이 든 숙영은 그의 술잔을 채워주고 제 잔도 채운 후, 서로를 다정스레 보고 있는 태랑과 솔루에게 눈길을 돌렸다. 아름다웠다. 숙영은 꽃내음이 실려 오는 봄날의 향긋한 봄바람을 안주 삼아 술잔을 기울였다.

그리고 커다란 고목 아래에 있는 정자 위에서, 술을 마시는 한 남자가 생글거리며 그들을 바라보고 있었다. 그는 청기와 저택의 주인인 금작이었다.

셀 수 없이 많은 별들이 박혀 있는 까만 밤하늘을 향해 그가 술잔을 들었다.

"이제 빚 다 갚았습니다, 어머니."

활짝 웃고 한 번에 술을 털어 넣었다.

"아, 별빛이 쏟아질 것 같구나. 좋다, 좋아."

기분 좋아진 금작이 흥얼거렸다.

금작이 단아를 처음 만난 것은 그의 어머니가 병으로 돌아가시고 얼마 지나지 않아 그가 5살 되던 해였다. 금작의 유모로 온 그녀의 첫인상은 이름처럼 단아했다.

어머니만큼 고운 여인이구나, 했었다.

아버지가 소개한 단아는 단출한 차림을 하고 있었지만 뿜어져 나오는 기품은 예사롭지 않았다. 친근해 보이는 엷은 미소가 어렸던 금작의 시선을 빼앗았다. 그가 어릴 적부터 어머니는 병으로 누워 있던 시간이 많아 언제나 누워서 잠든 모습만 봐왔기에 모정을 느낄 시간은 짧았다. 아버지마저 일로 바빠서 함께하기 힘들었다.

그를 돌봐주는 하인들이 있었으나 '사랑'을 느낄 수 없는 어린아이는 우울했었다. 맛있다는 음식, 좋은 물건들이 그에게 넘치도록 주어졌지만 목말라했다. 아무리 좋은 걸 봐도, 맛있는 걸 먹어도 감흥이 없었다. 겨우 5살이었으나 표정이 없었다.

그러던 차에 부모의 자리를 메워주는 단아에게 금작은 제 정을 쏟았다. 그녀는 말수가 없었으나 어린 금작을 따뜻하게 안아줬었다. 비록 '유모'라고 부르며 하대했지만 어머니가 생긴 것처럼 좋았다.

잠들 때까지 자장가를 불러주고, 항상 이부자리를 신경 써주는 사람.

반찬 투정을 해도 받아주는 사람.

자신이 아프면 세상이 무너진 것 같은 얼굴로 걱정해주는 사람.

그의 표정에 변화는 없었으나 심정은 유모로 인해 조금씩 변해갔다.

시간이 흘러 그가 9살이 되던 해, 단아가 금작과 그의 아버지에게 부탁을 했다.

"1년의 하루만 쉬었으면 합니다."

어렵지 않았다. 늘 금작 옆에서 조금의 게으름도 부리지 않는 그녀인데 고작 하루 정도의 휴식은 줄 수 있었다. 그러던 어느 날, 문득 그는 유모가 쉬는 날은 어떻게 보내는지 궁금해서 찾아갔었다.

그녀는 자신의 방에 상을 차려놓았다. 가짓수가 많지는 않았지만 꽤 정성이 들어가 보였고, 상 아래에는 사내의 옷이 있었다. 크기로 미루어 보건대 정확히는 사내아이의 옷이었다.

어디선가 본 적이 있는데……. 아! 저 옷!

금작은 유모가 틈나는 대로 바느질하던 것을 떠올렸다. 색감으로 보아 분명 그 옷이 맞았다. 그녀는 종일 꼼짝도 않고 그렇게 앉아서 옷을 만지고 품에 안기도 하며 훌쩍, 훌쩍 울기도 했다. 왠지 비밀을 알게 된 것 같아서 유모 앞에 나서지도 못하고 몰래 지켜봤다. 그러다 밤이 되자 금작은 더 이상 궁금함을 참지 못하고 그녀 앞에 나타났다.

"이게 다 무엇이냐."

"아…… 도련님."

"먹지도 않은 상은 왜 차렸고, 그 옷은 뭐지?"

유모가 많이 당황했다. 어쩔 줄 몰라 하며 서성였다.

"내 옷은 아닌 것 같다. 맞지?"

솜씨 좋은 유모가 만든 옷은 훌륭했으나 그가 입기엔 컸다. 금작의 음성에 심술이 가득했다. 차려진 상 앞에서 남아의 옷을 들고 우는 그녀를 지켜보며 알았다. 그녀가 다른 사내아이를 그리워하고 있다는 걸.

"네, 아닙니다."

"누구 거야?"

"……제 아들이요."

"아들? 아들이 있었어?"

갑자기 화가 났다. 그녀가 속인 것도 아니고, 어쩌면 그 나이에 당연한 일일 텐데 배신감이 들었다. 알지 못하는 녀석에게 유모를 뺏긴 듯한 기분이 썩 유쾌하지 않아 그는 씩씩대며 그길로 아버지를 찾아갔다.

"아버지! 유모에게 아들이 있었답니다!"

"알고 있었다."

금작의 아버지는 대수롭지 않은 일로 따지듯 물어오는 아들의 머리를 쓰다듬었다. 아버지는 단아가 어떤 여인인지 알고 있었다.

백해국 비의 자리까지 올랐던 여인.

보통의 사람이라면 그녀를 알아보기 어려웠겠지만 백해궁에 자주 드나들었던 그는 단번에 알아봤다. 태건에게 제 심장을 내어준 그녀가 아들을 낳고 사라졌다는 소식까지는 들었었다. 죽었는지 살았는지도 궁금하지 않을 만큼 기억에서 지워졌을 때, 단아를 다시 만났다. 그녀를 만난 건 지병으로 3년 동안 자리보전하던 아내가 죽은 후, 인적이 드문 산에서였다. 백해국의 비였다는 것이 믿기지 않을 만큼, 당시 그녀는 행색이 초라했고 지쳐 보였다. 싫다고 거절하는 그녀를 어렵게 설득해 데려왔었다. 평소에 그런 인심을 베풀지 않는 그가 왜 그랬을까 답을 찾을 수가 없었다.

그건 4년이 지난 후에도 마찬가지였다.

가여워서였을까, 아니면 정말 아들의 유모로 적임자라 생각해서였을까.

모르겠지만 그저 지금처럼, 자신의 곁에 금작의 유모로 있어주길 바랄 뿐이었다.

"단아에게 아들이 있으면 안 되는 것이더냐."

"그런 건 아니지만!"

금작은 항상 '도련님.' 하고 부르는 음성이 오로지 제 것이길 바랐다.

"제 유모입니다! 유모는 저만 돌봐줘야 합니다!"

"너만 돌봐주고 있다."

"지금은 저만 돌봐주고 있어도 언젠가 아들에게 가겠죠."

그녀에게 아들이 있다는 사실을 안 순간부터 드는 이 불쾌함이 뭔지 이유를 찾을 수 없었는데 이제 알겠다.

그녀가 아들을 찾아가리라는 불안함.

언제일지는 모르겠으나 저를 떠날 날이 온다는 두려움이었다.

"단아가 아들을 찾아서 간다면 보내줘야지."

아버지가 단호하게 말했지만 어렸던 그는 받아들이기 힘들어 그날부터 유모를 괴롭혔다. 그녀가 아들의 옷을 만들기 위해 바느질을 하면 방해하기 일쑤였고, 쉬는 날 아들을 위한 상을 차리면 찾아가 엎었다. 말썽이란 말썽은 다 피우고 다녔었고, 심통을 있는 대로 부렸다. 심술궂었지만 그건 떠나지 말라는 아이의 신호였다. 내게는 당신이 너무 필요해, 라는 호소였다.

어려서 표현하는 방법이 그것밖에는 없었다. 그리고 나중에 알게 됐는데 그녀가 쉬며 상을 차린 날은 아들의 생일이라고 전해 들었다. 그 아들이 태랑이라는 것도 같이.

그렇게 시간이 흘러 금작이 11살이 되던 해, 유모가 떠나는 날이 오고 말았다.

"도련님, 건강하고 행복하세요."

헤어짐의 인사를 듣자 그는 뭔가 잘못되었다는 걸 깨달았다.

"가지 마! 가지 마! 유모!"

그가 단아의 허리를 안고 놓지 않았다.

"내가 잘못했어! 그러니까 가지 마, 응?"

울면서 매달리는 그를 단아가 안았다.

"도련님께 좋은 일만, 웃을 일만 생기길 기원하겠습니다."

"유모가 없으면 좋은 일 같은 거 안 생겨! 안 웃을 거야!"

"억지로라도 웃어보세요. 그럼 어느 순간에 좋은 일이 도련님께 생길 거예요."

여기서 헤어지면 두 번 다시는 보지 못할 것 같은 예감에 그는 필사적으로 매달렸다.

"싫어엇! 어…… 어머니, 가지 마세요! 가지 마요, 어머니!"

자신도 모르게 나온 말이었다. 그랬었다. 금작에게 단아는 유모이자 어머니였다.

저를 품 안 가득 안아주고 걱정스레 봐주는 유일한 사람이었다. 그녀가 제 치맛자락을 놓지 못하고 서럽게 우는 아이를 차마 떼어놓지 못하자 금작의 아버지가 나서서 억지로 안아 들었다. 금작이 자지러질 정도로 울어 단아는 발길을 돌리지 못했다.

"도련님."

그의 어깨를 잡고 앉아 시선을 맞췄다.

"'금작아' 하고 불러주십시오."

그가 요구했다. 지금이 아니면 다시는 듣지 못할 수도 있어서.

"한 번만, 한 번만요."

검지를 세우며 금작이 간절히 빌었다.

"금작아."

따뜻하고 부드러운 음성으로 미소를 지으며 불러주자 더 서러워졌다. 단아는 왜 내 어머니가 아닐까. 처음부터 내 어머니였으면 얼마나 좋았을까. 아니, 지금이라도 되어준다면 바랄 것이 없겠다.

"금작아."

"어, 어머, 어머니라고…… 불러봐도 됩니까."

왜 심술을 부렸을까 후회되었다. 왜 진작 어머니라고 불러보지 않았는지.

단아가 고개를 끄덕였다.

"어머니!"

그녀의 목덜미를 끌어안고 또 한바탕 울었다.

"웃으며 살 테니, 꼭 찾아와주세요."

"네. 도련님은 웃으실 때가 가장 멋지십니다."

그렇게 유모와 헤어졌다. 웃고 살 테니 찾아와달라는 바람이 이뤄지길 바라며 그는 항상 웃으려고 애썼다. 해서 재미있는 일을 찾아다니기에 여념이 없었다.

그로부터 5년 후, 단아를 만났다. 그녀는 태건과 살고 있었고, 아팠던지 많이 야위었다. 틈나는 대로 단아를 찾아가 몸에 좋다는 약재와 음식을 전했다.

예전에 어머니라 부르길 허락해줘서 금작이 다시 그렇게 불러도 되느냐 물었는데, 그녀가 거부했다.

"어머니를 그토록 괴롭히는 아들이 어디 있나요."

금작이 기분 나쁘지 않도록 장난을 섞은 거절이었다.

"그 오래전 일을 아직까지 가슴에 담고 계셨습니까?"

그가 불만스러운 얼굴을 했다.

"제가 좀 오래가는 편이지요."

"흠. 앞으로 다 갚겠습니다."

단아의 마음은 이해했다. 친아들인 태랑에게도 '어머니'라 불리지 못하고 있는데, 금작의 어머니가 되는 건 부담스럽고 친아들에게 미안하겠지.

"너무 많아서 갚으려면 한참 걸릴 거예요."

"어떡해든 갚고 나면 말씀드리겠습니다. 그때는 어머니라 부를 수 있도록 허락해주십시오."

영문을 모르는 단아가 고개를 갸우뚱하다가 이내 생긋 웃었다.

"멋진 모습을 보여드리기 위해 웃으며 살았습니다."

금작도 단아를 따라 웃었다.

그녀에게 진 마음의 빚. 고생시킨 것도 미안했지만, 만나지 못하는 아들을 위한 하루를 자신이 망친 것이 늘 마음에 걸렸었다.

이런 이유로 시작된 태랑과의 관계였다. 해국의 왕들에게 걸림돌이 되는 심장 문제를 해결해주면 단아가 기뻐하리라 생각했다. 분주하게 백해국 객사를 드나든 것도 그 이유에서였다. 난데없이 현제가 끼어들어 복잡했지만 솔직히 재미를 더해줬었다.

차근차근 단계를 밟았었다. 이유 없는 친절을 베푼다면 태랑이 분명 의심할 것이 뻔했기에 나름대로의 계산하에 진행된 일이었다. 하마터면 죽을 수도 있었고 일이 틀어졌을 수도 있었지만, 결국엔 좋은 결과를 낳았다.

쏟아지는 별빛 아래에 있는 태랑과 솔루를 보던 금작은 신이 났다. 사람들 사이를 걷는 태랑과 솔루는 서로 귓가에 무어라 속삭였다. 때때로 부끄러운 듯 솔루의 볼이 홍조를 띠었고, 태랑이 느른하게 입꼬리를 올리기도 했다.

행복해 보였다. 빚을 완전히 갚았다. 마음을 누르던 무거움이 사라졌다.

그리고 드디어 어머니라고 부를 수 있게 되었다! 남들이 들으면 별일 아닌 거에 신 나 한다고 웃을 수도 있으나 남이 무슨 상관이랴. 그에게는 너무나 바라던 소망이 이뤄지게 됐는데.

이제는 마음껏 불러보리라.

"제가 11살 때, 어머니께서 아버지의 청혼을 받으셨다면 좋았겠지만 지금도 좋네요."

금작이 술을 홀짝였다. 당시에 단아가 떠난 까닭은 여러 가지가 있었지만 가장 큰 이유는 금작의 아버지가 청혼을 했기 때문이었다. 아마도 애매한 사이를 끊어내기 위함이라 짐작했다. 만약 그때 혼인이 성사되었다면 지금은 또 다른 상황이 펼쳐졌을 것이다.

그럼 이제 태랑 님을 형님으로 모셔야 하는 건가. 태랑을 그저 태랑으로 대하는 것과 형님으로 대하는 것은 천양지차다.

웃던 그의 얼굴이 일순간 굳어졌다.

"형님이 마음에 들지 않아. 으아~ 이걸 어쩐다?"

머리를 헝클어뜨리며 고민하던 그는 황급히 머릿속에서 태랑을 지웠다. 좋았던 기분이 가라앉을 듯해서였다. 어머니가 말씀하시기 전까진 조용히 지내야지.

금작은 다시 밤을 즐겼다.

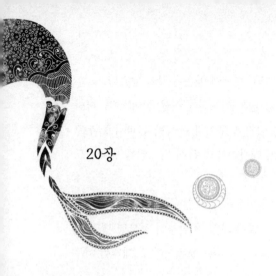

20장

태랑은 금작의 도움을 받아 솔루와 그녀의 가족을 데리고 해국으로 돌아왔다. 위험한 순간이 찾아왔었으나 금작과 그를 수행하는 하인들의 도움으로 무사했다.

새로운 세상에 솔루의 어머니와 동생들이 낯설어했지만 금방 적응했고, 백해궁에서 함께 살았다. 그리고 그들이 해국으로 돌아온 지 얼마 안 된 어느 날이었다.

태랑이 후원으로 솔루를 불렀다.

그녀는 날개를 펴고 있는 청을 보자 그가 불러낸 이유가 짐작됐다.

"오랜만에 왔으니 청과 함께 해국 구경을 하자꾸나."

솔루는 태랑의 요청을 흔쾌히 허락하고 그의 품에 안겨 하늘을 날았다. 백해국의 기운이 강한 날이라 하늘은 하얀 종이와 같았고, 그 위를 누비는 청은 아름다웠다. 그는 솔루와 갔었던 소명강으로 청을 몰았다.

"이곳은 여전하군요!"

소명강은 예전에 그녀가 왔을 때처럼 청포도빛 물색을 자랑하고 있었다.

투명한 물속으로 떼 지어 다니는 작은 물고기가 보이자 즐겁게 봤었던 물고기 떼의 군무를 떠올렸다. 그리고 배 밖으로 그녀가 던져졌던 사건을 상기하며 태랑을 올려다보자 그가 고개를 갸웃했다.

"왜?"

"그때 왜 그러셨어요? 이곳에 왔을 때, 저를 물속에 빠뜨리신 적이 있습니다."

"아……."

기억을 더듬는지 잠시 생각에 빠져 있던 그는 청을 강 위로 착지시켰다. 청은 미끄러지듯이 물 위를 가로지르더니 천천히 속도를 줄여 유유히 떠다녔다.

"당시에는 몰랐지만 지금 와서 생각해보면 네게 흔들려서 그랬다."

"그때부터요?"

"그 전부터일지도 모르지."

후원에서 솔루가 그의 손을 잡은 날이 시작이었을까. 아니면 침상 위에서 처음 만난 날부터 그는 흔들리고 있던 걸까. 언제부터 시작이었는지도 모를 감정은 이만큼이나 커져 이제 그녀 없이는 살 수 없었다. 이런 시간이 더없이 소중해 흐르는 것마저 아까웠다.

태랑은 물속 구경에 여념이 없는 솔루의 머리를 쓰다듬으며 살며시 입을 맞춘 후, 그녀를 따라 물속을 들여다봤다. 떼 지어 다니던 물고기들이 수면 밖으로 나올 준비를 하자 그것을 알아차린 솔루가 손뼉을 치며 좋아라했다.

물방울이 터지는 소리를 내며 밖으로 나온 작은 물고기들은 그녀에게 인사를 하듯이 군무를 췄다. 작은 몸에 형형색색의 색깔을 가지고 있어 보는 것만으로도 눈이 즐거웠다.

"솔루야."

"예?"

"너를 내가 얼마나 사랑하는지 아느냐."

갑작스러운 고백에 물고기의 군무를 구경하던 솔루가 뒤로 돌았다. 몸을 돌린 그녀가 말간 눈동자에 그를 담았다.

"모르면 어떻게 되는 겁니까?"

장난 섞인 미소를 지으며 그녀가 물었다.

"모르면 알 때까지 알려줘야지."

"제가 평생 모를 수도 있지 않습니까."

"그러면 평생 알려주는 수밖에."

솔루가 까르르 웃으며 그를 안았다. 늘 느끼는 거지만 솔루의 몸집이 작아 그녀가 안기게 되는 꼴이 되는데도 태랑은 마치 자신이 안긴 것처럼 편했다.

"솔루야, 평생 내 곁에 있어주겠느냐. 평생 내가 네 곁을 지킬 수 있도록 허락해주겠느냐."

"음……."

고민하는 척하며 솔루가 고개를 기울였다. 태랑은 자신의 허리에 두르고 있는 그녀의 팔을 떼어내며 잡았다. 두 손으로 그녀의 양손을 잡은 그가 입을 맞췄다.

"거절하지 마라. 네게 청혼하고 있느니라."

가슴이 떨렸다. 예전에 그녀에게 혼인하자고 두 번이나 말했었는데 이상하게도 처음 하는 것처럼 두근거렸다. 사실 이 말을 꺼내기까지 많이 망설였다.

솔루와 다시 시작했을 때부터 지금까지 항상 마음에 걸린 부분이었다. 사랑을 가득 담아서 조심스럽게 했어야 했던 청혼을, 멋이 없는 것도 모자라 무미건조하게 했고, 그 자체가 그녀에겐 상처였으리라.

그녀가 지금까지 한 번도 그런 티를 낸 적이 없었지만 훗날 누군가가 묻기라도 했을 때 가슴 아파하지 않길 바랐다.

솔루가 자신의 청혼을 거절하지 않을 것이란 걸 알고 있었다. 헌데 왜 이리도 떨리는지. 태랑은 침을 꿀꺽 삼켰다.

한 손으로 상의의 주머니를 뒤적거려 준비한 것을 꺼냈다. 그의 손가락에 끼워져 있는 것과 똑같은 모양의 붉은 가락지였다. 해국에 온 뒤, 하루라도 빨리 그녀에게 전해주며 청혼하고 싶어서 가락지를 만드는 장인에게 서둘러야 한다고 얼마나 재촉했던가.

솔루의 손을 잡고 가락지를 끼워주자 그녀가 환하게 웃으며 고개를 끄덕였다.

"허락해요. 평생 곁에 있어드릴 테니, 태랑 님도 제 곁을 지켜주십시오. 그런데 저는 정표를 준비하지 못했는데……."

"이미 줬잖느냐, 여기."

태랑이 가락지를 낀 솔루의 손을 잡아 자신의 가슴에 댔다. 이것이 네가 내게 준 정표. 절대 다른 누구에게도 줄 수 없는 세상의 단 하나뿐인 정표였다.

이제 네가 허락해줬으니 평생, 아니 유한한 삶을 넘어 영원까지 너의 곁을 지킬 것이다.

그가 조용히 마음속으로 다짐했다.

연초가 백해궁을 찾아왔다. 태랑이 지난 1년간 솔루 때문에 힘든 시간을 보냈다면, 연초는 자신의 오라버니인 양국의 왕 때문에 괴로워했다. 아무리 그녀가 전혀 몰랐던 일이라지만 친우들의 얼굴을 보기가 힘들었다. 특히 태랑에게는 더욱.

"잘 지내셨습니까?"

솔루가 차를 따르며 맑은 목소리로 연초에게 안부를 물었다. 1년 만에 보는 솔루는 여인의 느낌을 물씬 풍겼고, 태랑의 곁에서 손님을 대접하는 것이 이제 백해궁의 진정한 안주인 같았다.

"응……."

"헌데 어디 불편하십니까? 안색이 좋지 않습니다."

찻잔을 연초 앞으로 솔루가 밀어놓자 그녀는 차를 마시지 않고 찻잔의 받침만 만지작거리며 어색하게 웃었다. 그녀는 솔루가 해국에 없던 시간 동안 거의 황해국의 객사에서만 지냈다. 다시 떠돌 줄 알았던 비한이 떠나지 않고 궁에 머물며 정사를 돌봤기 때문에 연초는 궁에 들어갈 수 없었다. 그의 얼굴을 보기가 미안해서였다. 자연스럽게 객사를 그녀가 맡아 열심히 관리했지만, 마음이 편치 않은 연초의 얼굴을 나날이 상해갔다.

"요즘 잠을 못 잤더니 피부가 까칠해졌나 봐. 별거 아냐. 참, 태랑아."

멋쩍게 얼굴을 쓸어내린 연초가 조심스럽게 태랑을 불렀다.

"어."

솔루를 다정하게 바라보는 태랑이 시선을 떼지 않으며 대답했다. 솔루가 앉아 있는 의자가 팔을 올린 그는 연신 그녀의 머리카락을 매만졌다.

연초는 부러웠다.

사랑하는 남자에게서 단 한 번도 받아보지 못했던 눈길.

앞으로 영영 받을 수 없는 시선.

조심스럽게 어루만지는 손길.

가만히 태랑과 솔루를 보고 있던 연초는 혼자 소리 없이 웃었다. 어쨌든 다행이다. 태랑이 네가 행복해 보여서.

"무슨 일인데?"

연초가 불러놓고 말은 않자 그제야 태랑이 솔루에게서 눈길을 돌렸다.

"나는 양국으로 돌아갈게."

"뭐?"

"솔루는 돌아왔고, 비한도 앞으로 떠나지 않을 것 같아서."

"너, 비한 기다리고 있었잖아. 기다리던 비한이 와서 잘 정착하고 있는데 어딜 가겠다는 거야. 그리고 솔루가 돌아온 것과 네가 떠나는 게 무슨 상관이지? 그렇게 얘기하면 이 녀석이 저 때문에 네가 떠난다는 줄 알고 놀라잖아."

아니나 다를까, 솔루의 눈이 두 배로 커져 있었다.

"아, 그런 거 아니야."

손을 황급히 젓는 연초. 그동안 수도 없이 떠날까 했었지만 힘겨워하는 태랑을 두고 가는 것은 무책임하다고 생각해 그럴 수 없었다.

"오라버니가 한 일이 있는데 내가 어떻게 해국에 더 있을 수 있겠어."

"그래서 너 편하자고 네 나라로 돌아가겠다는 건가?"

"태랑 님!"

솔루가 태랑을 쏘아보며 그를 불렀다. 그녀의 눈이 '말씀이 심하십니다.' 하고 전하고 있었다. 양국의 왕과 자해국의 왕이 벌인 일을 그녀도 들어서 모두 알고 있었으나 이건 연초의 잘못이 아니었다.

"오해는 마. 어딜 가도 편하지는 않을 거야. 다만 내가 너희들 눈에 보이는 것 자체가……."

연초가 답하며 솔루에게 괜찮다는 듯이 미소를 지었다.

"모르나 본데 너는 양국으로 못 간다."

"왜?"

"네 의지로 해국에 있다고 착각하지 마. 너는 인질이야."

"인질이라니?"

금시초문이었다. 온전히 해국을 걱정하는 마음에 지금껏 머물고 있었는데 자신도 모르는 사이 인질로 붙잡혀 있었나 보다.

"현제가 그랬던 것처럼 양국의 왕도 쉽게 포기하리라 생각 안 해. 네가 가면 바로 뒤통수를 칠지 어떻게 알아. 누구 좋으라고 양국으로 너를 보내겠어?"

"태랑…… 나는……."

"비한의 생각도 같다. 설담과 반유도 마찬가지고. 하제야 뭐, 이 일에 관해선 할 말이 전혀 없지."

태랑이 연초를 '인질'이라고 지칭하고 있었으나 옆에서 듣고 있던 솔루도, 인질의 대상인 연초도 그가 하는 말의 뜻을 이해했다. 어감은 냉정했지만 그는 연초에게 떠나지 않아도 된다는 말을 하고 있었다.

연초의 어깨가 떨렸다. 끝내 참았던 눈물이 흘러내렸다. 그녀는 솔직히 해국에 남아 친우들과 함께 비한 곁에서 살고 싶었다. 허나 염치없는 마음이란 걸 알기에 솔루가 돌아왔다는 소식을 듣고 떠나기로 마음을 굳혔던 것이었다. 그런데 그 마음을 태랑이 알고 어떤 핑계도 댈 수 없도록 붙잡아줬다. 고개를 숙이며 우는 연초를 본 솔루가 태랑의 손을 가만히 잡고 토닥였다.

"잘하셨어요."

그녀가 소리 내지 않고 입만 뻐끔거리더니 볼우물이 파이도록 활짝 웃었다.

"말로만 칭찬하지 말고 그에 합당한 상을 줘야 하느니라."

진지하게 요구하는 태랑을 솔루가 애정이 넘치는 눈으로 흘겨봤다.

밤을 지나 새벽으로 가는 시간.

희미한 달빛만이 스며든 방 안.

침대 위에 두 인영이 포개어져 있었다.

"아휴, 태랑 님, 그만해요."

엎드려 누워 있는 솔루가 고개를 뒤로 돌렸다. 등 위에 태랑이 그녀와 똑같은 모양으로 엎드려서 묵직하게 그녀를 내리누르고 있는 상태였다. 저녁을 먹고 잠시 일하러 다녀온단던 태랑은 부리나케 끝내고 돌아와 이 시간까지 솔루에게 사랑을 넘치도록 표현했다. 태랑에게 안겨 수없이 그를 받아들였지만 도무지 쉴 틈을 주지 않아 이제 지쳤다.

"무겁습니다."

"합당한 상을 받고 있는 중이잖느냐."

태랑이 그녀의 목덜미를 가리고 있던, 땀에 젖은 머리카락을 옆으로 밀어 내고 입을 맞췄다. 솔루가 어깨를 비틀자 입술로 여린 살을 물었다 놓았다. 그리고 가느다란 그녀의 팔을 잡아 올리더니 손가락 끝까지 천천히 입맞춤을 이어 나갔다.

"처음부터 '상'이 이거였죠?"

체념한 솔루가 옅은 신음과 함께 얼굴을 베개에 묻었다. 연초가 다녀가고 자신이 받을 '합당한 상'에 대해서 고민해본다더니 이거였다.

그는 애초에 고민은 하지 않았을 것이다. 체력 부족으로 항상 태랑보다 먼저 잠이 들어 쌓였던 불만을 이렇게 터뜨리는 모양이었다.

"그럴 리가."

등줄기에서 따라 그의 입술이 느껴졌다.

"피곤해요."

"더 자."

말은 자라고 하면서 입맞춤은 멈추지 않았다. 허리 부근에 입을 맞추던 그가 미끄러지듯 몸을 위로 올렸다. 끈적이는 피부가 마찰을 일으키며 전신의 감각을 모두 일깨우자 그녀는 크게 숨을 내쉬었다.

"우리 솔루 잘 자라. 자장, 자장."

그가 머리를 쓰다듬으며 어울리지 않게 자장가를 불렀다.

"아무래도 금작에게 적진주를 달라고 해야겠다."

"뭐하시게요?"

솔루가 떨리는 목소리를 애써 누르며 차분하게 물었다. 자신이 반응하고 있다는 걸 들켰다간 해가 뜰 때까지 그가 놓아주지 않을 것 같은 예감이 들어서였다.

"네 체력 보강을 위해서."

하지만 태랑은 그녀의 몸이 반응하고 있음을 이미 눈치챘다. 그가 손으로 솔루의 옆구리를 두어 번 스치자 그녀가 베개 양끝을 움켜쥐었다. 피곤하다면서도 몸이 움찔움찔거리며 더한 것을 원하고 있다. 귀엽고 사랑스러워 꽉 껴안아 머리부터 발끝까지 조금의 틈도 없이 밀착시켰다.

현실인 줄 알면서도 가끔 꿈이 아닐까 하고 믿기지 않는 순간이 있다. 지금은 솔루가 건강하게 잘 지내고 있지만, 행여나 제가 빼앗은 심장 때문에 무슨 일이 생기면 어쩌나 싶기도 했다. 태랑은 자신이 누리는 행복이 사라질까 봐 불안할 때면 확인하고픈 마음에 솔루를 으스러지듯 껴안고는 했다.

말랑한 살이 달라붙고, 땀과 섞인 체취가 그를 조금씩 자극했다.

"정말 자고 싶으냐."

그가 솔루의 귓가에 속삭였다. 너무 몰아붙였나 싶어 마지막으로 물었다. 그녀가 힘들다고 한다면 관둘 작정이었는데 답은 없고 가빠지는 숨소리만 들려왔다.

"솔루야."

한 번 더 부르자 그녀가 베개에 묻어둔 얼굴을 옆으로 돌려 살짝 고개를 들더니 태랑의 입술에 제 입술을 댔다.

"불안하신 거죠."

꽃잎처럼 붉은 혀끝이 그의 입술을 쓸었다. 태랑은 제 속에 들어갔다 나온 듯한 솔루의 질문을 들으며 입을 맞췄다. 한참 후, 서로의 달콤한 액을 나누며 거침없이 들고 나는 뜨거운 입맞춤이 끝났다.

새빨간 열기가 가득한 눈으로 바라보던 태랑은 갑자기 솔루의 몸을 뒤집고는 올라타 그녀 얼굴 옆으로 양손을 짚고 상체를 세웠다.

"나의 사내가 불안하면 안 되지요. 피곤함이 싹 사라졌습니다. 이제 진짜 상을 드릴게요. 아침이 올 때까지."

솔루가 그를 향해 팔을 활짝 펼치고 생긋 웃었다. 태랑은 순간 머리에서 무언가가 끊어지는 기분이었다.

나의 사내.

나의 사내란다. 그녀가 저를 나의 사내라고 말했다. 사고가 정지하고 하나의 목표만을 정한다. 피가 빠르게 끓어올라 한계점을 향해 달려갔다.

"노력하겠지만."

그가 닫힌 잇새로 가빠오는 숨을 삼키며 말했다.

"거칠지도 모르겠다."

꿀꺽. 그의 목울대가 출렁였다. 낮은 음성이 쉬었다.

솔루는 얼굴 위로 검은 그림자가 덮치자 눈을 감고 말았다.

"아구구."

해가 중천에 뜬 시각 솔루가 앓는 소리를 내며 깼다. 몸이 아프다고 아우성이었다. 특히 다리에는 힘이 하나도 없었고, 목도 아팠다.

그는 노력한다더니 조금도 하지 않았다. 그녀의 상태를 봐가며 틈틈이 괜찮으냐고 다정하게 물었지만 그건 말뿐이었다. 태랑의 품 안에서 몇 번을 울었던지, 몇 번을 전율했는지 세기도 힘들었다. 황홀했지만 괴롭기도 한 시간이었다.

"일어났느냐."

나란히 누워 팔베개를 해주고 있는 태랑이 손으로 솔루의 납작한 아랫배를 만지작거렸다.

"죽는 줄 알았습니다."

솔루가 태랑의 손을 슬쩍 치우려 했으나 그가 힘을 주는 바람에 시도조차도 못했다.

"좋아했으면서 앙탈은."

"누, 누가요!"

"네가 거친 걸 좋아할 줄 예상도 못 했는데 말이다."

"제가 언제 그랬습니까!"

크크큭, 하는 웃음이 머리 위에서 들렸다.

"증거가 있지."

"무, 무슨 증거요! 아, 아무튼 저는 그런 적 없습니다!"

"여길 봐."

태랑이 솔루 목 아래서 팔을 빼내고 몸을 돌려 등을 보이자 그의 하얗고 넓은 등에 여기저기 생채기가 발견됐다. 일정하게 긁힌 자국이 거미줄처럼 엉켜 있었고, 빨간 핏물이 작게 맺힌 상처도 있었다.

"태랑 님, 등이 왜 이렇습니까?"

상처를 본 솔루가 놀라 얇은 이불로 몸을 가리고 자리에서 벌떡 일어나 앉아 태랑의 등에 난 상처를 살폈다. 그러던 도중 문득 지난밤, 환락에 젖어 발가락이 곱아들던 찰나 손톱으로 그의 등을 긁어댄 것이 떠올랐다.

저가 그러고 싶어서 그런 게 아니었다. 손과 다리가, 아니 몸 전체가 마음 대로 움직인 걸 어떡하라고.

부끄러워 두 손에 얼굴을 묻은 솔루는 이 자리를 벗어나고 싶어 침상에서 내려가려고 몸을 움직였으나 그의 팔이 놓아주지를 않았다.

"나가서 씻고 객사에 가야 합니다."

"객사에 가지 않는 게 좋을걸?"

"왜요?"

"걷기 힘들 거야."

"괜찮습니다!"

이대로 태랑과 마주하고 있다간 얼굴처럼 온몸이 붉게 물들 것만 같았다.

"혼자 나가면 창피할 텐데."

"⋯⋯?"

"네 목소리가 얼마나 컸던지 기억나지 않느냐."

솔루가 얼어붙었다.

목이 왜 아프나 했는데 이유가 있었구나. 동시에 낮이고 밤이고 항상 문 밖에 있는 하인들이 생각났다. 언젠가 그랬던 것처럼 방 안에서만 지내야 하나 싶어 머릿속이 복잡한데 그녀의 눈은 멍했다.

푸르르르! 난데없이 그가 솔루의 배에 입을 대고 바람을 불었다. 간지러워 그녀가 태랑의 어깨를 가볍게 때렸다. 심각한 상황이라 울고 싶건만 태랑은 뭐가 좋은지 생글생글 웃고 있었다.

"왜 이러십니까?"

"넋 나간 데에는 이 방법이 좋을 듯해서."

"사악하십니다."

"인정하지."

아랫입술을 내밀고 그를 노려보다 한숨을 쉬었다.

"이제 궁에서 일하는 분들의 얼굴을 어떻게 봅니까."

"너무 염려 안 해도 된다. 모두 물러가 있으라 했거든."

"정말이요? 아, 다행이다."

가슴을 쓸어내리는 솔루.

태랑이 몸을 일으켜 침상을 내려가 탁자를 향해 걸었다. 매일 그의 벗은 몸을 보지만 볼 적마다 감탄하고 말았다. 전신을 뒤덮은 자잘한 근육이 그의 움직임에 따라 제 존재를 과시했다. 그는 의자에 걸린 겉옷을 어깨에 걸

치고 돌아서더니 가슴 아래에 팔짱을 꼈다. 옷만 걸쳤다 뿐, 사내의 몸이 적나라하게 드러났다.

"제대로 입고 끈을 매십시오."

솔루가 한 손으로 눈을 가렸다.

"까다로워, 진짜."

소매에 어깨를 넣고 끈으로 앞을 여민 태랑이 '됐느냐.' 하고 손을 벌렸다.

"먼저 나가세요."

그녀는 이불로 몸을 싸매고 침상 아래로 발을 내디뎠지만 두 발에 바닥에 닿는 순간 자리에 주저앉았다.

"내 말이 맞지. 서는 것도 힘든데 객사에 어떻게 가려고 그래. 쯧."

태랑이 다가와 솔루의 양 겨드랑이 밑으로 손을 넣어 일으켜 세웠다.

"해국 돌아오고 나서 제대로 인사하지 못했습니다."

무슨 이유에서인지 그가 이 핑계, 저 핑계를 대며 객사에 가지 못하게 했었다.

"그 인사 좀 나중에 하면 뭐가 어때서 그러느냐."

"다들 기다리고 계실 겁니다."

허리를 잡고 있는 태랑의 손을 떼어냈다. 걸을 때마다 뼈마디가 욱신거렸지만 참아졌다.

"파고 님이 그러시던데……."

"파고 님이 아니라 파고."

태랑이 정정해줬다. 그녀는 버릇처럼 남아 있는 존대가 쉽사리 없어지지 않았다.

"지금 해국 객사를 총관리 하시는 분이 반유 님이시죠?"

"어. 그건 왜."

"아닙니다."

솔루가 손을 저으며 욕실로 향했다.

청을 타고 백해국 객사로 내려왔다. 객사의 넓은 풀밭에 솔루를 내려준 태랑은 해야 할 일이 있다며 다시 궁으로 돌아갔다.

"가희 님! 안녕하십니까! 잘 지내셨죠?"

솔루가 문 앞에서 기다리고 있는 가희를 향해 외쳤다. 뛰어가고 싶은 마음이었으나 몸이 뜻대로 움직여주질 않아 빠르게 걸었다. 솔루를 발견한 가희도 반가움에 그녀를 향해 걸었다.

"저는 잘 지냈습니다. 건강하시죠? 못 본 사이 더 고와지셨어요."

"예, 건강합니다."

손을 잡고 걸으며 그간 서로 어찌 지냈는지 얘기를 했다. 객사 안으로 들어가자 송마가 달려 나와 반겼고, 다시는 못 만날 줄 알았던 이들을 만나자 기분이 좋은 솔루는 연실 방실방실 웃었다.

"아, 집무실에서 반유 님과 설담 님이 기다리십니다."

"그럼 인사드리고 내려오겠습니다. 가희 님, 송마 할머니! 이따 뵐게요."

솔루는 집무실이 있는 꼭대기 층으로 올라갔다. 계단을 오르자 삐걱대는 소리가 날 것처럼 몸이 불편했다.

"으이씨, 태랑 님."

옆에 없는 태랑을 원망하며 계단 난간을 잡고 올랐다. 중간에 몇 번 쉬면서 올라간 끝에 집무실에 도착하자 문을 두드리기 위해 주먹을 쥐려는 때에 문이 열렸다.

"어? 솔루!"

설담이었다. 특유의 청량한 미소를 띠며 솔루를 부른다.

"설담 님!"

오랜 친우를 만난 것처럼 반가웠다.

"어서 들어와요. 그렇잖아도 오늘 객사에 온다는 이야기를 듣고 기다리고 있었어요."

"왜 백해궁으로 오지 않으셨어요? 저는 궁으로 오실 줄 알고 언제 오시나 눈이 빠지도록 기다렸습니다."

설담을 따라 안으로 들어가자 의자에 앉아 있던 반유가 뻣뻣하게 일어섰다.

"어서 오시오."

안대를 하고 검은 옷을 입은 반유는 여전했다. 그의 눈이 허공을 향하고 정처 없이 흔들렸지만 그저 만남이 기쁜 솔루는 눈치챌 수 없었다.

"반유 님! 안녕하십니까! 윽!"

손을 배에 대고 허리를 숙이는 순간 허리에서 통증이 느껴졌다.

"어디 아파요?"

설담이 걱정스레 물어오자 솔루가 고개를 저었다.

"뭍에서 온 지 얼마 되지 않아 적응하는 중입니다."

"그렇구나. 어서 이쪽으로 와 앉아요."

동그란 탁자에 둘러앉아 담소를 나누기 시작했다. 주로 대화하는 쪽은 설담과 솔루였다. 설담이 차를 따라주며 뭍의 이야기를 물어봤다. 어떻게 태랑을 다시 만났는지, 어떻게 해국으로 돌아올 생각을 했는지 등등 질문이 넘쳐났다.

"오늘 다 말씀드리기는 힘들 것 같습니다. 나중에 궁으로 오시면 알려드릴게요."

두 손에 찻잔을 든 솔루가 헤헤 웃었다.

"당분간, 아니 앞으로 백해궁은 출입금지일지도 몰라요."

"왜 출입금지입니까?"

"태랑이 오지 말랍니다. 솔루 왔다는 소식 듣고 갔더니 태랑이 돌아가라 그랬어요. 그래서 우리가 못 갔잖아요."

"예에? 태랑 님이 왜 그러셨을까요?"

"솔루가 직접 물어봐요."

손에 턱을 괸 설담의 입에서 김빠지는 소리가 났다.

"반유 님, 잘 지내셨어요?"

조용히 두 사람의 대화만 듣고 있는 반유에게 솔루가 말을 걸었다.

"잘…… 지냈소."

그는 솔루를 보지 않고 비스듬하게 몸을 돌려 앉아 창밖을 봤다.

"너 왜 그러냐. 흠모하는 여인이라도 만난 것처럼."

어색한 분위기를 만드는 반유의 어깨를 설담이 툭 쳤다.

"누가 흠모를 한다는 거야!"

"농인데 뭐 그리 정색을 해?"

설담이 의심의 눈초리를 보내는 시늉을 하자 반유가 험악한 눈빛으로 쏘아봤다.

"참! 반유 님께 드릴 게 있습니다."

지켜보던 솔루가 품에서 천 조각을 꺼내 탁자 위에 놓았다. 자세히 보니 안대였다.

"이게 무엇이오?"

"안대입니다."

"이걸 왜 내게 주는 게요."

"예전에 저 아팠을 때 돌봐주셨잖아요. 감사의 뜻으로 제가 안대를 선물해드리기로 했었는데 기억하십니까? 저는 바느질 솜씨가 엉망이라 제 어머니께 부탁드렸습니다. 솜씨가 좋으셔서 하루면 뚝딱 만드십니다."

반유가 손을 뻗어 안대를 집었다. 옆에서 설담이 솔루에게 '나는요? 나는요?' 하고 아기 새처럼 계속 묻는 소리가 시끄러웠지만 반유 귀에는 들리지 않았다. 안대는 검은 천에 색색의 실로 다양한 수놓아져 있어 한눈에 봐도 굉장한 솜씨였다.

"뭍에 있을 때는 약속을 못 지킬 줄 알았어요. 해국으로 돌아와 감사의 마음을 전할 수 있어 다행입니다."

"기억하고 있었소. 나도 고맙소."

엷게 웃는 반유. 솔루에게 고마우면서도 한편으로는 부족한 실력이더라도 그녀가 직접 만들어준 안대였으면 하고 잠시 바라다 부질없는 바람이라 곧 지웠다.

그때였다. 드르륵! 거칠게 문이 열리는 소리가 들렸다.

"태랑 님!"

태랑이 안을 쭉 둘러보더니 성큼성큼 들어와 솔루 옆에 앉았다.

"태랑! 솔루가 반유한테만 선물 주고 나는 안 줬다? 솔루, 나도 줘요! 선물!"

설담이 솔루의 소맷자락을 잡고 졸랐다. 그걸 본 태랑은 인상을 쓰며 설담의 손을 쳐냈다.

"선물? 무슨 선물?"

"이거."

태랑의 질문에 반유가 안대를 내밀자 그의 손 위에 곱게 접혀진 안대를 본 태랑의 눈썹이 꿈틀거렸다. 휙! 순식간이었다. 태랑의 손이 눈에 보이지 않을 정도로 빠르게 안대를 향해 나아갔다. 그러나 그보다 더 빠른 반유가 제 손을 뒤로 뺐다.

"구경도 못 하냐?"

허공을 휘저어 손이 무안해진 태랑이 살며시 주먹을 쥐고 탁자 아래로 내렸다.

"네 손에 들어가면 온전한 상태로 돌아오지 않을 듯해서 말이지."

"별것도 아닌 걸 애지중지하기는."

반유는 태랑의 말에 조금도 신경 쓰지 않고 안대를 소매 안으로 집어넣었다.

"왜 별거가 아니야! 솔루 어머니가 직접 만드신 거래!"

시커멓게 타들어가는 태랑의 속도 모르는 설담이 부러운 눈을 가득하고 외쳤다. 이래서 태랑은 반유와 설담을 백해궁으로 오지 못하도록 했고, 어떻게 해서든 솔루가 객사에 가지 못하도록 늦췄다.

애초에 저 둘이 솔루와 못 만나게 하려는 목적이었다. 설담은 솔루를 처음 만났을 때부터 그녀에게 마음이 있다 선언했었다. 반유는 또 어떠한가. 그는 피의 부작용으로 인해 솔루에게 특별한 마음이 생겼다.

누이로 본다고 말은 하지만 그건 모르는 일이었다.

그런데 그녀가 반유에게 선물을 했단다. 겨우 억눌렀던 마음을 반유가 터트릴까 조마조마했다.

"아차! 반유 님께 드릴 말씀이 있습니다. 저 객사에서 일할 수 있도록 해주세요."

눈치 없는 솔루가 한술 더 떴다. 태랑이 끙하는 신음과 함께 손끝으로 제 이마를 짚었다.

"내게도 물어야지. 그리고 백해국의 비가 객사에서 일을 어떻게 하느냐."

"왜 못 해? 연초도 했었잖아."

설담이 끼어들었다. 저놈, 분명히 알고 저럴 것이다. 태랑이 죽일 듯이 노려보자 설담이 슬금슬금 시선을 회피했다.

"내 비는 안 돼."

"태랑 님! 일하고 싶습니다."

단호하게 잘라내는 태랑의 팔을 솔루가 붙잡았다.

"궁에서 놀기만 하는 건 지루합니다."

"나랑 놀러 다니면 된다."

"꼭 지루해서만 그런 건 아니고요, 그래도 명색이 백해국의 비잖습니까. 놀기만 하는 비는 백성의 모범이 될 수 없습니다. 또 열심히 해서 객사의 수입이 올라가면 백성들에게 도움도 되지 않겠습니까?"

"여태껏 너 없이도 백성들에게 도움 되도록 잘 운영되어 왔어."

솔루의 말에 반박할 여지는 없었지만, 안 되는 건 안 되는 거였다. 올해 해국 총관리자가 반유인 데다가 그녀가 객사에서 일을 한다면 설담이 문턱이 닳도록 드나들 것이 뻔했다.

"태랑 님!"

"이만 가자, 솔루야. 먼저 간다. 이 녀석 피곤해서."

그가 반유와 설담에게 인사를 했다. 솔루의 손을 잡고 일어나려고 하자 그녀가 고개를 저었다.

"싫어요. 방금 왔습니다."

"다음에 또 와."

"으응. 조금만 더 있다 갈게요."

그녀가 어깨를 흔들며 전에 없는 목소리를 냈다. 초롱초롱한 눈으로 태랑에게 애교를 피웠지만 그 때문에 태랑은 더 급해졌다. 이 모습을 보이면 안 된다.

"가야 해!"

"꺄악!"

솔루를 안아 든 그가 다급하게 집무실을 빠져나간 뒤 어이없는 눈으로 보고 있던 설담이 호탕하게 웃었다.

"태랑아~ 네가 그러면 그럴수록 더 놀리고 싶어진다!"

태랑이 들으라고 한 소리였지만 그는 이미 청을 타고 날아오른 뒤였다.

"객사에서 일하면 정말 안 됩니까? 왜 안 됩니까?"

궁으로 돌아와 솔루가 물었다.

"너, 반유랑 친하게 지내지 마."

태랑의 눈빛이 차가웠다. 하지만 동문서답하는 그에게 솔루가 재차 물었다.

"갑자기 무슨 말씀이세요. 왜 안 되는지 여쭸잖아요."

"설담하고도 친하게 지내지 마."

"태랑 님!"

그녀가 미간을 잔뜩 모으고 태랑을 불렀다.

"나도 만들어줘!"

"뭐를요?"

"안대. 나도 눈에 상처가 있지 않느냐."

그가 머리카락에 가려진 자신의 눈을 손가락으로 가리켰다. 그제야 솔루는 객사에서부터 태랑의 행동이 왜 그랬는지 어렴풋이나마 짐작했다.

"안대가 탐나셨습니까?"

"그냥 안대가 아니잖아."

그녀가 선물한 안대니 탐이 나는 건 당연하다.

"예전에 반유 님께 약속을 했기 때문에 드렸어요."

"그럼 오늘 나랑 약속하자."

고개를 끄덕이며 솔루가 알겠다고 했다. 대신 조건을 붙였다.

"객사에서 일하게 해주세요."

"안 돼. 이미 이야기가 끝났다."

"그럼 저도 안대 만들어드리겠단 약속 못 합니다."

솔루가 토라진 표정을 하고 얼굴을 옆으로 돌려 앉자 순간 태랑은 제 뜻대로 해주지 않는 그녀에게 화를 낼 뻔했다. 저가 아무리 솔루를 사랑한다지만 원래 성격이 어디 가겠는가.

"외간 사내에게는 선뜻 주면서 왜 나는 안 되는데."

"에휴, 질투 안 하셔도 됩니다."

그녀가 태랑 뒤로 가서 그의 허리를 안았다.

"설담 님은 예쁜 후궁들이 넘쳐나는데 제게 눈을 돌리시겠습니까. 특이해서 잠깐 흔들렸을 수도 있겠지만요. 그리고 반유 님도 사랑하는 여인을 찾으시면 자연스럽게 정리되실 마음입니다."

"뭐야, 너. 알고 있었느냐."

"해국 떠나기 전에 저도 오다가다 들은 말이 있었어요."

"반유의 마음을 알면서 의미가 있는 선물을 준 거야!"

태랑이 제 허리를 감싸고 있는 솔루의 팔을 풀어내고 몸을 돌렸다. 모르고 선물을 줬다 하더라도 짜증이 나는데 알고도 그랬다니.

"태랑 님이 생각하시는 그런 의미 아닙니다. 온전히 감사한 마음이었어요. 반유 님도 알고 계실 거예요."

그녀가 어머니에게 반유의 안대를 만들어달라 부탁한 것은 비단 제 솜씨가 나빠서 때문만이 아니었다. 그것은 순수한 감사만이 담긴 솔루 나름대로 거리의 의미였다.

"그리고 제 마음이 변하지 않을 텐데 뭐가 그리 걱정이십니까?"

"걱정은 아니다. 셈이고 질투일 뿐이야."

"걱정이 담긴 셈과 질투였죠. 제가 변할 듯이 보이세요?"

"마음이란 건 어려운 거니까."

솔루의 마음이 변했던 과거가 있다. 또 그의 어머니도 변했기에 아들인 저를 그리 대했다. 사랑하고 믿었던 사내에게 이용당한 배신감이라는 근본적인 이유가 있었다지만 '변했다.'는 사실이 때때로 그의 머릿속을 혼란스럽게 한다.

"맞아요. 마음은 어렵습니다. 내 것인데 내가 하고픈 대로 할 수 없죠."

"……."

"허나 노력할 것입니다. 어렵게 갖게 된 행복인데 그저 앞으로도 이랬으면 좋겠다, 하고 바라고 있을 수만은 없잖아요. 지키기 위해 노력하는 자에게 행복이 머무는 겁니다."

그가 미소를 지으며 솔루의 머리를 쓰다듬었다. 가끔 작은 머리통에서 태랑이 예측할 수 없는 말이 나오곤 한다. 그것이 신기하기도 하고, 기특하기도 하고, 감동이기도 했다.

"참, 그래서…… 여쭙는 건데요."

솔루가 머뭇거렸다. 바닥을 바라보며 한참 망설인 그녀는 조심스럽게 하고 싶은 이야기의 서두를 꺼냈다.

"태랑 님, 태랑 님은 어머니에 대해 어떤 감정이세요?"

"내 어머니?"

"예."

그의 눈을 보며 그녀는 고개를 위아래로 움직였다. 혹시 태랑이 말하기 싫어하거나 상처 받았다면 아직은 때가 아니라 생각하고 이야기를 접을 계획이었다.

"미워하고 원망도 많이 했었지만, 시간이 흐르면서 변화를 거치기도 했고 지금은 너와 함께 있으니 그런 마음 없다."

"용서하셨어요?"

예상치 못했던 질문에 태랑의 눈동자가 흔들렸다.

"가슴속 어딘가에 깊이 묻어놓고 억지로 꺼내지 않으시나 해서요."

세월이 흐른 만큼 그의 상처가 옅어졌다니 도리어 슬펐다. 부모자식 간의 정을 포기했다는 뜻과 같았으니까.

"내가 어머니를 용서해드려야 하느냐."

"아니요. 용서가 강요한다고 됩니까. 다만, 이해해드리는 것은 어떠세요. 제 모습…… 곁에서 직접 보셨잖아요. 태랑 님의 어머니를 두둔하는 것은 아닙니다. 내 아이에게 어미로서 그랬으면 안 되죠. 허나 마음이 의지대로 되지 않으셨을 거예요."

"……."

"'그랬을 수도 있겠구나.' 하는 거죠. 태랑 님도 그러셨잖습니까. 마음은 어렵다고요."

솔루가 그의 두 손을 잡았다. 따뜻한 눈길이 태랑의 머리를, 어깨를, 가슴을 어루만져줬다.

"그래. 이해할 수 있도록 해보지."

"태랑 님이 편해지셨으면 하고 드린 말씀이었습니다. 혹시 언짢지는 않으십니까?"

"아니다. 나는 편해."

네가 있어서 편하다. 나보다 작지만 나보다 더 큰 가슴을 가지고 안아주는 네가 있어서. 태랑의 손을 잡고 있는 그녀가 엄지로 그의 손바닥을 살며시 쓸었다. 간질거림이 그의 가슴까지 가득 퍼져 나갔다.

"내가 편해지길 바라서 했던 말이고. 또 뭐가 있느냐."

"예?"

"갑작스레 네가 그 이유만으로 이런 얘기를 꺼내진 않았을 듯해서."

"아……."

그녀의 볼이 발그레해졌다. 수줍은 미소를 지으며 혀로 입술을 몇 번 축였다.

"또…… 앞으로 태어날 우리 아이를 위해서요."

"아이? 설마 너……!"

그가 말을 더듬었다. 합방을 시작한 지 얼마 되지 않았는데 벌써인가. 하긴 날짜가 아닌 시간으로 따지자면 짧은 기간은 아니었다.

"아닙니다! 아닙니다! 아직 아닙니다!"

태랑의 손을 잡고 있던 그녀가 화들짝 놀라 다급하게 손사래를 쳤다.

"그러니까 제 말은요, 부모님을 원망하고 미워하는 마음을 가지고 있다면 아이에게 사랑을 주기도 어렵고, 그러다 보면 좋은 부모가 되기까지 많이 힘들고……. 그래서 태랑 님과 제가 좋은 부모가 되기 위해서…… 그러니까요. 음……."

솔루가 봇물 터지는 것처럼 말을 쏟아냈다. 좀 더 조리 있게, 차분하게 그에게 저가 가진 생각을 알려주려고 했는데, 당황한 나머지 엉망으로 뒤섞였다. 아이. 상상하는 것이 부끄럽기도 하면서 가슴이 벅차오른다.

태랑 님과 나의 아이. 둘 사이에서 태어난 아이. 우리 아이.

두근두근. 가슴이 뛰었다. 하지만 얼굴이 상기된 채 환해지는 솔루와 달리 태랑의 얼굴이 어두워졌다.

"왜 그러세요?"

"내가 잘할 수 있을까. 좋은 부모가 될 수 있을까."

그녀의 말대로 태랑의 부모는 당신을 위해 자식을 버렸고, 그는 미워하고 원망하며 자랐다. 그 부모에 그 자식이라고 했던가. 태랑은 이기심으로 똘똘 뭉친 자신이 제 아이를 잘 키울 수 있을지 겁이 났다.

"잘하실 수 있습니다."

솔루가 태랑을 안으며 품으로 파고들며 걱정 말라는 듯이 너른 가슴에 얼굴을 비벼댔다. 그녀의 등을 쓰다듬는 태랑.

"훌륭한 부모가 될 자신이 없다."

"세상의 어떤 부모라도 스스로 '나는 훌륭한 부모다.' 하는 이는 없을 겁니다. 훌륭한 부모가 되기 위해 노력을 할 뿐이겠죠."

"그래, 그렇겠구나. 혹 내가 이런 연유들로 우리 아이를 기다리지 않는다고 오해는 마라.”

“하지 않아요.”

태랑이 솔루 등을 쓰다듬는 것처럼 그녀도 그의 등을 토닥거렸다. 솔루는 그에게 힘을 충전해주는 명약이었다. 그녀가 ‘괜찮아요.’ 하면 정말 괜찮아져 위로가 되고, ‘해내실 수 있습니다.’ 하면 뭐든 잘할 수 있는 것 같았다.

고마움을 표현하듯 그가 사랑스러운 제 여인의 이마에 입을 맞췄다.

“뵌 지 얼마 되지 않았는데 또 이렇게 저를 찾으시니 착각하게 됩니다.”

금작이 부채질을 하며 생글생글 웃었다.

“착각이라니?”

마주 보고 앉은 태랑이 미간을 찌푸렸다. 도통 속내를 알 수 없는 녀석.

“태랑 님께서 저를 좋아하시지 않나, 뭐, 그런……”

“내가 미치지 않고서야 그댈 좋아할 리가 없지.”

“뭘 또 그렇게까지 말씀하십니까. 그나저나 우리 귀여운 백해국의 비께서는 어디 가셨나요?”

태랑은 손에 쥐고 있는 찻잔을 금작에게 던지고 싶었으나 오늘은 그가 아쉬운 소리를 하기 위해서 부른 거였으니 참았다. 정말 마음에 드는 구석이 없는 사내였다.

“‘우리’와 ‘귀여운’은 빼.”

태랑으로선 최대한의 배려였다.

“감히 누가 백해국의 비를 채간다고 경계를 하십니까.”

“경계하는 게 아니야. 그대 말처럼 감히 누가 그럴 생각을 하겠어.”

“경계가 아니면 뭐죠? 아하! 알겠다. 소유욕이 지나치면 비께서 답답해하십니다.”

“그쯤에서 그만하지.”

서늘한 태랑의 눈빛이 화살처럼 곧게 날아가 금작에게 박혔다. 이 정도의 농담은 할 수 있을 정도로 가까워졌다 생각했는데 역시 아니었나 보다. 작게 한숨을 쉰 금작이 멋쩍은 얼굴을 했다.

"헌데 왜 저를 찾으셨습니까?"

"적진주를 샀으면 해."

솔루에게는 그녀의 체력 보강을 위해 적진주를 먹어야겠다고 말했으나 실은 더 큰 이유가 있었다. 그가 알기로 뭍에 사는 인간은 인어보다 수명이 짧다고 들었고 거기다 솔루는 태어날 때부터 약했다. 그녀가 자신과 오래오래 살기를 바랐다. 태랑의 뜻을 알 리 없는 금작이 고개를 갸웃거렸다.

"적진주가 아직 제게 있기는 하지요. 왜 필요하신지 여쭤도 되겠습니까?"

"내가 그대에게 필요한 이유도 설명해야 하나?"

"하하. 아닙니다. 하지만."

차를 마시던 태랑은 금작이 말은 끊자 멈추고 그를 바라봤다. 씩 하고 웃는 것이 어째 꺼림칙했다.

"대신 조건이 있습니다."

"그대도 조건이 붙는군."

솔루도 안대를 만들어주는 대신에 객사에서 일할 수 있도록 해주라고 조르더니, 금작도 제 물건 파는데 조건을 붙였다.

"만나주셨으면 하는 사람이 있습니다."

"누군데?"

"묻지는 마시고, 만나주시기만 하면 됩니다."

잠시 고민하던 태랑이 알겠다는 답을 했다.

"며칠 뒤에 적진주와 함께 백해궁으로 찾아뵙겠습니다."

금작이 의미를 알 수 없는 미소를 지었다.

열흘 뒤.

솔루는 태랑을 조르고 조른 끝에 객사에서 일주일에 3일만 일해도 된다는 허락을 받아냈다. 그녀는 예전에 했었던 1층에서 손님을 맞이하고 기록하는 작업부터 다시 시작했다.

가희가 솔루의 신분 때문에 안 된다고 했으나 객사의 일을 차근차근 모두 배우고 싶다는 솔루의 고집을 꺾을 수 없었다. 책상에 종이를 펼쳐놓은 솔루의 얼굴에 웃음이 가시질 않았다. 송마가 간식으로 만들어준 경단을 맛있게 먹으며 손님을 기다렸다.

"오늘은 되게 한가하네."

하나 남은 경단을 집으려 할 때, 사내가 들어왔다.

태랑과 비슷하지만 훨씬 밝은 머리카락 색을 가졌다. 그처럼 반짝이지는 않았으나 눈처럼 새하얬다. 수려한 외모를 가지고 있는데 어딘지 모르게 거친 수컷의 냄새를 물씬 풍기는 사내였다. 그리고 뭐랄까. 풍기는 묘한 분위기가 인어도 아니고, 바다 세계에 사는 사람도 아니었다. 그렇다고 뭍에서 온 인간도 아닌데.

"오늘 하루 묵을 수 있을까요."

솔루에게 사내가 묻는데도 생각에만 빠져 있는 그녀를 가희가 툭 쳤다.

"아! 죄송합니다. 물론 묵으실 수 있습니다."

그제야 정신을 차리는 솔루가 붓을 들었다.

"제가 일을 시작한 지 얼마 되지 않아 처음 뵙는 손님들의 성함을 기입해 두는데 괜찮으십니까?"

"그럼요. 저는 은각이라고 합니다."

솔루는 가희와 함께 은각이라는 이름의 손님에게 그가 사는 세상에 대해 들었다. 대협곡이라고 들었는데 어떤 세상이 궁금했다. 그들은 인간인 자신과 어떻게 다르고, 반은 인어인 해국 사람들과 어떻게 다른지 알고 싶었다.

"해국에 사는 분들이 인어로 변하듯, 저는 짐승으로 변합니다. 네 발이 달린."

은각이 주먹 쥔 두 손을 내밀며 앞다리처럼 흉내 냈다.

"음, 범처럼 변하신단 말씀입니까?"

솔루의 눈이 동그랗게 커졌다.

"범이 무엇인가요?"

처음 듣는 이름에 가희가 솔루에게 물었다.

"범은 이가 날카롭고, 털이 많고, 다리가……. 잠깐만요!"

한 번도 본 적이 없는 가희에게 설명해주기 난감해진 솔루는 하얀 종이에 그림을 그렸다. 쓱쓱 대충 그린 그림이 훌륭하지는 않았으나 제법 호랑이 같아 보이기는 했다.

"아, 언젠가 뭍에서 가지고 온 책에서 본 적이 있어요."

가희가 눈을 가늘게 뜨며 그림을 유심히 살폈다.

"헌데 손님께서 이렇게 변하신다는 거죠?"

눈짓으로 솔루는 제가 그린 그림을 가리켰다.

"딱 그렇게 생기진 않았지만 비슷해요. 설마 여기서 그 모습을 보여달라는 건 아니겠죠? 그런 청은 거절합니다."

"손님께 어찌 그런 무례한 부탁을 드립니까. 신비한 이야기라 실례를 무릅쓰고 여쭤봤습니다."

볼우물을 만들며 활짝 웃는 솔루를 가만히 바라보던 은각은 슬슬 해국 여행을 끝낼 시간이 왔음을 느꼈다. 해국에 온 지 얼마 되지 않았을 때, 백해 국의 왕에게 심장을 빼앗기게 된 여인에 대한 궁금증으로 1년이 넘도록 머물렀다.

길을 걷다 우연히 만난 청년에게 듣게 된 이야기. 왕과 초야를 보내고 심장을 준 여인이 사라졌다는 소식까지는 들었다. '결국은 그렇게 됐구나.' 하며 떠나려던 발걸음을 지체하다 보니 그 여인이 돌아올 때까지 머물게 됐다. 그러다 비(妃)가 된 그녀가 객사를 관리한다는 소문을 듣고 찾아왔는데, 소문은 사실이었다. 하여 그 여인의 숨이 제대로 붙어 있는지 확인하고 싶었고, 사랑하는 남자에게 배신당해 떠났으면서 왜 돌아왔는지 물어보려 했지만 그럴 필요가 없음을 깨달았다. 그녀에겐 조금의 그늘도 없었다. 맑았고, 빛났으며, 행복해 보였다.

한때 그의 어머니가 그랬던 것처럼.

"은각 님!"

양 주먹을 모아 턱에 기댄 솔루가 그를 불렀다.

"네, 말씀하세요."

"뭍에서만 살다가 해국에 와서도 느꼈지만 은각 님의 말씀을 듣고 또 느꼈어요. '내가 사는 세상이 전부가 아니구나, 내가 본 세상만이 전부가 아니구나.' 그런 거요. 혹 은각 님이 알고 있는 다른 세상이 또 있습니까?"

가만히 생각에 잠긴 은각은 많은 곳이 있다고 했다.

"뭍에 사는 인간들도 많이들 다른 모습으로 삽니다. 그리고…… 제가 앞으로 가보려고 하는 곳이 있는데 천인(天人)들이 산다는 천계(天界)도 있어요."

"와아, 천계요? 하늘나라라는 거죠?"

죽으면 가는 곳이라고만 여겼는데 그곳에서 오는 사람이 있는 모양이었다. 객사는 정말 재미있는 곳이었다. 솔루는 백해국에 도움이 되고자 일하고픈 목적이 첫 번째였으나 다양한 손님들을 만나는 재미도 포기할 수 없었다.

앞으로 태랑에게 일하는 일수를 더 늘여달라고 부탁하기 위해 애교로 무장한 다음에 덤벼야겠다고 다짐했다. 시일이 좀 걸리겠지만 자신이 어떻게 하면 태랑이 들어줄지 알고 있었다.

"20년 전쯤인가? 손님으로 천인이 한 번 오신 적이 있어요."

가희도 본 적이 있었다.

"등에서 자유자재로 날개가 돋아나는 분이셨어요."

"날개가 자유자재로 돋아나요? 그게 가능합니까?"

"제가 인어로 변하고, 손님께서 짐승으로 변하듯 천인들은 변이 대신 날개가 돋아나나 봅니다."

"아아, 그렇겠군요. 뵙고 싶어요."

상상할 수가 없어 꿈을 꾸는 것처럼 솔루가 몽롱한 표정을 지었다. 날개가 있는 사람의 모습이라니. 언젠가 천인이 손님으로 오기를 바랐다.

"저는 내일 먼 길을 떠나야 하니 이만 쉬러 가겠습니다."

은각이 솔루와 가희에게 인사를 했다.

"편한 시간 보내십시오. 필요한 것이 있으시면 언제든 부르세요."

그는 미소와 함께 고개를 끄덕이며 자신이 묵어야 할 방으로 갔다. 그가 낮은 휘파람을 불렀다. 음색은 구슬펐지만 정작 부르는 은각의 얼굴에는 미소가 번졌다.

백해궁.

태랑은 집무실에 앉아 금작이 그에게 적진주를 주는 대신, 만나줄 사람을 기다리고 있는 중이었다. 하인이 준비한 차에서 모락모락 김이 피어올랐다.

대체 누구길래 만나달라고 부탁을 하는 것일까.

왜 나를 만나자고 할까. 청탁할 것이라고 있나.

별생각이 없었는데 막상 만나야 하는 시간이 다가오자 궁금증이 증폭됐다. 이리저리 머리를 굴리며 찻잔을 잡는 찰나였다.

"태랑 님, 금작 님 오셨습니다."

밖에서 파고의 목소리가 들렸다.

"그래."

문이 열리고 파고가 먼저 들어왔다. 문 앞에서 허리를 숙이고 있는 파고를 지나 금작이 들어왔고, 그 뒤를 이어 중년의 여인이 들어서자 태랑은 누군지 살펴봤다. 고개를 숙이고 있어 자세히 보이지 않았다. 얼핏 봤을 때 나이는 들어 보였으나 미색을 갖춘 여인이었다.

"여기로 와서 앉지."

금작과 여인이 의자를 꺼내 앉았다. 어쩐지 오늘 금작의 표정이 영 개운치가 않다. 원래 그런 사내이긴 했지만 웃음이 부자연스러워 못 봐줄 정도였다. 이마를 살짝 찡그린 태랑이 차를 마셨다.

"누군데 날 만나려 했는가."

그가 여인에게 묻자 그녀가 어쩔 줄 몰라 하며 고개를 더 숙였다.

"얼굴을 들어보거라."

금작은 태랑의 눈치를 살폈다. 예전의 그라면 벌써 짜증을 내고도 남았을 텐데 솔루에게 좋은 영향을 받은 탓인지 제법 잘 참고 있었다.

"얼굴을 드시지요."

금작이 여인에게 말했다. 한참을 가만히 있던 그녀가 느릿하게 깊게 숙이고 있던 얼굴을 들어 올렸다. 한 손에 찻잔을 들고 다른 손에 턱을 괸 태랑이 여인을 바라봤다. 그리고 여인의 까만 눈동자와 마주친 순간, 그는 들고 있던 찻잔을 떨어뜨렸다.

쨍그랑! 바닥에 떨어져 부서지는 찻잔의 파열음이 들리자 정적이 집무실에 내려앉았다. 지워진 줄 알았던 얼굴이었다. 사라지는 안개처럼 희미하게 남아 있던 얼굴이 여인을 보니 선명해졌다.

자신의 어머니였다. 아들에게 저주를 쏟아냈던 어머니.

남아 있는 기억이라곤 저를 밀어내기만 했던 그의 어머니가 맞았다.

당황한 태랑은 입만 벌리고 말을 하지 못했다.

숨이 막혀왔다. 금작이 제 어머니를 어떻게 알고 있는지, 저를 버리고 갔던 어머니가 왜 이제야 찾아온 건지, 어머니는 왜 그렇게 애달픈 눈으로 저를 바라보고 있는지.

그의 머릿속이 뒤죽박죽이 돼버려 쏟아내고픈 말은 많은데 그는 한마디도 할 수 없었다. 지켜보던 금작이 파고를 데리고 밖으로 나갔다.

얼마나 시간이 흘렀을까. 그의 마음이 차츰 안정되었지만 여전히 말문이 트이지 않았다.

'이해해드리는 것은 어떠세요.'

문득 솔루와 나눴던 대화가 떠올랐다.

'제 모습…… 곁에서 직접 보셨잖아요. 태랑 님의 어머니를 두둔하는 것은 아닙니다. 내 아이에게 어미로서 그랬으면 안 되죠. 허나 마음이 의지대로 되지 않으셨을 거예요.'

자신의 어머니는 정말 마음이 의지대로 되지 않아 그랬던 걸까.

"그랬을 수도 있겠구나.' 하는 거죠. 태랑 님도 그러셨잖습니까. 마음은 어렵다고요.'

어머니, 당신도 그녀처럼 배신감에 그럴 수밖에 없었나요.

'훗' 하고 태랑이 웃었다. 솔루의 말처럼 되어가고 있었다. 제 어머니가 이해가 되려 했다.

"아버지가 그리도 미우셨습니까. 아들을 저주할 만큼?"

드디어 태랑이 먼저 입술을 뗐다. 그의 질문은 질책하는 것이 아니라 그가 살면서 가장 궁금해했던 부분. 그 부분을 그저 알고 싶었을 뿐이었다.

"아, 아니야."

핏기를 잃어 하얗게 된 단아의 입술이 바들바들 떨렸다.

"아니란다. 나는…… 내 아들을, 너를 저주하지 않았어. 단지."

그녀는 목이 타는지 급하게 찻잔을 들어 차를 마셨다.

"내가 저주했던 건 네 아버지의 자식이었어. 나를 속였던 그가 너무 미워서…… 심장이 없이 태어날 당신의 첫째 아들은 여인을 가까이할 수 없는 몸으로 태어나길 바란다 했지. 심장을 가져야 하는데 여인을 가까이하지 못한다는 건 죽은 목숨이나 다름없으니까."

잠시 말을 멈추고 입술을 깨물었다.

"또, 자신이 살기 위해 여인을 농락한 네 아버지는 아름다운 외모를 가졌지만 괴물이나 다름없다고 욕했어. 그러면서 네 아버지에게 그랬다. 당신의 아들, 당신을 닮아 아름답겠지만 사람들에게 손가락질받는 괴물의 모습을 하는 고통을 겪을 거라고. 외로움 속에서 자라날 거라고."

탁자 위로 눈물이 떨어져 방울방울 맺히다가 곧 스며들어 나무를 적셨다.

"헌데…… 헌데…… 그 못된 저주를 퍼붓고 한참 뒤에 알게 됐어. 내가 너를 가졌다는 걸."

"……"

"네가 그 사람의 첫째 아들이었지만…… 내 아들이기도 했는데 그때는, 그때는……."

끝내 말을 잇지 못한 단아가 두 손에 얼굴을 묻고 조용히 울었다. 소리도 크게 내지 못하고 끅끅대는 흐느낌만 들려왔다. 태랑은 크게 들썩이는 제 어머니의 어깨를 봤다. 작아서 가냘팠다. 행색도 초라했고, 손이 거친 것으로 보아 몸 고생, 마음고생이 심했다는 게 그의 눈에 보였다.

그는 왜 자신을 만나러 왔는지 묻지 않아도 알 듯했다. 용서를 구하고 싶으셨습니까. 다행이었다. 지난 세월 어머니 마음에 자신이 하나의 짐이었다는 것이 위로가 되었다.

"미안…… 해. 미안하다, 태랑아……. 미안해, 내 아들."

미안해, 내 아들. 그 말에 가슴에 미약하게 남아 있던 어머니에 대한 원망이 모두 사라졌다. 단아는 한참을 울었고, 태랑은 '괜찮다.'는 말만 하고 말았다. 어릴 때 헤어져 애정이 별로 없었을뿐더러 그가 어머니에 목말라 그리워하며 살아온 것도 아니다 보니 살갑게 얼싸안고 할 사이는 아니었다.

다만 그는 서로 편해지길 바랐다. 부모님이 자신에게 미안해하지 않고, 그는 부모님을 원망하지 않으면 됐다. 감정의 잔재가 없는 상태에서 만나다 보면 시간은 걸리겠지만, 여느 부모 자식과 같은 사이가 될 날이 올 것이라 믿었다.

"태건 님이 황급히 어린 태랑 님께 왕위를 넘기고 사라지셨던 건, 그때 단아 님을 찾았기 때문이었습니다. 단아 님이 병에 걸려 곧 죽을 날짜를 받아 놓은 거나 다름없었기에 경황이 없어 그러셨다고 했어요. 그래도 변명에 불과하다는 것을 알고 있다 하셨습니다. 태랑 님에게 전해드리라는 건 아니고 저와 잠깐 얘기를 나눈 적이 있었거든요."

단아를 데려다주고 온 금작이 전해준 태건의 이야기였다.

태랑은 아버지도 이해했다. 죄책감에 사로잡혀 있다 보니 아들을 보지 못한 아버지였다. 시간이 흘러 솔루 소식을 듣고 심장 문제로 자신을 찾아왔던 아버지가 어떤 마음으로 왔는지 그제야 이해됐다. 당시에는 아들인 그의 입장을 전혀 고려하지 않는다 여겼으나 그 반대였다. 솔루에게 심장을 빼앗으면 어떻게 되는지 알고 있었기에 태랑에게 그녀를 사랑해주라 했었다.

"단아 님 병세가 호전되고 나서부터는 항상 태랑 님을 위해 해무께 지성으로 기도드렸습니다. 거의 매일 쉬지 않고 애타게 바라셨어요. 물론 병에 걸리기 전에도 태랑 님 걱정을 하셨습니다."

"많은 걸 알고 있군, 그대는."

"어쩌다 보니 인연이 닿았을 뿐이지요."

"무슨 말을 하고 싶은지 잘 알겠어."

금작이 단아와 태건을 옹호하고 있었지만 태랑은 기분 나쁘지는 않았다. 오히려 반대로 기분은 좋아졌다. 해무가 제 어머니의 기도 때문에 저주를 풀어준 것일까. 아니면 솔루에게 심장을 받았기 때문일까. 정확한 이유는 알 수 없었다. 허나 돌이켜보니 그는 참 행복한 사람이었다.

보이지 않는 곳에서 그를 위해 기도해주는 부모님이 계셨고, 솔루가 그를 사랑해줬다. 곁에 있어주는 친구들까지도.

모르고 있었기에 늘 불행하다 생각했었다. 아마 솔루를 만나지 않았더라면 평생 모르고 살았을 수도 있다.

"나는 축복을 받았어."

"그럼요, 그럼요. 바다 세계를 통틀어 가장 축복받으신 분입니다."

"그대도 만만치 않을 텐데?"

창국의 대부호가 축복받지 않았다면 누가 받았단 말인가.

"저는 아직 어여쁜 색시도 없고, 친우도 없고, 부모님도 없고…… 흠!"

말을 하다 말고 금작이 헛기침을 하더니 목을 몇 번 가다듬었다.

"에휴, 형님도 없고……. 이런 제가 축복은 무슨 축복이겠습니까."

"별안간 형제를 탐내는 건 또 뭐야? 형님이 필요한가?"

"왜요. 제 형님 해주시려고요?"

마음에 들지 않은 형님일 건 뻔하지만 뭐랄까. 태랑을 형님으로 부른다면 단아가 더 좋아할 수도 있다는 판단이 들어서였다.

"미쳤군."

금작의 질문이 끝나기도 전에 가차 없이 나온 답이었다.

"네?"

"그대가 나를 형님이라 부른다고 생각하니 몸에 소름이 돋아."

태랑이 잔뜩 찌푸린 얼굴로 고개를 세차게 저었다. 정말 소름이 끼친다는 표정이었다. 그는 '잘 가.'라는 말을 한 후에 금작을 남겨두고 밖으로 나갔다.

"……뭐, 뭐, 저도 내켜서 그런 거 아닙니다! 저도 싫어요!"

서둘러 걸어가는 태랑의 등 뒤에서 금작이 외쳤다.

하늘에 해가 모습을 감추고 어둠이 스며들자 별이 하나둘 모습을 드러냈다. 솔루는 객사 일을 마치고 백해궁으로 가기 위해 나왔다. 태랑이 청을 타고 마중 나올 줄 알았는데 오지 않았다.

"설마 아직도 토라져 계신 건가."

마지못해 솔루에게 객사 일을 허락했지만 아침에 궁을 나설 때도 그의 불만은 사라지지 않았기에 조금 염려되기도 했으나 오랜만에 걷는 계단이 잊게 해줬다. 반짝이는 빛이 날리는 자환화가 흐드러지게 피었고, 살랑살랑 부는 바람에 자환목의 이파리가 꽃비처럼 떨어져 두 손으로 받았다. 물고기 한 마리가 나타나 그녀의 어깨에 머리를 비비적댔다. 날개처럼 활짝 펴 있는 등지느러미를 쓰다듬자 꼬리를 흔들었다.

"홍아, 잘 지내고 있지?"

홍이의 무덤에 대고 했던 말을 오늘은 하늘을 보며 했다.

"천계에 가면 너도 있는 거니?"

있었으면 좋겠다, 하고 중얼거린 솔루가 계단을 깡충깡충 뛰어 올라갔다.

"사랑하네, 그이를~ 사랑하네, 그이를~"

예로부터 내려온다던 해국의 노랫말은 마음에 들지 않았지만 마지막 부분이 좋아 자주 흥얼거렸다. 청아한 목소리가 밤공기를 타고 울려 퍼졌다.

"나 모르게 어떤 녀석을 그렇게 사랑한다는 것이냐."

갑자기 위에서 목소리에 고개를 드니 은빛의 머리카락을 날리며 아름다운 사내가 서 있었다.

"태랑 님!"

솔루가 반가워 계단을 두세 개씩 올라갔다. 마치 예전으로 돌아간 듯했다. 그녀가 일을 마치고 돌아올 때면 마중 나와 있던 그.

"천천히 와. 백해국의 비가 그리 뛰어다니면 소문난다."

"나도 됩니다. 비는 항상 조신해야 한답니까?"

"다치니까 그러잖느냐."

이제는 그가 빠르게 계단을 내려와 중간 지점에서 만나자 솔루가 그의 품으로 파고들었다.

"계단에서 태랑 님을 만나니 너무 반갑습니다. 아침에도 뵈었는데 왜 그러죠?"

특별한 계단이었다.

그와 그녀가 자주 만났던 곳.

서로의 마음과 마음이 이어지기 시작했던 장소.

"누굴 그리 사랑하냐고 물었었다."

"있어요. 되게, 되게 멋지고 좋으신 분이요."

"누군지 모르겠지만, 멋지고 좋은 사내라니 봐줘야겠구나."

"예, 봐주십시오. 제가 푸욱 빠져 정신을 못 차리겠습니다."

솔루가 양손으로 제 볼을 잡고 부끄러운 듯 몸을 흔들었다. 머리카락이 찰랑이고 향긋한 체취가 바람을 타고 흘러 그에게 온기를 전해줬다.

"업고 갈까?"

"아니요. 손잡아주세요."

내미는 솔루의 손을 태랑이 잡자 따뜻하고 작은 손이 그의 손으로 쏙 들어왔다. 그녀는 태랑이 자신만의 세계에 갇혀 있었을 때 다가온 사람이었다.

헤매던 자신의 손을 잡아주고, 안아줬던 그녀.

그 고마운 마음 놓치지 않게 그녀의 손을 꼭 잡고 있을 것이다.

평생을 갚아도 부족한 마음.

평생을 갚아도 부족한 사랑.

평생을 지켜주고 싶은 사랑.

"세월이 지나 내가 할아버지가 되어 힘이 없어져도 내 손, 잡고 있을 테냐."

함께 계단을 오르며 그가 물었다.

"제가 힘이 없으면 태랑 님이 잡아주시고, 태랑 님이 힘이 없으면 제가 잡겠습니다."

그녀가 해사하게 웃었다.

세상에 없을 미소를 짓는 그녀는 세상 어디에도 없는 그의 사랑이었다.

서로의 손을 잡은 태랑과 솔루의 머리 위로 무수히 많은 별빛이 내렸다.

솔루와 그녀의 가족이 백해국으로 온 지 몇 개월이 흐른 어느 날 밤이었다. 목욕을 끝내고 침상에 앉아 태랑을 기다리는 솔루는 오랜 시간 동안 만들었던 그의 안대를 쥐고 있었다.

"이대로 드려도 괜찮을까."

그에게 줄지 말지를 고민하는 중이었다. 공들여 만들었건만 결과를 참담했다. 재단을 잘못해서 형태가 틀어졌고, 삐뚤삐뚤 엉망으로 놓인 수가 우스꽝스러웠다. 숙영의 도움을 받으려고 했으나 의미가 퇴색되는 것 같아서 처음부터 끝까지 오직 솔루가 만든 안대였다.

"선물은 마음이 중요하니까 태랑 님도 알아주실 거야."

스스로 위로하며 힘을 내보다가도 안대를 보고 있자면 힘이 빠졌다. 창피했다.

어쩜 이렇게 엉망으로 만들 수가 있지.

어머니 솜씨를 조금만 닮았으면 이 정도는 아닐 텐데.

아무리 마음이 중요하다지만 이건 해도 해도 너무해 안대에 이마를 대고 크게 한숨을 쉬었다.

"그러다 천장 무너질라."

언제 들어왔는지 태랑의 목소리가 들리자 솔루는 안대를 쥔 손을 얼른 뒤로 숨겼다.

"나의 비가 뭘 숨기시나?"

"아, 아닙니다."

"아니긴. 말을 더듬잖느냐."

그가 옆에 앉자 푹신한 요가 가라앉았다.

솔루의 미세한 표정의 변화까지도 금방 알아채는 그였다.

"나 모르게 누가 정표를 주더냐."

"말도 안 돼요."

솔루가 생긋 웃으며 팔로 그를 툭 쳤다.

"감추니까 그렇다. 내 것이지? 그렇지?"

"예."

그녀가 작게 고개를 주억이며 등 뒤로 감춘 손이 꼼지락거렸다.

"어서 줘."

"볼품없다고 욕하지 마십시오."

솔루는 안대를 쥔 손을 태랑 앞으로 내밀었다. 손 양옆으로 천 조각이 보여 그녀가 주려고 하는 것이 무엇인지 단박에 알아차렸지만 먼저 말하지 않았다. 꽉 쥐고 있는 주먹을 펴지 못하고 망설이던 그녀의 손가락이 천천히 움직였다. 손바닥 위에 하얀 천으로 만들어진 안대가 나타났다.

"여기 있습니다."

수줍은 듯 솔루 얼굴이 붉어졌다.

"잘 만들었구나."

안대를 집어 든 그가 흐뭇한 눈길로 꼼꼼하게 살펴봤다. 한 땀, 한 땀이 그녀 닮아 귀여웠다.

"형편없는 거 저도 압니다. 그래도 열심히 만들었어요. 태랑 님을 무지하게 사랑하는 제 마음과 바느질 솜씨가 일치한다면 얼마나 좋을까요."

"방금 뭐라 했느냐."

덥석. 손끝으로 제 볼을 쓸어내리는 그녀의 손목을 잡은 그가 물었다.

태랑의 눈빛이 집요하게 그녀를 따라붙었다. 이따금 그가 이렇게 변하는데, 그럴 때마다 솔루는 밤에 잠을 자기 틀렸음을 각오해야 했다.

오늘은 많이 피곤하다 말하면 그냥 넘어가실까.

"예? 형편없다는 거요?"

그와 눈을 마주치지 않으려 시선을 피해도 소용이 없었다. 이미 그의 눈빛이 닿는 살갗이 따끔거렸다.

"아니."

"음…… 열심히 만들었습니다."

"그거 말고."

태랑이 솔루 어깨를 잡아 자신을 보도록 돌려 앉혔다.

어깨를 파고드는 그의 악력이 셌다. 아, 오늘 밤도 잠은 포기해야겠구나. 괜히 버티다가 더 힘들어질 것을 알고 있기에 빠르게 체념하는 편이 좋으리라.

"태랑 님을 무지하게 사랑하는 제 마음과……."

"그거!"

뭍에서 솔루와 재회한 후, 그녀가 직접적으로 태랑에게 사랑한다고 말한 적은 없었다. 저를 사랑하느냐고 물어보면 어김없이 그렇다 말하는 그녀였지만 거기까지였다. 기대하지 않았다면 거짓말이었다. 허나 아이처럼 사랑한다고 말해달라 보챌 수는 없는 노릇이었다.

"제가 태랑 님을 사랑하는지 모르셨어요?"

"우리가 다시 만나고 네가 직접 말한 건 처음이야."

"아…… 그랬구나. 해서 불안하셨습니까?"

갑자기 그녀의 얼굴에 미소가 번졌다.

"잔인한 녀석. 내가 얼마나 애가 탔는지 아느냐."

"헤헤. 좀 더 애태워드릴 걸 그랬어요."

"요 녀석이."

"사랑해요!"

솔루가 외쳤다. 태랑이 놀란 눈으로 바라보자 혀를 샐쭉 내민 그녀가 또 외친다.

"사랑해요! 사랑해요! 사랑해요!"

"너 지금……."

"사랑합니다! 사랑합니다! 사랑합니다!"

눈을 곱게 접은 그녀가 두 손으로 그의 볼을 잡더니 입술을 제 입술을 댔다. 쪼옥. 짧은 입맞춤이었다. 사랑한다는 고백 뒤에 해주는 입맞춤이 달콤하게 퍼져 그의 피를 뜨겁게 데웠다.

"부족하십니까? 더 해드릴까요?"

"응. 계속."

태랑의 음성이 낮게 가라앉았다. 솔루를 담고 있는 눈동자가 잠깐 흔들리다가 어두워졌다. 곧 다가올 일을 직감한 그녀가 그의 손에 있는 안대를 들었다.

"하, 한번 눈에 해보세요."

"싫어. 너는 두 눈으로 봐도 부족하거든."

"새것이니까 해보고……."

"안 돼. 배고파. 허기진다."

그가 솔루에게서 안대를 빼앗아 베개 옆에 놔뒀다.

"그럼 식사 준비해드릴게요!"

"눈앞에 진수성찬이 있는데 뭘 준비해."

"예? 으아앗!"

태랑이 솔루의 어깨를 뒤로 밀자 중심을 잃은 그녀의 몸이 푹신한 요 위로 쓰러졌다. 가느다란 발목을 잡아 벌리고 그 사이에 태랑이 앉았다.

"어디서부터 먹지?"

"태랑 님!"

"사랑한다고 말해줘."

요구하는 그의 시선이 뜨거웠다. 쪽. 솔루의 한쪽 발목을 들어 입을 맞추는 태랑.

그녀가 몸을 움찔댔다. 야릇한 감각이 흐르기 시작하고 숨이 목까지 차올라 가쁘다.

"어서 해."

"……사랑해요."

"또."

이번에는 그가 솔루의 작은 발가락에 입을 맞추더니 할짝이다가 입안으로 넣었다. 미끈한 혀가 발가락을 감싸며 움직이자 그녀는 이불깃을 잡았다.

"모두 음미하며 먹어치울 거야."

그녀의 입에서는 대답 대신 나직한 신음만을 토해냈고 밤이 깊어가도록 끊이지 않았다.

다음 날, 저녁.

"태랑 님, 그건 좀 아닙니다."

도헌이 눈을 감고 고개를 절레절레 저었다.

"진짜 그건 아닙니다."

채헌도 손을 내밀고 양옆으로 세차게 흔들며 맞장구를 쳤다. 그들이 그러는 이유는 태랑이 착용하고 있는 안대 때문이었다. 태랑의 수려한 용모에 전혀 어울리지 않는 안대였다.

"이게 어때서?"

그가 입가에 웃음을 잔뜩 머금은 채로 소중하게 안대를 만졌다. 도헌이 한숨을 내쉬며 태랑을 처음 만났을 때를 떠올렸다. 그의 첫인상은 '험악하다.'였다. 눈의 흉터도 흉터였지만 날카로운 눈빛에 압도당하는 것만 같아서였다. 동시에 상체를 감싸고 물결처럼 흐르는 그의 은빛 머리카락과 내뿜는 묘한 분위기가 신비로웠다.

허나 지금은 모든 것이 깨졌다. 깨져도 이렇게 깨질 수가 없었다. 물론 태랑은 여전히 신비롭고 아름다웠으며, 살벌한 눈빛도 그대로였다. 단지 그건 어디까지나 솔루와 연관되지 않은 일에 국한되었다. 대놓고 말할 수는 없었지만 그에게 '솔루'라는 이름만 따라붙었다 하면 팔불출이 되고 말았다.

"나중에 누나와 있을 때만 착용하세요."

채헌이 간절하게 말했지만 태랑은 힐끔 보고는 만다.

"자랑하러 갈 건데?"

"매형!"

"매형!"

도헌과 채헌이 태랑을 부르며 말렸다. 평소에는 그를 '태랑 님'이라고 부르며 깍듯하게 예의를 차렸으나 다급한 상황에선 예외였다.

"누구에게 자랑하러 가신다는 겁니까?"

도헌이 잔뜩 미간을 찌푸렸다. 그는 솔루와 얼굴이 닮았는데 버릇도 닮아 있어서 태랑은 단순히 솔루를 닮은 도헌을 채헌보다 조금 더 좋아했다.

"누나가 알면 화낼지도 몰라요! 안대 선물하기 전에 얼마나 부끄러워했는데요!"

채헌은 태랑의 소매를 잡자 그는 슬쩍 팔을 들어 빼냈다.

잔소리가 시작됐다. 몇 번의 경험을 통해 솔루의 어린 남동생들은 꽤나 시끄러운 편임을 파악했다. 귀찮은 기색이 역력한 표정을 지은 태랑이 자리를 벗어나기 위해 발길을 돌렸다. 뒤에서 자신을 부르는 소리를 무시한 그가 발걸음을 서둘렀다.

잘 만들었든 못 만들었든 무슨 상관이란 말인가.

태랑에게는 솔루가 정성껏 만들어줬다는 사실만이 중요했다. 그녀가 예쁜 손으로 직접 몇 개월 동안 고생해서 만든 안대였다. 밤새도록 그녀를 안다가 잠시 쉴 때, 손가락에 난 상처를 봤는데 바늘에 찔려 곳곳에 빨간 반점처럼 상처가 있었다.

상처에 입을 맞춰주며 얼마나 마음이 아프면서도 뿌듯했던가.

"이런 건 자랑해줘야 해."

후원으로 나간 태랑이 청을 불렀다.

"청!"

긴 울음소리를 내며 하늘 저 멀리에서 청이 날아와 후원에 안착했다.

"걸어갈 걸 그랬나?"

말은 그렇게 하면서도 그는 청에 올랐다. 생각해보니 걸어가면 시간이 아까웠다. 태랑은 최대한 빨리 솔루가 만들어준 안대를 자랑하고 싶어졌다.

객사에 도착한 태랑은 청에서 내려 달리듯이 입구로 다가가 문밖에서 안에 솔루가 있는지를 살폈다. 태랑이 안대를 착용하고 온 걸 안다면 막아설 것이 분명해서였다. 다행히 그녀는 일을 보러 갔는지 항상 앉아 있던 자리를 비웠다.

"태랑 님!"

그를 발견한 가희가 불렀다.

"쉿!"

태랑이 입술에 검지를 대며 조용하라는 신호를 보냈다.

"솔루 님 모시고 올까요?"

"아니다. 솔루 모르게 집무실로 올라갈 것이야. 내가 왔다는 말은 전하지 말도록."

"아, 네. 알겠습니다."

주위를 살핀 후 서둘러 집무실로 갔다. 문을 열어젖히자 안에는 반유와 설담이 있었다. 둘이 있을지 예상하고 있었고 그가 자랑할 대상이 그들이었지만, 막상 얼굴을 보니 언짢아졌다. 전체 객사를 관리하는 반유는 거의 매일 백해국 객사로 출근했다. 그건 설담도 마찬가지였다.

"흠!"

크게 헛기침을 하며 태랑이 안으로 들어갔다.

"그렇게 별안간 문 열지 말라고 몇 번을 얘기해? 깜짝 놀랐잖아."

설담이 가슴을 쓸어내렸다. 태랑이 집무실에 들어올 때는 꼭 저렇게 들어왔다. 감시하는 것처럼 인기척도 없이 조용히 와서 급하게 문을 열어 안을 둘러봤다.

"놀랄 이유가 뭐가 있어."

의자를 꺼내 앉으며 태랑이 말했다.

"갑자기 들이닥치면 당연히 놀라지!"

탁자를 내리친 설담이 언성을 높였다.

"싸우려거든 밖으로 나가서 싸워."

반유는 벌써부터 머리가 아파와 손가락으로 관자놀이를 눌렀다. 태랑을 놀려먹는 재미를 느끼던 설담이었는데 언젠가부터 입장이 바뀌었다. 태랑은 전부를 가진 듯 여유로웠고, 설담은 그런 태랑에게 짜증을 냈다. 그 사이에서 낀 반유는 그저 시끄러울 뿐이었다.

"늘 그렇지만 나는 싸울 마음 없다. 설담 저 녀석 혼자 저렇지."

신경 쓰지 않는 무심한 말투였다.

그래. 저거야, 저거.

태랑의 저런 말투와 표정이 설담은 거슬렸다.

놀리면 반응을 해야 재미가 있고, 재미가 있어야 놀리는 일을 지속할 텐데, 시큰둥한 반응에 도리어 짜증이 났다. 오늘도 가볍게 설담을 이긴 태랑이 창밖으로 보며 눈을 가린 머리카락을 쓸어 넘겼다. 머리카락이 넘어갔다가 다시 스르르 내려오는 순간, 설담은 무언가를 발견했다.

"너, 그거 뭐냐?"

의자에서 일어선 설담이 태랑의 눈을 향해 손을 뻗었다. 가만히 보고만 있던 반유의 눈도 설담을 따라 움직였다.

"이거? 선물."

이번에는 확실하게 보이도록 머리카락을 천천히 쓸어 넘기는 태랑.

그의 눈을 가리고 있는 안대를 반유와 설담이 봤다.

"선물?"

"솔루가 준 거야. 직. 접. 만. 들. 어. 서."

솔루가 직접 만들었다는 것을 강조했다. 너희들은 이런 거 없지, 하며 보란 듯이 안대를 하고 있는 눈을 보였다.

"아~ 이 유치한 놈."

설담이 안대를 잡아 뜯을 것 같은 시늉을 했다. 역시 속으로는 유치한 놈이라고 욕하는 반유였지만 부러운 것도 사실이었다. 진즉에 정리된 감정이었으나 아직 밑바닥에 잔재는 남아 있었다. 설담의 손을 쳐낸 태랑이 반유에게도 자세히 보라며 얼굴을 내밀었다.

"부럽지 않아."

태랑의 안대에서 눈길을 거둔 반유가 씩 웃었다. 좀처럼 웃지 않는 그가 웃자 태랑은 왠지 모르게 불안했다.

"쳇. 나도 만들어달라고 해야겠다."

태랑의 안대를 빼앗기 위한 시도를 서너 번 하고 포기한 설담이 말했다.

"설마 그 대상이 솔루는 아니겠지."

"걱정 마라. 솔루보다 훨씬 몇 배는 더 고운 내 후궁들에게 말할 거야."

의자에 털썩 설담이 앉을 때였다.

"태랑 님!"

드르륵 문이 열리고 솔루가 나타났다.

"그렇잖아도 알려드릴 말씀이 있었는데 오셨으면 저를……. 어? 그거 하셨습니까?"

그녀가 울상을 지었다. 엉망인 첫 작품을 설담이나 반유에게 보이기 창피했다.

"그건 저와 있을 때만 하시지."

"왜 그래야 하느냐. 이렇게 좋은걸."

"설담 님과 반유 오라버니가 보고 흉보실까 봐 그렇지요."

순간 정적이 흘렀다. 설담이 멈칫했고, 태랑의 얼굴이 굳어졌는데 반유만이 아무렇지도 않게 솔루에게 앉기를 권했다.

"하! 오라버니?"

친근하게 들리는 호칭에 태랑의 목소리가 날이 섰다. 살가운 단어였다.

"예, 어제부터 반유 님이 오라버니라고 부르라 하셨습니다. 오라버니 있는 애들이 부러웠는데, 생겨서 너무 좋아요!"

"누구더러 오라버니라는 것이야!"

나도 한 번도 들어본 적 없는데.

자존심이 상해 차마 그 말까지는 할 수 없었다.

"나가서 싸워. 시끄러운 건 질색이다."

반유가 어서 나가라고 손짓했다.

"오라버니, 죄송합니다. 나가요, 태랑 님."

"또 오라버니!"

버럭 소리를 지르는 태랑에게 팔짱을 낀 솔루가 그를 밖으로 이끌었다. 반유와 담판을 지으려던 태랑은 우선 그녀와 이야기를 나누려고 억지로 끌려 나가는 척했다.

"이 음흉한 놈."

옆에서 보고 있던 설담이 눈을 흘겼다.

"솔루가 네게는 안 해줄 테니 기대하지 마."

"쳇!"

설담은 입술을 삐죽거리며 턱을 괴었다. 기회 봐서 저더러 '오라버니'라고 불러보도록 시켜야겠다고 생각한 설담이었다.

한편, 함께 밖으로 나간 태랑과 솔루는 객사의 입구에서 입씨름 중이었다. 무조건 반유를 오라버니라 부르는 건 안 된다며 태랑이 펄펄 뛰었다.

"태랑 님, 우선 궁으로 가서 얘기해요. 모두 들을지도 모릅니다."

"그게 대수야?"

"별것도 아닌 일에 왜 이러십니까?"

"어찌 별것이 아니더냐!"

그녀가 조그맣게 한숨을 쉬었다.

"자자, 우선 걸어요."

태랑의 팔을 잡고 발걸음을 뗐다. 말없이 걷다가 객사에서 멀어지자 솔루가 먼저 입을 열었다.

"반유 님을 오라버니라 부르면 안 되나요?"

"왜 그 녀석이 네 오라버니야."

그의 어투에서 불편한 기색이 드러났다.

"오라버니 같으니까 오라버니라고 부르는 거예요."

"너…… 내게는 그리 살가운 호칭으로 불러준 적이 없다."

"아아, 질투하시는군요."

그녀가 걸음을 멈추고 태랑 앞으로 섰다.

"그건 질투가 아니니라."

"전 앞으로 영원히 태랑 님을 오라버니라고 부르지 않을 겁니다."

단언하는 말에 태랑은 기분이 상했다.

반유는 오라버니라고 술술 잘만 부르면서 왜 저는 안 된다는 건지.

쪽. 갑자기 그녀가 발꿈치를 들고 태랑에게 입을 맞췄다.

"오라버니께 입을 맞출 수는 없잖아요."

"그렇지, 그렇지."

"그리고…… 누이가 어찌 오라버니의 아이를 가졌겠어요."

태랑을 눈을 뚫어져라 바라보고 있는 솔루의 얼굴이 새빨개졌다. 그녀가
아랫입술을 지그시 깨물었다.

"아이?"

그는 고개를 갸웃했다. 왜 자신을 오라버니라 부르지 않는지에 대한 그녀
의 설명은 이해했다. 반유를 오라버니라 부르는 건 말 그대로 혈육 같아서
일 테니 그녀로선 태랑을 오라버니라 부르지 않는 것은 당연했다. 하지만
이해하고 있는 그의 머릿속으로 곧 다른 생각이 비집고 들어왔다.

빨갛게 달아오른 솔루 얼굴.

조금 전 그녀의 말.

"호…… 혹시 너…… 아이, 아이를…… 그러니까 이 배 속에…….

태랑이 심하게 말을 더듬으며 솔루 배를 조심스럽게 만졌다. 언젠가 그녀와 저의 아이를 가질 날이 올 거라 여기며 살아왔으나 이리 빠를 줄 몰랐다. 또한 막상 그녀 안에 자신의 아이가 있다는 말을 듣자 심장이 미친 듯이 뛰었다. 날뛰는 심장 때문에 가슴이 터질 것 같으면서도 뻐근하게 조여왔다.

"예, 태랑 님의 아이가 있대요."

소곤거리는 따뜻한 음성이 그의 귓가를 간지럽혔다.

"내…… 내…….

투두둑. 그의 눈에서 굵은 물방울이 떨어졌다. 솔루를 만나기 전, 얄궂은 운명에 감히 바랄 수조차 없었던 꿈이 그녀를 만나고 현실이 되어 지금 누리는 행복만으로 감사한 나날이었다.

저만을 바라보는 그녀의 눈빛.

그녀와 닮아가는 자신.

그녀를 볼 때마다 하루에도 수십 번 벅차올라 두근거리는 가슴.

그녀에게만 맞춰지는 마음.

일상에서 일어나는 소소한 일들이 그녀와 함께한다는 이유만으로 추억이 되는 시간.

이 행복을 위해 가지고 있는 모든 것을 버리라 한다면 기꺼이 버릴 수 있었다. 헌데 행복 위에 행복이 더해졌다.

"감사해요."

태랑의 눈물을 닦아주는 솔루의 눈에도 그렁그렁 물이 차올랐다.

"제게 이런 행복을 줘서…… 정말 감사합니다."

그녀의 말에 태랑은 목이 메어왔다. 오히려 고마운 건 그인데 말이 나오지 않았다. 목젖까지 고맙고 사랑한다는 말이 차올랐지만 그가 할 수 있는 건 솔루를 가슴 가득 껴안고 우는 것뿐이었다. 아이처럼 어깨를 들썩이며 태랑이 울자 솔루가 그의 등을 토닥였다.

한참을 울고 난 그는 솔루를 업고 백해궁으로 향했다. 커다란 등에 찰싹 붙어 솔루는 그의 향기를 느끼며 설핏 잠이 들다 깨기를 반복했다.

"이런 줄도 모르고 어젯밤 너무 괴롭혔구나."

그의 조용한 음성이 등을 통해 울렸다.

"그런 말씀 마세요. 저도 오늘 알았어요. 요즘 자꾸 졸려 하는 걸 어머니가 아시고 전의에게 보였거든요."

그녀가 태랑의 얼굴 옆으로 제 얼굴을 내밀었다.

"건강하지?"

"예, 저도 아기도 건강합니다. 걱정 마세요."

다시 그의 등에 얼굴을 기대고 솔루가 눈을 감았다.

"솔루야."

"……예?"

"난 너 없으면 살지 못한다. 그러니 나만 두고 어디 가지 마. 너 없이 나 혼자 살라 하지 마라."

"태랑 님도…… 저만 두고 가지 마세요."

그녀의 목소리에 졸음이 담뿍 담겨 있었다.

"오냐."

그녀 없이 혼자 남겨지지도, 그녀를 홀로 남겨두지도 않을 것이다. 그녀와 함께 숨 쉬지 않는다면 태랑에게 삶은 의미가 없었다. 그녀를 만나기 전처럼.

"솔루야."

"……."

잠이 든 솔루가 답을 하지 않았다.

"사랑한다."

서서히 모습을 드러낸 달빛이 영원히 같이하기를 약속한 그들의 머리 위를 부드럽게 어루만졌다.

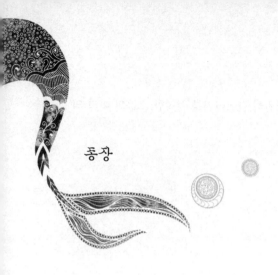

동장

태랑과 솔루의 맏아들이 9살이 되던 해. 백해국의 객사.

솔루는 아침부터 몰려드는 손님들 때문에 오후에 녹초가 되었다.

가희는 4년 전에 객사 일을 그만둬 그녀를 대신해 일하는 이를 고용하긴 했지만 밝은 시간에는 웬만하면 솔루가 직접 손님을 거의 맞이하려고 노력했다.

"후우, 오늘은 좀 힘드네."

잠시 여유가 생겨 의자에 앉아 쉬려는데 또 손님이 들어왔다.

그녀는 손님을 보고 놀랐다. 지난 9년 동안 별별 손님을 봐왔지만 이렇게 아름다운 여인은 처음이었다. 여인치고는 큰 키에 구불거리는 갈색의 긴 머리카락, 창백할 정도로 흰 피부와 빨간 입술이 인상적이었다. 그녀가 한 걸음씩 내디딜 때마다 몸을 휘감는 옷이 굴곡진 몸매를 드러냈다.

독특한 분위기를 가졌다. 뭍에서 봤던 새하얀 눈처럼 신비로울 정도로 곱지만 막상 만지면 차가운 느낌.

"변이해서 올라왔으면 훨씬 빨랐을 텐데, 고집은……."

여인의 얼굴에 불만이 가득했다. 솔루를 발견한 그녀가 객사 내부를 둘러보며 다가왔다.

"오늘 하룻밤 묵을 수 있어?"

솔루보다 훨씬 어려 보이는 손님은 조금도 거리낌 없이 하대를 했다. 기분이 나쁠 법도 했지만 손님이기에 솔루는 아무렇지도 않았다. 그리고 보아하니 눈앞에 어린 여인은 그런 말투가 익숙한 듯싶었다. 높은 신분으로 주위의 모든 이들에게 떠받들어지는 존재로 살았던 모양이다.

"그럼요. 일행은 없으십니까?"

활짝 웃으며 솔루가 물었다.

"있어. 곧 올 거야. 해서 방은 두 개가 필요해."

"그렇게 준비하도록 하겠습니다. 혹 식사는 어떻게 해드릴까요?"

"내가 입맛이 좀 까다로운데 여기 음식 맛있게 잘하나?"

"만족하실 겁니다."

"음, 좋아. 식사도 준비해줘."

가까이서 보니 여인은 눈도 참 예뻤다. 커다란 눈에 말아 올린 긴 속눈썹을 깜박일 때마다 살아 있는 사람 같지 않았다. 장인이 있는 솜씨를 다 부려서 정성스럽게 만든 인형이라고 해도 믿겠다.

"긴 여행으로 피곤하셨으면 목욕을 하실 수 있도록 하겠습니다. 저희 객사는 진주 가루와 하얀 해토를 이용한 찜질로도 유명하답니다."

솔루의 말에 여인은 고개를 끄덕였다.

"아, 우선 목욕과 찜질부터 할 수 있도록 해주고 식사는 그 후에. 알았지? 방은 어딘지 안내해줘."

여인이 피곤한지 손으로 관자놀이는 짚었던 순간이었다.

"너, 아무에게나 하대하지 말랬지!"

입구에서 사내가 씩씩거리며 들어왔다. 금빛의 머리카락을 보자 솔루는 금작을 떠올렸다. 사내의 머리카락은 금작보다는 훨씬 밝은 색으로 길이는 짧았고 처음 보는 보랏빛 눈동자는 빨려 들어갈 정도로 깊었다.

"미안해요. 이 녀석이 버릇이 좀 없어서."

사내가 여인의 머리를 쥐어박았다.

"아야!"

내내 차갑고 신비로운 분위기로 무장하고 있던 여인은 사내의 등장으로 곧 그 나이 또래로 돌아갔다.

오누이 사이인가? 허나 오누이라고 하기엔 닮은 구석이 없었다.

솔루는 손님들 사이를 끼어들 수가 없어 가만히 지켜봤다.

"내가 몇 번을 말해? 만나는 이들에게 무조건 존대하랬잖아."

사내가 차분하게 음성을 가라앉혔다.

"그게 하루아침에 쉽게 돼?"

"노력을 하란 말이야, 노력을. 이렇게 말 안 들을 거면 대협곡으로 돌아가."

순식간에 그의 표정이 싸늘해졌다. 솔루는 대협곡으로 돌아가라는 사내의 말에 그들이 어디에서 왔는지 짐작됐다.

"또 그 소리. 그런 말 하지 마."

여인이 울먹였다. 오누이는 아니고 여인이 사내를 좋아하고 있었다. 사내가 이곳에 오는 도중 간간이 돌아가라는 말을 해서 상처를 받은 듯했다.

혼자 바라보는 마음을 잘 아는 솔루는 그녀가 안쓰러웠다. 필사적으로 울음을 삼키고 있는 것이 훤히 보였다. 계속 이렇게 됐다간 울음을 터트릴 것 같아 조심스럽게 나섰다.

"저는 괜찮으니 너무 그러지 마십시오. 도리어 제가 죄송합니다."

그녀가 사내를 말리자 환한 미소를 지었다.

"제가 소란을 피웠군요."

그의 미소에 주위가 따뜻해져 포근해지는 기분이었다. 전혀 모르는 남에게는 저리 미소를 지어주면서 왜 이 아리따운 아가씨에게는 냉담할까.

"객실을 안내해드리겠습니다."

"잠깐만요!"

솔루가 두 사람이 묵을 객실을 안내하기 위해 앞서자 사내가 그녀를 불렀다.

"어딘지 알려주시면 제가 알아서 갈게요."

"손님이신데 제가 직접 모셔야지요."

"애도 아니고 괜한 수고로움을 끼치기 싫어요."

"정히 그러시다면…… 3층 오른쪽 끝에 있는 두 개의 객실입니다. 마주보고 있는 방이니 두 분이 묵으시기에 편하실 겁니다."

"네, 감사해요."

솔루의 설명을 들은 사내는 일행인 여인을 놔둔 채로 계단을 향해 걸었다. 거침없이 걸음을 내딛던 그는 서너 계단을 오르더니 멈췄다.

"휘아, 안 오고 뭐 해."

사내는 뒤도 돌아보지 않고 말했다. 그의 부름에 여인의 입가에는 금세 엷은 웃음이 번졌다. 쪼르르 달려가기가 무섭게 사내는 긴 다리를 뻗으며 성큼성큼 먼저 계단을 올랐다.

"무휘, 기다려! 같이 가!"

솔루는 계단으로 사라지는 둘을 보고 의자에 앉아 붓을 들어 종이에 그들의 이름을 적었다.

<무휘, 휘아.>

"어머니!"

객사의 일이 끝날 때쯤 태조가 솔루를 찾아왔다.

"오늘은 아버지 대신 제가 나왔습니다."

대부분 객사로 마중을 나오는 역할은 태랑이 했었지만 가끔 그가 바쁠 때는 오늘처럼 어린 아들이 나오기도 했다.

"왔니? 태무는?"

"형은 오늘 안에 꼭 봐야 하는 책이 있다고 저만 가라고 했습니다."

"그랬구나. 우리 태조는 책 좀 읽었니?"

"뭐, 안 읽어도 사는 데 지장 없지 않습니까?"

"변명이 좋구나."

솔루는 넉살 좋게 답하는 아들의 머리를 쓰다듬었다.

큰아들 태무. 작은아들 태조.

연년생으로 태어난 형제는 성격이 판이하게 달랐다. 자기 하고 싶은 대로 하는 이기적이고 변덕스러운 태랑의 성격을 그대로 물려받은 쪽은 큰아들 태무였다. 하지만 태조는 누굴 닮았는지 도무지 알 수 없었다. 장난기가 많고 이제 겨우 8살인데 여인에게 관심도 많았다. 옆에서 계속 종알거리는 아들의 말을 적당히 받아주며 그녀가 정리를 끝내고 막 태조와 나가려던 참이었다.

"남는 방 있어요?"

어린 여자아이가 커다란 짐 보따리를 메고 들어왔다. 탐스러운 붉은 머리카락을 바닥에 끌며 들어온 아이는 언뜻 보기에 태조와 비슷한 나이였다.

"있기는 하지만, 여기는 비싸단다. 너 혼자 묵기엔 부담스러울 듯하구나."

"걱정 마세요. 좀 있다가 엄마가 올 거예요."

아이가 짐 보따리를 내리고 자신의 어깨를 두드렸다.

"몇 살이야?"

태조가 눈을 반짝이며 여자아이에게 다가섰다.

"알아서 뭐하게?"

"예쁘게 생겼네. 나랑 친구 하자."

"에휴, 어린 것이 어디서 얼굴을 따져."

"어리다니~ 너나 나나 차이 없겠는데."

발끈하는 태조를 보며 여자아이가 귀찮은 듯 제 머리카락을 헝클어뜨렸다.

"꼬마야, 너는 나랑 수준이 안 맞아. 다른 데 가서 알아봐라, 응?"

"나랑 딱 맞겠는데, 뭘."

여자아이가 면박을 주는데도 태조는 꿈쩍도 하지 않았다. 오히려 아이의 손을 잡았다.

"아, 됐어! 떨어져!"

태조의 손을 쳐내며 짜증을 냈지만 소용이 없었다.

"태조야, 손님이야."

보다 못한 솔루가 아들을 저지했다. 정말 누굴 닮았을까. 지끈거리는 이마를 손가락으로 누르자 태조가 슬쩍 손을 났다.

"제가 묵을 곳은 어디죠?"

솔루는 직원을 불러 여자아이에게 객실을 안내해주라고 했다.

어린아이 혼자를 손님으로 받기엔 위험했지만 하지만 비용을 떼어먹을 것처럼 보이지도 않았고, 설사 그렇다고 한들 이 밤중에 나가라고 하는 것도 도리가 아닌 듯싶었다.

"참, 있잖아요!"

직원을 따라가던 아이가 돌아섰다.

"혹시 천인들이 저를 찾으면 모른다고 해주세요."

"천인?"

"네, 등에 날개가 달린……. 아, 감출 때도 있지. 그러니까 등에 날개가 달렸거나 키가 굉장히 큰 사내들이 절 찾으면 절대 모른다고 하셔야 해요! 길고 붉은 머리카락을 가진 소녀가 왔냐고 물어볼 거예요. 꼭 부탁드려요."

"쫓기고 있니? 머리카락을 자르는 쪽이 좋지 않을까?"

제 아이 같단 생각이 든 솔루가 걱정스럽게 물었다.

"그것이 제 마음대로 되지 않는답니다."

인사를 꾸벅한 아이가 직원과 함께 묵을 객실로 갔다.

"저렇게 긴 머리카락은 처음 봐요. 내일도 객사에 놀러 와야지."

여자아이가 이미 사라지고 없는 방향을 보며 태조가 말했다.

"관심 끄는 것이 좋겠구나."

"예쁜데 어떻게 관심을 끕니까. 남녀노소를 막론하고 예쁜 것에는 다 관심이 있기 마련입니다. 그럼 이제 가시죠, 어머니!"

자연스럽게 화제를 돌리며 어물쩍 넘어가는 데에 두각을 나타내는 아들 때문에 솔루는 어이가 없었다.

"태조는 누구를 닮았을까요."

목욕하고 나온 솔루를 태랑이 안아 들어 옮겼다. 그녀를 의자에 앉혀놓고 머리카락을 말린 다음, 빗겨 내리기 시작했다.

"오늘, 무슨 일이 있었느냐."

"객사에 여자아이가 왔는데 눈을 떼지 못했어요."

"뭘 그 정도의 일로 그래."

"한두 번이 아니잖습니까."

여인에 대한 관심의 정도가 도를 넘어섰다. 오늘은 그나마 여자아이가 태조에게 관심이 없어 얌전하게 물러선 경우였다. 저보다 나이 많고 적고를 가리지 않고 무조건 좋다고 따라다니기 일쑤였다.

"가끔 태조가 설담 님을 닮지 않았나 하는 생각이 들기도 해요."

"설담?"

빗질을 하는 태랑의 손이 잠깐 멈췄다가 다시 움직였다.

"그런 농담은 하지 말지."

"죄송합니다. 헌데 여인을 좋아하는 것이 둘이 똑같지 않습니까? 가끔 능글능글한 구석도 비슷합니다."

"태조를 가졌을 때, 설담과 자주 만나 그를 닮은 건가."

"정말 그런 걸까요?"

심각하게 고민하는 솔루의 머리에 그가 입을 맞췄다. 목욕한 뒤라 그런지 그녀의 체취가 유독 진하게 났다. 빗질을 마친 태랑이 솔루의 머리카락을 한 움큼 잡아 또 입을 맞췄다.

"태조도 태조지만 우리 태무…… 정말 심장이 없을까요."

"아마도 없지 않을까. 해국의 왕들은 모두 그리 태어났으니."

손가락의 힘을 조절하면서 태랑이 솔루의 어깨를 주물렀다. 눈을 감고 그가 해주는 안마에 몸을 맡기자 노곤함이 풀렸다.

"태무가 잘해낼 수 있다고 믿다가도 가끔 두려워집니다."

"우리가 사랑을 듬뿍 주지 않느냐. 그렇게 자란다면 태무가 스스로 알아서 잘해낼 것이야."

태무가 태어나기 전에는 태랑이 걱정이 많았었다. 그런데 태무가 태어난 뒤로는 솔루의 걱정이 더 늘어났고, 그럴 때마다 그가 괜찮다며 다독였다. 태랑은 어느새 믿음직스럽고 든든한 아버지가 되어가고 있었다.

"걱정이 많으면 고운 얼굴에 주름진다."

"제가 주름지고 못생겨지면 싫어하실 겁니까?"

솔루가 제 어깨를 주무르고 있는 태랑의 손을 거두고 그를 향해 돌려 앉아 방긋 웃었다. 그녀의 해사하게 웃는 얼굴을 보고 있노라면 그는 근심이 모두 사라지는 것 같았다. 아이를 둘이나 낳고 9년의 세월이 흐르는 동안 여인으로서 한층 성숙했지만, 태랑 앞에서만은 여전히 사랑스럽고 귀여운 그녀였다.

"지금도 눈길을 빼앗을 만큼 어여쁜 편은 아니지."

"예에?"

그녀가 가자미눈을 하고 그를 쏘아봤다. 불퉁하게 튀어나온 아랫입술을 볼 때면 입을 맞추고 싶은 욕구를 참을 수가 없었으나, 그는 손가락으로 살며시 누르고 말았다.

"어여뻐서 사랑하는 것보단, 그렇지 않은데도 사랑하는 마음이 대단하지 않더냐."

"어여쁘지 않은데도 사랑하면 그렇게 보이는 것이 더 대단하지요."

"화났구나, 나의 비."

"화나지 않았습니다."

그의 장난이란 걸 뻔히 아는데 화가 날 일이 뭐가 있겠는가.

단순히 이 순간을 즐기기 위해 화난 척한 것뿐이지.

태랑이 솔루의 얼굴을 잡아 들어 자신을 보도록 했다.

"나는 말이다, 네가 화내도 어여뻐 보인다."

"이제 와서 수습하시는 겁니까?"

"아니, 솔직히 말해서 화내면 더 어여뻐 보인다."

"늦었습니다."

그녀가 아직도 화난 척하며 고개를 돌리려고 했지만 태랑의 힘을 당해낼 수가 없었다. 눈동자를 한쪽으로 굴려 다른 곳을 보자 태랑이 큭큭 웃었다.

"나를 봐."

"안 보면요?"

"안 보면…… 오늘 밤, 잠들지 못하게 괴롭혀줘야지."

화들짝 놀란 솔루가 눈동자를 돌려 그를 봤다. 까맣고 맑은 눈동자가 오롯이 그를 담아냈다.

"네 눈에서 총기가 사라져도 사랑한다."

"압니다."

"네 얼굴이 주름으로 가득해도 사랑해."

"예."

알고 있다며 그녀가 고개를 끄덕였다.

저도 그렇습니다.

굳이 소리 내어 표현하지 않아도 그는 마음으로 알리는 솔루의 말을 들었다.

"그래서 말인데, 너를 닮은 딸이 있었으면 한다."

"갑자기 왜 이야기가 그렇게 됩니까?"

그의 말에 감동하려던 찰나였는데 '딸'이라는 단어를 듣자 모두 날아가 버렸다.

"딸 낳자, 솔루야. 태무와 태조는 나만 닮았어."

"제 나이도 있고…… 그게 딸을 원한다고 해서 딸을 갖는다는 보장이 없잖아요."

"나이는 아직도 젊으니 걱정 말아라. 딸을 갖는다는 보장은 없지만 뭐, 해무에게 빌어보지. 하긴 아들이어도 무슨 상관이겠느냐. 널 닮은 아들이면 돼. 아니, 아니다. 누굴 닮았던 우리 아이면 된다."

결국 솔루를 닮은 딸이 아니라 아이를 더 낳자고 조르는 거였다. 태랑이 그녀를 번쩍 안아 들어 침상으로 걸어갔다.

"허락한 거지?"

"저 아직 대답하지…… 으읍!"

태랑이 제 입술로 그녀의 입술을 눌렀다. 축축하고 매끄러운 혀가 솔루의 입안으로 들어가 멋대로 휘저으며 더 이상 말하지 못하게 막았다. 그날부터 밤마다 태랑은 셋째 아이를 갖는 계획에 돌입한다는 이유로 새벽녘까지 솔루를 안고 놓아주지 않았다.

일곱 달 후, 솔루는 아이를 가졌다. 나이가 있는 탓에 조심해야 한다는 전의의 권고 때문에 객사 일은 산책 겸 오전에 잠시 다녀오는 걸로 결정됐다.

"이상해. 셋째라니."

솔루의 소식을 듣고 찾아온 설담이 고개를 갸우뚱거리며 중얼거렸다.

"뭐가 이상합니까?"

설담에게 줄 차를 따르다 그의 중얼거림을 들은 솔루가 물었다.

"오래전엔 어땠는지 모르겠지만 내가 알기로 해국의 왕들은 둘째까지만 출산을 했거든요."

"아, 일부러 그랬던 건 아니고요?"

"일부러 그랬다고 하기에는 너무 긴 세월 동안 그랬지요. 뭐, 지금까지 어찌 됐든 솔루는 셋째를 가졌으니 축하해요."

"설담 님도 더 노력해보세요. 이번에 또 후궁이 들어왔다죠?"

설담이 살고 있는 청해궁은 그의 여인들로 넘쳐났다. 여러 해 동안 들어오고 나가기를 반복해서 숫자의 변화는 없었지만, 여전히 여인들이 차지하는 비율이 컸다.

"들어온 지 겨우 3일이 지났는데 소문은 역시 빠르네요."

"한참 사이좋으실 때니 둘째를 계획해보세요."

"아니에요."

그가 손사래를 쳤다.

"후궁은 많을수록 좋은데 아이는 지금의 하나가 딱 좋아요."

설담이 찻잔을 입에 댔다. 그에게는 아들이 하나 있었다. 사실 그 아이도 낳고 싶지 않았지만, 청해국을 위해 어쩔 수 없는 선택이었다. 아들의 친모인 후궁은 아들을 낳았다는 점을 내세워 청해국 비(妃)의 자리에 앉혀달라

조르지 않았다. 다른 후궁이었다면 벌써 그 자리에 앉고도 남았을 텐데, 그녀는 아이를 양육하는 데만 정성을 쏟았다. 아, 신경 쓰인다. 낯선 불쾌감에 그가 머리를 긁적였다.

"솔루."

"예?"

"아들을 낳았는데 왜 비의 자리에 앉혀달라 하지 않죠?"

"관심이 없나 봅니다. 아니면 설담 님이 좋지 않나 봐요."

솔루의 답에 그가 인상을 찌푸렸다. 그에게 후궁이 많아도 정작 실제로 밤을 함께 보낸 여인은 거의 없었다.

아니, 정확하게 딱 두 명.

그에게 심장을 줬던 여인과 지금 아들의 친모.

그가 싫었다면 거부했을 것이다. 그냥 자신의 요구에 어쩔 수 없이 그랬던 건가. 갑자기 설담은 기분이 언짢아졌다.

"솔루, 저 가볼게요."

당장 가서 물어봐야 직성이 풀릴 듯했다.

"곧 연초 님께서 오신다고 했는데 그냥 가시게요?"

"나중에 보면 되죠. 그럼, 나 가요."

설담이 나가고 잠시 후에 연초가 들어왔다. 곧 산달을 앞두고 있어 커다랗게 부른 배를 하고 힘겹게 온 모양이었다. 그녀는 의자에 앉아 흐르는 땀을 닦아냈다.

"제가 간다고 했잖습니까."

"아니지. 나야 운동을 해야 하는 때고, 너는 조심해야 하는 때잖아."

"저도 조심해야 될 시기는 지났습니다."

연초와 비한의 사이가 이렇게 되기까지는 꽤 오랜 시간이 걸렸다. 비한의 다쳤던 마음이 연초로 치유가 된 건 불과 2년 전이었다. 불안한 길을 걷고 있었던 해국이 안정을 찾았다.

반유도 심장을 갖게 됐다. 오래전, 태랑이 솔루를 찾으러 갔을 때였다. 그에게 심장을 준 여인은 해국인이라 왕들의 심장에 관한 진실을 알고 있는 상태에서 그를 만났다. 그는 굳이 심장을 취하지 않고 죽어도 괜찮다고 말했지만, 그를 사랑한 여인은 그에게 심장을 스스로 기쁜 마음으로 내어주었다. 다행히 그녀는 아직까지 살아서 반유의 아이도 낳았고, 시간이 흐르자 의무가 다였던 마음을 가진 반유도 그녀를 사랑하게 됐다.

자해국의 하제와는 아직도 연락을 하지 않고 지냈다. 태랑을 제외한 모두는 하제와 자주 만났지만 태랑은 거부했다. 첫째가 아니었기에 왕으로서 아무런 능력을 가지지 못했던 현제는 왕위에서 물러났고, 하제가 그 자리에 올랐다. 그도 저를 사랑했던 여인에게서 심장을 취했으나 반유와 다르게 하제는 그 여인을 보내줬고, 다른 이를 비로 맞이했다.

태랑은 이제 부모님을 때때로 찾아갔고, 백해궁으로 초대하기도 했다. 여느 부모 자식의 사이처럼 살갑게 지내지는 않았지만 서먹서먹했던 것은 사라졌다. 이 정도면 모두가 각자의 자리를 찾아간 거였다.

"가끔 그런 생각이 들어."

연초가 자신의 부른 배를 만지며 창밖 너머에 시선을 두었다.

"솔루 네가 없었으면 지금쯤 해국은 어떻게 됐을까."

"제가 없었어도 해국은 평화로웠을 것입니다."

"아니지. 당장 나만 봐도 그렇잖아. 태랑이 비한을 찾지 않았다면 그가 돌아오는 일은 없었을 거야."

정말 그랬을 것이다. 어쩌면 그의 방황은 아직까지 이어졌을지도 모른다.

"시일이 앞당겨졌을 뿐, 비한 님은 분명히 연초 님께 돌아왔을 겁니다. 비한 님도 변하지 않고 묵묵히 기다리는 일이 얼마나 힘든지 아셨을 테죠. 그 일을 해낸 연초 님이 소중한 존재인지도 아셨을 테고요."

어떤 사람도 자신의 마음을 생각처럼 쉽게 정리하지 못한다.

비한이라도 다르지 않았으리라.

기다려주는 연초에게 미안하고 그녀만이 그를 이해하고 곁을 지켜줄 이임을 알지만, 차마 함께할 수 없었던 마음.

돌아온 후, 연초에 마음이 기울었지만 죽은 여인에게 미안해 쉽사리 표현하지를 못했었다.

"정말 비한이…… 그랬을까?"

"예. 제가 한 건 없습니다."

"그래도 나는 네가 고마워."

솔루로 인해 태랑이 변했고, 태랑으로 인해 비한도 변했다.

"참, 이제 11년 남았겠구나."

"아…… 네."

연초가 말하는 11년 뒤에는 태랑이 아들인 태무에게 왕위를 넘겨주게 될 것이다. 길다면 긴 시간이겠으나 9년이 훌쩍 지나갔으니 11년도 그렇게 지나가겠지.

"태무에게 왕위를 넘겨주면 어디로 갈 거야? 태랑과 이야기해봤어?"

"시간이 있으니 자세한 이야기는 안 했고요, 조용한 곳에서 둘이 남은 생을 보내고 싶다는 말은 했었습니다."

"나중에 나랑 비한도 따라가면 안 될까?"

"연초 님은 20년이나 남았습니다. 그리고 오래 걸려 맺어지셨으니 두 분이서만 더 많은 시간을 보내셔야죠."

솔루의 말에 연초가 고개를 끄덕이며 찻잔을 들며 20년 후가 언제쯤 올까 생각했다. 그리고 어떤 모습으로 살아가고 있을지 문득 궁금하기도 했다. 그녀는 비한과 마지막까지 함께할 수 있길 소망했다.

공존의 밤. 이제 태랑은 괴물로 변하지 않고 머리카락의 색만 검게 바뀌었다. 솔루는 태랑과 창밖으로 빛과 어둠이 만들어내는 경이로운 광경을 보고 있었다. 태랑의 무릎 위에 앉아 그에게 기댄 채로 구경 중이었다.

"혹시 제가 제물로 바다에 빠지던 날 이야기를 한 적이 있나요?"

"음. 했지."

"그때 만났던 어떤 이에 대해서도?"

"그때 누구를 만났었느냐?"

공존의 밤이 되어 태랑이 머리카락이 검은색으로 변할 때마다 흐릿한 누군가가 떠올랐었다. 그게 누구일까 아무리 머리를 쥐어짜내도 모르겠더니 희한하게 오늘 밤은 기억이 났다.

바로 바다에 빠지던 날.

하염없이 깊은 바다로 빠지던 그녀를 잡아줬던 검은 생물체.

검은 실 같았다. 수초 같기도 하고 연기 같기도 했던, 그리고 빛나던 두 개의 눈동자. 갑자기 솔루가 그에게 기대고 있던 상체를 세웠다. 그날 봤던 생물의 눈동자 색이 파랬었다.

"태랑 님?"

몸을 돌려 그의 눈을 뚫어져라 보는 솔루.

검게 변한 그의 머리카락을 잡고 생각에 빠졌다.

설마, 태랑 님이었을까.

정확하게 기억하지 못하지만 무섭게 생겼었다. 허나 당시 그 눈빛은 고통스러웠고, 슬퍼 보였다.

"왜 그래. 무슨 일이야."

난데없는 솔루의 행동에 놀란 태랑이 그녀의 어깨를 잡으며 걱정스레 물어봤다.

"이건 그저 제 생각인데요."

"응."

"저와 태랑 님이 처음 만난 건, 침상 위가 아닌 듯합니다."

예상치 못했던 새로운 사실을 발견한 솔루의 가슴이 뛰었다. 과거 그와 얽혔던 새로운 인연을 알게 된 그녀의 기분은 신 났다.

"그럼 어디서 만났다는 것이냐."

"제가 바다에 빠지던 날, 그날이 아마 공존의 밤이지 않나 싶어요. 검은 인어를 만났거든요. 태랑 님, 공존의 밤에 자신이 무슨 일을 하고 다니는지 기억 못 하신다고 했었죠?"

"그랬었지."

아, 하고 솔루가 안타까운 한숨을 뱉었다.

태랑이 기억한다면 과연 그때 만났던 이가 그인지 알 수 있을 텐데.

"네가 기억하는 우리의 첫 만남은 어땠느냐."

"그렇지만 태랑 님이 맞는지는 확실히 모르겠습니다. 제 기억이 잘못됐을 수도……."

그가 솔루를 두 팔로 꽉 끌어안았다. 맞춘 듯이 들어맞는 그녀의 몸이 태랑 안으로 들어갔다.

"네가 그렇게 기억한다면 그게 맞는 거야."

"누구 마음대로요."

"내 마음대로지. 자, 이야기해보거라. 우리의 첫 만남을."

대단하고 놀라운 비밀을 알게 된 것 같았다. 서로 공유할 수 있는 과거의 추억이 하나 더 생겼다. 기쁨으로 손뼉까지 쳐가며 그날의 일을 설명하는 그녀는 눈이 부시도록 반짝였다. 그리고 솔루와 눈을 맞춰가며 그녀가 하는 이야기를 조금도 놓치지 않으려는 듯 귀 기울이는 태랑은 모습은 더없이 아름다웠다.

태랑이 아들에게 왕위를 넘겼다. 그는 태무에게 왕위를 넘기고 뒤에 솔루와 이야기했던 대로 백해국의 조용한 곳에서 남은 생을 보냈다. 그녀는 궁에서처럼 화려하게 사는 생활보다 평범하게 사는 쪽을 원했다.

두 사람이 지내기 불편함이 없을 정도의 집에서 오직 서로에게만 집중할 수 있어 좋았다. 시간이 흘러도 변하지 않는 그녀의 바느질 솜씨에 웃어가며, 때론 아이처럼 유치해지는 태랑의 심술과 변덕에 티격태격하기도 하며 보내는 시간들이었다.

그렇게 30년의 세월이 흘렀다. 머리가 하얗게 세고 얼굴에 주름이 져 몸에 기운이 빠질 때쯤 시름시름 앓기 시작한 솔루가 몸져누웠다. 전의가 항상 대기하고 약탕을 올렸으나 차도를 보이지 않았다. 얼마간 앓으면 자리에서 일어날 줄 알았는데, 혼절한 후로 정신을 차리지 못했다.

"대체 왜 이러는 것이냐."

태랑이 전의에게 물었다.

"병이 아니라 떠나야 하실 때가 됐습니다. 뭍에서 사는 인간은 본디 인어보다 수명이 짧습니다. 아마 뭍에서 살아야 하는 분이 물에서 사셨으니 몸에 무리가 갔을 겁니다. 그래도 많이 버티셨습니다."

이리될 날이 올 것 같아 솔루에게 적진주를 먹였건만, 피할 수 없었나 보다. 태랑은 힘겹게 숨을 토해내는 그녀의 이마를 쓰다듬었다.

"얼마나…… 남았느냐."

"송구합니다. 길어야 사나흘입니다."

"알겠다. 가보거라."

전의가 나가자 태랑은 침상 옆에 있던 물에 적신 천을 집어 들었다. 솔루의 얼굴을 닦아줬다.

"솔루야, 내게 했던 약속 기억하느냐."

"……."

"나도 너에게 약속했었지."

그녀의 손을 잡아 닦는 태랑.

'난 너 없으면 살지 못한다. 그러니 나만 두고, 어디 가지 마. 너 없이 나 혼자 살라 하지 마라.'

'태랑 님도…… 저만 두고 가지 마세요.'

서로 두고 가지 말자던 약속. 너는 기억하고 있을까.

태랑의 웃음에 슬픔에 물들어 있었다.

"날 두고 가지 마. 너 없이 혼자 남으라고 하지 마라."

눈을 감고 누워 있는 그녀는 말이 없었다.

"못된 녀석. 너는 나와의 약속을 지키지 않으려고 하는구나. 뭐, 괜찮다. 나는 지킬 수 있으니까."

이마를 덮고 있는 머리카락을 정리해줬다.

눈을 뜨고 한 번만 웃어주지.

마치 곧 떠날 것처럼 평온한 얼굴이었다.

"나는 너를 두고 가지 않았느니라. 늘 너의 곁에 있겠다."

태랑이 솔루에게 입을 맞췄다. 따뜻한 체온을 느끼며 그가 속삭였다.

"사랑한다."

그날 밤, 솔루의 숨이 멈췄다. 그리고 다음 날 아침, 솔루의 곁에서 그녀를 껴안고 잠들어 있는 태랑을 태무가 발견했다.

태랑 역시 숨이 멈춰 있었다.

한 사내가 커다란 꽃나무 아래에 서 있었다. 불어오는 바람에 가지가 흔들리며 수많은 꽃잎이 핑그르르 떨어지자 꽃비가 내리는 것처럼 아름다웠다. 뒷짐을 지고 있는 은빛 머리카락의 사내는 깊은 바다와 같은 눈동자로 주위를 둘러봤다. 누구를 기다리는 건지, 찾는 건지 모르겠으나 굉장히 설레는 표정이었다.

"태랑 님!"

어디선가 들려오는 맑은 음성에 사내의 얼굴에 웃음꽃이 활짝 폈다. 까만 머리카락을 휘날리는 작은 몸집의 여인이 손을 흔들며 그를 향해 뛰어오고 있었다. 사내는 제 운명을 바꿔준 여인을 기다리며 두 팔을 벌렸다.

"늘 네 곁에 있겠다는 약속, 지켰다."

서로 부둥켜안았다. 둘의 머리 위로 찬란한 햇살이 부서졌고, 밝은 웃음 소리가 하늘 저 멀리로 울려 퍼졌다.

외전 1. 오래전 이야기

태랑이 태어나기 수천 년 전.

해국이 다섯 나라로 갈라지기 전.

그리고…… 해국의 왕이 심장을 갖고 태어난 시절의 이야기.

해국이 떠들썩했다. 각각 집마다 화려한 깃발이 걸렸고, 거리 곳곳에 인파로 넘쳤다. 높고 청명한 하늘에는 여러 마리의 해룡이 날아다니며 그림을 그렸다. 수많은 물고기와 해조, 해마까지 해국 안에서 살아가는 모든 생명들이 기쁨에 차 오늘을 축하했다.

오늘은 해국의 첫째 왕자 사혁이 왕위에 오르는 날이었다. 그가 왕좌에 앉을 때, 옆자리를 지키는 여인이 온화한 미소를 지었다. 사혁의 비(妃)였다.

허나 정작 그가 마음에 둔 여인은 따로 있어 얼굴에 그림자가 졌다.

궁의 가장 안쪽. 빛이 들지 않아 호롱불에 의지하는 비밀스러운 장소.

고요하다 못해 한기가 느껴질 정도로 정적이 감도는 방, 넓고 차디찬 바닥에는 겨우 몸 하나 누울 수 있을 정도의 요와 이불이 깔려 있었다. 그 위에서 새로운 왕을 위한 기도를 마친 혜연이 모으고 있던 손을 내렸다.

"우리를 지켜주시겠다는 약속, 믿습니다."

여린 음성이었지만 그녀의 흔들리지 않는 굳건한 마음처럼 강한 어조였다. 어두운 방 안에서 혜연의 눈동자만이 반짝 빛을 냈다.

여섯 달 전이었다.

"혜연아, 내 너를 꼭 비로 맞이하겠다고 약조했는데, 이리되고 말았구나."

사혁이 혜연을 안았다. 미안해서 그녀의 얼굴을 볼 용기가 나지 않았다.

"사혁 님께서 오르실 자리는 사사로운 마음이 개입돼서는 안 되는 자리인걸요. 허니 마음 쓰지 마셔요."

도리어 그녀가 위로했다. 외모처럼 깊은 속을 갖고 있는 혜연이기에 사혁은 그녀가 자신의 뜻대로 따라올 줄 알고 있었다.

그가 7살, 그녀가 5살부터 함께했던 사이.

유모의 딸이라 스스럼없이 같이 어른이 되며 사혁은 마음을 키웠다. 누구라도 한눈에 반할 미모를 타고난 것으로 모자라 하염없이 착해 그녀가 타인에게 사랑을 받기도 했지만 미움의 대상이 되기도 했었다. 사혁은 그런 그녀를 뒤에서 몰래 지켰다. 더불어 혜인에게 다가가려는 사내들도 초장에 쳐냈다. 그러다 성인이 되어 혜연의 마음을 확인하고 처음 그녀를 안던 밤, 그는 온 세상을 다 가진 듯이 기뻤다.

"사랑한다, 혜연아."

그가 혜연의 손을 잡아 자신의 가슴 위에 댔다. 손바닥에서 두근두근 뛰는 그의 심장 박동이 느껴지자 그녀가 수줍게 미소를 지었다.

"때가 되면 너를 나의 여인이라 알리겠어. 너를 꼭 나의 비로 맞이할 것이다."

그날 밤의 약속이었다. 사혁이 혜연에게 했던 첫 번째 약속.

당장 혜연이 자신이 여인이라 밝힐 수 없었다. 유모의 딸인 그녀의 신분이 문제였다. 혼인을 맺을 수 없는 관계는 아니었으나 그에게 힘이 되어줄 수 없는 신분이라 문제였다.

다음 왕위를 이을 왕자가 사혁으로 내정되었으나 그에게는 형제가 네 명이 더 있었다. 각기 다른 모친을 뒀고, 늘 그의 자리를 위협하는 존재들이었다. 하여 그는 자신의 위치가 확고해질 때를 기다렸건만 일은 뜻대로 돌아가지 않았다. 숨겨왔던 혜연과의 관계를 알게 된 사혁의 아버지가 그녀와 헤어지지 않으면 왕위를 넘기지 않겠다 했다. 어쩔 수 없이 그는 다른 여인과 혼례를 치렀고, 혜연은 아무도 모르는 궁의 깊숙한 곳에 숨겼다.

사혁의 말에만 움직이는 신복들만 혜연의 존재를 알고 그녀를 도왔다.

"혜연아, 내가 다른 여인과 혼인을 하나 내게는 오직 너뿐이다. 허니 조금만 기다려라. 반드시 너를 당당하게 앞에 세워줄 터이니."

사혁이 다른 여인과 혼례를 치르기 전날 밤에 그가 했던 두 번째 약속이었다.

그리고 어제, 그가 찾아왔다.

그를 만난 지 꼬박 엿새 만이었다. 그가 찾아온 건 혜연의 존재를 알게 된 그의 부인이 낮에 패악질을 부리고 간 후였다. 그녀는 그의 부인에게 회초리로 등을 피가 터지도록 맞았다.

'이 천한 것이 나를 농락해? 궁 밖도 아닌 궁 안에서 처소를 따로 두고 몰래 사혁 님을 만났어?'

그의 부인을 이해했다. 처음부터 알고 혼례를 올린 것도 아니고, 갑작스레 등장한 제 존재가 미웠을 것이다. 혜연은 매를 맞는 동안 몸을 최대한 웅크려 자신을 보호했다. 긴 시간 동안 이어진 매질이 끝나자 소식을 듣고 황급히 그녀를 찾아온 사혁의 얼굴은 분노로 일그러졌다.

"내, 내 당장!"

"그분께 아무 말씀도 마셔요."

뛰쳐나가려는 사혁을 혜연이 붙잡고 안 된다며 고개를 흔들었다.

"그럼 의원이라도 불러야겠다."

"안 됩니다, 사혁 님. 사람들이 알게 되면 어떻게 될지 몰라요. 지금까지 잘 참으셨으면서 마지막을 눈앞에 두고 망치시렵니까. 내일이 즉위식이고 얼마의 시간이 더 필요합니다. 저는 괜찮으니 상처에 바를 약만 주세요."

"의원에게 보이지 않으면 흉터가 남아."

"그깟 흉터가 대수입니까."

혜연이 웃었다. 등이 아플 텐데도 괜찮다며 그를 말렸다.

"헌데, 사혁님."

무엇을 망설이는지 사혁을 부른 그녀는 한참을 말이 없었다.

"왜, 말해보거라."

"저…… 그것이……."

"또 필요한 것이 있느냐."

그가 다정하게 그녀의 머리를 쓰다듬으며 물었다.

"아이를 가진 듯합니다."

혜연이 꺼낸 말에 그의 손이 멈췄다.

"원치…… 않으셨나요?"

멍하니 있는 사혁에게 걱정이 담긴 큰 눈으로 올려다보며 묻자 그가 손을 저었다.

"그럴 리가 있겠어. 잠시 놀랐을 뿐이다. 장하다, 큰일을 해냈어! 아! 어서 의원을 불러야겠구나. 확실히 알아보고 몸에 좋은 약도 먹어야지. 그간 빛을 보지 못해서 몸이 더 허약해졌을 게야."

서둘러 자리에서 일어나는 그를 혜연이 붙잡았다.

"말씀드렸잖아요. 지금은 아닙니다. 조금 더 있다가요."

"혜연아, 그러다가……."

"저와 아이가 사혁 님 앞날에 방해가 되고 싶지 않아요. 그리고 머지않았습니다. 아이가 태어날 때쯤에는 따뜻하고 빛이 드는 좋은 곳에서 낳을 수 있도록 해주시면 됩니다. 다만."

"다만?"

혜연은 사혁의 부인을 보며 무서웠다. 자신의 존재가 드러난 것만으로도 저리 노여워하는데 만약 아이에 대한 이야기까지 듣게 된다면 어떻게 나올까.

"꼭 저와 아이를 지켜주겠다 약속해주세요."

"그걸 말이라고 하느냐."

그녀가 부탁하지 않아도 사혁이 해야 할 일이었다. 어떤 사내가 제 여인과 아이를 지키지 않겠는가.

"무슨 일이 있어도 지켜주셔야 합니다."

"걱정하지 마. 내 심장을 걸고 약속한다."

그가 혜연에게 하는 세 번째 약속이었다.

"이런 일에 무슨 심장까지 거십니까."

"걸어야지. 너와 내 아이인데."

"혹 약속이 지켜지지 않으면 사혁 님의 심장은 제가 갖는 건가요?"

작게 소리가 나도록 그녀가 웃었다.

"너와 아이를 지키지 못할 일은 일어나지 않겠지만, 만약 그리된다면 네가 정말 가져가거라."

그가 굳은 약속을 하고 그녀를 안아주자 행복한 혜연은 계속해서 웃었다. 등의 상처 때문에 아픔을 느꼈는지 작은 신음 소리가 섞여 나오기도 했다.

그녀가 왜 그런 부탁을 하는지 사혁도 짐작했다. 그리고 다짐했다. 무슨 일이 있어도 지키겠노라고.

다음 날, 지난밤 사혁의 약속을 떠올린 혜연은 희미하게 들려오는 음악 소리를 들으며 요에 누웠다. 등이 아파 똑바로 누울 수가 없어 모로 누운 그녀는 손으로 배를 문질렀다.

"네 아버지가 드디어 왕위에 오르셨구나. 조금만 참자."

그녀는 어둡고 추운 방 안을 벗어날 날을 기다리며 눈을 감았다.

사혁이 왕위에 오른 후, 얼마간 그는 남들 눈을 피해 좋은 음식과 약을 보내왔다. 바쁜지 얼굴 보기가 어려웠지만 종종 시간 날 적마다 들러주기도 했다. 그러던 어느 날, 그가 의원을 보냈다.

"산모와 아기의 건강을 잘 살펴보라는 명이 있었습니다."

맥을 짚어본 의원은 아기가 건강하게 잘 크고 있고 혜연도 건강하다며 축하한다는 말을 남기고 떠났다. 비록 빛이 없는 공간이었으나 그녀는 아기와 제 건강을 위해 방 안을 천천히 걸으며 운동을 게을리하지 않았다. 입맛이 없어도 먹었는데 제 노력이 좋은 결과로 나와 더없이 만족스러웠다.

배를 만지며 아기에 말을 걸고 있던 때였다.

"혜연아."

문이 열리고 그녀를 부르는 사내의 음성이 들렸다.

"사문 님? 어, 어떻게 여기를 아셨나요?"

그는 사혁의 세 번째 동생이었다. 사혁의 동생들 중에서 가장 성품이 좋았고, 혜연을 아꼈다.

"백방으로 너를 찾아 헤맸는데 여기 있었다니. 형님도 참……."

방 안을 살펴본 사문이 인상을 찌푸렸다. 누구라도 안을 본다면 저절로 인상을 쓰게 되는 장소였다.

"이런 곳에서 어떻게 살라고."

"보기보다 살 만합니다. 곧 밖으로 나갈 것이니 괜찮아요."

"아무리 그래도 그렇지……."

"그간 잘 지내셨지요?"

화제를 돌리기 위해 혜연이 물었다.

"적적하지는 않느냐."

"네. 제가 원래 조용한 걸 좋아하잖아요."

"형님은 자주 오시고? 하긴 바빠져서 자주 오시기는 힘들겠네."

"염려해주셔서 감사합니다."

억지로 밝게 인사하는 그녀를 보고 있노라니 사문을 절로 한숨이 나왔다. 나중에 또 온다고 돌아갔던 그는 자신이 말했던 대로 혜연을 찾아왔었다.

시간이 지날수록 사혁의 방문은 줄어들었고, 그와 반대로 사문의 방문이 늘어갔다.

두 달 후.

그날도 사문이 찾아와 대화를 하던 중이었다.

"요즘…… 사혁 님이 많이 바쁘신가요?"

사혁의 발길이 뜸해졌다. 열흘 정도 못 본 적은 있었지만 벌써 한 달이 지났다.

"어. 그 자리가 원래 그렇지, 뭐."

"알고 있는데 얼굴 뵌 지가 너무 오래돼서요."

"흠……."

혜연은 날이 갈수록 쇠약해졌다. 그도 그럴 것이 아무리 잘 먹는다고는 하나 빛이 들어오지 않는 곳은 그럴 수밖에 없었다. 거기다 잘 찾아오지 않는 사혁 때문에 그녀는 마음도 조금씩 약해지고 있었다. 아기를 생각하며 겨우 정신을 붙잡고 있는 상황이란 건 사문의 눈에도 보였다.

"나가고 싶지?"

"……아니요."

"나갈까?"

"네?"

"나랑 나가자. 나가서 별도 쬐고, 하늘도 보고, 좋은 공기도 마시며 살자."

그가 혜연의 손을 덥석 잡았다.

"제가 왜 사문 님과 밖으로 나갑니까. 사혁 님이 때가 되면 나가자 하셨어요. 기다리렵니다."

그녀가 잡힌 손을 슬쩍 빼냈다. 오랜만에 느껴지는 온기가 좋았지만 밀폐된 방 안에서 아무런 사이도 아닌 남녀가 손을 잡고 있을 수가 없었다.

"대체 그때가 언제인데!"

사문이 버럭 소리를 질렀다.

그도 그녀를 아끼고 사랑했었다. 고백하려고 했으나 둘의 사이가 심상치 않다는 이야기를 듣고 포기했다. 무엇보다도 혜연이 사혁을 사랑했기 때문에 마음을 눌렀었다.

그녀가 사라지고 얼마나 찾았던가. 어디선가 행복하기를 얼마나 바랐던가. 헌데 이런 말도 안 되는 곳에서 사혁을 믿고 기다리는 모습을 보기가 힘들었다.

"나도 널 사랑한다. 내게도 기회를 줘! 형님의 아이지만 내 아이처럼 키울 수 있다."

와락. 돌연 그가 혜연을 끌어안았다.

"따뜻하다."

그녀가 들릴 듯 말 듯 한 음성으로 나직이 중얼거렸다. 여기에선 아무리 이불을 둘러쓰고 있어도 추웠다. 손에서 느껴지던 온기처럼 전해져오는 체온에 잠시 기대고 싶어 마음이 흔들렸으나, 혜연은 애써 머릿속을 차갑게 정리했다. 사문을 밀어내리려던 찰나였다.

드르륵! 쾅! 문이 세차게 열렸다. 그리고 사나운 얼굴로 둘을 내려다보고 있는 사혁이 서 있었다.

"이것들을 끌어내라."

살을 에는 것처럼 차가운 목소리였다. 마치 다 알고 왔다는 표정으로 사혁.

"사혁 님?"

혜연이 그를 불러도 싸늘한 시선만이 그녀를 뚫어져라 노려볼 뿐이었다. 지금껏 사혁의 그런 눈을 본 적이 없는 그녀의 손이 떨렸다.

"형님!"

"둘 다 입 다물어라. 당장 내 손에 죽고 싶지 않으면."

사혁이 매몰차게 돌아서 나갔다.

"사혁 님!"

있는 힘껏 혜연이 불렀으나 그는 돌아오지 않았다. 우르르 하인들이 몰려와 혜연의 팔을 붙잡아 끌고 나갔고, 그녀는 여덟 달 만에 빛을 보게 되었다.

"사실을 고하면 목숨만은 살려주겠다."

차가운 바닥에 앉아 있는 혜연에게 사혁이 조용히 물었다. 그녀는 피식 웃고 말았다. 같은 질문을 며칠째 듣고 있는지 계산이 되지 않았다.

하인들에게 끌려 나와 어딘지도 모르는 좁은 공간에 갇혔다. 빛이라도 드니 다행이었다. 어디서 무얼 듣고 왔는지 사혁은 혜연에게 사문과의 관계를 실토하라 종용했다. 그녀도 처음에는 믿어달라 매달려보고, 울어도 봤다. 화도 내보고, 애원도 했다. 배 속의 아이를 생각하라며 달래기도 했지만 돌아오는 답에 그녀는 무너졌다.

'그 아이가 내 아이인 줄 어떻게 안단 말이냐.'

어이가 없었다. 웃음밖에 나오지 않았다. 무엇이 그를 저리 변하게 했을까.

"사문과는 언제부터 그런 사이였더냐."

"예상하고 계시는 그런 사이 아닙니다."

"그런 사이가 아니라면 그놈이 어찌 밀실을 알고 드나들어!"

"저도 모릅니다. 그리고 사문 님과는 이야기 나눈 것이 전부였어요."

갑자기 사혁이 혜연의 멱살을 잡았다. 그의 눈에서 불길이 일어났다가 차갑게 식기를 반복하고 있었다.

"그걸 나보고 믿으라는 것이냐."

"사혁 님의 동생입니다. 제 말동무가 되어주셨어요."

"동생이지만 나를 위협하는 존재이기도 하지. 그리고 사내다. 그놈이 드나드는 데도 넌 내게 말하지 않았다."

"바쁘셔서 겨우 얼굴만 보고 나가시는 분을 잡고 무슨 말씀을 드립니까."

"핑계 대지 마라. 너를 믿었건만…… 내 너를 믿었건만!"

혜연의 멱살을 잡고 있는 손이 부들부들 떨렸다. 눈의 흰자에 실핏줄이 터져 빨갛게 물들었다.

"그놈이 반역을 꾀하고 있었다. 나를 몰아내려 했단 말이다!"

그녀가 알고 있는 사문은 절대 그런 이가 아니었다. 어릴 적부터 왕위에는 전혀 욕심이 없었던 이가 난데없이 반역을 도모하고 있을 리는 없었다. 만약 그랬다면 중요한 시기에 한가하게 그녀가 있는 곳에 들러서 시간을 낭비하지는 않았을 것이다.

"설마…… 너 때문에 반역을 일으키려 한 건가? 너를 욕심내서?"

별안간 사문의 눈이 번뜩였다.

"사문뿐만 아니라 다른 녀석들도 그러는 거 아니야? 아, 그럴 수도 있겠구나. 너는 어렸을 때도 탐내는 사내들이 많았으니 충분히 그랬겠지."

그가 혜연의 멱살을 놓고 크게 웃었다. 허리를 뒤로 휘어가며 박장대소했다.

"하하하하하! 동생들이나 나나 다 같은 사내의 눈을 가졌는데 간과하고 있었군. 그놈들이 왕위를 욕심내는 것이 아니라 너를 욕심냈구나."

사혁은 반쯤 정신이 나간 사람 같았다.

"제발 정신 차리세요, 사혁 님!"

"네가 원흉이었다."

"사혁 님!"

"역시 그녀의 말이 맞았어."

그녀? 혜연은 사혁이 말하는 그녀가 누군지는 모르겠으나 사문과 자신에 대해 오해하도록 만든 이가 분명하리라.

문득 그의 부인이 떠올랐다. 현재는 해국의 비로 앉아 있는 여인. 아닐 거야. 그녀가 고개를 저었다.

"이러지 마세요. 저와 아기를 지켜주신다고 약속하셨잖아요."

마지막으로 애원하며 그의 손을 잡아 제 배에 댔다.

아기가 살아 숨 쉬고 있음을 제발 느껴주세요.

부디 본래의 사혁 님으로 돌아와주세요.

간절하게 바라고 또 바랐다.

"깨어지라고 있는 것이 약속이다."

사혁이 혜연의 배에서 손을 뗐다.

"저를…… 사랑한다고 하셨잖아요. 모든 거짓이었나요."

그녀가 다시 그의 손을 붙잡았다. 눈물이 주르륵 뺨을 타고 흘러내렸다. 흘러내린 눈물이 가슴을 적시자 아리다 못해 쥐어짜는 통증이 일었다.

당신, 그 긴 세월을 나와 함께했으면서 어떻게 이래요.

"사랑했지. 아니, 여전히 사랑하고 있어. 이리도 아름다운 너를 어찌 사랑하지 않을 수 있겠느냐. 허나, 그것도 내가 존재해야 가능한 법이야."

스르륵. 잡고 있던 그의 손을 놓았다. 미약하게나마 남아 있던 희망과 믿음이 사라졌다. 혜연은 사랑했던 그를 마음에서 놓았다.

모든 일은 순식간에 벌어졌고 마무리가 됐다.

사혁은 그의 형제들을 모두 추문했었다. 거의 미치광이로 변해 날뛰는 그가 두려워 사문을 제외한 나머지 모두가 혜연을 마음에 담았다는 자백을 했다. 이미 답이 정해진 질문에 그들이 할 수 있는 답은 오직 하나뿐이었다.

사문은 혜연을 사랑한 건 사실이지만 반역을 도모하지 않았다며 결백을 주장했으나 받아들여지지 않았고, 그 결과 혜연과 사문은 처형됐다. 사문의 죄목은 반역이었고, 혜연의 죄목은 사특한 기운으로 나라를 어지럽힌다는 것이었다.

늘 왕위 때문에 위협을 받아왔던 그가 주위의 간교한 술수에 넘어가고 말았다. 자리를 지키고자 혜연과 사문을 물론이고 수십 명을 더 죽였다. 궁에 피비린내가 진동했다.

사혁이 제정신으로 돌아온 건 혜연이 죽고 나서 한 달이 지난 무렵이었다. 그것도 스스로 깨달은 것이 아니라 혜연과 사문이 모함받았다는 걸 알고 나서였다. 모함의 중심에는 그의 부인이 있었다.

사혁은 또 한 번 미치광이가 됐다. 넋이 빠진 채로 연관된 이들도 처형했던 그는 차마 남은 형제들을 죽이지는 못했다. 그들의 거짓 자백에 일조한 이가 자신이었기에.

"내가 무슨 짓을 한 거지?"

혜연이 머물렀던 밀실에서 그녀를 느끼려고 했다. 먼지가 수북이 쌓은 공간 어디에도 그녀의 흔적은 없었다.

그도 그럴 것이 몸을 뉘었던 요와 이불만 있었던 곳이 아니었던가.

"혜연아, 어디 있느냐."

후회하기엔 너무 늦었다. 왕위와 질투에 눈이 멀어 혜연과 사문을 제 손에 피를 묻혀가며 직접 죽였다. 자신의 아이도 함께.

"흐흑! 혜연아, 혜연아!"

두 손으로 얼굴을 감싸고 울부짖던 그가 갑자기 두 손을 비비기 시작했다. 깨끗한 손이었지만 그의 눈에는 무언가가 보였다. 손가락에 조금 묻어 있던 검붉은 피가 점점 그의 손 전체를 덮어가고 있었다.

옷에 닦기도 하고 바닥에 앉아 문질러보기도 했으나 피는 점점 진해져갈 뿐 조금도 닦이지 않았다.

"이건 혜연이의 피가 아니야."

'왜 그러셨어요.'

느닷없이 혜연의 음성이 들려왔다. 그가 몸을 거칠게 움직이며 주위를 둘러봤으나 아무도 없었다.

"혜연아?"

'응애애!'

고막을 찢는 듯한 날카로운 아기의 울음소리가 들려왔다.

'형님, 저는 반역을 도모하지 않았습니다.'

억울함으로 가득한 사문의 목소리도 들려와 사혁이 제 귀를 막았다. 원망의 소리들이 뭉쳐 사혁을 괴롭혔다.

'약속을 지켜주세요, 사혁 님.'

방의 한구석에서 의문의 형체가 어른거렸다. 곧 연기처럼 아른거리던 형체는 점점 모양을 갖췄다.

'약속을 지켜주세요.'

"혜연아!"

그는 다리에 힘이 들어가지 않아 바닥을 기어 그녀에게 다가갔다.

허나 다가갈수록 멀어지는 그녀였다.

"가지 마라, 혜연아. 나만 두고 가지 마."

'약속을 지켜주세요.'

"무슨 약속? 말만 해. 지키면 되는 것이냐. 그러면 가지 않을 테냐?"

'아기와 저를 지키지 못했을 시, 제게 사혁 님의 심장을 주기로 하셨잖아요.'

아아, 그랬었지. 그제야 그녀와의 약속이 떠올랐다. 혜연에게 다가가던 그가 멈췄다.

"내 심장을 주면 떠나지 않을 것이냐."

그녀가 가만히 웃더니 돌아섰다. 처음에 나타났던 것처럼 혜연의 모습이 점점 사라져갔다.

"혜연아! 안 돼."

혜연이 서 있던 자리를 손으로 휘휘 저어봤지만 공허한 손짓에 불과했다. 그녀는 어디에도 없었다.

"심장을 주면……. 그래, 심장을 주면……."

그가 허리에 차고 있던 단도를 꺼내 들고 망설임 없이 곧장 제 가슴을 향해 찔러 넣으려던 순간이었다.

"그리 간단히 끝내시게요?"

낯선 사내의 음성이었다. 놀란 사혁이 눈을 돌려보니 청년이 빙그레 웃었다.

"너는 누구냐."

어떻게 들어왔는지 물어볼 정신이 없었다.

"당신은 혜연과의 약속을 한 번도 지키지 않았습니다."

청년의 말대로 사혁은 혜연과의 약속을 하나도 지키지 않았다.

그녀를 비로 맞이하겠다는 첫 번째 약속도.

그녀를 사람들 앞에 당당히 세워주겠다는 두 번째 약속도.

그녀와 아기를 무슨 일이 있어도 지켜주겠다는 약속 역시 지키지 못했다.

"세 번에 끝나지 않았습니다. 네 번째 약속도 있었습니다."

청년은 사혁의 생각을 읽고 있었다.

"나도 모르는 네 번째 약속이 무엇이냐."

"조금 전 그녀에게 듣지 않았습니까. 세 번째 약속을 지키지 못하면 당신의 심장을 그녀에게 주겠다는 약속."

"그래서 지금 지키려고 한다."

"그럼 당신은 죽고, 자신이 저지른 죄의 고통에서 해방되겠지요. 그건 제가 용납하지 않습니다."

청년은 여전히 웃고 있었지만 목소리에 서늘했다. 몸을 에워싸는 냉기에 소름이 돋아 사혁은 저도 모르게 팔을 문질렀다.

"네가 누군데 용납하고 말고를 결정하는 것이냐. 그리고 약속을 지키지 않았다 나를 질책한 건 너였다."

"당신들 왕족은 항상 왕위 때문에 같은 잘못을 반복하는군요. 물론 당신이 정점을 찍었지만요. 당신의 심장은 제가 그녀에게 전해주겠습니다. 하지만 당신은 살아 있을 것입니다. 살아가면서 자신이 저지른 죄의 대가를 받으세요. 그리고 이제는 더 이상 봐줄 수가 없겠네요. 선대왕들의 잘못으로 자자손손 그 대가를 받을 것입니다."

청년의 표정이 굳어졌다.

누구이기에 죄의 대가를 운운하는 것일까.

사혁이 묻기도 전에 청년이 다시 말을 이어 나갔다.

"당신은 고작 왕좌 따위에 눈이 멀어 사랑했던 여인과 동생을 죽인 것도 모자라 아이까지 죽였습니다. 그 대가로 당신의 자손은 심장을 갖지 못하고 태어날 것입니다. 더 정확하게 말하자면 심장은 갖고 있지만 없는 거나 다름없이 멈춰 있는 심장입니다. 25살이 될 때까지 움직이게 해야 합니다. 또한 살고자 하는 욕망에 거짓으로 자백한 당신 형제들의 자손 역시 똑같은 굴레에서 벗어나지 못하는 운명으로 살아갈 것입니다."

"심장이 없이 태어난다면……."

"25살이 되는 해까지 심장을 움직이게 할 여인을 찾아야 합니다. 그저 평범한 여인으로는 되지 않습니다. 목숨을 내어줄 정도로 당신 자손을 사랑해야 하는 조건이 있지요. 하지만 당신이 그랬듯 자신의 이익을 위해, 자신이 살기 위해 여인의 목숨을 개의치 않고 심장을 빼어온다면 다른 고통이 기다리고 있을 것입니다. 여인으로 인해 뛰게 된 심장은 그녀의 마음까지 가지고 올 테니까요. 즉, 마음이 바뀐다는 뜻입니다."

사혁은 청년의 말을 바로 이해하기는 했으나 받아들이기 어려웠다. 불가능한 일을 가능한 것처럼 이야기하고 있었다. 아니, 그가 직접 그렇게 만들 것만 같았다.

"사랑하는 이에게 사랑받지 못하는 고통. 사랑하는 이가 죽어가는 모습을 직접 봐야 하는 고통. 죄책감에서 벗어날 수 없는 고통. 죽음보다 더한 감정의 고통 속에서 살아갈 것입니다. 또한 이 모든 일의 시작은 왕위에 대한 형제들의 욕심으로 이루어졌기에 당신 후대부터 해국은 다섯 나라로 갈라지고, 각각의 왕들은 두 명의 자녀만 둘 수 있을 것입니다."

청년이 손가락을 펴서 들어 보였다.

"이 중 하나는 죽은 사문의 자손이 될 것입니다."

다섯 개의 손가락 중, 하나를 접었다.

"비록 핏줄을 이어받지는 못했으나 그의 친인척이 왕위에 오르고, 그의 자손은 이 저주에서 더 자유롭습니다."

"너는 대체 누구냐. 누군데 그 일이 이뤄질 것처럼 자신 있게 말하느냐!"

"기회를 한 번씩은 주도록 하겠습니다."

사혁이 물어봐도 청년은 답하지 않고 제 할 말 하는 데 여념이 없었다.

"당신의 자손이 25살이 되어 설사 심장을 갖지 못하더라도 죽지 않을 것입니다. 잠시 멈춰 있을 뿐. 하지만 없다고 생각하기에 25살이 되기 전에 갖기 위해 어떤 일도 마다하지 않겠죠. 그러나 오히려 갖지 않는 편이 오히려 더 편한 삶을 살 수 있도록 도움이 될지도요. 이 부분에 대해서 어떠한 방법으로도 전하지 못합니다. 서책으로 기록할 수 없고, 말로 전할 수도 없습니다. 제가 그렇게 할 테니까요."

"너는 누구냐."

사혁이 또 물었다. 청년은 범상치 않은 이였다.

"저는, 해국의 풍요로움을 허락한 이입니다."

"뭐?"

"당신들이 해무라 불리는 바다 신."

사혁의 입이 크게 벌어진 채로 다물지를 못했다.

해무. 이제 막 소년티를 벗기 시작한 어린 청년이었지만 그의 음성과 몸에 흐르는 기운으로 알 수 있었다. 그는 진짜 해무가 맞았다.

"어리석고 미련합니다. 고작 왕위에 정신을 놓다니요."

"저, 저는……."

"악한 당신은 자신의 이익을 위해 형제와 사랑하는 여인, 심지어 자신의 아기를 죽였습니다."

"죄에 대한 벌을 받겠습니다. 받아야 합니다. 다만 해국의 백성들은 보살펴주십시오. 저로 인해 그들이 고통 받지 않도록 해주십시오. 허락하셨던 풍요로움을 거둬가지 말아주십시오."

해무와 마주할 수 없음을 알게 된 사혁이 바닥에 엎드려 빌었다.

"부디 그들만은……."

"백성들은 지금처럼 살 수 있도록 약속하겠습니다. 꼭 지키도록 하죠. 이 저주가 얼마의 세월이 흐른 뒤에 풀릴지는 약속할 수 없습니다. 운명을 이겨낼 수 있는 이가 하나라도 나타난다면 그 대(代)에서 모두 멈추도록 하겠어요."

"감사합니다."

고개를 끄덕이는 것으로 인사를 대신한 해무가 사라지려고 했다. 고민하던 사혁이 그를 불렀다.

"해무시여!"

해무가 사혁을 봤지만 그는 입술을 떼지 못했다.

"……?"

"호…… 혹시 우리 혜연이를 만나실 수 있습니까?"

"……."

"아니면 혜연이 잘 지내고 있는지 아십니까?"

눈을 감았다 뜨며 웃은 해무가 고개를 저었다.

"죽은 이는 제 영역이 아닙니다. 설령 알고 있더라도 알려줄 수도 없고, 봤더라도 어찌 지내는지 말해줄 수 없습니다."

"어떻게 하면 혜연이를 만날 수 있습니까. 제가 죽으면 됩니까?"

또 고개를 젓는 해무.

창조했기 때문에 소중했지만, 자신들의 세계에 비하면 눈앞의 인어는 한없이 작고 가벼운 존재였다. 알려준다고 한들 가늠할 수 없는 크기와 전혀 다른 모습의 세계를 그가 이해할 수는 없을 것이다.

"당신의 죄가 너무 큽니다. 혜연은 당신과 전혀 다른 삶을 살았죠. 이것이 내가 해줄 수 있는 유일한 답입니다."

그 말을 끝으로 해무는 사라졌다. 결국 죽을 때까지 혜연과 아기, 사문에 대한 죄책감에 시달리다 사혁은 죽음을 맞이했다.

그리고 그가 죽은 뒤에 해국이 다섯으로 나뉘었다.

수천 년 후, 백해국 객사의 집무실.

"반유."

설담이 일하느라 부지런히 붓을 움직이고 있는 반유를 불렀다.

"뭐."

"나는 왜 그녀의 심장을 빼앗았는데 비한이나 태랑처럼 고통스럽지 않았을까? 그들처럼 사랑하지 않아서인가? 그래도 좋아는 했는데. 아꼈다고."

"글쎄다."

"그녀의 심장을 취하고 나서 마냥 좋은 것만도 아니었지만, 그렇다고 죽을 듯이 힘들지는 않았어."

탁자 위에 턱을 괴고 있는 설담은 옆에서 유유히 헤엄치는 물고기를 만지작거렸다. 손가락으로 툭툭 치자 재빠르게 창문으로 빠져나가자 눈으로 물고기 뒤를 좇던 설담의 얼굴이 기울어졌다.

"궁금해. 왜 그랬을까?"

"해무에게 네가 특별한 걸지도 모르지."

"하하하! 그래, 그래. 그거 말 된다."

기분 좋은 설담이 호탕하게 웃었다.

외전 2. 서리

　반유는 탁자 맞은편에 앉아 있는 여인을 말없이 바라봤다. 진한 화장, 틀어 올려 갖은 장신구가 꽂아져 있는 머리, 화려한 옷차림으로 한껏 멋을 부렸지만 어쩐지 여인의 분위기와 어울리지 않았다. 그리고 차림과 전혀 어울리지 않는 한 가지. 그녀가 사선으로 메고 있는 작은 주머니였다. 그의 짐작이 맞다면 아마 주머니 안에는 붓과 작은 먹통, 여러 장의 종이가 들어 있으리라.

　그가 한숨을 내쉬며 고개를 숙이고 이마를 짚었다. 일이 어쩌다가 이 지경이 됐는지 머리가 지끈거렸다. 앞에 앉아 있는 그녀는 재상의 둘째 딸이었다. 지금껏 반유의 신하들은 심장을 취하는 문제에 있어서 그의 의견을 존중해왔으나 그가 25살 생일을 3개월 남겨놓은 시점에서 존중은 사라졌다.

　급하게 그에게 심장을 줄 처녀를 구하려니 어려웠다. 해국 왕의 심장에 관한 이야기는 해국이나 주변국에서는 모두 알고 있었기에 항상 먼 곳에서 찾았기 때문이었다. 결국 찾기를 포기하고 대신에 재상은 이 일에 자신의 책임이 크다며 제 딸을 내놓았다.

반유가 한사코 안 된다며 화도 내고, 사정도 하며 거절했지만 소용이 없었다. 하지만 마냥 거절하는 건 한 나라를 다스리는 왕으로서 하면 안 될 무책임한 행동이라는 생각도 들어 결론을 내리지 못하고 갈팡질팡하는 사이 일이 이렇게 됐다.

"이름이?"

그가 묻자 여인은 다급하게 메고 있는 주머니에서 종이와 붓을 꺼내 들었다. 작은 먹통에 담겨졌던 붓이 종이 위에서 움직였다.

<서리입니다.>

그녀가 수줍게 웃으며 종이를 들어 보였다.

'반유 님, 제 여식이 듣는 데에 문제는 없지만 어렸을 적에 큰일을 치른 뒤론 말을 하지 못합니다. 흠이 있는 아이라서 반유 님께 드리는 것이 아니니 부디 오해는 말아주십시오.'

심장을 취하고 나면 죽을 수도 있다는 말 때문에 반유에게 흠이 있는 딸을 준 거라 오해할까 봐 재상이 미리 알려줬다. 사실 반유는 서리가 말을 하고 못하고는 전혀 상관이 없었다. 신체적인 흠을 따지자면 한쪽 눈을 가리고 있는 저도 마찬가지였으니까.

"난 너의 심장을 취할 생각이 없다."

살고자 하는 마음이 없었다면 거짓일 것이다. 다음 왕위를 대한 책임감의 무게가 그를 짓누르고 있는 것도 사실이었다. 솔직히 심장을 가지고 싶다는 쪽으로 마음이 잠시 기울이기도 했으나 막상 재상의 딸을 보자 심장에 대한 생각은 싹 사라졌다.

<반유 님께서 그리 말씀하실 거라고 아버지가 알려주셨어요.>

당황할 법도 하건만 그녀의 표정에는 변화가 없었다. 은은한 미소를 머금고 차분히 써서 보였다.

"내 뜻을 알고 있다니 다행이군. 재상에게 억지로 끌려왔을 테니 돌아가."

서리가 힘차게 고개를 젓더니 황급히 붓을 휘갈겼다. 오랜 시간 동안 글로 대화를 해서인지 그녀가 글을 쓰는 속도는 거의 말하는 속도와 같았고 글씨는 조금의 흐트러짐도 없이 반듯했다.

<아버지가 돌아오지 말라고 하셨어요. 저 역시 돌아갈 생각이 없습니다.>

"어째서?"

당황한 얼굴로 반유가 물었다. 재상이야 딸에게 돌아오지 말라고 엄포를 놨을 수도 있다지만 서리의 뜻도 굳건해 보였다. 아버지의 말이라면 목에 칼이 들어와도 듣는 성격인가 싶었다.

<저는 반유 님께 제 심장을 드리러 왔어요.>

그녀가 써 보인 글을 읽은 반유의 미간이 찌푸려졌다. 그가 더 말하려고 하자 또 재빠르게 붓을 움직인 서리의 얼굴에는 미소가 사라졌고, 대신 간절하게 그를 바라봤다. 다갈색의 눈동자가 미세하게 흔들리고 있었다.

<제가 자원했습니다. 그러니 가라고 하지 마세요.>

원래 반유에게 왔어야 하는 딸은 서리가 아니라 그녀보다 2살이 많은 언니 서화였다. 닷새 전 밤, 방에 있던 서리는 어머니와 언니 통곡 소리에 밖으로 나갔었다. 어머니는 마당에 앉아 땅바닥을 치고 있었고, 언니는 두 손에 얼굴을 묻은 채 소리 내어 울었다. 뒷짐을 진 아버지는 밤하늘에 떠 있는 달을 바라만 봤다.

'아버지! 가면 죽을 게 뻔한 곳엘 왜 저더러 가라 하세요!'

'아니고, 내 딸! 이 아까운 것을 어떻게 보내라고! 내 딸을 왜 보내야 합니까!'

서화가 바락바락 악을 쓰자 어머니도 함께 정신 나간 사람처럼 소리를 질렀다. 세상이 무너진 것처럼 울던 두 모녀는 마당으로 나온 서리를 보자마자 네가 가야 한다 외쳤다. 그녀의 치맛자락과 손을 붙잡고 애걸하다, 끝내는 모진 말들이 이어졌다. 가슴에 깊은 상처를 내는 말들 앞에서 서리는 울지도 못하고 묵묵히 듣고만 있을 수밖에 없었다.

결국 다음 날 그녀는 아버지에게 본인이 가도록 해달라고 청했다. 한참 동안 말없이 안쓰러운 눈으로 그녀를 바라보다 고개를 끄덕였다. 서리는 아버지를 이해했다. 누구든 가야 하는데 가지 않겠다고 버티는 큰딸보다 간다고 자청하는 둘째가 편했으리라.

'서리야, 말하지 않아도 아버지 마음 알겠느냐.'

<저는 괜찮아요. 항상 제게 신경을 써줬던 어머니와 언니, 그리고 아버지께 도움이 되고 싶었어요. 지금이라도 그럴 기회가 생겨 다행이에요>

'백해국의 비께서는 고향으로 돌아가셨다더구나. 너도 살아서 돌아올 수 있을 거야.'

서리가 환하게 웃어 보였다. 차마 아버지에게 말은 못했지만 자신은 살게 된다면 차라리 흑해궁에 머물고 싶었다.

이 집의 이방인이었던 서리. 그녀가 나고 태어난 곳이었지만, 어머니와 언니가 온 후로는 늘 불편했다. 그들과 가족이 되고 싶었으나 그것은 서리만의 바람이었다. 언젠가부터 부모님과 언니가 함께 있는 자리에 그녀는 섞일 수가 없었다.

그녀가 버티고 있다 한들 서화가 갈 리 없었고, 아버지만 곤란한 상황이 될 것이 뻔해 서로가 편해지는 쪽을 택했다. 그리고 누군가를 사랑해야 한다면 목숨을 걸 만큼 하는 것도 나쁘지 않았다. 그 대상이 반유라면 더더욱.

서리가 들고 있는, 종이를 보는 반유의 입에선 끊임없이 한숨이 나왔다. 그녀는 집으로 갈 수 없다는 의사를 명백히 밝히고 있었다.

"나는 다른 이의 목숨을 위협하면서까지 살고 싶지 않다. 네가 죽을 수도 있는 문제야."

그녀는 고개를 끄덕이며 알고 있다는 뜻을 전했다.

"죽는 게 두렵지 않은 것이냐?"

<숨이 붙어 있는 모든 생물은 죽음이 두렵겠지요. 저도 마찬가지입니다. 하지만 다 알고 왔으니 염려 마세요.>

"혹 삶을 포기했느냐?"

서리의 표정이 어두워졌다. 고개를 젓더니 가만히 숙이고 종이를 물끄러미 바라봤다. 삶은 포기한 것이 아니라고 했지만 붓대를 만지작거리는 두 손이 복잡한 심경을 나타냈다.

"내게 심장을 주러 왔다니 하는 말인데, 쉬운 일이 아니다. 죽을지도 모르는 상황에서 나를 사랑할 수 있겠느냐."

어두워졌던 그녀의 얼굴이 조금 밝아졌다.

<네, 반유 님이라면 사랑할 수 있어요.>

픗. 그의 입에서 웃음이 터졌다. 뭘 믿고 저리 자신하는지 모르겠으나 듣기에 나쁘지는 않았다. 빈말인들 어떠하리. 제 목숨을 걸고 스스럼없이 나서준 것만으로도 고마운 일이었다.

"너는 내가 무섭지 않느냐."

<무섭다고 생각해본 적 없습니다.>

서리의 답에 반유는 문득 솔루가 떠올랐다. 그녀도 그랬었다.

조금도 거리낌이 없는 맑은 얼굴로 재잘대는 그녀와 있다 보면 평소와 다른 자신이 되어 말을 많이 하곤 했었다. 그러고 보니 지금도 여느 때에 비해 말수가 늘었다.

서리는 솔루와 조금도 닮지 않았다. 얼굴의 반이 눈이라고 할 만큼 컸던 솔루의 눈에 비해 작았지만 반면에 키는 더 컸다. 서리의 화장이 진했던 터라 그것 말고는 더 비교할 수가 없었다. 반유는 순간 저가 지금 하고 있는 생각에 화들짝 놀랐다.

솔루와 비교를 하면 어쩌자는 것인가. 마음의 바닥에 깔려 있는 감정의 잔재들은 이렇듯 불쑥불쑥 그를 찾아와 씁쓸하게 만들고 했다. 떠오르는 솔루의 얼굴을 지운 그는 서리의 어깨 너머로 창밖의 먹빛 하늘을 응시했다.

"내가 너의 심장을 취할지 말지에 대한 결정은 내리지 않았다. 설령 그렇게 하기로 결심을 굳히더라도 네 마음에 따라 달라질 것이야. 행여 내게 심장을 주기 위해 억지로 사랑하고자 노력하지도 말며, 사랑하는 척도 말아라. 나를 속여서도 안 되지만 해무를 속여서도 안 된다. 단, 네가 이곳에 있을 수 있도록 허락하겠다."

<감사합니다.>

종이를 든 서리가 환하게 웃었다. 웃고 있는데도 어딘지 모르게 보이는 그늘에 그의 마음이 편치 않았다.

"너에 대한 내 감정이 어찌 될지는 알 수가 없구나. 내가 너에게 강요하지 않듯이 너도 내게 강요하지 않을 수 있느냐?"

<네.>

"만약…… 내가 너의 심장을 가지게 된다면 네 훗날은 내가 책임질 것이다. 네가 하고픈 대로, 누리고픈 대로 뭐든 할 수 있도록."

약속을 하는 반유의 말에 서리는 가슴이 설레었다.

머리부터 발끝까지 온통 검은색으로 휘두르고 한쪽 눈의 안대 때문에 음산한 기운을 풍기나, 반유의 내면을 본 적이 있었다. 어쩌면 그래서 이 선택이 좀 더 수월했는지도 모른다.

하지만 이때 그녀는 알지 못했다. 아픈 사랑이 시작되고 있음을.

-마침-

작가 후기

『괴물의 순결한 심장』은 엽호가 창조한 대협곡의 이야기에 이어 해무가 창조한 바다 세계의 이야기로, 눈치채신 분들도 계시겠지만 전래동화『효녀심청』에서 착안했습니다.

귀여운 여주는 처음이었는데 저와 전혀 다른 성격의 솔루에게 동화되어 행복한 시간이었습니다. 원래 기획했을 때 태랑은 천하의 둘도 없는 나쁜 놈으로 설정했었지만, 아직은 남주에 대한 사심을 버릴 수가 없어 끝내 태랑은 상처 받은 영혼이 되었습니다.

연재하면서 꽤나 욕을 먹어 태랑이 오래 살 줄 알았지만 결국 솔루와 함께했습니다. 결말에 대해 아쉬움을 토로하시는 분들이 계셨는데요, 사실 저는 마지막 부분에서 태랑의 진정한 사랑이 드러난다고 봅니다. 이제 둘은 천년만년 영원히 행복할 테니 너무 아쉬워 마세요. ^^

개인적으로 힘들었던 상황이었던 터라 연재를 진행하면서도, 끝난 후에도 종이책까지 이 작품을 마무리 지을 수 있을까 염려스러웠던 적이 많았습니다. 다행히 이렇게 출간을 하게 되어 안심이 되고, 작가 후기를 쓸 수 있다니 기쁩니다.

　딸 때문에 마음 졸이셨던 부모님, 아픈 언니 뒷바라지하느라 고생했던 동생, '내가 지켜야 할 여자는 둘이다.'를 외치며 처형을 챙기는 제부에게 사랑하는 마음을 전합니다.

　많은 도움을 주신 네이버 웹소설팀, 와이엠북스 관계자분들, 언제나 든든한 힘이 되어주는 동료 작가님들, 마지막으로 늘 제게 아낌없는 사랑과 응원을 보내주시는 독자님들 감사합니다.

　모두 건강하시길, 행복하시길 진심으로 기원합니다.

-2015년 가을, 어느 시골의 병실에서

임혜 드림.